Schatten über Bozen

Burkhard Rüth, Jahrgang 1965, ist Unternehmensberater und betriebswirtschaftlicher Fachautor und lebt in Kiel. Im Spannungsfeld zwischen der norddeutschen Ebene und dem Südtiroler Hochgebirge fühlt er sich beiden Regionen eng verbunden und hat ihnen deshalb jeweils eine Krimireihe gewidmet.
www.burkhard-rueth-krimis-de

Dieses Buch ist ein Roman. Handlungen und Personen sind frei erfunden. Ähnlichkeiten mit lebenden oder toten Personen sind nicht gewollt und rein zufällig.

BURKHARD RÜTH

Schatten über Bozen

Der vierte Fall des Commissario Vincenzo Bellini

KRIMINALROMAN

emons:

Bibliografische Information der Deutschen Nationalbibliothek
Die Deutsche Nationalbibliothek verzeichnet diese Publikation in der Deutschen Nationalbibliografie; detaillierte bibliografische Daten sind im Internet über http://dnb.d-nb.de abrufbar.

MIX
Papier aus verantwortungsvollen Quellen
FSC® C083411
FSC
www.fsc.org

Umschlagmotiv: photocase.com/caph
Umschlaggestaltung: Tobias Doetsch
Gestaltung Innenteil: César Satz & Grafik GmbH, Köln
Lektorat: Julia Seuser
Druck und Bindung: CPI – Clausen & Bosse, Leck
Printed in Germany 2015
ISBN 978-3-95451-577-6
Originalausgabe

Und wenn tausend Jahre vollendet sind,
wird der Satanas los werden aus seinem Gefängnis …
Offenbarung, Kapitel 20, Vers 7

1

Innsbruck, Winter 1949

Sie fühlte sich einsam und verlassen. Seit jenem schrecklichen Ereignis im April '48 hatte sich ihr Leben grundlegend verändert. Bis zu diesem Zeitpunkt war sie eine normale junge Frau gewesen. Soweit Normalität überhaupt möglich war, wenn man in den Wirren und Grausamkeiten des Krieges groß geworden war und all die Entbehrungen auf sich nehmen musste, die die schwere Zeit danach mit sich brachte. Nordtirol stand unter französischer Besatzung, ebenso wie Vorarlberg. Österreich musste für die Kosten der Besatzungsmächte aufkommen, die sich aus den Truppen der Siegermächte Frankreich, Großbritannien, USA und Sowjetunion zusammensetzten. Während die Menschen die Rote Armee in Wien fürchteten, die nicht vor Übergriffen auf Zivilisten und willkürlichen Verschleppungen in die Sowjetunion zurückschreckte, behandelten die französischen Besatzer die Zivilbevölkerung in Tirol sehr human. Das Hauptproblem war wirtschaftlicher Natur. Wie viele andere Familien auch konnten sie, ihre Mutter und ihre Geschwister nur überleben, indem sie sich mitunter auf dem Schwarzmarkt bedienten. Ihr Vater war im Krieg gefallen. Und die Franzosen konnten die Bevölkerung, anders als die Amerikaner in Oberösterreich, Salzburg und dem Salzkammergut, materiell kaum unterstützen. Auch die Bombenangriffe hatten ihre Spuren hinterlassen. Es gab kaum Baumaterial für den Wiederaufbau, der angesichts dieses Mangels sogar noch bemerkenswert gut vorankam. Sie und ihre Familie lebten vom Tauschhandel; Holz für den Ofen sammelten sie im Wald, am Waldrand ihres Ortes pflanzten sie Kartoffeln und Gemüse an.

Meistens war sie diejenige, die in die Wälder ging, um Holz und vielleicht auch ein paar Pilze oder Beeren zu suchen. Manchmal kam ihre Freundin mit, die, gerade erst sechzehn, eine Liaison mit einem französischen Soldaten eingegangen war. Sie war ihre einzige Freundin, die anderen waren nach dem Krieg zu Gastfamilien in die Schweiz gekommen und bislang nicht zurückgekehrt.

Immer wieder blickte sie sich ängstlich um. Niemand durfte sie dabei beobachten. Hoffentlich fing das Kind nicht an zu schreien, das sie in einem Tragetuch unter ihrem Mantel verbarg, um es vor der Kälte und dem schneidenden Wind zu schützen. Sie wiegte es in seinem Tuch und summte leise Lieder. Obwohl dieses Kind das Ergebnis der schlimmsten Erfahrung ihres noch so jungen Lebens war, schlimmer als der verheerende Luftangriff der Alliierten im Dezember '43, empfand sie Liebe für das kleine, unschuldige Etwas. Wenn ein anderer der Vater wäre, hätte sie wahrscheinlich mit ihrer Mutter darüber gesprochen. Über die Möglichkeit, das Kind trotz der schwierigen wirtschaftlichen Situation in der Geborgenheit der Familie großzuziehen. Doch das war undenkbar. Wenn die Wahrheit ans Tageslicht käme, wäre das nicht mehr nur eine Schande für sie, sondern für die ganze Familie. Das musste sie mit allen Mitteln verhindern, sie musste allein mit der Schmach, der Erniedrigung und der nie mehr weichenden Angst leben. Sie musste das nicht für sich machen, sondern für ihre Familie.

Sie ging schneller. Es war viel zu kalt für das Kind. Es war einer der kältesten Jänner seit vielen Jahren. Es waren bald zwanzig Grad unter null. Der Wind blies kräftig aus Osten und wirbelte den Schnee wie Schleier durch die menschenleeren Straßen der Stadt. Längst hatte die Dunkelheit der Nacht die Dunkelheit des verschneiten Tages abgelöst. Ihrer Mutter hatte sie gesagt, dass sie am Waldrand einen großen Holzstapel entdeckt habe und wegen der bitteren Kälte noch rasch versuchen wolle, etwas von dem Holz zu bekommen, bevor sie endgültig einschneiten. Das war natürlich gelogen. Es gab keinen Holzstapel. Und sie würde weder Holz noch sonst etwas Brauchbares mit nach Hause bringen. Doch das spielte in diesem Augenblick keine Rolle. Es war wichtig, ungesehen in die Kirche zu kommen, die von den zweiundzwanzig Luftangriffen der Alliierten weitgehend verschont geblieben war.

Eine kräftige Böe trieb ihr eisige Schneekristalle wie Nadelstiche ins Gesicht. Instinktiv wollte sie die Hände schützend vor ihr Gesicht halten. Ihre Hände hatten schon gezuckt, als sie gewahr wurde, dass sie ihr Kind unter dem Mantel trug. Wäre ihre Freundin nicht gewesen, hätte sie weder das schreckliche Ereignis noch die lange Zeit bis zur Geburt überstanden. Die Schwangerschaft hatte sie mühelos vor ihrer Familie verbergen können. Sie trug weite Kleider. Davon abgesehen, hatten sie ohnehin ganz andere Sorgen. Vor der Geburt jedoch hatte sie panische Angst gehabt. Sie konnte ja nicht ins Spital gehen, dann wäre alles aufgeflogen. Deshalb hatte sie sich von Anfang an nur ihrer Freundin anvertraut, die als Einzige bei der von unvorstellbaren Schmerzen begleiteten Geburt dabei gewesen war. Sie hatte ihrer Freundin eingetrichtert, was sie mit dem Kind tun musste, falls sie bei der Geburt starb. Ohne Arzt, ohne Hebamme, ohne medizinische Mindestversorgung. Doch die Freundin hatte sich als ein Fels in der Brandung erwiesen. Mit ruhiger Hand und besänftigenden Worten hatte sie dafür gesorgt, dass das Kind zur Welt kam. Das Kind, das die ersten Tage bei der Freundin gewesen war und nun unter ihrem Mantel in ihren Armen lag. Das Kind, das bald nur noch eine Erinnerung, der Schatten einer grauenvollen Vergangenheit sein würde. Aber ihr Kind, ihr Fleisch und Blut.

In der Dunkelheit tauchte die Hofkirche vor ihr auf. Schneeberge türmten sich vor ihrem Eingang. Sie blickte sich noch einmal um. Nur eine Spur führte durch den Schnee. Ihre. Wind und Schneeflocken waren eifrig dabei, dieses Zeugnis ihrer Anwesenheit und ihrer Tat zu verdecken. Sie schritt auf das große Portal zu, öffnete es rasch, trat ein. Nur wenige Kerzen erhellten das Innere der Kirche. Sie wusste, dass der Pfarrer heute Abend noch kommen und alle Kerzen löschen würde. Sie ging langsam und voller Ehrfurcht an den riesigen Bronzefiguren vorbei, den Schwarzen Mandern, die die Verwandtschaft des bedeutenden Tiroler Herrschers Kaiser Maximilian I. darstellten und das Hochgrab des Kaisers flankierten. Auch der große Freiheitskämpfer Andreas Hofer war hier begraben. Sein Grabmal befand sich im linken Seitenschiff der Kirche.

Als sie durch die letzten Sitzreihen ging und sich dem Altarbereich näherte, nahm sie ihr Kind unter dem Mantel hervor. Liebevoll betrachtete sie sein kleines, unschuldiges Gesicht. Wenn du wüsstest, dachte sie bei sich. Wenn du wüsstest … Sie stieg die beiden Stufen zum Altar hinauf. Lange stand sie vor dem Tisch des Herrn, unfähig, das zu tun, was sie tun musste. Es war, als würde ihr jemand das Herz bei lebendigem Leibe herausreißen. Obwohl sie es nicht beabsichtigt hatte, entfuhr ihr ein lautes, klagendes Stöhnen.

Erschrocken blickte sie sich um. Als ob sie hier und jetzt jemand hören könnte. Wie sicher war sie sich anfangs gewesen, dass sie dieses Kind unter gar keinen Umständen jemals behalten durfte. Doch mit jedem Monat, den ihr Baby in ihrem Leib heranreifte, spürte sie ein immer größeres Verlangen, gegen alle Vernunft zu handeln und das Baby zu behalten. Immer wieder redete ihre Freundin auf sie ein, machte ihr klar, dass damit ein riesiger Skandal verbunden wäre, weil ihr niemand glauben würde. So lange wirkte sie auf sie ein, dass sie nun mit ihrem Kind im Arm vor diesem Altar stand.

Sie schloss die Augen, holte tief Luft. Dann endlich tat sie es. Sie legte das Baby, das nicht schrie, sondern sie aus wachsamen Augen ansah, weithin sichtbar auf den Altar. Sie deckte es zu, damit es nicht fror. Es würde eine halbe, höchstens eine Stunde dauern, bis der Pfarrer kam. Als sie erst jetzt, nachdem ihr Kind nicht mehr in ihren Armen lag, spürte, wie kalt die Luft auch hier im Inneren des Gotteshauses war, zog sie ihren Mantel aus und bedeckte damit das frierende Kind, das anfing zu schreien, nachdem seine Mutter es aus ihren Armen genommen hatte. Wie nun das Baby dort vor ihr lag und ihr die Tragweite und Endgültigkeit ihrer Entscheidung mit brutaler Gewalt bewusst wurde, begann sie zu weinen. Ein langes, flehendes Weinen. Nur zwei Menschen auf der ganzen Welt wussten, warum. Sie und ihre Freundin.

Sie legte dem Kind ein letztes Mal die Hand auf das zarte Gesicht und streichelte es. Sogleich hörte es auf zu schreien und gluckste vor Vergnügen. Sie gab ihrem Baby einen Kuss auf die Stirn. Dann drehte sie sich um und ging schnellen Schrittes zum Ausgang, in ihren Ohren das rasch lauter werdende Heulen des Kindes nach seiner Mutter. Für immer fraßen sich die herzzerreißenden Schreie in ihre Eingeweide, wie ein ewiges Zeugnis ihrer Verkommenheit. Sie riss die Tür auf und rannte nach draußen auf die Straße, hinein in die Dunkelheit und die Kälte des Winters, zurück zur armseligen Bleibe ihrer Familie. Sie sah nichts, hörte nichts, spürte weder Schnee noch Kälte, obwohl sie unter ihrem Mantel nur das Kleid getragen hatte. Als sie zu Hause ankam, stürmte sie hinein, bat ihre Mutter, sie eine Weile nicht anzusprechen, und verschwand weinend in der winzigen, eisigen Kammer. Ein Teil von ihr war heute gestorben. Sie betete zu Gott, dass es dem Kind gut gehen möge. Dass der Pfarrer jemanden finden würde, der die Mittel und die Wärme hatte, es aufzuziehen. Sie betete, dass es nicht die schlechten Gene seines Vaters geerbt haben möge. »Herr«, rief sie leise mit Blick aus dem kleinen Fenster auf die schneebedeckte Landschaft, »gib ihm eine Zukunft. Gib ihm die Chance, dass sein Leben besser wird als meines. Und besser als das seines Vaters!«

2

Innsbruck, 1. Juli 1950

Die dreiundvierzigjährige Bildhauerin aus England hatte sich am Vortag mit ihrer Mutter im Berghotel Patscherkofel in Innsbruck einquartiert. Sie waren für einen Bergurlaub von Oxford über Paris und die Schweiz mit dem Arlberg-Express gekommen. Es war ihre erste Reise nach Österreich und für die junge Engländerin zugleich ihre letzte.

Schon morgens um neun war sie zu ihrer ersten kurzen Wanderung aufgebrochen, trotz der großen Hitze, die zu dieser Zeit herrschte. Zwischen Ende Juni und Anfang Juli stiegen die Temperaturen in diesem Jahr täglich auf fünfunddreißig Grad und mehr. Es war windstill und schwül, selbst in den Bergen unerträglich. Bereits ab dem frühen Nachmittag entluden sich Hitzegewitter. Dennoch entschied sie sich, nach dem Gewitter gegen sechzehn Uhr zu einer weiteren, längeren Wanderung aufzubrechen. Angesichts der Hitze und der Gewittergefahr begegneten ihr nicht viele Menschen auf ihrem Weg zur zweitausendsechshundert Meter hoch gelegenen Glungezerhütte in den Tuxer Alpen, die sie jedoch nicht erreichen sollte. Denn einen Menschen traf sie, dem sie niemals hätte begegnen dürfen.

Sie wanderte durch den lichter werdenden Wald bergan. Durch den starken Gewitterregen war der Weg schmierig. Immer wieder rutschte sie aus, fluchte, weil sie nicht ihre richtigen Bergstiefel angezogen hatte, sondern die Straßenschuhe, die am besten zu ihrem roten Rock, dem blauen Hemd und der blauen Windjacke passten. Auf dem Kopf trug sie gegen die stechende Sommersonne einen grauen Filzhut. In ihrer Handtasche hatte sie etwas Geld, ein paar englische Pfund, zweitausend französische Francs und dreihundert Schilling, die sie noch in Bludenz eingewechselt hatte. In der festen Überzeugung, dass es an diesem Tag kein weiteres Gewitter mehr geben würde, hatte sie auf einen Regenschutz verzichtet. Doch sie war noch keine Stunde unterwegs, als sie hinter sich ein dumpfes, lang anhaltendes Grollen vernahm. Über ihr schien die Sonne noch von einem wolkenlosen Sommerhimmel. Auch Glungezer, Kreuzspitze und Rosenjoch im Süden waren noch wolkenfrei. Sie blieb stehen, schloss die Augen und lauschte konzentriert in den Wald hinter sich. Was sollte sie tun, wenn tatsächlich ein weiteres Gewitter aufzog, allein und ohne Regenschutz im Gebirge? Umkehren und hoffen, es noch rechtzeitig ins rettende Tal zu schaffen? Oder schnellen Schrittes weitergehen und darauf vertrauen, die nahe Alm zu erreichen?

Sie spürte, wie ihr der Schweiß von der Stirn ins Gesicht lief, obwohl sie nicht schnell gegangen und jetzt sogar stehen geblieben war. Die Luft war so schwül und stickig. Wie in einem Treibhaus, dachte sie. Aber es war still, totenstill. Vielleicht hatte sie sich geirrt, und das Wetter hielt doch. Gerade als sie im Begriff war, wieder aufzubrechen, ertönte erneut dieses unheilvolle Grollen, tief, anhaltend, bedrohlich. Und diesmal war es lauter, näher als zuvor. Nachdem der Donner verhallt war, vernahm sie aus dem Wald hinter sich ein leises Rauschen, das rasch wie eine Welle näher kam und in Sekundenschnelle auch das Laub über ihr erfasst hatte. Ein Windzug war aufgekommen aus der Richtung, aus der auch der Donner zu hören gewesen war. Sie wusste, was das bedeutete. Hinter ihr im Westen, für sie nicht zu erkennen, weil sie in einem dichten Bergwald war, hatte sich ein zweites Gewitter formiert, das den Wind als Vorboten vorausschickte.

Warum war sie nur so leichtsinnig gewesen, weder die richtigen Schuhe noch Regenzeug mitzunehmen? Wenn das Gewitter sie mit voller Wucht traf, wäre sie binnen weniger Minuten völlig durchnässt. Umkehren oder weiterlaufen? Wenn sie rechtzeitig ins Tal käme, wäre sie gerettet. Wenn schon nicht das Hotel, so würde sie dennoch eine der zahlreichen Gastwirtschaften erreichen, wo sie das Gewitter in Ruhe abwarten könnte. Aber der Weg war weit, und sie lief dem Gewitter genau entgegen. Bis zur Alm waren es höchstens dreißig Minuten – wenn sie rannte, vielleicht nur zwanzig. Auch dort konnte sie den Regen abwarten, und wenn er zu lange andauerte und sie im Hellen nicht mehr ins Tal käme, würde man sie dort sicherlich auch übernachten lassen. Ihre Mutter würde vor Sorge vergehen, schlimmstenfalls sogar die Polizei oder die Bergwacht verständigen, aber sie hatte keine andere Wahl. Sie legte ihre Handtasche um ihren Hals, um beide Hände frei zu haben, und lief in Richtung Alm. Ein-, zweihundert Meter rannte sie, dann ging sie zügigen Schrittes, um wieder zu Atem zu kommen, dann rannte sie wieder ein Stück. Der Weg stieg gleichmäßig und ohne große Biegungen bergan. Mit jedem Donner, der sich rasch näherte, wurde sie nervöser und rannte noch schneller. Als der erste Blitz zuckte, gefolgt von einem ohrenbetäubenden Knall, erfasste sie ein Anflug von Panik. Gewitter in den Bergen waren viel unberechenbarer und schwerer als in ihrer hügeligen Heimat. Den Blick nur noch starr auf den Erdboden vor sich gerichtet, um nicht über einen Stein oder einen Ast zu stolpern, sprintete sie los. Ihr Atem ging so schwer und laut, dass sie ihn selbst bei den Donnerschlägen noch hörte. Sie bemerkte nicht, dass keine fünfzig Meter vor ihr ein Mann aus dem Schatten einer großen Tanne trat.

***

Seinen Vater hatte er nie kennengelernt. Seine Mutter hatte ihn, wie so viele andere Eltern in dieser schweren Zeit auch, zur Adoption freigegeben. Schon als Kind musste er hart auf dem Hof seiner Adoptiveltern schuften, belohnt wurde er zumeist in Form von Schlägen. Für ihn war klar, dass das einer der Gründe war, warum ein Monster aus ihm geworden war. Seine Adoptiveltern hatten seine unheilvollen Eigenschaften nicht aus ihm herausgeprügelt, sondern in ihn hinein. Aber er wusste auch, dass ihm sein schlechter, bösartiger Charakter bereits in die Wiege gelegt worden war. Beides zusammen, Veranlagung und Schläge, waren eine explosive Mischung. Und die zeigte schon früh Wirkung. Er war zwar als Kind eher klein und schmächtig gewesen, hatte sich aber gezielt die Kinder in seiner Schule ausgesucht, die noch schwächer waren als er. Sie konnte er nach Belieben ärgern und quälen. Das machte ihm Spaß. In Anspielung auf den Hof seiner Adoptiveltern, den Lucknerhof, wurde er im ganzen Dorf bald nur noch »der Luckteufel« genannt.

Und der Luckteufel entwickelte eine verhängnisvolle Triebhaftigkeit. Zwar heiratete er, aber das reichte nicht aus, um seine sexuellen Triebe zu befriedigen, zumal sein Weib frigide war. Leider hatte eines der wenigen Male, in denen sie Verkehr hatten, ausgereicht, um eine Tochter zu zeugen. Sodann war er gezwungen gewesen, Verantwortung zu übernehmen und sie zu heiraten. Immerhin war sie eine ausgezeichnete Haushälterin, und reden konnte er auch gut mit ihr. Nur Sex hatten sie nicht. Sie waren Freunde. Er sah es deshalb als sein gutes Recht an, sich diese Befriedigung anderweitig zu besorgen.

Zunächst begnügte er sich mit diesem und jenem Verhältnis, so wie er eine Frau eben durch Zufall kennenlernte. Aber irgendwann, er konnte selbst nicht sagen, warum, denn ein besonderes, einschneidendes Ereignis hatte es nicht gegeben, fing er an, Frauen gegenüber gewalttätig zu werden. Er nutzte seine *Karriere* als Schmuggler in den Bergen, um sich an den Frauen zu vergehen, die ihm dort begegneten. Es war ihm im Grunde egal, wie sie aussahen oder wie alt sie waren, er wollte sich nur abreagieren. Wenn die Frau mitmachte, ihm das Gefühl vermittelte, dass es auch ihr Spaß bereitete, kam sie heil aus der Sache heraus. Wenn nicht, hatte sie Pech. Weil ihn eines dieser hinterhältigen Weibsbilder angezeigt hatte, hatte er sogar eine Weile im Gefängnis gesessen. So etwas würde ihm nie wieder passieren.

Heute war wieder einer dieser Tage, an denen er ganz besonders erregt war. Schon als er morgens aufgewacht war, wurde er von seinen Phantasien gequält. An heißen Tagen war es immer besonders schlimm. Die Hitze setzte ihm zwar zu, aber das änderte nichts an seiner Lust. Dann musste er unbedingt eine Frau haben. Irgendeine, die sich wie er nicht von Hitze und Gewittern aufhalten ließ. Schon um vier Uhr in der Früh war er aufgebrochen, hatte Lebensmittel, Bier und Schnaps in seinen Rucksack gepackt. Sein Weg führte ihn zu seiner Höhle, die er liebevoll eingerichtet hatte. Sie war sein Rückzugsort, sein Refugium. Und der Ort, an dem er heute mit Glück eine Frau haben würde. Er hatte viele Höhlen in den Bergen angelegt, in Österreich ebenso wie in Südtirol, als Verstecke, aber auch, um es dort mit den Frauen zu treiben. Wenn sie sich wehrten, konnten sie von dort kaum fliehen. Außerdem regte ihn diese Umgebung zusätzlich an. Manchmal hielt er eine

Frau tagelang dort fest und befriedigte sich zigfach an ihr. Es dauerte lange, bis er seine Lust, seine unbändigen Triebe einigermaßen abreagiert hatte. Er kam nicht dagegen an, es war stärker als er. Und er wollte nicht einfach nur Geschlechtsverkehr, er wollte die Frauen auch mit seinen Händen und der Zunge befriedigen. Das setzte jedoch voraus, dass das Frauenzimmer wenigstens ein bisschen mitmachte.

Das erste Gewitter hatte er in seiner Höhle abgewartet. Danach hatte er sich ein wenig in die Sonne gelegt und war dabei eingenickt. Er hatte während des Sturms schon ein paar Bier und Schnaps getrunken, sodass er müde geworden war. Aber gegen vier Uhr am Nachmittag war er wieder im Vollbesitz seiner Kräfte. Er ließ den Rucksack in der Höhle und ging langsam talwärts in Richtung des Berghotels Patscherkofel, denn seine Höhle war keine Stunde Fußmarsch von dem Hotel entfernt. Zuerst hatte er überlegt, bergauf zu gehen, wo es kühler war, aber er kannte sich gut genug in den Bergen aus, um zu wissen, dass es heute nicht bei diesem einen Gewitter bleiben würde. Der Sonnenschein war trügerisch.

Vor ihm tauchte der Tannenwald auf. Die Vegetation war in dieser Höhe eher karg, es gab überwiegend kleinere Föhren, Zirben und Alpenrosen, aber immerhin auch diesen Wald. Er malte sich aus, dass ihm bald eine Frau entgegenkäme, auch wenn er inzwischen befürchtete, dass er heute Pech haben würde. Es war wohl doch zu heiß und die Gewittergefahr zu groß. Außer einem Ehepaar war ihm den ganzen Tag niemand begegnet. Aber wenn doch eine käme, war sie wegen der Hitze bestimmt nur spärlich bekleidet. Allein dieser Gedanke machte ihn augenblicklich geil. Sie würden aufeinander zugehen, er würde ein Gespräch mit ihr anfangen und ihr schon bald sagen, dass er Lust auf sie habe. Ganz direkt, so wie immer. Er würde sie an sich ziehen, ihr einfach unter den Rock greifen, und wenn sie seine Erregung spürte, würde sie bestimmt auch Lust auf ihn bekommen. Wobei er sich eingestehen musste, dass ihm heute ein kleines bisschen Widerstand gar nicht so unrecht wäre. Im Gegenteil, der Gedanke beflügelte seinen Trieb. Er würde sie packen und in seine Höhle zerren. Seiner Frau hatte er gesagt, dass er vielleicht über Nacht fortbleiben werde. Zeit genug, um seine ganze Lust an dem Weib auszuleben. Wenn ihm denn eines begegnete.

Er hatte die Hoffnung schon längst aufgegeben. Doch plötzlich, er traute seinen Augen kaum, tauchte weit vor ihm im Wald eine Gestalt auf. Rasch verbarg er sich hinter einer Tanne. Noch konnte er nicht erkennen, ob es sich tatsächlich um eine Frau handelte und ob sie allein war. Die Gestalt näherte sich rasch, sie ging sehr schnell. Sicherlich hatte sie Angst vor dem aufziehenden Gewitter und hoffte, auf der Alm noch rechtzeitig Schutz zu finden. Nein, dachte er bei sich, du brauchst keine Alm, du brauchst eine Höhle. Und dann konnte er sie klar und deutlich erkennen. War das denn zu fassen? Tatsächlich, eine Frau, ganz allein. Das Schicksal meinte es gut mit ihm. Zumal ihm dieses Weib auch noch richtig gut gefiel. Sie musste ungefähr so alt sein wie er, war groß und schlank, hatte braunes, schon leicht meliertes Haar. Ein Weib ganz nach seinem Geschmack. Er war gespannt, ob er ihr auch gefallen würde. Während er sich hinter den Baum kauerte, spürte er deutlich eine Erektion. Auch die Art, wie sie ging und sich bewegte, erregte ihn. Noch ungefähr fünfzig Meter. Das war der richtige Moment. Er trat aus dem Schatten des Baumes hervor.

3

Sand in Taufers, September 2009

»Und, nehmen Sie dieses Jahr auch wieder an der Vierundzwanzig-Stunden-Wanderung mit Hans Valentin teil, werter Herr Graf? Ich für meinen Teil fühle mich zwar inzwischen ein bisschen zu alt dafür, aber wie sagt man doch so treffend: Adel verpflichtet.«

»Mich persönlich interessiert es, ehrlich gesagt, nicht besonders, was mich nur wegen meines Titels zu was auch immer verpflichtet. Mir machen diese Wanderungen jedes Mal Spaß, Valentin ist ein toller Bergführer, und solange meine Gesundheit das zulässt, sind Florian und ich dabei.« Graf Heinrich Alexander Philipp von Adelsburg nippte gedankenverloren an seinem Champagner, der ihm eigentlich viel zu trocken war. Er mochte diese Anlässe nicht sonderlich. Bedeutungslose, oberflächliche Gespräche tarnten sich im Gewand sprachlicher Brillanz, die aber meist nichts anderes war als eine Aneinanderreihung leerer Worthülsen. Einige waren heuer dabei, die sich trotz ihrer Herkunft eine gewisse Natürlichkeit bewahrt hatten. Baron De Franceschi etwa und seine reizende Gattin, die sich selbst im fortgeschrittenen Alter von siebzig Jahren ihre flippigen Auftritte nicht verkneifen konnte. Heute trug sie ein knallgelbes Kleid und einen orangen Hut. Von Adelsburg war sich sicher, dass der Champagner auch nicht ihr erster war. Und ihr Mann turtelte mit ihr herum, als seien sie frisch verliebt. Ja, es gab auch ein paar rühmliche Ausnahmen. Aber die meisten dieser Gesellschaft langweilten ihn zu Tode. So wie Graf Nussbaumer, der davon überzeugt zu sein schien, dass sein Adelstitel ihn dazu verpflichtete, an irgendeiner Bergwanderung teilzunehmen. Was für eine absurde Vorstellung!

»Ich verstehe, ehrlich gesagt, nicht«, merkte Nussbaumer etwas pikiert an, »wie Sie so gleichgültig sein können. Valentin ist ein Südtiroler Urgestein. An seiner legendären Vierundzwanzig-Stunden-Wanderung teilzunehmen ist ein klares Bekenntnis zu Südtirol. Und das tut unserem Image gerade in der heutigen Zeit gut.«

Von Adelsburg sah seinen Gesprächspartner argwöhnisch an. »Sie glauben wirklich, wandern zu gehen sei ein Bekenntnis zu Südtirol? Darf ich Ihnen meine ehrliche Meinung dazu sagen, Graf Nussbaumer? Ich denke, diejenigen von uns, die, so wie Sie und ich, eine Burg oder ein Schloss im Familienbesitz halten, sollten alles daransetzen, diese historische Bausubstanz zu erhalten und sie der Öffentlichkeit zugänglich zu machen. Das ist ein klares Bekenntnis zu Südtirol.«

Nussbaumer verdrehte die Augen. »So kann auch nur jemand daherreden, der zu den Marktführern im Bereich Medizintechnik zählt und unter den Top Ten der Südtiroler Wirtschaft rangiert. Für Sie ist der Erhalt Ihrer Schlossanlage eine überschaubare Investition. Aber nicht alle sind so gut situiert wie Sie. Ich bin schon froh, dass ich zumindest den kleineren östlichen Schlossflügel erhalten kann, um ihn als halbwegs adäquaten Wohnraum für meine Familie zu nutzen. Das sind nicht einmal zweihundert Quadratmeter mit nur einem richtigen Bad, und wie Sie wissen, ist meine Familie nicht gerade klein. Bei Ihnen ist allein der Speisesaal so groß!«

Damit lag Nussbaumer allerdings gar nicht so falsch. In der heutigen Zeit hatte ein Adelstitel keine besondere Bedeutung mehr. Er verlieh keine Macht, zahlte sich nicht in barer Münze aus, schaffte lediglich ein gewisses Ansehen. Aber wie viele alteingesessene Familien adeliger Herkunft waren längst verarmt und mussten hilflos mit ansehen, wie ihre Schlösser dem Zerfall anheimfielen? Es gab an die achthundert Schlösser in Südtirol, und anders als in Deutschland befanden sich die meisten noch in Privatbesitz. Aber ein Herr Nussbaumer sollte sich vielleicht, wie manch anderer seines Standes, selbstkritisch fragen, warum er sich den Erhalt des Familienbesitzes nicht leisten konnte. Sie waren eben keine Unternehmer, aber für eine normale Berufstätigkeit waren sie sich auch zu schade. Das passte nicht zu ihrem Selbstverständnis.

Aber er, Heinrich Alexander Philipp von Adelsburg, hatte die Zeichen der Zeit richtig gedeutet und ein überaus erfolgreiches Unternehmen gegründet: Adelsburg Technologies. Seine Firma stellte Herzunterstützungssysteme und Mini-Defibrillatoren her. Damit konnten herzkranke Patienten, die auf ein Spenderherz warteten, oft lange Zeit überleben. Und sein Schwiegersohn in spe war in Südtirol einer der wenigen anerkannten Spezialisten für Herztransplantationen. Florian und er retteten Menschenleben. Es war nicht verwerflich, dabei auch noch Geld zu verdienen.

Apropos Schwiegersohn, es gab genau zwei Gründe, warum er zu diesem Jahrestreffen des Adelskreises ausnahmsweise gern gekommen war. Einerseits die diesjährige Wahl der Lokation, Burg Taufers in Sand, am Eingang ins Ahrntal, jene geschichtsträchtige Burganlage, in der schon Szenen für diverse Filmklassiker gedreht worden waren und die als Vorlage für Roman Polańskis »Tanz der Vampire« gedient hatte. Die Burg bot jedes Mal einen spektakulären Anblick. Hoch thronte sie über Sand in Taufers, im Süden das flache, wiesenreiche Becken des Tauferer Bodens, im Norden die grandiose Kulisse der auch im Sommer oft schneebedeckten Dreitausender des Alpenhauptkamms. Andererseits konnte er gleich den Grund für seine Einladung der Gesellschaft im Oktober auf Schloss Adelsburg in Wolkenstein verkünden: die Eheschließung seiner Tochter Katharina mit Dr. Florian Hofer-Grünfelder. Seine Tochter, sein einziges Kind, kam endlich unter die Haube, und Florian bedeutete für die Familie als Herzspezialist eine hervorragende Allianz. Auf der Vierundzwanzig-Stunden-Wanderung konnte er in aller Ruhe die Details der Hochzeit mit ihm besprechen.

Gerade als von Adelsburg sich auf die Suche nach den beiden machen wollte, nicht zuletzt, um diesem überflüssigen Dialog mit Nussbaumer zu entfliehen, spürte er eine Hand auf seiner Schulter.

»Es ist schon bald neun, Daddy, wann willst du denn endlich unsere Hochzeit bekannt geben?«

Katharina sah wie immer blendend aus. Ihr langes, fast schwarzes Haar hatte sie hochgesteckt, was ihren schmalen Hals betonte. Dazu trug sie wie meistens bei solchen Anlässen ein eigentlich zu schlichtes, diesmal bordeauxrotes Kleid. Florians Auftritt hingegen war standesgemäß: dunkelblauer Einreiher, weißes Hemd, schwarze Fliege. Genau passend für diesen Rahmen, und diese Eigenschaft schätzte er an Florian. Er war sich seiner Herkunft wenigstens bewusst, verhielt sich angemessen zurückhaltend und angepasst, dem ein oder anderen vielleicht zu angepasst, vor allem denjenigen, die ihm seinen Erfolg neideten.

Von Adelsburg schlang seinen Arm um Katharinas Hüfte. »Zuerst hält von Hauenstein seine übliche Jahresrede. Danach sind die Leute immer kurz vorm Einschlafen. Der ideale Moment, das Wort zu ergreifen. Florian, besorgst du uns derweil noch ein Gläschen Champagner? Wo ist eigentlich deine Mutter, Katharina?«

Florian war schon im Begriff, loszulaufen, da rief Katharina ihm hinterher: »Florian, bring mir bitte lieber ein Bier. Ich bin nun mal kein Fan von diesem prickelnden Zeug.« An von Adelsburg gewandt, der seine Tochter milde anlächelte, sagte sie: »Mutter macht sich gerade über die Canapés her. Sie wartet wie wir nur darauf, dass du endlich unsere Hochzeit bekannt gibst und die Einladungen aussprichst. Dann will sie schnellstens nach Hause.«

Florian Hofer-Grünfelder beobachtete mit sehnsüchtigem Blick, wie der Kellner das Bier für Katharina zapfte. Wie gern würde er auch einfach nur ein kühles Blondes trinken. Aber die Etikette verlangte ein angepasstes Verhalten, gerade von jemandem wie ihm. Zu dieser feinen Gesellschaft gehörte Champagner. Nur die Tochter eines Grafen vom Schlage eines von Adelsburg konnte sich ein solches Auftreten leisten. Niemand nahm ihr das übel. Sie war Katharina, das einzige Kind von Anna Maria und Heinrich Alexander Philipp von Adelsburg. Er hingegen kannte seine Eltern nicht einmal. Er war unter etwas nebulösen Umständen als Baby bei seinen Adoptiveltern gelandet, den kinder- und gesichtslosen Eheleuten Hofer-Grünfelder aus Bruneck, die ihm ebenso gleichgültig waren wie er ihnen und von denen er so bald wie möglich fortwollte. Wie sein richtiger Name lautete, hatte er nie herausgefunden. Er erfuhr nur, dass seine leibliche Mutter aus Tirol kam und nach dem Krieg kurze Zeit mit einem Franzosen zusammen gewesen war. Der war aber anscheinend nicht sein Vater. Für Florian jedenfalls war es so, als hätte es seine leiblichen Eltern nie gegeben. Umso erstaunlicher war es, dass er demnächst ausgerechnet in diese überaus angesehene Adelsfamilie einheiraten würde.

Ihm war vollkommen bewusst, dass das wenig mit seinem Charme zu tun hatte. Vielleicht liebte ihn Katharina wirklich, aber in erster Linie ging es darum, dass er der Beste auf seinem Gebiet war. Er verpflanzte Herzen, und Adelsburg Technologies stellte exakt die Instrumente her, die ein Patient brauchte, um die

Zeit bis zur Transplantation zu überleben. Er war als Herzspezialist ein wichtiges Zahnrad in der Maschinerie der Adelsburg'schen Dynastie. Er wusste, dass es vor allem sein zukünftiger Titel und seine Zugehörigkeit zu ebenjener Dynastie waren, die seinen Weg an die Spitze ebnen und ihn zum ärztlichen Direktor der sich im Umbau befindlichen Klinik machen würden. Einzig der amtierende Direktor, Dr. Paul Brunner, war ihm ein Dorn im Auge. Brunner, den er eigentlich für einen überaus fähigen Arzt hielt und dessen Rat er anfänglich gern angenommen hatte, schien ihm seinen Erfolg in beruflicher wie privater Hinsicht zu neiden. Das Verhältnis zwischen ihnen verschlechterte sich zusehends. Umso wichtiger war es, dass möglichst alle Patienten auf der Warteliste rechtzeitig ihr Spenderherz bekamen. Rechtzeitig hieß in diesem Fall, solange die Herzunterstützungssysteme von Adelsburg Technologies sie am Leben hielten. Das wiederum hing davon ab, in welchem gesundheitlichen Gesamtzustand sich der Patient befand. Sein Leben lang würde er vom Wohl und Wehe derer von Adelsburg abhängig sein. Einerseits kein schöner Gedanke und eine Situation, die ihm eine unerschütterliche Anpassungsfähigkeit gegen seinen Stolz abverlangte. Andererseits waren Anna Maria und Heinrich sympathische Menschen ohne Standesdünkel und Katharina eine schöne und intelligente Frau. Vom gesellschaftlichen Leben, das er demnächst führen würde, ganz zu schweigen. Das erschien ihm als gutes Preis-Leistungs-Verhältnis.

Er nahm das Bier in die eine, die beiden Champagner in die andere Hand. Er hatte nicht viele Freunde, hatte eigentlich nie welche gehabt. Aber einen gab es, mit dem er bald mal wieder richtig schön ein Bier trinken konnte. Einen, bei dem er sich so geben konnte, wie er wirklich war. Einen, der sein trauriges Schicksal teilte, dessen Schicksal sogar viel schlimmer war als das seine. Er war kein richtiger Freund, dafür waren die intellektuellen Gräben zwischen ihnen zu tief. Wahrscheinlich war der Freund sogar geistig zurückgeblieben, denn ein normales Gespräch unter Erwachsenen war mit ihm kaum möglich. Aber er war eben jemand, mit dem er einfach mal Späße machen und dabei Bier trinken konnte.

Er reichte Katharina das Bier, Heinrich den Champagner. Gleich war es so weit, gleich würde Heinrich die Hochzeit bekannt geben. Und dann begann für ihn, Florian, ein neues Kapitel im Leben. Ein überaus spannendes Kapitel.

4

Bozen, November 2011

Der ärztliche Direktor des Zentralkrankenhauses Bozen, Dr. Paul Brunner, starrte aus dem Fenster seines Büros im vierten Stock. Es war schon sehr spät, dennoch hatte er das Licht ausgeschaltet, um nachzudenken. Außer ihm hielt sich niemand mehr im Verwaltungstrakt auf. Er wäre auch längst nach Hause gegangen, wenn er gewusst hätte, was er dort sollte. Niemand wartete auf ihn. Schon lange nicht mehr. Er hatte keine Kinder, war auch nie verheiratet gewesen. Denn das hatte er gründlich vermasselt. Sein privater Luxus bestand für gewöhnlich darin, abends das ein oder andere Glas Wein zu trinken, sich vielleicht hin und wieder ans Klavier zu setzen und ansonsten den traumhaften Panoramablick aus seinem Wohnzimmerfenster zu genießen, mitten in die bleichen Berge. Dieses Panorama, die Einzigartigkeit der bizarren Strukturen der Puez-Geisler-Gruppe, deren höchsten Gipfel, den Sass Rigais, er schon zigmal bestiegen hatte. Aber heute hätte er dort gar nichts gesehen.

Was war das bloß für eine ekelhafte, schwüle Nebelbrühe! Seit Tagen ging das schon so. Ach was, seit Wochen. Es wurde überhaupt nicht richtig hell. Absolut untypisch für Südtirol. Und oben im Villnösstal war es noch viel schlimmer. Da sah man die Hand vor Augen nicht, von möglichen Panoramablicken ganz zu schweigen. Was also sollte er dort? Da konnte er sich ebenso gut um den verhassten Bürokram kümmern. Wahrscheinlich wollte das Schicksal seine Laune damit weiter in den Keller treiben.

Jahrelang war er der anerkannte Herzspezialist schlechthin gewesen. Gut, es hatte ein paar unerwartete Todesfälle gegeben, gerade bei den Transplantationen, aber nicht umsonst wurden die Patienten vor einer Operation ausführlich über mögliche Risiken informiert. Ein krankes Herz war eben etwas anderes als ein Leistenbruch. Da gab es wirklich lebensbedrohliche Risiken. Zwar lag die Sterbewahrscheinlichkeit bei einer Herz-OP nur zwischen null Komma fünf und zwei Prozent, aber wenn gewisse Begleiterscheinungen eintraten, etwa ein Herzinfarkt, eine Nierenfunktionsstörung oder eine Infektion, waren die Folgen meist tödlich. Das konnte man ihm doch nicht anlasten! Er war ein begnadeter Operateur, hatte vermutlich mehr Organe verpflanzt als alle Südtiroler Ärzte zusammen. Zugegeben, in den letzten zwei Jahren hatte es sogar überproportional viele Todesfälle gegeben, aber die Unterstellung seitens Kollegen und Hinterbliebenen, die Verantwortung liege bei ihm, bedingt durch sein Alter, war eine Frechheit sondergleichen. Eine Frechheit, Respektlosigkeit und undankbar allemal. Aber das war typisch für die Menschen. Erst flehten ihn Patienten und deren Angehörige an, eine Operation, insbesondere eine Organtransplantation, trotz aller Risiken durchzuführen. Dabei bekam er jedes Mal, wenn er die Betroffenen eindringlich über die damit verbundenen Gefahren aufklärte, zu hören: »Aber selbstverständlich sind wir uns dessen bewusst«, »Natürlich, eine Herz-OP, völlig klar, dass da auch was schiefgehen kann«, »Wir sind Ihnen ja so dankbar, niemals würden wir Ihnen die Schuld geben, wenn es schiefgeht«. Und wenn die schwierige OP dann doch nicht gelang, war er entgegen allen vorherigen Beteuerungen rasch als Schuldiger ausgemacht.

Einige Angehörige von verstorbenen Patienten hatten sogar gegen ihn geklagt wegen angeblicher Behandlungsfehler. Genau die, die vorher noch geschworen hatten, sich aller Risiken vollkommen bewusst zu sein und deshalb die Verantwortung im Falle eines Scheiterns der Operation nicht bei ihm zu suchen. Alle hatten sie verloren, ein sicherer Beweis dafür, dass die Verantwortung in der Tat nicht bei ihm lag. Und was hatte er nicht alles getan, um Patienten, um die es besonders schlecht bestellt war, so schnell wie möglich ein Spenderorgan zu besorgen! Er hatte all seine Kontakte spielen lassen, alle Hebel in Bewegung gesetzt, und fast immer hatte es geklappt. Hunderten dankenden Händen und Tausenden Tränen der Freude standen ein paar bedeutungslose Todesfälle gegenüber. Letzteres kreidete man ihm an, Ersteres wurde einfach als selbstverständlich vorausgesetzt. Bei Hinterbliebenen konnte er das teilweise noch nachvollziehen, sie waren medizinische Laien und hatten einen Menschen verloren, den sie liebten. Das gab ihnen zwar noch lange nicht das Recht, ihre Emotionen an ihrem Arzt auszulassen, aber zumindest waren ihre Motive verständlich. Aber dass sich auch Kollegen gegen ihn richteten …

Was dem Fass den Boden ausschlug, war allerdings dieser milchgesichtige Neureiche. Hatte sich jahrelang bei ihm eingeschleimt und den großen Bewunderer gegeben. Mein Gott, was hatte der gesäuselt: »Sie sind wahrhaftig ein Spezialist, Dr. Brunner, von Ihnen kann ich noch viel lernen. Sie sind mein leuchtendes Vorbild.« Und wie er von seinem Vorbild gelernt hatte! Aber dann zog dieses Bübchen an ihm vorbei und lief ihm den Rang ab. Wie er das schaffen konnte? War er etwa tatsächlich der bessere Arzt von ihnen beiden? Nein, diese Zecke hatte sich die für ihn viel zu junge Tochter eines reichen, angesehenen Adelsgeschlechtes geschnappt und sich häuslich in deren Familie eingenistet. Aber nicht irgendeine Adelsfamilie, oh nein! Er wusste genau, was er tat, als er sich ausgerechnet an die Familie heranmachte, deren Firma ihm mit ihrer Herztechnologie eine großartige Zukunft bescheren würde und die mit ihren großzügigen Spenden maßgeblich dazu beigetragen hatte, dass die Klinik saniert und erweitert werden konnte, sodass sie heute zu den modernsten Einrichtungen Italiens zählte. Dieser miese, kleine, verlogene Bastard, der nicht mal eine eigene Familie hatte, sondern von Bauern adoptiert worden war, mit Sicherheit Analphabeten! Mit kaltblütiger Zielgenauigkeit hatte er sich exakt die Frau ausgesucht, die ihm für seine hinterhältigen Pläne dienlich war. Und er war damit auch noch durchgekommen! Mir nichts, dir nichts war er Teil der vornehmen Gesellschaft, beliebt, smart, wortgewandt und welterfahren. Wie war es nur möglich, dass allein er, Dr. Paul Brunner, das wahre Gesicht des Florian Hofer-Grünfelder kannte? Alle Kollegen schätzten ihn, bei vielen weiblichen war es sicherlich auch mehr als das. Oder glaubte seine Katharina ernsthaft, ihr ach so charmanter Ehemann würde ihr treu sein? Wenn er allein daran dachte, wie oft sich das Milchgesicht in letzter Zeit mit Schwester Giulia Agostini herumtrieb. Wie sie rumtuschelten, wenn sie sich unbeobachtet fühlten. Wie er auf sie einredete, als gebe es kein Morgen. Seitdem Brunner diesen Verdacht hegte, hatte er den Bastard beobachtet. Nicht nur einmal war er nach einem Stelldichein mit Giulia in einem leeren Zimmer, wer weiß, vielleicht zur Abwechslung auch mal in der Besenkammer, mit hochrotem Kopf an ihm vorbeigerannt. Brunner konnte sich vorstellen, was Giulia dem Neuadeligen ins Ohr gehaucht haben musste, damit selbst ihm die Schamesröte ins Gesicht stieg. Andererseits, der und Scham?

Plötzlich hörte Brunner Stimmen draußen auf dem Flur. Wer außer ihm sollte um diese Zeit noch etwas hier zu suchen haben? Er ging zur Tür und legte sein Ohr an das Türblatt. Eine Stimme erkannte er sofort, Giulia. Sieh mal einer an, wahrscheinlich hatte sie gerade wieder ein Nümmerchen mit dem Adeligen geschoben. Praktisch, wenn sonst niemand mehr da war oder man zumindest davon ausging. Er schloss die Augen, konzentrierte sich nur auf seinen Hörsinn. Er war gespannt, was die beiden auf dem Flur noch für Liebesschwüre tauschten, ehe sie auseinandergingen. Sie in ihre hässliche Kaschemme, in die sie einen echten Adeligen mit Sicherheit niemals führen würde, er zu seiner Katharina, um mit ihr in Champagner zu baden und ihr ewige Treue zu schwören. Glücklicherweise waren die beiden in dem sicheren Gefühl, allein zu sein, stehen geblieben. So konnte er in Ruhe ihrer Unterhaltung lauschen, auch wenn er nicht alles mitbekam. Doch halt, da stimmte etwas nicht. Diese zweite Stimme, das war doch nicht der Bastard!

»… nicht der einzige Todesfall«, hörte Brunner Giulia Agostini sagen.

Die Stimme, die ihr antwortete, war gar kein Mann, es war eine Frau. »Sind Sie sich wirklich ganz sicher?«, fragte die Frau.

Worüber unterhielten die sich bloß?

»Ja, obwohl er … ein guter Arzt … schon seit ein paar Jahren.«

Die Stimme der anderen Frau war jetzt besser zu verstehen, sie schien lauter zu sprechen. »Aber das ist doch noch lange kein Beweis. Immerhin ist das eine schwerwiegende Anschuldigung.«

Dann wieder Giulia: »… mit eigenen Augen gesehen … niemals zugetraut … Neid …«

Die andere Stimme: »Also können Sie das tatsächlich beweisen?«

»Ja! … ganz verzweifelt … meine Mutter … Sie machen?«

Darauf die andere Frau: »Was würde eine Anzeige schon bringen? So was kommt doch andauernd vor. Der redet sich einfach raus. Ich habe eine bessere Idee.«

»… Elena … meine Mutter … verdammter Mist … tun soll …«, flüsterte Giulia.

»Machen Sie sich darüber keine Gedanken. Er darf damit nicht durchkommen. Wir beide besprechen das in aller Ruhe bei einem Abendessen, dann sehen wir weiter.«

Plötzlich erkannte er die Stimme. Er war sich ganz sicher. Das war die dickliche Cecilia Fontana, deren Vater vor zwei Wochen hier in der Klinik verstorben war. Durch jahrelanges Kettenrauchen hatte sie inzwischen eine Stimme wie ein Mann. Kein Wunder, dass er sich zunächst getäuscht hatte. Nach dem Tod ihres Vaters musste sich Cecilia wenigstens nur noch um ihre Mutter kümmern, deren jahrelanger Alkoholismus zu Alzheimer geführt hatte. Wenn er sich nicht irrte, befand sie sich inzwischen im Endstadium. Ein Ärgernis weniger. Cecilias Vater hatte Hodenkrebs gehabt und gewusst, dass seine Prognose unsicher war. Deshalb hatte er in seinem Organspendeausweis sämtliche noch gesunden Organe zur Verfügung gestellt. Ganz freiwillig hatte er das allerdings nicht gemacht. Damit war klar, worum es in dem Gespräch ging.

Wie aber sollte er sich angesichts dieser verstohlenen Anschuldigungen nun verhalten? Abwarten und schweigen oder lieber in die Offensive gehen? Unheil ließ sich nur abwenden, wenn man selbst aktiv wurde. Mit Passivität erreichte man nichts. Also Angriff. Geräuschvoll riss er die Tür auf. Erschrocken wirbelten die Frauen, die schon auf dem Weg zum Fahrstuhl waren, herum und starrten ihn an. Er ging langsam auf sie zu und war sich seiner Wirkung bewusst. Allein sein grimmiger Gesichtsausdruck flößte den meisten Respekt ein. Dabei wusste natürlich niemand, dass der vorrangig das Ergebnis seines jahrzehntelangen Frustes war. Doch die tiefe Stimme und die für sein Alter ziemlich kraftvolle Statur taten ihr Übriges, um ihn zu einer imposanten Erscheinung zu machen.

Die zarte Giulia wich einen Schritt in Richtung Fahrstuhl zurück, während sich die stämmige Cecilia selbstbewusst gab. Zu selbstbewusst. Sie sah ihm direkt in die Augen, ohne sich von der Stelle zu rühren. »Dr. Brunner, was machen Sie denn noch hier? Wollen Sie etwas von uns?«

Brunner antwortete, ohne stehen zu bleiben. »Die Frage lautet doch wohl eher, was Sie von mir wollen. Oder glauben Sie, ich hätte nichts von dem mitbekommen, was Sie eben erzählt haben? Man sollte immer aufpassen, was man tut und mit wem man sich anlegt. So manches kommt als Bumerang zu einem selbst zurück.«

Jetzt wich auch Cecilia zurück, deren Selbstsicherheit er ohnehin für aufgesetzt hielt. Er ging noch etwas schneller. Es bereitete ihm eine gewisse Befriedigung, diese kleinen Biester unter Druck zu setzen. Fragte sich nur, ob das auch ausreichte.

5

Durnholzer Tal, Heiligabend 2011

Wie jedes Jahr hatte sich die kleine Familie, Aloisia Kaser, ihr Mann Johann und ihr Adoptivsohn Nathan, Heiligabend nach dem Gottesdienst in der Kirche zum Heiligen Nikolaus um den Weihnachtsbaum versammelt. Als er noch klein war, hatte die große Darstellung des Jüngsten Gerichts in der Kirche Nathan immer Angst gemacht. Die Toten, die aus ihren Gräbern stiegen, der Engel mit dem Feuerschwert und die schwarzen Teufel, die die Verdammten in den Rachen des Höllendrachen stießen. Aber mit der Zeit legte sich das. Irgendwann hatte er begriffen, dass die Teufel und Toten nicht echt waren und ihm nichts antun konnten.

Viel Geld hatten sie nicht, deshalb konnten sie Nathan meistens nur eine Kleinigkeit schenken. In diesem Jahr hatte Johann Kaser allerdings weniger Geld, sondern vor allem seine Geschicklichkeit in das Geschenk investiert. Seine Kräfte verließen ihn zwar zunehmend, aber geübt im Umgang mit seinen Werkzeugen war er immer noch. Er war stolz auf das Ergebnis seiner Arbeit und freute sich auf Nathans freudestrahlende Augen.

»Frohe Weihnachten, lieber Nathan, und alles, alles Gute! Komm, pack schon dein Geschenk aus!«

Der Kaserhof lag im hinteren Durnholzer Tal, noch vorbei an dem kleinen Ort und dem auf über tausendfünfhundert Metern Höhe gelegenen Durnholzer See. Der Hof lag nochmals hundert Meter oberhalb des Sees. Dahinter erhoben sich bereits die imposanten Gipfel der Sarntaler Alpen, die Jakobsspitze, das Tagewaldhorn und die Kassianspitze, die im Sommer scharenweise Wanderer anlockten. Die Familie Kaser nutzte das, um sich etwas zu ihrer spärlichen Rente dazuzuverdienen. Die Landwirtschaft und das Vieh hatten sie schon längst aufgegeben. Sie boten den Wanderern Milch- und Käseprodukte von den umliegenden Höfen an, dazu Getränke, die sie in der Stadt kauften.

Wie die anderen außerhalb der Ortschaft gelegenen Höfe und

manchmal sogar das ganze Dorf war der Hof im Winter von der Zivilisation quasi abgeschnitten. In der kalten Jahreszeit mussten sich die Anwohner morgens meistens selbst darum kümmern, die Zufahrtswege von Schnee und Eis zu befreien. Der Südtiroler Räumdienst schaffte es nur selten rechtzeitig bis zu den letzten Höfen und schon gar nicht bis zum Kaserhof. Zumindest wenn so viel Schnee auf einmal fiel wie in der vergangenen Nacht. Nicht weniger als anderthalb Meter hatte Johann Kaser am frühen Morgen auf der großen Freifläche vor seiner Eingangstür gemessen. Außerdem war es eisig kalt geworden, fünfzehn Grad unter null. Laut Wetterbericht würde das zwar nicht allzu lange anhalten, aber das nützte ihm in diesem Moment nicht viel. Mit seiner Gicht hatte er draußen in der Kälte nichts verloren. Ganz zu schweigen von seinem Rücken. Wenn Nathan wenigstens mit dem Schneepflug umgehen könnte.

Ja, der gute Nathan … Johann Kaser betrachtete nachdenklich seinen Adoptivsohn, der sich wie ein kleines Kind über die neuen Schneeschuhe freute, die er voller Begeisterung ausgepackt hatte. Wie er sich freute, wie er lachte und in diesem Augenblick Aloisia umarmte, die er tatsächlich für seine Mutter hielt! Natürlich hielt er sie dafür, woher sollte er auch die Wahrheit kennen, der arme Nathan. Vollkommen abgeschottet von der Außenwelt war er auf dem Kaserhof aufgewachsen, ging nie zur Schule, fristete im Grunde ein Schattendasein. Woanders wäre das kaum möglich gewesen. Und das war auch gut so. Nathan war höchstwahrscheinlich von unterdurchschnittlicher Intelligenz, vielleicht war er sogar debil, vieles sprach jedenfalls dafür. Seine Frau und er hatten es nicht geschafft, dem Kind Lesen und Schreiben beizubringen. Wenn ein Tier auf dem Hof erkrankte, kümmerte er sich Tag und Nacht darum, wenn es starb, weinte er. Und die Tatsache, dass er sich wie ein Kind über ein paar Schneeschuhe freute, sprach Bände. Denn er war in diesem Jahr zweiundsechzig geworden.

Allerdings zeigte er auch gegenteilige, erwachsene Verhaltensweisen. So konnte er bei einfachen Tätigkeiten gut zupacken, arbeitete im Stall und auf dem Feld zuverlässig. Das schien ihm sogar Freude zu bereiten. Er aß gern und trank sogar Bier oder manchmal einen Wein. Eine normale Unterhaltung war mit ihm indes nicht möglich.

Nathan liebte die Natur und kannte die Berge seiner Heimat besser als jeder andere im Tal. Manchmal war er plötzlich verschwunden, anfangs zumeist ein oder zwei Tage, später manchmal eine Woche oder länger. Aloisia und Johann hatten sich zunächst große Sorgen gemacht und befürchtet, dass er sich, auf sich allein gestellt, nicht zurechtfinden würde, zumal sie nach Möglichkeit keinen Rettungsdienst einschalten sollten. Doch schon bald erkannten sie, dass sie sich geirrt hatten. Denn Nathan kam jedes Mal freudestrahlend zurück und erzählte von seinen Erlebnissen in den Bergen. Dabei beschränkte er sich keineswegs auf die Berge in seiner unmittelbaren Umgebung. Im Laufe der Jahre hatte er sich einen Großteil der umliegenden Bergwelt erschlossen, die Texelgruppe, Ausläufer des Ortlermassivs, aber auch die westlichen Dolomiten. Denn er verfügte über eine beeindruckende physische Stärke und ein intuitives Orientierungsvermögen. Er hatte sich bei seinen Ausflügen auch stets mit den lebensnotwendigen Dingen wie Wasser, etwas zu essen und seinem Schlafsack eingedeckt. Nachdem ihnen das klar geworden war, kreisten ihre Sorgen eher darum, was geschehen würde, wenn der weltfremde und debile Nathan Menschen begegnete, die er nicht kannte. Ging er ihnen aus dem Weg? Oder nickte er ihnen einfach zu und marschierte weiter? Er sprach nie darüber. Manchmal wirkte er aber die ersten Tage nach einer solchen Tour verstört, in sich gekehrt. Seinen Schilderungen zufolge mied er zwar so weit wie möglich öffentliche Wege oder gar Hütten, aber es ließ sich eben nicht komplett vermeiden, dass er ab und an auf fremde Leute traf, die ihm Angst machten. Vielleicht hatten sie ihn angesprochen und nach dem Weg gefragt. Möglicherweise hatte er aber auch eine Frau gesehen, die seine Phantasie angeregt hatte. Denn auch diesbezüglich schien Nathan wie ein Erwachsener zu fühlen. So hatte Johann ihn ein paarmal mit dem »Playboy« erwischt, den er in der Scheune vor Aloisia versteckte. Nathan hatte die alten Magazine gefunden und für sich entdeckt. Johann ließ ihn gewähren.

Nathan hatte sich inzwischen mit leuchtenden Augen seine Schneeschuhe angezogen. Er stakste damit zu Johann und umarmte ihn. »Danke, Papa, das ist ein ganz tolles Geschenk. Damit kann ich auch im Winter viel besser in die Berge gehen. Und viel höher. Hach, was wird das eine Freude! Was ist, Papa, jetzt ein Bier?«

Johann nickte. »Gerne, zieh dir aber vorher die Schneeschuhe wieder aus, die sind nicht gut für die Holzdielen.«

Er und Aloisia blickten Nathan nach, der in der Diele verschwand. Im Nachhinein war schwer zu entscheiden, ob Nathan von Geburt an mit einem zu niedrigen Intelligenzquotienten ausgestattet war, seine Herkunft zu genetischen Defekten geführt hatte oder ihn die lebenslange totale Abgeschiedenheit zu dem gemacht hatte, was er heute war. Fakt war jedenfalls, dass es hierzu keine Alternative gegeben hatte. Niemand sonst wäre bereit gewesen, sich dieses Kindes anzunehmen. Es wäre hoffnungslos verloren gewesen. Und so hatten Aloisia und er ihn zu sich geholt. Dieses Kind fremder Eltern sollte ihr einziges bleiben. Sie liebten Nathan wie ein leibliches Kind und so, wie er war. Hätten sie ihn jemals mit dem öffentlichen Leben in Berührung kommen lassen, ihn auf eine Schule geschickt, wäre alles ans Tageslicht gekommen, und sie hätten ihn vielleicht verloren. Es war schon schwer genug, mit dem Misstrauen und der Ablehnung der anderen im Dorf umzugehen, denen Nathan unheimlich war. Wenn sie mit ihm zu einem Dorffest gingen, konnte er zwar ungestört ein Bier trinken, aber Johann hatte immer gespürt, wie sie ihn alle verstohlen ansahen und tuschelten. Sie selbst waren deshalb nie zu einem festen Bestandteil der Dorfgemeinschaft geworden, zumal Johann auch noch aus Österreich kam und damit der einzige Zugezogene im Dorf war. Sie waren zeit ihres Lebens Außenseiter geblieben. Aber das war ihnen letztlich egal, denn sie waren sich selbst genug. Nur mit der Gesundheit ging es allmählich bergab. Aloisia war inzwischen vierundachtzig, er sechsundachtzig. Und damit hatten sie heute nur noch eine einzige echte Sorge: Was würde aus Nathan werden, wenn sie nicht mehr waren?

6

Schloss Adelsburg, 1. Weihnachtstag 2011

Das mit seinen Nebengebäuden majestätisch über Wolkenstein thronende Schloss derer von Adelsburg lag tief verschneit unter den imposanten Wänden des Sellastocks. Nachdem der ganze Herbst und der Frühwinter ungewöhnlich mild und schneearm gewesen waren, hatte es in der Nacht zu Heiligabend den ersten Schub der weißen Pracht gegeben. Über ein Meter war gefallen, Richtung Alpenhauptkamm musste es noch mehr gewesen sein. Heute war der Schneefall aus dem Mittelmeer gekommen und direkt in die Dolomiten gezogen. Es war etwas wärmer geworden, keine zehn Grad unter null mehr in tausendsiebenhundert Metern Höhe, aber dafür schneite es umso heftiger. Graf von Adelsburg war zwar kein bekennender Romantiker, doch der Blick aus seinem Arbeitszimmer auf die tief verschneite Landschaft und die im Laternenschein glitzernde Schneefläche auf der fünfhundert Meter langen Zufahrt ließen auch über seinen Rücken wohlige Schauer laufen. Der Weg zum Schloss, das gut zwei Kilometer von Wolkenstein entfernt auf einer Anhöhe lag, führte in Serpentinen durch einen Bergwald. Hinter dem Wald öffnete sich ein kleines Hochplateau, an dessen östlichem Ende sich die hufeisenförmig angelegte Schlossanlage befand. Mit dem Gebäude endete jegliche Bebauung, denn hinter dem Schloss, im Osten, erhob sich bereits der gigantische Sellastock mit seinem mit mehr als dreitausendeinhundert Metern höchsten Gipfel, dem Piz Boè. Im Südwesten konnte man bis zur markanten Langkofelgruppe blicken, im Norden zu den Ausläufern der Puezgruppe.

Das Schloss umfasste den in Nord-Süd-Richtung verlaufenden Haupttrakt und die beiden Nebenflügel, die jeweils über eine Gesamtfläche von vierhundert Quadratmetern verfügten, verteilt auf zwei Stockwerke mit acht Sälen und Zimmern sowie Küchen und Bädern. Der wesentlich größere Hauptteil bemaß sich auf rund tausendzweihundert Quadratmeter und war auf beiden

Ebenen direkt mit den Seitenflügeln verbunden. Das gesamte Schloss befand sich in einem tadellosen Zustand und auf dem neuesten Stand der Technik. Familie von Adelsburg bewohnte das Obergeschoss des Haupttraktes, zu dem jedoch ein eigener, erst vor einigen Jahren angelegter Außenzugang führte. Denn den unteren Teil sowie den Nordflügel hatte Graf von Adelsburg für Besichtigungen zur Verfügung gestellt. Sosehr er das auch als seine Pflicht gegenüber der Provinz Südtirol und der Allgemeinheit ansah, so wenig wollte er dauernd irgendwelchen Besuchergruppen über den Weg laufen.

Das Personal durfte den gesamten Südflügel bewohnen. Zu seinen Aufgaben zählten auch die in der Hauptsaison täglichen Führungen. Nur für drei Monate im Jahr, Januar, Februar und Dezember, stand das Schloss nicht für Besichtigungen zur Verfügung. Diese Zeit sollte, ungeachtet irgendwelcher Ferientermine, allein der Familie gehören, die mit Florian wunderbaren Zuwachs erfahren hatte.

»Das Essen ist gleich fertig, Heinrich, kommst du rüber? Soll Battista sich um den Wein kümmern, oder übernimmst du das lieber selbst?«

Graf von Adelsburg, der tief in seine Gedanken versunken war, wirbelte erschrocken herum. »Meine Güte, Maria, musst du dich immer so anschleichen?«

Anna Maria von Adelsburg ging lächelnd zu ihrem Mann und nahm ihn in den Arm. Sie führten eine glückliche, skandalfreie Ehe. Sie trennten strikt zwischen den Verpflichtungen, die ihr Stand und ihr Unternehmen mit sich brachten, und ihrem Privatleben. Sie hatten dieselben Werte, die sie niemals verraten würden. Die Familie stand dabei an erster Stelle. Zwar hatten sie nur das eine Kind bekommen, gern hätten sie vier oder fünf gehabt, aber sie nahmen diese Fügung des Schicksals klaglos an. Titel und Etikette hatten in ihrer Privatsphäre nichts verloren. Deshalb verzichteten sie selbst bei Geburtstagen oder hohen Feiertagen zu Hause auf Anzug und Kostüm. »Ach, Heinrich, wo warst du denn wieder mit deinen Gedanken?«

Von Adelsburg küsste seine Frau auf die Stirn. »Ich habe die herrliche Winterlandschaft bewundert. Und mich wieder einmal darüber gefreut, dass uns das Schicksal mit Florian einen großen Dienst erwiesen hat.«

»Ja, da hast du recht. Er liebt Katharina von Herzen und liest ihr jeden Wunsch von den Augen ab. Er fügt sich klaglos in die gesellschaftlichen Erfordernisse ein, die unser Stand und unsere Bedeutung für Südtirol nun einmal mit sich bringen. Man könnte meinen, er wäre schon so auf die Welt gekommen. Außerdem bringt er Adelsburg Technologies noch weiter voran. Kaum zu glauben, wie viele Herzen er in den letzten Jahren verpflanzt hat.«

Von Adelsburg nahm das Hochzeitsfoto von Katharina und Florian von seinem Schreibtisch und betrachtete es liebevoll. »Ja, wobei mir das Glück unserer Tochter von allem am wichtigsten ist. Ich hoffe, sie freuen sich über unser Geschenk, das wir ihnen gleich machen werden.«

»Mit Sicherheit. So, und jetzt komm endlich, oder willst du Eissuppe? Und was ist mit dem Wein?«

Von Adelsburg stellte das Bild wieder an seinen Platz. »Wieso, Eissuppe klingt doch gar nicht so übel«, sagte er lachend, »aber um den Wein kümmere ich mich lieber selbst.«

***

Nach dem Abendessen stand die Bescherung auf dem Programm. Graf von Adelsburg saß mit Florian vor dem Kamin und trank Cognac. Sie sahen den Frauen dabei zu, wie sie ihre Geschenke auspackten. So machten sie das jedes Jahr. Erst durften die Damen auspacken, dann die Herren.

Florian, der schon angeheitert war, fiel es schwer, sich auf das Fest zu konzentrieren.

»Was ist los mit dir, Florian?«, erkundigte sich von Adelsburg, dem die bedrückte Stimmung seines Schwiegersohnes nicht verborgen blieb. »Du wirkst so geistesabwesend.«

Florian winkte ab. »Ach, es ist nichts, alles in Ordnung.«

Der Graf knuffte ihn in die Seite. »Mach mir nichts vor, irgendwas belastet dich, das spüre ich doch. Rück schon raus damit, du weißt doch, in dieser Familie können und wollen wir über alles sprechen.«

Florian nahm einen großen Schluck Cognac, so als müsse er sich Mut antrinken. Er atmete ein paarmal tief durch. »Also gut, mir geht Brunner ziemlich auf die Nerven. Der schießt quer, wo er nur kann, und wird bestimmt alles in seiner Macht Stehende tun, um zu verhindern, dass ich sein Nachfolger werde.«

Von Adelsburg sah Florian erstaunt an. »Das ist alles?«

»Wie, das ist alles?«

»Na, hör mal, das ist doch kein Grund, Trübsal zu blasen. Wir wissen doch beide, wie der ist. Und warum. Du wirst sein Nachfolger, dafür werde ich schon sorgen. Und die paar Jahre mit ihm, mein Gott, die sind doch in Windeseile vorbei. Und das weiß auch Brunner. Mensch, Florian, dem bist du haushoch überlegen! Und wenn es dir doch zu viel wird, du weißt ja, wenn es drauf ankommt, kann ich –« Er ließ seinen Gedanken unausgesprochen.

Florian wusste auch so, was sein Schwiegervater meinte. Er lächelte gequält.

Schweigend tranken sie Cognac, während sich Katharina diebisch über Florians Geschenk freute, eine Ballon Bleu de Cartier. Sie band sich die Uhr um das linke Handgelenk, ging damit zu Florian und hielt sie ihm vor das Gesicht. »Guck mal, die steht mir doch so gut, als wäre sie extra für mich gemacht worden, oder?« Noch ehe er antworten konnte, umarmte und küsste sie ihn. »Vielen Dank, das ist die schönste Uhr, die ich je besessen habe. Fortan soll sie mein steter Begleiter sein. Und warte erst mal ab, was du gleich von mir geschenkt bekommst. Du hast ja nicht die leiseste Ahnung!« Sie ging zurück an den Gabentisch und alberte mit ihrer Mutter herum.

Sie ließen sich wie immer viel Zeit mit der Bescherung. Es ging dabei letztlich ja auch weniger um die Geschenke als um die Geselligkeit.

Von Adelsburg ließ Florians niedergeschlagene Stimmung indes keine Ruhe. »Florian, gleich geben Maria und ich euch euer Geschenk. Und weil ich das nicht gern im Schatten des Ungewissen tun möchte, vorher noch mal ganz klar und ohne Umschweife meine Frage: Ist alles okay mit dir?«

Florian richtete sich mit einem Ruck auf und antwortete etwas heftiger als nötig: »Was soll denn die Frage? Natürlich ist alles okay.

Alles bis auf Brunner. Immerhin muss ich mich jeden Tag mit diesem Mistkerl rumschlagen. Was soll denn auch sonst sein?«

»Woher soll ich das wissen? Aber ich verfüge über eine gewisse Menschenkenntnis. Und die sagt mir, dass dich etwas bedrückt, etwas Bedeutenderes als ein demnächst scheidender Klinikdirektor. Zumal ich finde, dass du überhaupt in letzter Zeit etwas schwermütig wirkst. Aber wenn du Stein und Bein schwörst, dass das nur wegen Brunner ist …«

Florian prostete von Adelsburg zu. »Da hast du dich in etwas hineingesteigert, lieber Schwiegerpapa. Ich fühle mich von Brunner regelrecht gemobbt. Das wird von Tag zu Tag schlimmer. Aber keine Sorge, da stehe ich drüber. Nur manchmal überkommt es mich, und dann bin ich eben für einen Moment niedergeschlagen. Aber das gibt sich bestimmt bald wieder. Kein Grund, auf deine zweifelsohne vorzüglichen Verbindungen anzuspielen. Komm, jetzt will ich wissen, was ihr euch für uns ausgedacht habt.«

Das Geschenk war nicht weniger als eine dreiwöchige Weltreise zu zweit, genau über Katharinas und Florians Hochzeitstag. Flüge erster Klasse, die größte Suite an Bord des Luxusliners, wie immer von allem nur das Beste. Florian fühlte sich angesichts seines Geschenks für Katharina fast ein wenig schäbig. Wenigstens hielten sich ihre Geschenke für ihn auch in einem erträglichen Rahmen. Allerdings stand ihr Hauptgeschenk noch aus. Das hatte sie sich bis zum Ende aufgespart.

Katharina stellte sich vor den großen Esstisch und bedeutete Florian und ihren Eltern, sich zu setzen. »Meine Lieben, im Grunde ist es ein Geschenk für euch alle. Und ich glaube, es ist besser, ihr sitzt, wenn ich es euch, nun ja, gebe.«

Grinsend füllte von Adelsburg die Gläser mit dem kalifornischen Edelwein, einem Opus One, Jahrgang 1998. »Diesmal machst du es aber wirklich spannend, Katharina. Nun spann uns nicht länger auf die Folter. Rück raus damit. Und wo ist das Geschenk überhaupt? Ich sehe nichts.«

»Das kann man auch nicht sehen. Noch nicht.« Katharina hielt einen Moment inne. Dann sah sie Florian an. »Florian, ich liebe dich. Und eigentlich wollte ich es dir zuerst sagen. Aber ich dachte, weil wir es uns alle so gewünscht haben … Nun ja, da dachte ich,

ich warte bis heute.« Sie legte ihre Hand auf ihren Bauch. »Ist euch gar nicht aufgefallen, dass ich seit zwei Wochen kaum noch Alkohol trinke?«

Für einen Moment herrschte absolutes Schweigen in dem riesigen Speisesaal mit dem großen Kamin und den historischen Ritterrüstungen. Dann sprang Heinrich als Erster auf und drückte seine Tochter an sich. »Das gibt es doch gar nicht! Ich fasse es nicht. Das stellt alles andere in den Schatten. Mein Gott, was machst du uns damit für eine Freude!«

Auch Anna Maria hatte ihre erste Überraschung überwunden und sprang auf. Nur Florian blieb sitzen und starrte in sein Weinglas.

»Florian«, rief seine Schwiegermutter, »was ist denn mit dir los? Freust du dich etwa nicht?«

Er riss sich zusammen und stammelte: »Was? Freuen …? Natürlich! Natürlich freue ich mich! Und wie, ich kann es noch gar nicht fassen!« Dann leerte er sein Glas in einem Zug und gesellte sich zu seiner Familie.

***

Als sie endlich im Bett lagen, war es schon weit nach Mitternacht. So lange hatte noch keine Weihnachtsfeier gedauert, was angesichts von Katharinas Neuigkeiten aber niemanden überraschte. Sie hatte den Kopf auf Florians Brust gelegt. »Sag mal, Liebster, du warst so still heute. Den ganzen Abend. Und eigentlich auch schon die letzten Tage. Freust du dich gar nicht darüber, dass du Vater wirst?«

Florian streichelte seiner Frau sanft das Haar aus dem Gesicht. »Was für eine Frage! Natürlich freue ich mich. Und wie! Du weißt doch, dass ich gern mindestens zwei Kinder hätte.«

Sie sah ihn fragend an. »Aber warum bist du dann so in dich gekehrt?«

Er verdrehte die Augen. »Dein Vater hat auch schon versucht, mir einzureden, dass etwas mit mir nicht stimmt. Aber ich bitte dich, man wird doch wohl mal nicht so gut drauf sein dürfen. Mir geht eben viel durch den Kopf. Die Sache mit Brunner. Und heute das Geschenk deiner Eltern. Hast du eine Ahnung, was so eine Reise kostet? Ein Vermögen, sage ich dir! Ich könnte täglich ein Dutzend Herzen verpflanzen und trotzdem nicht mithalten.«

Katharina richtete sich auf. »Florian, was redest du da? Wie oft habe ich dir schon gesagt, dass Geld meinen Eltern nichts bedeutet. Diese Reise haben sie uns nicht geschenkt, weil sie teuer ist, sondern weil sie uns damit eine Freude machen wollen. Und wenn du mir nichts als einen Strauß Rosen schenken würdest, wäre das genauso gut. Niemand würde dich deshalb schief angucken. So sind wir nicht. Und das weißt du.«

Er lachte. »Ja, das weiß ich. Und das liebe ich auch an euch allen. Dennoch ist es manchmal ein blödes Gefühl, zu wissen, dass ich dir als dein Mann niemals das werde bieten können, was deine Eltern dir bieten.«

»Ach, Florian, manchmal bist du wirklich merkwürdig. Meine Eltern haben dich von Herzen gern. Und für meinen Vater und Adelsburg Technologies bist du immens wichtig. Du bedeutest bares Geld. Die Uhr, die du mir geschenkt hast, mit dieser wunderschönen Gravur unseres Hochzeitstages, ist ein wunderbares persönliches Weihnachtsgeschenk. Jedes Mal, wenn ich auf die Uhr schaue, werde ich an dich denken. Dabei geht es doch nicht um den materiellen Wert.«

Florian zog seine Frau an sich. »Das stimmt, Liebes, aber manchmal belastet es mich eben doch. Genauso wie die Sache mit Brunner. Aber auch das geht irgendwann vorbei.«

Schweigend streichelten sie sich eine Weile gegenseitig. Dann ließ Katharina ihre Hand langsam über Florians Brust nach unten gleiten. Sie küsste ihn und griff ihm dabei in den Schritt. Doch nichts regte sich. Es war das erste Mal in ihrer Beziehung, dass er überhaupt nicht auf ihre Zärtlichkeit reagierte. Sie fühlten sich stark voneinander angezogen, sodass sie regelmäßigen und guten Sex hatten.

»Was ist los mit dir, Florian? Bist du heute etwa nicht in Form? Da werde ich wohl ein bisschen nachhelfen müssen«, sagte sie mit einem koketten Augenaufschlag und machte Anstalten, auch mit dem Kopf abwärtszuwandern.

Doch Florian hielt sie zurück. »Nicht, Liebes, bitte. Nicht heute. Morgen sieht das bestimmt schon wieder ganz anders aus.«

Katharina war verunsichert. »Bist du sicher? Sei ehrlich, hat es damit zu tun, dass ich schwanger bin? Ich meine, für manche Männer ist das ja ein Problem. Und weil es gerade jetzt passiert, nachdem ich es dir erzählt habe –«

»Ach, Katharina, was machst du dir nur für Gedanken! Nein, ich habe kein Problem damit, dass du schwanger bist. Ganz im Gegenteil. Das macht dich noch anziehender. Trotzdem habe ich heute keine Lust. Ich denke, das kommt vom vielen Alkohol. Nach deiner frohen Botschaft habe ich bestimmt noch eine ganze Flasche Wein getrunken.«

7

Bozen, 2012, Anfang Juni

»Wir haben alle verfügbaren Einheiten in die Berge geschickt. Sämtliche Hüttenwirte, Almen, Hotels und die Bergwacht sind informiert. Überall hängt sein Bild aus. Und trotzdem, nichts, niente, keine Spur von ihm. Wie ist das nur möglich?«

Bald einen Monat war es her, dass Klaus Mantinger, der als »Das Monster von Bozen« wochenlang für unrühmliche Schlagzeilen gesorgt hatte, aus der Psychiatrie ausgebrochen war. Er hatte Dottore Crescente Albertazzi, dem Leiter der forensischen Psychiatrie, mit bloßen Händen das Genick gebrochen und war dann spektakulär wie in einem amerikanischen Actionfilm über die Dächer des Gebäudes entkommen. Seitdem war er spurlos verschwunden, obwohl nahezu die gesamte Bozener Polizei auf ihn angesetzt war und sämtliche Autobahnen, Bahnhöfe und Flughäfen rund um die Uhr überwacht wurden. Die Polizia di Stato hatte die Bevölkerung zu einer erhöhten Aufmerksamkeit aufgerufen und dazu geraten, möglichst nicht allein in die Berge zu gehen.

Mantinger hatte mit seinen Taten in Südtirol für Angst und Schrecken gesorgt, und letztlich konnte nie eindeutig geklärt werden, ob nicht er derjenige war, der Commissario Vincenzo Bellini auf die perverseste Art und Weise erpresst hatte. Vincenzo hasste diesen Menschen, dem Gianna, seine Freundin aus Mailand, und er möglicherweise die schrecklichsten Momente ihres Lebens verdankten sowie eine Beziehungskrise, die keinerlei Anlass zu Zuversicht und Hoffnung bot. Und das, obwohl sie sich nach langer Zeit des Auseinanderlebens gerade wieder ein wenig nähergekommen waren. Bis Mantingers Ausbruch bekannt wurde. Vincenzo hatte bei dieser Nachricht einen Ohnmachtsanfall erlitten, Gianna einen Tränenausbruch und Panikattacken. Seitdem war die Stimmung zwischen ihnen nachhaltig abgekühlt, vor allem weil Gianna Vincenzo unbewusst die Schuld an ihrer Misere gab. Ihr Kontakt beschränkte sich auf immer seltener werdende oberflächliche Telefonate, auch wenn Gianna bald für eine Aussprache nach Bozen kommen wollte. Sie und ihre Beziehung waren auf perfide Weise Opfer des Verbrechers geworden, der mit seiner abenteuerlichen Flucht die Schlagzeilen der Zeitungen füllte, genau wie damals, als er seine Verbrechen in Bozen verübt hatte.

Vincenzo saß mit seinen Kollegen, Ispettore Giuseppe Marzoli und Sabine Mauracher, soeben zur Ispettrice ernannt, in seinem Büro zusammen. Normalerweise hätte er den nahezu täglichen Streit der beiden um seine stets beachtlichen Cantuccinivorräte mit Belustigung verfolgt, doch nach Scherzen war ihm in dieser Situation nicht zumute. Er stand an der großen dreidimensionalen Karte von Südtirol und betrachtete sie nachdenklich. Mehr zu sich selbst als zu seinen Kollegen fuhr er fort: »Ich begreife es einfach nicht. Überall sind Suchtrupps unterwegs, selbst in den entlegensten Winkeln unserer Berge. Alle Biwakschachteln und sonstigen Rückzugsmöglichkeiten werden regelmäßig kontrolliert. All das zudem mit Luftunterstützung. Nichts, keine Spur von ihm. Oder hat er es tatsächlich geschafft, sich trotz unserer Überwachungsmaßnahmen ins Ausland abzusetzen?«

Mit triumphierendem Lächeln griff Marzoli hastig in die Cantuccinitüte und nahm sich, so viel er konnte. Mit seiner Beute gesellte er sich zu Vincenzo, gefolgt von der finster dreinblickenden Mauracher, die sich in den Bergen nicht weniger gut auskannte als Vincenzo.

»Ehrlich gesagt, glaube ich nicht, dass wir ihn in den Bergen finden werden«, stellte sie fest. »Sie haben selbst gesagt, er ist ein Meister der Tarnung. Ich denke, dass es ihm gelungen ist, Südtirol zu verlassen.«

»Sehe ich auch so«, stimmte ihr Marzoli zu. »Sie waren zu Zeiten des *Monsters* ja noch nicht dabei, Signora, aber er hatte all seine Taten dermaßen perfekt geplant und uns dabei in perfider Art und Weise an der Nase herumgeführt, dass ich keinen Zweifel hege, dass er schon damals für einen solchen Fall vorgesorgt hat. Der hat irgendwo Bargeld gebunkert und hat mit Sicherheit diverse gefälschte Pässe und was man sonst noch alles für eine Flucht ins

Ausland braucht. Der sitzt irgendwo am Strand, schlürft Cocktails und freut sich, dass wir uns dumm und dämlich suchen.«

Vincenzo teilte diese Meinung nicht. »Nein, das glaube ich nicht. Der ist irgendwo da draußen, lässt uns zappeln und fiebert dem Moment entgegen, in dem er sich an uns rächen kann. Oder, besser gesagt, an mir. Sie sind ihm doch im Eis und im Schneesturm begegnet, Sabine, Sie wissen, wozu der fähig ist und wie der tickt.«

Mauracher nutzte einen Moment der Unkonzentriertheit bei Marzoli, um ihm mit einer schnellen Bewegung zwei Cantuccini zu entreißen. Der Ispettore zuckte erschrocken zusammen und wollte schon zu einer Schimpftirade ansetzen, doch Vincenzo unterbrach ihn unwirsch. »Jetzt hört doch endlich mal mit diesem albernen Cantuccinigezanke auf! Bin ich denn hier im Kindergarten? Ab morgen stehen zwei Schälchen auf meinem Schreibtisch. Auf dem einen steht ›Giuseppe‹, auf dem anderen ›Sabine‹. Es ist eure Sache, wie ihr euch das einteilt. Und wer mir zu frech ist oder miserabel arbeitet, der kriegt zur Strafe weniger. Und jetzt konzentrieren wir uns auf einen entflohenen Serienmörder, verstanden?«

Mauracher nickte zustimmend. »Diese Lösung ist für mich eindeutig eine Verbesserung. Für den lieben Ispettore hingegen bedeutet sie eine Zwangsdiät. Das nenne ich gerecht. Jedenfalls haben Sie recht, Commissario, ich bin im Eis einem gestörten Wesen begegnet. Aber ich befürchte, dass Sie sich da immer noch in etwas hineinsteigern. Mantinger war es nicht, wir haben den wahren Täter gejagt, und der ist bei seiner Flucht draufgegangen. So sieht es aus. Insofern glaube ich auch, dass er es geschafft hat, sich abzusetzen, und jetzt in irgendeinem Inselparadies abchillt.«

Vincenzo blickte verständnislos von einem zum anderen. »Sind Sie wirklich so naiv? Der und abchillen? Völlig abwegig. Ich sage Ihnen, der sinnt auf Rache und wartet so lange, bis wir die Jagd auf ihn einstellen. Dann ist seine Stunde gekommen. Wahrscheinlich hält er sich in unwegsamem Gelände auf und wechselt ständig den Standort. Der Typ ist ein hervorragender Bergsteiger und völlig angstfrei. Und deshalb machen wir das Gegenteil: Wir jagen ihn noch intensiver.«

Marzoli nickte wohlwollend.

Mauracher hingegen war offenbar noch nicht ganz klar, worauf ihr Vorgesetzter hinauswollte. »Wovon sprechen Sie?«

»Ich spreche von den Carabinieri des siebten Regiments. Die sind in Leifers stationiert, in der Kaserne ›Federico Guella‹. Ihr oberster Befehlshaber ist Colonnello Vittorio Andolfo. Ein fähiger Mann. Die können binnen kürzester Zeit ganze Heerscharen bereitstellen. Viele von denen sind zwar die meiste Zeit auf Auslandseinsätzen, aber eine halbe Hundertschaft können die uns sicherlich zur Verfügung stellen. Die haben bislang noch jeden gefunden. Und die kriegen auch Mantinger, das schwöre ich euch!«

***

Bozen, Zentralkrankenhaus

Dr. Florian von Adelsburg rannte hektisch durch die Gänge der Kardiologie und hätte dabei um ein Haar Schwester Elena umgerannt, die ihm, ein Tablett mit Geschirr wie ein Artist balancierend, nur mit einem großen Ausfallschritt ausweichen konnte. Verdutzt blickte sie dem Arzt nach, der eigentlich für seine stoische Ruhe und Souveränität bekannt war. Augenblicke später war er ihren Blicken entschwunden, nachdem er die Station durch die große Tür zum Hauptkorridor verlassen hatte, die er, obwohl es auch einen automatischen Türöffner gab, mit solcher Wucht mit den Händen aufstieß, dass die Tür gegen die Wand knallte. Für einen Moment befürchtete Elena, dass die Glastür zu Bruch gehen würde.

Florian war zornig. Das war in dieser Woche bereits sein zweiter Patient, der ihm unter den Händen wegzusterben drohte. Der Mann lag auf der Inneren und sollte eigentlich wegen eines Nierentumors operiert werden. Doch vor wenigen Minuten hatte Schwester Giulia angerufen und ihm aufgeregt mitgeteilt, dass der Patient soeben mit plötzlich auftretenden tachykarden ventrikulären Herzrhythmusstörungen auf die Intensivstation verlegt worden war. Genau das Gleiche wie bei dem Magenpatienten vor einigen Tagen.

Florian streifte den Schutzkittel über, den Giulia für ihn bereithielt, und betrat die Intensivstation. Der behandelnde Arzt, Dr. Paul

Brunner, stand mit Grabesmiene vor seinem Patienten. Als er seinen Kollegen erblickte, schüttelte er nur den Kopf. Mit energischen Schritten ging Florian auf Brunner zu, der nicht einmal aufsah, als dieser auf ihn einredete.

»Das kann doch wohl nicht wahr sein. Das wäre der zweite Patient allein in dieser Woche. Sagen Sie, dass das nicht wahr ist, Brunner.«

Der Arzt reagierte nicht.

»Brunner, ich rede mit Ihnen!«

Erst jetzt sah Brunner ihm in die Augen. »Tut mir leid, aber der Patient ist soeben verstorben. Sie kommen zu spät.«

Entgeistert blickte Florian auf das Krankenbett, in dem der Patient mit geschlossenen Augen lag. »Können Sie mir bitte mal erklären, Brunner, warum zwei Patienten der Inneren binnen weniger Tage an Herzversagen sterben, obwohl sie eigentlich mit gesundem Herzen eingeliefert wurden?«

Brunner funkelte ihn aus wütenden Augen an. »Wollen Sie mir irgendetwas unterstellen, von Adelsburg?«

»Ich erwarte eine Erklärung von Ihnen!«

»Das waren meine Patienten. Also geht Sie das nichts an.«

»Nichts an? Beide waren Organspender und haben ihr gesundes Herz zur Verfügung gestellt, wodurch sie auch meine Patienten waren. Und beide sterben jetzt ausgerechnet an Herzversagen, was ihre Herzen folglich für eine Transplantation unbrauchbar macht. Das Ganze geht mich also sehr wohl etwas an!«

Brunner seufzte laut. »Ja, das ist wirklich Pech, dennoch nichts weiter als Zufall. Sie wissen das als Kardiologe genauso gut wie ich. Ein Patient wird eingeliefert, ist, abgesehen von seiner gravierenden Diagnose, ansonsten scheinbar gesund. Und dennoch stirbt er an Herzversagen. Und warum? Weil diese Menschen trotzdem Risikopatienten waren. Kein Sport, ungesunde, fettreiche Ernährung mit entsprechenden Cholesterinwerten und Übergewicht. Der hier war auch noch starker Raucher.« Brunner wies mit dem Zeigefinger auf den toten Patienten. »Dann werden die Leute krank, in der Regel auch aufgrund ihres Lebensstils, kommen zu uns, und dann … Tja, dann hält ihr Herz dem Stress eben doch nicht stand. Könnten wir so etwas vorhersagen, wären wir medizinisch einen großen Schritt weiter.«

Florian starrte seinen Kollegen an. »Abgesehen von seinen Nieren und jetzt auch noch seinem Herzen können wir alle anderen inneren Organe verwenden. Genauer gesagt, Sie können sie verwenden. Komischer Zufall, dass ausgerechnet ich betroffen bin, Sie hingegen davon profitieren.«

»Ich wiederhole meine Frage, von Adelsburg: Wollen Sie mir irgendetwas unterstellen?«

Florians Kiefer mahlten. Er musterte sein Gegenüber. Wie weit würde der alte Arzt gehen, nur um seine Position in der Klinik zu sichern?

Brunner lächelte spöttisch. »Ich werte Ihr Schweigen mal als ein Nein. Das ist auch gut so. Denn sonst müsste ich Sie an die Patienten erinnern, die unter Ihrer Obhut einen Schlaganfall erlitten haben. Patienten, bei denen es, wie bei unserem Freund hier, keinerlei Hinweise darauf gab. Und ist es nicht eine sonderbare Fügung des Schicksals, dass Sie die Herzen dieser Schlaganfallopfer, die laut Prognose noch ziemlich alt hätten werden können, ganz wunderbar verwerten konnten?«

Die beiden Ärzte standen sich gegenüber wie beim Showdown eines Italo-Westerns. Schließlich drehte sich Florian um und lief wütend zum Ausgang, begleitet von Brunners missmutigem Gegrummel.

***

Was für ein einzigartiges Lebensgefühl! Hier oben stehe ich im wahrsten Sinne des Wortes über den Dingen. Ich habe den Zustand absoluter Freiheit erreicht, bin eins mit mir selbst. Mein ganzes Leben ist eine einzige Erfolgsgeschichte. Keines meiner Ziele habe ich je verfehlt. Wer mir in die Quere kam, hat es bitter bereut. Es hat lange gedauert, bis ich begriffen habe, wie dumm, eitel und selbstverliebt die Menschen sind. Es ist so leicht, sie bei ihrer Eitelkeit zu packen. Diese eine Schwäche ist ihnen allen gemein. Selbst gestandene Psychiater lassen sich spielerisch leicht manipulieren, ohne dass sie es merken. Sage ihnen, was sie hören wollen, und schon hast du ihr blindes Vertrauen. Wer ist hier der Patient und wer der Therapeut? Welch nutzlose Kreaturen! Irrtümer der Schöpfung. Ich kann es kaum erwarten, alldem Lebewohl zu sagen. Ja, Berge, euch werde ich vermissen, aber sonst nichts. Ich weiß, wohin mich mein Weg führen wird, und ich freue mich darauf. Aber vorher habe ich hier noch etwas zu erledigen. Das gehört zu meinem Lebensplan und dient einer höheren Gerechtigkeit, einem übergeordneten Plan.

Ich habe das Gefühl, als wäre ich in diesem Augenblick gar nicht Bestandteil dieser Welt. Ich stehe außerhalb von ihr und betrachte sie, sie und mich. Ich komme mir vor, als befände ich mich inmitten eines einmaligen Theaterstücks. Eine Parodie auf die Dummheit der italienischen Polizei. Während Dutzende von Männern mit ein paar Hunden irgendwelche Pfade und Wege entlangrennen, sitze ich auf meinem Stein, meinem Logenplatz ganz nahe am Himmel, und schaue dem Treiben unter mir zu. Ich kann sie sehen, aber sie mich nicht. Für wie dumm halten die mich eigentlich? Glauben die allen Ernstes, dass ich gemächlich mitten über den Meraner Höhenweg schlendere, den Uniformierten freundlich zuwinke und mich dann mit einem »herzlichen Dank« verhaften lasse? Verbunden mit der höflichen Bitte, mir eine möglichst komfortable Zelle zuzuweisen? Im Grunde müsste ich das als Beleidigung werten, als Respektlosigkeit gegenüber meiner Intelligenz. Zumindest du, lieber Vincenzo, solltest mich doch gut genug kennen. Allein die Tatsache, dass ich dich hier oben noch nicht gesehen habe, empfinde ich als beschämend. Sitzt du wirklich in deinem hübschen Büro und wartest darauf, dass dich jemand anruft und fröhlich in den Hörer trällert: »Juchhu, Commissario, wir haben ihn!«?

Ah, jetzt marschieren sie doch tatsächlich in die Alm. Die öffnet ihre Pforten erst Ende Juni. Traut ihr mir zu, dass ich in eine geschlossene Alm direkt am Meraner Höhenweg einbreche? Einbreche, um dort was zu tun? Mich nett einzurichten? Mir was Schönes zu kochen, vielleicht am lodernden Kamin zu dinieren? Mit einem Sankt Magdalener, den ich im bescheidenen Weinkeller gefunden habe? Was ist, wollt ihr euch nicht zu mir setzen und mit mir zu Mittag speisen? Ihr seid meine Gäste! Vollidioten! Welch eklatante Verschwendung von Steuergeldern. Wenn ihr euch wenigstens die Mühe machen würdet, intensiv die Hänge hinaufzuschauen. Dann könntet ihr mich immerhin theoretisch sehen. Dann würde das Theaterstück richtig Fahrt aufnehmen. Aber da unten vertrödelt ihr nur kostbare Zeit. Welch gähnend langweilige Aufführung!

Was wolltet ihr eigentlich mit euren sinnentleerten Aufrufen an die Bevölkerung erreichen? Erhöhte Aufmerksamkeit? Was sollen die lieben Südtiroler denn machen? Mit Ferngläsern durch die Berge laufen und aufmerksam nach mir Ausschau halten? Wenn ihr das mit euren leeren Worthülsen erreichen wolltet, hättet ihr die Leute nicht gleichzeitig warnen sollen, in die Berge zu gehen. Sie sollen die Berge meiden, aber sie sollen mich finden. Wessen minderbemitteltem Geist in der Questura ist denn dieser hanebüchene Schwachsinn entsprungen?

Oh, was höre ich denn da? Kommt da tatsächlich schon wieder einer dieser Hubschrauber? Weil man von oben so einen unglaublich guten Überblick hat? Ich könnte mich einfach hinter meinen Felsen ducken, das dürfte schon genügen, um mich euren Blicken zu entziehen. Aber ich bin ein wenig erschöpft, wahrscheinlich vom vielen Lachen. Vielleicht habt ihr ja sogar eine Wärmebildkamera dabei. Ich ziehe mich eine Weile in meine gemütlich eingerichtete Höhle zurück und ruhe mich ein wenig aus. Wenn diese Versager weg sind, packe ich mir Südtiroler Speck, Graukäse und Schüttelbrot in meinen Rucksack und steige den Hang weiter hinauf. Bis zum Sonnenuntergang werde ich in der Scharte bleiben. Von dort oben habe ich einen phantastischen Blick auf die Hohe Wilde. Während ich mir genüsslich eine Flasche Lagrein zu meiner Jause gönne, denke ich über dich und mich nach, Vincenzo. Was können wir tun, um unserer Freundschaft, unserer Seelenverwandtschaft endlich in angemessener Weise und nachhaltig Ausdruck zu verleihen? Oder, besser gesagt: Was kann ich dafür tun?

8

Schloss Adelsburg, Mittwoch, 6. Juni 2012

Graf Heinrich Alexander Philipp von Adelsburg wollte abwarten, bis die Frauen zu Bett gegangen waren, um ungestört mit seinem Schwiegersohn sprechen zu können. Er hatte sich einen halben Tag in der Firma freigenommen, um in Ruhe die verschiedenen Aspekte seiner Entscheidung zu durchdenken. Was bedeutete das zuallererst für Adelsburg Technologies? Für den wirtschaftlichen Erfolg der Firma, aber auch für ihr Ansehen, ihr Renommee? Es war nicht auszuschließen, dass seine Entscheidung den Unmut von Medien, Mitarbeitern, vor allem jedoch Anteilseignern provozierte. Man könnte ihm persönliche Motive unterstellen, unangebracht für einen Hochtechnologiebetrieb. Außerdem war überhaupt nicht klar, wie Florian selbst darauf reagieren würde. Heinrich hatte es ihm gegenüber bislang schließlich nicht einmal angedeutet. Aber so war er nun mal, schon immer. Solche Dinge machte er zuerst mit sich selbst aus. Erst dann öffnete er sich den anderen, nicht selten zum Verdruss seiner Familie oder Geschäftsführer. Er hielt weiterhin achtzig Prozent der Anteile an seiner Firma. Die restlichen zwanzig hatte er als lukrativen Anreiz vor allem an Menschen und Institutionen vergeben, die entweder ein besonderes technisches Knowhow in die Firma einbringen konnten oder aber über Kontakte und Beziehungen verfügten, die den Marktanteil von Adelsburg Technologies sichern oder sogar steigern konnten. Diese Leute durfte er nicht vergraulen. Da spielte es keine Rolle, dass er mit seiner absoluten Stimmenmehrheit Entscheidungen weitgehend nach Belieben treffen konnte.

Heinrich war von Bozen aus, dem Firmensitz, direkt nach Hause gefahren, hatte sich Wanderhose, Anorak und Bergschuhe angezogen und war losgegangen. Beim Wandern konnte er am besten nachdenken. Das Wetter spielte nur nicht so recht mit, so wie eigentlich schon das ganze Jahr. Dauernd diese Schwüle im Tal, die vielen heftigen Gewitter und Starkregen. Er konnte sich nicht erinnern, wann er zuletzt einen absolut klaren Tag erlebt hatte, mit stahlblauem Himmel und dunstfreiem Blick zu den Gipfeln. Die Luft schien permanent mit riesigen Mengen an Feuchtigkeit angereichert zu sein, selbst wenn einmal die Sonne schien. Und dazu diese Wärme. Er hatte keinen Zweifel, dass dies direkte Auswirkungen des Klimawandels waren, die sich in Zukunft noch verstärken würden. Damit waren seine Möglichkeiten für Wanderungen und Spaziergänge zunehmend limitiert, denn er hatte keine Lust, jedes Mal einen Riesenrucksack aufzusetzen, um mit Ersatzwäsche, schweren Regenhosen und -jacken, Biwaksack und Notproviant für plötzliche Wetterumschwünge gerüstet zu sein. Dann beschränkte er sich eben auf die harmlosen Wanderwege rings um sein Schloss, auf denen es auch keine Rolle spielte, wenn er dabei klitschnass wurde. Außerdem stand heute ohnehin nicht die herrliche Bergwelt der Dolomiten im Fokus, sondern seine Entscheidung und die Vorbereitung auf das Gespräch mit Florian.

Gemächlich schlenderte er über die große Wiese außerhalb der Schlossmauern, die den gesamten Schlosspark wie ein Bollwerk umfassten. Fast unnatürlich graue Nebelschwaden zogen durch das Tal. Nur vereinzelt rissen sie so weit auf, dass er einen Blick auf Wolkenstein erhaschen konnte. Die umliegenden Berge waren sowieso in Wolken gehüllt. Die Wiese, durch die er ging, war nass, obwohl es heute noch nicht geregnet hatte. Die Luftfeuchtigkeit schien hundert Prozent zu betragen. Zwar war es in dieser Höhe bedeutend kühler als im stickig-schwülen Bozen, deshalb hatte er auch eine Jacke anziehen müssen, aber wehe, die Sonne kam kurzzeitig aus der Wolkendecke hervor. Sofort verwandelte sich selbst die alpine Lage von Schloss Adelsburg in einen Brutofen. Obwohl es still war und kein Lüftchen sich regte, hatte Heinrich das Gefühl, als könne jederzeit ein Inferno losbrechen.

Florian müsste eigentlich begeistert sein von dieser Chance, die sich ihm da eröffnete. Andererseits, das hatte Heinrich schon frühzeitig erkannt, war sein Schwiegersohn enorm ehrgeizig. Er wollte sich seine Erfolge selbst erarbeiten und nicht auf das Wohlwollen und die Macht anderer angewiesen sein. Vehement hatte er sich jegliche Einmischung in den Konflikt zwischen ihm und Dr. Paul Brunner verbeten. Dabei könnte Heinrich mit seinen

Kontakten und Einflussmöglichkeiten dem Ganzen ein schnelles Ende bereiten. Nichts täte er lieber als das. Dieser griesgrämige, verbitterte alte Mann, der den Frust über sein gescheitertes Leben zu gern an anderen ausließ, hatte es nicht besser verdient. Aber Heinrich respektierte Florians Wunsch. Allerdings konnte er gerade wegen Florians Haltung nicht ausschließen, dass sein Schwiegersohn das Angebot, das er ihm heute Abend unterbreiten würde, ablehnte.

Heinrich von Adelsburg blickte tief in sein Inneres. Was waren die wahren Motive für seine Entscheidung? Waren sie persönlicher Natur, oder entsprangen sie einer betriebswirtschaftlichen Notwendigkeit, um die Expansionsstrategie von Adelsburg Technologies konsequent umzusetzen? Er stellte sich die Frage, die er sich in solchen Situationen immer stellte: Wenn ich ein außenstehender fachkundiger Dritter wäre, dem man diese Pläne und ihre Hintergründe vorstellte, wie sähe meine Einschätzung dann aus? Die Antwort war eindeutig: Ja, man könnte dir persönliche Motive unterstellen. Du willst eine alte Familientradition fortführen und die Kontrolle über dein Unternehmen auf Dauer behalten. Aber die Entscheidung ist dennoch strategischer Natur und für die Firma definitiv ein Schritt nach vorn.

Damit war die Sache klar. Er würde Florian die Position anbieten und den möglichen Unmut gewisser Leute billigend in Kauf nehmen.

Er schaute auf die Uhr. Noch zwei Stunden bis zum Abendessen. Florian war noch nicht zu Hause. Also konnte er problemlos die große Runde gehen, runter ins Tal, vorbei an Wolkenstein und auf der anderen, der steileren, Seite, zurück zum Schloss. Das würde ihm guttun. Frei von Gedanken, nur noch auf die Natur und Wetterstimmungen konzentriert, beschleunigte er seinen Schritt. Er hatte noch nicht einmal den Wald erreicht, als urplötzlich, ohne jede Vorwarnung, ein greller Blitz das Tal erleuchtete, unmittelbar gefolgt von einem ohrenbetäubenden Donnerschlag, der gespenstisch an den Wänden der hohen Berge widerhallte. Heinrich drehte sich um, blickte nach Westen. Vor die Langkofelgruppe senkte sich ein undurchdringlicher Schleier und näherte sich rasch Schloss Adelsburg. Für einen neuerlichen

Platzregen war dieser Schleier zu hell. Das war kein Regen, das musste Hagel sein. Vollkommen unbemerkt hatte sich das Gewitter hinter dem Gebirgszug aufgetürmt und diesen dann rasch überwunden. Wieder zuckte ein greller Blitz auf, den Heinrich nicht weit vor sich niedergehen sah. Er erhellte Schloss Adelsburg für den Bruchteil einer Sekunde, dann schien es Nacht zu werden. Dem Donnerknall folgte ein plötzlich anschwellendes Rauschen. Heinrich sah, wie der ganze Wald in Bewegung geriet. Sekunden später hatten die ersten Sturmböen auch ihn erreicht. Das Unwetter nahm direkten Kurs auf das Schloss, angezogen von den steilen Wänden des Sellastocks. Von innerer Unruhe erfasst, rannte er los. Regen machte ihm keine Angst, egal, in welchen Mengen. Aber solche Blitze, plötzliche infernalische Orkanböen und eine dicke weiße Hagelwand, das verunsicherte auch ihn. Als er das südliche Tor zum weitläufigen Schlosspark erreichte, vernahm er hinter sich das harte, stakkatoartige Geräusch, das entsteht, wenn große Hagelkörner aufschlagen. Instinktiv blieb er stehen und drehte sich um. Mit weit aufgerissenen Augen sah er direkt in den Weltuntergang. In dem undurchdringlichen weißen Vorhang konnte er die einzelnen Hagelkörner erahnen. Sie mussten so groß sein wie Hühnereier. Ein Knacken, so laut, dass es selbst den fast gleichzeitigen Donner übertönte, begleitete die Orkanböe, die in diesem Augenblick einen Baum wie ein Streichholz fällte. Heinrich rannte los über die breite Auffahrt hin zum Eingangsportal. Ein einzelnes riesiges Hagelkorn klatschte direkt vor ihm auf die Zufahrt und zersprang in tausend kleine Einzelstücke. Er sah Anna Maria wild gestikulierend in der offenen Tür stehen. Als er bei ihr angekommen war und sich noch einmal umdrehte, sah er, dass die weiße Wand in diesem Augenblick den Schlosspark erreichte, so dicht, dass er durch sie hindurch nicht einmal das äußere Tor erkennen konnte. Sekunden später war die Welt erfüllt von einem ohrenbetäubenden Lärm, einer Mischung aus heulenden Windböen, Donnerschlägen und einem Hagelinferno, das den Schlosspark binnen weniger Augenblicke in eine Winterlandschaft verwandelte. Es war düster, doch wenn die Blitze aus den Wolken jagten, wurde aus der Dunkelheit für einen Moment eine grelle, unwirkliche und unheimliche Welt.

Ergriffen von einer Mischung aus Panik und Faszination sahen sich die Eheleute an.

»Florian!«, entfuhr es Anna Maria. »Mein Gott, Florian! Der ist in diesem Augenblick wahrscheinlich mitten in diesem Inferno!«

***

Bozen

Nachdem sich die Sonne doch noch unerwartet den Weg durch die dichte Wolkendecke gebahnt hatte, während im Grödnertal die Welt untergegangen war, hatten sich die drei Frauen kurzfristig entschieden, sich in einem Café zu treffen. Der Anlass ihres Treffens war zwar ernst, aber auch ernste Gespräche ließen sich besser mit einem Glas Weißwein in der Abendsonne führen.

»Wenn man den Medien glauben darf, muss das heute im Grödnertal ganz schön heftig zugegangen sein. Es soll das schlimmste Hagelunwetter aller Zeiten gewesen sein. In Wolkenstein, heißt es, habe der Hagel bis zu dreißig Zentimeter hoch gelegen. Und Hunderte von Bäumen sollen entwurzelt worden sein.« Sie kannte die beiden Frauen, die ihr gegenübersaßen, nicht besonders gut, weswegen es klug erschien, das Gespräch mit lockerem Small Talk zu eröffnen.

»Ja, das stimmt«, pflichtete diejenige bei, von der sie wusste, dass sie eine passionierte Bergsteigerin war. »Aber in den Bergen kommt so was eben vor. Bevor ich in die Berge gehe, rufe ich den Alpinwetterbericht an. Und unterwegs beobachte ich das Wetter. Das kann man alles bei einer Bergsteigerausbildung lernen.«

»Bergsteigerausbildung! Wenn ich das nur höre, sehne ich mich bereits nach meiner Badewanne. Und danach mit einem schönen Buch ins Bett«, insistierte die andere, die sie schon oft mit dem Rad durch die Gegend hatte fahren sehen. »Ich werde nie begreifen, was du dabei findest, bei Nebel und Regen zwischen irgendwelchen Steinen rumzukraxeln und dann auch noch freiwillig zusammen mit zwanzig anderen schwitzenden und stinkenden Körpern auf einem Matratzenlager zu übernachten. Da würde ich kein Auge zukriegen. Wie kannst du das nur romantisch finden?«

Sie konnte die Radfahrerin gut verstehen. Sie ging zwar gern spazieren, fuhr bei gutem Wetter auch mal mit einer bequemen Bahn auf einen Gipfel, aber dieses ganze Aufheben um die Berge konnte sie nicht begreifen. Außerdem saßen sie nicht in diesem Café, um über das Wetter und Bergtouren zu sprechen. Es wurde Zeit, zum Kern dieses Zusammentreffens zu kommen. »Ich mag es, ehrlich gesagt, auch gern etwas bequemer. Aber das tut jetzt nichts zur Sache, denn wir müssen über die neue Situation sprechen, die sich für uns ergeben hat. Oder seht ihr das anders? Und bitte denkt daran, dass wir nicht allein in diesem Café sitzen. Unser Gespräch müssen nicht alle mitkriegen.«

»Nein, das stimmt genau«, pflichtete ihr die Bergsteigerin bei. »Wir müssen uns überlegen, wie wir damit umgehen. Ich sehe zwei Alternativen: Wir hören auf, oder wir machen weiter, dann aber richtig.«

Die Radfahrerin kratzte sich nachdenklich am Kopf. »Ich halte es, ehrlich gesagt, für klüger, aufzuhören. Man sollte wissen, wann es vorbei ist. Und ich denke, wir können uns alle nicht beklagen. Es ist besser gelaufen, als wir anfangs gedacht hatten.«

»Das schon. Aber erstens ist es gerecht. Und zweitens haben wir die einmalige Chance, uns so richtig gesundzustoßen.« Ihr wurde selbst mulmig bei diesen Worten. Sie war sich nicht sicher, ob sie von dem, was sie von sich gab, wirklich überzeugt war. Sie spürte in sich eine Form der Unersättlichkeit, die sie niemals erwartet hätte, denn sie hatte sich selbst immer als eher zurückhaltend und bescheiden eingeschätzt. Doch letztlich war jeder Mensch bestechlich. Alles nur eine Frage des Preises.

Die Bergsteigerin winkte den Kellner an den Tisch. »Können wir bitte noch mal drei Gläser von dem Weißburgunder bekommen?« Sie sah die anderen fragend an. Die nickten und bestellten gleich noch eine große Flasche Wasser mit dazu.

»Also gut«, fuhr die Bergsteigerin fort, »ich sehe das auch so. Warum sollten wir gerade jetzt aufhören? So eine Gelegenheit kriegen wir nie wieder. Und ich finde, es dient einer guten Sache.«

»Ich weiß nicht«, sagte die Radfahrerin mit Unsicherheit in der Stimme. »Gerecht, gute Sache … das sehe ich anders. Zur Polizei zu gehen, das wäre eine gerechte und gute Sache gewesen. Aber das hätten wir uns vorher überlegen müssen. Dafür ist es jetzt zu spät. Ich bin dafür, dass wir hier und heute beschließen, aufzuhören, dass wir zufrieden sind mit dem, was wir haben, und es nicht auf die Spitze treiben. Das ist ein gefährliches Spiel, das sich irgendwann rächen könnte.«

Der Kellner kam mit den Getränken an den Tisch. Ein gut aussehender Mann, dachte sie. Smart. Grübchen am Kinn. Strahlend blaue Augen. Und wie seine blonden Haare leuchteten, wenn sie von der Sonne angestrahlt wurden. Er sah nicht nur gut aus, er war auch sympathisch und wirkte sehr natürlich. Wie alt mochte er sein? Fünfunddreißig? Oder vierzig? Er war genau ihr Typ. Gern säße sie ein paar Stunden mit ihm in einer netten Bar. Sie lächelte ihn an, als er ihr Wasser einschenkte. Er lächelte zurück. Doch sie wusste, dass es nur das Lächeln war, das er jedem Gast schenkte. Sein Mund lachte und entblößte zwei Reihen strahlend weißer Zähne. Doch seine Augen veränderten ihren Ausdruck nicht. Es war ein einstudiertes Lachen. Sie hatte wohl schon zu lange allein gelebt. Die Männer sahen ihr ihre Einsamkeit an. Und das war nicht gerade sexy. Aber die Art, wie er in diesem Augenblick die Bergsteigerin anstrahlte, wie sich seine ganze Körperhaltung änderte, er sich ihr zuwandte und wie viel Zeit er sich ließ, ihr Wasser einzuschenken, machte ihr einmal mehr deutlich, dass es Frauen mit weitaus mehr Ausstrahlung gab. Noch ein Grund, sich wenigstens um ihr materielles Wohl zu kümmern. »Wenn du aussteigen möchtest«, sagte sie zu der Radfahrerin, nachdem der smarte Kellner gegangen war, und prostete ihr zu, »dann sehe ich darin kein Problem. Ich für meinen Teil habe keine Angst, das weiter durchzuziehen. Vorläufig jedenfalls.«

Eine Weile schwiegen die drei Frauen. Jede musste mit sich selbst ausmachen, ob sie das Risiko weiter eingehen wollte oder nicht.

Die Bergsteigerin brauchte nicht lange, um sich zu entscheiden. »Ich bin dabei«, tönte sie mit einem triumphierenden Lachen.

Jetzt waren die Blicke der beiden anderen auf die Radfahrerin gerichtet, die sich dabei sichtlich unwohl fühlte. Verlegen drehte sie ihr Glas zwischen den Händen, den Blick auf einen imaginären Punkt auf dem Tisch gerichtet. Nach einer Weile nickte sie, ohne aufzublicken. »Ja, okay, ich auch. Ich bin dabei.«

»Sehr gut«, resümierte sie. »Das ist auch gut so, denn so demonstrieren wir Geschlossenheit. Und da ich nicht so nah dran bin am Geschehen, leite ich freiwillig den nächsten Akt ein. Einverstanden?«

9

Klinik Bozen, Donnerstag, 28. Juni

Florian von Adelsburg schritt gemächlich durch die inzwischen renovierten Gänge der Abteilung für Innere Medizin. Die Sanierungs- und Erweiterungsmaßnahmen waren in der Tat dringend nötig gewesen. Aber die Stuttgarter Architekten hatten erstklassige Arbeit abgeliefert. Endlich konnte man von einem modernen Krankenhausbetrieb sprechen, wenn auch ein paar der Gebäude noch immer in Bau waren. Das gewaltige Projekt, das in Summe weit über sechshundert Millionen Euro verschlingen würde, hatte noch eine geplante Laufzeit bis zum Jahr 2025. Während die Bettenkapazitäten bis jetzt um zwanzig Prozent erweitert worden waren, war die relative Auslastung sogar von durchschnittlich siebzig auf über achtzig Prozent gestiegen. Fast dreißigtausend Patienten wurden inzwischen jährlich stationär aufgenommen. Und das betraf in nicht unerheblichem Maße die Kardiologie, die Innere Medizin und das an die Stationen angeschlossene hochmoderne Transplantationszentrum. Denn seit der Hochzeit, die in allen Medien episch breitgetreten worden war, hatte sich Florians Ruf als Spezialist für Herztransplantationen in Windeseile herumgesprochen. Die Anfragen kamen inzwischen nicht mehr nur aus Italien, sondern teilweise von weit her, zunehmend sogar aus Deutschland. Das war gut für seine Karrierepläne, gut für seinen Ruf und gut für sein Image bei Katharinas Familie. Um den Ansprüchen eines Grafen und erfolgreichen Unternehmers zu genügen, war es zwingend notwendig, Direktor dieser Klinik zu werden. Und gleichzeitig sein neues Amt in der Firma auszufüllen.

Er dachte an jenen denkwürdigen Abend vor gut drei Wochen zurück. Nichts ahnend hatte er abends die Klinik verlassen und war nach Wolkenstein gefahren. Er hatte sich auf seine Familie gefreut. Und auf eine Nacht mit Katharina. Sofern Simon, ihr Baby, sie in Ruhe ließ. Allerdings hatte der Kleine einen erfreulich tiefen Schlaf und gönnte seinen Eltern außerhalb der Stillzeiten bis jetzt ihre

Nachtruhe. Er fand Katharina nach Simons Geburt noch erotischer, ihm gefielen ihre vollen Brüste, und die paar Pfunde, die sie mehr auf den Rippen hatte, machten sie noch weiblicher.

Doch dann hatte sich der Abend ganz anders entwickelt. Es fing damit an, dass er diese pechschwarze Wolkenwand auf sich zukommen sah, nachdem er die Brennerautobahn bei Waidbruck verlassen hatte. So etwas hatte er noch nie gesehen. Zumal bei seinem Aufbruch in Bozen gerade die Sonne durchgekommen war. Sein nächster Gedanke galt seiner Familie. Hoffentlich war niemand bei diesem Unwetter außer Haus gewesen. Als er nervös und viel zu schnell durch Sankt Ulrich fuhr, wo die Sonne in die Wolkenwand hineinschien, als wäre nichts geschehen, sah er die ersten Schäden. Äste und Dachziegel lagen herum, Menschen liefen aufgeregt durch die Straßen. Als er Santa Cristina erreichte, beschlich ihn ein ängstliches Gefühl. Ganze Bäume waren umgestürzt, an den Straßenrändern türmten sich zusammengeschobene Schneehaufen. Schnee? Mitten im Sommer? Schnell war ihm klar geworden, dass hier ein heftiger Hagelschauer niedergegangen sein musste. Die Straße war voller Laub und kleiner Äste, an einigen Autos konnte er Beulen und zersprungene Scheiben erkennen. Es sah aus wie nach einem Bombeneinschlag. Voller Sorge fuhr er die schmale Straße durch den Wald zum Schloss hinauf, auf die wie durch ein Wunder kein einziger Baum gestürzt war. Als er den Wald verließ, türmte sich Schloss Adelsburg majestätisch vor ihm auf. Außer zahlreichen umgestürzten Bäumen und dem Eindruck einer Winterlandschaft war hier allem Anschein nach nichts passiert. Das Schloss hatte den Urgewalten getrotzt. Lediglich das Dach hatte kleinere Schäden abbekommen.

Nach dem Abendessen, bei dem das Wetter Thema Nummer eins gewesen war, bat Heinrich ihn, sich mit ihm an den Kamin zu setzen. Und was ihm sein Schwiegervater dort anbot, veränderte alles. Florian selbst wäre nie auf diese Idee gekommen. Und es war ihm im Grunde auch unangenehm. Zwar hatten Heinrichs Pläne Hand und Fuß, das war nicht zu bestreiten, dennoch kam sich Florian einmal mehr vor wie der Günstling seines einflussreichen Schwiegervaters. Darüber hinaus erschien ihm die drohende Doppelbelastung problematisch.

Aber selbst dieses Argument konnte Heinrich entkräften. »Du machst im Grunde nichts anderes als heute. Nur gezielter, vernetzter, erfolgreicher.«

So ganz stimmte das bei genauerem Hinsehen nicht. Auf jeden Fall drohten Florian zusätzliche Arbeitsstunden durch langwierige Aufsichtsratssitzungen, vermehrte Pressearbeit, Arbeitsgruppen und -kreise mit der Universität und anderen Unternehmen. Zeit, die ihm dann nicht mehr für seine Familie blieb. Allerdings erstrahlte seine Zukunft dadurch in einem Licht, das er niemals für möglich gehalten hätte. Eine beispiellose Karriere, nicht annähernd vergleichbar mit den Möglichkeiten eines *einfachen* Arztes, und finanzielle Aussichten, von denen er zuvor nur geträumt hatte, waren in greifbarer Nähe.

Einen Cognac lang hatte Florian nachgedacht. Sollte er das Angebot seines Schwiegervaters ausschlagen, um seinen Prinzipien treu zu bleiben? Dann aber hatte er Heinrichs Hand ergriffen. »Einverstanden.«

Ein schlichtes »Einverstanden« bedeutete den Aufbruch in eine neue Welt.

Doch um wirklich und nachhaltig in diese Welt vorzudringen, war eines wichtiger denn je: Er musste Herzen verpflanzen, viele Herzen. Den stetig steigenden Anfragen stand aber nur eine unterproportional steigende Zahl an Spenderherzen zur Verfügung. Die meisten Patienten waren sich der Verantwortung gegenüber ihren Mitmenschen nicht bewusst oder hatten zu viel Angst. Angst wovor? Dass ihnen nach ihrem Tod Organe entnommen wurden, die das Leben anderer Menschen retten konnten? Wie viel erfüllender war doch der Gedanke, seine Organe jemandem zu spenden, der damit weiterleben konnte, anstatt sie den Würmern oder dem Feuer zum Fraß vorzuwerfen. Er jedenfalls hatte einen Organspendeausweis und würde nach seinem Tod alle inneren Organe zur Verfügung stellen. Aber so dachten eben die wenigsten, und die Wartelisten wurden länger und länger. Dabei tat er weiß Gott alles in seiner Macht Stehende, seine Patienten von der moralischen Verpflichtung zur Organspende zu überzeugen. Er klärte sie umfassend über das Prozedere auf, machte ihnen klar, dass erst das endgültige Ende der Hirntätigkeit als Zeitpunkt des Todes galt und eine Entscheidung für eine Organspende nicht endgültiger Natur war. Man konnte sie jederzeit widerrufen. Immerhin half ihm auch hier seine Zugehörigkeit zum Adel. Die Patienten vertrauten ihm mehr als vorher, und deshalb stellten sich auch immer mehr Patienten für eine Spende zur Verfügung. Vor allem die Patienten, die schon so schwer erkrankt waren, dass ihre Lebenserwartung ohnehin nur noch gering war. Jetzt war er wieder auf dem Weg zu einem solchen Patienten.

Der ärztliche Direktor der Klinik, Dr. Paul Brunner, kam ihm entgegen. In spätestens drei Jahren würde der Widerling in den Ruhestand gehen. Und dann musste er, Florian, so weit sein, dass kein Weg an ihm vorbeiführte. Ärztlicher Direktor der Klinik zu werden, war für seine neue, zweite Position immens wichtig. Nichts und niemand durfte sich ihm dabei in den Weg stellen, auch nicht die Schatten der Vergangenheit.

Er blickte bewusst an Brunner vorbei in der Hoffnung, einem neuerlichen enervierenden Disput zu entgehen. Er hielt Brunner für missgünstig, selbstgerecht und arrogant und inzwischen auch nicht mehr für einen guten Arzt. Und weil er abgrundtief neidisch auf Florian war, mobbte er ihn von Tag zu Tag mehr. Keine Gelegenheit ließ er aus, seinen designierten Nachfolger zu drangsalieren. Dabei war er zuletzt weniger der Spezialist, sondern eher die Notlösung für Herztransplantationen gewesen. In seine Zeit fielen, wie vor drei Wochen, einige Todesfälle, die, davon war Florian überzeugt, größtenteils zu verhindern gewesen wären, wenn Brunner sorgfältig genug gearbeitet hätte. Aber Brunner litt an chronischer Selbstüberschätzung. Dass nun Florian der anerkannte Transplantationsspezialist war und nicht er, hatte laut Brunner nichts mit Kompetenz zu tun, sondern war das Ergebnis seiner Hochzeit mit Katharina von Adelsburg. Und das band ihm Brunner bei jeder sich bietenden Gelegenheit auf die Nase.

Bedauerlicherweise tat ihm Brunner nicht den Gefallen, einfach nur weiterzugehen. Er stellte sich Florian in den Weg und grinste breit.

»Na, Kollege Hofer-Grünfelder, was hat Sie denn in die Innere verschlagen? Ich dachte, Sie transplantieren von morgens bis abends.

Oh, Verzeihung! Welch ein Fauxpas! Ich meine natürlich, Graf von Adelsburg. Wie respektlos von mir! Also, Herr von und zu Graf, was verschlägt Sie in die Innere?«

Florian hätte ihm am liebsten mitten ins Gesicht geschlagen. Aber sein Titel allein war kein Garant für Brunners Nachfolge. »Ich bin auf dem Weg zu einem Patienten, Dr. Brunner. Und Sie wissen sehr wohl, dass mein Titel in meinem Beruf für mich ohne Bedeutung ist.«

»Ach so, ich vergaß! Das hatte natürlich nicht das Geringste mit Ihren Karriereplänen zu tun. Es ging Ihnen auch nicht darum, mir den Rang abzulaufen. Ach, geben Sie es doch zu: Was Ihnen fachlich nicht gelungen ist, sollte ein Titel richten.« Er setzte eine gespielt entsetzte Miene auf und fuhr mit dramatischer Stimme fort: »Aber nein, so war es nicht. Es war eine reine Liebeshochzeit. Wie romantisch, manchmal kann ich die Tränen der Rührung kaum zurückhalten. Sie hätten Katharina selbstverständlich auch dann geheiratet, wenn sie nicht Katharina von Adelsburg heißen würde, sondern Katharina Müller, Tochter des Schreinergesellen Hans Müller. Und natürlich halten Sie sich eisern an den Treueschwur, den Sie geleistet haben, nicht wahr? Ihre vielen Treffen mit Schwester Giulia – meinen Sie, ich würde das nicht mitkriegen? Halten Sie mich wirklich für so blöd? Aber das ist alles rein platonisch. Habe ich recht? Genauso wie mit Dr. Rossi. Wie die Sie anhimmelt! Meine Güte, das ist schon nicht mehr schön. Macht sie das auch, wenn sie Ihnen bei einer OP assistiert? Dann würde es ja schon fast an ein Wunder grenzen, dass Ihnen Ihre Patienten nicht unter dem Messer wegsterben. Ich meine, wenn Dr. Rossi sich auf Sie konzentriert anstatt auf den Patienten.«

Florian versuchte, sich seinen Zorn nicht anmerken zu lassen. Schon vor der Hochzeit mit Katharina hatte Brunner ihn provoziert, aber danach war es noch schlimmer geworden. Der Neid schien ihn förmlich zu zerfressen. Sein Gesicht war so rot angelaufen, dass er den Eindruck erweckte, in wenigen Augenblicken nicht mehr Florians Chef zu sein, sondern sein Notfallpatient. Florian blieb nichts anderes übrig, als seine Emotionen auch diesmal im Zaum zu halten.

»Ihre Stärken liegen in der Diagnostik, Dr. Brunner. Das ist unverzichtbar für eine solche Klinik. Mein Spezialgebiet ist für diese Klinik und ihren Ruf aber ebenfalls bedeutend und damit auch für Sie. Das hat nicht das Geringste mit Hochzeiten und Adelstiteln zu tun. Außerdem sollten Sie den Ball ohnehin lieber etwas flacher halten. Die auffallende Zunahme von Todesfällen fällt jedenfalls unter Ihre Amtszeit! Und jetzt entschuldigen Sie mich bitte, Herr Obkircher wartet auf mich.« Ohne eine Antwort abzuwarten, ging Florian rasch an Brunner vorbei. Er wusste, dass sie beide in diesem Augenblick das Gleiche dachten: *Was für ein impertinentes Arschloch!*

Wobei er mit Dr. Maja Rossi nicht so falschlag. Sie war seit gut einem Jahr auf seiner Station und assistierte ihm wie Giulia bei den meisten Operationen. Zunächst hatte er ihre Blicke und Kommentare nicht ernst genommen, aber seit sie versuchte, sich privat mit ihm zu treffen, war er selbst davon überzeugt, dass sie ihn nicht nur als ihren Chef sah. Sie war sicherlich eine der attraktivsten Frauen in der Klinik. Lange blonde Haare, braune Augen, eine interessante Kombination, die ihr eine warme Ausstrahlung verlieh. Wobei er sich nicht so sicher war, ob sie auch wirklich ein warmherziger Mensch war. Gerade im Umgang mit Patienten empfand er sie als kühl, abweisend, desinteressiert. Nur wenn sie mitbekam, dass ein Patient mit einer geringen Lebenserwartung sich weigerte, sich als Organspender zur Verfügung zu stellen, änderte sich ihr Verhalten wie auf Knopfdruck. Dann war sie charmant und zuvorkommend. Florian hielt es nicht für ausgeschlossen, dass sie das seinetwegen tat. Weil er nichts dringender brauchte als Spenderherzen. Bedenklich. Sie hatte zudem eine sexy Figur. Und genau die betonte sie nach seinem Geschmack seit einiger Zeit zu häufig. Vielleicht musste er bald ein ernstes Gespräch mit ihr führen.

Aber ein viel größeres Problem war Dr. Paul Brunner. Florian musste die Zeit bis zu seinem Abdanken irgendwie überstehen und bis dahin möglichst viele Erfolge vorweisen können. Dazu zählte, den Patienten Obkircher zu überzeugen, dessen Krankenzimmer er inzwischen erreicht hatte. Obkircher war Alkoholiker und extrem übergewichtig. Er war viel zu spät wegen einer Leberzirrhose zum Arzt gegangen. Die Veränderungen des Lebergewebes waren schon so weit vorangeschritten, dass Obkircher vermutlich nicht mehr zu retten war. Florian betrat das Zimmer und setzte sich auf den Stuhl neben Obkirchers Bett.

Der Patient lächelte den Arzt an. »Na, Doktor, wie sieht's aus? Bringen Sie gute Neuigkeiten?«

Florian betrachtete ihn. Er war ein netter Kerl und hätte einem leidtun können. Er schaffte es jedoch nicht, Sympathien für jemanden zu entwickeln, der sich dermaßen gehen ließ und damit sein eigenes Todesurteil fällte. »Ich befürchte, nein. Die Wahrscheinlichkeit, dass Ihre Leber sich noch mal erholt, ist nach meiner Erfahrung relativ gering. Sie hätten viel früher zu uns kommen müssen, mindestens ein Jahr. Dann wäre die Prognose noch halbwegs gut gewesen.«

Obkircher griff nach Florians Hand. »Ich bin Ihnen dankbar, dass Sie ehrlich zu mir sind, Doktor. Was hätte ich davon, wenn Sie mich anlügen würden? Ich habe doch sowieso niemanden mehr. Meine Frau ist vor zehn Jahren gestorben, mein Sohn hatte vor fünf Jahren einen tödlichen Autounfall. Was also soll mein Leben noch für einen Sinn haben? Wie lange wird es dauern? Werde ich sehr leiden müssen?«

Florian empfand Obkirchers Berührung als unangenehm. Aber er wollte ihn nicht dieses kleinen Trostes berauben. Außerdem musste er ihn für sich gewinnen. Die Zeit drängte. »Das tut mir sehr leid, das sind harte Schicksalsschläge. Wie lange es dauern wird, ist schwer einzuschätzen. Leiden werden Sie nicht. Aber ich habe Ihnen ja schon neulich zu erklären versucht, dass Sie trotzdem noch etwas wirklich Gutes tun können.«

»Sie wollen, dass ich Organspender werde.«

»Nicht ich will das, Herr Obkircher. Viele meiner Patienten wollen es, die vielleicht eine Chance hätten, weiterzuleben. Aber wenn sie kein Spenderorgan bekommen, wird es ihnen so gehen wie Ihnen. Ich weiß, wie schlimm sich das für Sie anhören muss, aber ich bin auch Arzt. Und ich stelle selbst nach meinem Tod meine Organe zur Verfügung. Davon abgesehen, können Sie Ihre Entscheidung jederzeit rückgängig machen, wenn Sie plötzlich ein mulmiges Gefühl überkommt. Und wer weiß«, sagte Florian mit einem jovialen Lächeln, »vielleicht werden Sie ja doch noch hundert Jahre alt.«

Zwischen ihnen entstand ein betretenes Schweigen. Sie sahen sich an. Mit einem Anflug von Ekel legte Florian seine Hand auf Obkirchers nackten fleischigen Unterarm.

Obkircher schloss die Augen. »Sie sind ein guter Mensch, Doktor, Ihr Titel ist Ihnen nicht zu Kopf gestiegen. Und ich will wenigstens einmal im Leben auch ein guter Mensch sein. Besorgen Sie so einen Ausweis. Nur auf meine Scheiß-Leber werden Ihre Patienten wohl verzichten müssen.«

10

Glaning, Samstag, 30. Juni

Sie hatte Gries hinter sich gelassen. Vor ihr tauchte der Föhrnerhof auf. Sie schaute auf ihre Uhr und spielte mit dem Gedanken, dort einzukehren, um etwas zu essen. Sie war ein wenig unschlüssig. Einerseits hatte sie es eilig, konnte unmöglich ihre Mutter so lange allein lassen, andererseits hatte sie Hunger, denn sie hatte nicht gefrühstückt. Sie war viel zu nervös gewesen, um an Essen zu denken. Lediglich einen starken Kaffee hatte sie getrunken, um nach einer schlaflosen Nacht einigermaßen munter zu werden. Doch jetzt meldete sich ihr Magen mit einem flauen Gefühl, was nicht zuletzt daran lag, dass sie schon zweihundertfünfzig Meter über steile Serpentinen angestiegen war und Wandern nicht zu ihren bevorzugten Freizeitbeschäftigungen zählte. Wenigstens ein kleiner Imbiss, dachte sie und drückte die Türklinke nach unten. Doch die Tür öffnete sich nicht. Einen Moment starrte sie irritiert auf die verschlossene Tür, dann schlug sie sich mit der flachen Hand vor die Stirn. »Wo bist du nur mit deinen Gedanken, du dumme Gans?«, schimpfte sie mit sich selbst. »Du weißt doch, dass der Föhrnerhof vor zwei Wochen zugemacht hat. Sei's drum, dann eben mit nüchternem Magen.«

Sie ruhte sich einen Moment auf der Holzbank aus, von der aus man einen schönen Blick auf das Tal und die Stadt hatte, und rauchte eine Zigarette. Es gab Momente, in denen plötzlich ihr gesamtes, noch junges Leben vor ihrem geistigen Auge ablief, ohne dass sie diese Gedanken kontrollieren konnte. Momente wie dieser waren typisch dafür. Sie hatte sich überanstrengt, was bei ihr sehr schnell vorkam. Sie setzte sich, spürte, wie die Erholung einsetzte, rauchte ein, zwei Zigaretten, und schon kamen die Gedanken, so als würde bei diesen Schlüsselreizen eine Schublade in ihrem Hirn geöffnet. Sie blickte ins Tal, nahm aber nichts mehr von der Landschaft um sie herum wahr. Zweiunddreißig Jahre war sie alt. Und was hatte sie in diesen Jahren erreicht? Schule, eine Ausbildung, dann eine gähnend langweilige Arbeit beim Steuerberater. Nette Kolleginnen, aber keinerlei über den Beruf hinausgehende Gemeinsamkeiten. Ein Vater, den sie über alles liebte, der aber unter rätselhaften Umständen gestorben war. Eine Mutter, die sie pflegen musste, weil sie schon früh an Alzheimer erkrankt war. Eine liebe Frau, die jedoch ein durch und durch verkorkstes Leben voller Misshandlungen hinter sich hatte. Selbst als sie geheiratet hatte, schaffte ihr Mann es nicht, sie aus den Abgründen ihres Lebens und des Alkohols zu befreien.

Sie trat die Zigarette im Kies aus, zündete sich noch eine an. So viel Pause musste sein. Mit geschlossenen Augen nahm sie einen tiefen, entspannenden Zug. Schon mit vierzehn hatte sie angefangen zu rauchen und seitdem nicht mehr aufgehört. Ihr war bewusst, dass sie alles tat, um für die Männerwelt unattraktiv zu sein. Kettenraucherin, etwas pummelig, meistens ungeschminkt, unauffällige Kleidung, alles andere als eine gute Unterhalterin. Sie war in sich gekehrt, auch wenn sie nach außen überzeugend Selbstbewusstsein demonstrieren konnte. Sie hatte genau einen festen Freund gehabt, mit zwanzig. Immerhin zwei Jahre hatte er es mit ihr ausgehalten, aber dann hatte auch seine Duldsamkeit ihre Grenzen erreicht. Er hatte mit Hingabe versucht, Saiten in ihr zum Klingen zu bringen, von denen sie selbst nichts wusste. Leidenschaft, Humor, Lebensfreude. Doch sie hatten beide feststellen müssen, dass es diese Saiten in ihr schlichtweg nicht gab. Seitdem hatte sie nur ein paar lockere Bekanntschaften gehabt. Und wenn sie ehrlich zu sich selbst war, hatte sie niemals so etwas wie Liebe empfunden. Ja, nicht einmal Zuneigung, bestenfalls Sympathie. Im Grunde konnte sie ihr Leben mit einem einzigen Wort beschreiben: bedeutungslos. Und dann der plötzliche Tod ihres Vaters, der ihr den einzigen Menschen geraubt hatte, den sie jemals wirklich geliebt hatte. Und mit der Gewissheit mischte sich Wut unter die Trauer. Und unter die Wut die Erkenntnis, dem Leben ausgerechnet dank dieses fürchterlichen Ereignisses doch noch eine entscheidende Wendung geben zu können. Das Problem aber war, dass sie sich selbst dafür verachtete. Vor einem Jahr noch war sie ahnungslos gewesen. Vielleicht war ihr Leben in einem Jahr nicht mehr bedeutungslos. Aber dafür verachtungswürdig. Verrückt.

Langsam und rasch wieder außer Atem kommend, setzte sie ihren Weg schließlich fort, der sie noch ein Stück in Richtung Sankt Georgen führte. Sie konnte sich beim besten Willen nicht vorstellen, jetzt noch mal fünfhundert Meter bis zum Plattner anzusteigen, zumal sie die völlig falschen Schuhe anhatte und die Luft stickig war wie in einem Treibhaus. Das Einzige, was sie tröstete, war die Aussicht, dort wenigstens etwas zu essen zu bekommen. Nach kurzer Zeit zweigte der Weg nach links von der kleinen Straße ab mitten hinein in den Bergwald, noch steiler als bisher. Sie verfluchte ihre Sneakers. Jede Wette, dass sie auf dem ekelhaften Untergrund umknicken und sich den Knöchel verstauchen würde. Hätte sie sich bloß rechtzeitig an ihre Joggingschuhe erinnert, die seit Ewigkeiten ungenutzt in ihrem Keller vor sich hin gammelten, weil wieder einmal einer ihrer guten Vorsätze im Sand verlaufen war. Natürlich wollte sie etwas gegen ihr Übergewicht unternehmen, aber sie hasste Sport und noch mehr, sich gegen ihren Willen zu überwinden. Das rächte sich heute. Ebenso wie ihr größtes Laster, das Rauchen. Sie brachte es sicherlich auf zwei Schachteln am Tag. Wie gut, dass auch die meisten ihrer Kolleginnen rauchten. So musste sie wenigstens nicht allein auf den Raucherbalkon gehen, den vorwurfsvollen Blicken der nicht rauchenden Kollegen ausgesetzt.

Nur schleppend kam sie voran, immer wieder musste sie stehen bleiben, um zu Atem zu kommen. Sie war schon häufiger beim Plattner gewesen, manchmal allein, manchmal mit ihrem Vater, aber immer mit dem Auto. Sie ging dann zwar vor dem Essen meistens ein paar Schritte spazieren, ein Stück den Martinsweg entlang, aber das hatte nichts mit Wandern zu tun. Seit einiger Zeit war sie allerdings nicht mehr so gern dort oben, denn sie war ein paarmal einem komischen Kauz begegnet, der ihr unheimlich war. Er hatte ihr nichts getan, sie nicht einmal angesprochen und sich ein gutes Stück von ihr ferngehalten, aber die Art, wie er sie angesehen hatte, hatte ihr Angst gemacht.

Während sie sich Meter für Meter bergauf quälte, bereute sie es, nicht doch auf das Auto bestanden zu haben. Wozu diese Quälerei? Sie hatte nicht einmal eine Vorstellung, wie das Ganze enden würde. Hätte sie sich bloß nie auf diese Schnapsidee eingelassen!

Aber wehe, man fing einmal damit an. Dann war es so, als hätte man die Büchse der Pandora geöffnet, dann gab es kein Zurück mehr. Andererseits stellte sich die Frage nach Alternativen. Letztlich ging es um Gerechtigkeit, und die war nicht immer deckungsgleich mit Recht. Ganz zu schweigen von den interessanten Möglichkeiten, die das Ganze eröffnete. »Zieh es durch, Mädel«, hatte sie sich jedes Mal eingeredet, wenn sie Zweifel überkamen.

Phantastisch, jetzt musste sie auch noch Treppen steigen! Als ob dieser Anstieg nicht schon schlimm genug wäre, war auch noch eine steile Holzstiege in den Wald gelegt worden. Und sie hatte keine Ahnung, wie weit es noch war, sie war diesen Weg ja noch nie gegangen. Sie hätte weiter unten lieber mal jemanden fragen sollen, denn auf dem asphaltierten Weg waren ihr noch eine Menge Leute begegnet. Aber hier oben war es fast menschenleer. Sie fand das unheimlich, auch weil es so trüb und dadurch besonders finster in diesem Wald war.

Plötzlich sah sie vor sich jemanden auftauchen. Er kam um eine Biegung und war keine zwanzig Meter von ihr entfernt. Sie blieb stehen. Er auch. Auch das noch, ausgerechnet der komische Kauz. Er stand wie angewurzelt da und starrte sie an. Hatte er sich selbst erschreckt? Ging von ihm eine Gefahr aus? Sie wägte ihre Optionen ab. Sie konnte einfach weitergehen oder versuchen zu fliehen. Allerdings würde sie ihm kaum entkommen können, er war sicherlich viel schneller als sie. Doch noch bevor sie sich entscheiden konnte, rannte der Kauz los, weg von dem Weg den steilen Berghang hinauf. In dem dichten felsdurchsetzten Wald konnte sie ihn schon nach wenigen Metern nicht mehr sehen.

Kopfschüttelnd ging sie weiter. Was bin ich nur für eine Idiotin!, dachte sie sich. Warum sollte dieser Typ ihr denn etwas antun wollen? Nur weil er komisch war und irgendwie verwirrt wirkte? Oder weil sie ihm schon einmal begegnet war und er sie so seltsam angesehen hatte? Was für ein Quatsch! Möglicherweise war dieser Mann behindert oder geistig zurückgeblieben, fühlte sich aber trotzdem von Frauen angezogen. Vielleicht hatte er sie deshalb so angesehen. Unheimlich war das aber dennoch. Immer wieder blickte sie sich um, um sich zu vergewissern, dass er ihr nicht folgte. Auf dem Weg konnte sie ihn nicht erblicken. Wenn er jedoch weiter oberhalb des Weges parallel dazu ging, konnte sie ihn nicht sehen, er sie aber wahrscheinlich schon. Wieder ärgerte sie sich über sich selbst. Warum hatte sie sich darauf eingelassen? Sie war doch ein freier Mensch, hätte einfach Nein sagen können. Aber ihre Neugier hatte letztlich gesiegt. Und das hatte sie jetzt davon. Sie war mutterseelenallein in einem gottverdammten Bergwald, in den nun auch noch Nebel zog, und hatte noch einen stundenlangen Marsch vor sich. Mit völlig falschem Schuhwerk.

Sie blieb stehen. Hatte da nicht ein Ast geknackt? Oder hatte sie sich das nur eingebildet? Sie lauschte in den Wald, blickte konzentriert den Hang hinauf. Nichts, da war niemand. Oder doch? Sie spürte, wie sie trotz der Schwüle eine Gänsehaut bekam. Sie begann zu frösteln. Weiter, einfach weitergehen. Sie setzte den Weg mit zügigeren Schritten fort. Das strengte sie zwar über die Maßen an, der Schweiß tropfte ihr nur so von der Stirn, aber sie musste unbedingt aus diesem düsteren Wald herauskommen.

Endlich sah sie, dass es vor ihr heller wurde. Der Wald wurde lichter, der Weg flacher. Sie atmete ein paarmal tief durch. Wenn die Wegbeschreibung stimmte, würde es ab jetzt nur noch durch lichtes Gelände gehen, und in höchstens einer Stunde müsste sie am Plattner sein. Ein Blick zurück. Niemand folgte ihr. Sie ging, jetzt wieder langsamer, weiter, aber sah sich immer wieder um. Eigentlich war es hier wunderschön. Satte, blumenübersäte Wiesen, viele kleine Weiher, und weiter unten im Tal gab es Obstbäume und tolle Fernblicke auf Bozen und in den Rosengarten. Richtig idyllisch kam es ihr vor, und die Bewegung tat ihr trotz der Anstrengung gut. Sie fühlte sich mit jedem Schritt besser. Sie nahm sich vor, ab sofort mindestens zwei- oder noch besser dreimal in der Woche wandern zu gehen. So, dass sie richtig dabei schwitzte. Vielleicht war ja gerade dieser Tag, der so schlecht begonnen hatte, ihr persönlicher Wendepunkt, der Tag, an dem alles anders werden würde. Sie musste die Sache nur noch bis zum Ende durchziehen, dann hatte sie ein für alle Mal Ruhe.

Langsam schlenderte sie durch die Wiesen und bewunderte die vielen Blumen. Die wenigsten davon kannte sie. Da tauchte vor ihr ein großer pyramidenförmiger, sehr markanter Felsblock auf. Wirklich beeindruckend. Mitten auf der Wiese wirkte er wie das

Arrangement eines Künstlers. Ihr kam kurz der Gedanke, auf den Stein zu klettern, einfach so. Sie lachte in sich hinein. Nun werd mal nicht übermütig, dachte sie, das fehlte ja gerade noch, dass ich da runterfalle und mir was breche.

Mit andächtigem Blick passierte sie den Fels. Als sie dahinter stehen blieb, um sich eine Zigarette anzustecken, vernahm sie aus dem Augenwinkel heraus hinter sich plötzlich eine Bewegung. Automatisch schnellte sie herum. Zu spät. Im selben Moment traf sie schon ein harter Schlag auf den Kopf. Das Letzte, was sie spürte, bevor sie das Bewusstsein verlor, war das Blut, das ihr über das Gesicht lief.

11

Sarnthein, derselbe Tag

Gianna war schon früh in Mailand losgefahren. Sie wollte möglichst zeitig in Südtirol ankommen, um Vincenzo ihren Entschluss ausführlich zu begründen. Sie war davon überzeugt, dass dies ihre letzte Reise nach Südtirol werden würde. Und ihre schwerste. Sie hatte keine Vorstellung, wie sie Vincenzo klarmachen sollte, dass es vorbei war. Und noch weniger, wie er darauf reagieren würde. Er war so sensibel, trotz seiner Härte im Job sehr verletzlich. Und er liebte sie, das hatte er ihr immer wieder beteuert, auch wenn er sich zuletzt mit solchen Schwüren zurückgehalten hatte. Das war jedoch leicht nachvollziehbar, denn der Ausbruch Mantingers hatte ihm gewiss nicht weniger zugesetzt als ihr. Sie waren beide Opfer des Monsters von Bozen, und beide würden noch eine Weile mit der Angst leben müssen, dass sich Mantinger an ihnen rächen würde. Wobei sie inzwischen davon überzeugt war, dass er das Einzige getan hatte, was in seiner Situation Sinn machte: ins Ausland fliehen. Denn gegen die Polizeiübermacht, die sich in Südtirol zusammengeschlossen hatte, um ihn zu finden, hätte er keine Chance.

Diese Polizeiübermacht zu führen war Vincenzos Aufgabe. Und genau deshalb war dies der ideale Zeitpunkt, ihm ihren Entschluss mitzuteilen. Bis Vincenzo überhaupt die Zeit finden würde, um sie zu trauern, hätte er sie schon ein Stück weit vergessen. Mit ein bisschen Glück würde ihr heute die schlimmste Szene erspart bleiben. Davon hatte es in ihrer gemeinsamen Zeit wahrlich genug gegeben. Was nichts an ihrem mulmigen Gefühl änderte. Zumal sie ihn ja auch noch liebte. Immer wieder haderte sie selbst mit ihrer Entscheidung. Doch dann mahnte sie sich zur Vernunft, betrachtete ihre Beziehung ganz objektiv und kam stets zum selben Ergebnis: Es passte nicht. Das lag nicht allein an Mantinger. Das lag vor allem daran, dass heute wie am ersten Tag ihres Kennenlernens ihre Lebensziele völlig unterschiedlich waren und sie sich in der ganzen

Zeit kein bisschen angenähert hatten. Wie auch? Er liebte Südtirol und würde niemals nach Mailand gehen. Er brauchte die Berge wie die Luft zum Atmen. Ihr hingegen schnürte es in der Enge der Berge irgendwann die Luft zum Atmen ab. Abgesehen von der ersten Phase der Verliebtheit, in der solche Dinge noch nicht die geringste Rolle spielen, sehnte sie sich jedes Mal, wenn sie hier war, schon bald nach ihrer herrlichen Stadt zurück, wo sie sich nicht nur pudelwohl fühlte, sondern auch noch angehende Partnerin in der Kanzlei ihres Vaters war. Selbst wenn sie sich irgendwie mit Südtirol hätte arrangieren können, hätte sie allein wegen ihrer Zukunftspläne Mailand nicht verlassen können. Außerdem war sie sich inzwischen nicht mehr so sicher, ob die Freundschaft zwischen ihr und ihrem neuen Partner in der Kanzlei, Dottore Lorenzo di Angelo, wirklich nur rein platonisch war. Bisher war zwischen ihnen nichts gelaufen, von keiner Seite hatte es Annäherungen gegeben. So etwas kam für sie ohnehin nicht in Frage, solange sie sich noch in einer Beziehung befand. Aber dass da von beiden Seiten noch etwas anderes war als Freundschaft, war nicht zu übersehen. Und Lorenzo war wie sie ein Stadtmensch, weltgewandt, charmant, souverän, ehrgeizig, ein Mann ganz nach ihrem Geschmack. Ihre Eltern würden von einer solchen Liaison gewiss auch begeistert sein.

Aber das Motto hieß: Ein Schritt nach dem anderen. Zunächst musste sie sich von Vincenzo trennen, dann brauchte sie eine ganze Weile, um das zu verarbeiten und den nötigen Abstand zu bekommen. Danach konnte sie vielleicht über eine neue Beziehung nachdenken.

Als sie in Sarnthein angekommen war, hatte sie befürchtet, dass Vincenzo ihr sofort um den Hals fallen und ihr beteuern würde, wie sehr er sich freue, dass sie gekommen sei. Sie hatte Angst davor gehabt, ihn zurückweisen zu müssen, schließlich hatte er ihr nichts getan. Und dann erst die Nacht. Wenn sie ihm klarmachen musste, dass sie auf dem Gästesofa schlafen und morgens schon früh wieder nach Mailand zurückfahren würde.

Aber es kam ganz anders.

Vincenzo sah gut aus, er hatte wieder abgenommen, wirkte dynamisch und selbstbewusst. Er hatte sie mit einem flüchtigen Kuss auf die Wange begrüßt und ihr einen Kaffee angeboten. Er müsse mit ihr reden, hatte er gesagt und schien dabei zwar etwas unsicher, aber dennoch entschlossen. Jetzt saßen sie an seinem Esstisch, schweigend, sich gegenseitig belauernd und darauf wartend, dass der andere den Anfang machen und irgendetwas sagen würde. Sie saßen an dem Tisch, an dem sie unzählige Male bei Kerzenschein und leiser Musik zusammengesessen und Wein getrunken hatten und der gleichzeitig der Ort stundenlanger, tiefgründiger Gespräche, aber auch Albernheiten gewesen war. Wie oft war sie mit Vincenzo zum Auener Joch gewandert, wie oft hatten sie dort Picknick gemacht und sich manchmal sogar leidenschaftlich geliebt, wenn sie sich unbeobachtet fühlten. Und wo war in diesem Augenblick die Entschlossenheit, mit der sie nach Sarnthein gekommen war? Wie Lava quollen die Erinnerungen aus ihr hervor, unaufhaltsam, gnadenlos, und ließen ihre Sicherheit dahinschmelzen wie Schnee in der Sonne. Gianna spürte, wie ihr Tränen in die Augen stiegen.

»Ich muss mal dringend ins Bad«, brachte sie noch hervor. Dann sprang sie auf, schnappte sich ihre Handtasche und rannte ins Bad. Sofort floss ihr ein Schwall Tränen über das Gesicht. Sie stellte sich direkt vor den Spiegel und sprach leise mit sich selbst. »Was ist los mit dir? Dein Entschluss steht doch fest. Du hast es tausendmal durchgekaut, Pros und Kontras abgewogen, und das Ergebnis war eindeutig. Es passt nicht, es geht nicht, es ist unmöglich. Und Mantinger wird auch immer zwischen uns stehen.« Sie schloss die Augen, brachte all ihre Konzentration auf und murmelte: »Bring es hinter dich, es ist das Beste so.«

Sie nahm ihre kleine Schminktasche für unterwegs aus der Handtasche, trug Rouge auf und zog den Lidschatten nach, der mit ihren Tränen bis zu ihrem Kinn geflossen war. Endlich fühlte sie sich bereit. Bereit für ihren letzten Auftritt. Die Klinke schon in der Hand, fiel ihr Blick auf die Dusche. Und in diesem Augenblick durchbohrte die Erinnerung ihr Herz wie ein Dolchstoß. Erst vor ein paar Monaten, nachdem sie sich wieder zusammengerauft hatten, hatten sie zusammen geduscht. Vincenzo hatte Kerzen angezündet und die CD von Buddha Bar eingelegt. Sie hatten sich von seiner Regendusche berieseln lassen. Dann hatte er das Duschgel genommen und sie von oben bis unten eingeseift, ganz langsam und sanft. Immer wieder hatte er sie geküsst, überall. Sie hatten sich ganz fest umarmt, sich minutenlang geküsst, kein Wort gesprochen. Danach waren sie ins Bett gegangen und hatten miteinander geschlafen, lange und intensiv. Jetzt, im Nachhinein, wusste sie, dass das der innigste Moment in ihrer Beziehung gewesen war. Warum erkannte sie das erst jetzt? Weinend ließ sich Gianna zu Boden sinken.

Plötzlich klopfte es an der Tür. »Gianna, was ist los? Ist alles okay?«

Keinesfalls durfte Vincenzo mitbekommen, dass sie in seinem Badezimmer rumheulte. »Ja«, hauchte sie, »mir ist nur ein bisschen schwindelig, bestimmt wegen der langen Fahrt. Ich komme gleich.«

Sie begriff, dass sie einen großen Fehler gemacht hatte. Niemals hätte sie hierherkommen dürfen, nach Sarnthein, das mit so vielen Erinnerungen verbunden war. Sie hätte darauf bestehen müssen, dass er nach Mailand kam, in ihre neue Wohnung, die für nichts stand, was sie und ihn verband, und in der es keinerlei gemeinsame Erinnerungen gab. Was sollte sie nur machen? War dieser Ausbruch eine ganz normale Reaktion auf eine Stresssituation? Oder bewies er ihr, dass ihre Gefühle für Vincenzo doch noch tiefer waren, als sie gedacht hatte? Wieder stellte sie sich vor den Spiegel und beseitigte die Spuren ihres Tränenausbruchs. Der Gedanke an einen Kompromiss nahm einen Teil der Schwere von ihrem Herzen. Die Entscheidung vertagen. Einfach das Wochenende laufen lassen, gar nicht über Trennung sprechen. Vielleicht würden sie zusammen schlafen, vielleicht nicht. Vielleicht würde sie in seinen Armen einschlafen, vielleicht auf dem Sofa. Lass es auf dich zukommen, sagte sie sich, als sie das Bad verließ.

Vincenzo saß auf seinem Stuhl und starrte in die Landschaft. Als er sie hörte, stand sie schon fast hinter ihm. Indem er sich zu ihr umdrehte, konnte sie direkt in seine dunklen Augen sehen. Sie erschrak. Nie zuvor hatte sie einen solchen Ausdruck in seinen Augen gesehen. Sie waren von einer so intensiven warmen Farbe, etwas, was sie immer an ihm geliebt hatte. Doch in diesem Augenblick waren sie kalt. Sie spürte, wie ihre Knie weich wurden. War der Schwindelanfall eben noch eine Notlüge gewesen, überfiel er sie jetzt so abrupt, dass sie sich augenblicklich setzen musste.

»Du siehst immer noch ein bisschen blass aus, Gianna. Soll ich dir noch einen Kaffee machen? Möchtest du vielleicht einen Grappa?«

Sie nickte schwach.

Ohne weitere Worte stand er auf und kam nach wenigen Minuten zurück. Mit zwei Tassen Kaffee und einem Grappa, den er mit dem Kaffee vor sie auf den Tisch stellte. Nie zuvor hatte Vincenzo, der Genussmensch, auf einen Wein oder Grappa verzichtet, wenn sie einen trank. Immer wollte er mit ihr anstoßen, auf sie und ihre Liebe. Erst vor einer halben Stunde hatte sie wild entschlossen seine Türklingel betätigt. Jetzt saß sie auf dem Stuhl, auf dem sie tausendmal gesessen hatte, und war nur noch ein Schatten ihrer selbst.

»Gianna«, setzte Vincenzo zögernd an, »ich muss mit dir reden. Über uns.«

Über uns, über uns, über uns … Wie Hammerschläge hallten diese Worte in Giannas Kopf wider. Sie richtete sich auf und sah ihn an. Vor ihr saß ein Vincenzo, den sie nicht kannte. Der sie aber fast magisch anzog. »Ja«, stimmte sie mit schwacher Stimme zu, »darüber sollten wir reden. Wir haben so viel erlebt, all diese schrecklichen Ereignisse, das kann man nicht von heute auf morgen überwinden. Das braucht alles seine Zeit, wir müssen wahrscheinlich ganz von vorn anfangen, aber wir sind ja noch so jung –«

»Gianna«, fiel ihr Vincenzo ins Wort, »ich glaube, für uns gibt es kein ›von vorn‹.«

Es dauerte eine Weile, bis Gianna den Sinn dieser Worte erfasst hatte. Hatte Vincenzo tatsächlich soeben Schluss mit ihr gemacht? Einfach so? Sie sahen sich an. Vincenzo wartete offensichtlich auf ihre Reaktion. Tausend Gedanken jagten gleichzeitig durch ihren Kopf. Sie sah Vincenzo, sie sah Lorenzo, sie sah sich mit Vincenzo lachend und trinkend am Auener Joch, sich selbst in der Kanzlei, bei einem Mandanten im schicken Kostüm, nackt in Vincenzos Armen. In ihr entstand der Eindruck, dass all das in diesem Moment gar nicht wirklich stattfand. Es handelte sich nur um einen bösen Tagtraum.

Vincenzo griff nach ihren Händen. »Gianna, hast du gehört, was ich gesagt habe?«

Gianna starrte auf seine Hände, die die ihren fest umschlossen hielten. »Heißt das, dass du Schluss mit mir machst?«

Er zog seine Hände nicht weg, als er antwortete. »Gianna, ich habe mich zigmal damit auseinandergesetzt, und ich bin jedes Mal zum selben Ergebnis gekommen. Es passt einfach nicht mit uns. Wir lieben uns noch immer, aber was haben wir davon, wenn wir nicht zusammenkommen können? Wir sind wie die zwei Königskinder. Auf der einen Seite ist Mailand, eine Kanzlei und eine Karriere, auf der anderen Südtirol, die Berge und ein Mann, der niemals dort weggehen wird. Es ist hoffnungslos. Dafür brauchen wir auch keinen Mantinger. Und aus den wenigen Telefonaten, die wir in letzter Zeit geführt haben, konnte ich schließen, dass du das genauso siehst. Oder weshalb bist du heute zu mir gekommen?«

Gianna fühlte sich vollkommen leer, so leer, dass sie nicht einmal weinen konnte. Hatte sie vor einer Stunde noch nüchtern analysiert, wurde ihr nun schlagartig die Tragweite dieser Entscheidung bewusst. Wehmütig blickte sie aus dem Fenster hinauf zum Auener Joch. Es war nicht so, dass man einfach nur eine Beziehung beendete. Man beendete ein ganzes Leben. Wie schnell wuchs man zusammen, wenn man jemanden liebte. Und es gab so viel, was einem beim anderen vertraut geworden war. Sein Geruch, seine Stimme, die Fältchen um seine Augen, wenn er lachte … Und jetzt, in diesem Augenblick der Wahrheit, wurden plötzlich auch die Erlebnisse mit Vincenzo und seine Eigenarten, die sie zuvor als schrecklich empfunden hatte, zu einem verbindenden Element. Solange man nur darüber nachdachte, es wirklich zu tun, blieb es im Verborgenen, doch sobald es einer von beiden ausgesprochen hatte, brach es hervor und fügte seinen Opfern höllische Seelenqualen zu.

»Gianna, was sagst du? Du musst doch eine Meinung dazu haben.«

»Hm?«

Er drückte ihre Hände noch etwas fester. »Hey, Gianna, komm schon, wir müssen da durch, zusammen.«

Gianna begriff nicht, welche Wandlung sich in Vincenzo vollzogen hatte und in welch kurzer Zeit. Wahrscheinlich war sie selbst der Hauptgrund dafür. Was für eine Ironie des Schicksals!

Erst durch ihre abweisende, manchmal herablassende Art hatte sie Vincenzo zu dem Mann gemacht, den sie sich immer gewünscht hatte. Souverän, durchsetzungs- und willensstark. Doch nur aufgrund dieser Veränderung war Vincenzo nun dazu fähig, sich von ihr zu trennen. »Bis ich deine Wohnung betreten habe, habe ich das genauso gesehen, das stimmt. Aber auch du musst doch tief in dir spüren, was uns verbindet, wenn du zum Beispiel zum Auener Joch blickst. Oder ist das einfach weg?«

»Nein, natürlich nicht. Aber ich kann so nicht weitermachen. Ich möchte eine Beziehung mit Zukunft, und zwar in Südtirol. Ich möchte Kinder haben und auch nicht ewig darauf warten. Außerdem muss ich ein Monster jagen und kann mich dabei nicht von einer unerfüllten Beziehung lähmen lassen. Das könnte Menschenleben kosten.«

Müde rieb sich Gianna die Augen. Sie wusste, dass er recht hatte. Aber sie wollte es nicht wahrhaben. »Was sollen wir deiner Meinung nach jetzt tun? Einfach auseinandergehen und zur Tagesordnung übergehen, als wäre nichts geschehen?«

»Natürlich nicht. Selbstverständlich wird es verdammt lange dauern, darüber hinwegzukommen. Aber –«

In diesem Augenblick meldete sich Vincenzos Handy. Er schaute auf das Display. Überrascht zog er die Augenbrauen in die Höhe. »Das ist Marzoli. Am Wochenende? Da muss ich rangehen. – Ispettore, was gibt's? Ohne Grund rufen Sie am Wochenende wohl kaum an.« Das Gespräch dauerte nicht länger als eine Minute. Vincenzo drückte den roten Knopf. Sein Gesichtsausdruck hatte sich verändert. Er wirkte besorgt. »Hör zu, Gianna, in Glaning haben Spaziergänger eine Leiche gefunden. Da muss ich sofort hin. Du bleibst doch bis morgen, oder? Mach es dir hier gemütlich, bis ich zurückkomme, dann reden wir weiter, okay?«

***

Glaning

In das ganze Tal war dichter, wabernder Nebel gezogen. Trotzdem war es unverändert schwül. Wahrscheinlich würde es gegen

Abend wieder ein Gewitter geben, zumal sich die umliegenden Gipfel allmählich in Wolken hüllten. Kein schöner Sommer bislang, dachte Vincenzo auf der Fahrt. Das Gespräch mit Gianna machte ihm zu schaffen. Er war sich sicher gewesen, dass sie erleichtert aufatmen würde, wenn er ihr seinen Entschluss mitteilte. Seit Wochen war sie abweisend gewesen und hatte angedeutet, dass sie keine Zukunft für sie beide sehe. Umso verwunderlicher war es, dass sie eben dermaßen eingebrochen war. Sie hatte ausgesehen wie ein Häufchen Elend. Nichts schien übrig geblieben zu sein von der vor Selbstbewusstsein nur so strotzenden Gianna. Niemals zuvor hatte er sie so erlebt, nicht einmal wenn sie Streit hatten. Im Gegenteil, gewöhnlich drehte sie dann erst richtig auf. Aber jetzt ... Dabei war dieses Verhalten genau das, was er immer bei ihr vermisst hatte. Das Verletzliche, Weiche. Er hatte kein Problem mit selbstbewussten Frauen, auch nicht mit solchen, die Karriere machen wollten. Aber das hieß doch nicht gleich, dass eine Frau auch verhärten musste wie der Panzer einer Schildkröte. Sicherlich, es hatte Momente gegeben, in denen auch Gianna weich geworden war. Wenn ihre Mutter krank gewesen war oder ein Mandant ein schweres Schicksal erlitten hatte. Sie konnte sich gut in andere hineinversetzen, war mitfühlend. Aber warum um alles in der Welt war sie es gerade bei ihm so selten? Betrachtete sie ihn als ihren persönlichen Blitzableiter? Gehörte sie zu den Menschen, die sich ihres Partners viel zu sicher waren und deshalb glaubten, nicht an und für die Beziehung arbeiten zu müssen? Vincenzo war gespannt, wie sich der Abend entwickeln würde, war sich aber sicher, dass er nicht von seiner Entscheidung abrücken würde. Er hatte innerlich abgeschlossen. Das hatte nichts mit seinen Gefühlen für Gianna zu tun, sondern damit, dass er sich trotz Giannas Horrorerlebnisses im Eis und der verständlichen Spätfolgen lösen und einen neuen Lebensabschnitt beginnen wollte. Er musste den Blick nach vorn richten, nicht zurück.

Um das zu erreichen, war noch etwas anderes nötig: Mantinger. Auch dieses Kapitel musste ein für alle Mal beendet werden.

Als er sich zu Fuß dem Fundort der Leiche näherte, war er davon überzeugt, in wenigen Augenblicken vor dem Werk genau dieses Mannes zu stehen. Ein kalter Schauer lief ihm bei diesem Gedanken über den Rücken. Jetzt fing alles von vorn an. Unschuldige Menschen fielen dem Psychopathen zum Opfer, weil der sich auf diese Weise rächen wollte. Sein Gegner sollte das Gefühl haben, die Schuld am Tod seiner Opfer zu tragen. Die bange Frage »Hätte ich das verhindern können?« sollte ihn in den Wahnsinn treiben.

Vor sich sah Vincenzo einen großen Felsblock, an dem Marzoli und eine Kollegin mit einem Mann und einer Frau standen, die verstört wirkten. Dahinter, ein gutes Stück den Grashang hinauf, entdeckte er Reiterer. Als Marzoli ihm zuwinkte und mit dem Kinn den Hang hinaufdeutete, ging Vincenzo mit einem wortlosen Gruß um den Fels herum und stieg den Hang hinauf.

Reiterer erblickte den Commissario als Erster. »Ah, Bellini, konnten Sie es doch noch einrichten? Wir haben schon nicht mehr mit Ihnen gerechnet.«

Vincenzo grinste. Nach dem Gespräch mit Gianna war ein feiner Disput mit dem Leiter der Spurensicherung eine willkommene Ablenkung. »Lieber Signor Reiterer, ich bin vorher noch bei Ihnen zu Hause vorbeigefahren in der sicheren Annahme, Sie zuerst von Ihrem Crosstrainer wegziehen zu müssen, dem Sie ja in beängstigender Weise verfallen sind.«

Reiterer zog eine Augenbraue in die Höhe. »Ich denke, Bellini, wenn, dann hätte ich bei Ihnen vorbeikommen müssen, um Sie aus Ihrem Vollrausch zu wecken.«

Chapeau! Das hatte gesessen und schrie förmlich nach einer Antwort. »Ist nicht mein Problem, mein Lieber, wenn Ihnen Lebensfreude ein Fremdwort ist. Aber mein Angebot steht: Kommen Sie doch mal mit mir in die Berge. Dann testen wir zwei, ob Ihr Training auf diesem komischen Ding was gebracht hat.«

»Na ja«, erwiderte Reiterer mit einem verächtlichen Unterton in der Stimme, »das wäre sicherlich nicht das Problem. Ich weiß nur nicht, inwieweit es Ihrem Ego schadet, wenn ich Sie selbst in Ihrer Königsdisziplin hinter mir lasse. So, und nun richten Sie Ihren Blick bitte dorthin. Das ist leider kein schöner Anblick.« Reiterer drehte sich um und deutete auf den Boden.

Was Vincenzo dort sah, verschlug ihm den Atem. Er musste zweimal hinschauen, um das bizarre Bild zu entschlüsseln, das sich ihm bot. Er sah einen riesigen Stein, fast eine Art Felsblock, um den herum weitere kleine Steine gruppiert waren, von denen aber jeder immerhin noch das Ausmaß eines Basketballs hatte. Unter dem Ensemble von Steinen ragten zwei Beine, zwei Arme und ein Kopf hervor, der eigenartig deformiert war. In den weit aufgerissenen Augen des offensichtlich weiblichen Opfers war Todesangst zu erkennen. Trotz der Verletzungen konnte Vincenzo auch ohne Hilfe der noch nicht eingetroffenen Rechtsmedizinerin sehen, dass das Gesicht blau-violett verfärbt war und feine punktförmige Hautblutungen aufwies. Um den Hals verlief ein brauner Streifen. Vincenzo wendete den Blick von diesem grauenhaften Szenario ab und sprach wieder zu Reiterer. »Wer hat das Opfer gefunden?«

Reiterer wies mit dem Kopf zu dem Pärchen, das mit Ispettore Marzoli und der Polizistin beim Felsblock stand. »Wanderer aus Deutschland. Die machen hier einen Aktivurlaub, wie sie es nennen. Das müsste doch ganz in Ihrem Sinne sein, Bellini. Jedenfalls wollten sie heute wegen des unsicheren Wetters nur einen kleinen Spaziergang zum Plattner machen. Tja, und als sie hier vorbeikamen, fiel ihr Blick sofort auf diesen künstlichen Steinhaufen. Da sind sie neugierig geworden und hingegangen. Als sie gesehen haben, was sich da unter den Steinen verbirgt, haben sie uns sofort angerufen. Marzoli hat mit ihnen gesprochen. Sie wissen ja selbst, wie das läuft. Im ersten Moment versteht man noch gar nicht so recht, was man da gerade entdeckt hat, und ist zwar aufgeregt, aber noch halbwegs vernehmungsfähig. Aber dann hat die Ärmsten der Schock gnadenlos überrollt. Ich glaube nicht, dass Sie jetzt viel aus denen rauskriegen.«

Vincenzo wusste, dass Reiterer recht hatte. Zumal es ein Unterschied war, ob man einen Verunglückten oder ein übel zugerichtetes Mordopfer fand. Denn dass diese Frau sich nicht selbst erwürgt, sich den Schädel eingeschlagen und dann riesige Steine auf den Körper gelegt hatte, war offensichtlich.

Vincenzo pfiff laut durch die Finger und bedeutete Marzoli, zu ihm zu kommen. »Ciao, Ispettore, kein schöner Anblick, was? Und das auch noch am Wochenende. Haben Sie schon irgendwas aus den Zeugen herausbekommen?«

Marzoli schüttelte den Kopf. »Nichts, was uns in diesem Moment weiterbringt. Sie waren auf Wandertour und haben die Frau so gefunden, wie sie dort liegt. Sonst ist ihnen nichts aufgefallen. Sie stehen unter Schock. Darüber hinaus werden wir heute sicherlich nichts mehr von ihnen erfahren.«

Vincenzo blickte zu dem markanten Felsbrocken am Wanderweg, wo sich die Kollegin noch immer mit den beiden Zeugen unterhielt. In diesem Moment tauchte eine Gestalt aus dem Nebel auf und kam langsam auf sie zu. Dottoressa Paci. In wenigen Minuten würde sie das Offensichtliche bestätigen. Während er dem Weg der Rechtsmedizinerin mit seinen Blicken folgte, sagte er zu Marzoli: »Natürlich ist jetzt saubere Ermittlungsarbeit gefragt. Trotzdem würde mich Ihre ganz persönliche Einschätzung interessieren. Bitte denken Sie nicht lange nach, sagen Sie einfach, was Sie im ersten Moment gedacht haben. Mantinger bricht aus der Psychiatrie aus, bricht seinem Arzt mit bloßen Händen das Genick und hat schon einmal ein Opfer übel zugerichtet. Und jetzt geschieht dieser fürchterliche Mord. Was meinen Sie dazu?«

Marzoli betrachtete das Opfer. »Das sieht nicht nach einer Affekthandlung aus, und es gibt wohl nicht viele, die zu solch einer grauenvollen Tat fähig wären. Er schon, das hat er ja bewiesen. Ich würde es mal so formulieren: Es würde mich wundern, wenn in Südtirol noch ein weiterer Psychopath frei herumlaufen würde.«

Vincenzo nickte zustimmend. »So sehe ich das auch. Und wenn dem so ist, stehen uns turbulente Zeiten bevor. Denn wir wissen, warum er das tut.« Er winkte der Rechtsmedizinerin zu, die schon an dem Felsbrocken vorbeigelaufen war. »Hallo, Dottoressa Paci, gut, dass Sie kommen. Auf Sie kommt eine Menge Arbeit zu.«

Paci nickte den Männern zu und kniete sich neben das Opfer. Sie betrachtete die Kopfverletzungen, die Spuren im Gesicht und am Hals. Ein leises »So eine verdammte Sauerei!« entfuhr ihr. Dann erhob sie sich wieder. »Es ist klar, dass ich Genaueres zur Todesursache, zum Todeszeitpunkt und zu den Verletzungen erst nach der Obduktion sagen kann. Aber die Verfärbungen des aufgedunsenen Gesichts deuten auf einen Erstickungstod hin. Auch die Drosselmarke am Hals ist ein Indiz dafür. Die Totenstarre ist noch nicht vollständig eingetreten, sie hat bis jetzt Augenlider, Kaumuskeln und Hände erreicht. Angesichts der hohen Temperaturen können wir davon ausgehen, dass der Tod irgendwann im Laufe des Tages eingetreten ist. Wer immer das getan hat, ist mit brachialer Gewalt vorgegangen.«

Vincenzo wandte sich an den Leiter der Spurensicherung. »Signor Reiterer, haben Sie schon irgendwas entdeckt, was uns weiterbringt?«

»In der Jacke haben wir unter anderem den Personalausweis des Opfers gefunden. Sie hieß Cecilia Fontana. An ihren Unterschenkeln, die von Lehm verdreckt sind, konnten wir einen Handabdruck erkennen. Den analysieren wir morgen und machen einen Systemabgleich. Ansonsten nur das, was offensichtlich ist. Das niedergedrückte Gras sowie feine Blutspuren von dem Felsbrocken da unten bis hier oben legen den Schluss nahe, dass ihr da unten wahrscheinlich der Schädel eingeschlagen worden ist und der Täter sie dann hier hochgeschleift hat. Ich warte noch auf meine Jungs mit der Technik. Vielleicht finden wir dann mehr. Ihre Arbeit ist hier fürs Erste beendet, Bellini. Fahren Sie zurück nach Hause. Erholen Sie sich von diesem Anblick.«

Vincenzo nickte. Schon im Gehen begriffen, klopfte er Marzoli auf die Schulter und trug ihm auf, Mauracher abzuholen und mit ihr in Fontanas Wohnung zu fahren. »Sehen Sie sich um, Ispettore, und nehmen Sie auch einen von Reiterers Leuten mit. Nicht dass Sie wichtige Spuren verwischen. Ich würde das ja zu gern selbst übernehmen, aber leider habe ich Besuch. Das verstehen Sie doch sicher, oder?«

Begleitet von Marzolis missmutigen Blicken, entfernte sich Vincenzo rasch von dem grauenvollen Tatort.

***

Sarnthein

Nach Vincenzos Aufbruch war Gianna zu ihrem Auto gegangen, hatte ihre Wanderschuhe angezogen und war losmarschiert. Ohne festes Ziel, einfach nur durch die Wiesen und an der Talfer entlang. Sie musste in Ruhe nachdenken.

Vincenzo hatte sich in letzter Zeit erheblich verändert. Er war männlicher geworden, härter. Es stand außer Frage, dass er diese für ihn so positive Entwicklung einem Monster verdankte. Mantingers Taten, Vincenzos Jagd auf ihn, ihre Entführung, all das hatte aus dem zwar sympathischen, aber sentimentalen Muttersöhnchen einen durchsetzungsfähigen Mann gemacht, der genau zu wissen schien, was er tat und was er wollte. Diese Entschlossenheit in seiner Stimme und in seinen Augen war eine vollkommen neue Erfahrung für sie. Wie oft hatte sie sich genau diesen Vincenzo gewünscht. Aber wie hatte er sich gehen lassen, als Gianna sich eine Auszeit erbeten hatte, um die schrecklichen Ereignisse zu verarbeiten. Nahezu täglich hatte er sich betrunken, sich und seine Gesundheit vernachlässigt. Und dann dieses Flehende, Weinerliche in seiner Stimme, wenn sie telefonierten. Selbst wenn er es nicht jedes Mal explizit aussprach, schwang bei jedem seiner Worte die stille Aufforderung mit, doch zu ihm zurückzukehren. Während er zu glauben schien, dass er sie damit weichkochen könnte, erreichte er genau das Gegenteil. Immer weiter entfernte sie sich von ihm, fühlte sich teilweise fast abgestoßen. Nein, mit einem solchen Mann konnte und wollte sie nicht zusammen sein. Aber sein heutiger Auftritt hatte sie völlig aus der Bahn geworfen.

Gianna blieb stehen, schaute über die Talfer und die sattgrünen Wiesen zur Burg Reinegg, die immer wieder für einen kurzen Augenblick gespenstisch im Nebel auftauchte. Wenn sie keine Lust auf eine weite Wanderung hatten, waren sie gern zur Burg gegangen und hatten dort Picknick gemacht. Manchmal hatten sie kaum ein Wort gesagt, sich aber stundenlang geküsst und nicht selten auch mehr. Äußerlich war er immer genau ihr Typ gewesen. Sie mochte Männer mit dunklen Haaren und Augen, vor allem mit Haaren auf der Brust. Sie konnte absolut nichts mit diesen rasierten Schwimmertypen anfangen. Vincenzo wirkte so männlich. Aber genau dazu stand seine Weichheit in einem unvorteilhaften Kontrast. Das wirkte sich zunehmend auf ihre Libido aus. Wenn sie Sex hatten, konzentrierte sie sich nur noch auf Vincenzos Körper, ließ sich von seinem zweifelsohne ausgeprägten Temperament mitreißen. Aber wehe, sie hatte plötzlich den angetrunkenen, heulenden Vincenzo vor Augen, der es schaffte, binnen weniger Wochen zehn Kilo zuzunehmen. Dann wich ihre Lust sofort einer inneren Kälte, die sie nicht wahrhaben wollte. Ihre Strategie dagegen bestand im

Rückzug. Und heute hatte sie es endgültig beenden wollen. Doch zum ersten Mal hatten sie die Rollen getauscht. Er entschlossen und selbstbewusst, sie verunsichert und weinerlich.

Aber was hieß das eigentlich? Was würde sich in Zukunft ändern, falls sie bei ihm blieb? Würde sie plötzlich Kinder wollen und dafür ihre Karriere in Mailand aufgeben? Um nach Südtirol zu ziehen, Bergtouren zu machen und regelmäßig mit Vincenzos Eltern in ihrer Trattoria zu essen? Kinder statt Karriere, Provinz statt Weltstadt, Berge statt Weltreisen. So sähe ihre Realität aus.

Gianna blickte sich um. Weil Nebel und Wolken im Westen kurzfristig aufrissen, konnte sie sogar bis auf die Höhe des Auener Jochs schauen. Natürlich würde ihr das fehlen … Würde es das wirklich? War es nicht eher so, dass er ihr fehlen würde? Wenn es aber umgekehrt genauso war, hätte er doch auch für sie nach Mailand kommen können. Aber das hatte Vincenzo stets kategorisch ausgeschlossen. Nein, wenn man es realistisch und ohne Gefühlsduselei betrachtete, war die Antwort eindeutig. Es passte nicht zusammen. Sie musste jetzt hart bleiben und das durchziehen. Und damit sie nicht wieder einbrach, würde sie zurück in die Wohnung gehen, dort auf Vincenzo warten, mit ihm reden und noch heute Abend zurückfahren. Sie durfte sich nicht dem Risiko einer gemeinsamen Nacht aussetzen.

Fest entschlossen ging sie zurück, ohne auf die Landschaft zu achten. Vincenzo war bereits von seinem Einsatz zurückgekehrt. Er war blass. Doch nicht etwa ihretwegen?

Er antwortete, bevor sie fragen konnte. »Hallo, Gianna, wo warst du denn? Ich habe eben eine fürchterlich zugerichtete Leiche gesehen. Eigentlich bräuchte ich jetzt ein bisschen Ruhe. Aber wir sollten auf jeden Fall unser Gespräch zu einem Ende bringen. Sollen wir dabei einen Wein aufmachen?«

Gianna spürte zwar einen kurzen Stich, fühlte sich aber umso mehr bestätigt. Noch vor ein paar Monaten hätte er nach einem solchen Erlebnis keine Ruhe gebraucht, sondern sie. »Nein, lieber keinen Wein. Ich fahre heute noch zurück, das ist wohl das Beste für uns beide.«

Jetzt sah er sie traurig an. »Ja, ich befürchte auch. Wir dürfen uns nichts vormachen. Du kommst niemals nach Südtirol, und ich würde in Mailand eingehen wie eine Primel. Eine Wochenendbeziehung ist für uns beide nichts, das hatten wir jetzt schon lange genug. Es gibt keine andere Lösung. Auch wenn es mir verdammt wehtut, mir vorzustellen, dass du nicht mehr in meinem Leben bist.«

Sie sahen sich eine Weile schweigend an. Gianna spürte, wie die Tränen wieder in ihr hochstiegen, doch diesmal brachte sie genug Beherrschung auf, sie zu unterdrücken. Er sah so verdammt gut aus. Am liebsten wäre sie sofort über ihn hergefallen. Stattdessen ging sie zu ihm, drückte ihn sanft an sich, küsste ihn auf die Wange und sagte: »Leb wohl, Vincenzo. Ich werde dich niemals vergessen.«

Dann nahm sie ihre kleine Reisetasche, die sie noch nicht ausgepackt hatte, ihren Mantel und verließ ohne weitere Worte Vincenzos Wohnung. Im Auto rief sie sofort ihre Eltern an. Sie konnte nicht in ihre Wohnung unweit der Accademia di Brera zurück. Heute nicht. Heute brauchte sie Gesellschaft, jemanden, mit dem sie darüber reden konnte. Das ging am besten mit ihren Eltern, die Vincenzo gut gekannt hatten. Ihre Freundinnen in Mailand hingegen hatten Vincenzo nie zu Gesicht bekommen.

***

Nachdem Gianna gegangen war, blieb Vincenzo noch eine Weile inmitten seines Wohnzimmers stehen und starrte aus dem Fenster. Draußen begann es allmählich zu dämmern. Der Nebel wurde rasch dichter, feiner Nieselregen setzte ein, und in der Ferne ertönte ein schwaches Donnergrollen. Nur noch fahles Licht erfüllte den Raum.

Vincenzo ging es nicht gut, er hatte das Gefühl, als würde seine Energie ganz allmählich aus ihm entweichen. Ein entflohener Psychopath auf einem Rachefeldzug, ein grausam entstelltes Mordopfer, die Trennung von seiner langjährigen Liebe, und all das innerhalb nur weniger Tage. Das war eindeutig zu viel auf einmal. Im Augenblick würde er es vermutlich nicht einmal schaffen, die paar Stufen bis zu seiner Wohnung hinaufzugehen. Als Gianna ihm Lebewohl gesagt hatte, hatte er im ersten Moment den Impuls gespürt, sie an sich zu reißen, sie zu küssen und ihr zu sagen, dass sie gerade einen Riesenfehler machten. Wie gut musste man sich selbst kennen, um einen solchen Impuls richtig einzuordnen!

Vincenzo ging in die Küche, nahm Käse und einen Gewürztraminer aus dem Kühlschrank, entkorkte ihn. Er füllte einen Korb mit Schüttelbrot, setzte sich an seinen Esstisch, der direkt an dem Panoramafenster mit Blick bis zum Auener Joch stand, und füllte das Glas. Schluck für Schluck trank er den Wein. Er spürte, dass es ihm guttat. Der Regen wurde stärker, er konnte ihn rauschen hören. Hin und wieder donnerte es leicht. Wahrscheinlich würde es sich über Nacht einregnen, aber ein Unwetter war nicht zu erwarten. Vincenzo liebte diese Stimmungen. Er schaute sich um. Überall war Gianna, über jeden Quadratzentimeter seines Bodens war sie gegangen, sie hatte geduscht, seine Toilette benutzt und unzählige Nächte in seinem Bett verbracht. Aus jeder Tasse hatte sie getrunken. Aus jedem Glas. Abschied war so ein verdammt scharfes Schwert. So viele Stunden hatte er mit ihr verbracht. Zukünftig verbrachte er sie allein, mit Freunden oder seinen Eltern. Aber das war nicht dasselbe. Zurück blieb eine große Leere. Harte Zeiten standen ihm bevor. Wie es Gianna wohl in diesem Augenblick ging? Weinte sie? Oder hatte sie die Musik bis zum Anschlag aufgedreht, um sich abzulenken? Was dachte sie? Würde sie morgen anrufen und sagen: »Lass es uns noch mal probieren«? Oder würde er es tun? Er könnte seinen Fall lösen, Mantinger dingfest machen und es dann in Mailand versuchen. Was hatte er schon zu verlieren? Er trank einen Schluck, grübelte. Doch, er hatte etwas zu verlieren, eine ganze Menge sogar, nämlich sich selbst. Er wusste genau, wie es ihm in einer Großstadt ergehen würde. Er würde sich damit selbst verraten.

Vincenzo aß Käse und Schüttelbrot und stellte die halb volle Flasche Gewürztraminer zurück in den Kühlschrank. Gianna war nicht die Richtige, redete er sich selbst zu, du wirst wieder jemanden kennenlernen. Irgendwann. Eine Frau aus Südtirol, eine Frau, die Kinder haben möchte. Er schaltete das Licht an und ging systematisch durch seine Wohnung. Alles, was er von Gianna fand, was ihn an sie erinnerte und was sie hatte liegen lassen, packte er in einen Korb. Bilder, ihr Parfüm, ihre Haarbürste, ein paar Slips. Er trug den Korb in seine Abstellkammer und verstaute ihn in einem

Regal. Irgendwann, wenn er so weit war, würde er den Korb wieder hervorholen und sich all diese Erinnerungen ansehen. Jetzt ging es darum, ein brutales Verbrechen aufzuklären.

Er stellte den Wecker auf sechs Uhr und versuchte zu schlafen. Erst spät fiel er in einen unruhigen Schlaf voller bizarrer, unwirklicher Träume, an die er sich beim Aufwachen nicht mehr erinnern konnte.

12

Bozen, Sonntag, 1. Juli

Die ganze Nacht hatte es durchgeregnet. Erst als Vincenzo die noch stille Questura betrat, kam kurzzeitig die Sonne zwischen den Wolken hervor. Es hatte kaum abgekühlt. Hier unten, im Kessel von Bozen, war es unangenehm schwül. Dampf stieg vom nassen Asphalt auf.

Er hatte Kopfschmerzen, konnte nicht einschätzen, ob das von diesem widerlichen Klima kam oder von seiner Trennung von Gianna. Oder von beidem. Er holte sich die »Zett – Die Zeitung am Sonntag« von Paolo Verdi am Empfang und verschwand damit in seinem Büro. Er blätterte die Zeitung durch. Da stand noch nichts von einem Mord. Klar, es war auch noch zu früh, erst heute Morgen hatten sie die Presse informiert. Aber ab morgen würden die Zeitungen voll davon sein. Gerade als er sich einen Espresso machen wollte, klingelte sein Telefon. Dottore Alessandro Baroncini. Vincenzo nahm den Hörer ab. »Ich bin in zwei Minuten bei Ihnen, Vice Questore.«

»Können Sie neuerdings schon Gedanken lesen, Commissario?«, ertönte Baroncinis Bass am anderen Ende der Leitung.

»Nein, Vice Questore, aber nach dem gestrigen Leichenfund ist klar, warum Sie an einem Sonntag in die Questura kommen.«

Wenige Minuten später saß Vincenzo seinem Vorgesetzten gegenüber. Wie immer trug Baroncini einen maßgeschneiderten Einreiher, sein kurzer Bart war topgepflegt, und die schwarz gefasste Designerbrille passte exakt zu seinen dunklen Augen. Baroncini war nicht eitel, aber korrekt bis ins letzte Detail.

»Wie ich höre, Commissario, haben wir es mit einem an Grausamkeit kaum zu überbietenden Mord zu tun. Wissen wir, um wen es sich bei dem Opfer handelt? Könnte das ein Raubmord gewesen sein?«

»Sie hatte eine Handtasche bei sich, die ebenso wie ihre Kleidung unmittelbar neben dem Steinhaufen gelegen hat. Das Einzige, was wir nicht gefunden haben, ist eine Unterhose. In der Handtasche haben wir eine Geldbörse gefunden, ein kleines Schminkköfferchen, Wohnungsschlüssel und vor allem ihren Ausweis. Die Frau hieß Cecilia Fontana. Wir kümmern uns heute um mögliche Angehörige und ermitteln in ihrem Umfeld. Polizeilich ist sie nie aufgefallen, ein völlig unbeschriebenes Blatt.«

»Hat die Spurensicherung denn gestern noch etwas finden können, was uns weiterbringt?«

Vincenzo konnte den Frust in seiner Stimme kaum unterdrücken. »Nur einen Handabdruck am Unterschenkel des Opfers. Wir haben die Fingerabdrücke genommen und sie mit allen Abdrücken im Vorstrafenregister verglichen. Keine Übereinstimmung. Wenn der Abdruck vom Täter stammt, ist er zuvor polizeilich nicht in Erscheinung getreten. Noch bevor die Techniker eingetroffen sind, hat dieser Dauerregen eingesetzt. Und da oben war der noch heftiger als im Tal. Aber wenn wir die vorhandene Spurenlage zugrunde legen, vor allem die feinen Blutspuren, die von dem Felsblock am Wegesrand bis zur Fundstelle reichen, können wir den Tathergang halbwegs rekonstruieren. Wir gehen im Augenblick davon aus, dass der Täter die Frau auf Höhe des Steins überfallen und sofort zugeschlagen hat. Womit, wissen wir noch nicht. Dafür müssen wir Pacis Analyse und die Obduktion abwarten, auch hinsichtlich der endgültigen Todesursache und der Frage, ob sie vergewaltigt worden ist. Vermutlich hat der Täter sie dann ein Stück die Wiese hochgezogen und dort erdrosselt. Nicht mit bloßen Händen, dazu passen die Würgemale nicht. Marzoli und Mauracher haben sich schon gestern in der Wohnung des Opfers umgesehen. Weder in ihrer Anruferliste noch auf ihrem Laptop haben sie etwas gefunden, was uns weiterbringt. Der Rechner war nicht durch ein Passwort geschützt, es gab auch keine geschützten Dokumente. Fontana hat auf ihrem PC zwei große Ordner angelegt, einen für ihren Vater, einen für die Mutter. Dort hat sie unzählige Informationen zu Alzheimer gesammelt. In dem anderen Ordner finden sich Dateien rund um die Themen Hodenkrebs und Chemotherapie. Sie hat sich anscheinend sehr intensiv mit den Erkrankungen ihrer Eltern auseinandergesetzt. Es gab aber nichts, was uns irgendwelche Hinweise auf ein Verbrechen gegen sie liefern könnte. Keine Dokumente, die die Klinik oder die Ärzte belasten könnten, bei denen die Eltern in Behandlung sind. Kein Hinweis auf einen verschmähten Liebhaber. Auch nicht in ihrem E-Mail-Ordner bei Outlook. Sie schien sich auch nicht gut mit IT und dem Internet auszukennen. Sie hat wochenlang ihren Browserverlauf nicht gelöscht. So konnten wir problemlos zu den einschlägigen Anbietern von Freemails surfen und prüfen, ob sie auch dort Adressen hatte. Das scheint nicht der Fall zu sein. Natürlich haben wir alle Nummern der Anruferliste abtelefoniert. Eingänge genauso wie Ausgänge. Nichts von Belang. Ihr Frauenarzt, die Klinik Bozen, ein paar Arbeitskollegen, alles für uns unbedeutend. Ich habe den Eindruck, dass Fontana sehr zurückgezogen gelebt hat. Man könnte fast meinen, dass sie … ja, dass sie bloß nicht auffallen wollte. Ein Handy haben wir in ihrer Wohnung nicht gefunden. Unsere Anrufe bei den Telefongesellschaften haben auch nichts ergeben. Wenn, dann hatte sie ein Handy mit Prepaidkarte. Das wäre dann ebenso verschwunden wie ihr Slip.«

»Was glauben Sie persönlich, Bellini? Könnte Mantinger dahinterstecken? Müssen wir mit einem Rachefeldzug rechnen?«

Vincenzo presste die Lippen zusammen. Sein Magen verkrampfte sich. Er schaffte es nicht, den aufkeimenden Hassschub zu unterdrücken. »Ich bin davon sogar überzeugt, Vice Questore. Es ist exakt seine menschenverachtende Handschrift. Ich bin mir sicher, dass er sich irgendwo in den Bergen versteckt. Selbst unsere Bergführer kennen sich dort nicht so gut aus wie er. Ich halte es für ausgeschlossen, dass er Südtirol verlassen hat. Einfach zu verschwinden ist nicht sein Stil. Außerdem hat weder die Verkehrsüberwachung noch die Kontrolle der Flughäfen bislang etwas ergeben. Aber natürlich dürfen wir uns bei unseren Ermittlungen in einem Mordfall nicht von meinen persönlichen Gefühlen oder Überzeugungen leiten lassen. Wir werden in alle Richtungen ermitteln.«

Baroncini spitzte die Lippen und legte die Handflächen übereinander. »Gut, Commissario, wir warten das Ergebnis der Obduktion ab. Aber ich möchte, dass Sie schon vorher, heute noch, in den umliegenden Höfen und Gasthäusern in Glaning herumfragen. Brauchen Sie mehr Leute?«

»Nein, fürs Erste reichen wir drei und die Kollegen der Mordkommission. Die Carabinieri des siebten Regiments sind in den Bergen, um Mantinger zu jagen. Wir können uns also allein auf die Tote konzentrieren. Ich kümmere mich mit Mauracher um die Höfe und Gaststätten, Marzoli kann das Umfeld abklopfen. Ihn in die Berge zu schicken würde uns angesichts seiner Kondition zu viel wertvolle Zeit kosten.«

Baroncini lachte. »Da sagen Sie was. Wie oft habe ich dem Ispettore schon nahegelegt, sich im Polizeisportverein anzumelden, aber er hat mich jedes Mal nur entgeistert angeguckt. Aber Sie verteilen die Aufgaben ja genau richtig. Halten Sie mich bitte auf dem Laufenden. Und wenn Sie Leute brauchen oder di Cesare und sein Team, sagen Sie Bescheid. Dieser Mord hat absoluten Vorrang. So ein Verbrechen gleich zu Beginn der Ferienzeit, unpassender geht es nun wirklich nicht.«

***

Klinik Bozen

Dr. Brunner hatte Schwester Giulia zu sich bestellt. Er wollte für das Gespräch das Wochenende nutzen, wenn die Abteilung nur eine Notbesetzung hatte. Seit er sie damals mit Cecilia Fontana überrascht hatte, hatte sie sich in ihrem Verhalten verändert. Sie wich ihm aus, war mehr und mehr in sich gekehrt, machte manchmal Andeutungen, die er sich nicht so recht erklären konnte. Irgendetwas schien sie zu wissen. Er musste unbedingt herausfinden, was. Wahrscheinlich hing das doch mit dieser übereifrigen Fontana zusammen, auch wenn die beiden das seinerzeit vehement abgestritten hatten. Einen Skandal so kurz vor seiner Pensionierung konnte er sich keinesfalls erlauben. Sein ganzes Lebenswerk war in Gefahr. Und genau darauf wartete dieser Widerling von Adelsburg doch.

Giulia saß ihm mit gesenktem Haupt gegenüber, die Hände im Schoß gefaltet. Sie wich seinem Blick aus. Er entschied sich für die direkte Konfrontation, das entsprach auch am ehesten seiner Art.

»Schwester Giulia, wovor haben Sie Angst?«

Sie blickte nur kurz auf. »Wovor sollte ich denn Angst haben, Dr. Brunner?«

»Ich weiß nicht, sagen Sie es mir. Hat es etwas mit Cecilia Fontanas Vater, Maurizio, zu tun?«

Schweigen. Sie reagierte überhaupt nicht. Brunner spürte Zorn in sich aufsteigen. Er wurde lauter. »Schwester Giulia, ich habe Sie etwas gefragt!«

Giulia zuckte zusammen. »Wollen Sie mich wieder unter Druck setzen wie beim letzten Mal, als Sie mein Gespräch mit Cecilia belauscht haben?«

Brunner starrte sie mit offenem Mund an. Was für eine impertinente Dreistigkeit! »Haben Sie den Verstand verloren? Was fällt Ihnen ein, so mit mir zu reden?«

Giulia sank noch mehr in sich zusammen. »Ich weiß nicht, was Sie von mir wollen.«

Brunner verlor jegliche Beherrschung. Er schrie sie an: »Natürlich wissen Sie das, Sie verlogenes Luder! Paktieren mit irgendwelchen Patienten. Glauben Sie allen Ernstes, Ihnen könnte nichts passieren, nur weil Sie sich von diesem arroganten Adeligen ficken lassen?«

Jetzt war es Giulia, die ihn mit offenem Mund anstarrte.

Brunner lächelte siegessicher. »Ach, dachten Sie, ich weiß das nicht? Halten Sie mich wirklich für so dumm? Meinen Sie, ich würde nicht merken, was hier abläuft? Wie Sie tuscheln, wenn Sie sich im Flur begegnen. Wie Sie zusammen das Haus verlassen. Man kann Ihnen beiden die Geilheit doch schon im Gesicht ablesen. Widerlich. Sie sollten höllisch aufpassen, was Sie tun!«

Noch immer brachte Giulia kein Wort hervor.

Er hatte ihren wunden Punkt getroffen. Am besten, er stocherte noch ein bisschen darin herum. »Was erhoffen Sie sich eigentlich davon? Glauben Sie, dass von Adelsburg Sie liebt und Ihretwegen seine Frau verlässt? Seine Frau und die ganze neureiche Adelsmischpoke, ohne die er wieder nur ein Niemand ist? Soll ich Ihnen was sagen, Schwester Giulia? Ich weiß ganz genau, was in meiner Klinik passiert. Ich habe meine Augen und Ohren überall. Von Adelsburg treibt es nicht nur mit Ihnen. Nein, auch die Castlunger lässt sich von ihm vögeln. Und die Rossi zweifelsohne auch. Die hoffen wohl auch auf einen kleinen Karriereschub. Und ihr drei seid bestimmt nicht die Einzigen. Jetzt erzählen Sie mir doch, was Sie so verunsichert. Ist es Ihre Affäre mit von Adelsburg? Oder hat es mit Fontana zu tun?«

Langsam richtete sich Giulia in ihrem Stuhl auf. Sie beugte sich über den Schreibtisch zu Brunner. »Glauben Sie allen Ernstes, ich oder Elena hätten eine Affäre mit Dr. von Adelsburg?«

Brunner schnaubte verächtlich durch die Nase. »Das ist wohl keine Frage des Glaubens. Aber mir ist es im Grunde gleichgültig, wer es in dieser Klinik mit wem treibt. Ich will nur keine Geheimnisse in meiner Abteilung. Und deshalb sagen Sie mir jetzt endlich, was los ist. Hat es mit Cecilia Fontana zu tun? Oder mit ihrem Vater?«

Auch Giulia verlor nun ihre Beherrschung. »Ja, mit wem denn sonst? Sie hat mir damals erzählt, wie Sie ihren Vater unter Druck gesetzt haben, damit er seine Organe spendet.«

»Das hat sie erzählt? So ein Quatsch! Maurizio Fontana war ein schwer kranker Mann, der sich nur eines wünschte: am Ende seines Lebens wenigstens noch anderen zu helfen.«

»Hören Sie doch auf! Dem ging es wegen der Chemo ganz dreckig. Sie haben ihm damit gedroht, ihm keine Medikamente gegen seine Schmerzen mehr zu geben, wenn er sich weigert, seine Organe zu spenden. Sie haben ihm gesagt, dass Sie Chefarzt sind und schon dafür sorgen könnten, wenn Sie wollten. Der Mann war völlig verzweifelt. Und warum das alles? Weil Sie sich einen Wettbewerb mit Dr. von Adelsburg liefern. Wer transplantiert mehr Organe, wer ist der Bessere? Darum geht es Ihnen doch. Und dafür schrecken Sie anscheinend vor nichts zurück. Elena weiß das übrigens auch, so wie vermutlich die ganze Belegschaft.«

Brunner mahlte mit den Zähnen und ballte die Fäuste unter dem Tisch. Hatte diese Fontana das also tatsächlich Elena und Giulia gesteckt. Aber was bitte war daran so schlimm? Eine harmlose Drohung, die er ohnehin niemals wahr gemacht hätte. Viel zu riskant. Wenn das alles war, was Giulia verunsicherte, die Angst vor seiner Reaktion, weil sie ein unbedeutendes Druckmittel gegen ihn in der Hand hatte, dann musste er sich keine Sorgen machen. »Das ist alles? Deshalb weichen Sie mir aus?«

Da platzte es aus ihr heraus. »Schwer krank, sagen Sie? Nachdem mir Cecilia von Ihrer Drohung erzählt hatte, habe ich mir noch einmal sorgfältig seine Patientenakte durchgelesen. Ja, er hatte Hodenkrebs, aber er hatte weder Knochenmetastasen noch Metastasen in den Lymphknoten. Die Chemo hat hervorragend angeschlagen. Sie ist ihm nur nicht gut bekommen. Und trotzdem stirbt er, eine Woche nachdem er den Organspendeausweis ausgefüllt und unterschrieben hat. Jetzt sind Sie dran, Dr. Brunner.«

Brunner war sprachlos. Da wühlte dieses Weibsstück doch klammheimlich in seinen Patientenakten herum. Wahrscheinlich hatte Cecilia Fontana sie sogar dazu angestiftet. Jetzt wusste er endlich, worum es damals in dem Gespräch zwischen den beiden gegangen war. Eine prekäre Situation, auch wenn man ihm bei objektiver Beurteilung keine Fehler nachweisen konnte. »Wollen Sie mir etwa unterstellen, ich hätte bei seinem Tod nachgeholfen?«

Giulia hob abwehrend die Hände. »So etwas würde ich niemals behaupten. Aber ein merkwürdiger Zufall ist es schon, das müssen Sie zugeben, oder? Und die Häufung von Todesfällen in letzter Zeit – auch merkwürdige Zufälle? Vor allem, weil es fast immer Organspender getroffen hat.«

Erneut spürte Brunner Wut in sich aufsteigen. »Was soll der Quatsch? Auf unserer Station liegen viele schwer kranke oder todkranke Menschen. Sonst müssten wir keine Organe verpflanzen. Manchmal gibt es eben mehr Todesfälle als üblich. Aber das hängt davon ab, was die Patienten haben. Maurizio Fontana zum Beispiel ist an einem Schlaganfall gestorben. Der Mann hatte nicht nur Hodenkrebs, sondern auch noch Anzeichen von Organversagen. Deshalb lag er ja gerade auf unserer Station. Organversagen und Chemotherapie, das ist keine gute Mischung, aber leider unvermeidlich, wenn man den Patienten retten will.«

»Wie gesagt, ich behaupte gar nichts. Ist sonst noch etwas, oder kann ich jetzt gehen?«

»Sie können gehen. Aber ich warne Sie, Schwester Giulia, überspannen Sie den Bogen nicht. Überlegen Sie sich gut, was Sie sagen und zu wem. Ich lasse mich von Ihnen weder unter Druck setzen noch erpressen. Gehen Sie lieber in die Berge, das machen Sie doch so gern. Das ist bei Weitem nicht so gefährlich.«

***

Oberglaning

Vincenzo nippte an seinem Espresso, den ihm Walter, der Hüttenwirt, ausgegeben hatte. Gern wäre er vom Tal aus zu Fuß aufgestiegen, um zu versuchen, Fontanas Weg nachzuvollziehen. Doch die Zeit drängte, zumal er nur erahnen konnte, welche Route sie eingeschlagen hatte. Mauracher kümmerte sich um die Wirtshäuser im unteren Teil von Glaning, er um die in Oberglaning und Umgebung. Der Plattnerhof war seine letzte Station.

Walter saß Vincenzo gegenüber. Er hatte das Gesicht in seinen Händen abgestützt. »Und am Altenberg ist tatsächlich eine umgebracht worden?«

»Ja, leider, direkt an dem großen Felsen. Weißt du, wo das ist?«

»Klar, ich kenne die Gegend wie meine Westentasche.«

Nach seinem Gespräch mit Baroncini war Vincenzo zu Reiterer gegangen, hatte sich Fontanas Ausweis geben lassen und ihn auf DIN-A5-Format kopiert, damit Mauracher und er ihr Foto herumzeigen konnten. Er legte das Bild vor Walter auf den Tisch. »Kennst du die?«

Walter nickte. »Ja, die ist manchmal hier oben, meistens mit einem älteren Herrn. Könnte ihr Vater sein, sie sieht ihm jedenfalls ähnlich. Ist das das Opfer?«

»Ja. War sie gestern auch hier?«

»Nein, die habe ich bestimmt seit fünf oder sechs Wochen nicht mehr gesehen. Willst du noch einen Espresso?«

Koffein war genau das, was Vincenzo jetzt brauchte. Er nahm Walters Angebot dankend an. »Kannst du mir irgendwas zu Cecilia Fontana sagen? Hast du dich mal länger mit ihr unterhalten? Hast du sie mit einem Mann gesehen? Ich meine, außer mit ihrem Vater.«

»Cecilia Fontana hieß die? Ich kannte nicht einmal ihren Namen. Aber hier gehen so viele Leute ein und aus. Wir haben kaum miteinander geredet. Sie war fast immer mit dem alten Herrn da.

Und das war auch der einzige Mann, mit dem ich sie je gesehen habe. Außerdem wirkte sie auf mich verschlossen. Also nicht im Sinne von ängstlich, die schien mir schon ganz schön selbstbewusst zu sein. Aber ich glaube, die machte sich nicht viel aus Small Talk.«

Vincenzo ahnte, dass langwierige Ermittlungen bevorstanden, vor allem wenn die Spuren nicht auf Mantinger deuten sollten. Keiner der anderen Wirte hatte ihm etwas von Belang erzählen können. Hoffentlich hatte Sabine mehr Erfolg.

Vincenzo war schon aufgestanden, als Walter ihn am Ärmel festhielt. »Warte, mir fällt da gerade doch noch was ein. Vielleicht ist das ja wichtig. Willst du dich noch mal setzen?«

Walter berichtete von einem Mann, der ihm auf seinen gelegentlichen Streifzügen durch Wiesen und Wälder aufgefallen war. »Ich hätte den normalerweise gar nicht weiter beachtet, aber der wirkte irgendwie … Wie soll ich das sagen? … So, ja, so verwirrt. Ich könnte sein Alter nicht schätzen. Ein Gesichtsausdruck wie ein Junge, aber gleichzeitig schon viele Falten im Gesicht. Der könnte vierzig sein, aber auch siebzig. Ich habe keine Ahnung. Und was mich besonders irritiert, ist die Tatsache, dass ich den nicht kenne. Weißt du, hier in der Gegend kenne ich alle Leute. Jeden Hof. Aber den kann ich nirgendwo zuordnen. Ich würde sagen, der ist nicht von hier, aber was macht er dann regelmäßig in unserer Gegend? Wie ein Tourist sieht der jedenfalls nicht aus.«

Das war allerdings interessant. »Na ja, man kann einem Menschen nicht unbedingt ansehen, ob er ein Tourist ist. Aber deine Beobachtung ist wichtig. Hast du ihn denn nie angesprochen und einfach gefragt, wo er herkommt?«

»Doch, klar, das habe ich versucht. Ich war natürlich neugierig. Aber ich bin gar nicht erst an ihn herangekommen. Sobald der mich gesehen hat, ist er weggelaufen, einfach querfeldein in den Wald hinein. Der war ganz schön flink. Und verdammt trittsicher. Ich bin ein geübter Bergsteiger, aber wenn ich in dem Tempo einen steilen Berghang rauflaufen würde, würde ich mir garantiert den Knöchel brechen. Am letzten Sonntag hatte ich wegen des Wetters nur wenige Gäste. Aber ein paar von ihnen haben mir erzählt, dass sie einem komischen Kauz begegnet seien. Bestimmt war das derselbe.«

Dieser Unbekannte war ein erster Anhaltspunkt. Ihn mussten sie finden. Vincenzo bat Walter um eine Personenbeschreibung. Der Wirt war zwar ein guter Beobachter, aber weil er den Fremden immer nur kurz zu Gesicht bekommen hatte, konnte er ihn nur recht vage beschreiben. Der Mann war schlank, eher klein, hatte lange Haare, trug meistens braune Sachen und hatte einen altertümlichen Rucksack auf dem Rücken.

»Mein Vater hat auch noch so einen«, bemerkte Walter. »Das sind die Dinger, die noch echte Lederriemen haben. Ich fand das seltsam, dass heute noch jemand so was benutzt.«

Vincenzo gab dem Wirt seine Visitenkarte. »Halt bitte in nächster Zeit die Augen auf. Wenn der noch mal hier auftaucht, ruf mich unbedingt sofort an. Ich schreibe dir auf der Rückseite auch noch meine Privatnummer auf. Du kannst jederzeit anrufen. Tag und Nacht.«

13

Bozen, Dienstag, 3. Juli

Vincenzo stand mit Marzoli und Mauracher neben dem Leichnam der jungen Frau. Wieder einmal verblüffte es Vincenzo, wie cool die gerade mal dreiundzwanzigjährige Mauracher bei solchen Anblicken blieb. Er selbst schaffte es bis heute nicht, dabei so ungerührt zu bleiben. Jedes Mal stellte er sich vor, was das Opfer an Schmerzen und Ängsten durchlitten haben musste. Marzoli konnte sogar noch schlechter damit umgehen. Er wurde bei jeder Leichenschau so blass wie die Leiche selbst. Zumal Cecilia Fontana wirklich übel zugerichtet war, auch wenn es Paci geschafft hatte, die unappetitlichsten Spuren des Verbrechens zu beseitigen. Und es gab noch mehr zu berichten, als auf den ersten Blick zu erkennen gewesen war.

Paci sah in ihren Obduktionsbericht. »Die Tote war nackt. Ihre Kleidung haben Sie ja selbst gefunden. Bevor ich mich der Frage zuwende, ob das auf ein Sexualdelikt hindeuten könnte, möchte ich auf den Allgemeinzustand des Opfers eingehen. Cecilia Fontana war starke Raucherin, hatte Ablagerungen auf der Lunge und vermutlich keine gute Kondition. Ansonsten aber gab es keinerlei Hinweise auf Erkrankungen oder sonstige Gebrechen. Sie war kerngesund, was bei einer Zweiunddreißigjährigen nicht verwunderlich ist. Die Todesursache war eindeutig Ersticken. Das Zungenbein ist gebrochen, ebenso wie der Kehlkopf. Die Spuren im Gesicht haben Sie gesehen. Die Tatwaffe dürfte ein Seil oder ein Strick gewesen sein. Angesichts des gebrochenen Kehlkopfs vermute ich, dass der Täter brutal vorgegangen ist. Die Frau hatte keine Chance. Es gibt auch keinerlei Spuren einer Gegenwehr, folglich auch keine Hautpartikel unter ihren Fingernägeln. Der Täter hat ihr zunächst mit einem stumpfen Gegenstand den Schädel eingeschlagen. Sie war vermutlich vorübergehend bewusstlos. Später hat er sie erdrosselt. Die zusätzlichen Verletzungen am Kopf und im Gesicht hat er ihr post mortem zugefügt. Die Spuren auf

Brust, Bauch, Armen und Beinen stammen von den Steinen. Der große Felsblock wog circa vierzig Kilo, die kleineren Steine jeweils mindestens fünf. Da es keine Blutergüsse gibt, wie sie bei einem solchen Gewicht zwangsläufig auftreten müssten, ist davon auszugehen, dass Cecilia Fontana schon tot war, als sie mit den Steinen zugedeckt wurde. Aber das Schlimmste kommt leider noch. Wir sprachen ja schon von einem möglichen Sexualdelikt. Es würde auch reichen, wenn Sie meinen Bericht lesen. Sie müssen sich das nicht ansehen.«

Paci blickte von einem zum anderen. Mauracher murmelte nur: »Kein Problem«, Vincenzo schluckte, nickte aber ebenfalls. Marzoli entschloss sich, ehrlich zu sein. »Wenn Sie nichts dagegen haben, warte ich draußen, okay?«

Vincenzo lächelte und wies mit dem Kopf zur Tür. »Gehen Sie ruhig schon hoch, Ispettore, und essen Sie ein paar Cantuccini. Wir erzählen Ihnen nachher alles.«

Nachdem Marzoli den Obduktionsraum verlassen hatte, nickte Vincenzo der Rechtsmedizinerin zu. Langsam zog sie das Tuch, das die Tote noch bis zum Bauchnabel bedeckte, nach unten. Er spürte, wie sich sein Magen verkrampfte und er zu schwitzen begann. Mauracher's Blick folgte hingegen ungerührt dem Weg des Tuchs.

»Wie gesagt«, bereitete Paci sie auf das vor, was sie nun sehen mussten, »es ist kein schöner Anblick.«

Sie zog das Tuch über Fontanas Unterleib hinunter bis zu den Knien. Reflexartig schlug sich Vincenzo die Hand vor den Mund, um einen lauten Aufschrei zu verhindern. Selbst Mauracher zeigte eine Regung, indem sie eine Augenbraue in die Höhe zog.

»Was um alles in der Welt ist das, Dottoressa?«, fragte Vincenzo ungläubig.

»Fontana wurde vergewaltigt, aber nicht im Sinne von Geschlechtsverkehr. Ich habe kein Sperma gefunden. Aber sie wurde vaginal penetriert, und zwar mit einem scharfkantigen Gegenstand, möglicherweise einem abgebrochenen Flaschenhals, denn ich habe Glassplitter in der Wunde gefunden. Daher rühren ihre tief reichenden Unterleibsverletzungen.« Paci zog das Tuch bis zur Brust hoch. »Sie hat zu diesem Zeitpunkt allerdings nicht mehr gelebt, sonst hätte es starke Blutungen und Wundreaktionen gegeben. Das ist nicht der Fall. So wie bei den Gesichtsverletzungen. Auch da gab es kaum noch Blutungen.«

Vincenzo war zutiefst erschüttert. Eine solche Grausamkeit überstieg sein Vorstellungsvermögen.

Selbst Mauracher schüttelte angewidert den Kopf. »Er schlägt ihr den Schädel ein, erdrosselt sie, verstümmelt sie mit einer Flasche und schlägt dann auch noch auf sie ein. Da muss jemand eine Scheißwut auf sie gehabt haben.«

»Möglicherweise«, stimmte Paci zu. »Ich gebe aber zu bedenken, dass die Schläge auf den Kopf und die Stöße mit der Flasche, wenn es denn eine war, zumindest, sagen wir mal, zielstrebig waren. Die Verletzungen sind kleinräumiger, als es beim ersten Hinsehen den Eindruck erweckt. Wenn jemand wie wild mit der Flasche zugestoßen hätte, wären die Verletzungen viel ausladender. Das ist hier aber nicht der Fall.«

Vincenzo hatte seine Sprache wiedergefunden. »Soll das heißen, dass jemand sie ganz kontrolliert und systematisch verstümmelt hat?«

»Das kann ich nicht mit Bestimmtheit sagen. Es könnte so sein, ja. Aber wenn jemand im Wahn handelt, nicht aus Hass, sondern wie fremdgesteuert, könnte ich mir ebenso gut vorstellen, dass er nicht wild drauflosschlägt oder -sticht. So jemand handelt eher wie ein Roboter. Aber das ist reine Spekulation, die mir eigentlich nicht zusteht. Allerdings kann ich Sie, wie gesagt, in einem Punkt beruhigen. Lange hat ihr Martyrium nicht gedauert. Sie dürfte schnell gestorben sein.«

Vincenzo presste die Lippen aufeinander. Schnell, das war ein relativer Begriff. »Gut, Dottoressa, haben Sie sonst noch was für uns?«

Paci zog die Augenbrauen in die Höhe und nickte heftig. »Allerdings! Wie Sie wissen, hat die Spurensicherung zwar die Kleider neben der Leiche gefunden, nicht aber ihren Slip. Das ist merkwürdig. Welche Frau wandert denn ohne Slip durch die Berge? Ich habe zwar kein Sperma oder Hautpartikel gefunden, dafür aber das.« Sie nahm zwei kleine durchsichtige Tüten vom Beistelltisch, auf dem auch ihr Obduktionswerkzeug lag, und gab sie Vincenzo.

Er hielt die Tüten gegen das Licht. Er war sich nicht sicher, was er da in Händen hielt. »Das hier sieht aus wie Haare, oder? Aber das andere –«

»Gut erkannt, Commissario. Das sind Haare. Und sie stammen nicht vom Opfer. Sie klebten an seinem Oberschenkel. Und in der anderen Tüte sind feine Stoffpartikel, die ich ebenfalls an Fontanas Beinen gefunden habe. Sie könnten von einer Hose stammen. Sie gehören jedenfalls mit Sicherheit nicht zu ihren Sachen, das hat Reiterer schon überprüft.«

»Wusste ich's doch!«, sagte Vincenzo mit einem triumphierenden Lächeln. Er gab Mauracher die Tüte. »Sabine, sagen Sie mir, was das für eine Haarfarbe ist.«

Verdutzt betrachtete sie die Haare. »So Richtung dunkelbraun, würde ich sagen. Warum fragen Sie das?«

»Tja«, frohlockte Vincenzo, »wenn Marzoli hiergeblieben wäre, wüsste er, was ich meine. Das ist genau Mantingers Haarfarbe. Und das hier ist seine Handschrift. Gerade dieses brutale, aber zugleich beherrschte Vorgehen spricht für ihn. Der handelt nicht aus Hass gegen sein Opfer, auch nicht aus purer Mordlust oder gar Sadismus. Nein, das ist sein abartiger Gruß an uns.«

»Aber braune Haare haben doch Tausende. Auch der Unbekannte mit dem alten Rucksack.«

»Schon, wir werden auch selbstverständlich in alle Richtungen ermitteln. Aber als Allerserstes gleichen wir die DNA der Haare mit Mantingers DNA ab. Ich wette nicht weniger als zehn Tüten von Ihren Lieblings-Cantuccini, Sabine, dass das ein Volltreffer wird.«

»Sie sind aber ziemlich überzeugt, Commissario. Aber gut, ich halte die Wette. Und wissen Sie auch, warum? Weil ich bei allem, was ich von Mantinger gehört habe, nicht glaube, dass er bei einem Opfer Haare zurücklassen würde.«

Vincenzo lächelte wissend. »Doch, wenn er will, dass wir sie finden, dann schon. Denn dann gehört das zu seinem widerlichen Spiel.«

***

Durnholzer Tal

Johann und Aloisia Kaser saßen an ihrem Specksteinofen in der großen Küche. Auf tausendsechshundert Metern Höhe war es erheblich kälter als im Tal, das Thermometer zeigte nur achtzehn Grad. Das war zwar warm für diese Lage, aber zu kalt für das alte Ehepaar. Schon seit einigen Jahren froren sie beide viel schneller als früher. Aloisia hatte Tee gekocht. Eigentlich sollte Nathan bei ihnen sein, wie jeden Vormittag, wenn sie den ersten Tee tranken. Aber seit Nathan am Sonntagabend von seiner letzten Tour zurückgekommen war, war er völlig verändert. Er redete nicht mit ihnen, wollte auch kein Bier, zog sich stundenlang in die Scheune zurück, und nach dem Abendessen, bei dem er ebenfalls nicht sprach, verzog er sich schnurstracks wieder in seine Kammer.

Eine Weile schlürften beide gedankenverloren ihren Tee, dann ergriff Aloisia das Wort: »Was meinst du, was mit ihm los ist, Johann? Ist er jemandem begegnet?«

»Begegnet? Er begegnet doch immer irgendwem. Dann ist er zwar ein paar Tage in sich gekehrt, aber er erzählt uns davon. Außerdem hält ihn normalerweise nichts davon ab, abends sein Bier zu trinken. Aber Sonntag und gestern? Nein, der hat entweder irgendwas gesehen, oder jemand hat ihn angesprochen und vielleicht gehänselt, als er gemerkt hat, dass Nathan etwas zurückgeblieben ist. Leider gibt es ja solche Menschen.«

Aloisia nippte an ihrem Tee. Sie wusste nicht, ob sie ihrem Mann erzählen sollte, was sie entdeckt hatte.

»Was ist los mit dir, Aloisia? Du wirkst so abwesend.«

»Hm?«

»Aloisia, was liegt dir auf dem Herzen? Hat es mit Nathan zu tun?«

»Ach«, sagte sie beiläufig, »wahrscheinlich hat es gar nichts zu bedeuten.«

»Aloisia! Was hat nichts zu bedeuten? Nun rede schon. Es geht schließlich um unseren Sohn.«

Aloisia stellte die Tasse so heftig auf dem Tisch ab, dass es nur so schepperte. »Also gut, wobei ich wirklich nicht glaube, dass das irgendwas bedeutet. Ich habe am Sonntag Nathans Sachen gewaschen. Die waren wie immer total verdreckt. Wahrscheinlich ist er wieder die ganze Zeit durch den Schlamm gelaufen. Das scheint er zu mögen. Lieber durch den Dreck als auf einem gut ausgebauten Weg. Aber wer hat dann die ganze Arbeit am Hals? Ich!«

»Aloisia!«

»Entschuldigung. Also, als ich seine Sachen waschen wollte, habe ich gesehen, dass auf seiner Hose ein paar Blutflecken waren.«

Johann zuckte mit den Schultern. »Na und, der wird sich halt das Knie aufgeschlagen haben, als er hingefallen ist.«

»Nein, Johann, bestimmt nicht. Dann wäre doch auch seine Hose kaputt. Oder zumindest durchgescheuert und an dieser Stelle schmutzig. Ist sie aber nicht.«

»Du meinst –?«

»Ich meine gar nichts. Ich habe ja gesagt, dass das überhaupt nichts bedeuten muss.«

Nachdenklich stützte Johann das Kinn in seinen Händen ab. »Hast du sonst noch was entdeckt?«

Fragend sah sie ihren Mann an. »Nein, was sollte ich denn sonst entdeckt haben?«

»Ach, das war nur so dahingesagt. Hätte ja sein können, dass du noch irgendwas in seinen Taschen gefunden hast. Oder in seinem Rucksack.«

»Nein«, sagte Aloisia bestimmt. »Da war nichts. Ich habe alles sorgfältig ausgepackt. Im Rucksack waren ein paar leere Wasserflaschen, Brotpapier und seine Regenjacke. Ich fand es nur komisch, dass er sie nicht angezogen hat. Wo es doch so geregnet hat. Aber sonst war da nichts.«

»Aber ja, Aloisia, das ist es, der Regen! Nathan war doch ganz durchnässt. Woher willst du wissen, dass das auf seiner Hose Blut war? Es könnte doch alles Mögliche ein.«

»Aber Johann, ich kann doch wohl noch Blut –«

Er fiel ihr sofort ins Wort. »Aloisia, das kann kein Blut gewesen sein. Was hatte er auf seinen Broten? Leberwurst? Und selbst wenn es Blut war, dann hat er sich eben ein bisschen an der Hand verletzt und es an seiner Hose abgewischt. So was geht ganz schnell. Der muss bloß an einem Gestrüpp hängen geblieben sein.«

»Meinst du wirklich?«

»Aber natürlich! Was hast du denn gedacht? Dass er jemanden umgebracht hat?«

Jetzt musste Aloisia lachen. »Nein, weiß Gott nicht. Nicht unser Nathan. Es wird so gewesen sein, wie du sagst, Johann. Und vielleicht ist er gerade deshalb so verstört. Weil er sich wehgetan hat. Kann doch sein, oder?«

»Aber ja, ja, so ist es ganz bestimmt!«

***

Bozen

Fassungslos starrte Vincenzo auf die Tageszeitung. Er kannte Fasciani, den Reporter, ziemlich gut. Ihm war klar gewesen, dass er einen reißerischen Aufmacher würde lesen müssen und einen Text, der vor Sensationslust und wilden Spekulationen nur so triefte. Aber das, was er tatsächlich las, verwandelte Vincenzo in ein einziges Fragezeichen. Hilfesuchend wandte er sich an Marzoli und Mauracher, die ihm an seinem Konferenztisch gegenübersaßen und ihre Cantuccini aßen. Jeder aus seiner eigenen Schale.

»Dass sich die Medien nach diesem Mord auf Mantinger stürzen würden, war vorhersehbar. Wir selbst glauben ja, wenn wir ehrlich sind, nichts anderes.«

»Ich schon«, warf Mauracher ein. »Ich glaube nicht, dass das Mantinger war. Echt nicht.«

»Wie auch immer. Jedenfalls zieht mir dieser Bericht die Schuhe aus. Das ist eine dicke Überraschung. Was sagen Sie denn dazu? Wissen Sie, wer das ist?«

Die beiden sahen ihn kauend an. »Sie müssen entschuldigen, Commissario«, sagte Marzoli, »wir haben das noch gar nicht gelesen. Ich dachte, wir werten zuerst unsere Befragungen von heute Vormittag aus. Und die Obduktionsergebnisse. Was steht denn da?«

Vincenzo seufzte. »Ich kann nicht begreifen, wie Sie angesichts eines solchen Mordes, eines so abstoßenden und grauenvollen Anblicks hier ganz locker Kekse in sich hineinstopfen können.«

Marzoli erhob seinen Zeigefinger. »Nein, nein, Commissario, schon vergessen? Ich war gar nicht dabei.«

»Und mir macht das nichts aus«, bemerkte Mauracher beiläufig und schob sich den nächsten Keks in den Mund. »Wir sind die Polizei, und so etwas aufzuklären ist nun mal unser Job. Wenn ich mir jedes Mal den Appetit verderben lassen würde, wenn ich eine Leiche sehe oder einen Obduktionsbericht lese, würde ich noch dünner werden. Und irgendwann würde ich ganz verschwinden.«

Vincenzo musste schmunzeln. Mauracher war ein Phänomen. Sie war dreiundzwanzig, sah aus wie neunzehn, kleidete sich wie ein Teenager, redete oft auch so, hatte aber die Reife und Abgeklärtheit eines alten Hasen. Und sie war bemerkenswert geradlinig. Er mochte sie. »Okay, ich lese Ihnen das hier jetzt mal vor. Aber hören Sie genau zu, denn ich habe keine Ahnung, was das soll. Also, die Schlagzeile lautet: *Ist der Zingerle zurückgekommen?* Wer, bitte schön, ist Zingerle? Aber es kommt noch besser, hört zu:

Bei Glaning wurde bereits am Samstag die Leiche einer jungen Frau entdeckt. Nach Angaben der Polizei handelt es sich um die Bozenerin Cecilia Fontana. Dem Anschein nach wurde sie brutal missbraucht und dann erdrosselt. Was diesen Fall jedoch außergewöhnlich macht, sind die Art, wie sie gefunden wurde, und der Ort. Die nackte Leiche von Fontana war fast vollständig von einem sehr großen und vielen kleineren Steinen bedeckt. Sie lag unweit eines gewaltigen Felsblocks im Tal. Und hier finden sich beunruhigende Parallelen zu einem weit zurückliegenden Fall. Am 23. Mai 1946 wurde an exakt derselben Stelle die Leiche einer Bozenerin gefunden. Ihr Körper war in identischer Weise von Steinen überhäuft. Als Täter konnte erst viel später der Tiroler Guido Zingerle identifiziert werden, der zahlreiche Frauen vergewaltigt und einige seiner Opfer ermordet hatte. Sind diese Parallelen Zufall? Gibt es einen Nachahmungstäter? Schlägt ›Das (entflohene) Monster von Bozen‹ erneut zu? Oder haben diejenigen recht behalten, die nie daran geglaubt haben, dass Zingerle schon vor fünfzig Jahren in seiner Zelle gestorben ist? Es handelt sich hierbei um rein spekulative Fragen, aber sie scheinen gerechtfertigt. Ebenso wie die Frage, ob es bei diesem einen Mord bleiben wird.«

Vincenzo blickte von der Zeitung auf und sah in zwei Gesichter, die nicht weniger Irritation erkennen ließen als sein eigenes. »Ich sehe schon, Sie können damit auch nichts anfangen.«

Marzoli und Mauracher schüttelten wortlos den Kopf.

»Gut«, sagte Vincenzo, »ich werde gleich Fasciani anrufen. Ich will wissen, was das bedeutet und wer dieser Zingerle ist. Sie kümmern sich parallel darum, indem Sie in unserem System nach alten Fällen suchen. Und nach dem Namen dieses Opfers von damals. Allerdings bin ich mir sicher, dass Fasciani sowieso mehr weiß als wir. Aber woher hat der das? Und wie kommt der zu solchen Spekulationen? Er mag uns damals sehr geholfen haben, aber das ist trotzdem kein seriöser Journalismus. Doch bevor wir uns mit Geschichte befassen, will ich wissen, was Sie heute erreicht haben, Ispettore.«

Marzoli stand auf, nahm einen Haufen kleiner Kärtchen vom Tisch und stellte sich vor die Pinnwand. Nach so vielen Jahren der Zusammenarbeit wusste er genau, wie Vincenzo seine Ermittlungen leitete. Wenig später war die Pinnwand von Kärtchen und Pfeilen gefüllt. Er erläuterte sein Kunstwerk:

»Cecilia Fontana war alleinstehend. Ich habe mit Nachbarn gesprochen. Sie sagten, sie sei freundlich gewesen, aber sehr zurückhaltend. Sie war Buchhalterin bei einem Steuerberater, dem wir heute einen Besuch abstatten werden. Die Nachbarin von gegenüber, eine geschiedene Frau Mitte vierzig, die nach meiner Einschätzung einsam ist und Kontakte sucht, scheint die Einzige gewesen zu sein, zu der Fontana eine freundschaftliche Beziehung hatte. Sie haben sich in unregelmäßigen Zeitabständen zum Kaffee getroffen. So wie es gerade passte oder sich ergab. Und diese Nachbarin hat zwei Dinge erzählt, die von Bedeutung sein könnten. Wir haben ja auf Fontanas Rechner die Dateien zum Thema Hodenkrebs gefunden. Vor ein paar Monaten ist ihr Vater daran gestorben. Das muss sie ziemlich mitgenommen haben. Ihre Eltern waren ihre letzten Angehörigen, und zu ihrem Vater hatte sie wohl ein besonders herzliches Verhältnis. Ihre Mutter ist bettlägerig. Wir wissen schon, dass sie Alzheimer hat. Sie wurde von ihrer Tochter betreut. Zuletzt war Fontana aber laut der Nachbarin wieder auffallend fröhlich, wollte sich sogar häufiger mit ihr treffen. Was die natürlich dankend angenommen hat. Was sie aber gewundert hat, war die Tatsache, dass es statt Kaffee häufiger mal ein Gläschen Champagner gab. Außerdem hatte sie plötzlich einen riesigen LED-Fernseher an der Wand, der viertausend Euro gekostet haben soll. Sie habe etwas von ihrem Vater geerbt, hat sie der Nachbarin gesagt, aber die meinte, dass ihre Eltern nicht gut betucht waren.«

»Ist der Nachbarin denn sonst nichts aufgefallen? War Fontana in letzter Zeit verändert? Hatte sie vor irgendetwas Angst? Konnte die Frau etwas zu Samstag sagen, wusste sie, warum Cecilia Fontana in Glaning war?«

»Nein, nichts. Eben nur, dass sie plötzlich zu Geld gekommen zu sein schien. Und was den Samstag angeht, da wollte die Nachbarin Fontana zu Kaffee und Kuchen einladen. Aber sie sagte, sie könne nicht, sie habe schon etwas vor.«

Vincenzo stellte sich neben Marzoli und betrachtete nachdenklich die Pinnwand. »Im Moment kann ich mir auf all das keinen Reim machen. Wir haben nur in Erfahrung gebracht, dass einigen Wanderern am Samstag, um die Tatzeit herum, ein komischer Kauz aufgefallen ist, der querfeldein durch die Berge gelaufen ist. Die Wirte der umliegenden Hütten meinten, das sei nur ein harmloser Spinner, der immer mal wieder auftauche. Keiner hat eine Ahnung, wer das ist, und niemanden interessiert das. Uns schon, denn das könnte der Täter sein. Oder zumindest ein Zeuge. Besser gesagt, der einzige Zeuge, denn weder die Wanderer noch die Wirte konnten irgendetwas zu dem Mord sagen. Und sie konnten den Unbekannten leider auch nicht sonderlich gut beschreiben. Das, was wir an Informationen haben, gebe ich gleich an die Kollegen vom siebten Regiment weiter. Die sollen ab sofort zusätzlich auch nach diesem Mann Ausschau halten.«

»Und was ist mit dem fehlenden Slip?«, brachte sich nun auch Mauracher wieder ins Gespräch ein. »Ich würde niemals ohne Unterhose in die Berge gehen. Das würde keine Frau machen.«

»Mag sein«, sagte Vincenzo, während er »Slip« und ein Fragezeichen neben das Wort »Opfer« auf seine Pinnwand schrieb. »Ich finde das auch merkwürdig. Fragt sich bloß, was uns das im Moment nützt. Wir können schließlich keine Fahndung nach einem unbekannten Slip ausschreiben.«

***

»So, Signor Fasciani, dann erzählen Sie mal.«

»Buongiorno, Commissario, von Ihnen habe ich ja eine Ewigkeit nichts gehört. Wie geht's«?

Vincenzo hörte den Reporter durch das Telefon tief einatmen. Er hatte eine genaue Vorstellung, wie es an dessen Arbeitsplatz aussah. Damals, als er Mantinger gejagt hatte, war er einmal bei ihm in der Redaktion gewesen. Fasciani war ein schräger Vogel mit einem leicht irren Gesichtsausdruck. Er trug eine Nickelbrille, die wohl den Anschein von Intellektualität erzeugen sollte. Seine dichten, lockigen, stark angegrauten Haare reichten damals bis zur Schulter. Vermutlich waren sie heute komplett grau. Er rauchte wie ein Schlot, wobei er eigentlich nicht rauchte, sondern die Zigaretten eher in einem Zug inhalierte. Unerklärlicherweise blieb der Großteil des Rauches irgendwo in dem schmächtigen Körper des Journalisten. Als Vincenzo Fascianis Büro verlassen hatte, stank er wie ein überdimensionaler, randvoller Aschenbecher. Er hatte abends eine halbe Stunde lang geduscht und seine Kleidung direkt in die Waschmaschine gesteckt, ehe sie auch noch seine Wohnung vollstinken konnte. Er hatte sich geschworen, mit Fasciani nach Möglichkeit nur noch per Telefon zu kommunizieren, wobei er sich nicht sicher war, ob der Qualm es nicht eines Tages sogar durch die Leitung schaffen würde.

»Eigentlich ganz gut. Allerdings geht es mir immer dann schlecht, wenn ich in der Zeitung Dinge lesen muss, die unwahr sind oder meine Ermittlungen stören. Und wie Sie wissen, mag ich mediale Spekulationen überhaupt nicht. Also, was soll das mit diesem Zingerle?«

»Commissario, ich bitte Sie. Spekulationen gehören nun mal zu meinem Geschäft. Zumindest wenn sie, wie in diesem Fall, einen höchst realen Hintergrund haben. Kennen Sie den Fall des Guido

Zingerle etwa nicht? Aber nein, woher sollten Sie auch, dafür sind Sie noch zu jung. Ist eine Ewigkeit her.«

Vincenzo grinste innerlich. Er war also zu jung. Fasciani mochte inzwischen Ende vierzig sein, so viel älter als Vincenzo war er also nicht. »Nein, den kenne ich nicht. Und Sie sind im Übrigen kaum älter als ich. Also, erzählen Sie. Wer ist das, und woher haben Sie das?«

»Eigentlich ist es ein Zufall. Ich habe vor einiger Zeit ein interessantes Buch über Guido Zingerle gelesen, das ich in einer Buchhandlung gesehen habe. Das hat ein Berufskollege von mir hier aus Bozen verfasst. Zingerle hat in der Zeit nach dem Zweiten Weltkrieg einen regen Schmuggel zwischen Österreich und Italien betrieben. Und irgendwann, ohne erkennbaren Grund, ohne irgendein markantes Ereignis in seinem Leben, hat er angefangen, Frauen, die ihm in den Bergen begegnet sind, zu überfallen. Dabei war er verheiratet und hatte sogar eine Tochter. Die meisten Opfer hat er in irgendwelchen Höhlen vergewaltigt und sie danach lebendig eingemauert. Ein fünfzehnjähriges Mädchen konnte sich aus eigener Kraft befreien. Zwei seiner Opfer hat er auf bestialische Weise ermordet. Vermutlich, weil sie sich zu sehr gewehrt haben oder weil er Angst hatte, sie würden ihn anzeigen. Möglicherweise gehen aber noch mehr bis heute ungeklärte Morde auf sein Konto. Ihr Opfer in Glaning passt hundertprozentig zu seiner ersten Tat. Derselbe Ort, die gleichen Umstände. Als er die Tat begangen hat, war er übrigens dreiundvierzig.«

Vincenzo wurde hellhörig. Wenn Fasciani dieses Buch gelesen hatte, konnte es Mantinger auch. Die Puzzlestücke fügten sich mit etwas Glück schon früh zusammen. Jetzt war er noch gespannter auf die DNA-Analyse. »Also hat Zingerle diese Frau erwürgt und dann mit Steinen zugedeckt?«

Wieder vernahm Vincenzo einen tiefen Zug. »Sie sind ziemlich neugierig, mein Lieber. Aber machen wir es doch so wie damals: Sie nennen mir Details der Tat, und ich gebe Ihnen im Gegenzug alles an Information weiter, was ich habe.«

»Signor Fasciani, Sie wissen selbst, dass ich Ihnen zu diesem Zeitpunkt aus ermittlungstaktischen Gründen keine Details nennen kann. Aber ich versichere Ihnen, dass Sie der Erste sind, den ich anrufe, wenn wir mehr Informationen rausgeben können. So wie damals.«

»Gut, Commissario, ich vertraue Ihnen. So wie damals. Also, die Taten sind nicht ganz identisch. Zingerle hat diese Frau an dem Felsblock überfallen, sie die Wiese hochgeschleift bis zu den Felsenhängen des Altenbergs, sie gefesselt und dann mehrfach vergewaltigt. In seiner späteren Vernehmung hat er ausgesagt, die Frau anschließend mit einem Stein erschlagen zu haben, was aber nicht stimmt. Das hat die Autopsie ergeben, ihr Schädel war nämlich unverletzt. In Wahrheit hat er sie mit diesen schweren Steinen zugedeckt und dann ganz langsam verrecken lassen. Ihr Todeskampf dürfte bis zu drei Tage gedauert haben. Mit anderen Worten: Ihre Tote in Glaning erinnert durchaus in wesentlichen Details an diesen Mord.«

»Aber, Signore, Sie glauben doch nicht allen Ernstes, dass dieser Zingerle zurückgekehrt ist. Nach Ihren Schilderungen müsste der heute über hundert Jahre alt sein. Oder wollen Sie demnächst schreiben, dass er von den Toten auferstanden ist?«

Er hörte Fasciani leise lachen. »Gar keine schlechte Idee, Commissario. Aber keine Sorge, ich glaube auch nicht, dass ein Greis unbemerkt aus einem österreichischen Gefängnis getürmt ist, eine junge Frau vergewaltigt und sie dann mit einem vierzig Kilogramm schweren Stein zugedeckt hat. Ich nehme an, dass wir beide das Gleiche denken: Dass Mantinger Zingerles Taten kopiert, um sich an Ihnen zu rächen. Und wenn das so ist, kann ich Ihnen jetzt schon sagen, was er mit seinem nächsten Opfer machen wird. Zingerles Taten haben damals übrigens die größte Massenpanik in der Geschichte der Alpen ausgelöst.«

Vincenzo spürte Wut in sich aufsteigen. Er konnte sich gut vorstellen, wie ein Serientäter, der Frauen mitten in den Bergen überfiel, eine Massenhysterie auslöste. Denn die Berge waren das Rückzugsrefugium der Menschen in den Alpen. Dort fühlten sie sich sicher. Aber wehe, jemand störte diesen Frieden. Nach diesem grausamen Mord in Glaning wäre es klüger, möglichst wenig Details preiszugeben, sonst drohte möglicherweise die nächste Panik. Aber das war Fasciani egal, Hauptsache, er hatte seine Sensation. Trotzdem wollte Vincenzo mehr wissen. »Was hat Zingerle mit seinem zweiten Opfer gemacht?«

»Er hatte sich auf beiden Seiten der Alpen zahlreiche Höhlen eingerichtet, fast wie kleine Wohnräume. Teilweise hat er sie sogar noch ausgebaut. In diese Höhlen hat er die meisten seiner Opfer verschleppt und dort vergewaltigt, manchmal über mehrere Tage. Seinen zweiten Mord beging er an einer Engländerin, die bei Innsbruck Urlaub machte. Er hat auch sie mehrfach vergewaltigt, und weil sie sich gewehrt hat, hat er sie anschließend mit einem Brecheisen erschlagen. War eine ziemlich blutige Angelegenheit.«

Vincenzo bedankte sich bei dem Reporter. Er wusste, dass seine abschließende Bitte, sensibler mit Spekulationen umzugehen, ungehört verhallen würde. Sollte tatsächlich ein zweiter Mord geschehen, der Parallelen zu diesem alten Fall aufwies, so wie der Mord an Cecilia Fontana, war eine Panik nicht auszuschließen. Und das war zweifelsohne exakt das, was Mantinger wollte. Das war genau sein Stil. Und um die Panik zusätzlich anzufeuern, ging er noch brutaler vor als dieser Zingerle. Das erklärte Pacis Analyse der Art, wie er zugeschlagen hatte. Methodisch, gezielt, beherrscht. Mantinger tötete nicht zum Spaß, Mord war für ihn ein Mittel zum Zweck.

Wie viel Zeit blieb ihnen, den zweiten Mord zu verhindern? Wo würde er zuschlagen? Sicherlich nicht in Innsbruck, damit konnte er Vincenzo nicht schaden. Nein, er würde Zingerles zweite Tat nach Südtirol verlegen. Jetzt war es wichtig, herauszufinden, ob Cecilia Fontana ein Zufallsopfer war. Wenn ihr plötzlicher Geldsegen und ihre Verabredung am Samstag mit ihrem Tod zu tun hatten, war das sicherlich nicht der Fall. Aber warum sollte Mantinger ihr Geld gegeben haben? Wollte er sie damit gefügig machen, um sie dann in Glaning in die Falle zu locken? So ganz stimmig war die Mantinger-These nicht.

14

San Genesio, derselbe Tag

Josef Lageder hatte die Männer aus dem Dorf zu sich nach Hause eingeladen. Er hatte sich einen Lagrein eingeschenkt, sich auf die Terrasse gesetzt, um auf die anderen zu warten, und gedankenverloren zum Schlern geschaut. Bewusst wahrnehmen konnte er den markanten Gipfel nicht. Zu tief hatten sich die Erinnerungen in seinem Gedächtnis eingegraben, und zu heftig hatte ihn der Schock getroffen, als er heute Morgen die Zeitung aufgeschlagen hatte. Einen Moment lang hatte er befürchtet, dass ihn ein Herzschlag ereilen würde. Er ging stramm auf die neunzig zu und hatte längst nicht mehr die Kraft, sich mit solchen Dingen auseinanderzusetzen. Ein Grund mehr, mit den anderen zu sprechen. Viele Jahrzehnte kehrte er in seiner Erinnerung zurück.

Josef wohnte seit über sechzig Jahren mit seiner Frau auf einem alten Hof, den er gekauft hatte, nachdem sie nach Südtirol zurückgekehrt waren. Bozen, heute das lebendige, pulsierende Zentrum Südtirols, lag noch zum Teil in Trümmern. Italien hatte zwar vehement die Aussiedlung der Südtiroler Optanten gefordert, aber die Alliierten hatten das ebenso vehement abgelehnt. Auf ihrer Außenministerkonferenz im September 1945 in London wurde auch von niemandem eine Verschiebung der Grenze verlangt. Und so blieb der Brenner die Landesgrenze. Die Südtiroler Optanten aber, zu denen auch seine Frau und er gehörten, konnten aufgrund des »Pariser Vertrages« die italienische Staatsbürgerschaft wiedererwerben, was automatisch Bleibe- und Mitspracherechte bedeutete. Sie selbst waren erst Anfang 1950 zurückgekommen. Der Hof war lange unbewohnt gewesen und in schlechtem Zustand. Nur so hatten sie ihn sich überhaupt leisten können. Mit seinen eigenen Händen hatte er Wohnhaus, Nebengebäude und Ställe saniert und erweitert. Viele entbehrungsreiche Jahre hatte das gedauert.

Doch es waren weniger die Entbehrungen und harte Arbeit, an die Lageder immer wieder zurückdenken musste. Ein anderes

Ereignis hatte sich in sein Gedächtnis eingebrannt. Seine Frau, Hildegard, war im Frühsommer ihres ersten Jahres auf dem Hof zu einer Wanderung aufgebrochen. Sie liebte die Berge, und wann immer es ihre knappe Zeit zuließ, wanderte sie durch die umliegenden Wiesen und Wälder und genoss die herrlichen Ausblicke zum Schlern und zum Rosengarten. An jenem denkwürdigen Tag aber war sie völlig aufgelöst nach Hause gekommen. Unterwegs war ihr, wie sie ihm unter Tränen erzählt hatte, ein Mann begegnet, der sie unvermittelt angesprochen und ihr gesagt hatte, dass er Lust auf sie habe und sie mit ihm gehen solle. Sie war im ersten Moment zu überrascht gewesen, um sofort zu reagieren. Und da hatte er sie auch schon brutal am Ärmel gepackt und in Richtung Wald gezogen. »Komm schon, mich gelüstet nach einem Weibe, gerade so einem wie dir«, hatte er gesagt. Sie hatte versucht, sich loszureißen, aber er war viel zu stark und hielt sie erbarmungslos fest wie ein Schraubstock. Zu ihrem und zu Josefs großem Glück kam in diesem Moment eine Gruppe von Wanderern aus dem Wald. Als der Mann sie erblickte, ließ er fluchend von Hildegard ab und rannte in den Wald.

Josef hatte sofort sein Gewehr aus dem Schrank geholt. Nichts anderes erschien ihm angemessen, als diesen Schweinehund auf der Stelle zu erschießen. Aber er fand ihn nicht. Er war verschwunden und danach nie wieder aufgetaucht.

Als Josef zurückkam und seine immer noch zitternde und weinende Frau in den Arm nahm, erinnerte er sich an etwas, was 1946 passiert war. Damals war eine Bozenerin in Glaning vergewaltigt und ermordet worden. Das hatte auch in den Zeitungen in Österreich gestanden. Ebenso, dass der Mann schon mehrere Frauen vergewaltigt hatte. Eine regelrechte Panik hatte das Schwein ausgelöst. Da bekamen er und Hildegard einen großen Schock und wandten sich an die Carabinieri. Die ließen aber nie wieder etwas von sich hören, bis Josef und Hildegard Jahre später in der Zeitung lasen, dass Guido Zingerle verhaftet worden war. Für Josef bestand kein Zweifel, dass es Zingerle war, dem Hildegard einst auf ihrer Wanderung begegnet war. Bis heute lief ihm ein eiskalter Schauer über den Rücken, wenn er daran dachte. Nicht auszudenken, was geschehen wäre, wenn nicht zufällig diese Wandergruppe vorbeigekommen wäre. Wie gern hätte er dieses Vieh höchstpersönlich niedergestreckt.

Und nun war wieder ein solcher Mord geschehen. Wieder in Glaning. Und wieder hatte das Opfer unter einem riesigen Stein gelegen. Vielleicht wäre es nicht so weit gekommen, wenn er dem Vergewaltiger damals begegnet wäre und ihn erschossen hätte. Denn ein Zufall konnte die Wiederholung seiner Tat nicht sein.

Laute Stimmen und Lachen rissen ihn aus seinen sorgenvollen Gedanken. Als wäre nichts geschehen, kamen sie schwatzend den steilen Kiesweg hinaufgelaufen. Gleich würde ihnen das Lachen vergehen.

Sie setzten sich zu Josef auf die Terrasse. Er hatte Wein und Gläser mit rausgenommen. Gott sei Dank war es trocken. Die tief hängenden Wolken wollten zwar nicht weichen, aber immerhin legte der Regen eine Pause ein. Er wollte nicht, dass Hildegard ihr Gespräch mitbekam. Für sie war die Nachricht von der Toten in Glaning noch schlimmer gewesen als für ihn. Er war sich sicher, wieder die gleiche Panik in ihren Augen gesehen zu haben wie damals.

Zunächst tranken sie Wein, sprachen über das Wetter, wie es der Familie ging und machten Scherze. Ihre Treffen waren meistens unkompliziert, die Dorfgemeinschaft sehr harmonisch. Große Streitigkeiten gab es eigentlich nie. Doch heute würde Josef, der mit Abstand der Älteste von ihnen war, seinen Freunden die Laune verderben müssen.

Er nutzte einen kurzen Moment des Schweigens, um sie auf das anzusprechen, weswegen er sie eingeladen hatte. »Ich nehme an, ihr habt alle die Zeitung gelesen?«

Alle wussten, was in Glaning geschehen war. Sofort entstand ein wildes Durcheinander, der eine sprach mit dem, der andere mit jenem. Offensichtlich war ihnen die Meldung doch nahegegangen. Vielleicht waren ihre gute Laune und ihr Lachen nur aufgesetzt.

»Beruhigt euch, Leute. Hört zu, was ich euch zu erzählen habe.«

Josef und seine Frau hatten nie mit jemandem über Hildegards Begegnung mit Guido Zingerle gesprochen. Sie wollten möglichst wenig daran erinnert werden. Doch heute musste er seine Nachbarn einweihen, denn dunkle Vorahnungen trieben ihn. Ausführlich schilderte er, wie Zingerle seinerzeit gewütet hatte und wie es schließlich 1950 zu jener schicksalhaften Begegnung gekommen war. Die Männer wurden mit jedem Detail, das Josef erzählte, stiller. Schließlich hingen sie nur noch mit offenen Mündern an seinen Lippen.

»Und jetzt frage ich euch«, schloss Josef seine Erzählung ab, »haltet ihr das für einen Zufall?«

Wieder setzte ein wirres Durcheinander ein. Doch schließlich erhob einer der Nachbarn seine Stimme. »Josef, das ist nach allem, was du erzählt hast, unmöglich. Der wäre heute weit über hundert Jahre alt.«

Josef nickte. »Ja, das stimmt. Aber du hast ja auch nicht den Wahnsinn in seinen Augen gesehen. So wie Hildegard. Das ist kein Mensch. Das ist der Leibhaftige!«

Der Jüngste von ihnen, Sebastian, schüttelte energisch den Kopf. »Das ist völlig abwegig, Josef. Ich kann dich zwar gut verstehen, das war ein fürchterliches Erlebnis, aber die Tote in Glaning … Das ist entweder Zufall, oder jemand versucht, diesen Zingerle nachzuahmen.«

»Richtig«, warf der Bäcker aus dem Ort ein. »Und ich könnte mir vorstellen, dass dieser Wahnsinnige aus der Psychiatrie dahintersteckt. Das hat doch auch in der Zeitung gestanden.«

»Alles reine Spekulation«, versuchte der Gemischtwarenhändler die Diskussion auf eine sachlichere Ebene zu führen. »Laut Polizei gibt es noch keinerlei Anhaltspunkte. Josef, steigert euch da nicht rein, das ist nicht gut in eurem Alter.«

»Deine Frau hat er auch nicht versucht, abzumurksen«, echauffierte sich Josef. »Wenn du das erlebt hättest, wenn du die ganzen Berichte damals gelesen hättest, dann wüsstest du, dass du es nicht mit einem Menschen zu tun hast. Schon damals waren viele der Meinung, dass Zingerle sogar entkommen ist, die Behörden das aber verschwiegen haben, um eine neuerliche Panik zu verhindern. Ja, er wäre dann heute über hundert. Na und! Wisst ihr, wie alt der älteste Mensch der Welt ist? Hundertvierzehn Jahre. Und diese Frau erfreut sich bester Gesundheit. Nur dass die nicht wahnsinnig ist. Der Zingerle hat sein erstes Opfer damals allein den ganzen steilen Hang am Altenberg raufgezogen. Selbst drei Bergretter haben das hinterher nicht geschafft, als sie versucht haben, die Situation nachzustellen. Sie konnten sich nicht vorstellen, dass ein Mensch das allein schaffen kann. Zumal der Zingerle auch noch eher schmächtig war. Nein, mein Freund, glaubt mir, wir müssen uns mit dem Gedanken auseinandersetzen, dass er zurückgekehrt sein könnte. Wohlgemerkt, *könnte*. Ich behaupte nicht, dass das so ist.«

Der Bäcker schien nicht recht überzeugt. »Und warum erst heute? Nach Jahrzehnten? Ich finde das unlogisch.«

Josef wiegte sein vollständig ergrautes Haupt hin und her. »Vielleicht ist er untergetaucht. Und jetzt, wo er merkt, dass es zu Ende geht, will er sein Werk vollenden. Noch mal auf sich aufmerksam machen, sich vielleicht dafür rächen, dass man ihn geschnappt hat und er gezwungen war, so lange abzutauchen.«

Es wurde still in der Männerrunde. Schweigend nippten sie an ihren Gläsern. Abgesehen von Josef glaubte offensichtlich niemand daran, dass Guido Zingerle aufgetaucht war, um sein mörderisches Werk fortzusetzen. Trotzdem bemerkte Josef ihre Unsicherheit. Sie wussten, dass der Verstand ihnen das sagte, was logisch war. Ein Nachahmungstäter. Aber sie spürten, dass es vielleicht doch ganz anders sein konnte.

15

Durnholzer Tal, Mittwoch, 4. Juli

Johann Kaser war zunehmend beunruhigt. Nathan war nach seiner Rückkehr aus den Bergen immer noch in sich gekehrt, sprach kaum, wirkte geistesabwesend. Und sein Blick, wie unruhig der hin und her flatterte. Er verließ kaum noch den Hof, verkroch sich manchmal stundenlang in seiner Kammer und schloss sich ein. Aloisia und er hatten mehrmals schon ihre Ohren an die Tür gelegt. Was machte Nathan nur dort drinnen? Kein Geräusch drang nach außen. In Nathans Zimmer war es mucksmäuschenstill. Jedes Mal, wenn sie ihn gefragt hatten, was er denn mache, war seine Antwort nur ein Kopfschütteln, manchmal auch ein leises »Nichts«. Heute, nachdem sich die warmen Regenschauer verzogen hatten, war Nathan plötzlich während des Mittagessens aufgestanden und ohne ein Wort aus dem Haus gerannt. Johann hatte Aloisia nur kurz angeschaut. Sie hatte genickt, und Johann war ihm nachgegangen, ohne dass Nathan es bemerkte. Sie wollten wissen, was er anstellte, wenn er überhaupt mal nach draußen ging.

Johann sah Nathan über den Innenhof laufen. Er blickte sich immer wieder um, wirkte gehetzt. Johann musste aufpassen, dass Nathan ihn nicht sah. Doch wenn Aloisia und er geglaubt hatten, ihr Adoptivsohn würde den Hof verlassen, hatten sie sich getäuscht. Er ging geradewegs in die Scheune. Und das konnte nach aller Erfahrung nur eines bedeuten: der »Playboy«.

Vorsichtig schlich sich Johann in Richtung des Scheunentors. Instinktiv ging er ein wenig in die Hocke, was überhaupt nicht nötig gewesen wäre, weil Nathan ohnehin längst in der Scheune und damit seinen Blicken entschwunden war. Es war eine Bewegung zu viel für den alten Rücken. Wie ein Messerstich durchzog der Schmerz Johanns Buckel bis in den linken Oberschenkel hinein. Er stieß einen Schmerzensschrei aus und hoffte, Nathan habe ihn nicht gehört. Johann ballte die Fäuste, kniff die Augen zusammen und konzentrierte sich auf seinen Schmerz, den er nur zu gut kannte.

Einfach stehen bleiben, den Oberkörper leicht gegen den Schmerz drehen, dann würde es nach wenigen Augenblicken nachlassen. Allmählich verschwand das Messer aus seinem Rücken. Zurück blieb ein Gefühl bleierner Schwere in seinem unteren Rücken, das wieder einmal mehrere Tage andauern würde.

Johann ging, jetzt aufrecht, zu dem halb offenen Scheunentor und warf vorsichtig einen Blick in das diffuse Dunkel. Wenn wenigstens die Sonne schiene. Seine Augen brauchten einen Moment, bis sie sich an die Dunkelheit gewöhnt hatten. Er sah, dass eine der Pferdeboxen offen stand. Früher, als es ihre Gesundheit und Fitness noch zugelassen hatten, hielten sie neben den Milchkühen auch einige Pferde, weil man in dieser Gegend gut ausreiten konnte. Viele Touristen, die sich weiter unten im Tal oder im Sarntal einquartiert hatten, kamen damals zum Kaserhof, um Pferde auszuleihen oder einen Ausritt mit Johann zu machen. Denn er war früher mal ein guter Reiter gewesen. Doch das war lange her. Seitdem standen die Boxen leer, und die Scheune diente, ebenso wie der Stall, eigentlich nur noch als große Abstellkammer.

Johann sah sich um. Nathan musste in der letzten Pferdebox sein. Dahinter ging es über eine Leiter auf den Oberboden, wo früher das Heu gelagert hatte. Wenn er es schaffte, sich an der linken Scheunenwand entlangzuschleichen, konnte er die Leiter unbemerkt erreichen. Nur ein paar Sprossen, und Johann konnte von oben sehen, was Nathan dort trieb. Auch wenn der alte Mann die Antwort ohnehin schon kannte. Wenn Nathan ihn hörte, war das kein Drama, er hätte dann nur keine Chance mehr, seinen Verdacht zu überprüfen.

Vorsichtig, die Augen stets auf den Boden gerichtet, um nicht auf irgendetwas zu treten, was ihn verraten konnte, ging Johann auf die Leiter zu. Weil das Tor zur Pferdebox nur halb aufgezogen war, konnte Nathan ihn nicht sehen. Schon stand Johann an der Leiter. Er atmete ein paarmal ein und aus, dann stieg er vorsichtig auf die erste Sprosse. Erstaunlicherweise knarrte das Holz nicht, obwohl es schon sehr alt war. Zweite Sprosse, dritte, vierte, endlich konnte Johann in die Box schauen. Pech, Nathan saß wahrscheinlich auf der ihm zugewandten Seite, er konnte ihn noch nicht sehen. Aber hören. Ein leises, schnaubendes Geräusch wie bei großer Anstrengung. Noch eine Sprosse und noch eine, dann sah er ihn. Und es war genau so, wie er es sich vorgestellt hatte. Nathan hockte mit heruntergelassener Hose in der Ecke der Box, vor sich einen »Playboy«, und onanierte. Das war an sich nichts Schlimmes, er machte das schließlich häufiger. Doch nicht mit dieser Heftigkeit, die schon etwas von einem Tier hatte. Und noch etwas anderes irritierte Johann. In der freien Hand hielt Nathan etwas, was er sich immer wieder ins Gesicht drückte. Johann musste genau hinschauen, um zu erkennen, worum es sich bei dem Gegenstand handelte. Schließlich begriff er. Es war eine Unterhose oder, besser gesagt, ein Damenslip. Nichts, was Aloisia trug, so viel stand fest. Aber woher in Gottes Namen hatte Nathan dieses Stück Stoff?

Panische Gedanken ergriffen Johann. Sein Hirn stellte unbarmherzig Zusammenhänge her, gegen die sich sein Herz vehement wehrte. Und sein Herz siegte. Es sagte ihm, dass das reiner Zufall war. Nathan hatte das Ding irgendwo gefunden. Nein, er hatte es einer Nachbarin von der Wäscheleine stibitzt. So musste es gewesen sein. Der Nachbarin war das bestimmt nicht einmal aufgefallen. Und wenn doch, käme sie niemals auf die Idee, der debile Nathan könne ihn ihr gestohlen haben. Das war die einzig logische Erklärung. Ekelhaft zwar, abstoßend, widernatürlich, aber Nathan war schließlich auch nicht normal. Er lebte außerhalb der Norm, weil er gar nicht wusste, was eine gesellschaftliche Norm war. Er folgte nur seinem Instinkt.

Johann wandte sich ab. Das war nichts, was er sich länger mit ansehen musste. Vorsichtig stieg er die Leiter wieder hinab und schlich aus der Scheune. Dabei überkam ihn ein weiterer Verdacht, den er sofort überprüfen musste, bevor Nathan zurück ins Haus kam.

***

Samuel Lechner saß zusammen mit den anderen aus dem Dorf in der kleinen Gaststätte und trank Wein. Normalerweise waren um diese Zeit viele noch bei der Arbeit oder auf ihren Feldern und Weiden. Aber die Nachricht von dem fürchterlichen Mord in

Glaning beschäftigte die Menschen. Sie hatten das Bedürfnis, sich darüber auszutauschen. Schließlich war das Unfassbare direkt vor ihrer Haustür geschehen.

»Noch ein Viertel Sankt Magdalener«, rief Lechner dem vorbeieilenden jungen Alberto zu, der den urigen Gasthof erst vor einem Jahr übernommen hatte.

»Für mich auch«, riefen Marco, Philipp und Elias wie aus einem Mund. Der Schrecken ließ sich am besten mit Wein verarbeiten.

»Was meint ihr?«, fragte Lechner in die Runde. »Steckt da dieser Psychopath dahinter, der aus der Psychiatrie geflohen ist?«

Philipp zuckte mit den Schultern. »Weiß nicht, aber zuzutrauen wär's ihm allemal. Mich schaudert's immer noch, wenn ich daran denke, was für Unheil der in Südtirol angerichtet hat.«

»Finde ich auch«, stimmte Elias zu. »Ich kann mich noch gut an seine Taten erinnern.«

Lechner griff sofort nach dem Krug, den Alberto vor ihm abstellte, und füllte sein Glas. »Was hat der denn gemacht? Der hat einen vergiftet und einen anderen in den Abgrund gedrängt. Das ist doch aber wohl was anderes als das, was mit der armen Frau passiert ist.«

»Und was ist mit dem Psychiater, dem er mit bloßen Händen das Genick gebrochen hat? Oder der Tote in der Talfer, der mit dem eingeschlagenen Gesicht? Das Gleiche haben wir hier!«

Lechner setzte das Glas ab, ohne davon getrunken zu haben. »Nein, nein, Elias, das war der nicht. Der in Glaning mordet aus purer Lust. Der aus der Irrenanstalt hat das gemacht, weil er einen Betrug vertuschen wollte. Das ist ganz was anderes. Und der in der Talfer ist von dem umgebracht worden, der diesen Commissario erpresst hat.«

Philipp nickte. »Stimmt, der Talfermörder war nicht der aus der Psychiatrie. Der das gemacht hat, ist tot.«

»Trotzdem«, insistierte Elias, »der hat immerhin auch einen erschossen. In Kaltern. Oder habt ihr das vergessen?«

Eine Weile schwiegen die Männer. Ihre Frauen sagten gar nichts, sie wollten das nicht hören.

Dann meldete sich Marco, einer der Zugezogenen aus dem Dorf, zu Wort. Er war der Einzige, der in Bozen arbeitete, als

Kundenberater bei einer Bank. »Besonders aufmerksam habt ihr den Bericht in der ›Dolomiten‹ aber nicht gelesen.«

»Wieso nicht?«

»Steht doch ganz fett in der Schlagzeile: Zingerle ist zurückgekommen. Da steht kein Wort von dem Irren.«

Lechner kratzte sich am Kopf. »Stand da nicht: ›Ist der Zingerle zurückgekommen‹? Also eher als spekulative Frage?«

»Nein, nein«, widersprach Elias, der Älteste aus dem Dorf. »Wer das damals miterlebt hat, vergisst diesen Satan in Menschengestalt nicht. Dem ist zuzutrauen, dass er zurückkommt, um sein Teufelswerk zu vollenden.«

Lechner rief dem Wirt zu: »Alberto, bring uns doch bitte die Zeitung von heute.« Es verging keine Minute, da lag die Ausgabe vor ihm ausgebreitet auf dem Tisch. »Seht ihr«, sagte Lechner, »es ist so, wie ich es gesagt habe. Dieser Reporter spekuliert ein bisschen herum. Das macht der schließlich öfter. Das heißt also gar nichts. Ich glaube, dass dieser Irre, Mantinger heißt der übrigens, dahintersteckt. Und das wiederum bedeutet, dass wir ab jetzt verdammt auf der Hut sein müssen. Vor allem unsere Frauen. Sag mal, Elias, was hat es mit diesem Zingerle eigentlich auf sich?«

Elias erklärte, dass Guido Zingerle damals für eine große Massenhysterie gesorgt hatte, die in gewisser Weise bis in die heutige Zeit nachhallte. Und diesem Teufel aus Tirol sei ohne Weiteres zuzutrauen, dass er noch lebe und da weitermache, wo er aufgehört habe. Wenn er nicht gar der Leibhaftige selbst sei.

Philipp lachte. »Ach, Elias, das ist doch wieder nur eine deiner netten Gruselgeschichten für einen Abend am Kamin. Und völlig abwegig. Aber mir kommt da noch ein ganz anderer Gedanke.«

»So, welcher denn?«

»Na ja«, sagte Philipp und wiegte den Kopf hin und her, »ich fand den schon immer komisch. Richtig unheimlich. Bis heute wissen wir nicht, wo der eigentlich herkommt. Wir wissen überhaupt nichts über den.«

Lechner sah Philipp irritiert an. »Von wem sprichst du?«

»Von wem ich spreche? Ich spreche natürlich von dem Verrückten vom Kaserhof.«

Wieder machte sich Schweigen breit, das schließlich Lechner

durchbrach. »Da ist was dran. Der hat irgendwie was Gestörtes. Und dann dieser wahnsinnige Blick. Dem möchte ich nicht im Dunkeln begegnen.«

Marco rieb sich nachdenklich das Kinn. »Ich habe zunächst an Mantinger gedacht, als ich das von dem Mord in Glaning gelesen habe. Aber jetzt, wo du das sagst, bin ich mir nicht mehr so sicher. Immerhin ist Nathan dauernd in den Bergen unterwegs. Und wo wurde diese Frau ermordet? Genau, in den Bergen, gar nicht allzu weit von hier. Und hat einer von euch Nathan am Wochenende gesehen? Seht ihr, ich auch nicht!«

Erst jetzt meldete sich eine der Frauen zu Wort, die schweigend ihren Wein getrunken hatten. »Hört auf, so einen Blödsinn zu erzählen! Der arme Nathan ist nur etwas zurückgeblieben. Das ist alles. Der hat es schon schwer genug. Gut, dass sich Aloisia und Johann so liebevoll um ihn kümmern. Lasst den bloß in Ruhe!«

»Schwer hat der's?« Lechner lachte spöttisch. »Der lebt doch auf dem Hof wie die Made im Speck. Wird von vorn bis hinten bedient. Muss keinen Finger krumm machen. Ich würde sofort mit dem tauschen. Und soll ich euch was sagen? Seit dem Wochenende sind die nicht einmal ins Dorf gekommen. Ich jedenfalls habe keinen von denen gesehen. Ihr etwa? Die haben doch was zu verbergen!«

»Stimmt«, merkte Elias an, »nichts mehr zu sehen von denen. Seit dem Mord. Merkwürdiger Zufall. Kommt Johann nicht sogar aus Österreich?«

Lechner spitzte die Lippen. »In der Tat. Aus Tirol, genau genommen.«

Elias sprach nur sehr leise, als er sagte: »Wie der Zingerle. Der kommt auch aus Tirol.«

Erneutes Schweigen machte sich breit. Plötzlich durchbrach ein lautes Piepsen die Stille.

»Was ist denn das?«, fragte Elias erschrocken.

Marco kramte sein Smartphone aus der Jackentasche und schaute entschuldigend in die Runde. »Tut mir leid, da ist eine WhatsApp-Nachricht eingegangen.«

Elias reagierte gereizt. »Ich kann dieses moderne Zeugs nicht ausstehen. Alle sind nur noch mit diesen Dingern beschäftigt.«

»Tja«, frohlockte Marco, »und weil du dich weigerst, mit der Zeit zu gehen, würdest du ohne mich auch nie erfahren, was drüben in San Genesio los ist.«

»Was soll denn da schon los sein?«

Marco sah auf das Display und las die Geschichte der alten Lageders vor, die sein Freund Sebastian in der WhatsApp-Gruppe herumgeschickt hatte. Sebastian hatte auch ein Foto von Zingerle im Internet heruntergeladen und es an seine Nachricht angehängt. Marco reichte das Foto herum.

Elias grunzte. »Die alte Lageder ein Opfer vom Zingerle? Das ist ja allerhand.«

»Nun ja, ›Opfer‹ ist vielleicht zu viel gesagt. Es ist ja nichts passiert«, merkte Philipp an.

Elias schnaubte durch die Nase. »Wäre es aber, wenn die Wanderer nicht zufällig vorbeigekommen wären. Dann wäre die mausetot wie die in Glaning. Und Josef mutterseelenallein auf seinem Hof.«

»So weit, so gut«, insistierte Philipp. »Aber was heißt das für uns? Eben sprachen wir noch über Nathan, einen Menschen aus Fleisch und Blut direkt aus unserer Nachbarschaft, dem die meisten von uns so eine Tat zutrauen würden. Und jetzt soll plötzlich ein uralter Greis aufgetaucht sein und Morde in Glaning begehen? Da finde ich den Gedanken an Nathan viel naheliegender.«

Elias griff nach Marcos Smartphone. »Zeig mir doch noch mal das Foto.« Er betrachtete das Bild eine ganze Weile. Dann lachte er triumphierend auf. »Dachte ich mir's doch.«

»Was dachtest du dir?«

Elias reichte das Handy erneut herum. »Seht euch das Foto ganz genau an. Fällt euch nichts auf?«

Eingehend betrachteten die Männer das Foto von Zingerle, der darauf Mitte vierzig sein mochte.

»Was soll uns denn auffallen, Elias?«

»Seht es euch ganz genau an. Stellt ihn euch mit längeren Haaren vor. Und mit viel mehr Falten im Gesicht. Und, fällt der Groschen?«

Marco begriff als Erster. »Das gibt es doch gar nicht!«

»Mensch, wovon sprecht ihr?«, fragte Philipp genervt.

Marco gab ihm das Smartphone. »Noch mal für dich zum Mitschreiben: Denk dir längere Haare dazu. Und viele Falten. Na, wem sieht der Mann auf dem Foto dann ähnlich? Oder, besser gesagt, wer sieht dem Mann auf dem Foto ähnlich?«

***

Der Abend senkte sich über das Durnholzer Tal. Über dem See hingen dichte Nebelschwaden. Auch die Kassianspitze war fast bis zur Baumgrenze in Wolken eingehüllt. Aber von Westen her klarte es mit auffrischendem Südwind rasch auf, sodass die untergehende Sonne noch über den markanten zweitausendsechshundert Meter hohen Ilfinger in das Tal hineinscheinen konnte. Der Nebel und die dicken Haufenwolken glänzten dadurch dunkelrosa. Selbst die Landschaft war rosa angehaucht. Und der Wind brachte zumindest gefühlt eine angenehme Erfrischung, eine Erholung von der ungewöhnlichen Mischung aus kühl und drückend.

Johann Kaser stand vor der Hofeinfahrt, genoss den milden Wind in seinem Gesicht und beobachtete das Naturspektakel. Ein schöneres Alpenglühen hatte er nur am Latemar, und das vor vielen Jahren, erlebt, auf einer seiner seltenen Bergtouren. Er liebte solche einzigartigen Stimmungen, die typisch für seine Heimat waren. Denn zu seiner Heimat war Südtirol schnell geworden, nachdem er wegen Aloisia und ihres Hofes ins Durnholzer Tal umgesiedelt war. Nicht einen einzigen Tag hatte er diese Entscheidung bereut. Landschaftlich hatte Tirol weiß Gott nicht weniger zu bieten, aber das Klima bekam ihm auf der Südseite der Alpen, auf ihrer Sonnenseite, einfach besser. Außerdem war Aloisia nicht nur seine große, sondern zugleich auch seine einzige Liebe. Kennengelernt hatten sie sich in Innsbruck, wo sie später auch geheiratet hatten. Johann konnte sich daran erinnern, als wäre es erst gestern gewesen. Aloisia, deren Mutter früh verstorben und deren Vater im Krieg gefallen war, war auf der Suche nach ergänzenden Futtermitteln für ihre Kühe gewesen. Viel zu jung hatte sie den Hof notgedrungen übernehmen müssen. Sie verstand eigentlich noch zu wenig von Landwirtschaft. Aber sie hatte gehört, dass Dorschlebertran angeblich das Wachstum und den Knochenaufbau förderte und dass es in Innsbruck einen darauf spezialisierten Futtermittelbetrieb gab. Dort arbeitete Johann als Verkaufsberater. Es hatte auf Anhieb zwischen den beiden gefunkt. Als sie heirateten, waren sie beide noch keine zwanzig gewesen. Gemeinsam brachten sie Aloisias Hof auf Vordermann und schufen sich damit einen bleibenden Wert, der heute immens wichtig für sie war. Tja, und nächstes Jahr würden sie eiserne Hochzeit feiern. Hoffentlich.

Jahrelang hatten sie über den immer gleichen Witz gelacht. Saßen sie nach einem anstrengenden Tag im Stall oder auf der Weide abends bei einem Glas Wein zusammen, sagte irgendwann einer von ihnen: »Oder doch lieber ein Gläschen Dorschlebertran?« Vielleicht hätten sie tatsächlich Dorschlebertran trinken sollen. Dann hätte sich ihr Wunsch nach eigenen Kindern möglicherweise doch erfüllt.

Was für abstruse, dumme Gedanken! Aber manchmal überkamen sie Johann einfach, vor allem wenn ihnen Nathan Probleme bereitete. So wie jetzt. Nachdem er aus der Scheune wieder zurück ins Haus gekommen war, war er sofort in Nathans Zimmer gegangen und hatte das gefunden, was er erwartet hatte. Das war neu, das hatte Nathan bis jetzt noch nie gemacht. Das hätte er sich früher gar nicht getraut. Leider konnte Johann das schlecht für sich behalten. Er musste es Aloisia sagen, auch wenn ihm das fürchterlich peinlich war. Aber die Sache mit dieser Frau, Nathans Veränderung, das konnte man doch nicht einfach ignorieren.

Johann sah die Sonne endgültig hinter dem Ilfinger verschwinden. Sofort wurde es spürbar kühler. Ein Frösteln überkam ihn, das wahrscheinlich nicht nur mit der untergehenden Sonne zusammenhing. Er drehte sich um und ging zügig zurück ins Haus. Aloisia saß vor dem Kamin und starrte geistesabwesend aus dem Fenster. Sie bemerkte ihn gar nicht. Johann trat hinter sie und massierte ihr sanft den Nacken.

»Herrlich«, schwärmte sie und streckte sich ihm entgegen. »Mach bitte weiter, das kann ich jetzt gut gebrauchen.«

»Wieso, was ist denn los? Nathan?«

Sie nickte. »Ja, er hat nicht einmal zu Abend gegessen. Er ist jetzt seit zwei Stunden in seinem Zimmer. Wenn ich nur wüsste, was er da treibt.«

Einen Augenblick zögerte Johann. »Ich glaube, ich weiß, was er da treibt.« Dann fing er an zu erzählen. Immer wieder geriet er ins Stocken, weil er sich bei diesem Thema unbehaglich fühlte.

Aloisia hörte ihm schweigend zu. Und je mehr Johann erzählte, desto mehr entgleisten ihre Gesichtszüge. »Du hast was?«

Johann spürte, dass er rot anlief. Ihm wurde heiß, er begann zu schwitzen. »Das machen doch die meisten Männer, Aloisia.«

Sie stieß ihn ein Stück von sich weg. »Was machen alle Männer? Sich unanständige Zeitschriften ansehen? Während ihre Frauen im Bett auf sie warten?«

»Bitte mach kein Drama daraus, Aloisia. Mein Gott, der ›Playboy‹ ist doch das Harmloseste, was es gibt. Und da stehen auch viele interessante Berichte drin über Sport, Mode, Autos und so. Du kannst dir ja selbst mal einen anschauen.«

»Einen Teufel werde ich tun. Wie lange geht das schon so?«

»Ach, Aloisia, das spielt doch im Moment wirklich keine Rolle. Jetzt geht es um Nathan.«

Sie wurde nachdenklich, Wut und Enttäuschung wichen aus ihrer Stimme. »Da hast du allerdings recht. Und du meinst, dass er diesen Schweinskram von dir gefunden und mit auf sein Zimmer genommen hat?«

»Ja. Er hat ein paar davon in der Scheune versteckt, das wusste ich schon lange. Aber dass er sie mit auf sein Zimmer nimmt, ist neu.«

Aloisia schüttelte den Kopf. »Soso, das weißt du also schon lange. Da kann man mal sehen, wie wenig man von einem Menschen wirklich weiß, egal, wie lange man mit ihm zusammen ist. Ich kann es noch gar nicht fassen. Und das in deinem Alter! Dass du dich nicht schämst!«

»Aloisia, hör auf damit!«

»Schon gut. Jedenfalls meinst du, dass sich Nathan in diesem Augenblick die Bilder in diesen Zeitschriften ansieht und dabei … dabei … nun ja, du weißt schon.«

Johann nickte heftig. »Ja, natürlich. Und du musst bedenken, dass er schon über sechzig ist. Da kann man … Also da hat man … Jedenfalls ist es nicht normal, das noch jeden Tag zu machen. Das kann man dann eigentlich nicht mehr.«

Bei diesem Kommentar musste Aloisia sogar schmunzeln. »Tja, wem sagst du das? Aber wie gehen wir nun damit um? Sollen wir ihn darauf ansprechen?«

»Um Gottes willen! Was meinst du, wie peinlich ihm das wäre. Im Grunde wäre das ja auch gar nicht schlimm. Ungewöhnlich vielleicht, aber nicht schlimm. Aber dieser Bericht in der Zeitung, das Blut auf Nathans Hose. Was sollen wir nur machen? Wir können doch unmöglich zur Polizei gehen. Oder?«

Aloisia sah ihn entgeistert an. »Zur Polizei? Spinnst du? Allein der Gedanke ist absurd. Weißt du eigentlich, was du da andeutest? Nathan ein Mörder! Das ist vollkommen undenkbar. Außerdem würde er bei einem Verhör bestimmt zusammenbrechen. Das würde er nicht überleben. Das Blut stammt von einer kleinen Verletzung. Und dass er sich diesen Schweinskram ansieht und dabei … Das ist zwar eine ekelhafte Vorstellung, mehr aber auch nicht. Vielleicht solltest du darüber nachdenken, das ganze Zeug zu verbrennen. Dann haben wir auch keine Probleme mehr damit.«

Einen Augenblick überlegte Johann, ob er die Sache mit dem Slip nicht auch erzählen müsste. Doch wozu sollte er Aloisia noch mehr aufregen! Er behielt es besser für sich.

16

Wolkenstein, derselbe Tag

Familie von Adelsburg saß in der Wohnhalle zusammen und wartete auf die Vorspeise, ein Soufflé von Waldpilzen. Heinrich hatte sich als Weinbegleitung für einen Rosso Riserva Il Frater aus der Lombardei entschieden, weil er ein besonders intensives Brombeeraroma hatte. Das passte gut zu den Pilzen. Es herrschte eine gedrückte Stimmung. Kaum jemand sprach, obwohl alle vier normalerweise sehr kommunikativ im Umgang miteinander waren.

Heinrich schwenkte nachdenklich den Wein in seinem Glas, der sich im Licht der Kerzen spiegelte. Dann sprach er das aus, was wohl alle schon die ganze Zeit gedacht hatten. »Das ist eine ziemlich üble Sache mit dieser Cecilia Fontana. War die Polizei deswegen schon bei dir, Florian?«

Irritiert hob Florian den Kopf. »Warum sollte die Polizei deshalb zu *mir* kommen?«

»Weil ihr Vater immerhin dein Patient war und er in deiner Abteilung gestorben ist.«

Florian betrachtete seinen Schwiegervater prüfend. »Er war eigentlich mehr Brunners Patient«, stellte er richtig.

Heinrich spitzte die Lippen, beobachtete die Schlieren an seinem Weinglas. »Ja, das mag sein. Aber du hast sein Herz verpflanzt.«

»Was willst du damit sagen? Brunner hat alle anderen Organe transplantiert. Zumindest die, die angesichts des Organversagens noch zu gebrauchen waren.«

Heinrich lächelte. »Ja, ich weiß. Vor allem deshalb, weil du, ganz im Sinne von Adelsburg Technologies, fast ausschließlich Herztransplantationen vornimmst. Allerdings würde ich, wenn ich Polizist wäre, eine Verbindung herstellen zwischen dem Tod eines Patienten und dem Mord an dessen Tochter nur kurze Zeit danach.«

»Was denn für eine Verbindung, bitte schön? Maurizio Fontana ist an seinem Krebs gestorben, Cecilia wurde überfallen. Pech, mehr aber nicht. Zumal Maurizios Herz auch schon leicht angegriffen war. Wäre nicht eine Notoperation beim Empfänger von Fontanas Herz notwendig gewesen, hätten wir sein Herz vermutlich gar nicht verwertet.«

Heinrich nahm einen großen Schluck und schenkte sich sofort nach. »Wenn du der ermittelnde Beamte wärst, Florian, würde dir das nicht merkwürdig vorkommen? Da stirbt ein Patient genau in dem Moment, als ein anderer Patient zu sterben droht, wenn er nicht sofort ein Spenderherz bekommt. Ein Patient, der einen unserer Mini-Defibrillatoren trug. Also mich würde das als ermittelnden Beamten schon interessieren.«

Florian verlor ganz allmählich die Contenance. »Was willst du damit eigentlich sagen? Beschuldigst du mich etwa, mit dem Tod der beiden etwas zu tun zu haben?«

Auch Katharina war angesichts dieser hitzigen Diskussion aus ihrer Lethargie erwacht. »Unterstellst du Florian, er habe beim Tod von Maurizio Fontana nachgeholfen, Papa?«

Heinrich stellte sein Glas ab und hob abwehrend die Hände. »Um Gottes willen! Ich versuche mir nur vorzustellen, auf welche Ideen die Polizei kommen könnte. Und eines ist klar: Einen Skandal können wir uns nicht erlauben. Das wäre fatal für die Firma und fatal aus Sicht der anderen Gesellschafter. Und eines musst du zugeben, Florian: Die Häufung der Todesfälle auf der Inneren und der Kardiologie sind zumindest auffällig. Darauf solltest du eine Antwort haben, wenn ein Commissario in die Klinik kommt und dich genau das fragt.«

Florian riss die Hände in die Höhe und rief laut: »Ja, aber was kann denn ich dafür? Das ist traurig für die Betroffenen und ihre Hinterbliebenen. Aber für deine Firma ist das doch ein Segen!«

»Für *unsere* Firma, Florian! Ich versuche ja auch nur, Schaden von unserer Firma abzuwenden.«

Florian funkelte Heinrich aus wütenden Augen an. »Trotzdem darfst du mir so etwas nicht einmal zwischen den Zeilen unterstellen. Wenn überhaupt jemand ein falsches Spiel spielt, dann Brunner. Er will mich doch ausstechen. Er profitiert am meisten vom Tod von Patienten, die sich als Organspender zur Verfügung gestellt haben.«

»Wie man's nimmt, Florian.« Endlich beteiligte sich auch Anna Maria an der Diskussion. »Vielleicht kann Brunner auf diese Weise mehr Organe verpflanzen. Aber du forcierst deinen Ruf als Ausnahmekönner bei Herztransplantationen. Und du unterstützt die Firma, bei der du neuerdings in der Geschäftsführung sitzt und an der du beizeiten Anteile halten wirst. Die aber sind abhängig vom Erfolg der Firma, was wiederum in direktem Zusammenhang steht mit der Anzahl der von dir erfolgreich verpflanzten Herzen.«

Florian stierte von einem zum anderen. »Seid ihr jetzt völlig durchgedreht? Unterstellt ihr mir allen Ernstes, ich würde Patienten umbringen? Davon mal ganz abgesehen, sagst du doch immer, dass der Erfolg der Firma von meiner Quote abhängt, Heinrich.«

Gerade als der Graf zu einer Antwort ansetzen wollte, wurde das Soufflé serviert. Schweigend und ohne Genuss verzehrten sie rasch die Vorspeise.

Draußen ertönte ein lang anhaltendes Donnergrollen, das sich rasch näherte. Fast täglich gingen Gewitter nieder, meistens in den späten Nachmittags- und Abendstunden, manchmal sogar mehrere an einem Tag. Dunkle Wolken legten sich wie Watte über Schloss Adelsburg, bevor der Regen anfing, gegen die nach Süden gerichteten Scheiben zu trommeln. So dunkel waren die Wolken, dass der Saal nur noch durch das weiche Licht der großen Bodenkerzenständer erhellt wurde. Als der Diener die Teller abräumte, bedeutete ihm Heinrich, mit dem Hauptgang noch etwas zu warten.

»Ich möchte das geklärt haben, bevor wir den Hauptgang zu uns nehmen«, begründete er seine Entscheidung. An seinen Schwiegersohn gewandt, fuhr er fort: »So habe ich das nicht gesagt, Florian. Was ich zum Ausdruck bringen wollte, ist die Tatsache, dass dein Erfolg in der Klinik eng mit dem Erfolg von Adelsburg Technologies verknüpft ist. Es handelt sich dabei aber nicht um eine Mengenfrage. Entscheidend ist, dass die Patienten, die auf ein Spenderherz warten, mit Hilfe der Technik aus unserem Hause länger leben, als sie es ohne unsere Herzunterstützungssysteme könnten. Genauso wichtig ist, dass sie nach der Herztransplantation ein möglichst normales beschwerdefreies Leben führen können. Und genau das verstehe ich unter deinem Erfolg. Dass du ein begnadeter Operateur bist, wissen wir. Und das sollte auch so bleiben. Es ist für unsere Firma kein Drama, wenn ein Patient verstirbt, weil er nicht rechtzeitig ein Spenderherz bekommt, ganz gleich, ob ihm unsere Systeme eingesetzt wurden oder nicht. Denn so etwas kommt vor, Florian! Es gibt mehr Menschen, die auf ein Spenderherz warten, als Spender.«

Florian saß mit eingefallenen Schultern auf seinem Stuhl. »Du hast gut reden, Heinrich. Du hast die Firma, das Schloss, ein riesiges Vermögen. Aber mein Wohl und Wehe hängt allein von deinem Namen ab. Ihr könnt euch gar nicht vorstellen, wie frustrierend das manchmal ist.«

Katharina verdrehte die Augen. »Ach, Florian, kommt jetzt wieder die ganze alte Litanei? Wie oft haben wir das durchgesprochen? Du und ich, wir haben aus Liebe geheiratet. Wir haben einen Sohn. Du bist Bestandteil der Familie und der Firma. Wie oft habe ich dir schon erklärt, dass du auch dann, wenn wir privat überhaupt nichts miteinander zu tun hätten, für Papas Firma wichtig wärst!«

Heinrich schenkte sich erneut nach und stellte erstaunt fest, dass die Flasche bereits leer war. Ebenso erstaunt registrierte er, dass die anderen ihr erstes Glas kaum angerührt hatten. Leider neigte er unter Stress zu einem erhöhten Alkoholkonsum. Alkohol beruhigte ihn. Er stand auf und nahm die zweite, bereits entkorkte Flasche von der Barockanrichte aus Eiche, die er vor langer Zeit von einer seiner Deutschlandreisen mitgebracht hatte. Während er aufs Neue sein Glas füllte, suchte er nach den richtigen Worten, um das Thema zu beenden. Es war ihm ein Anliegen gewesen, diesen Punkt anzusprechen, aber er wollte Florian nicht irgendwelcher Dinge bezichtigen, auch nicht zwischen den Zeilen.

»Lieber Florian, entschuldige, wenn du dich von mir angegriffen gefühlt hast. Das habe ich nicht beabsichtigt. Lass mich abschließend nur festhalten, dass ich mir vorstellen kann, dass die Polizei ebendiese Überlegungen anstellt und mit den entsprechenden Fragen zu dir kommt. Du hast dir nichts zuschulden kommen lassen, also sei ganz unbesorgt. Aber eben dennoch vorbereitet.«

Den Rest des Abends verbrachten sie vorwiegend schweigend. Heinrich schaffte es, die zweite Flasche Rosso Riserva Il Frater aus der Lombardei ganz allein zu leeren, und ging mit einem Schwips frühzeitig ins Bett.

Wenig später lagen auch Katharina und Florian nebeneinander in ihrem Ehebett. Obwohl sie nur wenige Zentimeter trennten, öffnete sich an diesem Abend ein tiefer, kalter Graben zwischen ihnen. Die Kälte schien aus dem Graben aufzusteigen und sich im ganzen Schlafzimmer zu verteilen. Langsam und schwer legte sie sich über ihre Herzen. Sie schwiegen, jeder hing seinen eigenen Gedanken nach. Düsteren Gedanken, deren Energie den trennenden Graben noch weiter aufriss.

Weil sich sein Unmut Raum verschaffen musste, durchbrach Florian das Schweigen zuerst. »Katharina, ich möchte von dir wissen, ob du ernsthaft glaubst, ich hätte etwas mit dem Tod von Cecilia Fontana zu tun.«

Katharina starrte an die Decke, antwortete nicht.

»Katharina, ich habe dich was gefragt!« Es fiel ihm schwer, seine Stimme unter Kontrolle zu halten. Es brodelte in ihm. Wobei er sich gleichzeitig eingestehen musste, dass er nicht erklären konnte, warum er so aufgebracht war. Heinrich hatte wichtige Fragen gestellt, Fragen, auf die Katharina mit Unverständnis reagieren musste – oder, genauer gesagt, auf seine Antworten. Das, was sein Schwiegervater ausgesprochen hatte, gedacht als Vorbereitung auf eine mögliche polizeiliche Ermittlung in der Klinik, hatte in Wahrheit die tiefe Kluft offenbart, die zwischen ihm und dem Geschlecht derer von Adelsburg bestand. Normalerweise war diese Kluft in der Hektik des Alltags gut verborgen, aber heute erwies sie sich als ein unerwartet scharfes Geschütz gegen die friedvolle, abgeschottete und heile Adelswelt. Eine fragile Welt, wie sich jetzt zu zeigen drohte.

Katharina drehte sich zu ihm herum, ohne Anstalten zu machen, den Graben zu überspringen, und sah ihm direkt in die Augen. »Hier geht es nicht um die Frage, was ich glaube, sondern darum, warum du so heftig auf die sachlich-objektiven Fragen meines Vaters reagiert hast, die allein dem Zweck dienten, die Firma vor den zu erwartenden Ermittlungen zu schützen. Warum hast du das auf dich persönlich bezogen?«

Diese Frage wollte und konnte Florian nicht beantworten. Er versuchte es mit einer Gegenfrage. »Wie hättest du denn an meiner Stelle reagiert? Wenn jemand den Verdacht äußert, du könntest in den gewaltsamen Tod eines Menschen verwickelt sein? Nicht mit einem Wort ist Heinrich darauf eingegangen, dass es nicht unwahrscheinlich ist, dass dieser entflohene Sträfling hinter dem Mord steckt. Nicht mit einem Wort!«

»Mach dich nicht lächerlich, Florian. Niemand hat angedeutet, dass du etwas mit Cecilia Fontanas Tod zu tun hast. Aber dass die Polizei Fragen an dich haben wird, genauso wie an Brunner übrigens, wenn sie herausfinden, dass Fontanas Vater euer Patient war, das leuchtet doch wohl ein, oder etwa nicht? Und zwar völlig unabhängig von Mantingers möglicher Tatbeteiligung.«

»Aha, und warum sagt es dein Vater dann nicht genau so? Warum diese merkwürdigen Andeutungen? Passe ich jetzt nicht mehr in das Bild des perfekten Adelsneulings? Droht eurer Familie durch meine Person, meine zweifelhafte Herkunft Schaden?«

Katharina funkelte ihn wütend aus ihren dunklen Augen an. »Das ist doch das eigentliche Problem, Florian. Deine Minderwertigkeitskomplexe! Seit unserer Hochzeit geht das so. Andauernd machst du dich künstlich klein, entwickelst einen Ehrgeiz, der allem Anschein nach nur den Zweck verfolgt, meinem Vater etwas zu beweisen, seine Aufmerksamkeit auf dich zu lenken. Niemand hat das von dir verlangt, Florian! Ich habe dich nicht geheiratet, weil du Arzt bist und Herzen transplantierst. Meine Eltern wollten immer nur mein Glück. Und wenn ich dich ihnen als Skilehrer oder Aushilfskoch, aber eben als meine große Liebe präsentiert hätte, hätten sie dich mit derselben Wärme und Liebe aufgenommen. Dass mein Vater sich darüber freut, dass dein Beruf die ideale Ergänzung zu seiner Firma darstellt, kannst du ihm kaum verübeln. Und niemals hat er dich damit unter Druck gesetzt. Also bist du das Problem, mein Lieber, du allein!«

Nie zuvor hatte Florian Katharina so aufgebracht erlebt, und nie hatte sie so deutlich ihre Meinung geäußert. Was aber das Schlimme daran war, war die Tatsache, dass sie damit auch noch recht hatte. Es wurmte ihn, dass er seine leiblichen Eltern nicht kannte. Es machte ihn krank, dass aus ihm ein Einzelgänger geworden war, der niemals richtige Freunde gehabt hatte und der, bevor er Katharina kennengelernt hatte, seine Selbstbestätigung allein aus seiner Karriere gezogen hatte. Er wusste, dass er nicht von überragender Intelligenz war. Sein Einserexamen und steiler Weg nach oben waren ausschließlich die Ergebnisse seiner Zielstrebigkeit und seines unermüdlichen Einsatzes.

Als er Katharina zum ersten Mal begegnet war, an einem Sonntag beim Skifahren auf dem Kronplatz, hatte er keine Ahnung gehabt, wen er vor sich hatte. Und auch als sie noch am selben Tag zum ersten Mal miteinander geschlafen hatten, wusste er es nicht. Ebenso wenig wusste sie, dass er Arzt in der Klinik Bozen war und auf dem besten Weg, der beste Operateur in Südtirol zu werden. Zwischen ihnen war auf den ersten Blick eine animalische Leidenschaft entstanden, die sich nicht für Herkunft und Berufsbilder interessierte, nicht einmal für Namen.

Er hatte sich ein Zimmer in einem Hotel in Reischach gemietet, um über ein verlängertes Wochenende Ski zu fahren, wie immer allein. Sie hingegen hatte nur einen Tagesausflug geplant. Das erste Mal bemerkte er sie, als sie braun gebrannt auf der Sonnenterrasse des Gipfelrestaurants saß und verträumt in die Dolomiten blickte. Er stand noch auf seinen Skiern und wollte eigentlich gerade zur nächsten Abfahrt ansetzen, da erwiderte sie seinen Blick. Und wie aus heiterem Himmel war es um ihn geschehen. Er hätte sich selbst als rational, zu nüchtern eingeschätzt, als dass ihm so etwas hätte passieren können. Doch es war passiert, und wie! Er setzte sich zu ihr, sie sprachen ein wenig über das Wetter und den vielen Schnee und starteten dann zu ihrer ersten gemeinsamen Abfahrt. Und an diesem Tag auch zu ihrer letzten. Denn Katharina hatte irgendjemanden angerufen, war in einen Supermarkt marschiert, um sich das Notwendigste für einen Tag und eine Nacht zu kaufen, und war dann mit ihm auf sein Hotelzimmer gegangen, das sie bis zu ihrem Aufbruch nicht mehr verließen. Aus einer heißen Liebesnacht, die so selbstverständlich gewesen war, als wären sie schon seit einer Ewigkeit zusammen, entwickelte sich eine tiefe Liebe. Und erst Wochen später wusste der eine vom anderen, was er tat und woher er kam.

Katharina hatte mit ihrer Einschätzung vollkommen recht.

Nachdenklich betrachtete er die Frau, mit der er seinen ersten Sohn bekommen hatte. Insgeheim wünschte er sich, sie wäre keine von Adelsburg, sondern einfach nur irgendeine Südtirolerin, die er liebte und die ihn liebte. Er würde seine Karriere machen, ohne irgendwem außer sich selbst etwas beweisen zu müssen, hätte eine nette kleine Familie und ein Haus bei Bozen. Kurzum: ein unkompliziertes Leben. Manchmal beneidete er seinen *Freund*, seinen *Bruder im Geiste*, um sein einfaches, schlichtes Dasein. Doch eines wurde ihm wieder bewusst: dass er Katharina von Herzen liebte und begehrte wie an jenem ersten Tag auf dem Kronplatz.

Florian lächelte Katharina an und näherte sich ihr, um sie in den Arm zu nehmen. Doch sie drehte sich wortlos weg, machte ihr Licht aus und zog sich die Decke demonstrativ bis zu den Schultern hoch.

Florian lag noch lange wach. Er dachte über die Vergangenheit nach. Und über die Zukunft.

17

Bozen, Donnerstag, 5. Juli

»Ich habe dafür gesorgt, dass Fontanas Mutter fürs Erste in einem Pflegeheim untergebracht wird. Die Stadt muss entscheiden, was weiter mit ihr geschieht. Ich hatte gehofft, dass sie weiß, was Cecilia in Glaning wollte oder woher sie plötzlich das Geld hatte. Aber das war ein Schuss in den Ofen. Ihr Alzheimer ist schon so weit fortgeschritten, dass sie nicht einmal mehr wusste, dass sie überhaupt eine Tochter hat.«

Mauracher betrachtete nachdenklich Vincenzos inzwischen gut gefüllte Pinnwand. »Ich kann mir nicht vorstellen, dass uns die alte Dame hätte weiterhelfen können. Oder glauben Sie, dass sich eine junge Frau ausgerechnet ihrer bettlägerigen Mutter anvertraut? Ich täte das jedenfalls nicht. Gibt es denn schon Neuigkeiten von diesem komischen Regiment?«

Vincenzo musste lachen. Typisch Mauracher. »Nicht komisches Regiment, Sabine, sondern siebtes Regiment. Aber die Antwort lautet: Nein. Weder Mantinger noch der Unbekannte sind ihnen bislang begegnet. Aber das heißt nichts. Schließlich ist der Unbekannte nur alle paar Wochen in Glaning und Umgebung aufgetaucht. Wir müssen Geduld haben. Ich bin auf die DNA-Analyse gespannt. Vielleicht haben wir dann schon Gewissheit und können uns ganz auf Mantinger fokussieren.«

Mauracher wollte gerade etwas erwidern, als Vincenzos Telefon klingelte. Der Commissario sprang auf, hastete zu seinem Schreibtisch und nahm das Telefon aus der Basisstation. Paci. »Dottoressa, selten habe ich mich so über Ihren Anruf gefreut. Ist die Analyse schon fertig?«

Marzoli und Mauracher beobachteten, wie Vincenzo ein paarmal nickte, hörten seine »Ahs«, einige Male »Verstehe« und schließlich »Tja, dann müssen wir in der Tat nicht kommen«. Er legte auf und ging mit hängenden Schultern zurück zu seinem Besprechungstisch.

»Deute ich Ihre Körpersprache richtig, Commissario, dass ich soeben einen riesigen Cantuccinivorrat gewonnen habe?«, frohlockte Mauracher.

»Nicht so voreilig, meine Liebe.«

»Was hat sie denn nun gesagt?«, fragte Marzoli voller Ungeduld.

»Keinerlei Übereinstimmung.«

»Also ist es nicht Mantinger? Wusste ich's doch!« sagte Mauracher triumphierend.

Vincenzo erhob sich aus seinem Freischwinger und ging zur Pinnwand. Er nahm einen Stift und setzte ein Fragezeichen hinter »Haare« und »Mantinger«. »Die DNA der Haare stimmt nicht mit Mantingers DNA überein. Wir werden einen Abgleich mit unserem System machen, vielleicht passen die Haare ja zu einem anderen Bekannten. Paci hat auch die Faserspuren auf DNA untersucht, aber keine verwertbaren Spuren gefunden. Sie stammen wahrscheinlich von einer Cordhose, wie es sie in jedem Kaufhaus gibt. Das heißt aber zu diesem Zeitpunkt nur, dass wir ausschließen können, dass die Haare von Mantinger stammen. Als Täter schließt ihn das nicht automatisch aus. Insofern müssen Sie sich mit Ihren Cantuccini noch ein wenig gedulden, Sabine.«

»Och, schade. Dabei hätte ich dem Ispettore sogar ein, zwei Tüten abgegeben.«

Grinsend erhob sich Marzoli und stellte sich neben Vincenzo. »Sie haben recht, Commissario, die Haare müssen nicht zwingend vom Täter sein. Fontana könnte einen Freund gehabt haben, von dem auch ihre Nachbarin nichts wusste.«

»Stimmt genau. Deshalb dürfen wir uns auch nicht zu sehr auf diese Haare fokussieren. Am wichtigsten ist jetzt, den großen Unbekannten zu finden. Er ist der Einzige, der vielleicht etwas gesehen hat. Wenn er nicht sogar selbst der Mörder ist.«

»Aber wenn Fontana der Nachbarin erzählt hat, dass sie am Samstag etwas vorhatte, ist es dann nicht wahrscheinlich, dass sie in eine Falle gelockt wurde? Dass sie also kein Zufallsopfer ist?«

Vincenzo nickte und schrieb »Zufallsopfer?« neben den Namen der Toten. »Das ist eine Möglichkeit, mehr aber auch nicht. Sie kann genauso gut erst nachmittags verabredet gewesen sein, wollte aber vielleicht vorher noch eine kleine Wanderung machen. Es gibt tausend Gründe, warum sie zu dieser Zeit in Glaning gewesen ist.«

***

Nachdem Sebastian seinem Freund im Durnholzer Tal das Foto von Guido Zingerle geschickt hatte, verbreitete es sich rasend schnell, vor allem unter den jungen Leuten in ganz Südtirol. Die meisten besaßen ein Handy oder Smartphone und waren in den sozialen Netzwerken vertreten. Über Facebook und Twitter, WhatsApp und Freundesgruppen erreichte es einen Großteil der User. Kaum jemand in dieser Altersgruppe hatte je zuvor von Guido Zingerle gehört. Doch die tragische Geschichte vom alten Lageder erzeugte bei ihnen eine Mischung aus Mitleid, Sensationslust, Grusel und Abenteuer. Einige kauften sich das Buch, das ein Bozener Journalist über Guido Zingerle geschrieben hatte. Viele befragten ihre Eltern. Und wenn die nichts darüber berichten konnten, weil sie selbst damals noch zu jung gewesen waren, dann wandten sie sich eben an ihre Großeltern. Oder die Großeltern eines Freundes oder einer Freundin. Sobald einer von ihnen etwas Neues erfahren hatte, verbreitete es sich wieder mit annähernder Lichtgeschwindigkeit in den sozialen Netzwerken. Dabei kamen bislang verborgene Geschichten ans Tageslicht.

Hildegard war anscheinend nicht das einzige noch lebende Opfer von Guido Zingerle. In vielen Tälern und Dörfern wussten die Alten von ähnlichen Ereignissen zu berichten. Schenkte man ihnen Glauben, dann hatte Zingerle in nahezu jedem Dorf mindestens eine Frau vergewaltigt. Und wenn die Frau selbst nicht mehr lebte, dann wusste das zumindest ihr Mann zu berichten. Oder die Tochter, die ihrerseits voller Grauen erzählen konnte, wie sie als Kind und Jugendliche von ihren Eltern mit der Redewendung »Wenn du nicht brav bist, holt dich der Zingerle!« unter Druck gesetzt worden war. Außerdem erinnerten sich viele der Älteren an unaufgeklärte Mordfälle, die in Zingerles Zeit fielen. Es konnte kein Zweifel daran bestehen, dass auch diese Gräueltaten auf sein Konto gingen.

Es war kaum zu unterscheiden, wer die Wahrheit sagte, wer die

Halbwahrheit oder wer seine ganz eigene Geschichte erfand, um gehört zu werden. Viele der Älteren fühlten sich geschmeichelt, weil die Jüngeren zu ihnen kamen und sie nach ihrem Wissen und ihren Erlebnissen fragten. Dabei konnte aus der harmlosen Frage eines verirrten Wanderers nach dem Weg auch schon mal eine handfeste Vergewaltigung werden. Nicht die Wahrheit machte den Reiz aus, sondern die Geschichte.

So konnte auch Marco Sebastian berichten, dass es im Durnholzer Tal eine Frau gab, die von Zingerle gefangen gehalten und vergewaltigt worden war. Und ebenso im Sarntal, in den Dolomiten, im Vinschgau, im Pustertal und am Brenner.

Abends erzählte Marco seinen Freunden in Albertos Dorfgasthof, was er über seine Kontakte in Erfahrung gebracht hatte. Entsetzt hörten ihm die anderen zu, die zu den wenigen Menschen zählten, die sich nichts aus den modernen Medien machten.

Es war Elias, der schließlich das aussprach, was spätestens nach diesen Neuigkeiten alle dachten. »Wenn das alles so stimmt, wenn der damals wirklich so gewütet hat, es also eine gewaltige Dunkelziffer gibt, und wenn sich eine seiner grässlichsten Taten heuer wiederholt hat, dann müssen wir uns auf das Schlimmste gefasst machen.«

»Du sagst es«, pflichtete ihm Philipp bei, der soeben sein drittes Forst leerte. »Und das mit dem Nachahmungstäter ist doch Quatsch. Wie soll jemand das nachahmen können? Selbst wenn derjenige das Buch über den Zingerle wie eine Art Anleitung gelesen haben sollte, müsste er bei seinen Ausführungen auf schrecklich viele kleine Details achten. Oder bringt er sein Opfer mit einer Checkliste in der Hand um? Nein, das kann nur jemand getan haben, der ganz genau weiß, was damals passiert ist. Der quasi selbst dabei war.«

»Wieso?«, wunderte sich Elias. »Hast du das Buch etwa gelesen?«

»Quatsch, natürlich nicht. Aber man weiß doch, was in solchen Büchern steht. Da wird haargenau erzählt, wie der Zingerle damals vorgegangen ist. Wenn wir es genau wissen wollen, müssen wir es uns nur kaufen.«

Marco nickte. »Genau das sollten wir auch machen. Ich wüsste schon gern, was uns als Nächstes blüht.«

»Oder wir fragen einfach Johann.« Die Blicke der Männer richteten sich auf Lechner. Der zuckte mit den Schultern. »Darüber haben wir doch erst gestern gesprochen. Ich bin dafür, dass wir zum Kaserhof gehen und die drei zur Rede stellen.«

»Aber Samuel, wir können doch nicht mit einem bloßen Verdacht zum Kaserhof gehen und den alten Johann mit solch ungeheuerlichen Vorwürfen konfrontieren. Das würde sein altes Herz nicht verkraften.«

»Wieso?« Lechner schnaubte durch die Nase. »Ist doch nicht unsere Schuld. Haben wir den Kretin etwa hierhergeholt? Oder haben die beiden uns vorher gefragt, ob wir damit einverstanden sind? Ich finde, es ist unser gutes Recht, sie darauf anzusprechen. Vielleicht haben sie eine gute Erklärung dafür, und alles klärt sich von selbst.«

»Die hätten dich gar nicht um Erlaubnis fragen können, Samuel«, rechnete ihm Elias vor. »Als Nathan kam, warst du noch gar nicht geboren.«

»Darum geht es doch gar nicht.«

»Worum denn dann?«

»Bist du wirklich so begriffsstutzig, Elias?«, echauffierte sich Lechner. »Hier geht es darum, dass vielleicht ein Serienmörder unter uns weilt.«

»Also ich weiß nicht, das geht mir doch etwas zu weit«, versuchte Philipp, Lechner zu besänftigen. »Das kann reiner Zufall sein. Oder wir reden uns das ein. Wer eine Ähnlichkeit sehen will, der sieht auch eine. Am besten wäre es, wir würden uns mit unserem Verdacht an die Polizei wenden.«

Von allen Seiten erntete Philipp Gelächter. Marco klopfte ihm freundschaftlich auf die Schulter. »Polizei? Du hast echt einen sonderbaren Humor, Philipp. Oder bist du wirklich so naiv? Was glaubst du, was die dann machen? Es gibt keinerlei objektive Verdachtsmomente. Bevor wir die Polizei einschalten, müssen wir aber genau die haben. Sonst lachen die uns nur aus.«

»Gut«, resümierte Philipp, »dann sollten wir uns darum kümmern. Um Verdachtsmomente. Wenn wir am Beginn einer neuen Verbrechensserie stehen, müssen wir den Kaserhof observieren. Observieren, fotografieren, dokumentieren.«

»Das ist gar keine schlechte Idee«, stimmte ihm Elias zu. »Aber wie sollen wir das anstellen? Wir müssen doch alle arbeiten.«

»Nun, jeder von uns prüft, ob er vielleicht kurzfristig einen Tag Urlaub nehmen kann. Dann teilen wir uns entsprechend auf. Und wenn wir es eine Weile nicht schaffen, den Kaserhof zu beobachten, und in genau dieser Zeit passiert wieder etwas, dann ist das zwar kein direkter Beweis, aber unser Verdacht würde trotzdem indirekt bestätigt.«

Die Männer bekundeten mit lautem Gemurmel ihre Zustimmung.

»Ich könnte mir morgen freinehmen«, schlug Marco vor. »Dann übernehme ich die erste Schicht. Und ich rate euch allen dringend, dass ihr euch ein Smartphone und einen Facebook-Account zulegt. Sobald sich auf dem Kaserhof etwas Verdächtiges tut oder Nathan plötzlich verschwindet, müssen wir das unbedingt den anderen mitteilen. Am besten mit Fotos und Videos. Auf diese Weise könnten wir im Grunde ganz Südtirol überwachen. Ich meine, Nathan würde jeden von uns in den Bergen abhängen, wenn wir versuchen, ihn zu verfolgen. Aber wenn wir die Information, wo wir ihn zuletzt gesehen haben, über unsere Netzwerke verbreiten, kann jeder in dem betreffenden Gebiet die Augen aufhalten. Vielleicht erwischen wir Nathan auf diese Weise ja sogar auf frischer Tat und werden zu Helden.«

»Ich habe keine Ahnung von diesem neumodischen Mist«, grummelte Elias.

»Ich auch nicht«, schloss sich Philipp an. »Mich interessiert das einfach nicht.«

Marco verdrehte genervt die Augen. »Leute, ihr müsst mit der Zeit gehen. Ohne diesen Mist, wie du es nennst, Elias, könnte ich meinen Beruf gar nicht ausüben. Und wir haben ohne diesen neumodischen Mist keine Chance, Nathan lückenlos zu überwachen. Wir sind lächerliche vier Leutchen, vielleicht können wir noch zwei, drei andere aus dem Dorf überreden, aber das reicht lange nicht. Ich mache euch einen Vorschlag: Ihr gebt mir Geld, ich besorge euch jeweils ein Gerät, richte es ein und weise euch kurz in die wichtigsten Funktionen ein. Das ist ganz einfach. Und ihr geht endlich mit der Zeit. Was haltet ihr davon?«

Seine Freunde sahen sich unschlüssig an. Dann zog Lechner seine Geldbörse aus der Hosentasche und fragte: »Wie viel?«

***

Klinik Bozen

Florian von Adelsburg stellte den Hörer zurück in die Basisstation. Er hatte Katharina angerufen, um ihr zu sagen, dass es heute sehr spät werden würde. Nach dem gestrigen Abend empfand er das gar nicht mal als so unangenehm. Im Augenblick zog ihn nichts in das große Schloss bei Wolkenstein, das ihm in diesen Tagen eher wie ein Gefängnis vorkam. Die dicken Mauern symbolisierten sein Schicksal, dem er nicht entrinnen konnte. Die Erkenntnis, dass es eigentlich die Mauern um seine eigene Seele waren, die ihm dieses Schicksal bescherten, half ihm nichts. Gegen das Gefühl des Ausgeliefertseins, der Unterlegenheit, der Ohnmacht kam er einfach nicht an. Ein unermüdlicher innerer Drang ließ ihn nach der Anerkennung derer von Adelsburg hecheln, so als könne er seine unwürdige Herkunft mit vielen erfolgreichen Operationen, hohem gesellschaftlichen Ansehen und dem Erfolg der Firma wettmachen.

Wenn er solche düsteren, fast depressiven Phasen hatte, freute er sich über nichts mehr als über Arbeit. So wie heute. Er hatte einige klassische Operationen durchzuführen. Aber bei seinem letzten Patienten waren Komplikationen aufgetreten. Ein HU-Fall, High Urgency, noch keine fünfzig, mehrere Herzinfarkte, schwere Herzinsuffizienz, bei dem die medikamentöse Therapie nicht mehr anschlug. Heinrichs Herzunterstützungssystem hatte ihn eine ganze Weile am Leben erhalten, mehr schlecht als recht, aber jetzt war es eng geworden. Und heute Vormittag war ein Spenderpatient verstorben, der auch sein Herz zur Verfügung gestellt hatte. Beide Patienten hatten Blutgruppe A positiv. Eigentlich ein Routineeingriff.

Florian hatte seinen Brustkorb geöffnet und freigelegt, die beiden Hohlvenen und die Hauptschlagader an die Herz-Lungen-Maschine angeschlossen. Dann hatte er Letztere abgeklemmt und Haupt- und Lungenschlagader durchtrennt, um das kranke Herz zu entnehmen.

Doch bereits in diesem frühen Stadium der Operation war es zu einer unerwarteten, höchst seltenen Immunreaktion gekommen. Der Organismus des Patienten hatte sein eigenes Blut nicht mehr erkannt, weil es die große, für den Organismus fremde Oberfläche der Herz-Lungen-Maschine durchflossen hatte. Signalstoffe wurden ausgeschüttet, die eine Entzündungsreaktion des ganzen Körpers ausgelöst hatten, mit der Folge eines schweren Organversagens. So etwas kam höchstens in einem von zehntausend Fällen vor. Florians absolute Ruhe und Konzentrationsfähigkeit in Krisensituationen und nicht zuletzt seine Erfahrung hatten ihm jedoch geholfen, unverzüglich die notwendigen Maßnahmen einzuleiten und die schwierige Operation schlussendlich durchzuführen. Die dann allerdings nicht wie üblich vier Stunden gedauert hatte, sondern mehr als sechs.

Jetzt musste er den Verlauf noch ausführlich dokumentieren, und es war schon nach acht. Vor Mitternacht war er sicherlich nicht zu Hause. Um diese Zeit lagen für gewöhnlich alle schon in ihren Betten und schliefen. Er freute sich darauf, in aller Ruhe noch einen oder zwei Cognac zu trinken, um dann todmüde ins Bett zu fallen. Ohne Anschuldigungen, ohne Diskussionen, ohne Selbstzweifel.

Er hatte gerade die Patientenakte aufgeschlagen, als es klopfte. Wer wagte es, ihn jetzt zu stören? »Herein«, sagte er in einem Tonfall, der keinen Zweifel zuließ, dass er sich gestört fühlte. Als sich die Tür öffnete, vergrub er seinen Kopf bewusst in die Akte, um dem *Gast* auch mit dieser Geste zu signalisieren, dass er ein ungebetener war.

»Ich wollte Ihnen nur sagen, Dr. von Adelsburg, dass Sie das eben unglaublich gut und souverän gemeistert haben. Bewundernswert, Ihre Ruhe und Gelassenheit in einer solch akuten Krisensituation. Das können nicht viele.«

Die Stimme ließ Florian aufschrecken. Maja Rossi, die ihm assistiert hatte, stand im Türrahmen. Sie hatte sich nicht über die unfreiwilligen Überstunden beschwert und ihren Job im OP gut gemacht, war für eine so junge Ärztin sogar erstaunlich cool geblieben. So wie sie allerdings jetzt vor ihm stand, wollte sie sicher nicht über die schwierige Operation sprechen. Sie musste bewusst abgewartet haben, bis nur noch die Nachtbesetzung auf der Station war. Sie trug nicht dasselbe wie tagsüber. Da hatte sie enge Jeans getragen, ein ebenso enges T-Shirt und schwarze Pumps, alles ein wenig aufreizend, aber an sich nichts Außergewöhnliches. Jetzt hingegen bedeckte ein schwarzer Minirock nur noch einen unbedeutenden Teil ihrer langen und schlanken Beine. Das T-Shirt war einer knallengen Bluse gewichen, unter der sie allem Anschein nach keinen BH trug. Das folgerte Florian daraus, dass sich ihre Brustwarzen überdeutlich unter der Bluse abzeichneten. Florian befürchtete, dass es sich unter ihrem Rock ähnlich verhielt. Statt der Pumps steckten ihre Füße nun in schwarzen Lederstiefeln, durch deren mindestens zehn Zentimeter hohe Absätze sie fast so groß wirkte wie Florian. Ihre während der Operation noch hochgesteckten Haare waren offen und fielen ihr in langen Wellen über die Schulter.

Florian musste die Situation so schnell wie möglich entschärfen. »Danke, Dr. Rossi, ich war mit Ihnen ebenfalls zufrieden. Sie haben einen guten Job gemacht. Allerdings habe ich, wie Sie sehen, noch eine Menge Arbeit auf dem Schreibtisch. Insofern würde ich Sie bitten, mich diese erledigen zu lassen. Einen schönen Abend wünsche ich Ihnen.«

Mit diesen Worten ließ Florian den Blick wieder auf die Akte sinken, ohne etwas von dem wahrzunehmen, was darin stand. Er wartete auf das klickende Geräusch der sich wieder schließenden Tür, doch sein Versuch zeigte nicht die gewünschte Wirkung. Er hörte zwar, wie die Tür geschlossen wurde, aber auch, dass der Schlüssel im Schloss herumgedreht wurde, was nur von innen möglich war.

Die Absätze der Stiefel erzeugten kurze, laute Schläge auf dem Laminat, als sich ihm Maja Rossi näherte. »Ach, Dr. von Adelsburg, kann die Arbeit nicht noch ein halbes Stündchen warten? Sehen Sie nur, was ich uns zur Feier des Tages mitgebracht habe.«

Wieder blickte Florian auf. Da stand Maja Rossi auch schon fast vor ihm. Sie hielt eine Flasche Sekt in der Hand, die sie zuvor hinter ihrem Rücken versteckt haben musste. Ihm wurde heiß, und er spürte, wie sich Schweiß unter seinen Achseln sammelte. Das war eine gefährliche Situation, viel gefährlicher als diese Operation.

Das konnte seine Karriere gefährden. Das Schlimmste aber war, dass ihn diese Frau, so wie sie da stand und ihn ansah, auch noch antörnte. Und zwar auf heftigste Weise. Ihr Blick verriet, dass sie sich dessen bewusst war. Er hatte bereits eine Erektion.

Schon immer hatte er sie sexy und anziehend gefunden, aber das war nicht weiter dramatisch. So etwas konnte passieren. Entscheidend war, wie man damit umging. Und jetzt war genau das gefragt. Er musste sich gegen diese von Rossi bewusst und mit aller weiblichen Raffinesse eingesetzte Verlockung wehren.

»Das ist wirklich sehr aufmerksam von Ihnen, Dr. Rossi, aber ich fürchte, dass mir hierzu nicht nur die Zeit fehlt, sondern mir diese Art des Feierns auch entschieden zu weit geht. Wir sind Kollegen, mehr nicht. Und so wird es auch bleiben.« Er legte Entschlossenheit in seine Stimme und ignorierte die Signale aus seinen Lenden. »Dürfte ich Sie also bitten, mein Büro zu verlassen?«

Maja Rossi verzog die Lippen zu einem koketten Schmollmund und stellte die Flasche auf Florians Schreibtisch ab. »Ach, Florian, nun seien Sie doch nicht so! Immerhin haben wir zusammen eine Heldentat vollbracht, oder etwa nicht? Das verdient einen Heldenschampus.«

Florian lächelte gequält. »Das war keine Heldentat, sondern unsere Pflicht. Und jetzt sollten Sie mein Büro verlassen, denn das, was Sie hier machen, ist nicht gut für Ihre Karriere. Und bitte unterlassen Sie es, mich mit meinem Vornamen anzusprechen.«

Sie antwortete nicht, sondern setzte sich auf seinen Schreibtisch und spreizte ihre Beine. Nur ein wenig, aber weit genug, damit sich ihr Rock so weit nach oben schob, dass Florian gar nicht anders konnte, als zu sehen, dass sie vollständig rasiert war. Phantasien rasten durch seinen Kopf, die er sein ganzes Leben lang unterdrückt hatte. Er hätte sofort aufspringen, ihr den Rock herunterziehen, sie auf seinem Schreibtisch durchficken und ihr dabei die versautesten Dinge ins Ohr flüstern können. Und genau das wusste und wollte dieses Miststück. Sie hatte ihn durchschaut.

Florian wich mit dem Drehstuhl ein Stück zurück, weg von ihr und diesem verführerischen Anblick. Dann sprang er auf, ging zu seinem Sideboard, wobei er ihr den Rücken zukehrte. Er musste Vorsorge treffen, sich irgendwie absichern. Er schaltete die Videofunktion seines Smartphones an. Was, wenn sie aus lauter Wut und Enttäuschung ausgerechnet zu Brunner lief und behauptete, er habe sie angemacht? Oder, noch schlimmer, versucht, sie zu vergewaltigen? Das käme einer Katastrophe gleich.

Als er sich wieder umdrehte, war Maja Rossi aufgestanden, hatte mit der einen Hand ihren Rock nach oben gezogen und massierte sich mit der anderen selbst.

»Florian, meinst du, ich hätte nicht gespürt, dass du das Gleiche willst? Wie du mich die ganze Zeit angesehen hast. Niemand außer uns muss davon erfahren. Auch nicht deine Adelsbraut. Ich will nur dich. Komm schon, zeig mir, was deine Zunge kann. Oder soll ich dir zeigen, dass meine Hand das auch bei dir kann?« Sie rieb sich dabei noch heftiger.

Obwohl Florian in diesem Moment eine Form von Hass auf diese Frau empfand, durchdrangen gleichzeitig seine Phantasien und seine Gier jede Faser seines Körpers. Doch diese Situation war die gleiche wie eben im OP: eine Krise. Und so etwas beherrschte er. Sein Leben lang hatte er Krisen gemeistert.

»Das ist meine letzte Aufforderung an Sie, zu gehen, Dr. Rossi. Wenn Sie dem nicht Folge leisten, werde ich Sie anzeigen. Ich sage Ihnen ganz unmissverständlich, dass ich keinerlei sexuellen Kontakt zu Ihnen wünsche. Und ich habe Sie niemals in einer anzüglichen Art und Weise angesehen. Das haben Sie sich zurechtphantasiert.«

Sie ließ Hand und Rock sinken. »Sie machen einen Riesenfehler, Doktor.«

»Sehen Sie, genau das glaube ich nicht.«

»Ach nein?«, sagte sie in aggressiverem Tonfall. »Und was ist mit Elena und Giulia?«

Jetzt fing sie auch noch damit an. »Was soll mit ihnen sein?«

»Hören Sie doch auf, Doktor. Wir wissen alle, was hier läuft. Der nach außen so treue Dr. Florian von Adelsburg hat es faustdick hinter den Ohren. Ich kann die beiden ja verstehen, ich finde Sie schließlich auch überaus anziehend. Nur dass Sie von mir mehr bekommen könnten. Viel mehr!«, bemerkte sie mit einem verheißungsvollen Augenaufschlag und ließ dabei erneut eine Hand unter ihrem Rock verschwinden.

»So, jetzt reicht es!«, rief Florian aufgebracht. »Verschwinden

Sie!« Er rannte zur Tür, drehte den Schlüssel im Schloss und riss sie auf. »Bitte sehr, hier ist die Tür!«

Maja Rossi nahm die Flasche und ging in Richtung Tür. Auf Florians Höhe blieb sie stehen. Ohne ihn anzusehen, sprach sie leise und in einem bedrohlichen Tonfall: »Ich weiß, dass Elena und Giulia Sie unter Druck setzen, Doktor, so etwas merkt eine Frau. Ich weiß auch, womit. Keine Sorge, ich werde mich darum kümmern. Dann sind Sie Ihre Sorgen los, und wir sehen uns wieder. Und Sie werden Dinge erleben, von denen Sie vorher noch nicht einmal geträumt haben. Ciao, Doktor.«

18

Bozen, Freitag, 6. Juli

»Wir kommen einfach nicht voran. Der Unbekannte aus Glaning bleibt verschollen. Die Beschreibung, die wir von ihm haben, ist zu dürftig, um daraus ein brauchbares Phantombild anzufertigen. Wir haben Faserspuren, die von einer Cordhose stammen, und Haare, die nicht zum Opfer gehören, somit also fremde DNA, die aber nicht zu Mantinger passt und auch zu keiner Person aus unserem Vorstrafenregister. Wenn wir kommende Woche immer noch keine Fortschritte gemacht haben, gehe ich zum zuständigen Staatsanwalt und beantrage ein Dekret für einen Aufruf zur Abgabe einer freiwilligen DNA-Probe der Männer aus Bozen und Umgebung im fraglichen Alter.«

Die DNA-Analyse der Haare hatte ergeben, dass die Zahl der TCR-Excisions-Zirkel auf einen Mann im Alter zwischen Mitte fünfzig und Mitte sechzig hindeuteten.

Vincenzo wandte sich an Marzoli. »Sie wollten doch noch einmal mit Cecilia Fontanas Arbeitgeber sprechen, Ispettore. Was hat der denn gesagt?«

»Der konnte uns nicht weiterhelfen. Ich habe auch mit Fontanas Kolleginnen gesprochen. Sie hatte zu niemandem in der Kanzlei eine persönliche Beziehung. Ihr Chef meinte, dass sie sehr zuverlässig und gerade deshalb bei den Mandanten beliebt gewesen sei, dass sie aber niemals über sich gesprochen habe. Niemandem ist in letzter Zeit etwas an ihr aufgefallen. Von einer Erbschaft wussten die Kollegen nichts. Und dass ihr Vater tot war, haben sie erst dadurch erfahren, dass sie sich für seine Beerdigung freigenommen hatte. Sie hat kein Wort darüber verloren. Ich habe mich auch erkundigt, ob es in jüngerer Vergangenheit einmal größeren Ärger, zum Beispiel wegen eines Beratungsfehlers, gegeben hat. Könnte ja sein, dass ein Mandant wegen ihr viel Geld verloren hat. Das ist zwar für einen so brutalen Mord ein schwaches Motiv, aber man weiß ja nie. Fehlanzeige. Sie war viel zu zuverlässig, um solche gravierenden Fehler zu machen.«

Vincenzo stand auf, um sich die Fotos des Opfers anzusehen. »Sie war nackt, der Täter hat sie mit einer Flasche penetriert. Vielleicht haben wir es doch mit einer sexuell motivierten Tat zu tun. Möglicherweise auch getrieben von einem Hass auf Frauen oder Angst vor ihnen. Solche Taten gibt es immer wieder. Hätte Paci wenigstens auch DNA an den Faserspuren gefunden. Dann hätten wir die mit den Haaren abgleichen können.«

Mauracher stellte sich neben Vincenzo. »Aber wir haben ja schon festgestellt, dass die Faserspuren und Haare nicht unbedingt vom Täter stammen müssen. Das waren Ihre eigenen Überlegungen, Commissario. Fontana hätte vor ihrem Tod mit einem Mann zusammen gewesen sein können. Dann haben Haare und Fasern rein gar nichts mit unserem Fall zu tun. Das wiederum passt aber irgendwie nicht zu einem Sexualmord. Ich meine, der Täter ist dabei doch hochgradig erregt. Glauben Sie, der könnte dann noch so konzentriert darauf achten, keine Spuren zu hinterlassen?«

Vincenzo wendete den Blick ab von den abscheulichen Bildern. »Das spricht umso mehr für einen Aufruf in der Bevölkerung. Wenn jemand dabei ist, zu dem die Haare passen, werden wir schnell wissen, ob Spuren und Tat zusammenhängen.«

»Sagen Sie mal«, rief Marzoli, »haben Sie eigentlich heute noch gar nicht die ›Dolomiten‹ gelesen?« Die beiden sahen ihn fragend an. »Dieser Fasciani bringt eine Serie zu dem alten Zingerle-Fall.«

Vincenzo war fassungslos. Da war eine junge Frau ermordet worden, und Fasciani hatte nichts Besseres zu tun, als es als Aufhänger zu nutzen, um in einer uralten, reißerischen Verbrechergeschichte herumzuwühlen. Ein idealer Aufmacher für die Saure-Gurken-Zeit. Schon der Mord war für ihn eine phantastische Schlagzeile gewesen. Aber um das Ganze nicht auf Sparflamme zu kochen, da es keine Neuigkeiten zu berichten gab, machte er sich nun über diese weit zurückliegende Sache her.

»Ich gehe jede Wette ein, dass der sich nicht mit Zingerle begnügt, sondern der Auflage wegen auch noch einen Mörderwettstreit zwischen Zingerle und Mantinger daraus macht. In Gedanken höre ich schon ununterbrochen unsere Telefone läuten mit lauter Anrufen besorgter Bürger und Bürgerinnen, die sich nicht mehr trauen, auf die Straße zu gehen. Wenn dann tatsächlich noch mehr passiert, ist der Weg zur Massenhysterie denkbar kurz. Was meinen Sie, wie rasend schnell sich das im Zeitalter des Internets verbreiten wird? Facebook, Twitter, das haben die inzwischen doch sogar in den entlegensten Dörfern. Und irgendwann wird sich jemand melden und behaupten, er sei Zingerle oder aber zumindest seine Wiedergeburt. Das ist einfach nur zum Kotzen.«

Marzoli sah das wesentlich lockerer. »Ich sag nur: Pressefreiheit. Wir werden ihm das kaum verbieten können. Außerdem, was steht da schon Spannendes drin? Okay, er beschreibt die Parallelen zwischen unserem Opfer und Zingerles erstem Mord. Dazu noch ein paar halbseidene Spekulationen, Halbwahrheiten, aber keine Lügen. Na und! Das ist sechzig Jahre her. Bei allem Respekt, aber diesen Zingerle kennen vielleicht noch die Alten, aber der Großteil der Bevölkerung hat diesen Namen noch nie gehört. Mantinger, ja, bei dem könnte ich mir schon eher vorstellen, dass er eine Panik auslöst, vor allem wenn wir ihn mit dem Mord in Verbindung bringen können.«

In diesem Moment klingelte Vincenzos Telefon. Es war Francesca Montani von der Telefonzentrale. »Ich habe hier eine besorgte Anruferin, Commissario. Ich weiß nicht, was ich der sagen soll. Würden Sie das Gespräch annehmen?«

»Ja, klar, stellen Sie durch.«

Aus dem Hörer ertönte eine schrille Stimme. »Spreche ich mit einem Zuständigen? Was heißt das, was heute in der Zeitung steht? Lebt dieses Monstrum also doch noch? Das haben meine Freunde bei Facebook auch gesagt. Die kennen sogar eine Frau, die auch vom Zingerle vergewaltigt worden ist. In San Genesio hat es auch eine erwischt. Und wie der aussieht, dieser Mörder! Da packt einen ja die pure Angst. Sollten wir jetzt besser nicht allein auf die Straße gehen? So lange, bis Sie ihn gefasst haben?«

Vincenzo warf seinen Kollegen einen genervten Blick zu. »Sie müssen sich keine Sorgen machen. Das hat nicht das Geringste mit Zingerle zu tun. Sie müssen einfach nur sechzig und fünfzig zusammenzählen, dann kommen Sie auf einhundertzehn. So alt wäre Zingerle heute. Glauben Sie mir, selbst wenn Zingerle nicht vor fünfzig Jahren in seiner Zelle gestorben wäre, in dem Alter begeht niemand mehr Morde. Wenn ein Mord geschehen und der Täter noch nicht gefasst ist, ist es grundsätzlich sinnvoll, die Augen aufzuhalten. Das würde ich jedem raten. Mehr aber auch nicht.«

»Sie haben gut reden. Sie sind ein Mann. Und Sie haben auch keine Mutter, die von ihrer eigenen Mutter jahrelang mit dem Schwein malträtiert worden ist. ›Sei pünktlich zu Hause, sonst holt dich der Zingerle‹, hat meine Oma immer zu meiner Mutter gesagt. Und meine Mutter war überzeugt, dass es diesen Zingerle noch gibt. Das hat sie mir alles heute erzählt, als ich ihr die Nachrichten von meinen Freunden und das grässliche Bild von diesem Zingerle gezeigt habe. Also erzählen Sie mir hier keinen vom Pferd.«

Vincenzo bemühte sich, beschwichtigend auf die Frau am Telefon einzureden, doch es misslang ihm. Wutentbrannt legte die Dame schließlich auf.

Auch wenn sie noch ein hysterischer Einzelfall war, schwante ihm, dass es nicht dabei bleiben würde. Erst recht nicht, wenn weitere Morde geschahen. Er wandte sich wieder an seine Kollegen. »Sie haben es selbst mitgekriegt. Wie Sie sehen, ist Fascianis Story keineswegs so harmlos, wie Sie glauben. Der reißt uralte Wunden auf, spielt bewusst mit tief verwurzelten Ängsten. Und wer die ›Dolomiten‹ nicht liest, erfährt es über die sozialen Netzwerke. Eine Panik ist das Letzte, was wir im Moment gebrauchen können. Was uns stattdessen helfen könnte, ist di Cesares Unterstützung. Baroncini hat angeboten, ihn anzurufen und zu fragen, wie viele Leute aus seinem Team er derzeit zur Verfügung stellen könnte. Was halten Sie davon?«

Mauracher wiegte den Kopf hin und her. »Ich weiß nicht recht. Aber er hat bei unserem letzten Fall eine ganz gute Figur gemacht. Meinetwegen können wir mit ihm zusammenarbeiten.«

Marzoli presste die Lippen so fest aufeinander, dass sie ganz blass wurden. »Ich kann den nicht leiden. Ich will den nicht im Team haben.«

Ihr letzter Fall, ein großer Goldfund in den Bergen, der bei einigen Leuten tödliche Begehrlichkeiten geweckt hatte, lag noch nicht lange zurück. Deshalb konnte sich Vincenzo auch noch gut an das von Anfang an angespannte Verhältnis zwischen Marzoli und dem Kampfkoloss Benvenuto di Cesare erinnern. Er nahm an, dass der Hauptgrund für diese Spannungen merkwürdige Minderwertigkeitskomplexe waren, die di Cesare bei Marzoli auslöste. Aber deshalb konnten sie nicht auf dessen professionelle Hilfe verzichten. Vielleicht würden sich diese Spannungen bei einem weiteren gemeinsamen Einsatz sogar von selbst auflösen.

»Ich weiß, Ispettore. Aber wir brauchen ihn. Ich rufe Baroncini an.«

***

Dr. Maja Rossi hatte Schwester Giulia und Schwester Elena zu sich bestellt. Auch wenn sie nicht viel älter war als die beiden und sie sich untereinander duzten, war sie ihre Vorgesetzte. Und sie hatte Florian von Adelsburg etwas versprochen. Wie auch sich selbst. Doch dafür musste sie zunächst mehr wissen. Heute war eine gute Gelegenheit für das Gespräch. Beide hatten Dienst, und der Tag verlief bis jetzt ruhig.

Sie sah abwechselnd zu Giulia und Elena, die ihr schweigend gegenübersaßen. Maja Rossi hatte sich für die direkte Konfrontation entschieden.

»So, ihr beiden, ich habe euch zu mir gerufen, um mit euch über Dr. von Adelsburg zu sprechen.«

Verblüfft sahen sich die beiden Schwestern an. »Wieso denn über Dr. von Adelsburg?«

Das hatte Rossi erwartet. Sie stellten sich dumm. Natürlich, was sollten sie auch sonst tun!

»Versucht es gar nicht erst mit der naiven Masche! Das zieht bei mir nicht. Mir geht es gar nicht darum, mit euch darüber zu debattieren, ob ihr euch an euren Chef ranmacht. Das ist eure Sache, auch wenn ich euch versichern kann, dass ihr euch damit keinen Gefallen tut. Mir geht es um etwas anderes. Und ihr wisst genau, was ich meine.«

Giulia Agostini, die selbstbewusstere der beiden Schwestern, grinste ihr frech ins Gesicht. »Ich habe keine Ahnung, wovon du sprichst, Maja. Aber ich bin mir sicher, dass es dir sehr wohl darum geht, ob wir hinter von Adelsburg her sind oder nicht. Meinst du, mir würden deine Blicke nicht auffallen, wenn wir ihm bei einer OP assistieren? Du bist selbst scharf auf ihn und versuchst, dein Revier abzustecken. Sei wenigstens ehrlich.«

Rossi spürte Wut in sich aufsteigen. Sie hatte ihre Emotionen selten im Griff. Das war ihr größter Schwachpunkt. Sie war von Natur aus unbeherrscht, neigte schon bei kleinen Anlässen zu explosionsartigen Wutausbrüchen. Bereits im Kindergarten hatte sie Jungs verprügelt, wenn sie von ihnen geärgert wurde. Dabei wirkte sie als Kind mit ihrer zierlichen Statur und den langen blonden Haaren eher wie ein sanfter Engel. Doch das war ein eklatanter Trugschluss, dem vor allem die Jungs häufiger zum Opfer gefallen waren. Obwohl sie ihnen körperlich unterlegen gewesen war, hatten bei einem Streit fast immer die Jungs hinterher im Dreck gelegen. Ihre Unbeherrschtheit war einer der Gründe, warum sie vor zwanzig Jahren angefangen hatte, Karate zu lernen. Sie wusste, dass die asiatischen Kampfsportarten nicht dazu dienten, sich zu prügeln, sondern im Gegenteil zu einer tiefen inneren Ruhe führen sollten. Was bei ihr fatalerweise nicht funktionierte. Vor einigen Jahren hatte sie in einer Diskothek eine junge Frau verprügelt, die es gewagt hatte, sich an den Typen ranzumachen, mit dem sie selbst unterwegs war. Wäre der nicht energisch dazwischengegangen, wäre es noch schlimmer gekommen, und sie wäre jetzt nicht Assistenzärztin, sondern säße im Gefängnis. Sie hatte sogar noch Glück gehabt, dass die Frau aufgrund der Beschwichtigungen ihrer Begleitung von einer Anzeige abgesehen hatte. Seitdem hatte Maja Rossi ihre physischen Reaktionen zwar besser im Griff, aber in ihrem Inneren brodelte es dafür umso mehr. So wie jetzt. Allein dieses dreiste Grinsen ihrer Kollegin trieb sie zur Weißglut. Was glaubte die eigentlich, mit wem sie sich da anlegte?

»Du antwortest nur auf meine Fragen, ansonsten hältst du deine blöde Klappe. Hast du das verstanden?«

Erschrocken wich Giulia ein Stück auf ihrem Stuhl nach hinten. »Wie sprichst du denn mit mir, Maja?«

Rossi schlug mit der flachen Hand auf den Tisch. »So, wie du es verdient hast! Es geht dich einen Scheißdreck an, ob mir Dr. von Adelsburg gefällt oder nicht. Aber ich bin auch Ärztin. Du als kleine unbedeutende Krankenschwester hättest sowieso nicht den Hauch einer Chance bei ihm. Aber noch mal: Darum geht es nicht! Ich habe euch beobachtet. Ich habe gesehen, wie ihr in Dr. von Adelsburgs Patientenakten rumgeschnüffelt habt. Und in denen von Brunner auch. Ihr werdet mir auf der Stelle sagen, was ihr da gesucht habt.«

Obwohl Giulia eine toughe Frau war, wagte sie es offenbar nicht, dieser Anschuldigung etwas entgegenzusetzen. Und Elena Castlunger, die ohnehin eher schüchtern und zurückhaltend war, versank förmlich in ihrem Stuhl. Beide schwiegen. Das aber reizte Maja Rossi noch zusätzlich.

»Ich habe euch etwas gefragt! Hat es euch jetzt die Sprache verschlagen? Warum schnüffelt ihr in Patientenakten? Los, redet schon, sonst werde ich erst richtig sauer!«

»Warum pöbelst du uns so an, Maja?«, erhob erneut Giulia das Wort. »Du willst wissen, warum wir uns die Akten vorgenommen haben? Ganz einfach, weil wir die Häufung von Todesfällen in der letzten Zeit höchst verdächtig finden. Oder willst du etwa behaupten, das sei dir nicht aufgefallen, dir als Ärztin?«

Rossi musterte sie prüfend. Ihre Kiefer mahlten, sie dachte angestrengt nach. Die Häufung von Todesfällen war in der Tat signifikant. Aber es hatte meistens Patienten getroffen, die schwer krank waren und deren Prognose wenig Anlass zu Optimismus bot. Was genau hatten die beiden herausgefunden? Und was wussten sie über Cecilia Fontana?

»Dass todkranke Patienten sterben, ist nichts Ungewöhnliches. Es ist reiner Zufall, dass es momentan zu dieser Häufung kommt.«

»Ach ja? Und was ist mit Maurizio Fontana? Er hatte einen Schlaganfall. Angeblich infolge seines Organversagens und der Chemo. Wenn man sich aber die Akte genauer anschaut, stellt man fest, dass sein Organversagen noch nicht lebensbedrohlich war. Was also hat deiner Meinung nach den Schlaganfall ausgelöst? Und dir ist doch sicherlich nicht entgangen, liebe Maja, dass fast alle Patienten, die in den letzten Monaten gestorben sind, Organspender waren. Aber auch da hilft ein Blick in die Akten. Nahezu die Hälfte von ihnen hat sich erst kurz vor ihrem Tod zu dem Schritt entschieden, ihre Organe zur Verfügung zu stellen. Deshalb haben wir uns die Akten angesehen.«

Rossi war überrascht. Sie hätte diesen beiden Verliererinnen niemals ein solch detektivisches Gespür zugetraut. Jeder einzelne

Todesfall war auf den ersten Blick eindeutig. Ein todkranker Mensch verstarb an seiner Krankheit oder aufgrund von Schwäche. Wenn man sich allerdings mit dem entsprechenden Fachwissen im Hinterkopf näher damit befasste, gab es durchaus gewisse Ungereimtheiten. Und dann konnte man auch eine gedankliche Verbindung zu Cecilia Fontana herstellen. Was genau wussten die beiden? Wie tief waren sie selbst in die Sache verstrickt?

»Und was habt ihr mit eurem Wissen oder, besser gesagt, euren Vermutungen gemacht? Seid ihr zur Polizei gegangen? Oder habt ihr vielleicht Maurizio Fontanas Tochter etwas von eurem Verdacht erzählt?« Giulia wollte zu einer Antwort ansetzen, doch Rossi fiel ihr harsch ins Wort. »Ich frage Elena. Was hast du mit deinem Verdacht gemacht?«

Elena blickte unsicher von ihr zu Giulia, die ein leichtes Nicken andeutete. »Also, wir haben … wir wollten –«

»Hör auf, herumzustottern!«, herrschte Rossi die Krankenschwester an. »Antworte klar und verständlich auf meine Frage!«

»Also gut. Wir haben das zwar rausgefunden, weil wir neugierig waren, aber natürlich haben wir diese Information für uns behalten. Es geht schließlich um unsere Klinik. Cecilia Fontana hat uns gegenüber selbst in einem Gespräch Bedenken geäußert, ob beim Tod ihres Vaters alles mit rechten Dingen zugegangen ist. Sie hatte Dr. Brunner in Verdacht, weil der Maurizio doch überredet hatte, sich als Organspender zur Verfügung zu stellen. Wir haben ihr aber gesagt, dass sie sich irrt, dass ihr Vater einen Schlaganfall erlitten hatte und dass das bei einer schweren Erkrankung nicht ungewöhnlich ist.«

Rossi musterte Schwester Elena. Schaffte die es trotz ihrer Verunsicherung noch, sich Lügenmärchen auszudenken? Wenn nicht, wie gefährlich waren die beiden mit ihrem Wissen für Florian? Brunner war ihr völlig gleichgültig. Im Gegenteil, je eher der verschwand, desto besser.

»Gut, das wollte ich wissen. Ihr habt genau richtig reagiert. Und so verhaltet ihr euch auch zukünftig, verstanden? Haltlose Verdächtigungen nützen euch nichts. Ich rate euch deshalb, eure Nase zukünftig nicht mehr in Angelegenheiten zu stecken, die euch nichts angehen. So, und jetzt raus hier!«

Die beiden Krankenschwestern standen wortlos auf und verließen Rossis Zimmer.

Sogleich öffnete sie die Schublade ihres Schreibtisches und zog die Patientenakte von Maurizio Fontana heraus, die sie sich schon am Morgen besorgt hatte. Das Risiko, dass die Akte heute von jemandem vermisst werden würde, war gering. Seit sie der Sache auf die Spur gekommen war, ging sie klug und methodisch vor. Sie holte sich eine Akte, studierte sie, untersuchte sie auf Hinweise, die ihren Verdacht bestätigen konnten, brachte die Akte zurück, holte sich die nächste. Immer schön eine nach der anderen und immer erst eine Weile nach dem Tod des Patienten. Sie hatte eine übersichtliche Tabelle erstellt und nur auf einem USB-Stick gespeichert, damit niemand diese Tabelle finden konnte. Zu Hause zog sie die Datei auf die Festplatte ihres privaten Rechners und löschte die Daten auf dem Stick. Im Dienst füllte sie die Tabelle mit neuen Datensätzen, die sie abends wieder in die Gesamttabelle auf ihrem Privatrechner übertrug. Scheibchenweise füllte sich ihre Tabelle und ließ ein immer klareres Muster erkennen. Die Tabelle hatte sieben Spalten: »Name des Patienten, »behandelnder Arzt«, »Diagnose«, »Prognose«, »Organspender ja/nein«, »vom Arzt festgestellte Todesursache« und »persönliche Vermutung zur Todesursache«. Es zeigte sich, dass ihre Intuition sie nicht getäuscht hatte. Mit dieser schlichten Tabelle hatte sie ein beeindruckendes Machtinstrument in der Hand. Je nachdem, wie die Dinge sich entwickelten oder auf welche Spuren die Polizei stieß, war die Tabelle ein Druckmittel oder ihre persönliche Lebensversicherung.

Die beiden Krankenschwestern waren dumme Gänse. Hatten sich gleich einen ganzen Stapel Akten geholt, ohne auch nur eine Sekunde darüber nachzudenken, wie auffällig das war. Sie war klüger, viel klüger. Und das würde sie zu ihrem Vorteil nutzen.

***

Vincenzo hatte sich mit Benvenuto di Cesare in der Trattoria seiner Eltern verabredet. Während sein Vater Piero keinerlei Probleme hatte, Vincenzo dazu zu überreden, den neuen Brunello zu probieren, blieb di Cesare konsequent bei seinem Wasser. Er mied

Alkohol, weil er davon überzeugt war, dass ein solches Suchtmittel seinen sportlichen Erfolgen im Weg stand.

Als Antonia Vincenzo widerwillig den Wein eingoss, sah sie ihn vorwurfsvoll an. »An deinem Kollegen solltest du dir mal ein Beispiel nehmen, mein lieber Sohn. Der ist vernünftiger als du und dein Vater. Noch dazu am helllichten Tag, Vince!«

Vincenzo blieb di Cesares breites Grinsen nicht verborgen, als seine Mutter ihn mit diesem grauenvollen Spitznamen ansprach. »Mutter, wie oft soll ich dir noch sagen, dass ich diesen Spitznamen hasse? Wann hörst du endlich damit auf?«

»Wenn du aufhörst zu saufen!«

Vincenzo war peinlich berührt. Wie konnte seine Mutter in Gegenwart eines Kollegen so mit ihm sprechen? Er wollte schon zu einem Protest ansetzen, als sich sein Vater, wie so oft, als Schlichter betätigte.

»Antonia, dein Sohn ist kein Säufer, sondern ein Genießer. Genauso wie ich. Und wenn es nicht viel mehr von unserer Sorte gäbe, könnten wir unsere Trattoria bald dichtmachen. So, und jetzt lassen wir die beiden in Ruhe. Die haben nämlich was zu besprechen.« Piero zog sie mit sanfter Gewalt vom Tisch weg.

Vincenzo hob entschuldigend beide Arme. »Tut mir leid, aber so ist meine Mutter nun mal. Eine Seele von Mensch, aber eine Glucke und oft ein wenig unbeherrscht.«

Di Cesare lachte, was bei ihm nicht allzu häufig vorkam. »Machen Sie sich deshalb keine Gedanken, Commissario. Ich finde Ihre Eltern sehr sympathisch. Und was für Ihre Mutter der Alkohol ist, ist für meine Mutter der Sport.«

Vincenzo sah seinen Kollegen fragend an.

»Nun, meine Mutter findet, dass ich es mit dem Sport arg übertreibe«, erklärte di Cesare. »Sie meint, dass zu viel davon auch nicht gut für den Körper ist. Jedes Mal, wenn ich sie besuche und sie mit unverhohlenem Missfallen versucht, meinen Bizeps mit ihren zierlichen Fingerchen zu umschließen, hält sie mir ein längeres Impulsreferat. Aber ich liebe sie trotzdem. Sie sehen also, Sie sind nicht allein mit dem Problem der mütterlichen Fürsorge. Und was den *›Vince‹* angeht, können Sie ganz beruhigt sein. Das verrate ich niemandem.«

Vincenzo räusperte sich verlegen und nahm einen großen Schluck von dem Brunello der Fattoria dei Barbi. Er war von einer leuchtenden rubinroten Farbe und hinterließ am Gaumen deutliche Noten von roten Früchten und Gewürzen. Herrlich. »Wissen Sie was, di Cesare? Ich glaube, unsere Mütter haben beide unrecht! Aber jetzt will ich Ihnen erklären, warum wir Sie dringend brauchen.«

Er berichtete seinem Kollegen von dem grausigen Leichenfund, vom Stand der Ermittlungen und was der Reporter Fasciani daraus machte.

Di Cesare nickte. »Ich habe den Artikel von Fasciani gelesen. Unterirdisch. Da sollte man gar nichts drauf geben. Diese Cecilia Fontana kannte ich allerdings persönlich. Ihr Vater hat mit meinem zusammen in einem Zimmer gelegen. Mein alter Herr ist vor ein paar Monaten etwas überraschend an Darmkrebs gestorben. Stadium drei. Er ist nie zur Vorsorge gegangen. Aber er stand kurz vor der OP. Hatte eine ganz gute Prognose. Deshalb hat mich der Anruf aus der Klinik ganz schön geschockt. Cecilia war ein nettes Mädchen. Ein bisschen introvertiert zwar, aber nett. Ihr Vater übrigens auch. Mein Vater mochte sie beide.«

Das war ein merkwürdiger Zufall. »Kannten Sie Cecilia Fontana denn näher?«, erkundigte sich Vincenzo neugierig.

»Nein, ich habe sie vielleicht sechs oder sieben Mal gesehen, als ich meinen Dad besucht habe. Sie war ziemlich korpulent. Und gequalmt hat sie auch. Sie hat immer gesagt, dass sie mich beneidet, weil ich so gut in Form bin. Ich habe dann immer geantwortet: Von nichts kommt nichts. Aber sie hat mir das nicht übel genommen. Die Klinik bekommt übrigens bald einen prominenten Nachfolger für den Posten des ärztlichen Direktors.«

Vincenzo sah di Cesare fragend an, der wie immer ein etwas zu enges T-Shirt trug. Aber vielleicht gab es für solche Schwergewichte gar keine passenden Größen.

»Wie, das wissen Sie nicht? Unsere Klinik ist doch europaweit berühmt! Für ihr Transplantationszentrum und die Kardiologie. Die machen alle Arten von Transplantationen, sind aber auf Herztransplantationen spezialisiert. Der scheidende Direktor - Brönner, Brenner oder so ähnlich heißt der - war schon ein recht bekannter und wohl auch guter Operateur. Aber sein designierter Nachfolger ist kein Geringerer als Florian von Adelsburg.«

Jetzt fiel bei Vincenzo der Groschen. »Ja, richtig, ich erinnere mich. Über ihn und die Klinik standen zahlreiche Berichte in der Zeitung. Der ist doch mit dieser Katharina von Adelsburg verheiratet.«

»Ja, genau. Und ihr Vater, Graf Heinrich Alexander Philipp von Adelsburg … irrer Name, oder? Na ja, jedenfalls ist er der Inhaber von Adelsburg Technologies. Und die stellen wiederum Geräte für das Herz her. Ich kenne mich damit nicht aus, aber diese Dinger sind für Menschen gedacht, die auf ein Spenderherz warten und ohne diese Technik geringere Überlebenschancen hätten. Zusammen mit seinem Schwiegersohn baut er die Firma zu einem echten Imperium aus. Aber wie man hört, findet das der Direktor … Jetzt fällt es mir wieder ein! Brunner, so heißt er. Dr. Paul Brunner. Der jedenfalls findet das nicht so toll.«

»Woher wissen Sie das?«

»Das pfeifen doch die Spatzen von den Dächern. Seit sein Nachfolger auch noch zum technischen Geschäftsführer von Adelsburg Technologies berufen wurde, hat Brunner in der Klinik kaum noch was zu melden.«

»Vielleicht sollten wir den Herren in Weiß bald mal einen Besuch abstatten. Ich kann zwar auf Anhieb keinen Zusammenhang zu Cecilia Fontana erkennen, dennoch klingt das, was Sie erzählen, nach einer explosiven Mischung.«

»Das halte ich für eine gute Idee. Ich kann Ihnen übrigens momentan zwei meiner Leute zur Verfügung stellen: Abfalterer und Strumpflohner. Die anderen sind im Einsatz. Sagen Sie mir Bescheid, wenn ich meine Jungs aktivieren soll.«

Vincenzo musste innerlich grinsen. Abfalterer und Strumpflohner aktivieren. Das klang gut.

***

Giuseppe Marzoli freute sich wie ein kleines Kind. Barbara hatte mit Blattspinat und Serrano-Schinken gefülltes Rinderfilet gekocht, eines seiner Leibgerichte. Dazu gab es Kartoffeln und mediterranes Gemüse. Die Familie saß, wie immer freitagabends zur Einstimmung auf das Wochenende, zusammen an ihrem großen Esstisch.

Giuseppe überlegte, ob er noch eine dritte Portion von dem phantastischen Rinderfilet nehmen sollte. Eigentlich schmeckte es ihm gerade richtig, doch heute gab es als Nachtisch auch noch Tiramisu. Und das konnte niemand besser als Barbara, die ihm liebevoll und mit einem Augenzwinkern über den runden Bauch tätschelte, als sie ihn nach einem erneuten Nachschlag fragte. Während er noch mit seiner Entscheidung rang, fiel ihm ein, dass sie morgen Abend bei ihren Nachbarn zum Essen eingeladen waren. Nette Leute, mit denen man sich prima unterhalten konnte und die nicht andauernd irgendwelche Anekdoten aus der Questura hören wollten. Aber sie hatten einen entscheidenden Nachteil. Beide waren sportlich und achteten penibel auf eine gesunde Ernährung. Ein Essen mit ihnen glich einer Hungerkur. Da gab es irgendwelche Salate oder trockene Gemüseaufläufe ohne überbackenen Käse, und das auch noch in eher überschaubaren Mengen. Von ihren Tofugerichten ganz zu schweigen. Die Aussicht auf eine Zwangsdiät erleichterte ihm seine Entscheidung. Sie fiel auf ein drittes Stück Rinderfilet und eine große Portion vom Nachtisch.

Als sich die Kinder bettfertig machten, tranken Barbara und er noch in aller Ruhe einen Espresso und einen Grappa. Sie fragte ihn, wie es mit seinen Mordermittlungen vorangehe. Er erzählte ihr, dass die Presse versuchte, mit einem lange zurückliegenden Fall Auflage zu machen, und dass die Ermittlungen nur sehr zäh anliefen. Eher beiläufig erwähnte er den Namen von Cecilia Fontanas verstorbenem Vater. Und löste damit bei Barbara eine wichtige Erinnerung aus.

»Hast du gerade ›Maurizio Fontana‹ gesagt?«

Marzoli nickte. »Ja, warum fragst du? Wusstest du das nicht? Habe ich das noch nicht erzählt? Davon abgesehen, stand das doch groß in allen Zeitungen.«

»Wann komme ich schon mal dazu, Zeitung zu lesen? Und du hast überhaupt keinen Namen genannt, hast immer nur von ›dem Opfer‹ gesprochen.«

»Ja, gut, aber was soll denn mit ihrem Vater sein? Er ist in der

Klinik an seinem Krebs gestorben. Das hat nichts mit Cecilias Tod zu tun.«

»Seid ihr euch da sicher? Mir ist nämlich gerade eingefallen, dass diese Cecilia Fontana einer Bekannten gegenüber angedeutet hat, dass beim Tod ihres Vaters vielleicht etwas nicht mit rechten Dingen zugegangen sei. Sie hat etwas von einem Organspendeausweis erzählt und hielt es für möglich, dass er deshalb sterben musste.«

Marzoli war überrascht. »Wovon sprichst du? Welche Bekannte? Was hat die mit Cecilia Fontana zu tun, und woher weißt du das alles?«

Es stellte sich heraus, dass besagte Bekannte Cecilias Nachbarin war, die sie im Rahmen ihrer Ermittlungen bereits selbst befragt hatten. Sie lebte zwar eher zurückgezogen, dennoch hatte auch sie ein paar flüchtige Kontakte. Und so hatte sie einer entfernten Bekannten, die sie zufällig in der Stadt getroffen hatte, erzählt, dass Cecilia Fontana, ihre Nachbarin, bei ihrem letzten Treffen genau diese Andeutung gemacht hatte. Und diese Bekannte auf der Straße war wiederum eine Bekannte von Barbara. Sie kannten sich aus der gemeinsamen Kindergartenzeit. Mehr als eine oberflächliche Bekanntschaft war nie daraus geworden, aber es reichte für eine nette Unterhaltung, wenn man sich beim Einkaufen traf. Und so war es auch vor einigen Tagen gewesen, noch vor Cecilias Tod. Barbara hatte im Supermarkt an der Kasse gestanden, als sich diese Frau hinter ihr angestellt hatte. Sie waren ins Gespräch gekommen. Dabei hatte sie von diesen seltsamen Andeutungen erzählt und gemeint, dass das doch vielleicht etwas für ihren Mann, den Polizisten, sein könne. Barbara hatte das nicht ernst genommen und sofort wieder vergessen. Bis Giuseppe beim Grappa erstmals den Namen der Toten erwähnte.

»Was soll denn da nicht mit rechten Dingen zugegangen sein?«

Barbara zuckte mit den Schultern. »Keine Ahnung, das wusste sie auch nicht. Außerdem war ich dann mit Bezahlen dran. Da haben wir uns nur noch kurz verabschiedet, und jeder ist seiner Wege gegangen.«

Giuseppe nickte nachdenklich. Warum hatte diese Nachbarin der Polizei nichts davon erzählt? Diese Frage mussten sie ihr stellen.

Außerdem weitete das die Ermittlungen auf die Klinik aus. »Du, Barbara, ich muss mal eben Bellini anrufen. Ich glaube, das sollte der sofort wissen.«

***

Sarnthein

Als Vincenzo zu Hause angekommen war, hatte er sich seine Sportsachen angezogen und war die große Runde zum Auener Joch gelaufen. Seitdem er seinen Alkoholkonsum erheblich reduziert hatte, fiel es ihm viel leichter, sich zum Sport zu überwinden. Schon im dritten Anlauf hatte er diese anspruchsvolle Strecke wieder ohne Unterbrechung geschafft.

Als er heute an der Bank angekommen war, die direkt an dem großen Wegweiser am Joch stand, war der Himmel im Westen plötzlich aufgerissen, und die allmählich untergehende Sonne schien glutrot durch die Wolkenfetzen. Die ganze Landschaft war purpurrot übergossen. Eine unglaubliche, intensive Stimmung. Er war um diese Uhrzeit allein dort oben. Kein Wunder, denn nur wer sich wirklich auskannte, konnte gefahrlos auch noch in der Dämmerung den Weg zurück ins Tal finden. Langsam war er über den Höhenrücken gejoggt, den Blick immer auf die Sonne und die phantastische Lichtstimmung gerichtet. Das hatte in ihm einen Erinnerungsschub ausgelöst. Wie oft war er mit Gianna hier oben gewesen! Hier hatte sie ihre Liebe zu den Bergen und zum Wandern entdeckt, bei einer ganz ähnlichen Stimmung. Hier hatten sie Picknick gemacht, hier hatte Gianna ihn verführt. Es war *ihr* Auener Joch. Obwohl Vincenzo die Stimmung in diesem Augenblick genießen konnte, verfluchte er sich dafür, sich ausgerechnet diese Strecke ausgesucht zu haben. Er lief sie heute zum ersten Mal nach der Trennung. Hätte er nur eine Sekunde darüber nachgedacht, wäre ihm klar geworden, dass ihn hier oben seine Erinnerungen übermannen würden. Er war froh, als er den höchsten Punkt erreicht hatte und nur noch bergab laufen musste. Während er vorsichtig durch den bereits düsteren Bergwald lief, nahm er sich vor, sich ein paar Bier zu gönnen und Gianna anzurufen. Wenn man getrennt war, hieß das ja noch lange nicht, dass man sich nicht mehr für den anderen zu interessieren brauchte.

Er duschte, nahm sich das erste Forst aus dem Kühlschrank und ging mit Bier und Hörer auf den Balkon. Er trank einen großen Schluck, denn nach dem langen Lauf hatte er mächtigen Durst. Dann wählte er Giannas Nummer.

»Hallo, Vincenzo, wie schön, mal wieder von dir zu hören. Wie geht's denn so?«

Es tat gut, Giannas Stimme zu hören. Doch sie war weit weg. *Wie geht's denn so?*, das war nicht die Art, wie sie sich noch vor wenigen Wochen begrüßt hätten.

»Danke, gut. Ich war eben am Auener Joch. Da musste ich an uns denken. Daran, wie oft wir dort gewesen sind.«

»Ja, das war schön dort. Hast du eine Wanderung gemacht, oder bist du gejoggt?«

Gianna war freundlich. Aber total distanziert. Vincenzo spürte eine starke Wehmut in sich aufsteigen, gegen die er sich nicht wehren konnte. »Ich bin gejoggt. Ich habe einen phantastischen Sonnenuntergang gesehen. So wie wir damals, als wir auf der Bank das Picknick mit Champagner und Amarone gemacht haben. Erinnerst du dich daran?«

Vincenzo hörte eine leise Stimme. Gianna schien eine Hand auf die Sprechmuschel gelegt zu haben. Er vernahm das leise, rauschende Geräusch, wenn eine Hand vom Hörer weggezogen wird.

»Natürlich kann ich mich daran erinnern. Das war eine wirklich schöne Zeit.«

Er fühlte sich unbehaglich und bereute seinen Anruf. Verdammte Sentimentalität! Er wollte sich das doch abgewöhnen.

»Sag mal, Gianna, störe ich dich bei irgendwas? Hast du Besuch?«

»Ja, mein Kollege ist hier, Lorenzo di Angelo, kannst du dich an ihn erinnern? Er ist jetzt Partner in der Kanzlei meines Vaters. Wir bereiten uns auf einen großen Prozess nächste Woche vor.«

Und ob sich Vincenzo an ihn erinnern konnte. Wie sollte er den Augenblick vergessen, als er mit Rosen und Champagner unangemeldet an Giannas Tür geklingelt hatte, um sich mit ihr zu versöhnen, und neben ihr dieser Typ im Türrahmen erschienen war! Und wie sollte er vergessen, wie er sich danach in dem

Spitzenrestaurant, in dem er für den Abend einen Tisch für ihre Versöhnungsfeier reserviert hatte, volllaufen ließ, um am nächsten Tag mit wahnsinnigen Kopfschmerzen und einem Filmriss an einem Tisch in dem Restaurant aufzuwachen! Der Cameriere hatte seinem Gedächtnis auf die Sprünge helfen müssen und ihm dabei eine Rechnung über mehrere hundert Euro präsentiert. Es war einer der peinlichsten Auftritte in seinem Leben gewesen. Und es erinnerte ihn daran, dass er mit Gianna nicht nur gute Zeiten gehabt hatte. Dass dieser Mann jetzt bei ihr war, wurmte ihn dennoch.

»Und solche Dinge besprecht ihr lieber bei dir zu Hause als in der Kanzlei?«

Wie pures Eis kam Giannas Stimme aus dem Hörer. »Ja, genau so ist es, Vincenzo. Spricht irgendwas dagegen?«

»Nein, natürlich nicht, du bist frei und ungebunden. Dann will ich dich nicht länger aufhalten. Macht euch noch einen netten Abend.«

»Danke, Vincenzo, das wünsche ich dir auch. Wir telefonieren demnächst mal wieder ausführlich, okay?«

»Sicherlich. Ciao, Gianna.«

Mit einer Mischung aus Wut, Enttäuschung, Ärger über sich selbst, Trauer und einem Rest an Eifersucht holte sich Vincenzo das zweite Bier aus dem Kühlschrank. Als er zurück in sein Wohnzimmer kam, klingelte das Telefon. Vielleicht hatte Gianna es sich ja anders überlegt und diesen Anwalt nach Hause geschickt.

Rasch griff er nach dem Hörer und schaute auf die Nummer im Display. Keine Gianna. Stattdessen Marzoli. Schon wieder am Wochenende?

19

Bozen, Montag, 9. Juli

Nach Marzolis Anruf am späten Freitagabend war Vincenzo samstags in die Klinik gefahren. Wie erwartet hatte nur einer der Ärzte Dienst, Dr. Paul Brunner. Vincenzo hatte ihn für heute Morgen zur Vernehmung im Mordfall Cecilia Fontana in die Questura bestellt und ihn gebeten, Florian von Adelsburg anzurufen, um ihm ebenfalls Bescheid zu sagen. Er hätte ihn selbst anrufen können, wollte aber Brunner bei diesem Anruf beobachten. Der Arzt hatte nervös auf die Vorladung reagiert. Weniger auf die Befragung an sich. Aber als Vincenzo vom »Mordfall Cecilia Fontana« gesprochen hatte, war Brunner zusammengezuckt. Nur ein wenig, aber genug für Vincenzo, diese Reaktion zu registrieren. Als der Arzt von Adelsburg privat auf seinem Schloss angerufen hatte, war er ebenfalls verkrampft gewesen. Das verriet allein die Tatsache, dass er mehrmals hüstelte und keine drei zusammenhängenden Sätze herausbrachte. Vincenzo war gespannt darauf, die beiden Mediziner gemeinsam zu verhören. Zunächst wollte er sie einzeln befragen, dann zusammen. Das war die beste Methode, um herauszufinden, ob jemand log. Spätestens wenn sich beide Männer gegenübersaßen, würden sie sich in Widersprüche verstricken. Sofern sie denn gelogen hatten. Fontanas Nachbarin hatte indes bestätigt, dass sie einer Bekannten von Cecilias Verdacht erzählt hatte. Der Polizei gegenüber hatte sie es vor lauter Nervosität schlichtweg vergessen.

Vincenzo wollte sich gemeinsam mit Mauracher von Adelsburg vornehmen, während Marzoli und di Cesare Paul Brunner auf den Zahn fühlen sollten. Der ließ allerdings noch auf sich warten, wohingegen Florian von Adelsburg pünktlich in der Questura erschienen war. Vincenzo hatte keine Bedenken, mit der ersten Befragung schon einmal zu beginnen. Der Adelige erwies sich als höflicher Mann mit hervorragenden Umgangsformen. Er beantwortete alle Fragen ohne ein erkennbares Zeichen von Ungeduld. Von Adelsburg sagte aus, dass Cecilia Fontana ihren Vater häufig in der Klinik besucht habe. Er hatte den Eindruck, dass sie sehr an ihrem Vater hing. Maurizio Fontana war offiziell Brunners Patient. Insofern war der demnächst scheidende Klinikdirektor auch derjenige, der bei Fontana die tägliche Visite gemacht hatte. Von Adelsburg erklärte, dass er überwiegend Herzen transplantiere, Brunner hingegen die anderen inneren Organe. Deshalb würden Patienten, die sich als Organspender hatten eintragen lassen, immer von beiden Ärzten betreut, unabhängig davon, auf wessen Station sie lagen. Das hatte sich aus der täglichen Arbeit heraus als sinnvolle Maßnahme erwiesen, mittels derer die Wege und Kommunikationskanäle kurz gehalten werden konnten. Auf sein Verhältnis zu Brunner angesprochen, reagierte von Adelsburg emotionaler. Er sagte aus, dass das Verhältnis leider nicht gut sei. Brunner würde ihn mobben, und er habe den Eindruck, dass der alte Arzt eifersüchtig auf den jüngeren sei. Wegen seiner Erfolge, seines guten Rufs und seiner Hochzeit mit einer Frau von adeliger Abstammung. Auf Cecilia Fontanas Verdacht, dass beim Tod ihres Vaters möglicherweise nachgeholfen worden war, gingen Vincenzo und Mauracher nicht ein. Diese Frage wollten sie später beiden gleichzeitig stellen. Unvorbereitet. Das Gespräch mit von Adelsburg dauerte keine Viertelstunde, da er auf jede Frage ohne Umschweife und so ausführlich antwortete, dass keine weiteren Nachfragen nötig waren.

Paul Brunners Verhalten, der erst kam, nachdem die Befragung seines Kollegen schon beendet war, war weniger kooperativ. Er war genervt, an einem Tag, an dem mehrere Operationen anstanden, in die Questura kommen zu müssen. Das ließ er Marzoli und di Cesare durch entsprechend abweisendes Verhalten spüren. Trotz seiner brüsken Art beantwortete auch er alle Fragen, ohne lange zu zögern. Er bestätigte von Adelsburgs Aussagen hinsichtlich Fontana und der stationsinternen Aufteilung der Verantwortung für die Patienten. Sein Verhältnis zu dem jüngeren Kollegen bewertete er hingegen diametral zur Einschätzung des anderen. Von Adelsburg sei arrogant und selbstherrlich und habe ihn, den angesehenen und hoch geschätzten Klinikdirektor, systematisch ausgebootet und dabei nicht davor zurückgeschreckt, seinen mit aufgesetztem Charme erschlichenen Adelstitel dafür zu missbrauchen.

Die vier Polizisten tauschten die Ergebnisse der Befragungen aus. Dass beide Ärzte das Gleiche ausgesagt hatten, war keine große Überraschung. Interessant würde es erst bei ihrer gemeinsamen Befragung werden. Vincenzo ging mit di Cesare in den Verhörraum und fand es in dieser Situation hilfreich, dass Rambo wieder ein recht knappes T-Shirt trug. Mauracher und Marzoli standen hinter dem Einwegspiegel. Sie sollten genauestens auf die Reaktion und das Mienenspiel der Ärzte achten. Mauracher führte zunächst Brunner, Marzoli ein paar Minuten später von Adelsburg in das große Verhörzimmer.

In dem Augenblick, als von Adelsburg den Raum betrat, veränderte sich die Atmosphäre. Vincenzo spürte die Spannung zwischen den beiden Ärzten. Ob das di Cesare auch so ging, wusste er nicht, denn der verzog wie immer keine Miene.

»Nun, meine Herren, Sie haben uns ja schon Rede und Antwort gestanden, vielen Dank für Ihre Kooperationsbereitschaft«, eröffnete Vincenzo das Verhör, nachdem sich beide Ärzte gesetzt hatten. Und zwar so, dass sie sich unmittelbar gegenübersaßen und sich Augenkontakt nicht durchgängig vermeiden ließ. »Wir haben das meiste auch geklärt. Aber eine Frage haben wir noch, die Sie uns am besten gemeinsam beantworten können. Ach, entschuldigen Sie bitte, ich war unhöflich. Möchten Sie vielleicht ein Glas Wasser?«

Vincenzo lächelte die Männer freundlich an. Keinem stand der Sinn nach Wasser.

Übergangslos konfrontierte er die beiden nun mit Cecilia Fontanas Bemerkung gegenüber ihrer Nachbarin. »Wir haben herausgefunden, dass das Opfer, Cecilia Fontana, den Verdacht hatte, dass ihr Vater, Maurizio Fontana, der auf Ihrer Station verstorben ist«, Vincenzo zeigte mit dem Finger auf Brunner, »keineswegs eines natürlichen Todes gestorben ist. Anders ausgedrückt, sie vermutete, dass jemand nachgeholfen hat. Was können Sie uns dazu sagen?«

Sie schienen überrascht. Keiner antwortete sofort.

Brunner fand seine Sprache zuerst wieder. »Das ist eine impertinente Unterstellung! Nachgeholfen, in meiner Klinik, allerhand!«

Vincenzo nickte von Adelsburg aufmunternd zu.

»Ich kann mich meinem Kollegen nur anschließen. Maurizio Fontana war an Hodenkrebs erkrankt, im fortgeschrittenen

Stadium, der Krebs hatte bereits metastasiert. In Verbindung mit seiner – zugegebenermaßen noch nicht deutlich ausgeprägten – Organschwäche hat die Chemotherapie zu einer solch starken Schwächung geführt, dass der Patient schließlich einen Schlaganfall erlitten hat. Möglicherweise hatte sich auch irgendwo ein Blutgerinnsel gelöst.«

»Genau«, bekräftigte Brunner. »Deshalb konnten wir auch nicht mehr alle Organe verwenden.« Er sah zu von Adelsburg. »Sein Herz schon!«

Der Adelige quittierte Brunners letzte Bemerkung lediglich mit einem Lächeln.

Noch blieben beide bei ihrer übereinstimmenden Aussage. Doch nun sollte es richtig spannend werden. Vincenzo stellte seine nächste entscheidende Frage.

»Wie erklären Sie sich, dass Cecilia Fontana vor ihrem Tod gesagt hat, dass ihr Vater sterben musste, weil er Organspender war? Damit Sie anderen Patienten seine Organe verpflanzen können.«

Brunner reagierte heftig auf diesen Vorwurf. »Das ist eine Unverfrorenheit. Was glauben Sie eigentlich, wer hier vor Ihnen sitzt? Ich habe schon Organe verpflanzt, da haben Sie noch in die Windeln gemacht«, sagte er mit zorniger Stimme und richtete bei seiner letzten Aussage seinen Zeigefinger drohend auf Vincenzo. »Mir so etwas zu unterstellen ist eine Diffamierung sondergleichen!«

»Ihre Reaktion ist interessant, Dr. Brunner. Denn ich habe Ihnen diesen Vorwurf gar nicht gemacht. Ich habe Fontanas Behauptung einfach nur in den Raum gestellt. Warum beziehen Sie das auf sich, Dr. Brunner?«

Brunner schnappte nach Luft. Sein Gesicht war rot angelaufen, und er war nicht in der Lage, unmittelbar darauf zu antworten. Dafür meldete sich nun auch von Adelsburg zu Wort.

»Also, Herr Kollege, wenn ich ehrlich bin, frage ich mich das auch. Ich habe das jedenfalls nicht auf mich bezogen. Erstens messe ich Cecilia Fontanas Aussage keinerlei Bedeutung bei. Das ist doch die typische Reaktion einer trauernden Angehörigen, die mit aller Gewalt versucht, einen Schuldigen zu finden, um den Verlust besser verarbeiten zu können. Und zweitens käme, wenn sie mit ihrem Verdacht tatsächlich richtiggelegen hätte, jeder auf der Station als Täter in Frage. Sie, ich, jeder andere Arzt, jede Ärztin, jede Schwester, die meint, sie könnte uns damit einen Gefallen tun.«

Das Verhör entwickelte sich genau in die von Vincenzo gewünschte und provozierte Richtung. Sie mussten einfach nur abwarten, was jetzt passierte. Di Cesare erhöhte den Druck auf die Ärzte allein dadurch, dass er eine grimmige Miene aufsetzte. Der Muskelprotz sah Brunner direkt in die Augen.

Brunner war verunsichert, aber er reagierte mit einem Gegenangriff. »Was soll das heißen, von Adelsburg? Unterstellen Sie mir etwa, ich hätte bei Maurizio Fontanas Tod nachgeholfen? Um an seine Organe zu kommen? Ist es nicht eher so, dass sein für Sie wichtigstes Organ sein Herz war? Das Sie sogleich einem Patienten verpflanzt haben, der sonst vermutlich gestorben wäre? Wenn, dann hätten Sie doch wohl das stärkste Motiv.«

Von Adelsburg blieb bei Brunners Vorwurf vollkommen gelassen. Mit ruhiger Stimme sagte er: »Lieber Kollege, wenn ein Patient stirbt, der seine Organe nach seinem Tod zur Verfügung stellt, dann - bitte entschuldigen Sie die folgenden Worte, die Ihnen möglicherweise ein wenig herzlos erscheinen mögen, meine Herren«, er nickte den Polizisten zu, »dann profitieren wir beide davon. Es sei denn, er hatte eine Herzerkrankung. Also hätten wir auch beide ein Motiv.« Er wandte sich wieder den Polizisten zu. »Aber was hat das alles mit dem Tod von Cecilia Fontana zu tun?«

Eine berechtigte Frage, auf die Brunner anscheinend nicht gekommen war. Vincenzo spitzte die Lippen. »Nun, da sie auf die Idee gekommen ist, dass ihr Vater in Ihrer Klinik ermordet wurde, um es mal so direkt auszusprechen, könnte ihr Tod doch dadurch motiviert sein, dass der Mörder ihres Vaters eine gefährliche Zeugin ausschalten wollte. Außerdem hat sie sich in letzter Zeit auffallend teure Dinge gekauft, die sie sich von ihrem spärlichen Gehalt eigentlich nicht zusammengespart haben kann. Vielleicht hat sie den Mörder ihres Vaters sogar erpresst. Das ist doch kein abwegiger Gedanke, im Gegenteil, das ist sogar ein sehr naheliegender Verdacht. Würden Sie mir da zustimmen?«

Wieder schnappte Brunner nach Luft. Vincenzo befürchtete, dass ihn jederzeit ein Herzinfarkt ereilen könnte. Der Mann schien wenig stressresistent zu sein.

Von Adelsburg hingegen blieb weiterhin vollkommen ruhig. »Das mögen aus Sicht eines polizeilichen Ermittlers naheliegende Schlussfolgerungen sein. Doch aus meiner fachärztlichen Sicht kann ich Ihnen versichern, dass Maurizio Fontana eines natürlichen Todes gestorben ist. Und selbst *wenn* seine Tochter einen solch schwerwiegenden Verdacht gehabt hätte, hätte sie das niemals beweisen können. Das entzieht auch der Annahme einer möglichen Erpressung jeglichen Nährboden. Da gab es schlichtweg nichts zu erpressen. Wer immer diese Frau ermordet hat, stammt meiner Meinung nach nicht aus dem Umfeld der Klinik. Ich an Ihrer Stelle würde mich an ein altbekanntes Monster erinnern. Aber wahrscheinlich ist das ohnehin eine Spur, die Sie verfolgen. Können wir denn jetzt zurück zu unseren Patienten? Wir sind mit dem einen oder anderen zu lebensrettenden Operationen verabredet.«

»Sie können gehen, meine Herren. Aber morgen früh schicke ich jemanden zu Ihnen, dem Sie bitte die Patientenakte von Maurizio Fontana aushändigen. Und bitte auch die Akten von Patienten, die in den letzten, sagen wir, sechs Monaten gestorben sind und die Organspender waren. Und bitte seien Sie doch so gut und hinterlassen Sie beim Rausgehen bei meiner freundlichen Kollegin eine DNA-Probe. Etwas Speichel reicht völlig. Wären Sie so entgegenkommend?«

»Gern. Wenn Sie sich einen richterlichen Beschluss besorgen, können Sie die Akten haben«, fauchte Brunner Vincenzo an.

Ohne darauf einzugehen, verabschiedete sich Vincenzo mit dem Hinweis, dass es möglich sei, dass Maurizio Fontana exhumiert werde. Und nicht nur er.

Nachdem die Ärzte gegangen waren, ohne sich dabei gegenseitig auch nur eines Blickes zu würdigen, verließen auch die Polizisten den Raum. Di Cesare klopfte Vincenzo auf die Schulter. »Gutes Verhör, Commissario! Wirklich gut!«

***

»Ist Ihnen etwas aufgefallen? Hat Ihrer Meinung nach einer von ihnen unter besonderem Druck gestanden? Oder gelogen? Was waren Ihre Eindrücke?«

Nachdem er die beiden Zeugen entlassen hatte, wollte Vincenzo die Einschätzung seiner Kollegen hören. Beide waren gute Beobachter.

Marzoli wiegte den Kopf hin und her. »Schwer zu sagen. Florian von Adelsburg ist ein wort- und weltgewandter Mann. Allein aufgrund seiner Position muss er vermutlich häufig schauspielern. Er wirkte auf mich aber absolut unaufgeregt. Ich habe ihn genau beobachtet, durch den Spiegel und auch auf dem Monitor. Wenn ich mit aller Gewalt irgendetwas finden will, würde ich vielleicht sagen, dass seine Augen ein ganz leichtes Zucken umspielte, als Sie ihm von Fontanas Verdacht erzählt haben. Allerdings ist dieser Vorwurf ja auch ein Hammer. Wer sollte bei einem Mordvorwurf schon cool bleiben? Ansonsten machte er auf mich eher nicht den Eindruck, als ob er etwas zu verbergen hätte. Und seine Erklärungen, auch hinsichtlich des Todes von Maurizio Fontana, waren schlüssig.«

Vincenzo nickte Mauracher aufmunternd zu.

»Brunners Reaktionen waren viel heftiger, das war kaum zu übersehen. Ich denke aber eher, dass das an seinem Temperament, seinem Charakter liegt. Ich habe den Eindruck, dass er sich schnell aufregt. Während der gesamten Befragung war er nervös, fahrig, ist unruhig hin und her gerutscht, hat sich am Kopf gekratzt und mit den Fingern auf den Tisch getrommelt. Und als Sie ihn mit Fontanas Aussage konfrontiert haben, schien er mir vor allem eines zu werden: wütend. Deshalb ist für mich keiner der beiden verdächtiger oder weniger verdächtig als der andere. Warten wir ab, was die DNA-Analyse ergibt.«

»Gut«, resümierte Vincenzo. »Dann gehen wir im Moment davon aus, dass es in der Klinik zwar Unregelmäßigkeiten im Zusammenhang mit Todesfällen auf der Inneren und in der Kardiologie geben könnte, diese aber, Status quo heute und vorbehaltlich von Pacis DNA-Analyse, nicht im Zusammenhang mit Cecilia Fontanas Tod stehen. Und deshalb besorge ich eine richterliche Anordnung für einen Massenaufruf zur Abgabe einer DNA-Probe aller Männer aus Bozen und Umgebung im Alter zwischen fünfundfünfzig und fünfundsechzig Jahren, wenn Pacis Ergebnisse negativ sind. Allerdings sollten wir ungeachtet dessen noch weitere Nachforschungen in der Klinik anstellen. Ich will wissen, ob an dem Gerücht was dran ist, dass es dort unnatürliche Todesfälle gibt. Bei einem Krankenhaus mit einem solchen Ruf kann ich mir das kaum vorstellen.«

»Ja, aber wir holen doch ohnehin die Patientenakten. Wenn wir die geprüft haben, haben wir wahrscheinlich auch eine Antwort auf diese Frage.«

»Stimmt, Ispettore. Aber ich möchte, dass Sie morgen mit Sabine persönlich in die Klinik fahren und sich bei den Mitarbeitern auf der Station umhören, bevor Sie um die Herausgabe der Akten bitten. Falls es tatsächlich Unregelmäßigkeiten gibt, handelt es sich auch um Tötungsdelikte, denen wir nachgehen müssen. Betrachten wir das im Moment als einen möglichen parallelen Fall. Mit meiner Hoffnung und Überzeugung, dass sich diese Behauptung als haltlos erweisen wird. Wenn Brunner und von Adelsburg die Akten freiwillig herausrücken, spräche das schon dafür.«

20

Texelgruppe, Nähe Meraner Höhenweg, Dienstag, 10. Juli

Was für ein erregendes Gefühl! Hier oben bin ich Gott. Nichts und niemand kann es mit mir aufnehmen. Ich entscheide über Leben und Tod, ich bestimme den Lauf der Dinge. Manchmal denke ich, dass mich ein unsichtbarer Schutzschild umgibt, der mich unbesiegbar macht. Sie können auf mich schießen, sie können ihre Hunde auf mich hetzen, doch ich werde nur dastehen und lachen. Aber ich muss vorsichtig sein. In Wahrheit bin auch ich verwundbar und habe einige wenige Schwächen. Sie zu beherrschen ist meine größte Stärke.

Ich laufe dem Gipfel entgegen, locker und leichtfüßig. Hinter mir liegt die Waalerhütte. Einen Augenblick war ich versucht, dort ein Bier zu trinken, aber es zog mich mit Macht auf den Berg. Ich freue mich, dort oben zu dinieren. Nur die Sicht wird leider nicht so gut sein. Was für ein trüber Sommer, viel zu viel Regen und dauernd dieser Nebel, der auch meine Stimmung trübt. Ausgerechnet mein letzter Sommer in Südtirol muss so ungemütlich sein. Wie gern hätte ich zwischen meinen Schachzügen mit Vincenzo zum Abschied noch den einen oder anderen Gipfel bestiegen, das Roteck, die Texelspitze und erst recht König Ortler. Aber daran ist nicht zu denken. Dann muss ich mich eben mit den kleineren Zielen begnügen. Immerhin hat dieses Wetter auch einen Vorteil. Sie können mich in dem Nebel kaum sehen. Ich kleide mich stets grau oder schwarz. Sie hingegen laufen mit knallbunten Jacken und Westen rum. Wie dumm von ihnen! Ich sehe sie, aber sie mich nicht. So kann ich mich fast frei bewegen. Das ist gut für meine Pläne, für meine und für Vincenzos letzten Plan.

Heute bin ich zum ersten Mal in die Stadt gegangen. Einfach so. Natürlich habe ich mich verkleidet. Aber es hat mich gereizt, zu sehen, ob die Leute mich trotzdem erkennen. Aber niemand hat sich um mich gekümmert. Wahrscheinlich haben sie mich schon längst wieder vergessen. Ein Grund mehr, beizeiten auf mich aufmerksam zu machen. Ich bin durch die Altstadt gelaufen und habe mir vorgestellt, welche von diesen stumpfsinnigen, kaufwütigen Zombies ich für meine Pläne benutzen könnte. Das hat großen Spaß gemacht. Wenn sie wüssten, was ich denke, wenn ich sie freundlich lächelnd anschaue. Das Blut würde ihnen in den Adern gefrieren. Dann habe ich mir mein Picknick für den Gipfel gekauft: Speck, Käse, Brot und einen Lagrein von Pfitscher, selbstverständlich Riserva. Und einen Grappa. In den Höhlen kann es doch mitunter ein wenig frisch werden, da hilft ein wärmender Schluck. Ganz zum Schluss habe ich mich in der Nähe der Questura noch in ein Straßencafé gesetzt, einen Pinot Grigio genossen und beobachtet, wer alles in der Questura ein und aus geht. Den Dicken habe ich gesehen. Du meine Güte, der ist tatsächlich noch fetter geworden! Dazu diese rosige Haut. Wie ein Schweinchen. Süß. Zu gern hätte ich Vincenzo gesehen, aber leider hat er mir diese Ehre nicht erwiesen. Vielleicht hat er mich gewittert und hatte Angst. Aber diese junge Polizistin, die ist direkt an meinem Tisch vorbeigelaufen. Die hat mich sogar kurz angesehen. Sie ist der Gegenentwurf zu dem Dicken, klein, zierlich, wendig. Ich weiß, dass Vincenzo große Stücke auf sie hält. Das könnte ihr zum Verhängnis werden.

Zu guter Letzt habe ich mir noch die »Dolomiten« gekauft. Schließlich sollte man immer tagesaktuell informiert sein. Es war mir ein großes Vergnügen, den Aufmacher auf Seite eins zu lesen. Der gute Fasciani, was wäre der nur ohne mich! Und nachdem ich seinen Artikel sorgfältig studiert hatte, wie immer war er grottenschlecht geschrieben, wurde mir bewusst, dass ich meinen Plan um ein paar wunderbare Details erweitern kann. Ich werde vom Gejagten zum Jäger. Ich ziehe die Strippen. Was für eine wunderbare Entwicklung!

Und schon taucht es aus dem Nebel auf, das eiserne Gipfelkreuz der Matatzspitze. Nur noch wenige Schritte. Oh, wie ich sehe, bin ich nicht allein. Da sitzt doch tatsächlich eine junge Frau an dem Kreuz und schaut versonnen durch den Nebel. Wie riskant, an einem solchen Tag hier hinaufzugehen!

Jetzt dreht sie sich zu mir um. »Buongiorno, Signora, da haben Sie sich aber einen ziemlich nassen Tag ausgesucht für eine solche Tour.«

»Sie aber auch, oder?«

Sie hat ein nettes Lächeln. Und offensichtlich erkennt sie mich nicht. »Ja, das stimmt, aber die Matatzspitze ist recht einfach. Solange es kein Gewitter gibt, kann einem hier nicht viel passieren. Ich gehe davon aus, dass Sie sich in der Gegend gut auskennen? Sie kommen von hier?«

Jetzt steht sie auf und kommt auf mich zu. Sie ist sehr hübsch, auf eine eher aparte Weise. Kein Nullachtfünfzehn-Typ. Die Grübchen in den Wangen, wenn sie lächelt, stehen ihr gut.

»Ja, ich komme aus Bozen. Ich mache oft allein Bergtouren. Ich mag die Natur, und in den Bergen kann man so wunderbar abschalten. Oder in Ruhe nachdenken, wenn man Probleme hat.«

»Na, dann hoffe ich, dass Sie heute hier oben sind, um abzuschalten.«

Sie lacht. »Das kann man sehen, wie man will. Jedenfalls ist es schön, hier oben jemanden zu treffen.«

Ich nicke und setze mich an das Kreuz. Ich packe meinen Rucksack aus. Die weiße Tischdecke, die ich stets dabeihabe, breite ich auf dem großen Stein vor mir aus. So mache ich das meistens. Ich mag es auch auf einem Gipfel eher stilvoll.

»Oha, Sie haben da aber ein nettes Picknick dabei. Das ist ja ein richtiges Dinner. Und auch noch eine Flasche Wein. So was habe ich noch nicht erlebt.«

Ich betrachte die Sachen, die sie vor sich ausgebreitet hat: eine Wasserflasche, ein bisschen Brot, zwei Müsliriegel. Das ist nicht viel. Und vor allem fad.

»Na, dann setzen Sie sich doch zu mir. Ich gebe Ihnen gern etwas von meinen Leckereien ab. Müsliriegel mögen ja ernährungswissenschaftlich überaus wertvoll sein, aber dafür sind es Speck und Lagrein genusswissenschaftlich. Und ich bevorzuge im Zweifel Letzteres.«

Sie setzt sich zu mir. Sie riecht gut. »Danke, das ist sehr nett von Ihnen, ein tolles Angebot. So wird dieser trübe Tag doch noch zu einem echten Highlight.«

Sie weiß wirklich nicht, wer ich bin. Sie ist völlig arglos. Wüsste sie, wer in diesem Moment neben ihr sitzt und mit ihr Wein trinkt, würde sie nur noch rennen, rennen, rennen. Vielleicht liest sie keine Zeitung oder überfliegt sie nur. Oder sie kann sich einfach nicht vorstellen, tatsächlich einem entflohenen Mörder zu begegnen.

Sie schwenkt den Wein im Glas, schnuppert, sie scheint etwas davon zu verstehen. Wie alt mag sie sein? Dreißig? Oder noch jünger? Ich habe lange nicht mehr mit einer Frau geschlafen. Zu lange. Viel zu lange.

»Und, wie finden Sie meinen Lagrein?«

Sie nickt. Eine ehrliche Geste der Anerkennung. »Spitzenmäßig. Ich habe zwar nicht viel Ahnung davon, aber ich gehe mal davon aus, dass der nicht ganz billig war.«

Nein, das war er wahrlich nicht. Und eigentlich wollte ich ihn hier oben in Ruhe trinken. Allein. Schweigend. Die Natur genießend. Aber wie so oft bin ich gezwungen, meinen Plan zu ändern. Diesmal wenigstens eine höchst reizvolle Änderung. Sie versucht, selbstbewusst und locker zu wirken. Aber in ihrem tiefsten Inneren ist sie ängstlich, wahrscheinlich ein wenig naiv, ahnungslos, vertraut mir, weil ich nett und sympathisch wirke. Sie kann nicht in mich hineinsehen. Lässt sich von meiner Fassade blenden. In diesem Moment treffe ich eine Entscheidung.

»Was machen Sie denn so in Bozen? Immerhin können Sie es sich leisten, mitten in der Woche einen Gipfel zu erklimmen.«

Wieder lacht sie. Wieder versucht sie vergeblich, selbstbewusst zu wirken. Sie trägt keinen Ehering. Sie hat auch keinen Freund. Hatte wahrscheinlich schon lange keinen mehr. Und sie ist nicht freiwillig allein. Sie ist zwar fröhlich, aber in ihrem Blick sehe ich, dass sie etwas belastet. Etwas, was nichts mit der Frage des Alleinseins zu tun hat. Es ist etwas, was ihr Angst macht. Sie schaut mir direkt in die Augen, wenn sie mit mir spricht. Doch ihr Blick ist unsicher, fahrig. Sie glaubt, ich sehe das nicht.

»Sie haben eine gute Kombinationsgabe, Sherlock. Ich habe keinen Urlaub. Ich habe Schichtdienst. Und diese Woche habe ich Nachtschicht. Manchmal, wenn ich nicht zu müde bin, gehe ich danach in die Berge anstatt ins Bett. Mir reichen hin und wieder auch ein paar Stunden Schlaf am Nachmittag.«

Wie gut, dass sie ausgerechnet heute in die Berge gegangen ist. Eine nette Fügung des Schicksals.

»Interessant. Und in welchem Beruf haben Sie Schichtdienst, wenn ich so direkt fragen darf?«

»Wenn ich mir die Leckereien auf Ihrer Tischdecke so anschaue, denke ich, dass Ihr Beruf um einiges lukrativer ist als meiner. Ich bin Krankenschwester in der Klinik in Bozen.«

***

Bozen

Weder Brunner noch von Adelsburg hatten es gestattet, der Questura die gewünschten Patientenakten ohne richterliche Anordnung zur Verfügung zu stellen. Zur Abgabe einer DNA-Probe waren indes beide bereit gewesen, bevor sie das Präsidium am Vortag verlassen hatten. Bei den Befragungen in der Klinik waren Marzoli und Mauracher auf eine Mauer des Schweigens gestoßen. Die meisten Mitarbeiter hatten ausgesagt, noch nie von irgendwelchen Unregelmäßigkeiten gehört zu haben. Mehr war von ihnen nicht in Erfahrung zu bringen.

Nun ging Vincenzo mit Marzoli zu Dottoressa Paci, um sich die Ergebnisse der DNA-Analyse erläutern zu lassen. Als sie die Rechtsmedizin betraten, saß die Ärztin gerade an ihrem Schreibtisch und starrte auf den Monitor. Als sie die beiden Männer vor ihrem Schreibtisch bemerkte, schreckte sie auf. Zwei Dinge fielen Vincenzo sofort auf. Zum einen ihre neue Frisur. Die rote Löwenmähne, die ihr Markenzeichen gewesen und ihr unaufhörlich in wirren Locken in das schmale, kantige Gesicht gefallen war, das man unter der Haarpracht kaum noch hatte erkennen können, war ab. Sie hatte sich die Haare schon einmal abschneiden lassen, aber nicht so radikal wie diesmal. Sie hatte nunmehr eine rote Kurzhaarfrisur, die den ohnehin eher spröden Frauentyp noch herber wirken ließ. Aber noch etwas anderes erregte Vincenzos Aufmerksamkeit. Ihre rot umrandeten Augen und ihr trüber Blick. Entweder hatte sie miserabel geschlafen und eine Erkältung war im Anmarsch, oder sie hatte geweint. Letzteres konnte sich der Commissario bei dieser Frau nicht vorstellen. Doch er musste sich eingestehen, dass er zwar viel über die Ärztin Claudia Paci wusste, aber nur wenig über den Menschen. Was nicht zuletzt daran lag, dass sie kaum über ihr Privatleben sprach. Nach dem, was Vincenzo im Laufe der Zeit mitbekommen hatte, war sie mit einem Buchhändler verheiratet, mit dem sie einen Sohn hatte, der in Bozen zur Schule ging. Viel mehr hätte er über ihr Privatleben nicht sagen können.

Als Vincenzo die Trauer in Pacis Blick erkannte, wusste er, dass die roten Augen nicht von einer Erkältung stammten. Sein Gefühl sagte ihm, dass die Ärztin, zu der er immer ein gutes Verhältnis gehabt hatte und die er mochte, tröstende Worte würde gebrauchen können. Bemerkungen über ihre neue Frisur zählten nicht dazu.

»Ciao, Dottoressa Paci. Wir sind wegen des DNA-Abgleichs gekommen. Und wegen der Patientenakten aus der Klinik. Aber erlauben Sie mir zunächst die Frage, ob es Ihnen gut geht? Sie machen, ehrlich gesagt, heute nicht den Eindruck. Ist etwas passiert?«

Paci starrte einen Augenblick ins Leere, dann sah Vincenzo, dass ihr Tränen über die Wangen liefen. Sie drehte den Kopf zur Seite, wollte offensichtlich nicht, dass die beiden Polizisten das mitbekamen.

Vincenzo senkte den Kopf zu dem kleineren Marzoli hinab und flüsterte ihm ins Ohr: »Geben Sie mir fünf Minuten? Kommen Sie dann einfach wieder rein, okay?«

Marzoli verstand. Er nickte und verließ wortlos die Rechtsmedizin. Vincenzo fühlte sich in dieser Rolle nicht wohl, weil er Paci nicht sicher einschätzen konnte. Wollte sie, dass er ihr zuhörte? Oder wollte sie doch lieber in Ruhe gelassen werden? Er entschied sich, sie direkt zu fragen. Sie war ein Typ für offene Worte.

Paci nickte und bedeutete ihm, ihr gegenüber Platz zu nehmen. Die Tränen waren getrocknet. Jetzt hatte sie sich und die Situation wieder unter Kontrolle.

»Das ist nett von Ihnen, mich zu fragen, Commissario. Es ist ein gutes Gefühl, zu wissen, dass man Kollegen hat, denen man nicht gleichgültig ist und die ein offenes Ohr haben. Aber Sie hätte ich auch niemals anders eingeschätzt. Der Grund meiner Unpässlichkeit ist mein Mann. Er hat mir gestern Abend mitgeteilt, dass er mich verlassen wird, und ist daraufhin in ein Hotel gegangen. Mit anderen Worten: Meine ganze private Welt, mein Zuhause, mein Rückzugsort, mein persönlicher Halt, hat sich von jetzt auf gleich in Luft aufgelöst. Das muss ich erst mal verdauen.«

So etwas in der Art hatte sich Vincenzo schon gedacht. »Darf ich fragen, ob das plötzlich kam? Oder hat es sich abgezeichnet? Es geht mich natürlich nicht das Geringste an, also seien Sie bitte –«

Doch Paci fiel ihm ins Wort. »Keine Sorge, Commissario, ich entscheide schließlich selbst, was ich erzähle und was nicht. Es sind selten die Fragen, die peinlich sind, sondern meistens die Antworten. Es hat sich nicht abgezeichnet. Ich habe lediglich in den letzten Wochen bemerkt, dass Luca abwesend war, weniger herzlich und Gesprächen aus dem Weg ging. Und gestern hat er mir eröffnet, dass er schon letztes Jahr auf der Frankfurter Buchmesse eine Kollegin aus Trient kennengelernt hat, in die er sich verliebt hat. Angeblich ist da aber noch nichts passiert. Bis er sie vor ein paar Wochen zufällig in Bozen wiedergesehen hat. Zufällig? Dass ich nicht lache! Dann habe ich mich erinnert, dass ich Luca vor zwei Wochen mit einer Frau in einem Café in Bozen gesehen habe. Er hat mir erzählt, das sei eine Kollegin. Da habe ich mir nichts dabei gedacht, ich wusste ja auch von nichts. Aber gestern fiel auch bei mir der Groschen. Sie ist achtunddreißig, Commissario. Acht Jahre jünger als ich. Und fünfzehn Jahre jünger als Luca. Und sie ist eine bildhübsche Frau. Der Traum vieler Männer. Sie hat eine starke erotische Ausstrahlung, ist vom Typ her dennoch eher süß, diese Kategorie Frau, die bei Männern auch einen gewissen Beschützerinstinkt weckt. Also das Gegenteil von mir. Jetzt wissen Sie es.«

Vincenzo war konsterniert und fühlte tiefes Mitleid mit Paci. Er konnte sich gut vorstellen, wie es in ihr aussah. Verlassen zu werden war an und für sich schon eine Katastrophe. Er erinnerte sich selbst nur noch allzu gut an die lange Zerreißprobe mit Gianna, die permanenten Auf und Abs und die dauernde Ungewissheit. »Das tut mir wirklich von ganzem Herzen leid für Sie, Signora Paci. Und ich meine es ernst, wenn ich sage, dass Luca ein Vollidiot sein muss. Wenn Sie irgendwie Hilfe brauchen, egal, was, dann sagen Sie es bitte!«

Bei diesen Worten huschte sogar ein kurzes Lächeln über Pacis Lippen. Vincenzo stellte erstaunt fest, dass die Rechtsmedizinerin eigentlich viel zarter war, als sie auf den ersten Blick wirkte. Dieses Lächeln hatte ihr bemerkenswert weiche Züge verliehen. Luca war tatsächlich ein Idiot.

»Das ist nett von Ihnen, Commissario. Aber ich werde darüber hinwegkommen. Auch für mich kann Lucas Entscheidung ein Neuanfang sein. Schwierig wird es nur für Daniel werden, er hängt sehr an seinem Vater. Er weiß noch nichts davon. Luca brennt mit einer Jüngeren durch, aber mir überlässt er die schwere Aufgabe, das unserem gemeinsamen Kind zu erklären. Ich bin gespannt, wie er zukünftig den Begriff des gemeinsamen Sorgerechts für sich auslegt, denn er will mir nichts, dir nichts nach Trient umziehen. Zu ihr. Schon heute holt er seine Sachen aus dem Haus. Bevor Daniel nach Hause kommt. Der hat nämlich bei einem Freund übernachtet. Wahrscheinlich bleiben die gesamte Erziehung, Schulangelegenheiten, Hausarbeit, Einkäufe und, und, und … allein an mir hängen. Tja, so kann es halt kommen im Leben.«

Manchmal, wenn er bei Lagrein und Beethoven in eine melancholische Stimmung verfiel, dachte Vincenzo darüber nach, wozu Menschen fähig waren, wenn sie in für sie extreme Situationen gerieten. Oftmals offenbarte sich erst dann ihr wahrer Charakter. Nur wenige Menschen kamen seiner Meinung nach bereits als Mörder auf die Welt. Viele lebten ein völlig unauffälliges Leben und ermordeten plötzlich aus scheinbar nichtigem Anlass einen anderen Menschen. Wie viel war im Leben dieser Menschen schiefgegangen, wovon niemand etwas mitbekommen hatte? Und was war in Lucas Kopf vor sich gegangen, während er mit Paci verheiratet gewesen war? War er zu feige gewesen, sie auf mögliche Missstände anzusprechen? Gab er ihr gar unbewusst die Schuld daran und wollte sie mit der Art der Trennung zusätzlich bestrafen? Oder war er nur primitiv und oberflächlich und ließ sich den Kopf von ein bisschen Busen und Augenzwinkern verdrehen? Fragen, auf die es keine Antwort gab.

»Wie alt ist Daniel denn, Signora?«

»Gerade dreizehn geworden.«

»Vielleicht kann ich Ihnen zumindest ein wenig pragmatische Hilfe anbieten. Wie Sie wissen, betreiben meine Eltern in der Nähe eine Trattoria. Wenn Daniel aus der Schule kommt, Sie aber noch in der Rechtsmedizin sind, kann er gern dort etwas essen. Meine Eltern sind sehr kinderlieb und würden sich bestimmt freuen. Und wenn Sie Ihre Einkäufe aus zeitlichen Gründen einmal nicht schaffen, dann sagen Sie mir Bescheid, ich übernehme das gern für Sie. Und viele andere Kollegen sicherlich auch.«

Paci wollte zu einer Antwort ansetzen, als sich die Tür öffnete und Marzoli den hellen, kalten und sterilen Raum betrat. Vincenzo bereute es, ihn nicht für eine halbe Stunde rausgeschickt zu haben.

Paci räusperte sich kurz. »Gut, dass Sie kommen, Ispettore. Ich wollte nämlich gerade erzählen, was die DNA-Analyse ergeben hat. Setzen Sie sich.«

Vincenzo bewunderte Paci. Sie schaffte es, sofort in den Dienstmodus umzuschalten. Sie hatte eine starke Persönlichkeit. Sie würde wirklich darüber hinwegkommen. Irgendwann.

»Also«, setzte Paci an und räusperte sich noch ein paarmal, um ihre Stimme voll unter Kontrolle zu bringen. »Das Ergebnis der Analyse ist schnell auf den Punkt gebracht. Weder Brunners DNA noch die von Dr. von Adelsburg stimmen mit der DNA überein, die wir bei Fontana gefunden haben.«

Mit nichts anderem hatte Vincenzo gerechnet. Sonst hätte derjenige, der ein positives Ergebnis befürchten musste, die Probe nicht freiwillig abgegeben. Demnach bestand der nächste Schritt im Aufruf zu einem DNA-Massentest. Er hatte eigentlich vorgehabt, Paci zu bitten, einige der Patientenakten, vor allem die von Maurizio Fontana, persönlich in Augenschein zu nehmen, um sie auf mögliche Ungereimtheiten zu untersuchen. Dieses Anliegen erschien ihm jedoch angesichts von Pacis Lage unangemessen. Sicherlich gab es genug andere Ärzte, die das konnten.

»Dottoressa, ich beantrage gleich einen richterlichen Beschluss für die Herausgabe von Patientenakten, die für unsere Ermittlungen interessant sein könnten. Es handelt sich ausnahmslos um Organspender, die teilweise überraschend verstorben sind. Welchen Kollegen würden Sie denn empfehlen, der sich die Akten einmal ansehen könnte? Ich könnte mich natürlich auch an einen unserer Ärzte wenden, aber ich glaube, dass ein Rechtsmediziner ein besseres Auge dafür hat. Ich gehe davon aus, dass wir die Akten noch im Laufe des heutigen Tages bekommen werden.«

»Kein Problem, die können Sie mir geben. Ich nehme die mit nach Hause.«

Das hatte Vincenzo nicht beabsichtigt. Er spürte, wie ihm heiß wurde. Jetzt nötigte er diese arme Frau auch noch zu Sonderschichten.

»Nein, Signora, das kommt überhaupt nicht in Frage! Wir können die Akten auf mehrere Ärzte verteilen. Ich denke, dass das auch unsere Allgemeinmediziner hinkriegen werden.«

Doch Paci winkte ab. »Bringen Sie mir die Akten, sobald Sie sie haben, Commissario. Was meinen Sie, wie viel Zeit ich jetzt abends habe?«

»Das sind aber wahrscheinlich ganz schön viele Akten.«

Paci zog eine ihrer rotblonden Augenbrauen in die Höhe. »Wie viele genau?«

»Nun ja, wir konnten sie ja noch nicht zählen, aber bestimmt hundert.«

Paci pfiff durch die Zähne. »Das wäre allerdings ziemlich viel. Zu viel, genau genommen. Das kommt mir in der Tat spanisch vor. Und egal, wie viel Zeit ich habe, das kann ich unmöglich allein schaffen. Jedenfalls nicht in einer angemessenen Zeit. Bitte sagen Sie mir, welche Akten für Sie am wichtigsten sind. Die nehme ich genau unter die Lupe. Den Rest lese ich quer. Aus allem mache ich einen Kurzbericht für Sie. Sie können dann entscheiden, welche Akten Sie gern noch von anderen Kollegen eingehender untersuchen lassen möchten.«

»Das ist eine gute Idee, Dottoressa. Ich lasse sie Ihnen nach Feierabend nach Hause bringen. Die können Sie nicht alle allein tragen. Vielen Dank für Ihre Hilfe. Und was die Hilfe an anderer Stelle angeht, Sie wissen Bescheid.«

Wieder lächelte Paci. Vincenzo hoffte, dass Luca irgendwann eiskalt von seiner Schönheit abserviert werden würde, am besten wegen eines Jüngeren.

***

Als sie aus ihrer Ohnmacht erwachte, spürte sie zunächst nichts als einen wahnsinnigen Schmerz im ganzen Kopf. Es hämmerte im Hinterkopf, in der Stirn, den Schläfen und selbst in den Augen. Erst als sie versuchte, die Augen zu öffnen, wurde ihr bewusst, dass man sie ihr verbunden hatte. Da bemerkte sie auch, dass sie gefesselt war. Nackt und gefesselt. Sie lag auf etwas Weichem, aber leicht Kratzigem. Möglicherweise eine Decke. Wo sie sich befand, wusste sie nicht. Sie hatte keine Ahnung, zumal eine große Gedächtnislücke in ihrem Gehirn klaffte. Sie war wegen ihrer Begegnung erst spät vom Gipfel abgestiegen, konnte sich noch erinnern, an der Waalerhütte vorbeigelaufen zu sein. Niemand hatte bei diesem Wetter draußen auf der schönen Terrasse gesessen. Sie hatte sogar kurz überlegt, einzukehren, um einen Kaiserschmarrn zu essen, aber mit Blick auf die Uhr hatte sie diesen Gedanken verworfen. Sie gehörte ins Bett. Sie war über den breiten Weg weitergegangen bis zu dem Rechtsknick, schließlich kam der Abzweig ins Tal, vorbei an Wasserfällen und durch Wiesen und Wälder. Aber dann? Ein Schlag, es war doch ein Schlag gewesen? Schließlich war sie auf dem weichen Etwas zu sich gekommen.

Der Gedanke, dass sie gekidnappt worden war, versetzte sie in Panik. Ihr Atem beschleunigte sich, und weil sie sich nicht bewegen konnte, wurde sie noch panischer. Wegen des Knebels in ihrem Mund konnte sie kaum durch den Mund atmen und hatte bald das Gefühl, keine Luft mehr zu bekommen. Sie japste, und ihre Panik stieg noch weiter an. Erst als sie wieder einer Ohnmacht nahe war, schaffte sie es, sich zu konzentrieren und allmählich zu beruhigen.

Sie zwang sich, gleichmäßig durch die Nase ein- und auszuatmen, und biss mit ihren Zähnen auf das, was da in ihrem Mund war. Vielleicht würde es ihr Aufschluss darüber geben, womit man sie geknebelt hatte. Ihr wurde schnell klar, dass es sich um ein Stück Stoff handelte, vielleicht ein zusammengerolltes Halstuch. Mit der Zunge versuchte sie, das Ding aus ihrem Mund zu schieben, aber es gelang ihr nicht. Das Tuch oder was immer das war, war zu fest in ihren Mund gepresst. Während sie es trotzdem weiterversuchte, fing sie bewusst an, auf ihren Geruchssinn zu achten. Sie konnte nichts sehen und auch nichts hören; wo immer sie war, schien es keine Geräusche zu geben. Aber möglicherweise gelang es ihr, ihre Umgebung zu erschnuppern. Die Luft roch modrig und feucht. Und war da nicht auch ein Hauch von Schwefel? Sie war nicht im Freien, so viel stand fest. Sonst hätte sie zumindest schwache Luftbewegungen wahrnehmen müssen. Ein Haus oder eine Hütte konnte sie ebenso ausschließen. Schimmel machte zwar auch einen modrigen Geruch, aber anders, nicht so … so … ja, so erdig. Erdig, das war der richtige Begriff.

Nachdem sie eine Weile regungslos dagelegen hatte, hörte sie plötzlich ein Geräusch. Ganz leise und nicht in ihrer unmittelbaren Nähe. Es klang metallisch, zudem erzeugte es einen merkwürdigen Widerhall. Was mochte das sein? Da, schon wieder! Ein in regelmäßigen Abständen wiederkehrendes Geräusch. Wasser! Wasser, das von einer Decke tropfte und auf Metall fiel. Nein, nicht Metall, Stein, Fels. Dann wusste oder ahnte sie zumindest, wo sie war: in einer Höhle. Man hatte sie in eine Höhle verschleppt. Aber warum? Sie versuchte, Arme und Beine zu bewegen. Aber beide waren straff gefesselt. Sie drehte sich so weit wie möglich nach beiden Seiten, hin und her. Schließlich stieß sie mit dem linken Bein an etwas Hartes. Sie bewegte ihr Bein so kräftig wie möglich. Hart und glatt. Es gab nach, schien zu rollen. Vielleicht ein Rohr. Plötzlich merkte sie, dass sie schrecklich fror. Sie lag nackt auf einer Decke in einer Höhle. Irgendwann würde sie erfrieren. Oder verdursten. Was ging eigentlich schneller? Was war der gnädigere Tod?

Auf einmal zuckte sie zusammen. Da war ein Geräusch. Nicht das Geräusch von tropfendem Wasser. Etwas anderes, aus einer anderen Richtung. Es klang wie das Geräusch von Stein auf Stein. Es kam näher, schnell. Schritte! Das waren eindeutig Schritte. Es war laut, unmittelbar vor ihr. Dann war es plötzlich wieder ganz ruhig. Sie konnte ihn weder sehen noch hören noch riechen. Aber sie spürte, dass er da war. War er es wirklich? Aber warum? Warum sollte er das tun? Er schien da zu stehen und sie zu beobachten. Sie war nackt, und sie fühlte sich ausgeliefert. Was würde er tun? Sie vergewaltigen? Und sie danach gehen lassen? Wozu hätte er ihr sonst die Augen verbinden sollen? Hoffnung keimte in ihr auf.

Dann merkte sie, dass er sich neben sie kniete. Etwas Kaltes wurde an ihre Wange gehalten. Um Gottes willen, ein Messer? Was hatte er vor? Wollte er ihr die Kehle durchschneiden? *Bitte nicht, bitte nicht* … Es ging ganz schnell, dauerte nur den Bruchteil einer Sekunde. Dann war es geschehen. Endlich, wenigstens war sie diesen widerlichen Knebel los. Sie hörte ein ganz leises Knacken. Das konnte von seinen Kniegelenken kommen, typisch, wenn jemand aus der Hocke aufstand. Wieder hörte sie nichts als die gleichmäßigen Wassertropfen. Plitsch, platsch, plitsch, platsch, plitsch, platsch …

Sie wurde wahnsinnig vor Angst. Warum stand er einfach nur so da? Warum stürzte er sich nicht auf sie, vergewaltigte sie und löste dann ihre Fesseln? Sie hatte immer panische Angst davor gehabt, Opfer sexueller Gewalt zu werden. Doch jetzt ging es um mehr, jetzt ging es um ihr Leben. Sie wollte leben, überleben! Sollte er sie ruhig ficken, danach war es wenigstens vorbei, aber sie wollte leben! Jetzt tu es doch endlich, du Schwein!

»Hören Sie, nehmen Sie sich, was Sie wollen, und dann lassen Sie mich laufen«, flehte sie. »Machen Sie mit mir, was Sie wollen, ich werde mich auch nicht wehren. Ich weiß doch gar nicht, wer Sie sind. Nur bitte, bitte lassen Sie mich am Leben!«

Statt einer Antwort hörte sie ein Klirren. Ein kurzes, lautes Klirren. Es klang wie Glas, das auf einem Steinfußboden zerspringt. Sie spürte auf den Beinen und auf ihrem Bauch an mehreren Stellen einen minimalen Schmerz, es fühlte sich an wie ganz leichte Stiche. Irgendetwas war auf sie gefallen. Dann folgte eine kurze Zeit der Stille, die schließlich durch ein schabendes Geräusch durchbrochen wurde. Was machte er? Hatte er das Rohr aufgehoben?

***

»Gut, dass ich Sie treffe, Dr. Brunner. Haben Sie Schwester Giulia heute schon gesehen? Hat sie überhaupt Frühschicht?«

Brunner war gerade auf dem Weg in den OP und hatte es offenbar sehr eilig. »Nein, habe ich nicht. Aber Sie wissen im Zweifel besser als ich, wo sie stecken könnte.«

Florian von Adelsburg verspürte wieder das zwingende Bedürfnis, seinem Gegenüber geradewegs ins Gesicht zu schlagen. Mitten rein in diese widerliche, arrogante Fresse. Aber ein Patient wartete auf ihn. »Was wollen Sie damit sagen?«

Brunner schaute auf seine Uhr. »Gar nichts. Außerdem habe ich es eilig. Wenn Sie mich jetzt entschuldigen würden.« Brunners Piepser meldete sich. Er nahm sein Handy aus dem Kittel und rief die Schwester im OP an. Kreislaufkomplikationen. Die Operation musste noch einen Moment warten. »Jetzt habe ich doch noch etwas Zeit. Was ich damit sagen will, mein Lieber, ist, dass ich sehr wohl weiß, dass Giulia und Sie mehr als kollegiales Wohlwollen verbindet.«

Florian entfuhr ein kurzes Lachen. »Sie leiden ja unter Halluzinationen. Giulia und ich, das ist ja lachhaft.«

»So, meinen Sie? Das sieht Giulia aber anders.«

Florian zeigte sich überrascht. »Wie bitte? Was soll sie anders sehen? Hat sie Ihnen allen Ernstes erzählt, sie und ich hätten eine Affäre?«

Brunner spitzte die Lippen. »Nicht direkt. Sagen wir mal so: Als ich sie damit konfrontiert habe, hat sie es nicht dementiert. Aber das ist ja manchmal mehr wert als ein Geständnis, nicht wahr?«

Jetzt war es Florian, der demonstrativ auf seine Uhr sah. »Sie werden es kaum für möglich halten, verehrter Herr Kollege, aber im Gegensatz zu Ihnen habe ich tatsächlich noch zu tun. Und dafür brauche ich Giulia, aber nicht so, wie Sie sich das in Ihrer kranken Phantasie ausmalen. Also, wo steckt sie?«

Brunner setzte einen wissenden Gesichtsausdruck auf. »Die Frage ist doch wohl eher, wo Sie sind – oder besser *waren*. Ich habe Sie heute Vormittag überall gesucht. Wir müssen nämlich dringend über die neuen Dienstpläne sprechen.«

»Ich war heute Vormittag bei Adelsburg Technologies. Ich hatte dort etwas zu erledigen.«

Brunner entfuhr ein gehässiges Lachen. »Adelsburg Technologies? Dass ich nicht lache. Ich kann mir gut vorstellen, dass Sie etwas zu erledigen hatten – oder besser *jemanden*. Also, ich meine natürlich nicht erledigen, sondern eher … na, Sie wissen schon. Hoffentlich hat es Spaß gemacht. Und was Giulia angeht: Wenn Sie die Dienstpläne etwas sorgfältiger studieren würden, dann wüssten Sie, dass sie diese Woche Nachtschicht hat.«

Florian schlug sich mit der flachen Hand vor die Stirn. »Stimmt ja, das hatte ich ganz vergessen.« Wieder schaute er auf seine Uhr. »Dann ist sie spätestens in zwei Stunden hier. Wenn Sie sie sehen, sagen Sie ihr bitte, dass Sie sofort zu mir kommen soll.«

»Gern, lieber Herr Graf. Ich schicke sie sofort zu Ihnen. Obwohl, wahrscheinlich muss ich das gar nicht. Die wird sicherlich ohnehin auf direktem Wege zu Ihnen kommen. Oder sollte ich besser sagen: bei Ihnen?«

Er spürte ein Zucken in der Hand und war kurz davor, wirklich zuzuschlagen. Was sich dieser Brunner inzwischen rausnahm, war nicht mehr hinnehmbar. Er hob die Hand und drückte seinen Zeigefinger auf Brunners Brust, der viel zu überrascht war, um darauf zu reagieren. »Hören Sie gut zu, Brunner. Ich sage das nur einmal. Ab jetzt unterlassen Sie Ihre dreisten Kommentare, Unterstellungen und Frechheiten. Ich will hier genau wie Sie und alle anderen nur meine Arbeit machen, und das möglichst gut. Ich habe keine Lust, mich von Ihnen mobben zu lassen. Und das ohne jeden Grund. Soll ich Ihnen sagen, was ich denke? Ich denke, dass Sie vom Neid zerfressen sind. Weil ich inzwischen der bessere Operateur bin, weil ich in eine Adelsfamilie eingeheiratet und eine rosige Zukunft vor mir habe, während Ihnen in Ihrer Singlebehausung spätestens nach Ihrer Pensionierung die totale Einsamkeit droht. Aber das ist allein Ihre Schuld. Sie haben es sich im Laufe der Zeit mit allen verscherzt. Mann, früher waren Sie gut, richtig gut. Ich habe Sie bewundert, das meiste, was ich kann, habe ich von Ihnen gelernt. Sie waren uns allen ein Vorbild. Aber man muss ein Gespür dafür haben, wann es vorbei ist und man aufhören sollte. Sie haben diesen Zeitpunkt verpasst. Deshalb lassen Sie Ihren ganzen Frust an mir aus. Aber damit ist jetzt Schluss. Wenn Sie noch einmal solche Unverschämtheiten von sich geben, mache ich Sie fertig. Ist das klar? Und dann werde ich einmal ausprobieren, wie hilfreich so ein Adelstitel tatsächlich sein kann. Vielleicht hat er ja sogar Einfluss auf den Zeitpunkt Ihrer Pensionierung. Haben wir uns verstanden?«

Wütend ließ Florian von dem entgeisterten Brunner ab, der dem jungen Kollegen in diesem Moment kein Paroli bieten konnte. Ein letzter finsterer Blick, und der alte Widerling eilte weiter in den OP.

***

Durnholzer Tal

Ratlos saßen Johann und Aloisia Kaser an dem Tisch in ihrer Küche und tranken Tee. Seit nunmehr vier Stunden war Nathan verschwunden. Als sie ihn gesucht hatten, hatte Aloisia in der Scheune nicht nur den »Playboy« mitten auf dem Boden liegen sehen, sondern auch den Slip, von dem ihr Johann nichts erzählt hatte. Mit einem starken Gefühl von Ekel hatte sie registriert, dass das ihr unbekannte Kleidungsstück feucht war von frischem Sperma und weitere eingetrocknete Spuren den Schluss nahelegten, dass es heute nicht zum ersten Mal zweckentfremdet worden war. Als sie, am Küchentisch sitzend, Johann das Ding gezeigt hatte, hatte er zugegeben, Nathan bereits mit dem Slip erwischt zu haben.

Aloisia hatte fassungslos darauf reagiert. »Warum hast du mir nichts davon erzählt?«, hatte sie ihren Mann mit unverhohlenem Unverständnis in der Stimme gefragt. Doch der hatte abgewunken und erklärt, dass es doch nicht schlimm sei, dass Nathan den Slip einer Nachbarin klaue, um wenigstens den Duft einer Frau zu riechen.

»Einer Nachbarin? Welche unserer Nachbarinnen besitzt denn so ein Zeug? Das ist doch was für junge Dinger, wie sie in den Städten rumlaufen. Nein, so was trägt garantiert keine unserer Nachbarinnen.«

»Und woher soll der Slip stammen, wenn nicht von einer Nachbarin?«, hatte Johann gefragt, obwohl er die Antwort schon kannte.

Aloisia hatte ihren Mann angesehen und zu weinen angefangen. Beide hatten sie den gleichen Gedanken, doch keiner von ihnen wagte es, ihn auszusprechen. Stattdessen nippten sie schweigend an ihrem Tee.

»Meinst du, er ist deshalb geflohen?«, unterbrach Aloisia schließlich die Stille.

»Aber warum erst heute? Das Verbrechen liegt doch schon ein paar Tage zurück.«

»Keine Ahnung. Was sollen wir denn jetzt bloß tun, Johann? Zur Polizei gehen?«

»Nein. Auch wenn es das einzig Richtige wäre, danach ist Nathan erledigt. Das können wir ihm nicht antun.«

»Und wenn noch eine Frau stirbt?«

Johann begrub sein Gesicht in den Händen. »Aloisia, sei doch so gut und hol uns einen Obstler.« Er nahm nicht einmal die Hände vom Gesicht, als er das sagte.

Wortlos stand Aloisia auf und kam mit der großen Ein-Liter-Flasche und zwei Gläsern zurück an den Tisch. Erst als das Geräusch des Eingießens verstummte, hob Johann den Kopf, griff nach dem Glas, trank es in einem Zug leer und füllte es erneut.

Aloisia, die nur vorsichtig an ihrem Glas genippt hatte, sah ihn vorwurfsvoll an. »Es bringt uns nicht weiter, wenn du dich jetzt auch noch betrinkst.«

Johann entfuhr lediglich ein klagender Ton. Dann trank er auch seinen zweiten Obstler und füllte sein Glas wieder bis zum Rand.

Erbost sprang sie auf und stellte die Flasche beiseite. »Das reicht jetzt! Beantworte lieber meine Frage. Was ist, wenn noch eine Frau stirbt? Könntest du damit leben?«

Johann versank in seinem Stuhl. »Ich wusste nicht, dass du so grausam sein kannst, Aloisia.«

»Und ich wusste nicht, dass du mir ewige Liebe vorgaukelst, während du es dir hinter meinem Rücken mit dem ›Playboy‹ machst.«

Johann schüttelte den Kopf. »Das ist nicht fair. Außerdem geht es jetzt nicht darum. Wir müssen uns überlegen, was wir tun sollen. Willst du wirklich zur Polizei gehen? Was ist, wenn Nathan überhaupt nichts damit zu tun hat? Du fragst mich, ob ich mit einem weiteren Opfer leben könnte. Nein, könnte ich nicht. Aber könntest du damit leben, Nathan fälschlicherweise ans Messer geliefert zu haben?«

»Was ist mit dem Schlüpfer? Woher hat er den?«

»Von einer Nachbarin. Oder einer Touristin.«

Aloisia nickte. »Stimmt, von einer Touristin könnte er sein. Aber was ist mit dem Blut auf Nathans Hose?«

»Nichts, Aloisia, gar nichts. Ein Kratzer. Mehr nicht.«

»Und wenn das Blut von der Toten in Glaning stammt?«

»Wenn Nathan der Frau etwas angetan hätte, wäre seine ganze Hose blutgetränkt gewesen.«

Aloisia dachte nach. »Damit könntest du recht haben. Aber warum ist Nathan heute verschwunden?«

»Vielleicht dachte er, wir hätten ihn beobachtet, und er hat sich geschämt.«

»Ja, auch das könnte sein. Bleibt die Frage, was wir jetzt machen sollen.«

»Warten.«

»Warten? Sonst nichts?«

Johann nickte und trank seinen Obstler.

21

Klinik Bozen, Donnerstag, 12. Juli

In der Klinik wuchs die Sorge um Schwester Giulia. Es war nicht ihre Art, tagelang unentschuldigt zu fehlen. Florian von Adelsburg hatte sich bereit erklärt, am Vorabend zu ihr nach Hause zu fahren. Ihre Wohnung lag auf seinem Heimweg. Er berichtete, er habe sie dort nicht angetroffen und niemand habe auf sein mehrmaliges Läuten reagiert. Ans Telefon ging sie ebenfalls nicht.

»Was sollen wir jetzt machen?«, war selbst Brunner ratlos. Er hatte sich mit von Adelsburg, Dr. Rossi und Schwester Elena getroffen, um gemeinsam zu überlegen, wie sie weiter vorgehen sollten. »Sie kennen sie doch am besten, Elena. Hat sie neuerdings einen Freund? Oder wissen Sie von privaten Problemen?«

Schwester Elena war schon am Dienstag nach Feierabend bei Giulia vorbeigefahren und hatte seitdem zigmal versucht, sie anzurufen. Sie war weder über ihr Festnetz noch mobil zu erreichen. Es musste etwas geschehen sein. Etwas Schlimmes. Sie beobachtete alle drei: Rossi, Brunner und von Adelsburg. Wer von ihnen wusste mehr, als er zugab? Von Adelsburg war beherrscht, karrieregeil, mit einer Adeligen verheiratet. Brunner war frustriert, desillusioniert, aufbrausend. Beide Ärzte profitierten von der auffallenden Häufung von Todesfällen. Aber ob einer der Ärzte deshalb einen Mord begehen würde? Das konnte sie sich nicht vorstellen. Von Adelsburg würde seine ganze Zukunft aufs Spiel setzen, Brunner seine Pensionsansprüche verlieren. Nein, das war ausgeschlossen. Aber was war mit Maja Rossi? Die war besessen von dem Gedanken, es mit von Adelsburg zu treiben oder sogar mit ihm zusammenzukommen. Sie hatte etwas Irres an sich, manchmal meinte Elena sogar, Wahnsinn in ihren Augen zu erkennen. Und sie hatte sie und Giulia bedroht, sie gezwungen, sich von dem Adeligen fernzuhalten. Elena hatte sogar schon mit dem Gedanken gespielt, zur Polizei zu gehen. Aber dann würde vermutlich auch alles andere ans Tageslicht kommen. Dann war sie genauso dran. Also hatte sie den Gedanken rasch verworfen. Wahnsinn, vor ein paar Wochen hatten sie noch als eingeschworene Gemeinschaft und siegesgewiss in einem Bozener Café gesessen. Und jetzt war Cecilia tot und Giulia spurlos verschwunden. Maja machte doch Karate …

»Elena! Wo sind Sie denn nur in Gedanken? Ich habe Sie etwas gefragt!«

Brunners unwirscher Tonfall riss sie aus ihren Überlegungen. »Entschuldigung, Dr. Brunner. Was haben Sie gesagt?«

Brunner verdrehte genervt die Augen. »Hat Giulia private Probleme? Ist sie vielleicht mit ihrem Freund durchgebrannt? Und was ist mit ihren Eltern, können wir die fragen? Oder hat sie Geschwister? Nun reden Sie schon!«

War er wirklich so ahnungslos, wie er tat?

»Ihre Eltern leben, glaube ich, in der Schweiz. Sie hat nicht viel Kontakt zu ihnen. Und ihr Bruder ist jünger als sie und lebt noch bei seinen Eltern. Sie hatte zuletzt keinen Freund. Und von Problemen weiß ich auch nichts. Das Letzte, was sie mir erzählt hat, ist, dass sie am Dienstag nach Feierabend auf die Matatzspitze wollte. Seitdem habe ich nichts mehr von ihr gehört.«

»Das ist es!«, entfuhr es von Adelsburg. »Sie ist bestimmt abgestürzt. Um Gottes willen, dann liegt sie vielleicht irgendwo schwer verletzt in einer Felsspalte. Wir sollten die Bergwacht informieren.«

Maja Rossi, die sich zuvor noch gar nicht zu Wort gemeldet hatte, winkte ab. »Davon halte ich nichts. Erstens ist Giulia eine Bergziege, und zweitens ist die Matatzspitze harmlos. Da kann man nicht abstürzen.«

»Ach, und woher wollen Sie das wissen?«

Sie sah von Adelsburg mit einem strafenden Blick an. »Weil ich vielleicht auch manchmal in die Berge gehe? So wie Sie. Sie kennen den Gipfel doch bestimmt auch, oder?«

»Ja«, gab von Adelsburg zu. »Der Weg ist in der Tat einfach. Aber das letzte Stück zum Gipfel erfordert doch eine gewisse Trittsicherheit. Und schwindelfrei muss man auch sein. Außerdem war das Wetter am Dienstag ziemlich unbeständig. Es könnte nass gewesen sein. Vielleicht ist sie ausgerutscht. Ich bin dafür, die Bergwacht anzurufen.«

»Ich bin ausnahmsweise Ihrer Meinung, von Adelsburg«, mischte sich Brunner wieder in das Gespräch ein. »Außerdem sollten wir die Polizei verständigen.«

»Polizei?« Elena ergriff Panik. Wenn die Bullen jetzt anfingen, intensiv herumzuschnüffeln, würde sie garantiert auffliegen. »Lassen Sie uns doch erst mal abwarten, was die Bergwacht sagt.«

***

Es faszinierte Dr. Paul Brunner immer wieder aufs Neue, wie geräuschlos und mit welcher Leichtigkeit der V8-Motor seines Audi A8 die steile Straße hinauf ins Villnösstal bewältigte. Lange hatte er hin und her überlegt, ob er so viel Geld für ein Auto ausgeben sollte. Aber eines Morgens, das war jetzt gut ein Jahr her, hatte er vor dem Spiegel gestanden und festgestellt, dass er in kurzer Zeit in beängstigender Weise gealtert war. Er wusste, woran das lag. An seinem Alleinsein, das sich immer mehr zu einer Einsamkeit entwickelte, die ihm deutlich machte, dass er im Leben krasse Fehlentscheidungen getroffen hatte. Die größte war sicherlich die, vor mehr als dreißig Jahren Magdalenas Wunsch nach Kindern ausgeschlagen zu haben. Er hatte immer nur ein großes Ziel vor Augen gehabt: Direktor der Klinik Bozen zu werden. Er wollte nachts nicht von schreienden Kindern geweckt werden, wollte nicht zu Elternsprechtagen, seinen ohnehin dürftigen Urlaub mit Schreihälsen verbringen und sich später von unausgegorenen Teenagern beschimpfen lassen. Und er hatte keine Lust, seine Blagen von einem Termin zum nächsten zu kutschieren. Nein, eigene Kinder hätten ihm Unmengen an Zeit gestohlen und seiner Karriere im Wege gestanden. Sogar als Magdalena auf die abstruse Idee gekommen war, sich stattdessen einen Hund anzuschaffen, hatte er sich geweigert. Zwölf Stunden Klinik, schwere Operationen, Ärger mit Schwestern und ausufernder Bürokratie. Und dann auch noch Gassi gehen mit dem Hündchen? Niente. Das hatte er Magdalena klar artikuliert. Keine Kinder. Kein Hund. Nichts, was meinen Weg stört. Aber für dich ein Leben in Saus und Braus. Das war seine Vorstellung vom Leben gewesen, seine Vorstellung eines fairen Deals mit Magdalena. Und er hatte Magdalena wahrhaftig geliebt. So sehr, dass er sich nie wieder zu einer Frau hingezogen gefühlt hatte.

Er hätte diesen einen verdammten Abend ernst nehmen müssen. Wie oft hatte er sich seitdem selbst dafür gehasst! Sie hatten im Wohnzimmer am Kamin gesessen. Dasselbe Wohnzimmer, wo er auch heute noch Stunde um Stunde verbrachte, in Gedanken viel zu oft bei Magdalena, bei seiner Dummheit, seinem verkorksten Leben. Hier hatte sie ihm in ihrer ruhigen, besonnenen Art gesagt, dass ihr Wunsch nach Kindern mehr sei als ein Ziehen im Unterleib. Kinder seien ein fester Bestandteil ihrer Lebensplanung, Saus und Braus hingegen nicht. Und wenn er das nicht respektiere, wenn er sich nicht vorstellen könne, Kinder mit ihr zu haben, dann werde sie ihn verlassen. Er hatte sie überhaupt nicht ernst genommen, war sogar aufbrausend geworden und hatte ihr unterstellt, sie wolle sich seiner Karriere in den Weg stellen.

Seit diesem Abend hatte sich das Verhältnis zwischen ihnen kontinuierlich abgekühlt. Ein halbes Jahr später kam er abends von der Klinik nach Hause, und sie war weg. Mit all ihren Sachen. Nur ein Abschiedsbrief hatte auf dem Kaminsims gelegen. Er hatte nie wieder etwas von ihr gehört, wusste nur über Freunde, die es auch schon längst nicht mehr in seinem Leben gab, dass Magdalena zwei Jahre später verheiratet war und schon ihr erstes Kind hatte. Ein Mädchen. Tja, so konnte es laufen im Leben. Was für eine verdammte Scheiße! Warum musste sich ein kleiner Anflug von Arroganz, ein Moment der Selbstüberschätzung, eine einzige Lieblosigkeit nur dermaßen brutal und gnadenlos rächen? Was hatte das mit Gerechtigkeit zu tun? Alles, wirklich alles hätte er für sie getan. Und wenn er ihrem Wunsch entsprochen hätte, würde es ihm dann heute schlechter gehen? Kaum. Er wäre glücklich, lebensfroh, hätte wahrscheinlich längst Enkel. Keine Frau, keine Kinder, kein Leben, aber ein Audi A8 mit V8-Motor. Glückwunsch, Dr. Brunner, das hast du sauber hingekriegt.

Nachdem Magdalena ihn verlassen hatte, hatte er genau das gemacht, was sein Lebensplan vorsah: Karriere, Karriere, Karriere. Und das war ihm gelungen. Sein Privatleben hatte er nicht regeln können, aber sein berufliches. Und wie. Bis dieser schleimige, arrogante, milchgesichtige Kotzbrocken in die Klinik und damit in sein Leben gekommen war. Bootete ihn, den alten Hasen, aus und war allseits beliebt, er hingegen verhasst. Schließlich mogelte er sich auch noch in eine Familie, die für seine Karriere der Turbo schlechthin war, und sein erstes Kind hatte er auch schon! Was für eine himmelschreiende Ungerechtigkeit!

Brunner spürte, wie erneut maßloser Zorn, ja Hass in ihm erwachte. Dieser Neureiche war der Inbegriff eines Lebens, das Brunner nur zu gern gehabt hätte. Es gab Tage, da stellte er sich vor, dass er mit dem Möchtegernadeligen eine Bergtour machte, um ihn hinterrücks in eine Schlucht zu stoßen. Einfach nur weg mit dieser Geißel seines ohnehin tristen Lebensabends. Automatisch hatte Brunner bei diesen Gedanken das Gaspedal durchgedrückt, ohne zu merken, dass er bereits hundertfünfzig fuhr. Lebensgefährlich. Dumm. Überflüssig. Aber in dieser Luxuslimousine merkte man die Geschwindigkeit einfach nicht. Er nahm den Fuß vom Gas und wählte Mozarts vierzigste Sinfonie in seinem Soundsystem von Bang & Olufsen, das allein mehr gekostet hatte, als Giulia und Elena zusammen in einem Monat verdienten.

Ja, Giulia und Elena …

Mozart entfaltete bei ihm die optimale Wirkung. Diese gleichzeitig melancholischen wie heiteren Weisen des ersten Satzes, Molto Allegro, dazu von Wolken umwaberte Wiesen und Gipfel, das alles erfüllte ihn mit einer Form von Leichtigkeit, wie es kein anderer Komponist vermochte. Die Saiten von Mozarts Streichern berührten Saiten in ihm, die eine merkwürdige Lebensfreude erzeugten. Plötzlich war die Klinik weit weg, genau wie Giulia, Elena und von Adelsburg sowieso. Aber auf eine unheimliche Art war auch er selbst weg. Er hatte sich nie einen Reim auf dieses Phänomen machen können. Aber er genoss es. Und er trauerte mit sich selbst.

Langsam fuhr er durch Sankt Peter. Linker Hand trotzte die alte Pfarrkirche den von den Nordhängen herabziehenden Nebelfeldern. Rechts vor ihm tauchten die Geislerspitzen auf, die aus der mittelhohen Wolkendecke herausragten, als wollten sie sich geradewegs bis zum Himmel erheben. Gleich war er zu Hause. Sankt Magdalena öffnete sich vor ihm. Sein Haus lag ganz oben mit traumhaftem Blick über die Johanneskapelle zur Puez-Geisler-Gruppe. Er öffnete das Garagentor mit der Fernbedienung. Nach diesem jämmerlichen Tag, dachte er sich, musst du dir wenigstens noch etwas Gutes tun. Er nahm sich vor, eine Flasche Wein zu öffnen, sich vor sein Panoramafenster zu setzen, Mozart zu hören und Wein zu trinken, bis die bleichen Berge endgültig in der Dunkelheit versunken waren.

Er schloss das Garagentor, stellte Motor und Soundsystem ab und nahm sein Smartphone aus der Mittelkonsole. Das Gerät meldete den Eingang einer WhatsApp-Nachricht. Dr. Rossi. Was konnte die von ihm wollen? Von einer Vorahnung getrieben, öffnete er die Nachricht sofort. Was dort stand, verschlug ihm den Atem.

Ich weiß, was Sie getan haben, und kann es beweisen. Morgen, 19.00 Uhr in der Klinik, legen Sie einen Umschlag mit 20.000 Euro in das Behinderten-WC für Gäste. Keine Polizei, keine Tricks.

Brunner verweilte noch lange auf dem Fahrersitz. Mozart musste warten.

***

Vincenzo betrachtete seine Schreibtischuhr im Retrolook. Ein Geschenk von Gianna, an die er weitaus häufiger denken würde, wenn dieser Fall nicht rund um die Uhr seine ganze Aufmerksamkeit erfordern würde. Das war das einzig Positive daran. Es ging schon auf neunzehn Uhr zu. Für heute war genug getan, mehr konnten sie nicht mehr ausrichten. Gerade als er seine kleine Aktentasche gepackt hatte, er wollte sich die Unterlagen des Fontana-Falles mit nach Hause nehmen, klingelte erneut sein Telefon. Schon wieder Montani. Genervt verdrehte er die Augen.

»Francesca, wer ist es diesmal? Wieder eine verängstigte Bürgerin? Oder Zingerle höchstselbst?«

»Nein, ein anonymer Anrufer. Er hat eine Frauenleiche gefunden, ein gutes Stück unter der Matatzspitze, in der Nähe der Waalerhütte, in einer Höhle. Marzoli ist gerade raus. Soll ich ihn zurückholen?«

»Ja, bitte, ich komme schon mal runter.«

Er hatte sich auf beiden Seiten der Alpen zahlreiche Höhlen eingerichtet … sein zweites Opfer … Die Worte des Sensationsreporters hallten in Vincenzos Kopf wider. Eiskalt lief es ihm den Rücken herunter.

Dunkle Vorahnungen erfüllten ihn, als er kurz darauf mit Marzoli bei Francesca Montani stand, die ihnen erklärte, wo genau sich die Tote nach der Aussage des unbekannten Anrufers befand. Paci und Reiterer waren schon informiert. Mit einem Geländewagen konnten sie bis auf gut einen Kilometer an den Fundort heranfahren. Marzoli haderte mit dem Schicksal, weil Barbara, seine Frau, einen Nudel-Gemüse-Auflauf mit Gehacktem gekocht hatte.

»Seien Sie froh, Giuseppe, Sie haben heute wieder so viel Cantuccini in sich reingestopft, dass Ihnen ein Verzicht aufs Abendessen nur guttun kann«, zog ihn Vincenzo auf. An Montani gewandt fragte er: »Haben Sie sich denn nicht nach dem Namen des Anrufers erkundigt und ihm gesagt, dass er seine persönlichen Daten hinterlassen muss?«

»Doch, natürlich, aber er meinte, sein Name tue nichts zur Sache. Vor ihm liege eine Leiche, und die würde auch nicht wieder auferstehen, wenn er uns seine Personalien geben würde. Er hat jedes Detail beschrieben. Die Lage der Höhle, wie man am besten dorthin kommt, wo genau die Leiche liegt und wie sie zugerichtet ist. Nur nicht seinen Namen. Aber wir haben ja eine Handynummer.«

»Die Rufnummer war nicht unterdrückt?«

»Nein.«

»Gut, dann fahren wir los. Bitte schreiben Sie mir die Nummer auf. Prüfen Sie noch, auf wen sie angemeldet ist, Francesca. Und veranlassen Sie sofort eine Handyortung. Dann gehen Sie in Ihr wohlverdientes Wochenende.«

***

Die Höhle war ein gutes Stück vom Wanderweg entfernt. Man konnte sie von dort aus nicht einmal erahnen. Umso überraschender war es, dass der anonyme Anrufer die Höhle gefunden hatte. Das konnte eigentlich nur der Täter selbst! Aber warum hatte er sich dann nicht auch nach seinem ersten Opfer gemeldet? Oder gab es keinen Zusammenhang zwischen beiden Taten? Ein markanter

Felsblock, eine Höhle, Zingerles erstes und zweites Opfer. Das konnte kein Zufall sein. Wie Blitze jagten die Gedanken auf dem Weg zur Höhle durch Vincenzos Kopf, der ahnte, dass sie auch diesmal ein grausamer Anblick erwarten würde. Dank Marzolis Übergewicht und seiner Verweigerungshaltung gegenüber Sport jedweder Art kamen sie nur langsam voran. Die Höhle befand sich gut hundert Höhenmeter oberhalb des Wanderweges, man kam nur über eine steile, nasse Grasflanke und schließlich Schotter und Fels dorthin. Längst hatte die Abenddämmerung das Hochtal erreicht, das schon allein aufgrund des Dauerregens und der tief hängenden Wolken düster war.

Genervt drehte sich Vincenzo zu dem schnaufenden Marzoli um. »Mensch, Ispettore, geht das nicht ein bisschen schneller? Ich will nicht mitten in der Nacht dort ankommen!«

Nur gepresst kamen die Worte aus Marzolis Mund. »Das ist aber auch steil hier. Sie hätten lieber Mauracher mitnehmen sollen.«

»Nichts da, die ist zu Hause, und da soll sie mal schön bleiben. Bewegung schadet Ihnen nicht. Los jetzt, da vorn muss der Eingang sein.«

Neben dem versteckt hinter einem Felsvorsprung befindlichen Zugang zur Höhle lagen Äste und Sträucher, die allem Anschein nach von jemandem dort drapiert worden waren, vermutlich um den Zugang zu tarnen. Obwohl das Gebüsch beiseitegeschoben worden war, war der Zugang mit bloßem Auge kaum zu erkennen. Er war lang gezogen, maß an die drei Meter, war aber so flach, dass man nur liegend in die Höhle kriechen konnte. Unter dem Felsvorsprung war dieser schmale Spalt erst zu erkennen, wenn man unmittelbar davorstand. Ein perfektes Versteck. Ob nun Anrufer und Täter identisch waren oder nicht, nur wer sich in dem Gebiet gut auskannte, konnte diese Höhle kennen und finden.

Reiterer ging voran, hielt die anderen zurück. »Hier sind überall frische Fußabdrücke. Und in dem Gestrüpp könnten Faser- oder sonstige Spuren sein. Wir sollten erst das Gelände checken und dann reingehen.«

»Und wie stellen Sie sich das vor? Gleich ist es zappenduster, und ich habe keine Lust, mir in diesem Gelände die Knochen zu brechen.«

Reiterer schmunzelte. »Bergsteiger, hm? Alpinerfahren, oder? Oder eher doch nicht. Die Entscheidung liegt bei Ihnen. Es besteht ein realistisches Risiko, dass Sie Spuren verwischen. Sofern dieser Regen überhaupt welche übrig lässt.«

Vincenzo betrachtete den schmalen Einstieg. Reiterer hatte natürlich recht. Mindestens zwei Personen waren vor Kurzem in diese Höhle gekrochen und mindestens eine wieder hinaus. Opfer, sofern sich der Anruf nicht doch als übler Scherz entpuppte, und Täter. Und vielleicht der unbekannte Dritte. Er hatte eine Idee. »Was halten Sie davon, wenn Sie rasch die oberste Erdschicht abtragen und eintüten? Die Erde hier ist ganz locker, das haben Sie schnell erledigt. Danach gehen wir rein. Damit können Sie sogar dem Regen ein Schnippchen schlagen.«

Reiterer spitzte die Lippen. »Gute Idee, mein Lieber, Respekt! Das verringert das Risiko, Spuren zu verwischen, eliminiert es aber nicht. Aber meinetwegen können wir es so machen.« Er drückte Vincenzo eine der großen Beweismitteltüten in die Hand und grinste.

Vincenzo starrte auf die Tüte. »Ich?«

Reiterer nickte freundlich. »Ich jedenfalls nicht.«

Vincenzo nahm die Tüte und schielte zu Marzoli hinüber. Der hob sofort abwehrend die Hände. Leise Flüche ausstoßend kniete sich Vincenzo vor die sichtbaren Fußspuren, fotografierte sie, machte einen Abdruck nach Reiterers Anweisungen, der sich in dieser Rolle sichtlich wohlfühlte, und trug schließlich die Erde ab. Die Erde war hier so feucht, dass auch Vincenzos Knie in kürzester Zeit nass waren. Die Jeans konnte er nachher gleich in die Wäsche werfen. »So«, sagte er angesäuert zu Marzoli, »Sie gehen vor!«

Widerwillig kniete sich der Ispettore neben Vincenzo. »Und wie soll ich da reinkommen?«

Vincenzo schnaubte durch die Nase. »Indem Sie sich auf den Rücken legen und seitwärts reinkriechen, zum Beispiel?«

»Ja, aber … aber dann versaue ich mir doch alle Klamotten!«

»Was Sie nicht sagen. Dann wird Barbara sie wohl waschen müssen.«

»Das wird ihr ganz und gar nicht gefallen.«

»Ispettore!«

»Schon gut«, grummelte er und tat, was Vincenzo ihm aufgetragen hatte. Doch es ging nicht. »Klappt nicht, Commissario.«

Vincenzo bot sich ein bizarres Bild. Da lag Ispettore Giuseppe Marzoli vor ihm auf dem Boden und versuchte, mit seinem massigen Körper seitlich in diesen Felsspalt zu kriechen. Aber er kam nicht hinein, weil sein Bauch zu dick war. Deutlich zu dick. Vincenzo konnte sein Lachen nicht unterdrücken. Auch Reiterer prustete los. Lediglich Paci bewahrte die Contenance.

Mit einer für seine Statur überraschenden Geschmeidigkeit kam Marzoli wieder auf die Beine. »Witzig, wirklich sehr witzig!«

»Nichts für ungut, Ispettore, aber vielleicht sollten Sie sich zukünftig doch mit Ihrer normalen Cantucciniration begnügen. Okay, ich krieche mit Paci rein, Sie bleiben bei Reiterer und helfen ihm, Spuren zu sichern. Auf geht's!« Vincenzo wandte sich der Rechtsmedizinerin zu, doch er konnte sie nirgends entdecken. »Paci? Signora Paci?«

Die Ärztin, deren Humor sich in diesen Tagen in Grenzen hielt, hatte sich längst in die Höhle gezwängt und rief hinaus: »Kommen Sie schon, Commissario; sobald Sie durch den Spalt durch sind, können Sie fast aufrecht stehen.«

Mühelos glitt Vincenzo durch den Spalt in die Höhle, die sich in der Tat sofort öffnete. Sie war anderthalb Meter hoch, mindestens acht Meter breit und fast ebenso tief. Er leuchtete die Wände der Höhle mit seiner Taschenlampe ab und bewegte sich vorsichtig in gebückter Haltung durch die Höhlenmitte vorwärts. Von irgendwoher war das Tropfen von Wasser zu hören. Der Boden war glitschig und von Moos überzogen. Wie der Anrufer es beschrieben hatte, verjüngte sich die Höhle am Ende wieder und ging in einen Gang über, der nur einen Meter schmal, aber deutlich höher war. Mit einem mulmigen Gefühl betrat Vincenzo vor Paci den Gang, der nach kaum zwei Metern einen scharfen Rechtsknick machte. Er bog um die Kurve und sah vor sich das Flackern einer oder mehrerer Kerzen. Alles war exakt so, wie es der Anrufer geschildert hatte.

Der Gang wurde niedriger, sie mussten wieder in gebückter Haltung gehen. Da sah Vincenzo plötzlich ein Paar nackter Füße vor sich. Er schloss für einen Moment die Augen. Dann betrat er die kleine Halle, in der sich das Opfer befand. Gespenstisch flackerten Kerzen auf beiden Seiten der Halle, die rund fünf Meter breit war. Jemand hatte hier kleinere Regale aufgestellt, in denen sich, neben Werkzeug und einer Decke, einige Flaschen Bier und Wein sowie Brot und Speck befanden. Auf einer zweiten Decke lag, exakt in der Raummitte, das Opfer auf dem Rücken. Nackt, mit weit gespreizten Beinen und einem bis zur Unkenntlichkeit entstellten Gesicht. Blutspritzer reichten bis an die Wände. Neben der Toten lagen eine Eisenstange und eine zerbrochene, blutbesudelte Flasche. Dieser Anblick war fürchterlich. Und er ähnelte in allem den Umständen, unter denen Cecilia Fontana gefunden worden war.

»Das darf so auf keinen Fall an die Presse«, sagte Vincenzo, indem er den Kopf von dem schaurigen Szenario abwandte. »Es entspricht exakt dem, was uns Fasciani vorausgesagt hat. Abgesehen von der Flasche ähnelt das auffallend Zingerles zweitem Mord. Wenn das rauskommt, entsteht eine Massenpanik, die wir mit allen Mitteln verhindern müssen. Bitte sprechen Sie nur mit mir über die Ergebnisse Ihrer Obduktion. Versprechen Sie mir das, Dottoressa?«

Paci, die sich neben das Opfer gekniet hatte, nickte, ohne aufzublicken.

»Können Sie denn schon etwas sagen? Ist sie auch vorher erwürgt worden?«

»Ich kann keine Würgemale erkennen. Außerdem ist hier so viel Blut, dass ich auf den ersten Blick vermuten würde, dass sie mit dieser Stange erschlagen worden ist. Die Verletzungen im Vaginalbereich haben indes kaum geblutet, sodass es wahrscheinlich ist, dass der Täter sie, wie bei Fontana, post mortem mit der Flasche penetriert hat. Aber wie immer, Commissario, bringt erst die Obduktion Gewissheit. Und Sie wissen ja, dass ich keine wilden Spekulationen mag. Kommen Sie morgen Nachmittag ins Institut. Ich mache mich morgen früh sofort an die Arbeit.«

Nachdem sie die Höhle verlassen hatten, rief Vincenzo die Bereitschaft an, um die Tote abholen zu lassen. Seine Kollegen verpflichtete er, wie Paci, zum Schweigen. »Wir müssen der Presse natürlich mitteilen, dass es wieder einen Todesfall gegeben hat. Aber wir gehen mit keinem Wort auf die näheren Umstände ein. Außerdem rufe ich gleich Baroncini an. Wir brauchen dringend mehr Kollegen.«

22

Durnholzer Tal, derselbe Tag

Ein trüber, regnerischer Tag neigte sich dem Ende zu. Die meiste Zeit hatte es geschüttet wie aus Kübeln. Wolkenfetzen jagten in bizarren Formationen durch das Tal, angetrieben von einem böigen Südwestwind. Die Männer saßen um ihren großen runden Stammtisch und tranken Wein. Draußen war es so dunkel, dass der Wirt sämtliche Lichter angemacht hatte. Auch einige Touristen verteilten sich auf die wenigen Tische in der kleinen Gastwirtschaft. Sie waren frustriert, weil der Regensommer all ihre Pläne durchkreuzte. Einige trösteten sich mit Alkohol. Andere philosophierten darüber, dass man in Südtirol doch auch bei schlechtem Wetter viel unternehmen könne. Man könne die vielen interessanten Museen besuchen. Oder Schlösser und Burgen besichtigen, die Eisenbahnwelt Rabland und den Ignaz-Stollen im Bergwerk Prettau.

Samuel Lechner, sonst eigentlich der Wortführer, hielt sich auffällig zurück, beteiligte sich kaum am Gespräch der anderen, das sich trotz ihrer detektivischen Aktivitäten zunächst wie immer um das Wetter drehte, die Ernte, ob der Winter trotzdem kalt werde und ob dieses Mistwetter Einfluss auf den Tourismus habe.

Erst nachdem ihm Alberto sein drittes Viertel gebracht hatte, meldete sich auch Lechner zu Wort: »Leute, findet ihr diese Themen nicht irgendwann mal langweilig? Wir sprechen hier übers Wetter, als wäre nichts geschehen. Mein Gott, es nieselt ein bisserl, na und! Irgendwann scheint auch wieder die Sonne. Wir haben weiß Gott Interessanteres zu besprechen!«

»So?«, sagte Marco leicht genervt. »Was denn zum Beispiel? Hat deine Überwachung des Kaserhofes irgendwas ergeben? Hast du eine bessere Beobachtungsgabe als wir? Hast du vielleicht Nathans nächsten Mord beobachtet? Weil wir zu blöd waren, den Hof zu überwachen?«

»Mensch, Marco!«, rief Lechner. »Jetzt spiel doch nicht gleich die beleidigte Leberwurst! Du bist aber auch empfindlich.«

»So, bin ich das?« Marco reckte aggressiv sein Kinn vor. Auch wenn es niemand zugegeben hätte, das triste Einheitsgrau mitten im Sommer machte ihnen allen zu schaffen. Manchmal lagen die Nerven einfach blank. »Und was ist mit dir? Du bist doch die größte Memme im Tal!«

»Hört auf, euch zu streiten!« Elias wurde so laut, dass alle anderen Gespräche in dem Gastraum verstummten und sich die Köpfe neugierig nach ihnen umdrehten. »Ihr geht mir wirklich auf die Nerven. Du guckst, als wäre dir eine Laus über die Leber gelaufen, Samuel. Und du führst dich hier auf wie das HB-Männchen, Marco. Also, Samuel, ich bin nicht dumm. Du hast doch irgendwas gesehen. Raus damit!«

»Ja«, druckste Lechner herum, »eigentlich schon. Aber ich will ja keinen anschwärzen. So was macht man schließlich nicht.«

»Das musst *du* gerade sagen«, mischte sich nun auch Philipp in die Auseinandersetzung ein. »Warst du es nicht, der zuerst darüber spekuliert hat, ob Nathan hinter dem Mord in Glaning stecken könnte?«

»Ich habe *was*?« Wütend sprang Lechner auf und packte den verdutzten Philipp am Kragen. »Wenn du noch mal so einen Mist erzählst, knalle ich dir eine, dass es nur so kracht. Hast du das verstanden?«

»Seid ihr jetzt völlig durchgedreht?« Elias hatte offensichtlich genug. Er schrie sie beide an. »Samuel, lass sofort Philipp los und setz dich hin. Und du erzähl keine Geschichten, Philipp. Wir alle haben darüber spekuliert. Jeder von uns. Und wenn wir ehrlich sind, glauben wir doch auch genau das. Oder etwa nicht?«

Mit hochrotem Kopf kam Alberto zum Tisch seiner Stammgäste. »Was ist denn heute in euch gefahren? Wollt ihr mir alle Gäste vergraulen? Wenn ihr euch nicht anständig benehmt, schmeiße ich euch eigenhändig raus, das sage ich euch aber!«

»Schon gut«, wehrte Lechner ab. »Der Gaul ist ein bisschen mit mir durchgegangen. Entschuldigung, Philipp.«

Philipp nickte mit bösem Blick.

Lechner hielt Alberto den leeren Krug hin. »Bring mir noch so einen.«

»Mir auch«, sagte Philipp gereizt und ohne Alberto anzusehen.

»Noch ein lautes Wort«, drohte Alberto, »und ihr kriegt keinen Tropfen mehr. Überlegt es euch gut.«

Nachdem Alberto sich zurückgezogen hatte, ergriff Lechner wieder das Wort. »Es geht nicht um wilde Spekulationen. Es geht darum, dass in unserer Heimat ein fürchterlicher Mord geschehen ist. Euch ist doch auch aufgefallen, dass Nathan sich seit diesem Leichenfund noch mehr zurückgezogen hat. Und wir wissen seit ein paar Tagen, wie groß seine Ähnlichkeit mit Guido Zingerle ist. Soll all das, was uns überhaupt erst auf diese Spur gebracht hat, plötzlich nur noch Zufall sein? Was ist mit dem Verbrechen in San Genesio? An der alten Lageder?«

»Ach, ich weiß nicht«, sagte Marco, »wir sollten mit solchen Verdächtigungen sehr vorsichtig sein.«

Nachdem Lechner den Krug vollständig in sein Weißweinglas geschüttet hatte, lächelte er wissend in die Runde.

»Was soll das blöde Grinsen?«, fragte Elias genervt.

»Ich habe mich vorgestern in die Scheune geschlichen.«

Vor Schreck verschüttete Marco etwas von seinem Rotwein und stieß wilde Flüche aus.

»Du hast was?«, fragte Elias sichtlich überrascht.

»Ich bin auf den Kaserhof gegangen, bin einfach über das Tor geklettert. Ich wollte mich nicht damit begnügen, zu beobachten, ob Nathan den Hof verlässt, sondern wissen, was er da den ganzen Tag treibt. Jetzt weiß ich es.« Lechner genoss die neugierigen Blicke der anderen. Endlich stand er auch einmal im Mittelpunkt. Provokant langsam trank er einen großen Schluck Veltliner und wischte sich den Mund ab. »Ich hätte mich ja schlecht ins Haus schleichen können. Deshalb habe ich mich nur ein bisschen draußen umgesehen. Und in der Scheune. Und wie ich mich da so umsehe, kommt er plötzlich reinspaziert.«

»Wer?«

»Nathan natürlich, du Depp! Wer sonst? Jedenfalls habe ich mich gleich hinter die alte Kutsche geduckt. Der durfte mich auf keinen Fall sehen. Aber ich konnte ihn beobachten. Immerzu hat er sich nervös umgedreht, hatte wohl Sorge, dass Johann ihm folgen würde. Damit war klar, dass das, was er vorhatte, nicht ganz koscher sein konnte.« Wieder nahm er einen Schluck Wein.

Jetzt verlor Philipp die Geduld. »Hör endlich auf, uns auf die Folter zu spannen. Das nervt.«

»Schon gut, reg dich nicht gleich so auf. Also, Nathan ist zuerst direkt auf die Kutsche zugegangen. Da wäre mir fast das Herz stehen geblieben. Gott sei Dank hat er aber nur ganz schnell die Tür aufgerissen und was rausgenommen. Ich nehme an, das hat unter dem Sitz gelegen. Mit seiner Beute ist er dann in die letzte Pferdebox geschlichen. Ich vorsichtig hinterher. Und ich hatte Glück. Da stand eine Leiter, die musste ich nur ein paar Sprossen hinaufsteigen, schon konnte ich alles sehen. Alles!«

»Samuel!«

»Okay! Er hat sich einen runtergeholt. Hat sich dabei die nackten Frauen im ›Playboy‹ angeguckt. Wie ein Tier hat er gestöhnt dabei. Das war richtig ekelhaft.«

Philipp verdrehte die Augen. »Also bitte, Samuel. Dafür spannst du uns so auf die Folter. Der hat noch nie im Leben eine richtige Frau gesehen. Ist doch wohl völlig normal, dass er sich hin und wieder eine von Johanns Zeitschriften klaut.«

»Stimmt«, pflichtete ihm Lechner bei. »Der ›Playboy‹ ist tatsächlich nichts Ungewöhnliches. Das war aber längst noch nicht alles.«

»Was soll das heißen?«

»Mit der ... nun ja ... also, mit seiner freien Hand hat er sich was ins Gesicht gedrückt. Ich habe zuerst gar nicht erkannt, was das war. Ich habe dann meinen Kopf so weit wie möglich nach unten gedrückt, um ein bisschen näher ranzukommen. Wenn er mich da bemerkt hätte ... Jedenfalls wusste ich Augenblicke später, was er sich da ins Gesicht hielt.«

»Mann, spann uns nicht noch länger auf die Folter! Was war das?«

Lechner kostete den Moment aus. Wahrscheinlich wusste er sogar mehr als die Polizei. »Ein Slip. Und zwar von der sexy Sorte, halb durchsichtig. Richtig eingesogen hat er den. Von wem der wohl ist? Sicherlich nicht von Aloisia. Aber dann kam's noch besser, dann wurde es erst so richtig spannend.« Wieder legte Lechner eine Sprechpause ein. Heute Abend war er eindeutig der Held. Diesen seltenen Moment musste er auskosten.

»Samuel, jetzt reicht's langsam. Du erzählst alles, was du gesehen hast, und zwar ohne Unterbrechung, ist das klar? Sonst werde ich echt sauer!« Marco machte keinen Hehl daraus, dass er ihn keineswegs für einen Helden hielt.

Missmutig fuhr Lechner fort. Er erzählte, dass Nathan kurz darauf abgespritzt habe, und zwar in den unbekannten Slip. Total abstoßend, wie er bemerkte. Allerdings war Nathan daraufhin sofort mit hochrotem Kopf aufgesprungen und hatte dabei Lechners Kopf direkt über sich erblickt. Nathan hatte laut aufgeschrien, Slip und »Playboy« fallen lassen und war losgerannt. Lechner war mit einem Satz von der Leiter gesprungen und Nathan gefolgt. Als der aus der Scheune herausgelaufen war, hatte er sich umgedreht, wohl um zu sehen, ob Lechner ihm folgte. Samuel hatte spontan entschieden, Nathan den Weg zum Haus abzuschneiden. Der Verfolgte war daraufhin zu dem großen Tor gerannt, hatte es wie ein Reh übersprungen, sodass Lechner ihm nicht folgen konnte. Er hatte nur noch so eben mitbekommen, wie Nathan in den Bergwald hineingelaufen war.

Marco starrte Lechner an. »Und das erzählst du uns erst heute?«

»Wir haben uns doch gestern gar nicht gesehen«, protestierte Lechner.

Marco zeigte ihm den Vogel. »Spinnst du?«, sagte er mit Verachtung in der Stimme. »Wir wollten den Hof observieren und uns sofort untereinander verständigen, sobald sich irgendetwas tut. Vor allem, wenn Nathan den Hof verlässt. Warum hast du das nicht schon vorgestern über unsere Facebook-Gruppe oder WhatsApp verbreitet? Direkt nachdem Nathan abgehauen ist.«

In diesem Moment wurde Lechner bewusst, dass er nicht nur kein Held war, sondern, im Gegenteil, sogar versagt hatte. »Ich habe echt nicht begriffen, wie das mit diesem Gerät geht. Du hast das aber auch wirklich schlecht erklärt, Marco.«

Auch die anderen reagierten fassungslos. Marco seufzte. »Ich begreife es nicht. Da tun wir alles, um einen Mord aufzuklären, aber der Herr Lechner hat nicht begriffen, wie sein Smartphone funktioniert. Bist du eigentlich total bescheuert? Hast du wenigstens Videos gemacht?«

Lechner schüttelte den Kopf mit gesenktem Blick.

»Du hast keine Videos gemacht? Wenigstens Fotos?«

Kopfschütteln.

Marco senkte die Stimme. Sie klang bedrohlich. »Ist dir eigentlich klar, dass wir vielleicht einen weiteren Mord verhindern könnten, wenn du nichts weiter gemacht hättest als deine Hausaufgaben? Und wenn nun tatsächlich etwas passiert, willst du dann mit deiner Geschichte zur Polizei rennen? Ohne Zeugen? Ohne irgendeinen Beweis? Wie dumm kann ein Mensch eigentlich sein!« Marcos Smartphone summte. Er las die Nachricht bei WhatsApp. Dann blickte er wieder zu Lechner. »Prima, Samuel. Nathan ist soeben zurückgekommen. Wir wissen also jetzt, wann er verschwunden und wann er wiedergekommen ist. Aber was er in der Zeit dazwischen gemacht hat, wissen wir nicht. Wegen deiner unfassbaren Dämlichkeit!«

***

»Haben Sie das verstanden? Nächsten Freitag, das ist der Zwanzigste, um zweiundzwanzig Uhr bei den Müllcontainern. Ich meine die auf dem Parkplatz, nicht die auf dem Hinterhof. Nicht dass Sie sich wieder vertun. Schlichte Despar-Tüte, und bitte mit zwanzigtausend Euro. Sie haben eine ganze Woche Zeit, das sollte reichen. Seien Sie gefälligst pünktlich. Und kommen Sie diesmal allein!«

»Und dann?«

»Wie, und dann? Was soll dann sein?«

»Sagen Sie es mir.«

»Ich verstehe nicht. Tun Sie einfach, was ich Ihnen sage.«

»Was ich meine ist: Ist es dann vorbei?« Die Stimme wurde mit jedem Wort lauter. Wieder keimte dieser unbändige, schwer zu kontrollierende Hass auf. Ein wildes Tier, das kaum zu zähmen war. Ein Tier des Zorns, das alles um sich herum vernichtete. »Ist es Freitagabend um zweiundzwanzig Uhr eins vorbei?«

»Natürlich ist es dann vorbei. Sie haben mein Wort.«

»So wie beim letzten Mal? Allzu viel scheint Ihr Wort ja nicht wert zu sein.«

»Sie haben ja auch nicht Wort gehalten. Ich habe gesagt, *allein*!«

»Was hätte ich Ihrer Meinung nach denn machen sollen? Ihn einfach wegschicken? Ich war gerade auf dem Weg in den Park, als er mich aufgehalten und mir ein Gespräch aufgezwungen hat.

Das haben Sie doch mit eigenen Augen gesehen. Hätte ich ihn abweisen sollen? Der hätte doch sofort Verdacht geschöpft.«

»Das ist doch nicht mein Problem. Wenn ich sage, *allein*, dann meine ich auch *allein*. Wissen Sie eigentlich, dass ich heute schon zigmal versucht habe, Sie anzurufen? Wo haben Sie denn die ganze Zeit gesteckt?«

»Das ist doch wohl meine Sache.«

»Nicht, wenn es mit mir zu tun hat, wenn Sie versuchen, mich übers Ohr zu hauen. Also, wo waren Sie?«

»Bei einem Patienten. Dass ich da nicht ans Handy gehe, dürften selbst Sie begreifen.«

»Nicht in diesem Ton!«

Beherrschen, unbedingt beherrschen! Bloß nicht anfangen zu schreien. Leise sprechen – und konzentriert. Bald durfte der Zorn sich wieder ungehindert seinen Weg nach außen bahnen. »Und ich sage Ihnen, dass das heute das letzte Mal ist. Ich rate Ihnen dringend, diesmal zu Ihrem Wort zu stehen. Alles lasse ich mir nicht gefallen.«

»Soll das vielleicht eine Drohung sein?«

»Ich drohe nicht.«

»Das ist auch besser für Sie. Also, noch mal zum Mitschreiben: Freitagabend, zweiundzwanzig Uhr, bei den Müllcontainern im Hof, unauffälliger Beutel von Despar mit zwanzig Riesen, allein. So einfach ist das.«

Das Gespräch war beendet. So ein Mist, so ein verdammter Mist! Wie hatte es nur so weit kommen können? Es war eine Reise ohne Wiederkehr. Jetzt ging es nur noch darum, das Ziel dieser Reise so erträglich wie möglich zu gestalten. Wobei das Ziel längst feststand. Es lag nicht in weiter Ferne. Es war schon nah, ganz nah.

Das Handy verschwand lautlos in dem weißen Arztkittel.

***

Durnholzer Tal

Überglücklich schloss Johann Nathan in die Arme. Zwei Tage und Nächte war er spurlos verschwunden gewesen. Endlich war er zurückgekommen. Aloisia stand daneben und musterte die beiden Männer. Seit ihrem letzten Gespräch mit Johann war in ihr der Entschluss gereift, sich nicht länger mit Nichtstun zufriedenzugeben. Als ihr Mann im Keller verschwand, um ein Bier für Nathan zu holen, sprach sie ihren Adoptivsohn direkt an.

»Wo bist du gewesen?«

Nathans Augen flackerten wild hin und her, doch er sagte nichts.

»Nathan, ich habe dich was gefragt. Wo hast du gesteckt? Und warum bist du davongelaufen?«

»Berge, Berge«, sagte Nathan nur.

»Warum hast du dich tagelang verkrochen und bist vorgestern plötzlich abgehauen? Warum? Lüg mich nicht an!«

Nathan schaute unsicher zur offenen Tür, die in die Diele führte. Hoffte er, dass Johann zurückkam?

»Nathan, antworte, sonst werde ich böse!« Doch Nathan schwieg beharrlich. Da hörte Aloisia Johanns Schritte auf der Kellertreppe. Sie hatte nur noch einen Versuch. »Nathan, wem gehört der Schlüpfer, den ich in der Scheune gefunden habe und mit dem du unanständige Dinge gemacht hast?«

Nathan riss die Augen auf, stieß einen lauten Schrei aus, dem ein klagendes Jammern folgte, und verkroch sich hinter dem Tisch.

Aufgeschreckt durch den Schrei war Johann die restlichen Treppen hinaufgelaufen und stand schon mit der Bierflasche in der Zimmertür. »Was hast du getan?«, fragte er Aloisia.

»Ich will endlich die Wahrheit wissen.«

Nathan sprang auf, rannte zu Johann, der es noch soeben schaffte, die Flasche auf dem Kaminsims abzustellen, und warf sich in seine Arme. Dabei drangen zwischen dem fortwährenden Jammern nur einzelne Worte aus seinem Mund. »Blut … Frau … böse …«

Als sich Aloisias und Johanns Blicke trafen, erkannten beide in den Augen des anderen blankes Entsetzen.

23

Bozen, Freitag, 13. Juli

»Ihr Name ist Giulia Agostini. Sie war Krankenschwester in der Klinik in Bozen. Und das Handy, mit dem wir angerufen worden sind, war ihres. Das heißt, dass der Zeuge – oder Täter? – sich einfach das Handy der Toten geschnappt und uns damit verständigt hat. Alles andere hätte mich aber auch verwundert. Warum sollte man seinen Namen nicht nennen, aber mit dem eigenen Handy anrufen, dessen Nummer nicht unterdrückt ist? Leider hat der Anrufer seine Fingerabdrücke nicht auf dem Gerät hinterlassen. Hinsichtlich seiner Identität tappen wir also völlig im Dunkeln. Interessant ist allerdings die Anruferliste auf ihrem Handy. Sie hat in den vergangenen Wochen sowohl Brunner als auch von Adelsburg regelmäßig angerufen. Warum sollte sie das tun? Die sehen sich doch jeden Tag in der Klinik.«

Vincenzo hatte Marzoli, Mauracher und di Cesare morgens zu sich bestellt. Er hatte schon beim ersten Wiedersehen in der Trattoria seiner Eltern den Eindruck gehabt, dass di Cesares Muskelberge noch ein wenig angewachsen waren. Jetzt war er sich sicher. Der Kollege musste einen Großteil seiner Freizeit im Fitnessstudio verbringen. Vincenzo bemerkte, wie Marzoli den Ramboverschnitt wieder verhohlen von der Seite beobachtete. Der Muskelberg schien ihm nach wie vor nicht geheuer zu sein. Nein, die beiden würden keine Freunde werden.

»Wir gehen davon aus, dass die beiden Morde in einem Zusammenhang stehen«, führte Vincenzo seinen Gedankengang fort. »Die entstellten Gesichter, die Flasche, das sind zu viele Übereinstimmungen. Deshalb war es umso wichtiger, den DNA-Massentest in die Wege zu leiten. Ich denke, dass uns Mitte kommender Woche erste Ergebnisse vorliegen. Die Mordkommission wird nochmals um fünf Kollegen aufgestockt. Und wenn wir mehr Unterstützung brauchen, als wir in der Questura bekommen können, *aktivieren* wir Abfalterer und Strumpflohner.« Wieder konnte Vincenzo ein

Grinsen nicht unterdrücken, das di Cesare mit zusammengekniffenen Augen quittierte. »Aber eines wollte ich noch vorschlagen«, fuhr Vincenzo, jetzt wieder ernst, fort. »Das habe ich eigentlich schon die ganze Zeit vorgehabt. Wir arbeiten jetzt schon so lange zusammen, was halten Sie davon, wenn wir uns ab jetzt duzen? Ich finde das viel entspannter.«

Er sah ausschließlich in lachende Gesichter. Das freute ihn, denn er mochte seine Kollegen durch die Bank und wünschte sich dementsprechend ein etwas persönlicheres Verhältnis untereinander. »Klasse, das begießen wir nächste Woche nach Feierabend mal mit einem schönen Wein. Ich lade euch zu meinen Eltern ein. Mein Vater hat sensationelle Tröpfchen. So, aber jetzt wieder zum Dienstlichen. Also, Giuseppe, Sie … nein *du* fährst bitte mit Sabine in Giulia Agostinis Wohnung und siehst dich um. Reiterer ist schon mit seinem Team dort. Wenn ihr kommt, dürfte er fertig sein, sodass ihr euch in aller Ruhe austoben könnt. Wir suchen nichts Bestimmtes, ihr sollt einfach nur darauf achten, ob euch irgendetwas auffällt. Und wir zwei, Benvenuto, fahren jetzt zusammen in die Klinik und sprechen mit gewissen Ärzten über ihre Telefongewohnheiten. Danach treffen wir uns wieder hier. Dann haben wir sicherlich auch die Berichte von Reiterer und Paci.«

»Sag mal«, fragte Marzoli, der dadurch, dass er den gut einen Kopf größeren Koloss ab sofort duzen konnte, wohl etwas mutiger wurde, »trainierst du immer noch so viel? Ich meine, machst du jeden Tag Sport?«

Di Cesare antwortete mit einem Nicken.

»Und du machst auch immer noch Karate?«

Der Commissario sah auf Marzoli hinunter. »Logisch. Ich trainiere gerade für den vierten Dan.«

»Das ist ganz schön viel, oder?«

Wieder nickte di Cesare nur.

Auch Mauracher gesellte sich zu den beiden Männern, die mit ihrer drahtigen, zierlichen Figur zu dem dicken Marzoli und dem hünenhaften Muskelprotz einen belustigenden Kontrast bildete. »Ich mache ja auch viel Sport. Vor allem Klettern und Laufen. Aber ich muss ehrlich sagen, dass ich nicht so auf Muskelberge stehe. Also, nicht dass du das jetzt missverstehst, Benvenuto, ist einfach so.«

Di Cesare bedachte Mauracher mit einem mitleidigen Lächeln. »Ich trainiere nicht für die Frauenwelt, sondern ausschließlich für mich. Sport ist für mich auch kein Ausgleich, sondern eine Lebensphilosophie.«

»Aha. Na, wenn das so ist!«

***

Die Klinik Bozen war riesig. Sie machte einen hochmodernen Eindruck. Vincenzo war vor dem vergangenen Samstag noch nie dort gewesen und fand sich in den vielen Gängen nicht zurecht. Deshalb überließ er di Cesare die Führung.

Die Kardiologie umfasste den gesamten dritten Stock des Hauptgebäudes. Der ärztliche Direktor, Dr. Paul Brunner, war nicht dort. Er hatte an diesem Tag keine Operationen und sich den Freitag vor seinem freien Wochenende freigenommen. Aber Florian von Adelsburg, der gerade seine Visite machte, war anwesend. Ohne den Eindruck zu erwecken, dass er sich über das neuerliche Erscheinen der Polizei ärgerte, führte er die Polizisten in sein Büro, das weniger pompös war, als Vincenzo es sich bei einem Mann solchen Standes vorgestellt hatte. Ein schlichter Aktenschrank, ein großer antik wirkender Schreibtisch, ein kleiner Besprechungstisch aus Glas mit dunklen Freischwingern, ein Wandkalender und auf dem Schreibtisch ein gerahmtes Foto mit einer hübschen jungen Frau und einem Baby auf dem Arm.

Vincenzo wies auf das Foto. »Sind das Ihre Frau und Ihr Baby, Dr. von Adelsburg?«

Der Arzt nickte. »Ja, aber deshalb sind Sie sicherlich nicht hier. Hat die Bergwacht Schwester Giulia gefunden? Aber bitte, entschuldigen Sie, ich bin unhöflich. Bitte nehmen Sie Platz. Kann ich Ihnen etwas anbieten?«

Di Cesare und Vincenzo setzten sich an den Besprechungstisch. »Nein, danke, aber was erzählen Sie da von der Bergwacht?«

Von Adelsburgs Mimik ließ Sorge erkennen. »Schwester Giulia ist einige Tage nicht zur Arbeit erschienen. Und wir konnten sie auch nicht erreichen, das ist ungewöhnlich für sie. Aber Schwester Elena wusste, dass sie auf die Matatzspitze wollte. Wir haben befürchtet, dass sie abgestürzt sein könnte, und deshalb die Bergwacht alarmiert.«

»Wann war das?« Vincenzo wurde augenblicklich hellhörig.

»Erst gestern. Die Bergretter wollten auch sofort los. Aber bis jetzt haben wir nichts von ihnen gehört. Und als Sie gekommen sind, dachte ich –«

Vincenzo musterte sein Gegenüber. Er konnte diesen Mann nach wie vor schwer einschätzen. Er war attraktiv, hatte beste Umgangsformen, wirkte offen und freundlich. Doch er hatte auch etwas Getriebenes. »Ich muss Ihnen eine traurige Mitteilung machen, Dr. von Adelsburg. Giulia Agostini ist tot. Sie wurde ermordet. Seit wann haben Sie sie vermisst?«

Der Arzt starrte die Polizisten an. »Sie ist *was*?«

»Tot, Dr. von Adelsburg. Also, seit wann wurde sie vermisst?«

Er blickte zur Decke, schien nachzudenken. »Das war Dienstag. Ja, genau. Ich hatte am Abend noch eine anspruchsvolle Herz-OP. Giulia hat mir dabei immer assistiert, wenn sie Dienst hatte.«

»Also vermissen Sie sie seit drei Tagen?«

»Ja, seitdem haben wir nichts von ihr gehört.«

»Warum haben Sie uns denn nicht informiert?«

Florian von Adelsburg erklärte, dass es immer mal wieder vorkomme, dass eine Schwester zwei, drei Tage nicht zur Arbeit erschien. Die Klinik sei groß, der Klinikbetrieb oft hektisch, erst recht während der langwierigen Sanierungs- und Erweiterungsmaßnahmen. Da sei es nicht ungewöhnlich, wenn der Anruf einer Mitarbeiterin, die sich entschuldigen will, einfach untergehe. »Außerdem haben wir ja dann gestern die Bergwacht angerufen. Was ist denn passiert?«

Ohne darauf einzugehen, fragte Vincenzo ihn nach Giulia Agostinis Verhältnis zu Chefs und Kollegen und ob in letzter Zeit etwas Ungewöhnliches vorgefallen sei.

Was der Arzt ihnen erzählen konnte, war der Inbegriff der Normalität. Agostini war zuverlässig gewesen, immer freundlich, bei Patienten und Kollegen beliebt. Allerdings habe er den Eindruck gehabt, dass sie ein wenig einsam sei. So hatte sie seines Wissens auch keinen Freund. Aufgefallen war ihm ansonsten nichts Besonderes. Alles war wie immer gewesen.

»Wie war denn Ihr persönliches Verhältnis zu Agostini?«

»Professionell, würde ich sagen. Sie hat mir, wie gesagt, bei vielen Operationen assistiert. Private Kontakte außerhalb der Klinik hatten wir nicht, falls Sie darauf anspielen.«

»Wie erklären Sie sich dann, dass Agostini Sie in den letzten Monaten regelmäßig auf Ihrem Handy angerufen hat, manchmal bis zu dreimal in einer Woche? Sie sehen sich doch sowieso fast jeden Tag.«

Von Adelsburg schnalzte mit den Lippen. »Das war mir gar nicht bewusst. Haben Sie eine Vorstellung, wie oft mein Handy am Tag klingelt? Als Chirurg muss ich rund um die Uhr erreichbar sein. Die meisten Schwestern in meiner Abteilung rufen mich häufig an, oft auch zu Hause. Wenn es einem Patienten plötzlich schlechter geht, zum Beispiel. Und Sie haben mich ja schon in unserem vergangenen Gespräch auf die Zunahme der Todesfälle angesprochen, die den Ruf unserer Klinik gefährden. Das verunsichert natürlich auch die Schwestern. Umso häufiger rufen sie uns Ärzte an.«

»Also ging es bei Agostinis Anrufen um nichts Spezielles?«

»Nein, wenn das so wäre, könnte ich mich daran erinnern.«

»Ich muss Sie das fragen, Doktor. Wo waren Sie am Dienstag, also dem Tag, ab dem Giulia Agostini vermisst wurde?«

Irritiert zog von Adelsburg die Augenbrauen in die Höhe. »Das ist eine merkwürdige Frage. Verdächtigen Sie mich etwa jetzt auch noch des Mordes an Schwester Giulia?«

Vincenzo hob abwehrend die Hände. »Reine Routine. Wie gesagt, ich muss Sie das fragen. Also, wo waren Sie am Dienstag?«

Florian von Adelsburg rieb sich die Stirn. »Sie stellen vielleicht Fragen. Ich war bis zum Nachmittag in der Klinik. Dann habe ich noch ein paar Einkäufe erledigt, und dann bin ich nach Hause gefahren.«

»Können Sie das bitte zeitlich ein bisschen konkretisieren?«

Zum ersten Mal ließ der Arzt so etwas wie Ungeduld erkennen. »Beim besten Willen nicht. Aber ich denke auch nicht permanent daran, vielleicht ein Alibi zu brauchen, wenn Sie verstehen, was ich meine.«

Vincenzo notierte etwas in seiner Kladde. Dann blickte er wieder auf und sah dem Arzt in die Augen. »Haben Sie Zeugen?«

Von Adelsburgs vorwurfsvoller Blick sprach Bände. »Zeugen, also wirklich! In der Klinik können Sie die Schwestern und meine Patienten fragen. Zu Hause meine Familie. Und im Supermarkt, keine Ahnung. Wenn Sie alle Kassierer, die dort arbeiten, fragen, kann sich vielleicht derjenige an mich erinnern, bei dem ich gezahlt habe.«

»Haben Sie mit Karte bezahlt?«

»Nein, habe ich nicht. Ich zahle nur selten mit Karte. Ich gehöre noch zu den ganz altmodischen Konsumenten, die mit Scheinen und Münzen bezahlen. Kann ich sonst noch etwas für Sie tun?«

»Ja, wo waren Sie gestern um siebzehn Uhr?«

»Warum wollen Sie das denn wissen?«

»Bitte beantworten Sie nur meine Frage.«

»Nun, das ist schnell beantwortet. Ich war im OP und habe ein Herz verpflanzt. Schwester Elena hat mir assistiert.«

Der Anrufer hatte den Leichenfund um siebzehn Uhr gemeldet. Zu diesem Zeitpunkt musste er sich vor der Höhle befunden haben. Das belegten die Handyortung sowie die Tatsache, dass sie das Gerät dort gefunden hatten. Vincenzo wusste, dass er die Geduld des Arztes ausgereizt hatte. Mehr würde er heute nicht aus ihm herausbringen.

»Nur noch eine letzte Frage, Dr. von Adelsburg, dann sind Sie uns los. Hatte Giulia Agostini zu irgendwem hier einen besonders engen Draht?«

»Ja, zu Schwester Elena, glaube ich. Die hat heute Dienst. Soll ich sie holen?«

»Ja, bitte.«

Von Adelsburg ging zu seinem Schreibtisch und rief im Schwesternzimmer an. Wenig später saß Elena Vincenzo gegenüber. Als sie di Cesare sah, der mit vor der Brust verschränkten Armen, sodass seine gewaltigen Oberarme noch kräftiger wirkten, kerzengerade und regungslos auf seinem Stuhl saß, starrte sie ihn mit offenem Mund an. Vincenzo überlegte, ob er ihm nicht doch den Vorschlag machen sollte, seine T-Shirts demnächst ein paar Nummern größer zu nehmen.

Es war jedoch nicht allein di Cesares Anblick, der Elena Castlunger hemmte. Sie war zurückhaltend mit ihren Antworten und wich Fragen zum Verhältnis zwischen Giulia und ihren Kollegen geschickt aus. Das konnte daran liegen, dass die Anwesenheit ihres Chefs sie einschüchterte, oder aber sie wollte in seiner Gegenwart bestimmte Dinge nicht zur Sprache bringen. Vincenzo schlug vor, sich in der Cafeteria allein mit ihr zu unterhalten. Das war zwar gegen die Vorschrift, Zeugen immer mindestens zu zweit zu befragen, konnte in diesem Fall aber wichtige Informationen bedeuten.

In der Cafeteria wurde Schwester Elena tatsächlich gesprächiger. Sie bestätigte, dass sich von Adelsburg und Brunner einen erbitterten Wettstreit um die Vormachtstellung in der Klinik lieferten. Außerdem wurde gemunkelt, der Adelige habe ein Verhältnis mit Agostini gehabt. So etwas kursiere allerdings auch über sie selbst und von Adelsburg, doch da sei überhaupt nichts dran. Ein weiterer Name fiel, den sich Vincenzo sofort notierte. Dr. Maja Rossi, Assistenzärztin im Team des jüngeren Arztes. Und nach Elenas Einschätzung versessen auf von Adelsburg. Sie hatte Agostini sogar gedroht, sie solle die Finger von ihrem Chef lassen.

Was indes keine unmittelbaren Ansatzpunkte für die Ermittlungen ergab, war Giulia Agostinis Privatleben. Sie hatte, sofern Schwester Elena die Wahrheit sagte, ein unscheinbares, eher zurückgezogenes Leben geführt. Sie war nicht verheiratet gewesen, hatte keine Kinder gehabt und auch keinen festen Freund. Elena war eine der wenigen, mit der sie mehr als Kollegialität verbunden hatte. Sie trafen sich manchmal auch privat. Zuletzt erst vor wenigen Tagen. Und da hatte Elena keine Veränderungen bemerkt. Giulia wirkte weder ängstlich noch in irgendeiner Weise zurückgenommen. Dennoch mussten sie sich auch um Agostinis Privatleben kümmern.

Auf dem Rückweg zur Questura wagte Vincenzo, ermuntert durch das vertraulichere Du, di Cesare vorzuschlagen, zum Schutz von Zeugen und anderen Personen vielleicht etwas unauffälligere T-Shirts zu tragen.

»Wieso?«, war dessen lapidare Antwort. »Ist doch nicht mein Problem, wenn so ein Püppchen Schwierigkeiten damit hat. Mir gefällt's so, wie es ist. Und ich echauffiere mich ja auch nicht über knappe Miniröcke, in denen Beine stecken, die sich das vielleicht nicht unbedingt leisten können. Aber das ist doch deren Sache. Geht mich nichts an.«

Damit hatte Rambo allerdings recht. Vincenzo schilderte, was Elena Castlunger ihm anvertraut hatte.

Di Cesare dachte darüber nach. »Ich kann mir nicht vorstellen, dass dieser von Adelsburg ein Verhältnis mit einer Schwester oder einer Ärztin anfängt. Der weiß genau, was er will. Und diese Ziele betreffen meines Erachtens seinen Beruf. Er würde nichts tun, was seinen Weg nach oben gefährden könnte. Ist ein guter Mann, hört man jedenfalls allerorts.«

Vincenzo parkte den Wagen vor der Questura. Wieder war der Himmel grau in grau. Es nieselte, war aber unangenehm schwül. Ein ortsfestes Tief im Atlantik und ein Hochdruckgebiet über Süditalien schaufelten ununterbrochen feuchtwarme Luftmassen von Süden gegen die Alpen. Das bescherte Südtirol einen Brutofensommer. Auf dem Weg ins Gebäude erkundigte er sich, ob von Adelsburg noch etwas erzählt hatte, was den Ermittlungen half.

Di Cesare schüttelte den Kopf. »Das nicht.«

»Aber?«

»Er meinte, zu viele Muskeln seien nicht gut für das Herz. Vor allem nicht, wenn man sich dopt.«

»Das hat er Ihnen echt erzählt?«

Di Cesare nickte.

»Und?«

»Was, und?«

»Was halten Sie davon?«

»Das ist absoluter Bullshit.«

***

Bevor sie in die Rechtsmedizin gingen, erzählte Mauracher Vincenzo, was sie mit Marzoli in Agostinis Wohnung entdeckt hatte. Ganz so unauffällig wie Fontana hatte die Krankenschwester offenbar nicht gelebt. Und sie kannte sich besser mit Rechnern und dem Internet aus. Der Browserverlauf auf ihrem ebenfalls nicht kennwortgeschützten PC wurde automatisch beim Herunterfahren gelöscht. Auch sie hatte einen Outlook-Account. Und dort gab es, abgesehen von ein paar Nachrichten an die Klinik, Bestellungen im Internet, Werbung und diversen Spams, vor allem eine ganze Reihe von Nachrichten an und von einem Mann, dessen Rufnummer sich auch in ihrer Anruferliste fand. Es stellte sich heraus, dass es sich dabei um einen ehemaligen Arbeitskollegen auf der Station handelte, mit dem Agostini knapp zwei Jahre zusammen gewesen war. Heute lebte er in München. Er hatte auf die Nachricht von Agostinis Tod geschockt reagiert. Aber er war auskunftsfreudig. Zur Trennung von seiner Freundin war es gekommen, weil er ein sehr gutes Angebot in München bekommen hatte, das er unmöglich ablehnen konnte. Schweren Herzens hatte er die Stelle dort angenommen. Daraufhin trennten sich beide. Einvernehmlich. Weil sie keine Wochenendbeziehung führen wollten. Die Trennung lag über ein Jahr zurück. Seitdem hatte sie ihn einmal in München besucht, er sie danach in Bozen. Über Silvester. Danach hatten sie sich nicht mehr gesehen, aber sie verband immer noch eine Freundschaft. Und weil beide noch keinen neuen Partner hatten, gingen sie bei ihren Treffen auch noch zusammen ins Bett.

»Also, ich könnte so was nicht«, merkte Mauracher an. »Wenn ich zwei Jahre mit einem Typen zusammen war, den ich geliebt habe, könnte ich mich doch nicht mehr mit ihm treffen, geschweige denn Sex mit ihm haben. Könntest du das?«

Vincenzo dachte einen Augenblick über diese Frage nach. Könnte er regelmäßig mit Gianna telefonieren, E-Mails mit ihr austauschen, sich gelegentlich mit ihr treffen und mit ihr schlafen? Vielleicht sogar am Auener Joch?

»Nein, ich könnte das auch nicht. Grässliche Vorstellung. Ich würde dabei vor die Hunde gehen. Aber ich habe so etwas schon häufiger gehört. Hat denn der Ex was erzählt, was uns weiterbringt?«

»Ich weiß nicht, ob das was mit unserem Fall zu tun hat.« Mauracher erklärte, dass der Ex ausgesagt habe, dass Agostini ihm in letzter Zeit manchmal angedeutet hatte, dass sie an einer »ganz schön interessanten Sache« dran sei. Ähnliches hatte sie auch in ihren E-Mails an den Ex geschrieben. Auf Nachfragen hatte sie aber immer ausweichend reagiert. Der Ex hatte ihr sogar einmal gesagt, sie solle sich bloß nicht auf krumme Sachen einlassen. Daraufhin hatte sie nur gelacht und gesagt: »Ich doch nicht!« Die Ispettrice hatte nach dem Gespräch ins eigene Polizeisystem geschaut und danach sicherheitshalber die Kollegen in München angerufen. Gegen den Ex lag nichts vor. Nicht einmal ein Bußgeld wegen zu schnellen Fahrens.

Mauracher mutmaßte, dass zu der »ganz schön interessanten Sache« auch das passen könnte, was sie und Marzoli in Agostinis Wohnung gefunden hatten, möglicherweise war das gar ein Meilenstein in den Ermittlungen. Sie brauchten gar nicht lange für ihre Suche. Agostinis Wohnung war klein. Eine etwas größere Wohnküche, ein kleines Schlafzimmer und ein Minibad. Eine typische Singlewohnung. Und vermutlich das Einzige, was sich eine Krankenschwester in Bozen leisten konnte. Aber auf diese eine Auffälligkeit waren sie eben doch gestoßen. Und die war auch insofern interessant, als sie eine weitere Parallele zu Cecilia Fontana bedeutete, die sich plötzlich einen sündhaft teuren 3D-Fernseher leisten konnte. In einer Geldkassette, die sie unter dem Bett gefunden hatten, befanden sich rund achttausend Euro in bar. Das passte nicht zu dem kleinen Gehalt einer Krankenschwester. Zumal Marzoli direkt die Kontoauszüge geprüft hatte, die sauber in einem Ordner abgelegt waren. Das Konto wies regelmäßige Ein- und Auszahlungen aus. Knapp eintausendsechshundert Euro Gehalt. Gut die Hälfte ging für Miete und Nebenkosten davon ab. Dazu Versicherungen, Kartenzahlungen in Geschäften et cetera. Für größere Vergnügungen blieb nicht viel übrig. Und noch etwas war auffällig. Seit rund einem Jahr gab es keinerlei Barabhebungen mehr von dem Konto. Aber womit hatte sie dann Tankrechnungen bezahlt, Lebensmittel, Brötchen vom Bäcker, eben all die Dinge des täglichen Lebens? Jedenfalls nicht mit ihrer EC-Karte, denn entsprechende Abbuchungen gab es auf ihrem Konto nicht. Woher kamen diese achttausend Euro? Natürlich war es denkbar, dass Agostini noch über weitere Konten verfügte, auf denen es Zuflüsse aus anderen Quellen und Barabhebungen gab. Das festzustellen würde ein Leichtes sein.

»Gute Arbeit, Sabine!«, lobte Vincenzo seine Kollegin für ihre hervorragende Ermittlungsarbeit. »Dann lass uns jetzt mal zu Paci gehen. Ich bin gespannt, was sie uns erzählen kann.«

Sie betraten den kühlen, sterilen Obduktionsraum, dessen Atmosphäre bei Vincenzo jedes Mal ein Frösteln auslöste, sobald er ihn betrat. Paci stand vor ihrem Schreibtisch und hielt ein Dokument in der Hand. Die Tote lag auf der Bahre in der Mitte des Raumes, das Leichentuch bedeckte sie vollständig von Kopf bis Fuß.

Paci drehte sich um, als die Tür wieder ins Schloss fiel. »Sie kommen genau richtig. Ich prüfe gerade noch mal meinen Obduktionsbericht auf Fehler. Kommen Sie, ich zeige Ihnen, was ich gefunden habe. Das ist diesmal etwas mehr.«

In ihrer nüchternen Medizinerart schilderte Paci, wie Giulia Agostini ums Leben gekommen war. Sie war nicht erwürgt worden, sondern erschlagen, mit der Eisenstange, die neben dem Opfer gelegen hatte. Paci hatte mindestens zehn wuchtige Schläge erkennen können, von denen die meisten allein für sich schon tödlich gewesen wären. Die Gesichtsverstümmelungen stammten von diesen Schlägen. Außerdem hatte es sich bestätigt, dass ihr die Unterleibsverletzungen post mortem zugefügt worden waren. Faserspuren gab es diesmal nicht, außer von der Toten selbst, deren Sachen neben ihr in der Höhle gelegen hatten.

»Aber jetzt wird es interessant«, sagte Paci, während sie die Leiche wieder zudeckte. »Gehen wir rüber zu meinem Schreibtisch. Dann zeige ich es Ihnen.«

Vincenzo war froh, sich nicht länger diesem grauenvollen Anblick aussetzen zu müssen. Achtundzwanzig Jahre war Agostini gewesen. Was für ein junges Leben, was für eine Verschwendung! Er betrachtete die Haare in der Beweismitteltüte, die Reiterer bereits am Vortag sichergestellt hatte.

»Das erinnert an den Fall Fontana«, erklärte Paci. »Wieder handelt es sich um längere braune Haare. Am Montag machen wir einen DNA-Abgleich. Dann sind wir schlauer.«

»Ja, aber Sie sagten doch, dass Sie diesmal mehr gefunden haben. War das schon alles?«

Paci setzte ihr triumphierendstes Lächeln auf. »Keineswegs. In ihrer Scheide habe ich Sperma gefunden, und zwar nicht gerade wenig.«

»Das ist allerdings ein Hammer. Dann ist sie, im Unterschied zu Fontana, also vergewaltigt worden? Also, ich meine, vergewaltigt im Sinne von Geschlechtsverkehr?«

»Das kann ich Ihnen leider nicht sagen. Bei den vielen Verletzungen kann ich nicht einschätzen, ob das Sperma das Ergebnis einer Vergewaltigung oder von einvernehmlichem Sex ist. Aber auch wenn sich das nicht mit letzter Gewissheit feststellen lässt, würde ich dazu tendieren, zu sagen, dass sie diesen Sex noch zu Lebzeiten hatte, also dass sie nicht erst nach ihrem Tod … na, Sie wissen schon. Jedenfalls werde ich am Montag auch das Sperma mit den Haaren abgleichen.« Paci drückte Vincenzo ihren Bericht in die Hand. »Jetzt sind Sie dran, Commissario. Wenn Sie einen garantiert fehlerfreien Bericht haben wollen, müssten Sie ihn mir noch ein halbes Stündchen hierlassen. Wenn Sie hingegen ein fehlendes Komma nicht stört, dann nehmen Sie ihn ruhig mit.«

Lachend nahm Vincenzo den Bericht. »Keine Sorge, Dottoressa, Rechtschreibfehler interessieren mich nicht.« Nachdenklich betrachtete er den Bericht. »Dottoressa, könnten Sie das Sperma bitte auch mit den genetischen Fingerabdrücken von Brunner und von Adelsburg abgleichen? Und mit dem von Mantinger? Ich kann mich einfach des Gefühls nicht erwehren, dass er … Und wenn er tatsächlich in den Bergen untergetaucht ist, sind diese Frauen perfekte Werkzeuge der Rache für ihn.«

***

Er parkte seinen Wagen ein gutes Stück entfernt von dem großen Besucherparkplatz und ging den letzten Kilometer zu Fuß. Natürlich hätte er auch offiziell jederzeit in die Klinik gekonnt, aber er war bestrebt, möglichst nicht gesehen zu werden. Deshalb schlich er sich durch den Lieferanteneingang in das Hauptgebäude.

Nie hatte er woanders gearbeitet als in dieser Klinik. Er kannte jeden Gang und jedes Zimmer. Dass Rossi die Geldübergabe für den Freitagabend vorgesehen hatte, war aus ihrer Sicht logisch, bedeutete aber für ihn den Vorteil, tatsächlich ungesehen rein- und später wieder rauszukommen. Er hatte die Plastiktüte mit zerrissenem Zeitungspapier gefüllt. Zwanzigtausend Euro? Niemals! Nicht mit ihm! Erst tausend, dann zwei, dann fünf, zehn, schließlich war man bei hundert oder mehr. So lief das immer. Die Unersättlichkeit und Gier der Menschen waren eine Geißel der Schöpfung.

Brunner nutzte den Moment, als der Pförtner am Hintereingang sich bückte, um etwas aus einer Schublade zu nehmen. Vielleicht etwas zu essen. Rasch und lautlos lief er an ihm vorbei und stand nur einen Augenblick später in dem verlassenen Nebengang, dessen Zimmer seit der ersten Phase der Klinikerweiterung nicht mehr genutzt wurden. Im Zuge der Sanierung der Klinik war überlegt worden, auch in diesen kleinen Seitenbereich zu investieren oder den Trakt ganz abzureißen. Man hatte sich aus betriebswirtschaftlichen Überlegungen aber dagegen entschieden. So wurde der Bereich heute nicht mehr zu medizinischen Zwecken genutzt, sondern diente vor allem als großes Lager. Genau das war aber, abgesehen vom Pförtner, am Wochenende nicht personell besetzt. Die meisten wussten wahrscheinlich gar nicht mehr, dass man, wenngleich fürchterlich verwinkelt, durch das hintere Treppenhaus auch in den Haupttrakt kam, wo sich unter anderem die Kardiologie befand. Man musste ein paarmal das Treppenhaus wechseln, ein Stück den Aufzug nutzen, doch dann war man in der Kardiologie. Und als wäre es eine Fügung des Schicksals, hatte ihn Rossi ausgerechnet zum Behinderten-WC bestellt. Genau dort befand sich der Lift, mit dem man in die Kardiologie kam.

Brunner war absichtlich etwas früher gekommen. Er wollte die Tüte hinter dem extra großen WC-Sitz verstauen, sich dann in die normale Toilette nebenan schleichen und abwarten. Dabei war er sich gar nicht so sicher, wie er reagieren würde, wenn Rossi gleich auftauchte. Wenn es nur nach seinem Hass ginge, würde er sie mit ihrem schönen Gesicht ins Klo drücken und die Wasserspülung so lange betätigen, bis ihr kein Atemzug mehr entwich. Doch das ging nicht. Nicht hier in der Klinik jedenfalls.

Brunner stand im zweiten Stock vor dem Aufzug und wartete, dass dieser die Strecke vom Untergeschoss bis in den zweiten Stock bewältigte. Nervös blickte er in alle Richtungen. Jetzt bloß niemandem begegnen. Niemandem, der der Polizei später erzählen könnte, dass er einen nervösen Klinikdirektor an einem Wochenende, an dem er keinen Notdienst hatte, mit einer Plastiktüte unter dem Arm vor dem Aufzug gesehen hatte.

Erdgeschoss – Pause. Stieg etwa jemand zu? Instinktiv wich Brunner zur Seite, hin zum Treppenhaus, wo er sich nötigenfalls rasch verstecken könnte. Erster Stock – zweiter Stock – dann das schrille Geräusch, das ankündigte, dass der Aufzug sein Ziel erreicht hatte.

Brunner stand schon in der geöffneten Tür zum Treppenhaus und schaute um die Ecke. Niemand kam aus dem Aufzug. Vielleicht war der Pförtner im Keller gewesen und hatte etwas geholt? Schon schloss sich die Tür des Aufzugs wieder. Geschmeidig wie eine Raubkatze schlüpfte Brunner durch den Türspalt, in dem er gestanden hatte, lief zum Lift und drückte die Taste zum Öffnen der Tür. Lautlos glitt sie auf. Brunner verschwand darin und betrat Sekunden später die Kardiologie.

***

Sie schaute auf die Uhr. Achtzehn Uhr dreißig. Sie musste los, wenn sie nicht zu spät kommen wollte. Es waren zwar nur knapp zehn Minuten mit dem Fahrrad bis zur Klinik, aber sie wollte sich vorher noch ein wenig umsehen. Um diese Zeit war zwar kaum mit einem Massenandrang zu rechnen, zumal das Behinderten-WC am Ende des Ganges lag, dennoch wollte sie sichergehen, dass sie niemand sah. Sie trieb ein gefährliches Doppelspiel. Aber diese Schweine mussten dafür bezahlen. Cecilia tot, Giulia tot. Und sie war wahrscheinlich als Nächstes an der Reihe. Sie hatte sich das reiflich überlegt. Zuerst würde sie diesen Abschaum noch ordentlich melken, um etwas für ihre Altersvorsorge zu tun. Danach würde sie ihn eiskalt ans Messer liefern. Und dann hatte der Spuk ein Ende, auf den sie sich, das war ihr inzwischen bewusst, niemals hätte einlassen dürfen. Wenn sie Pech hatte, kam sie wegen Erpressung für eine Weile ins Gefängnis. Na und! Danach würde sie ihr Geld holen und irgendwo ganz von vorn anfangen. Weit weg von Bozen, raus aus Südtirol, am besten nach Südamerika. Dort lebten ein paar entfernte Verwandte von ihr, die ihr sicherlich helfen würden.

Sie radelte durch ein menschenleeres Bozen, eingepackt in ihren wasserdichten Anorak. Nur hier und da konnte sie ein paar Leute in einem Café oder Restaurant sehen. Andere schlenderten durch die Arkaden, wo sie vor dem Regen geschützt waren. Was für eine wunderschöne Stadt, dachte sie. Eine traumhafte Altstadt, eine wahnsinnig schöne, atemberaubende Umgebung. Die bizarren Felsformationen des Rosengartens, der Schlern, Obstplantagen, Weinberge. Ihre Heimat hatte viel zu bieten. Doch sie war auch zum Sinnbild dessen geworden, was sie getan hatte. Und was sie noch immer tat. Es war für sie auch moralisch das Beste, von hier zu verschwinden.

Als sie links von der Via San Maurizio abbog, tauchte der riesige Komplex des Zentralkrankenhauses vor ihr auf. Kurz vor dem Kreisel hielt sie einen Moment inne, stieg von ihrem Fahrrad ab, betrachtete nachdenklich ihren Arbeitsplatz, der in dem tristen Grau des Regens trotz der vielen Modernisierungen unfreundlich wirkte. Sie konnte geradeaus weiterfahren, direkt zur Klinik, oder sie nahm die zweite Ausfahrt. Eine gemütliche Fahrt durch den Weingartenweg, ein bisschen kreuz und quer, in die Drususallee, über die Talfer, und schon stand sie vor der Questura. Keinesfalls zufällig hatte sie diesem smarten Commissario gegenüber schon angedeutet, dass es in der Klinik eine auffällige Häufung von Todesfällen gab. Damit machte sie sich, wenn sie ganz auspackte, von vornherein glaubwürdig. Weitermachen bis zum bitteren Ende oder aufhören, das war hier die Frage. Und die konnte sie sich nicht eindeutig beantworten. Wenn sie jetzt aufhörte, hatte sie noch nicht genug Geld für ihre Pläne. Doch wenn sie tatsächlich selbst in den Knast musste, war ihr Leben danach nichts mehr wert. Als Vorbestrafte würde sie kein Bein mehr auf die Erde kriegen. Wenn sie aber weitermachte, begab sie sich selbst in höchste Gefahr. Denn wenn jemand von denen dahintersteckte, würde er sie nicht verschonen. Ganz im Gegenteil.

Sie presste die Lippen aufeinander. Was soll ich bloß machen? Was ist die richtige Entscheidung? Da erinnerte sie sich plötzlich an diesen Artikel in der »Dolomiten«. Da stand doch, dass die Polizei es für möglich hielt, dass dieser Mattinger, Matzinger … oder wie der auch hieß, der Täter ist. Der Wahnsinnige, der aus der Psychiatrie ausgebrochen war. Und der überfiel seine Opfer in den Bergen, aber nicht mitten in Bozen. Darüber hinaus war in diesem Beitrag darüber spekuliert worden, dass es gar einen Zusammenhang mit einem Serientäter geben könnte, der vor Jahrzehnten hier sein Unwesen getrieben hatte. Das hielt sie natürlich für totalen Quatsch. Typisch Boulevardpresse. Aber diese Sache mit diesem … jetzt fiel es ihr wieder ein! Mantinger hieß er. Jedenfalls war das kein abwegiger Gedanke. Und es legte nahe, dass sie mit ihren Befürchtungen, einer von denen könne das Schwein sein, vielleicht falschlag. Würde denn jemand, dessen Profession es ist, Leben zu retten, wegen ein paar tausend Euro zum Mörder werden? Außerdem war es gut möglich, dass ihnen gar nicht bewusst war, dass sie auch dazugehörte. Sie fand, dass sie das eigentlich ganz geschickt eingefädelt hatte.

Bei diesen Gedanken kehrte ihr Selbstvertrauen zurück. Sie würde nochmals klarstellen, dass dies die letzte Zahlung war. Nein, sie würde es schwören. Und dann die Polizei einschalten. Wenn das Schwein als alter Mann aus dem Knast entlassen wurde, war sie längst über alle Berge. Entschlossen stieg sie auf ihr Fahrrad und fuhr kerzengerade durch den Kreisel geradewegs auf die Klinik zu.

***

Kaum jemand hielt sich in der Kardiologie auf. Jedenfalls nicht hier, in diesem hinteren Teil, in dem sich auch die Verwaltung befand. Sehr clever von Rossi. Sie hatte genau den Ort gewählt, wo es heute besonders ruhig sein musste. Allerdings fragte er sich, warum sie sich dann nicht zum Beispiel einen abgelegenen Parkplatz ausgesucht hatte. Oder einen anderen Platz, an dem man garantiert nicht gesehen wurde. Vielleicht hatte sie Angst. Ja, das wäre eine logische Erklärung. Und keineswegs unbegründet. Dann war das Behinderten-WC vielleicht wirklich die beste Lösung. Für Rossi zumindest. Brunner überzeugte sich, dass es nicht besetzt war, dann schlüpfte er rasch durch den schmalen Türspalt. Ohne zu zögern, deponierte er die Tüte hinter dem Sitz. Er ging hinaus, prüfte auch das Herren-WC nebenan. Ebenfalls nicht besetzt. Er ging hinein. Durch den winzigen Türspalt konnte er den ganzen Flur überblicken. Wunderbar. Gleich tappte Rossi in die Falle. Na warte, du mieses Weibsbild, das wirst du bereuen!

Seine Uhr zeigte kurz vor sieben. Ob sie pünktlich war? Er spürte eine innere Anspannung und zugleich Vorfreude. Nur noch wenige

Augenblicke, bis diese Schlampe vor Angst erstarren würde. Wobei ihm gerade einfiel, dass sie irgendeinen Kampfsport betrieb. Konnte sie nicht Karate? Oder Judo? Er kannte sich nicht sonderlich damit aus. Auf jeden Fall musste er aufpassen.

Plötzlich kündigte ein vertrauter Ton die Ankunft des Fahrstuhls an. Es war so weit. Er wich ein kleines Stück zurück, sodass er gerade noch den Bereich vor dem Behinderten-WC einsehen konnte. Mehr Sichtfeld brauchte er nicht. Schritte von rechts. Keine Stöckelschuhe, es klang eher nach Sneakers. Sollte Madame heute ausnahmsweise mal weniger aufreizend unterwegs sein? Ein Schatten. Dann sah er sie. Aber was war denn das? Irritiert beobachtete er die Frau, die sich in diesem Moment suchend umblickte. Der Türspalt fiel ihr nicht auf. Was machte Schwester Elena hier? Hatte sie Dienst, und er hatte das vergessen? Natürlich, das musste es sein. Doch in diesem Augenblick riss sie die Tür der Behindertentoilette auf und ging hinein. Brunner war fassungslos. Das verstand er nicht. War das ein Zufall? Oder steckten Castlunger und Rossi unter einer Decke? Das wäre eine logische Erklärung. Dass er da nicht viel eher draufgekommen war! Fontana, Agostini und die beiden, das Erpresserquartett, vereint in ihrer gemeinsamen Gier. Aber jetzt waren es nur noch zwei. Und dieses Miststück im Behinderten-WC beherrschte keinen Kampfsport.

Schon ging die Tür wieder auf, und Elena kam heraus, die Tüte in der Hand, das Gesicht wutverzerrt. Hatte sie sich also gleich an diesem heimeligen Ort davon überzeugt, dass sie mit der Währung in der Tüte nicht viel anfangen konnte. Als sie genau auf seiner Höhe war, stieß Brunner die Tür seines Versteckes mit solcher Wucht auf, dass die Krankenschwester um ein Haar davon umgehauen worden wäre. Sie blieb wie vom Donner gerührt stehen. Brunner verstellte ihr den Rückzug. Er genoss die Panik in ihrem Blick.

»Na, Schwester Elena, ist nicht so gelaufen, wie ihr euch das vorgestellt habt, oder?«

Elena konnte nur stottern. »Dr. Brunner, was … was machen Sie denn hier?«

»Eine reichlich dumme Frage. Wie kommen Sie auf die Idee, mich dermaßen zu erpressen? Zwanzigtausend, Sie haben ja nicht alle Tassen im Schrank. War das Rossis Idee oder Ihre?«

Sie schien nachzudenken. Brunner sah ihren Kiefer mahlen. »Das war Dr. Rossis Idee. Ich sollte das nur abholen. Aber danach hätten wir ohnehin aufgehört, wirklich!«

»Reden Sie keinen Stuss! Typen wie Sie hören nie auf. Sie wollen immer mehr. Aber nicht mit mir.« Er ging ein Stück auf sie zu, sie wich instinktiv zurück.

»Hören Sie, Dr. Brunner, wir vergessen das Ganze einfach hier und jetzt. Einverstanden? Ich rede mit Dr. Rossi. Kein Geld mehr, und wir halten den Mund.«

»Blödsinn, den Mund halten. Was genau wissen Sie eigentlich? Von welchen Beweisen sprechen Sie?«

»Die Todesfälle, Dr. Brunner. Was sonst? Sie haben Ihre Patienten vergiftet oder ihnen Luft gespritzt. Sie waren alle Organspender und haben sich teilweise erst kurz vor ihrem Tod dazu entschieden. Sie wollten auf diese Weise schneller an ihre Organe kommen. Damit Sie sie verpflanzen konnten!«

Brunner musterte die Krankenschwester. Sagte sie die Wahrheit? Alles andere wäre im Grunde unlogisch. Natürlich wusste sie Bescheid. Wie die anderen. Jetzt musste er zunächst herausfinden, wie viel genau sie wusste. »Ist das nicht eine gewagte These? Immerhin hat auch Ihr Stecher von den Todesfällen profitiert.«

Sie sah ihn ungläubig an. »Welcher Stecher?«

Jetzt musste Brunner sogar lachen. Diese Situation hatte durchaus auch etwas Erheiterndes. Wie naiv diese Krankenschwestern manchmal sein konnten! »Dr. Florian von, zu, auf und unter Adelsburg. Bei Ihnen wohl vor allem Letzteres. Auch er war ein Profiteur der verstorbenen Organspender.«

»Sie sind ja krank. Von Adelsburg mein Stecher? Also wirklich! Aber dass auch er durch den Tod Ihrer Patienten Vorteile hatte, ist richtig. Das hätten Sie nur zu gern verhindert. Konnten Sie aber nicht. Bei dieser Sache konnten nur beide gewinnen oder beide verlieren. Es sei denn, der Patient ist an Herzversagen gestorben. Das wiederum schadet Ihrem Kollegen, Ihnen jedoch nicht.«

Diese Mischpoke schien tatsächlich herausgefunden zu haben, dass er beim Ableben des einen oder anderen Patienten geringfügig nachgeholfen hatte. Aber das waren doch alles hoffnungslose Fälle gewesen. In nicht allzu ferner Zukunft wären die sowieso jämmerlich krepiert. Aber so hatte er sie von ihren Qualen erlösen und ihre Organe anderen Patienten verpflanzen können, für die ohne diese Spende jede Hilfe zu spät gekommen wäre. Also hatte er letztlich Menschenleben gerettet. Ob das der Richter allerdings auch so sehen würde? Kaum. Folglich musste er diesem Spuk ein Ende bereiten. »Gut, Schwester Elena. Was machen wir jetzt? Was wollen Sie?«

»Nichts. Lassen Sie uns so tun, als wäre das hier niemals geschehen. Wir werden schweigen, versprochen.«

Oh ja, das wirst du, du verlogenes Miststück! Er lächelte Elena ins Gesicht. »Sie haben Angst, stimmt's? Sie haben begriffen, dass Sie zu weit gegangen sind. Leider können wir all das aber nicht ungeschehen machen. Weder den Tod des einen oder anderen Patienten noch Ihre Erpressung.« Wieder ging er ein Stück auf sie zu.

Sie musste die Entschlossenheit in seinem Gesicht erkannt haben, denn sie drehte sich um und begann loszulaufen. Doch Brunner war trotz seines Alters schneller. Für einen erfahrenen Bergsteiger wie ihn war es kein Problem, die unsportliche Elena in Windeseile einzuholen. Er packte sie an der Schulter, wirbelte sie herum und versetzte ihr eine Ohrfeige, die so heftig war, dass die Krankenschwester hinfiel. Drohend baute er sich über seinem auf dem Boden liegenden Opfer auf. Jedes Mal, wenn sie versuchte aufzustehen, drückte er sie wieder zu Boden.

»Du miese kleine Schlampe! Wie kannst du es wagen, mich, einen gestandenen Arzt, der Hunderte Menschenleben gerettet hat, auf diese infame Weise zu erpressen?« Wieder holte er aus, wollte erneut zuschlagen, doch Elena stieß einen so markanten Angstschrei aus, dass er zurückschreckte. Sie sprang auf, wollte wegrennen, doch Brunner packte sie am Hals und stieß sie gegen die Wand. »Das habt ihr nicht umsonst gemacht«, rief er immer wieder, während Elena laut um Hilfe rief.

Da riss plötzlich jemand die Tür des Treppenhauses auf, rannte zu Brunner und zerrte ihn weg von Schwester Elena. Es war der Pförtner, der wohl gerade seinen abendlichen Kontrollgang durch alle Abteilungen machte. Brunner war viel zu aufgebracht gewesen, um daran zu denken, dass die Schreierei jeden, der in diesem Moment auf der kardiologischen Station war, aufschrecken musste.

»Was ist denn hier los? Sind Sie wahnsinnig, Mann?«, rief der Pförtner.

Brunner ließ von Elena ab und starrte den Mann an. Abwechselnd blickte er zu ihm und zu Schwester Elena. Sie sagte nichts, starrte ihn nur ihrerseits mit weit aufgerissenen Augen an. Der Pförtner zog Brunner noch ein Stück weiter von Elena weg.

»Lassen Sie die Frau in Ruhe, Mann. Und jetzt erzählen Sie, was hier los ist. Warum haben Sie das gemacht? Oder muss ich erst die Polizei rufen?«

Inzwischen hatte Brunner seine Selbstbeherrschung wiedergefunden. Mit ruhiger Stimme antwortete er: »Schwester Elena und ich hatten eine Meinungsverschiedenheit wegen eines Patienten. Sie hat ihre Kompetenzen überschritten und mich dann auch noch beschimpft. Da ist dann leider der Gaul mit mir durchgegangen.« Er wandte sich Elena zu. »Dafür bitte ich Sie aufrichtig um Entschuldigung, Schwester Elena. Über Ihr Fehlverhalten werden wir aber noch sprechen müssen.«

Der Pförtner nickte ihr zu. »Ist die Sache für Sie damit erledigt? Oder soll ich die Polizei rufen?«

»Nein, nein, das ist nicht nötig. Der Doktor und ich regeln das schon.«

»Gut, dann kommen Sie jetzt mit mir runter. Und Sie nehmen bitte einen anderen Weg, Herr Doktor!«

Der Pförtner ging voran, Elena folgte ihm. Als sie auf Brunners Höhe war, zischte er ihr leise ins Ohr: »Wir sehen uns noch.«

24

Bozen, Montag, 16. Juli

Zufrieden las Vincenzo Fascianis Bericht über den zweiten Mord binnen weniger Tage. Ihre Taktik war aufgegangen. Zwar stellte der Reporter in seinem umfangreichen Artikel mit riesigem Aufmacher auf Seite eins die Frage, warum die Polizei sich mit Informationen zurückhielt, aber als Journalist wusste er, dass die berühmten ermittlungstaktischen Gründe im Falle eines Mordes nicht an den Haaren herbeigezogen waren. Er konnte keine Verbindung zu Zingerle herstellen. Zwar hatte Fasciani, wie angekündigt, eine Serie über Guido Zingerle gebracht, die sich Vincenzo im Zusammenhang durchlas, aber so viel Spektakuläres gab es gar nicht zu berichten. Die von ihm ausgelöste Massenhysterie musste im Kontext seiner Zeit betrachtet werden. Er hatte zwei Frauen getötet, etliche vergewaltigt. Möglicherweise war er auch für einige bis heute unaufgeklärte Taten verantwortlich. Angetrieben durch Minderwertigkeitskomplexe und eine unterdurchschnittliche Intelligenz gierte er nach Macht über Frauen. Ein Gutachten hatte ihm zudem einen »konstitutionell besonders regen Geschlechtstrieb« attestiert. Ansonsten war sein Leben besonders durch den Zweiten Weltkrieg und seine verkorkste Vita geprägt gewesen. Erst die Medien hatten ihn zum »Wolf«, zur »Bestie« und zum »Ungeheuer von Tirol« gemacht.

Nichts hat sich geändert, dachte Vincenzo, als er Fascianis Hintergrundbericht las. Damals das »Ungeheuer von Tirol«, heute das »Monster von Bozen«. Der Grund, warum Zingerle eine Massenhysterie auslösen konnte, waren weniger die Verbrechen selbst, sondern vor allem die Tatsache, dass er in den Wäldern und Bergen zugeschlagen hatte, dem Refugium des Friedens und des Rückzugs schlechthin für den Alpenländler. Deshalb konnte der Satz »Dann holt dich der Zingerle!« zur schrecklichsten Drohung der Eltern gegenüber ungehorsamen Kindern werden. Deshalb weigerten sich Touristinnen, allein in ihren Zimmern zu schlafen, und Sennerinnen verließen ihre Almen. Der »Alto Adige« bezeichnete Zingerle damals als »eine Art modernen Christenschreck, einen kollektiven Alptraum«. Die Vorstellung, dass dieser kollektive Alptraum heute in Südtirol wütete, war so abwegig, dass Fasciani keinerlei Verbindungen mehr zwischen den alten und den aktuellen Verbrechen herstellte.

Spektakulär war Zingerles Flucht verlaufen, von Innsbruck quer durch den Alpenraum. Fünf Wochen hatte sie gedauert, in denen er sich durch Einbrüche in Ställe und abgelegene Höfe versorgt hatte. Während er sich auf österreichischer Seite noch versteckt und nur über kaum begangene Höhenwege bewegt hatte, war er in Südtirol leichtsinniger geworden, hatte sogar Gespräche mit Wanderern geführt. Gefasst wurde er schließlich am Valser Joch von fünf als Jäger verkleideten Carabinieri. Viel mehr wusste Fasciani nicht zu berichten, wenngleich er Zingerles Geschichte in schillernden Farben ausmalte.

Auch Mantinger wurde im Zusammenhang mit Agostinis Tod nicht erwähnt. Das war gut so. Denn dessen Flucht hatte schon für genug Unruhe in Südtirol gesorgt, und auf den seltsam leeren Straßen hatte man schon vor den Morden an Fontana und Agostini ein unterschwelliges Gefühl von Furcht gespürt. Vielleicht waren die geplanten und nur dem Ziel der Verschleierung dienenden Taten eines Klaus Mantinger weniger angsteinflößend als das blinde Zuschlagen eines Triebtäters in den Bergen, dem quasi jede Frau zum Opfer fallen konnte. Dennoch stellten Mantingers Flucht und sein unbekannter Aufenthaltsort eine Bedrohung dar. Wenn jetzt auch noch bekannt würde, dass Giulia Agostinis Tod in vielen Details Zingerles zweitem Mord entsprach, war eine neue Massenhysterie trotz Fehlens jeglicher realen Grundlage möglich. Vincenzo war gespannt auf Pacis DNA-Analysen und die Ergebnisse der Spurensicherung in und vor der Höhle, die zu Agostinis Todesfalle geworden war. Er rechnete am frühen Nachmittag mit den Berichten. Zeit genug, um Brunner und diese Dr. Rossi zu befragen. Außerdem hatte er noch ein paar Fragen an Elena Castlunger.

Vincenzo schaute auf die Uhr. In zehn Minuten war sein Team bei ihm. Diese Zeit konnte er nutzen, um Colonnello Andolfo anzurufen, den Kommandanten des siebten Regiments, um ihn nach dem Stand der Dinge zu fragen.

Andolfo war genervt. Obwohl er inzwischen fast alle Leute

auf Mantinger angesetzt hatte, tappten sie völlig im Dunkeln. Der Resignation nahe resümierte Andolfo: »Es ist so, als wäre Mantinger wie vom Erdboden verschluckt. Ich glaube, ehrlich gesagt, nicht, dass er überhaupt noch in Südtirol ist. Der ist untergetaucht, was ich an seiner Stelle auch getan hätte.«

»Vergessen Sie nicht, Comandante, dass er sich in den Bergen keinen Deut schlechter auskennt als Sie. Ich bitte Sie daher, vorläufig weiterzumachen. Irgendwann muss die Ratte doch mal aus ihrem Loch kommen und sich Lebensmittel besorgen. Irgendwann hinterlässt er Spuren. Und dann haben Sie ihn. Gibt es denn Neuigkeiten bezüglich des Unbekannten von Glaning?«

Vincenzo vernahm ein Schnauben durch den Hörer. »Ebenfalls negativ, Commissario. Und in dem Fall bin ich mir sicher, dass der seit dem Mord an Fontana nicht mehr in Glaning aufgetaucht ist. Überschaubares, von meinen Jungs leicht zu überwachendes Gebiet, viele zivile Zeugen. Der wäre nicht unbemerkt wieder dort aufgetaucht. Soll ich meine Untereinheit weiterhin dort lassen oder sie zur Suche nach Mantinger abziehen?«

Vincenzo musste nicht lange darüber nachdenken. »Lassen Sie die bitte an Ort und Stelle. Das könnte unser einziger echter Zeuge sein.«

»Oder Ihr Mörder, was erklären würde, warum er bis jetzt nicht wieder in Glaning aufgetaucht ist.«

»Mag sein, aber bedenken Sie, dass dieser Mensch auch vorher nur sporadisch dort gesichtet wurde. Der Mord an Fontana liegt erst knapp zwei Wochen zurück. Dass er bis jetzt nicht wiedergesehen wurde, heißt also gar nichts.«

Vincenzo verabschiedete sich mit aufmunternden Worten bei Andolfo, wusste aber, dass sein nicht zu beneidender Kollege die berühmte Stecknadel suchte, allerdings nicht in einem Heuhaufen, sondern zwischen Tausenden von Bergen.

An seiner Tür klopfte es. Als die drei im Gänsemarsch hintereinander in sein Büro kamen, konnte Vincenzo ein breites Grinsen nicht unterdrücken. Dieses Dreiergespann, der korpulente, schwerfällige Marzoli vorn, der hünenhafte Muskelberg am Ende und die zierliche, drahtige Mauracher dazwischen, war ein Anblick für die Götter.

Irritiert von diesem Grinsen fragte Marzoli: »Was erheitert dich denn so? Hast du gute Neuigkeiten?«

»Nein, nein, mir ist da nur so ein Gedanke durch den Kopf geschossen, hat nichts mit dem Fall zu tun. Setzt euch und erzählt, was ihr über Agostini herausgefunden habt. Danach legen wir los, ich will zurück sein, wenn Paci und Reiterer Ergebnisse vorweisen können.«

Marzoli wusste zu berichten, dass Giulia Agostini nur das eine Konto besessen hatte, dessen Auszüge sie in ihrer Wohnung gefunden hatten. Wenn sie nicht gerade über ein geheimes Konto in der Schweiz oder in Liechtenstein verfügte, hatte sie also monatelang keine Gelder von diesem Konto abgehoben oder überwiesen, außer den bestehenden Daueraufträgen. Damit war es naheliegend, dass sie aus noch unbekannter Quelle Bargeld bekommen hatte, mehr als die achttausend Euro in der Geldkassette. Es konnte von überall gekommen sein. Ein noch unbekannter Verwandter, ein reicher Freund …

***

Dr. Paul Brunner bestätigte den Eindruck, den er bei der Befragung in der Questura hinterlassen hatte. Er war keine so charismatische und charmante Erscheinung wie Florian von Adelsburg. Auch seine Umgangsformen waren weniger geschliffen. Er bot Mauracher und Vincenzo nichts zu trinken an, verwies stattdessen auf seinen knappen Terminkalender. An seiner Körperspannung erkannte Vincenzo, dass der Mann, der ihm gegenübersaß, trotz seines Alters noch sehr fit war. Er trieb Sport. Vielleicht Klettern. Das würde zu seiner drahtigen Figur passen. Was er in keinster Weise ausstrahlte, war Lebensfreude. Brunner war ernst, lächelte nicht, wirkte gehetzt und vom Leben gezeichnet. Sein Gesichtsausdruck war abweisend und grimmig, auch wenn Vincenzo dahinter etwas anderes vermutete. Er fand den Arzt auch beim zweiten Mal unsympathisch. Auf die Nachricht von Giulia Agostinis Tod hatte er mit einem Stirnrunzeln reagiert. Er bestätigte die Aussage seines Kollegen Florian von Adelsburg, dass Agostini in der Klinik vermisst worden war und sie deshalb zur Sicherheit die Bergwacht alarmiert hatten. Er begründete seine häufigen Telefonate mit ihr genauso wie sein Kollege und konnte nichts über das Opfer aussagen, was sie nicht schon wussten. Die Krankenschwester hatte Cecilia Fontana gekannt, weil sie deren Vater gepflegt hatte. Mehr Verbindungen zwischen den beiden ermordeten Frauen konnte der Klinikdirektor nicht beisteuern. Als Vincenzo ihn allerdings zu Agostinis unbekannten Geldquellen befragte, reagierte Brunner nervös. Er behauptete, nichts über irgendwelche Nebeneinkünfte zu wissen, wirkte dabei allerdings nicht überzeugend. Hier war etwas im Gange, das spürte Vincenzo. Hier mussten sie ansetzen.

»Dr. Brunner, ich muss Sie das fragen. Wo waren Sie am Samstag, dem 30. Juni?«

Der Arzt riss die Augenbrauen in die Höhe. »Samstag, der 30. Juni? Soll das ein Witz sein?«

»Wenn es um einen Mord geht, scherzen wir nicht. Also, wo waren Sie an diesem Tag?«

Paul Brunner schloss die Augen und stützte sein Gesicht in seinen Händen ab. Er schien konzentriert nachzudenken. Es dauerte eine Weile, bis er antwortete.

»Jetzt erinnere ich mich wieder. Ich wollte eigentlich in die Klinik fahren, um meine Visite zu machen. Ich bin fast jedes Wochenende in der Klinik. Als Chefarzt habe ich eine besondere Verantwortung. Aber an diesem Samstag hatte ich einen unangenehmen Durchfall. Deshalb bin ich zu Hause geblieben. Ein klassischer Magen-Darm-Infekt. Am nächsten Tag war alles schon wieder vorbei, sodass ich wieder in die Klinik fahren konnte.«

»Kann das jemand bezeugen?«

»Was?«

»Na, dass Sie den ganzen Tag zu Hause waren.«

»Commissario, ich bin alleinstehend. Ich war den ganzen Tag zu Hause und habe mich auskuriert. Allein!«

Brunner wirkte nicht glaubhaft. »Wenn Sie krank waren, hätten Sie sich doch sofort bei meiner Frage daran erinnern müssen. Haben Sie vielleicht mit jemandem telefoniert?«

Brunner war zunehmend gereizt. Entsprechend unwirsch wurde sein Tonfall. »Erinnern? An einen banalen Magen-Darm-Infekt? Was haben Sie denn für Vorstellungen, Commissario? Außerdem habe ich mich erinnert. Ich werde doch wohl nachdenken dürfen, bevor ich auf eine Frage antworte. Und um Ihre nächste Frage zu beantworten: Nein, ich habe mit niemandem telefoniert. Ich bin aufgewacht, als der Wecker klingelte, und habe sofort meinen Darm gespürt. Wie ein Blitz bin ich auf die Toilette gerannt. Da habe ich gemerkt, dass ich auch noch Schüttelfrost hatte. Diese Symptome weiß ich als Arzt durchaus zu deuten. Bis zum frühen Nachmittag bin ich abwechselnd auf die Toilette und in die Küche gegangen, um mir Tee zu kochen. Als das Schlimmste vorbei war, habe ich die ›Dolomiten‹ gelesen. Am frühen Abend habe ich etwas Schüttelbrot gegessen, eine DVD geguckt, ›Der Kaufmann von Venedig‹ mit Joseph Fiennes, Jeremy Irons und Al Pacino, um Ihrer nächsten Frage aus Gründen der Zeitersparnis gleich vorzugreifen, und danach bin ich todmüde ins Bett gefallen. Sonst noch was?«

Vincenzo ließ sich von Brunners Aggressivität nicht beirren. »Ja. Wurden Sie von Cecilia Fontana erpresst? Und vielleicht auch von Giulia Agostini?«

Der Arzt stierte ihn aus funkelnden Augen an. »Ob ich erpresst wurde? Wollen Sie mich auf den Arm nehmen? Warum sollte mich jemand erpressen?«

»Wegen der Häufung von Todesfällen zum Beispiel, die wir, wie Sie wissen, gerade anhand der Patientenakten prüfen. Ihr Alibi für den 30. Juni ist, gelinde ausgedrückt, ein wenig dürftig. Also, wurden Sie erpresst?«

»Sie haben Nerven, Commissario Bellini. Ist Ihnen eigentlich bewusst, wen Sie vor sich haben? Ich bin mit den meisten Richtern per Du. Was meinen Sie, wie die das finden, wenn ich ihnen von Ihrem Auftritt erzähle? Aber ich beantworte Ihre dreiste Frage trotzdem. Dann habe ich nämlich Ruhe vor Ihnen. Nein, ich wurde und werde nicht erpresst. Und es gäbe dafür auch nicht den geringsten Anlass.«

»Gut, dann erwarten wir Sie morgen in der Questura, möglichst vormittags. Bringen Sie alle Kontoauszüge von sämtlichen Konten der, sagen wir, letzten zwölf Monate mit. Würden Sie jetzt bitte Dr. Rossi und Elena Castlunger holen? An die haben wir auch noch ein paar Fragen.«

»Kontoauszüge? Dafür brauchen Sie einen richterlichen Beschluss.«

»Nicht unbedingt. Uns interessieren nur mögliche hohe Barabhebungen. Ihr Gehalt können Sie schwärzen. Auch alles andere können Sie unkenntlich machen. Nur bitte nicht die Zahlenwerte und nicht die Abhebungen. Wenn Sie nichts zu verbergen haben, sollte Ihnen das doch keine allzu großen Kopfschmerzen bereiten, oder? Sind Sie dazu bereit?«

Brunner funkelte Vincenzo wütend an, schien aber seine Optionen kühl abzuwägen. Denn ohne Aggressivität antwortete er auf die Frage: »Vormittags habe ich eine OP. Ich komme gegen Mittag. Wenn Ihnen das nicht reicht, müssen Sie sich wohl doch um einen richterlichen Beschluss kümmern. Dr. Rossi läuft hier irgendwo auf der Station rum. Und mit Schwester Elena können Sie nicht sprechen. Die hat diese Woche Spätschicht.«

***

Dr. Maja Rossi entpuppte sich als atemberaubende Schönheit. Vincenzo konnte sich nicht erinnern, wann er zuletzt solch eine attraktive und anziehende Frau gesehen hatte. Selbst in ihrer Klinikkluft wirkte sie sexy. Obwohl ihre braunen Augen Wärme verstrahlten, lag in ihnen zugleich etwas Lauerndes. Aber auf eine Weise, die Vincenzo erregte. Es fiel ihm schwer, sich auf die Befragung zu konzentrieren. Zumal sie ihn unverhohlen musterte. Sie antwortete auf die Fragen ruhig und ohne jegliche Hektik oder Nervosität. Sie bestätigte, sowohl Fontana als auch Agostini gekannt zu haben. Fontana nur wenig, ihre Kollegin dafür aber umso besser. Maja Rossi wusste auch, dass sie auf die Matatzspitze wollte.

»Apropos Matatzspitze, Dr. Rossi. Was haben Sie an diesem Tag gemacht? Das war der 10. Juli, also Dienstag. Und ebenso möchte ich wissen, was Sie am 30. Juni gemacht haben. Der Tag, an dem Fontana ermordet wurde.«

Die Ärztin antwortete mit gespielter Verwunderung: »Brauche ich etwa ein Alibi, Commissario?«

Das Verhör schien sie nicht zu beunruhigen, sondern vielmehr zu erheitern. Oder auf eine eigentümliche Weise zu erregen. Da war sich Vincenzo nicht so sicher. Der Blick, mit dem sie ihn ansah, gefiel ihm überhaupt nicht. Etwas Herausforderndes lag darin. Er bemühte sich, seiner Stimme einen sachlichen Tonfall zu verleihen.

»Wir ermitteln in zwei Mordfällen, Dr. Rossi. Selbstverständlich ermitteln wir im privaten und beruflichen Umfeld der Opfer. Und was Giulia Agostini angeht, wurde uns anvertraut, dass Sie sie aufgefordert haben sollen, sich von ihrem Vorgesetzten, Dr. Florian von Adelsburg, fernzuhalten. Fernzuhalten im Sinne von ihn nicht anzumachen. Weil Sie selbst, sagen wir mal, ein gewisses Interesse an ihm haben. Sie sollen Giulia Agostini sogar gedroht haben. Insofern: Ja, Sie brauchen ein Alibi.«

Rossi reagierte völlig gelassen mit einem spöttischen Grinsen und einer schlichten Erklärung. »Commissario, ich bitte Sie! Das kann Ihnen doch nur Elena gesteckt haben. Aber glauben Sie mir, sowohl Elena und Giulia sind – oder waren – in Bezug auf von Adelsburg stutenbissig. Es stimmt, mir gefällt er gut, auch als Mann. Ich hätte tatsächlich Lust, mich mit ihm zu amüsieren. Wohlgemerkt, zu amüsieren. Ich habe nicht die Absicht, ihn seiner Adelsfamilie zu entreißen. Bestimmte Männertypen machen mich einfach an. Dann will ich sie und hole sie mir. Wie von Adelsburg.« Sie machte eine Pause und bedachte Vincenzo mit einem Lächeln und einem Blick, der keine Zweifel zuließ. Er spürte Schweißtropfen auf der Stirn. Das gefiel ihm ganz und gar nicht.

Sie schien seine Unsicherheit zu bemerken, und es schien ihr zu gefallen. Während sie fortfuhr, sah sie Vincenzo ununterbrochen in die Augen. »Vereinzelt gibt es aber auch Männer, die mir widerstehen können, Commissario. Das ist höchst bedauerlich, weil ihnen eine Menge entgeht. Von Adelsburg gehört leider dazu. Der Mann hat Charakter. Aber ich gebe nicht auf. Was meinen Sie, Commissario? Wird es ihm wohl dauerhaft gelingen, der süßen Versuchung zu widerstehen? Bedroht habe ich allerdings weder Giulia noch Elena. Ich habe ihnen lediglich gesagt, dass sie keine Chancen bei von Adelsburg haben.«

Die Alibis für die fraglichen Tage ergänzte sie lapidar. Am Dienstag hatte sie Dienst bis zum Nachmittag. Danach hatte sie sich mit einem Mann getroffen, der sie von der Klinik abgeholt hatte. Sie war bis zum nächsten Morgen mit ihm zusammen gewesen. »Ich schreibe Ihnen gern Namen und Adresse auf, Commissario. Er heißt Mario Rabensteiner. Ich treffe mich hin und wieder mit ihm, wenn ich Lust auf einen Mann habe. Er ist verdammt gut.« Sie zwinkerte Vincenzo zu. »Er sieht Ihnen übrigens sogar ein bisschen ähnlich, Commissario. Nur dass er leider keine Handschellen hat.«

Der Mann, der Vincenzo ähnelte, aber keine Handschellen besaß, musste auch als Alibi für den 30. Juni herhalten. Sie hatte an diesem Wochenende freigehabt und war von Freitagabend bis Montagmorgen mit ihm zusammen gewesen.

***

»Unfassbar, die hat dich unverhohlen angemacht. Dich, einen Polizisten im Dienst. Das ist ein Hammer! Das ist megadreist!« Kopfschüttelnd betrat Mauracher neben Vincenzo die Questura.

Vincenzo beurteilte die Situation nicht anders als seine Kollegin. Aber er war sich unsicher hinsichtlich Rossis Motiven. Hatte sie ihn tatsächlich angemacht? Oder war das ein bewusstes Ablenkungsmanöver, um bestimmte Fragen gar nicht erst zuzulassen? Er fragte Mauracher nach ihrer Einschätzung.

Sie wiegte den Kopf hin und her. »Schwer zu sagen. Ich halte die auf jeden Fall für total abgebrüht. Und zutrauen würde ich der alles. Irgendwie glaube ich beides. Ja, die steht auf dich. Und ja, die wollte von irgendwas ablenken. Die weiß mehr, als sie sagt. Ihr Alibi zu überprüfen ist ein Leichtes. Aber einen Typ gleich als Alibi für zwei Morde angeben? Die wird ihn wahrscheinlich wirklich gelegentlich beglücken, und er ist ihr so verfallen, dass er jedes Alibi bestätigen würde. Sollen wir heute noch mit ihm sprechen?«

Vincenzo nickte. »Auf jeden Fall. Ich will möglichst wenig Unerledigtes auf dem Schreibtisch haben. Unsere Köpfe müssen frei sein. Wir werden auch auf die Nachbarschaft von diesem Rabensteiner achten. Dort, wo er wohnt, ist es nicht gerade ländlich. Vielleicht gibt es Nachbarn, die bezeugen können, dass Rossi bei ihm war. Davon abgesehen, kann ich kein Motiv bei ihr erkennen. Warum sollte sie Giulia Agostini umbringen? Aus Eifersucht auf einen verheirateten Adeligen mit Kind? Und selbst wenn, was sollte sie gegen Cecilia Fontana gehabt haben?«

»Ich traue ihr jedenfalls nicht über den Weg. Wer weiß, was da noch so abläuft in der Klinik.«

»Hinter den Kulissen brodelt es da anscheinend gewaltig. Intrigen, Verrat und Eitelkeit scheinen an der Tagesordnung zu sein. Aber das ist ja noch kein Verbrechen. Erst mal müssen wir Dr. Rossis Alibi überprüfen. Und noch wichtiger ist das, was unsere Kollegen rausgefunden haben. Wir teilen uns auf, Sabine. Du gehst zu Reiterer, ich zu Paci. Danach treffen wir uns wieder in meinem Büro.«

***

Als Mauracher die Spurensicherung betrat, blickte Reiterer erstaunt über den Rand seiner Lesebrille.

»Was sehe ich denn da? Sie ganz allein in der Höhle des Löwen? Wo haben Sie denn Ihren Helden gelassen?«

»Welchen Helden?«

»Na, Ihren smarten Commissario! Gehe ich recht in der Annahme, dass er sich nach den jüngsten Niederlagen gegen mich entschieden hat, mir lieber aus dem Weg zu gehen und Sie vorzuschicken?«

Mauracher lachte. »Das weniger, zumal ich glaube, dass der Commissario haushoch gegen Sie führt. Er wollte, dass wir uns aus Zeitgründen aufteilen. Ich sollte Sie besuchen, er wollte zu Paci.«

Reiterer lächelte spöttisch. »So, er führt also Ihrer Meinung nach haushoch? Das sagen Sie doch nur, weil er Ihr Vorgesetzter ist. Sie decken ihn, damit er sich bei Paci ausheulen kann.«

Mauracher schnaubte durch die Nase. »Das habe ich nicht nötig. Es ist vielmehr so, dass Vincenzo mit Paci auch noch ein paar private Worte wechseln möchte.«

Reiterer war zum ersten Mal sichtlich überrascht. »Sagten Sie eben *›Vincenzo‹*?«

Sie erklärte Reiterer, dass der Commissario den Kollegen in seinem Team kürzlich das Du angeboten hatte.

»Das ist allerhand. Das hätte ich ihm gar nicht zugetraut. Mir ist er immer etwas steif vorgekommen.«

Mauracher grinste süffisant. »Steif? Also, ich habe ihn bisher immer nur ziemlich locker erlebt. Locker und entspannt. Wenn Sie ihn als steif empfinden, dann muss es wohl an Ihnen liegen.«

Reiterer klatschte in die Hände. »Bravo, Signora, das war gut! Machen Sie nur weiter so, dann können wir Sie vielleicht irgendwann in unserem Club der lebenden Dichter begrüßen.«

»Ist ›Dichter‹ nicht doch etwas übertrieben? Oder haben Sie Ihren Bericht etwa in Reimen verfasst?«

Lachend stand der Leiter der Spurensicherung auf und ging zu seiner sündhaft teuren Espressomaschine. »Möchten Sie vielleicht auch einen meiner legendären, einzigartigen, unfassbar aromatischen Espressi aus meinem unbezahlbaren Vollautomaten genießen? Und das auch noch kostenlos?«

Mauracher musste schmunzeln. Es war ihr erstes Gespräch, das sie allein mit Reiterer führte. Er war genau so, wie Vincenzo und die anderen Kollegen ihn beschrieben hatten. Anderen würde man ein solches Verhalten vielleicht als Arroganz auslegen, aber bei Reiterer war es fester Bestandteil seiner Persönlichkeit. Seine Spitzen waren keine Angriffe, sondern im Gegenteil Ausdruck von Respekt und Sympathie für sein Gegenüber. Sie mochte ihn.

»Gern, es darf auch ein doppelter sein.«

»Mein lieber Mann, Sie gehen aber ganz schön zur Sache. Aber ich will Ihrem Wunsch gern entsprechen. Denn so kann ich Sie doppelt von der Ausnahmequalität meines Kaffees überzeugen.«

Unter lautem Ächzen und Kreischen presste Reiterers Vollautomat das Wasser durch das Kaffeepulver. »Sage und schreibe fünfzehn Bar Druck, meine Liebe. Da staunen Sie nicht schlecht, was? Bei diesem Druck werden alle Bitterstoffe aus dem Kaffeepulver rausgespült. Deshalb ist mein Kaffee ohne Frage der beste und verträglichste in der ganzen Questura.« Er kehrte mit zwei dampfenden Tassen zu seinem Schreibtisch zurück. »Setzen Sie sich, Signora. Bedienen Sie sich gern an meinen Cantuccini. Die sind tausendmal besser als die faden Dinger Ihres Chefs. Gehe ich recht in der Annahme, dass Sie nicht zu mir gekommen sind, um Ihre Aufnahme in unseren erlesenen Club zu beantragen, sondern um sich die profunden und überragenden, nein sensationellen Ergebnisse meiner Arbeit vorstellen zu lassen? Und natürlich der Arbeit meiner bestens ausgebildeten Mitarbeiter. Ergebnisse, die wir nur dank unseres ein Vermögen verschlingenden, NASA-geprüften technischen Equipments erzielen konnten.«

Mauracher starrte Reiterer entgeistert an. »NASA-geprüft?«

Jetzt lachte der Spurensicherer laut auf. »Das mit Ihrer Clubaufnahme wird noch eine Weile dauern. Da sind Sie mir schön auf den Leim gegangen.«

»Ich sehe schon, ich muss noch einiges lernen. Aber Sie haben recht. Ich komme exakt wegen dieser Ergebnisse.«

Reiterer schlürfte genussvoll an seinem Espresso. »Phantastisch, oder? Und unsere Ergebnisse sind der absolute Hammer, wenn Sie mir diese saloppe Formulierung gestatten.«

»Ich gestatte. Und was macht sie so hammermäßig?«

Reiterer verlieh seiner Stimme einen feierlichen Unterton. »Eine absolute Sensation. Ich fange mit der Erde vor der Höhle an, die Ihr Duz-Chef höchstpersönlich ausgekoffert hat. Einverstanden?«

»Aber ja! Was haben Sie darin gefunden?«

»Absolut nichts«, sagte Reiterer beiläufig. Als er Maurachers Bestürzung bemerkte, musste er wieder lachen. »Es hatte stundenlang anhaltend und heftig geregnet, da haben wir kaum noch Chancen, verwertbare Spuren zu finden. Wie bei Fontana. Ein beschissener Sommer für gebeutelte Spurensicherer. Und die Abdrücke von Schuhsohlen, die Bellini wenigstens noch fotografiert hat, sind natürlich nutzlos.«

»Sehr witzig. Und das ist jetzt Ihre Sensation?«

»Mitnichten, meine Liebe, mitnichten. Raten Sie doch mal.«

»Wenn ich raten möchte, löse ich Kreuzworträtsel.«

Reiterer nickte anerkennend. »Der war nicht schlecht. Dennoch will ich Sie ein bisschen quälen. Ich gebe Ihnen einen Hinweis, okay? Denken Sie an die Bierflaschen, den Wein, die Werkzeuge, den Proviant, also an all das, was wir in der Höhle sichergestellt haben.«

»Ich verstehe nur Bahnhof.«

»Ich gebe Ihnen einen zweiten Hinweis. Dann sollte der Groschen aber fallen. Denken Sie an Fingerabdrücke.«

Für einige Augenblicke blickte Mauracher an Reiterer vorbei ins Leere. Dann stellte sie ihre Tasse mit einem Knall auf der Untertasse ab. »Das ist nicht Ihr Ernst, oder?«

***

Paci stand mit dem Rücken zur Tür, während sie telefonierte. Sie bemerkte Vincenzo nicht, als er ihr Reich betrat. Erst als er sich leise räusperte, fuhr sie herum. Vincenzo deutete mit dem Kopf zur Tür, doch Paci zeigte ihrerseits auf ihre Wanduhr und beschrieb eine Fünf mit ihrer freien Hand. Vincenzo sah sich aufmerksam in der Rechtsmedizin um, während Paci mit einer ihr offensichtlich nahestehenden Person sprach. Es ging um Daniel, ihren Sohn, und sie duzte ihren Gesprächspartner.

Die Rechtsmedizin verströmte nichts anderes als sterile Kälte. Zwei Obduktionstische aus Edelstahl, das entsprechende Werkzeug, Pacis kleiner schmuckloser Schreibtisch, Edelstahlspülen, ein kalter weißer Fliesenboden, der angeschlossene Kühlraum mit den Kühlkammern. Dazu das typische helle Licht. Was es überhaupt nicht gab, waren irgendwelche Hinweise auf den Menschen, der hier arbeitete. Vincenzo fiel nicht zum ersten Mal auf, dass es nirgendwo einen persönlichen Kalender, Bilder, die ihr Sohn für sie gemalt hatte, oder zumindest Fotos von Angehörigen an der Wand oder auf dem Schreibtisch gab.

»Das war meine Schwester«, hörte er Paci sagen, als er gedankenverloren die Wände nach irgendeinem persönlichen Hinweis absuchte.

Vincenzo ging auf Paci zu und schüttelte ihr die Hand. »Es ging um Ihren Sohn, oder?«

»Ja«, erklärte Paci. »Meine Schwester ist verheiratet und hat zwei Kinder, eine siebenjährige Tochter und einen zwölfjährigen Sohn. Moritz. Daniel und Moritz verstehen sich sehr gut, und da habe ich meine Schwester gefragt, ob Daniel nicht unter der Woche nachmittags nach der Schule zu ihr kommen kann. Sie ist nicht berufstätig, sondern noch eine Hausfrau im traditionellen Sinne. Sie hat sofort zugesagt, damit habe ich bereits ein wesentliches Problem gelöst.«

Paci strahlte pure Energie aus. Sie schien ihren Schicksalsschlag locker wegzustecken. Allerdings vermutete Vincenzo, dass ihr Aktionismus und ihre Power eher ein bewusstes Ablenkungsmanöver waren, um bloß nicht ins Grübeln zu kommen. Gut so.

»Mein Angebot steht aber weiterhin, Signora. Wenn Sie Hilfe brauchen, bin ich für Sie da.«

»Das weiß ich auch sehr zu schätzen, Commissario. Ich weiß, dass Ihr Angebot von Herzen kommt. Wenn Not am Mann ist oder, besser gesagt, an der Frau, komme ich gern darauf zurück. Im Moment kann ich aber, glaube ich, eher Ihnen weiterhelfen, denn ich habe Neuigkeiten, die Sie sehr interessieren werden. Neuigkeiten hinsichtlich des Spermas in Agostinis Scheide und Neuigkeiten hinsichtlich der Patientenakten, die ich mir am Wochenende zu Gemüte geführt habe. Soll ich damit beginnen?«

Damit hatte Paci elegant von ihrem Privatleben abgelenkt. Sie wollte offensichtlich nicht mehr darüber preisgeben. Zu gern hätte Vincenzo gewusst, warum es nirgendwo etwas Persönliches von ihr gab, aber er unterdrückte seine Neugier. »Ich bin in der Tat sehr gespannt. Fangen Sie gern mit den Akten an, das Sperma finde ich nämlich noch spannender. Also Ihre Analyse dazu, natürlich.«

Die Ärztin lachte, während sie sich an ihren Schreibtisch setzte und Vincenzo bedeutete, das Gleiche zu tun. »Die Akten sind aber kaum weniger spannend, lieber Commissario. Denn ich halte diese Todesfälle für merkwürdig. Ich habe mit Maurizio Fontanas Akte begonnen, denn immerhin ist seine Tochter das erste Opfer. Die Todesursachen, die in den Akten stehen, sind für eine Innere und eine Kardiologie nicht ungewöhnlich. Immerhin liegen dort oft schwer kranke Menschen. Was mich aber stutzig macht, sind die Diagnosen. Nehmen wir als Beispiel Fontana.« Paci nahm einen Heftordner von ihrem Schreibtisch auf und wedelte damit. »Der Mann hatte Hodenkrebs und ein beginnendes Organversagen. Gegen den Krebs hat er unter anderem eine Chemotherapie bekommen. Eine naheliegende Maßnahme bei dieser Diagnose. Bedenklich ist eine solche Therapie bei einem schweren Organversagen, weil die Chemo auch viele Organe belastet. Das war bei Fontana aber noch nicht der Fall. Dennoch hatte er einen Schlaganfall. Obwohl er nicht einmal auf der Intensivstation lag. Und das macht mich misstrauisch. Denn Maurizio Fontana war erst Mitte sechzig und trotz einiger gesundheitlicher Probleme, wegen deren er ebenfalls klinisch versorgt wurde, nicht sterbenskrank. Ein solcher Patient kann natürlich trotzdem versterben, aber es ist eben nicht sehr wahrscheinlich. Und ähnliche Fragen werfen auch viele der anderen Akten auf. Aus medizinischer Sicht besteht die

Möglichkeit, dass nicht alle diese Todesfälle natürliche Ursachen hatten.«

Obwohl Vincenzo die Häufung von Todesfällen merkwürdig erschienen war, hatte er nicht damit gerechnet, dass sich aus den Akten tatsächlich entsprechende Hinweise ergeben würden. Er war zu sehr vom Renommee der Klinik überzeugt gewesen. Damit rückte das Motiv Erpressung wieder verstärkt in den Fokus.

»Dottoressa, falls da wirklich nachgeholfen wurde, wie würde das jemand denn am besten anstellen? Und braucht derjenige fundierte medizinische Kenntnisse?«

Die Rechtsmedizinerin wiegte den Kopf hin und her. »Da gäbe es einige Möglichkeiten. Gilurytmal zum Beispiel. In einer Überdosierung oder bei entsprechenden Gegenanzeigen kann das zu lebensbedrohlichen Herzrhythmusstörungen bis hin zum Kammerflimmern und einem massiven Blutdruckabfall führen. Und eine Herzschwäche gehört zu den Gegenanzeigen. Die aber hatten einige der betroffenen Patienten. Einen Schlaganfall können Sie künstlich auslösen, indem Sie dem Opfer Luft in die Venen spritzen. Am besten am Hals, schön nahe am Gehirn.«

»Muss ich Arzt sein, um das zu wissen und es richtig, also tödlich, dosieren zu können?«

Paci schüttelte den Kopf. »Keineswegs. Eine Spritze mit Luft aufziehen kann jeder. Sie auch. Sogar mein Sohn. Und Gilurytmal ist ein gängiges Medikament gegen Herzrhythmusstörungen. Der Wirkstoff heißt Ajmalin. Das ist ein Antiarrhythmikum, das aus der indischen Schlangenwurzel extrahiert wird. Jeder Pfleger weiß das und könnte problemlos einen Patienten damit töten.«

Vincenzo musste grinsen. »Einen ähnlichen Vortrag haben Sie mir vor ein paar Jahren schon einmal gehalten, Dottoressa. Können Sie sich auch noch daran erinnern?«

Paci lachte. »Natürlich, wie sollte ich jemals Ihren ungläubigen Blick vergessen, als ich Ihnen ein Bild des Fingerhuts gezeigt und Ihnen erklärt habe, dass diese bei uns so weit verbreitete Pflanze zu den giftigsten in ganz Europa zählt.«

»Und dabei denkt man immer, alles, was aus der Natur kommt, müsste automatisch gesund sein.«

»Nun ja, in der richtigen Dosierung ist es das ja auch meistens.«

»Auch wieder wahr. Reichen Ihre Erkenntnisse denn für eine Anklage?«

»Das sicherlich nicht. Um eine Vergiftung mit Ajmalin nachzuweisen, müsste der Staatsanwalt die Exhumierung der Opfer beantragen, so sie denn erdbestattet wurden. Ajmalin lässt sich, wie andere Wirkstoffe auch, gut nachweisen. Wenn Luft gespritzt wurde, ist das schwerer nachzuweisen. Aber es ist nicht unmöglich.«

Vincenzo verdrehte die Augen. Als ob sie mit zwei Morden, einem flüchtigen Psychopathen und einer Hysterie nicht schon genug am Hals hätten. Nein, jetzt kamen möglicherweise noch mal hundert oder mehr Tötungsdelikte dazu. »Uns wird wohl nichts anderes übrig bleiben, als diese Patienten zu exhumieren. Haben Sie denn alle Akten geprüft? Das ist doch unmöglich.«

Paci erklärte, dass sie nach der Analyse der Patientenakte von Fontana bei den folgenden nur noch auf vergleichbare Hinweise geachtet habe. Und sie war häufig auf ähnlich gelagerte Fälle gestoßen.

»Gut, Dottoressa, bitte schreiben Sie mir die Fälle auf, bei denen es am wahrscheinlichsten ist, dass bei ihrem Tod nachgeholfen wurde. Geht das?«

Paci nickte.

»Sehr schön. Für die beantragen wir dann eine Exhumierung. Kommen wir nun zur spannendsten Frage: Was hat die DNA-Analyse des Spermas ergeben?«

Paci antwortete nicht, sondern senkte den Blick auf den Schreibtisch.

»Dottoressa?«

»Da ist noch was, Commissario. Aber ich befürchte, das ist eine ziemlich pikante Angelegenheit.« Langsam hob sie den Kopf wieder und sah Vincenzo mit traurigem Blick in die Augen. »Es wäre mir lieber gewesen, diese Akte wäre nicht dabei gewesen.«

Vincenzo hatte keine Ahnung, wovon sie sprach.

»Und leider verhält es sich dabei ähnlich fragwürdig wie bei Fontana. Sprich, auch in diesem Fall würde ich Ihnen raten, das Opfer zu exhumieren.«

»Dottoressa, wovon sprechen Sie denn?«

Paci öffnete eine Schublade ihres Schreibtischs und förderte einen weiteren Schnellhefter zutage, den sie wortlos zu Vincenzo hinüberwarf.

Neugierig griff Vincenzo sich die Akte. Es handelte sich um einen neutralen weißen Schnellhefter mit der Aufschrift »Innere«. Er schlug die Akte auf. Als er auf dem obenauf gehefteten Deckblatt den Namen des Patienten las, verschlug es ihm den Atem. Entgeistert starrte er Paci an. »Ist er das wirklich?«

»Ich befürchte, ja.«

Vincenzo atmete laut und schwer aus. »Verdammter Mist! Wie soll ich ihm das nur beibringen?«

»Das kann ich Ihnen auch nicht sagen. Das ist sicherlich ein ziemlicher Schock für ihn. Aber es ist andererseits auch noch nichts bewiesen. Es kann immer noch ein natürlicher Todesfall gewesen sein.«

»Schön wär's. Ich kümmere mich darum. Also, was ist denn jetzt mit dem Sperma?«

Paci nahm einen dünnen Schnellhefter in die Hand und blätterte ihn durch. »Ich hatte mehrere aussichtsreiche Kandidaten zur Auswahl. Am wahrscheinlichsten war nach Ihrer Einschätzung, dass die DNA des Spermas identisch ist mit der der Haare. Also habe ich damit angefangen. Sie dürfen raten, Commissario.«

Es war für die nüchterne Rechtsmedizinerin ungewöhnlich, ihre Analysen für ein heiteres Rätselraten zu missbrauchen. Wenn sie das Ergebnis dermaßen spannend machte, musste es ein echter Knaller sein. Vincenzo spürte, wie ihn eine innere Erregung erfasste. »Die DNA stimmt nicht überein, habe ich recht?«

»Gut geraten, Commissario. Ich würde vermutlich morgen noch Abgleiche machen, wenn ich als Nächstes nicht meinem eigenen Verdacht gefolgt wäre. Sie dürfen weiterraten.«

Vincenzo schloss die Augen, atmete tief ein und aus. Er hatte es von Anfang an gewusst. »Gut«, sagte er in der Absicht, Pacis Spiel ein wenig in die Länge zu ziehen und die Spannung zu steigern. »Das Sperma stammt nicht von Dr. Paul Brunner.«

Kopfschütteln.

»Es stammt auch nicht von Dr. Florian von Adelsburg.«

Kopfschütteln.

Vincenzo fühlte, wie ein regelrechtes Jagdfieber in ihm erwachte.

Das war der Showdown, auf den er gewartet hatte. Jetzt endlich konnte er die Schatten seiner Vergangenheit ein für alle Mal besiegen. »Das Sperma gehört auch nicht zu unseren anderen alten Bekannten.«

Kopfschütteln.

Vincenzo biss sich auf die Unterlippe. Er war wie elektrisiert. »Das Sperma ist von ihm!«

Paci nickte und reichte Vincenzo ihren Bericht über den Schreibtisch. »Sie sagen es, Commissario.«

***

Nach Pacis sensationellen Neuigkeiten bestellte Vincenzo augenblicklich sein gesamtes Team in sein Büro, wo Mauracher bereits auf ihn wartete. Minuten später saßen auch Marzoli und di Cesare mit Abfalterer und Strumpflohner an Vincenzos Besprechungstisch, der eigentlich für maximal vier Personen ausgelegt war. Marzoli brachte zwei Stühle aus seinem Büro mit.

Vincenzo stand an der Pinnwand, während die anderen an seinem Tisch saßen und ihn erwartungsvoll ansahen. »Ich fasse mal zusammen: Wir haben das Tatwerkzeug des zweiten Mordes, aber wir haben keine verwertbaren Spuren daran gefunden. Wir haben die Haare des Unbekannten in beiden Fällen, aber die an den Haaren sichergestellte DNA können wir keiner Person zuordnen, die uns bekannt ist. Nach den Ergebnissen der KTU und der Rechtsmedizin jedoch können wir zum ersten Mal Spuren, die wir sichergestellt haben, einer konkreten Person zuordnen. Es handelt sich dabei um die Fingerabdrücke an den Gegenständen in der Höhle. Sie stammen von derselben Person, von der auch das Sperma ist. Dreimal dürft ihr raten, wer diese Person ist.«

»Wenn du es so geheimnisvoll machst, Vincenzo, kann es sich nur um Klaus Mantinger handeln«, schlussfolgerte Marzoli trocken.

Vincenzo kniff die Augen zusammen. Vor seinem geistigen Auge sah er das Schwein schon in Handschellen, die er ihm persönlich anlegte. »Du sagst es. Ich weiß, dass Mantinger deshalb noch lange nicht als Täter überführt ist, aber es ist unsere erste konkrete Spur. So oder so ist er in den Fall verwickelt. Wir müssen jetzt alle Fakten, die wir haben, in Relation zueinander setzen. Fangt an, ich bringe eure Gedanken zu Papier.«

Die Tatsachen waren rasch zusammengetragen. Vincenzo schrieb sie nach Zuruf zunächst auf die linke der beiden Pinnwände:

- *Zwei Opfer, ähnliche Todesumstände, vermutlich ein Täter*
- *Ähnlichkeiten: die Flasche, die zertrümmerten Gesichter, Zingerles Taten*
- *Beide Opfer haben Verbindung zum Zentralkrankenhaus*
- *In der Klinik Häufung von Todesfällen – Erpressung?*
- *Die gleichen Haare an beiden Opfern, Herkunft unbekannt*
- *Zahlreiche Spuren von Mantinger bei zweitem Opfer*
- *Hinweis auf zweites Opfer durch anonymen Anrufer*

Nachdenklich betrachtete Vincenzo die Liste. »Wie ihr wisst«, resümierte er, »habe ich Mantinger von Anfang an für unseren Täter gehalten.«

Mauracher stand auf und ging ebenfalls zu Vincenzos Pinnwand. Sanft nahm sie ihm den Filzstift aus der Hand. »Darf ich?«

Unter das letzte Faktum schrieb sie:

- *Fontanas Slip?*

Sie setzte sich zurück auf ihren Platz und erläuterte ihren Gedankengang. »Wir haben uns viel zu wenig Gedanken über diesen Slip gemacht. Trotz der Parallelen zwischen den beiden Morden stimmt hier etwas nicht. Was soll die Sache mit dem Slip? Der Täter könnte pervers sein und ihn zum Beispiel als Andenken mitgenommen haben. Vielleicht hat er seine eigenen Taten auch gefilmt, sieht sich Filme und Slip an und holt sich einen darauf runter.«

Vincenzo und Marzoli räusperten sich gleichzeitig vernehmlich. Di Cesare grinste breit.

»Oh, Entschuldigung«, sagte Mauracher mit einem Anflug von Röte im Gesicht. »Ich sollte wohl gelegentlich über meine Wortwahl nachdenken. Aber ich glaube eh nicht, dass wir es mit einem Perversen zu tun haben, der sich bei der Erinnerung an seine Taten … nun ja, was ich eben sagte. Denn wenn dem so wäre, hätte er auch den Slip von Agostini mitgenommen. Der war aber noch da. Ebenso wie ihr BH. Was also bedeutet Fontanas fehlender Slip?«

»Dass sie keinen getragen hat?«, bot di Cesare an.

Mauracher bedachte den Commissario mit einem spöttischen Blick. »Du kennst dich vielleicht mit Gewichten aus, aber nicht mit Frauen. Keine Frau würde ohne Unterwäsche wandern gehen. Warum nicht, erkläre ich dir hier lieber nicht.«

Abfalterer und Strumpflohner lachten laut auf. Doch ein einziger Blick ihres Vorgesetzten genügte, um sie sofort wieder verstummen zu lassen.

»Ich glaube auch, dass der Slip gestohlen wurde«, führte Marzoli Maurachers Überlegungen fort. »Aber dann stellt sich die Frage, von wem, wenn nicht vom Täter? Und warum finden wir am zweiten Tatort Spuren von Mantinger, und zwar *nur* am zweiten Tatort? Am ersten Tatort fehlt ein Slip, am zweiten gibt es dafür Hinweise ohne Ende auf Mantinger. Ich kann mir keinen Reim darauf machen.«

Di Cesare hatte seinen Kollegen aufmerksam zugehört. »Ich finde, wir sollten uns nicht zu sehr auf diesen Slip fokussieren«, erläuterte er seine Meinung zu den Zusammenhängen. »Egal, was du sagst, Sabine, ich glaube, die hatte einfach keinen an. Ich bin auch nicht davon überzeugt, dass Mantinger unser Mann ist. Wenn der so gewieft ist, wie ihr alle behauptet, hätte der logischerweise keine Spuren am Tatort hinterlassen. Und dass er das absichtlich macht, sorry, aber so viel Genialität traue ich selbst dem nicht zu. Ich glaube, der Schlüssel liegt irgendwo in der Klinik. Ich plädiere dafür, diesen Brunner richtig in die Mangel zu nehmen. So wie der sich aufführt, hat der was zu verbergen.«

Mauracher klopfte mit dem Zeigefinger auf einen der Punkte auf der Pinnwand. »Aber was ist mit den Haaren, die wir bei beiden Opfern gefunden haben? Von wem sollen die sein? Und was machen wir mit den Patientenakten? Willst du das einfach ignorieren, Vincenzo?«

Vincenzo knetete nachdenklich seine Unterlippe. »Nein, darüber spreche ich mit dem Vice Questore. Aber dass die Haare mit den Taten zusammenhängen, ist naheliegend. Wenn wir sie nur bei einem Opfer gefunden hätten, könnten die Haare von einem Freund oder Bekannten des Opfers stammen. Da wir sie aber bei beiden Opfern sichergestellt haben, müssen die Haare eine Verbindung zwischen den Taten darstellen. Fragt sich bloß, welche. Stammen sie vom Täter? Wenn der aber ansonsten alle Spuren sauber verwischt oder sie gar nicht erst hinterlässt, warum sollte er dann so blöd sein, seine Haare wie eine Art Visitenkarte zurückzulassen? Und was Mantinger angeht, Benvenuto, so kann ich dir versichern, dass er, falls er der Täter ist, beim ersten Opfer deshalb unsichtbar geblieben ist, weil er ja noch ein zweites Opfer brauchte. Bei Agostini hingegen hat er mit voller Absicht Spuren hinterlassen. Auf diese Weise will er uns irgendetwas mitteilen. Dem wäre sogar zuzutrauen, dass er irgendwem die Haarbürste gestohlen und Haare daraus bei den Toten drapiert hat. Nur, um uns auf eine falsche Fährte zu locken. So genial ist er leider tatsächlich. Aber zumindest eines wissen wir jetzt sicher: Mantinger hat Südtirol nicht verlassen. Er ist irgendwo da oben in den Bergen und vermutlich gar nicht weit von hier! Und er schafft es, die erfahrenen Jungs des siebten Regiments an der Nase herumzuführen. Es wird also höchste Zeit, dass wir uns wieder an die Arbeit machen.«

Als di Cesare Anstalten machte, aufzustehen, hielt ihn Vincenzo zurück. »Benvenuto, hast du noch einen Augenblick?«

Di Cesare hob erstaunt eine Augenbraue in die Höhe. »Sicherlich, was ist denn?«

Vincenzo wies mit dem Kopf zu Abfalterer und Strumpflohner, die genauso sitzen blieben wie ihr Chef. »Allein.«

Di Cesare nickte seinen Leuten zu. »Ihr habt es ja gehört. Wartet auf dem Flur auf mich.« Er wandte sich Vincenzo zu. »Was ist denn los? Du siehst aus, als wäre dir eine Laus über die Leber gelaufen.«

»Keine Laus, aber vielleicht Gilurytmal.«

25

Durnholzer Tal, derselbe Tag

Trotz des Regens hatten sich die Männer diesmal nicht im Gasthaus getroffen, sondern am Kaserhof. Nach den Berichten über den zweiten Mord binnen kurzer Zeit war klar, dass etwas geschehen musste. Andernfalls war es nur eine Frage der Zeit, bis es ihre eigenen Frauen traf.

Marco giftete Lechner an. »Wenn du blöder Hammel dein Smartphone benutzt hättest, hätten wir Nathan nach seiner Flucht lückenlos überwachen können. Und wenn du schon zu blöd bist, eine WhatsApp-Nachricht zu schreiben, hättest du wenigstens Nathans Flucht filmen und uns dann sofort informieren können. Dann hätten wir wenigstens noch eine kleine Chance gehabt, Nathan zu erwischen. Aber so konnte er ungehindert seinen zweiten Mord begehen.«

Lechner holte mit der rechten Hand aus und deutete einen Schlag in Marcos Gesicht an. »Pass bloß auf, was du sagst, Marco, sonst setzt es was. Ich habe langsam genug von deinen Frechheiten.«

Elias packte die Streithähne energisch am Kragen. »Ihr geht mir schon wieder gehörig auf die Nerven mit euren pubertären Streitigkeiten. Bei uns werden Menschen umgebracht, aber ihr habt nichts Besseres zu tun, als euch die Köpfe einzuschlagen. Ihr hört sofort auf damit! Wir sollten uns lieber fragen, was wir jetzt tun können.«

Es fiel Marco schwer, seinen Unmut über Lechners Unvermögen zu unterdrücken. »Wenn Samuel Nathan vorschriftsmäßig überwacht hätte, könnten wir jetzt damit zur Polizei gehen. Aber so machen wir uns nur lächerlich. Ich bin dafür, dass wir Johann zur Rede stellen.«

Philipp kratzte sich nachdenklich am Kopf. »Aber womit denn? Wir haben doch keinerlei Beweise. Außerdem wissen wir nicht einmal, ob die Tote an der Waalerhütte auch Ähnlichkeiten mit Zingerles Opfer aufweist. In der Zeitung steht nichts dergleichen. Vielleicht haben die Morde gar nichts miteinander zu tun.«

»Eben, du Leuchte!«, wetterte Marco. »Was glaubst du wohl, warum keine Details in der Zeitung stehen? Da steht nichts drin, weil die Polizei eine Nachrichtensperre verhängt hat. So ist das! Und warum hat sie das gemacht? Eben weil der Mord haargenau Zingerles zweitem Schlachtfest entspricht. Die wollen verhindern, dass in Südtirol eine Panik ausbricht. Capito?«

Ratlosigkeit machte sich breit. Schließlich ging Lechner energisch auf das Tor zu. »Ich gehe da jetzt rein. Johann muss uns Rede und Antwort stehen. So weit kommt's noch, dass es noch mehr Tote gibt, nur weil wir zu feige sind.«

»Genau!« Marco war ausnahmsweise Lechners Meinung.

Die Männer stießen das gusseiserne Tor auf und gingen auf den Hauseingang zu. Elias betätigte die Türklingel. Nach ein paar Sekunden hörten sie Schritte auf den alten Holzdielen.

Aloisia öffnete und wich augenblicklich ein Stück zurück, als sie die Männer vor sich sah. »Was wollt ihr denn hier?«

»Wir wollen mit deinem Mann reden. Über Nathan!«, erklärte Lechner mit fester Stimme.

»Da gibt es nichts zu reden. Verschwindet!«

Doch so leicht ließen sich die Männer aus dem Dorf nicht einschüchtern. Marco ging ein paar Schritte auf Aloisia zu, bis er schon fast in der Diele stand. »Wir werden erst gehen, wenn Johann unsere Fragen beantwortet hat.«

Aloisia verlor die Nerven und schrie Marco wütend an: »Ich habe gesagt, ihr sollt von unserem Hof verschwinden. Das ist Hausfriedensbruch!«

Marco erwiderte Aloisias Schreien. »Dann ruf doch die Polizei. Machst du aber nicht. Und ich weiß auch, warum: Ihr habt was zu verbergen. Weil ihr wisst, dass Nathan ein Mörder ist, habe ich recht?«

Plötzlich tauchte Johann hinter seiner Frau auf. Er zog sie zur Seite und stellte sich den näher kommenden Männern in den Weg. »Ihr seid ja vollkommen durchgedreht. Kümmert euch um euren eigenen Kram. Lasst uns in Ruhe! Nathan hat nichts mit diesen Morden zu tun. Zu so etwas wäre er niemals fähig. Aber wenn ich so in eure besoffenen Visagen schaue, dann würde ich das schon eher dem ein oder anderen von euch zutrauen!«

»Wenn er nichts damit zu tun hat, dann beweist es. Und warum habt ihr uns eigentlich nie erzählt, woher Nathan kommt? Ihr habt immer ein Geheimnis um ihn gemacht. Warum?« Endlich sprach Marco aus, was alle anderen dachten. »Meinst du, uns wäre nicht aufgefallen, dass Nathan genauso aussieht wie der Zingerle? Was habt ihr mit diesem Mörder zu schaffen?«

Doch es war Lechner, der das Fass endgültig zum Überlaufen brachte. Den Zeigefinger drohend auf Johann gerichtet, fauchte er ihn an: »Was ist mit dem Slip, mit dem Nathan onaniert? Woher kommt der? Soll ich es euch sagen? Der ist von einer jungen Frau. Ich weiß auch, von welcher. Und ihr wisst es auch! Der ist von der Frau aus Glaning! Nathan hat ihn mitgenommen. Als Andenken, nachdem er die arme Frau massakriert hat! Und jetzt holt gefälligst Nathan, oder wir holen ihn uns selbst!«

Johann lief blutrot an. Er spürte ein Stechen in der Brust. Er rannte ins Haus und kam, begleitet von Aloisias angsterfüllten Blicken, Sekunden später mit seiner Schrotflinte zurück, die er sofort auf die ungebetenen Gäste richtete. »Das reicht jetzt. Ihr verschwindet von hier und kommt nie wieder. Den Nächsten, der uns behelligt, schieße ich über den Haufen. Habt ihr das begriffen?«

Erschrocken wichen die Männer zurück. Die Tür wurde hinter ihnen mit Wucht ins Schloss geworfen. Langsam entfernten sie sich vom Hof, den Blick auf die Haustür gerichtet, falls Johann plötzlich doch das Feuer eröffnete.

Nachdem sie sich hinter der Grundstücksmauer in Sicherheit gebracht hatten, beratschlagten sie sich, wie sie mit dieser neuen Situation umgehen sollten.

Für Marco war die Sache klar. »Johanns Reaktion ist ein eindeutiges Schuldeingeständnis. Die von Aloisia auch. Das sind allesamt Verbrecher. Sieht das jemand anders?« Das allgemeine Kopfschütteln signalisierte Marco breite Zustimmung. »Gut, dann stellt sich nur noch die Frage, was wir jetzt machen. Wir können das jedenfalls nicht auf uns sitzen lassen. Außerdem haben wir eine Verpflichtung gegenüber unseren Frauen und unserer Heimat.«

Aber Elias, der Dorfälteste, hatte Mitleid mit den alten Leuten. »Ich finde, das ist ab jetzt Sache der Polizei. Wir sollten uns da raushalten. Keiner hat etwas davon, wenn Johann der Schlag trifft. Stellt euch nur mal vor, der verreckt unseretwegen, und dann stellt sich heraus, dass das alles nichts als heiße Luft war. Dass Nathan überhaupt nichts mit den Morden zu tun hatte. Wollt ihr das Risiko wirklich eingehen?«

»Niemals!«, widersprach Lechner. »Der hat nicht umsonst eine Waffe auf uns gerichtet. Wenn das nichts als heiße Luft wäre, hätte Johann uns nicht bedroht. Wir hätten in Ruhe darüber reden können. Dann hätte sich vielleicht alles aufgeklärt. Aber der ist ja fuchsteufelswild geworden! Logisch, der weiß, dass sein Nathan ein Mörder ist. Johann weiß auch, woher der Slip kommt. Habt ihr nicht seinen verängstigten Blick bemerkt, als ich ihm das geradewegs ins Gesicht geschleudert habe?«

Nach einer ausgiebigen Diskussion kamen die Männer zu dem Schluss, dass es drei Alternativen gab. Die erste, zur Polizei zu gehen, entfiel. Sie hatten viel zu wenige Beweise. Die zweite, nichts zu tun, war ebenso unmöglich. Im Falle eines weiteren Mordes würden sie alle ihrer Leben nicht mehr froh. Sie entschieden sich für die verbleibende Lösung. Den Kaserhof zunächst lückenlos zu überwachen, unter Nutzung aller verfügbaren Technik, und über die Netzwerke die Freunde aus den anderen Regionen ins Durnholzer Tal zu holen, um gemeinsam in breiter Front auf das Haus vorzurücken und Nathans Herausgabe zu fordern.

Da die meisten berufstätig waren, schlug Marco das kommende Wochenende vor. »Da ist die Chance am größten, dass viele Leute kommen.«

Sie kamen einhellig und in friedlicher Übereinstimmung zu dem Schluss, dass das die beste Lösung war. Niemand dachte darüber nach, was genau sie eigentlich mit Nathan machen sollten, wenn sie ihn erst in ihre Gewalt gebracht hatten.

Marco setzte die entsprechende Nachricht in den Netzwerken ab und versicherte den anderen, sie laufend über den Rücklauf zu informieren. Als Betreff gab er an: »Herausgabe und Befragung des Mörders – Zingerle?«

***

Erschöpft ließ sich Johann auf den Kaminsims sinken. Aloisia setzte sich neben ihn und lehnte ihren Kopf an seine Schulter. Sie weinte laut und bitterlich.

Nathan hatte sich, als er den Aufruhr in der Diele gehört hatte, wieder in seinem Zimmer eingeschlossen. Nachdem die Meute sich verzogen hatte, war Aloisia an seine Tür gegangen, hatte geklopft und ihn gebeten, aus dem Zimmer zu kommen. Er solle mit ihnen ein leckeres Bier trinken. Aber Nathan reagierte weder auf das Klopfen seiner Mutter, noch reizte ihn offenbar die Aussicht auf ein Bier.

Johann streichelte sanft über das vor langer Zeit ergraute Haar seiner Frau. Er empfand tiefes Mitleid für sie, für Nathan, für sich selbst, für sie alle als Familie. Und er verspürte Abscheu gegenüber den Idioten aus dem Dorf. Doch da war noch ein anderes Gefühl, viel schlimmer als die Abscheu. Verunsicherung. Er wusste sehr wohl, dass die Anfeindungen der Männer nicht jeglicher Grundlage entbehrten. Spätestens seit der Erkenntnis, dass auch der zweite Mord mit Nathans Verschwinden zusammenfiel, fiel es ihm schwer, an einen Zufall zu glauben. Nie hätte er seinem zurückgebliebenen Adoptivsohn solche Taten zugetraut. Aber wer wusste schon, was in dem verwirrten Kopf eines Kretins vor sich ging? Er hatte keine Ahnung, wie er sich verhalten sollte. Aloisia durfte jedenfalls nicht erfahren, dass er mittlerweile selbst nicht mehr von Nathans Unschuld überzeugt war. Das würde sie nicht überstehen. Sie würde es ihm aber auch nie verzeihen, wenn er zur Polizei ginge und seinen eigenen Sohn anzeigte. Wenn er allerdings gar nichts unternahm, war es nur eine Frage der Zeit, bis die Meute zurückkehrte, diesmal sicherlich nicht ohne Waffen.

Unter Schluchzen fragte ihn seine Frau, ob denn das ganze Dorf durchgedreht sei.

»Man könnte fast den Eindruck haben«, antwortete Johann. »Zumal sie uns anscheinend überwachen. Woher sonst sollten sie das mit dem Slip wissen?«

Erschrocken fuhr Aloisia hoch. »Du meinst, die stehen die ganze Zeit da draußen? Um zu sehen, was wir machen?«

Johann nickte.

»Dann können wir ja unser eigenes Haus nicht mehr verlassen!«

Johann drückte sie fest an sich. »Wir sollten in nächster Zeit auf der Hut sein. Haben wir noch genug Vorräte im Haus?«

»Wir haben bestimmt dreißig Kilo Kartoffeln im Keller. In der Tiefkühltruhe ist auch noch einiges an Gemüse. Zutaten zum Brotbacken haben wir reichlich, und von der Birnenmarmelade, die ich eingekocht habe, sind bestimmt mehr als zehn Gläser übrig. Meinst du denn, es ist wirklich so schlimm?«

Johann legte die Stirn in Falten. »Ich weiß nicht. Aber wenn sie uns tatsächlich überwachen, müssen wir vom Schlimmsten ausgehen. Vielleicht wäre es doch das Beste, wir würden die Polizei anrufen. Jetzt gleich. Bevor wirklich noch was Schlimmes passiert.«

Aloisia schlug die Hand vor den Mund. »Das kannst du nicht machen! Das wäre Nathans Untergang! Nein, auf keinen Fall rufen wir die Polizei.«

Johann betrachtete sie liebevoll von der Seite. Sie hatten so viel zusammen erlebt. Waren durch dick und dünn gegangen, hatten sich ein Leben lang geliebt, auch in schweren Zeiten. Sollte dieses Leben wirklich so zu Ende gehen? »Darf ich dich was fragen, Frau?«

»Natürlich.«

»Bist du dir hundertprozentig sicher, dass Nathan nichts mit den schrecklichen Taten zu tun hat?«

Sie starrte ihn entgeistert an. »Natürlich. Tausendprozentig! Du etwa nicht?«

»Doch, doch, sicher. Wobei das Blut ... und der Slip –«

»Hör auf damit, Johann«, sagte sie vorwurfsvoll. »Wir haben das doch geklärt. Es gibt für alles eine ganz einfache Erklärung. Nathan und ein Mörder? Der arme Junge!«

Johann musste sogar lächeln. Von ihrem »armen Jungen« sprach sie. Nathan, der Dreiundsechzigjährige. Ein armer Junge.

»Was machen wir denn, wenn die wiederkommen, Johann? Vielleicht sogar mit Verstärkung?«

Johann griff zu seiner Schrotflinte, die neben ihm lag, und reckte sie triumphierend in die Höhe. »Ich schwöre bei Gott, dass ich jeden niederschieße, der auch nur einen Fuß über unsere Schwelle setzt.«

26

Bozen, Dienstag, 17. Juli

In der Questura herrschte Bestürzung. Vincenzo hatte sich wie meistens, wenn es seine Zeit zuließ oder es ein Fall erforderte, von Paolo die Tageszeitung geben lassen. Er wollte wissen, ob Fasciani weitere Details zu Guido Zingerles Taten veröffentlicht hatte. Das hatte er. Aber anders als erwartet.

Über dem Aufmacher auf Seite eins thronte ein großes Bild von Zingerle, das ihn im Gerichtssaal zeigte. Darunter prangte in fetten Lettern die Bildunterschrift: »Auch die zweite Tat eine perfekte Kopie«. In dem Artikel wurden Details zur Ermordung Giulia Agostinis beschrieben, die nur drei Personen oder Personenkreisen bekannt sein konnten: der Polizei, dem Täter und dem anonymen Anrufer. Ausführlich schilderte Fasciani, dass die Krankenschwester tot in einer Höhle unweit der Waalerhütte aufgefunden worden war. Er berichtete, dass die Frau, gefesselt und nackt, brutal mit einer Eisenstange erschlagen worden war, die neben dem Leichnam sichergestellt werden konnte. Auch das unappetitliche Detail mit der Flasche wurde den Tatsachen entsprechend dargestellt, einschließlich des Hinweises, dass auf dem Körper Agostinis Glassplitter nebst mikroskopisch kleinen Verletzungen gefunden worden waren, die den Schluss nahelegten, dass die Flasche in Gegenwart des noch lebenden Opfers zerschlagen worden war. Im hinteren Teil der Zeitung folgte ein weiterer langer Bericht, der sich nach der ausführlichen Schilderung der Tat von Guido Zingerle mit der Frage auseinandersetzte, ob es entgegen allen Gesetzen der Logik möglich sei, dass Zingerle tatsächlich als mordender Greis nach Südtirol zurückgekommen war. Auch wenn Fasciani selbst in seinem zu dem Artikel gehörenden Kommentar diese Frage verneinte und die Auffassung vertrat, dass es sich hierbei nur um einen wahnsinnigen Nachahmungstäter handeln könne, zum Beispiel Klaus Mantinger, würde diese Ausgabe der Tageszeitung die Arbeit der Polizei keinesfalls erleichtern. Denn es war einerseits nicht unwahrscheinlich, dass nun eine Hysterie ausbrach, die die Ermittlungen erheblich beeinträchtigen konnte. Andererseits drängte sich die Frage auf, von wem Fasciani dieses Detailwissen hatte.

Nachdem Vincenzo den Bericht mehrfach gelesen hatte und mit jedem Mal fassungsloser geworden war, hatte er sein Team zusammengerufen. Alle wussten Bescheid, und jeder von ihnen war betroffen. Bei denjenigen, die seinerzeit dabei gewesen waren, wurden Erinnerungen wach an die Zeit, als Mantinger sein Unwesen getrieben hatte. Er selbst hatte, um die polizeilichen Ermittlungen zu behindern und seine Verfolger auf falsche Fährten zu locken, Fascianis Gier nach Sensationen genutzt, indem er ihm Täterwissen lieferte. Fasciani hatte jedes Detail veröffentlicht, ohne es zu hinterfragen. Lange Zeit hatte Vincenzo den Verdacht gehabt, dass es in der Questura einen Maulwurf gab, bis er Mantinger schließlich auf die Schliche gekommen war. Und jetzt schien es so, als wiederhole sich auch diese Geschichte.

Als Vincenzo den Reporter anrief, stellte er sein Telefon auf laut, damit die anderen das Gespräch verfolgen konnten.

Fasciani begrüßte Vincenzo mit den Worten: »Auf Ihren Anruf habe ich schon gewartet, Commissario.«

Vincenzo atmete ein paarmal durch, um sich nicht zu unbeherrschten Reaktionen hinreißen zu lassen, die der Sache nicht dienlich waren. Denn letztlich waren sie auf Fascianis freiwillige Kooperation angewiesen.

»Lieber Signor Fasciani, Sie und ich wissen, dass Sie Informationen veröffentlicht haben, die nicht von uns stammen. Es ist für unsere Ermittlungen überaus wichtig, dass Sie uns erzählen, woher Sie diese haben.«

»Bedeutet das, dass Sie meinen Bericht offiziell bestätigen können?«

Der Reporter war klug. »Nein, das kann ich nicht, und das wissen Sie auch. Trotzdem bitte ich Sie, mir zu sagen, ob die Informationen aus der Questura kamen.«

»Dahingehend kann ich Sie beruhigen, Commissario. Die Questura hat nichts damit zu tun. Ich will von Anfang an offen zu Ihnen sein. Mich hat der Mann angerufen, der die Leiche von Giulia Agostini gefunden hat. Warum haben Sie den Medien gegenüber all das geheim gehalten, Bellini? Haben die Südtiroler kein Recht darauf, zu erfahren, was vor ihrer Haustür geschieht?«

Genau das hatte Vincenzo erwartet. Die Anrufe in der Questura und in der Redaktion der »Dolomiten« kamen von ein und derselben Person. Und ebenso klar war, dass Fasciani sich hinter seiner Pflicht verschanzen würde, die Öffentlichkeit informieren zu müssen.

»Signor Fasciani, natürlich haben die Südtiroler ein Recht darauf. Aber Ihnen ist doch hoffentlich bewusst, dass Sie mit Beiträgen wie diesen eine Massenpanik auslösen könnten. Was meinen Sie, was hier los ist, wenn sich die Alten an das Geschehen von damals erinnern? Es gibt viel zu viele Menschen, die ernsthaft glauben, Zingerle sei seinerzeit aus der Haft entkommen. Oder noch schlimmer, er sei von den Toten auferstanden. Und das werden sie jedem erzählen, der sie danach fragt. Und auch denjenigen, die nicht fragen. Gerüchte werden sich rasend schnell über die sozialen Netzwerke verbreiten. Viel weiter, als Ihre Zeitung das kann. Und wir werden dann täglich von Menschen angerufen, die Angst haben und steif und fest behaupten, Zingerle sei ihnen in den Bergen begegnet. Oder die gar behaupten, sie seien Zingerle. Können Sie das wirklich mit Ihrem Gewissen vereinbaren, Signore?«

»Sie übertreiben, Commissario, wir leben im einundzwanzigsten Jahrhundert. Da können ein paar Zeitungsberichte keine Panik mehr auslösen. Die Menschen sind heutzutage viel zu aufgeklärt. Nein, die Leute werden allesamt meinem Kommentar zustimmen, der sicherlich auch in Ihrem Sinne war, oder nicht? Und der im Übrigen exakt meine Meinung widerspiegelt.«

Vincenzo konnte die Argumentation des Reporters sogar nachvollziehen. Allerdings glaubte er selbst nicht so recht an die Aufgeklärtheit des modernen Menschen. Ihm schwante Böses.

»Signor Fasciani, es ist ziemlich genau drei Jahre her, dass Mantinger Südtirol heimgesucht hat. Wie gut können Sie sich noch an Ihre Telefonate mit ihm erinnern? Halten Sie es für möglich, dass er Sie auch diesmal wieder angerufen hat?«

»Selbstverständlich habe auch ich sofort an Mantinger gedacht. Die Morde, der Anruf, das ist genau sein Stil. Deshalb habe ich dem Anrufer mit geschlossenen Augen zugehört, mich nur auf das Hören konzentriert. Ich habe das Gespräch bewusst durch mehrfaches Nachfragen hinausgezögert, um seine Stimme so lange wie möglich zu hören. Übrigens, da Sie das ohnehin gleich fragen werden, die Rufnummer war unterdrückt. Was seine Stimme angeht, bin ich mir leider unsicher. Von der Tonlage her, von der Intonation würde ich dazu tendieren, dass es nicht Mantinger war, der angerufen hat. Der Anrufer klang aufgeregt, hat sich darüber echauffiert, dass die Behörden der Öffentlichkeit so wesentliche Informationen vorenthalten. Andererseits klangen in der Stimme auch Mitleid mit dem Opfer und Entsetzen mit. Entsetzen darüber, diesem Anblick ausgesetzt gewesen zu sein, vermute ich. Das entspricht nicht gerade Mantingers Charakter. Die Stimme war allerdings sehr tief und sonor. Eindringlich. Eine Stimme, die man nicht vergisst. Das wiederum entsprach durchaus Mantingers Bass.«

Vincenzo bedankte sich widerwillig bei Fasciani und versprach ihm, ihn im Rahmen des Erlaubten mit neuen Informationen zu versorgen. Vielleicht hatte nicht Mantinger Giulia Agostini gefunden, sondern irgendein Wanderer, der zufällig im Nebel und Dauerregen eine verborgene Höhle entdeckt hatte. Oder aber Mantinger hatte einmal mehr unter Beweis gestellt, wozu er fähig war. Er war der Meister der Verstellung.

***

San Genesio

Nachdem er die Tageszeitung gelesen hatte, marschierte Sebastian sofort los, um zum alten Josef Lageder zu gehen, dessen Geschichte ihn nicht mehr losgelassen hatte. Dass Hildegard um ein Haar auch von diesem Zingerle vergewaltigt, ja vielleicht sogar ermordet worden wäre, war für ihn immer noch unfassbar. Er kannte diese Menschen seit seiner Geburt und hatte als Kind viele Stunden auf dem Lagederhof verbracht. Zugegeben, nach dem Mord in Glaning hatte er sich noch wenige Gedanken gemacht, hatte an einen Zufall oder einen Nachahmungstäter gedacht. Doch Guido Zingerle war, das hatte er inzwischen begriffen, eine Heimsuchung für alle Alpenländer.

Er selbst war in geordneten Verhältnissen aufgewachsen, hatte nie etwas Schlimmes erlebt und war noch nicht einmal in eine Dorfschlägerei verwickelt gewesen. Sein Leben war stets ohne große Anforderungen und Ziele verlaufen, aber in ruhigen und geordneten Bahnen. Bis er sich ernsthaft mit Zingerle auseinandergesetzt hatte. Zunächst hatte Josefs Geschichte nur so etwas wie Sensationslust in ihm ausgelöst. Deshalb hatte er die Story auch gleich all seinen Freunden in den sozialen Netzwerken weitererzählt. Doch je länger er darüber nachdachte, desto mehr zog ihn die Geschichte in ihren Bann. Er hatte sich das Buch des Bozener Journalisten über Zingerle und sein Leben gekauft und es ausführlich studiert. Danach war er sich sicher, dass Zingerle nicht im Gefängnis gestorben war. Wer zwischen den Zeilen lesen konnte, musste einfach zu diesem Schluss kommen. Dann war die Nachricht von Marco gekommen. Wenn er das richtig verstand, lebte Zingerle inzwischen auf einem Hof am hintersten Ende des Durnholzer Tals. Die Männer dort hatten ihn alle gesehen. Und einer von ihnen hatte sogar beobachtet, wie er es sich mit einem Slip besorgte, der von der toten Frau aus Glaning stammte. Das war abstoßend und pervers und ließ keinen Zweifel zu, dass Zingerle dort, fernab der Städte, Asyl gefunden hatte und nunmehr erneut in Südtirol zuschlug.

Gestern dann erneut eine Nachricht von Marco. Die Männer aus dem Durnholzer Tal hatten versucht, Zingerle vom Kaserhof zu holen und zur Rede zu stellen. Gut, Marco hatte zu keinem Zeitpunkt von Zingerle gesprochen. Aber davon, dass der Mann auf dem Hof genauso aussah. Und da es in dem Buch keinerlei Hinweise gab, dass Zingerle mehr Kinder hatte als diese eine Tochter, bestand die logische Schlussfolgerung darin, dass der Mann auf dem Hof nur Zingerle selbst sein konnte.

Marco hatte all seine Freunde aufgerufen, am Wochenende nach Durnholz zu kommen, um gemeinsam Zingerles Herausgabe zu fordern. Der Mann, bei dem er heute lebte, hatte seine Waffe auf die Männer gerichtet. Hatte er nicht sogar abgedrückt, aber gottlob niemanden verletzt? Wie auch immer. Sebastian, der jegliche Art von Gewalt verabscheute, hatte zunächst nicht die Absicht gehabt, dorthin zu fahren. Doch nachdem heute dieser grauenvolle Bericht in der Zeitung gestanden und klar auf die Parallelen zu Zingerles zweiter Tat hingewiesen hatte, stand für ihn außer Frage, dass er nunmehr seine gesellschaftliche Verantwortung wahrnehmen musste. Er durfte nicht einfach zu Hause herumsitzen und bequem von seinem Sessel aus verfolgen, was die anderen machten. Bevor er jedoch seine Freunde im Ort darauf ansprach, ob sie auch mitkommen würden, wollte er zunächst Josefs Einschätzung hören. Denn ein Restzweifel, dass der Mann im Durnholzer Tal tatsächlich Zingerle war, blieb.

Josef, der wie immer, wenn es so warm war wie heute, auf seiner Veranda saß, sah Sebastian schon von Weitem. Er stand auf und winkte ihm zu. Er mochte ihn. Ein netter, wohlerzogener Junge. Immer höflich und hilfsbereit. Kam im Winter häufiger vorbei, um Josef beim Schneeräumen zu helfen, dem das von Jahr zu Jahr schwerer fiel.

Josef holte eine zweite Tasse aus dem Haus und schenkte Sebastian Kaffee ein. Der Junge wirkte heute weniger fröhlich als sonst und irgendwie aufgedreht. Aber bevor er fragen konnte, was los war, fing Sebastian an zu erzählen. Das, was er von seinen Freunden in Durnholz berichtete, war bedenklich. Nie hätte Josef es ernsthaft für möglich gehalten, dass Zingerle tatsächlich noch unter den Lebenden weilte. Auch wenn er das immer im Gefühl hatte. Und jetzt dieser Beweis. Das war eine Sensation, und zwar eine höchst beunruhigende.

Nachdem Sebastian seinen Bericht beendet hatte, fragte er Josef, ob er wirklich die anderen ansprechen und dazu animieren solle, mit ihm am Wochenende dorthin zu fahren. Josef dachte lange über diese Frage nach. Rein biologisch betrachtet, war es fast unmöglich, dass der Mann Zingerle war. Doch woher stammte diese frappierende Ähnlichkeit? Einen Sohn hatte Zingerle nicht, das hatte zumindest damals so in den Zeitungen gestanden. Also musste der Mann im Durnholzer Tal tatsächlich Guido Zingerle sein. Aber hatten sie deshalb das Recht, das Gesetz selbst in die Hand zu nehmen? War es nicht viel naheliegender, die Polizei einzuschalten?

»Nein«, antwortete Sebastian auf Josefs Vorschlag. »Marco hat ganz klar gesagt, dass es keinerlei Beweise gibt und die Polizei uns nur auslachen würde. Deshalb sollen wir Zingerle da rausholen und in die Mangel nehmen. Erst wenn er die Morde gestanden hat, sollen wir die Polizei rufen, meinte Marco.«

»Hm.« Josef ließ seinen Blick zum Rosengarten schweifen, dessen bizarre Gipfel wie Teufelszacken aus den Wolken herausragten. Das Argument von diesem Marco leuchtete ihm ein. Es war an und für sich ein guter Plan. »Ich denke, ihr solltet dahin fahren, Sebastian. Außerdem ist ja nach der Sache mit der Unterwäsche klar, dass der Mann auf dem Hof ein zweifacher Mörder ist. Wie sonst sollte er an den Slip des ersten Opfers gekommen sein? Das bedeutet, dass es im Grunde gar keine Rolle spielt, ob das Zingerle ist oder nicht. Dieser Mann ist ein Mörder, und ihr helft den Behörden, indem ihr das beweist. Je länger ich darüber nachdenke, desto mehr komme ich zu der Überzeugung, dass euer Plan genau das Richtige ist. Nur eines muss klar sein, mein Junge: Ihr verhört den Mann, aber ihr übt keine Selbstjustiz. Ist das klar?«

Sebastian sah ihn erschrocken an. »Also wirklich, Josef, was denkst du denn von mir? Natürlich werden wir ihn nur befragen. Der wandert dann doch ohnehin lebenslang in den Knast. Ich sage gleich mal Marco Bescheid, dass du seiner Meinung bist und ich jetzt versuche, so viele Leute wie möglich aus dem Ort zusammenzutrommeln.«

Josef sah dem Jungen zu, wie er mit unglaublich flinken Bewegungen seine Finger über den Monitor von diesem Ding gleiten ließ, das nicht einmal so etwas wie Tasten hatte. Faszinierend, was es heutzutage alles an Erfindungen gab. Lebenslang in den Knast, dachte er bei sich. Das hat man von Zingerle schon einmal gedacht.

***

Bozen

Fascianis Bericht führte in ganz Südtirol zu einem rasch anschwellenden Aufruhr. Vor allem in den ländlichen Regionen waren die Straßen teilweise wie leer gefegt. Auf allen Fernseh- und Radiokanälen wurden ununterbrochen Berichte zu den Taten gesendet, aber auch Hintergrundberichte zu Zingerles Geschichte. Die Medien selbst zogen zu den Fällen damals und heute keine Parallelen, sondern schlussfolgerten, dass es einen Nachahmungstäter geben müsse, möglicherweise der flüchtige Klaus Mantinger. Dennoch gingen laufend Anrufe und E-Mails besorgter Hörer und Zuschauer ein, die felsenfest davon überzeugt waren, dass Mantinger gar nicht mehr in Südtirol war und der leibhaftige Zingerle zurückgekommen sei. In den zahlreichen Foren wurde das Thema kontrovers und teilweise heftig diskutiert. Während es anfangs genauso viele Meinungen gegen die Zingerle-These gab wie dafür, verschob sich der Anteil mit jeder Stunde mehr und mehr zugunsten der Befürworter, die teilweise so aggressiv auftraten, dass die Gegner sich schon aus Sorge um Anfeindungen zunehmend zurückhielten oder sogar das Lager wechselten.

Vincenzo und sein Team verfolgten die steigende Zahl besorgter Anrufer mit großer Sorge.

»Ich befürchte, jetzt passiert genau das, wovor es uns gegraut hat. Wir stehen am Anfang einer Hysterie. Wenn wir den Fall nicht zeitnah aufklären, wird die Reaktion der Meute unvorhersehbar. Ich warte jeden Moment auf Pacis Anruf. Sie hat einen Großteil der DNA-Proben des Massengentests ausgewertet. Wenn da kein Treffer dabei ist, sehe ich schwarz. Zumal wir nun auch noch den Todesfällen in der Klinik nachgehen müssen.«

»Apropos Klinik«, hakte Mauracher nach. »Was hat denn der Vice Questore dazu gesagt?«

»Dass unser Krankenhaus zu den renommiertesten Einrichtungen in ganz Italien gehört, sein Ruf über die Landesgrenzen hinaus hervorragend ist und dass das vor allem auf die Innere und die Kardiologie zurückzuführen ist. Von dem neuen Transplantationszentrum ganz zu schweigen. Baroncini meinte, dass wir aufpassen müssen, wie wir mit solch einem sensiblen Thema umgehen. Er hat gefragt, ob jemals ein Angehöriger eines in der Klinik Verstorbenen Strafanzeige gegen die Klinik erstattet habe. Das haben wir schon vor dem Verhör geprüft. Gegen Brunner gab es zwar derlei Bemühungen, doch eine Anklage wurde in keinem Fall zugelassen. Außerdem haben sich bei euren Befragungen auf den Stationen keinerlei konkrete Verdachtsmomente ergeben. Deshalb sollen wir uns vorläufig zurückhalten. Er will einer Exhumierung erst zustimmen, wenn die Spuren bei den beiden Mordfällen eindeutig in Richtung Klinik weisen.«

»Gut, das bedeutet zumindest, dass wir unsere Kräfte derzeit nicht an diese Klinik verschwenden müssen. Baroncini hält uns damit sogar den Rücken frei.« Plötzlich bemerkte Mauracher, dass sie nicht vollzählig waren. »Wo ist denn eigentlich Benvenuto?«

Vincenzo hatte mit dieser Frage gerechnet. »Dem ging es nicht so gut. Ich habe ihn nach Hause geschickt.«

Mauracher lachte. »Dem geht es nicht gut? Diesem vor Vitalität strotzenden Kraftpaket? Das meinst du doch nicht ernst, oder?«

Vincenzo ging nicht auf Maurachers Scherze ein. Er allein wusste, warum. »Dass Baroncini uns mit der Untersagung von Exhumierungen den Rücken freihält, stimmt schon. Aber andererseits hätte ich gar nichts dagegen, wenn die Spuren in die Klinik weisen. Damit könnten wir einer Massenpanik entgegenwirken. Dann könnte es –« In diesem Moment klingelte Vincenzos Smartphone. »Gott sei Dank«, sagte er, »hoffentlich hat Paci etwas entdeckt.«

Doch der Anrufer war nicht Paci. Als Vincenzo das Gespräch annahm, meldete sich eine männliche Stimme. »Sind Sie der leitende Beamte bei diesen Morden?«

»Ja, und wer sind Sie?«

»Ich habe heute Guido Zingerle gesehen. Im Ultental, da habe ich nämlich einen Hof mit Ferienwohnungen. Und wie ich vom Einkaufen zurückkomme, sehe ich den Kerl über die kleine Straße gehen, die zu uns führt. Er spazierte dort herum, so als wäre nichts geschehen. Ich bin ihm noch ein Stück nachgegangen, habe mich aber nicht getraut, ihn anzusprechen. Ich habe sicherheitshalber Abstand gehalten. Man weiß schließlich, wozu der fähig ist. Ich dachte, es ist meine Pflicht, Ihnen das zu sagen.«

Vincenzo zeigte seinen Kollegen den Scheibenwischer, um ihnen zu signalisieren, dass er einen verwirrten Bürger am Telefon hatte. »Sie haben also Guido Zingerle gesehen. Ist das richtig?«

»So ist es.«

»Aha, und wie hat er ausgesehen?«

Der Mann schilderte detailliert das Aussehen des Mannes, der ihm auf der Straße begegnet war. Seine Beschreibung passte zu den

Bildern von Zingerle in verschiedenen Altersstufen, die seit heute an Vincenzos Pinnwand hingen.

»Beeindruckend, wie gut Sie ihn beschrieben haben. Sie müssen verdammt gute Augen haben.«

»Wieso?«

»Sie haben selbst gesagt, dass Sie Abstand gehalten haben. Dann stelle ich es mir schwer vor, jemanden so genau zu beschreiben.«

»Wollen Sie etwa andeuten, dass ich lüge?« Der Anrufer erhob deutlich seine Stimme.

»Mitnichten. Ich muss nur ganz sichergehen, ehe ich die Kollegen im Ultental informiere. Zwei Fragen habe ich noch: Erstens, hat Zingerle irgendwas gemacht, außer zu gehen? Zweitens, ist Ihnen bekannt, wie alt der Mann gewesen sein muss, den Sie heute gesehen haben?«

Einen Augenblick lang war es still in der Leitung. Dann antwortete der Mann gereizt: »Ich habe den Eindruck, Sie glauben mir nicht. Warum sollte ich Sie anlügen? Zingerle ist nur auf der Straße gegangen, in Richtung Lana. Ich weiß, dass der über hundert Jahre alt ist. Aber das ist doch nicht mein Problem. Wenn ich ihn gesehen habe, habe ich ihn gesehen. Er hat übrigens jünger ausgesehen. Ein bisschen älter vielleicht als auf dem Foto im Gerichtssaal, das heute in der Zeitung war.«

Vincenzo ließ sich exakt schildern, wo der *Zeuge* Zingerle begegnet war. Dann legte er genervt auf. »Das ist genau das, was ich befürchtet habe. Das Gleiche wie damals. Jetzt rufen uns andauernd Leute an, die Zingerle gesehen haben wollen. Die werden sich immer weiter gegenseitig aufschaukeln. Was uns das an wertvoller Zeit kostet!«

Marzoli fragte, ob Vincenzo denn nun die Kollegen im Ultental informieren werde.

»Ja, natürlich. Sie sollen zumindest mal die Straße abfahren. Die haben da ohnehin nicht sonderlich viel zu tun.«

Nach diesem ersten Anrufer gingen allein an diesem Tag noch sechs weitere Anrufe ein. Alle sagten aus, Zingerle gesehen zu haben. Vincenzo kommandierte einige niedrigere Dienstgrade der MoKo zum Telefondienst ab. Sein Kernteam konnte sich nicht um einen solchen Blödsinn kümmern. Als sich sein Telefon dennoch erneut meldete, riss er wütend den Hörer aus der Basisstation. »Und wo ist Zingerle diesmal aufgetaucht?«, blökte er gereizt in den Hörer.

Doch eine weibliche Stimme versicherte ihm, Zingerle noch nie begegnet zu sein. Pacis Stimme. »Und ich bin mir auch ziemlich sicher, dass ich ihm niemals begegnen werde. Ich wollte Ihnen nur mitteilen, dass die Ergebnisse des Massentests vorliegen. Wir haben allesamt Nachtschichten eingelegt und wahrscheinlich einen neuen Rekord aufgestellt.«

Vincenzo formte Daumen und Zeigefinger zu einem Kreis. »Klasse, dann komme ich direkt zu Ihnen runter.«

Er wollte schon auflegen, doch rasch antwortete Paci. »Das wird nicht nötig sein, Commissario. Es gibt keinerlei Übereinstimmungen. Die Haare stammen definitiv von keinem der Männer, die bis zum vergangenen Wochenende zu dem Test gekommen sind.«

Obwohl Vincenzo mit diesem Ergebnis gerechnet hatte, überkam ihn eine gewisse Resignation. Die Lage drohte außer Kontrolle zu geraten. »Gibt es denn viele Verweigerer?«

»Soweit ich das beurteilen kann, nicht. Wir haben uns auf Bozen und die Nachbargemeinden beschränkt und die Altersgruppe eng eingegrenzt. Sonst würde der Test Ewigkeiten dauern. Aber das entspricht genau der Grundgesamtheit, die am wahrscheinlichsten zu dem Profil passt, das sich aus der Analyse der Haare ergeben hat. Es gibt zwar eine Reihe Männer, die nicht gekommen sind, aber die haben angerufen – oder Angehörige von ihnen, um mitzuteilen, dass sie derzeit nicht in Bozen sind. Sie haben durchweg angeboten, nach ihrer Rückkehr jederzeit zu dem Test zu kommen. Tut mir leid, Commissario.«

Mit hängenden Schultern schlich Vincenzo zu seinem Besprechungstisch und ließ sich in den Freischwinger fallen. »Damit hat sich eine kleine Hoffnung zerschlagen. Natürlich könnte der Mann, zu dem die Haare gehören, aus einer anderen Region kommen. Oder es handelt sich um einen Touristen. Aber das halte ich alles für sehr unwahrscheinlich. Glaning und die Waalerhütte. Das ist beides nicht weit von Bozen entfernt.«

»Was machen wir denn, wenn die Medien noch mehr Wirbel um die Sache machen und sich immer mehr Leute melden?«, fragte

Mauracher, der die Ratlosigkeit buchstäblich ins Gesicht geschrieben stand.

»Wir richten eine Hotline ein, die wir mit einer begrenzten Anzahl an Kollegen besetzen. Wir müssen für die Menschen erreichbar sein. Aber es ist nicht problematisch, wenn der eine oder andere eine Weile in der Warteschleife verharren muss. Wir können Mozart einspielen. Das beruhigt.«

Marzoli lachte. »Mich nicht. Mich regt das auf.«

»Mich auch«, stimmte ihm Mauracher zu.

»Witzbolde. Wir werden aber noch etwas anderes tun. Und du begleitest mich, Giuseppe.«

»Wohin?«

»Wir gehen zu unserer Psychologin. Vielleicht kann die uns erklären, was im Moment da draußen geschieht. Und ob das gefährlich ist. Oder nur eine Welle, die genauso schnell abebbt, wie sie gekommen ist.«

Schon im Aufbruch begriffen, meldete sich Vincenzos Telefon erneut. Diesmal wartete unten jemand auf ihn, der ihm etwas sehr Wichtiges bezüglich der beiden Morde mitzuteilen habe, erklärte Francesca Montani von der Telefonzentrale. Er wolle ausschließlich mit dem Leiter der Ermittlungen sprechen, denn danach habe die Polizei den Fall gelöst.

Vincenzo verdrehte die Augen. Die Wahrscheinlichkeit, dass unten am Empfang jemand stand, der durch Fascianis Berichte aufgescheucht worden war, betrug annähernd hundert Prozent. Aber eben nur annähernd. Es war seine Pflicht, mit dem potenziellen Zeugen zu sprechen. Er bedeutete Mauracher, sein Büro zu verlassen, damit er mit Marzoli die Befragung durchführen konnte, ohne den Zeugen durch eine übertriebene Polizeipräsenz zu verunsichern.

Der Mann betrat Vincenzos Büro. Er war schmal und nicht sonderlich groß, vielleicht eins siebzig, Alter zwischen Mitte fünfzig und Mitte sechzig. Er hatte kurze braune Haare, braune Augen, ein eher schmales Gesicht mit einem Schnäuzer, der ein wenig an Adolf Hitler erinnerte. Er trug einen mausgrauen Anzug und eine hellblaue Krawatte, beides sehr altmodisch. Die Anzughose war zu kurz. Sie erlaubte selbst im Stehen den Blick auf die ebenfalls grauen Socken. Der Mann wirkte schüchtern. Er sprach sehr leise, als er fragte, wer der Ermittlungsleiter sei.

Vincenzo erhob sich, ging auf den Mann zu, schüttelte ihm die Hand und stellte sich und Marzoli vor. Er bedeutete dem Zeugen, Platz zu nehmen, und bot ihm etwas zu trinken an, was dieser mit einer abwehrenden Handbewegung ablehnte. Der Mann saß kerzengerade auf Vincenzos Freischwinger.

»Gut«, eröffnete Vincenzo die Befragung, nachdem er das Aufnahmegerät eingeschaltet und Datum und Uhrzeit angesagt hatte. »Sie haben uns also etwas zu erzählen, was so wichtig ist, dass wir die Morde aufklären können. Habe ich das richtig verstanden?«

Der Mann nickte nur.

»Bitte antworten Sie immer zumindest mit Ja oder Nein, denn wir zeichnen das Gespräch auf. Stört es Sie, wenn wir es aufzeichnen?«

»Nein«, antwortete der Mann mit seiner leisen und auffallend ruhigen Stimme.

»Gut, dann beantworten Sie bitte die erste Frage: Sie möchten eine Aussage machen, die zur Aufklärung der beiden Morde führt?«

»Ja.«

»Da bin ich aber gespannt. Beginnen wir mit Ihren Personalien. Wie heißen Sie, und wo wohnen Sie?«

Der Mann antwortete, ohne seinen Tonfall zu ändern. »Ich wohne in Glaning und ich bin Guido Zingerle.«

Vincenzo und Marzoli sahen sich entgeistert an. Was hatte der Mann da gerade gesagt?

»Würden Sie das bitte noch mal wiederholen?«

»Ich wohne in Glaning, und ich bin Guido Zingerle.« Auch jetzt saß er kerzengerade auf dem Stuhl, sah die Polizisten aus ausdruckslosen Augen an und behielt den monotonen, fast beiläufigen Tonfall bei.

»So, Sie sind also Guido Zingerle?«

»So ist es. Und ich habe die beiden Frauen in Glaning und an der Waalerhütte ermordet.«

Vincenzo prustete mit den Lippen, Marzoli verdrehte die Augen. Fasciani war ein ganz mieser Geselle.

»Sie haben doch sicherlich Ihren Personalausweis dabei, *Herr Zingerle*?«

»Selbstverständlich.«

Der Mann griff in die Innentasche seines Jacketts und förderte eine Geldbörse zutage, der er den Ausweis entnahm. Er reichte ihn Vincenzo über den Tisch. »Bitte sehr.«

Vincenzo studierte den Ausweis. Dann sprach er laut in das Aufnahmegerät. »Personalien laut Ausweis des Zeugen: Georg Mayr, wohnhaft in Glaning, geboren am 10. August 1962 in Meran.« Er sah dem Mann direkt in die Augen, der den Blick ruhig erwiderte. »Hören Sie, Herr Mayr. Wir haben zwei Mordfälle aufzuklären. Was Sie hier treiben, nennt man Behinderung der polizeilichen Ermittlungsarbeiten. In diesem konkreten Fall durch Vortäuschen einer Straftat. Und so etwas ist strafbar. Sie gehen jetzt, dann vergessen wir das, Herr Mayr.«

Erstmals zeigte der Mann eine schwache Reaktion in Form eines Zuckens um seine Augen. »Commissario Bellini, Sie scheinen nicht zu verstehen.«

»Was verstehe ich nicht?«

»Das liegt sicherlich daran, dass Sie immer sachlich und analytisch arbeiten und denken müssen. Dann verliert man irgendwann den Blick für die Dinge, die man nicht mit dem Auge sehen kann.«

Vincenzo spürte eine gewisse Form von Wut in sich aufsteigen, weil ihm solche Geschichten aufgetischt wurden, hielt es jedoch für möglich, dass Georg Mayr geistig verwirrt war. »Herr Mayr, Sie dürfen dazu jetzt eine Erklärung abgeben. Aber dann gehen Sie bitte und lassen uns unsere Arbeit machen. Oder wir müssen Sie zu anderen Spezialisten schicken.«

Der Mann blieb stocksteif auf seinem Stuhl sitzen und starrte mit ausdruckslosen Augen zwischen Marzoli und Vincenzo hindurch zum Fenster, während er erläuterte, wovon er sprach. »Ich bin Guido Zingerle. Ich wurde 1902 in Tschars geboren, am 11. August 1950 in der Nähe von Vals verhaftet. Am 9. August 1962 bin ich in meiner Zelle in Turi gestorben. Bei meiner Verhaftung habe ich mir geschworen, Rache zu nehmen und zurückzukommen. Und zwar in jenem Jahr, in dem ich meinen sechzigsten Geburtstag vollendet habe. Das Alter, in dem ich gestorben bin. Einen Tag nach meinem Tod wurde ich als Georg Mayr wiedergeboren. Bitte verhaften Sie mich. Mein Werk ist vollendet.«

Die Polizisten hatten Mayrs Ausführungen mit offenen Mündern gelauscht. Der Mann war zweifelsohne felsenfest überzeugt von dem, was er erzählte. Also musste er geistig verwirrt sein. Vincenzo würde im anschließenden Gespräch die Psychologin darauf ansprechen und ihre Meinung dazu einholen.

»Gut, Herr Mayr – oder Herr Zingerle, wenn Ihnen das lieber ist –, wir nehmen Sie jetzt in Untersuchungshaft. Dort werden Sie eine Speichelprobe abgeben, denn wir benötigen Ihre DNA, um Ihre Angaben zu verifizieren. Ich lasse Sie jetzt abführen.« Vincenzo schaltete das Aufnahmegerät ab und rief die Bereitschaft an, um Mayr abholen zu lassen.

Während sie auf die Kollegen warteten, faltete Mayr die Hände wie zum Gebet. »Wenn Sie meine DNA analysieren, wird Ihnen das nichts nützen«, sagte er plötzlich, so als befände er sich in Trance. »Außerdem haben Sie sie schon. Auch ich bin Ihrem Massenaufruf als verantwortungsvoller Südtiroler in der Gestalt Georg Mayrs selbstverständlich gefolgt.«

»Und warum wird uns das nichts nützen?«, fragte Marzoli ihn sichtlich gereizt. »Wir haben doch Ihre Haare am Tatort gefunden. Wir müssen uns nur das Ergebnis Ihrer Probe anschauen.«

Mayr antwortete mit geschlossenen Augen. »Eben nicht. Sie haben mit meiner Speichelprobe die DNA von Georg Mayr bekommen. Die DNA an den Haaren stammt aber von meinem wahren Selbst. Erst wenn ich die Taten begehe, werde ich zu Guido Zingerle. Und um das herauszufinden, müssten Sie die sterblichen Überreste meines vorherigen Lebens exhumieren und deren DNA ermitteln. Was Sie in der heutigen Zeit zweifelsohne können.«

***

Die Psychologin Rosa Peer hatte die Polizisten bereits erwartet. Vor ihr lagen die Zeitungsberichte von Fasciani ausgebreitet auf ihrem Schreibtisch, daneben das Buch über Guido Zingerle. Es war das erste Mal, dass Vincenzo sich in einem Fall der Beratung durch eine Psychologin bediente.

Rosa Peer war auf den ersten Blick eine eher unscheinbare Frau, hatte aber eine sehr energetische und durchaus weibliche

Ausstrahlung. Sie war nicht ganz schlank, jedoch wohlproportioniert, einen Kopf kleiner als Vincenzo, hatte schwarze Haare und dunkle Augen. Sie trug ein hochwertiges, aber unauffälliges Kostüm. Von Montani wusste Vincenzo, dass sie achtunddreißig war. Er versuchte, sie sich geschminkt und mit Rock und Bluse bei einem romantischen Abendessen vorzustellen. Die Vorstellung gefiel ihm.

Nachdem sich Rosa Peer vorgestellt hatte, kam sie sofort zur Sache. »Sie wollen von mir wissen, ob und inwieweit diese Berichte, die ich in Vorbereitung auf unser Gespräch gelesen habe, und ihr Hintergrund, also die Verbindung zu den Taten des Guido Zingerle, heute hier bei uns zu einer neuen Massenpanik führen könnten. Habe ich das so weit korrekt verstanden?«

Vincenzo erzählte Rosa Peer von den ersten Anrufen, von den besorgten Südtirolern und vor allem Südtirolerinnen, dem Mann aus dem Ultental und von Georg Mayr. Die Psychologin hörte aufmerksam zu, ohne ihn zu unterbrechen. Erst als Vincenzo sagte, dass er mit seinen einführenden Erklärungen zum Ende gelangt sei, hielt Peer einen kurzen, aber eindrucksvollen Vortrag.

»Ich nehme das Ergebnis vorweg: Ja, eine Massenpanik ist möglich. Diese Zeitungsberichte spielen dabei eine nicht unerhebliche Rolle. Was hier im Moment geschieht, ist ein klassisches kollektives Phänomen der Massenpsychologie. Kollektiv insofern, als bestimmte äußere Ereignisse bei den Menschen im Kollektiv Südtirol zu einer gleichartigen Reaktion führen. Die Ereignisse sind die Taten heute und die Taten damals. Fehlgeleitet durch ihre, nennen wir es der Einfachheit halber Angst, behaupten Menschen, dass sie Zingerle gesehen haben. Wenn sie Ihnen das sagen, lügen sie nicht einmal. Sie sind selbst davon überzeugt. Das ist eine Abwehrreaktion gegen ihre unbestimmte Furcht. Denn indem sie meinen, das Phantom Zingerle gesehen zu haben, wird es zu einer kalkulierbaren Größe. Diese Abwehrreaktion wird schließlich zu einem determinierenden Verhalten vieler Menschen, ein Phänomen der Massenpsychologie. Heute noch mehr als früher, weil sich Informationen viel schneller verbreiten. Ein paar Leute behaupten, Zingerle gesehen zu haben, und schon entsteht eine Welle. Viele andere sind sich auch plötzlich sicher, ihn gesehen zu haben. Das ist wie bei einer Demonstration. Alle demonstrieren gegen dasselbe. Das, wogegen sie demonstrieren, ist das, was ihr gemeinsames Selbstverständnis stört. Zum Beispiel eine Demonstration gegen Zuwanderer. Das geteilte Selbstverständnis, Südtiroler zu sein oder Österreicher oder Deutscher, wird durch die Zuwanderer gestört. In Ihrem Fall ist es aber nicht das nationale Selbstverständnis, Südtiroler zu sein, sondern es sind die Berge in ihrer alles überragenden Funktion als Refugium und Schutzraum. Nun kann es bei einer Demonstration auch zu gewaltsamen Ausschreitungen kommen. Ausgehend von einigen wenigen Antreibern kommt es zu gefährlichen Ansteckungseffekten. Die Stimmung kippt, und es passiert das, was Sie oft in der Zeitung lesen können. Demonstranten liefern sich Schlachten mit der Polizei. In unserem Fall sind, wie gesagt, die Berge als Rückzugsort, als Schutzraum, ja als Heiligtum Grundlage des geteilten Selbstverständnisses. Durch die grauenvollen Taten wird dieses Selbstverständnis massiv beeinträchtigt. Umso mehr, als jetzt diese Parallelen zu Zingerle offensichtlich werden. Die Menschen wollen ihr Selbstverständnis aber reparieren, weil sie nach Kontinuität streben. Sie können nicht mit dieser Störung und den damit verbundenen Gefühlen leben. Deshalb glauben sie, Zingerle gesehen zu haben. Denn wer gesehen wird, kann auch verhaftet werden, und der Grund für die Störung des Selbstverständnisses ist beseitigt. Sie werden jetzt zu Recht sagen, dass die Behauptung, Zingerle begegnet zu sein, unlogisch ist, weil diese Begegnung faktisch unmöglich ist. Das stimmt, aber für denjenigen, der das behauptet und tatsächlich daran glaubt, bedeutet das ein Gefühl von Sicherheit. Und das nimmt ihm eine große Last. Deshalb überprüft er diese These nicht. Der kritische Blick auf das Naheliegendere bleibt zwar erhalten, aber der Fokus wird lieber auf das gerichtet, was theoretisch passen könnte. In diesem Fall die These, dass man Zingerle gesehen hat. Unlogisch, aber in der Phantasie möglich, weil die Taten von heute denen von früher entsprechen. Wir bezeichnen das in der Psychologie als Bestätigungsverzerrung. Ich befürchte, dass sich diese Neuausrichtung des kollektiven Selbstverständnisses, nämlich die Vorstellung, dass Zingerle der Täter ist, rasch verbreiten wird. Und das kann auch dazu führen, dass ein Georg Mayr behauptet, selbst Zingerle zu sein. Denn auch dann wäre das Grauen schließlich vorbei. Allerdings sind bei Mayr auch wahnhafte Vorstellungen zu erkennen, möglicherweise eine Ausprägung von Größenwahn. Meines Erachtens benötigt der Mann psychotherapeutische Hilfe. Ebenso ist es im Übrigen möglich, dass Menschen sich gegenseitig beschuldigen werden. Und was noch schlimmer ist, dass irgendjemand irgendwen beschuldigt, vielleicht auch noch falsche Beweise vorlegt und dazu aufruft, den Täter selbst zu richten. Dann kann nämlich das passieren, was bei Demonstrationen zu unvorhersehbaren Entwicklungen, sprich zu Ausschreitungen, führt. Jemand kommt und bietet eine Lösung an. Dabei können auch Menschen zu Gewalttätern werden, die ansonsten lammfromm sind. Und das ist für Sie das größte Problem. Außerdem müssen Sie Wahrheit von Unwahrheit unterscheiden können, um unbeirrt Ihre Ermittlungen weiterführen zu können.«

»Wow«, war Vincenzos erste Reaktion auf diese Ausführungen. »Das war eine Menge an beeindruckenden Informationen. Ich bin mir nicht sicher, ob ich das alles verstanden habe. Das mit dem Selbstverständnis und der Bestätigungsverzerrung vor allem. Das klingt kompliziert. Als Resümee können wir doch zumindest festhalten, dass uns wegen dieser Dinge wahrscheinlich unzählige Leute anrufen werden, die behaupten, Zingerle gesehen zu haben, und dass wir sie uns möglichst vom Leib halten sollten, weil sie kaum etwas Hilfreiches zu unseren Fällen beitragen können. Dann war die Entscheidung, eine Art Hotline dafür einzurichten, goldrichtig, oder wie beurteilen Sie das aus Ihrer Sicht?«

»Das ist korrekt. Aber die Mitarbeiter der Hotline sollten gut vorbereitet sein. Es ist selbstverständlich möglich, dass Menschen anrufen, die tatsächlich etwas gesehen haben. Oder vor möglichen Gewaltaufrufen warnen wollen. Solche Informationen dürfen Ihnen natürlich nicht durchgehen.«

Vincenzo erkundigte sich, ob es sinnvoll wäre, die Leute eventuell durch Rosa Peer einer Schnellschulung zu unterziehen. Sie hielt das für sinnvoll und bot an, das noch heute Abend zu übernehmen. Es würde höchstens zwei Stunden dauern.

»Nehmen Sie das nicht persönlich, Frau Peer«, sagte Vincenzo, »aber im Grunde sind wir so schlau wie vorher. Dass die Leute anrufen, weil sie Angst haben, dachte ich mir schon. Ebenso, dass wir deshalb mit einer Anrufflut rechnen müssen. Immerhin haben Sie uns eine Menge zu den Hintergründen erklären können. Aber einen echten Praxistipp haben Sie nicht zufällig auch noch für uns? Sozusagen als kleines Abschiedsgeschenk.«

Rosa Peer sah Vincenzo nachdenklich an. Dann nahm sie das Buch über Zingerle von ihrem Schreibtisch und hielt es in die Höhe. »Über das Geschenk können wir gern mal gesondert sprechen. Aber es gäbe vielleicht eine Möglichkeit, der Situation Herr zu werden. Sehen Sie, das Gerücht, das um sich greift, lautet ja: Zingerle ist zurück und mordet wieder. Und als Beweis dienen die Haare, die Sie an den Opfern gefunden haben. Sie müssen von Zingerle sein, davon sind die Leute überzeugt. Weil sie zu keinem der anderen Verdächtigen passen. Und von der Haarfarbe her passt das sogar. Aber Gerüchte kursieren am besten im Ungewissen, der Verstand ist hier nur störend. Aber Sie haben tatsächlich eine Möglichkeit, dem Gerücht einen Riegel vorzuschieben. Und damit auch dem für Ihre Arbeit hinderlichen Versuch der Menschen, ihr Selbstverständnis auf irrationale Weise zu reparieren. Ich kann allerdings nicht beurteilen, inwieweit das rechtlich und medizinisch möglich ist.« Rosa Peer lächelte zum ersten Mal.

Vincenzo erwiderte ihr Lächeln. Rosa Peer entsprach nicht seiner Vorstellung von einer Psychologin, die ihr Gegenüber stets mit einer sezierenden Distanz betrachtete. Außerdem fragte er sich, wie sie das mit dem Geschenk meinte. »Und was genau wäre das?«

»Nun, Sie müssten die Grundlage des Gerüchts einreißen, ihm die Nahrung entziehen. Das geht nur, wenn Sie nachweisen können, dass die Haare nicht von Guido Zingerle sind. Und natürlich sind sie das nicht, weil das unmöglich ist. Wenn Ihnen das gelingt, haben Sie ein Problem weniger. Die Angst wird zwar bleiben, aber eine Massenpanik wäre dann unwahrscheinlicher. Vielleicht würde sich die Masse auf Mantinger fokussieren, aber der ist nicht in das Allerheiligste der Menschen eingebrochen, in die Berge. Bei ihm sind weniger kollektiv wirksame Effekte zu befürchten.«

Vincenzo lächelte erneut, diesmal allerdings eher mitleidig. »Ich kann Ihrer Argumentation diesmal uneingeschränkt folgen, auch intellektuell. Nur können wir, abgesehen von den Gesetzen der

Natur und der Logik, leider nicht beweisen, dass die Haare nicht von Zingerle sind.«

»Doch, das können Sie.«

Vincenzo und Marzoli starrten die Psychologin ungläubig an. »Wie denn das?«

»Indem Sie genau das tun, was Mayr Ihnen vorgeschlagen hat. Zingerle exhumieren.«

***

Nach dem Besuch bei Rosa Peer beratschlagte sich Vincenzo mit seinem Team. Er wollte wissen, was sie von dem Vorschlag der Psychologin hielten, Zingerle zu exhumieren. Sie waren alle seiner Meinung: Es war die einzige Möglichkeit, zu beweisen, dass die Haare nicht von Guido Zingerle stammten. Nur so konnten sie der aufkeimenden, jedem gesunden Menschenverstand widersprechenden Hysterie in der Südtiroler Bevölkerung begegnen. Insofern war es auch wahrscheinlich, dass sie dafür einen richterlichen Beschluss bekamen. Umso wichtiger war es, all die vermutlich unbedeutenden, aber nicht zu vernachlässigenden Punkte abzuarbeiten, die noch nicht abschließend geklärt waren. Um sich danach nur noch auf das Wesentliche zu konzentrieren.

»Wir müssen die Ärzte unter Druck setzen und eine Exhumierung von Patienten androhen. Apropos Exhumierung. Es ist wichtig, dass die von Zingerle so schnell wie möglich geschieht. Ich will hier Ruhe haben. Gott sei Dank hat der Vice Questore das heute mit den Behörden in Turi geregelt. Er fand das Argument einer Massenpanik Grund genug. Außerdem geht es dabei nicht um den Ruf einer renommierten Klinik. Wir haben mit ein bisschen Glück schon morgen das Ergebnis. Sabine, du machst bitte im Anschluss eine kleine Wanderung nach Glaning. Bis zu der Stelle, wo Cecilia Fontana gefunden wurde. Bitte halte nach einem Slip Ausschau. Sieh in jeden Abfalleimer. Es ist eine minimale Chance, aber vielleicht hatte sie an dem Tag ja Durchfall. Und ihr ist halt … na ja, du weißt, was ich meine. Das könnte ein Grund sein, warum sie das Ding weggeworfen hat. Du wirst höchstwahrscheinlich nichts finden, aber wenn doch, können wir zumindest diesen einen

Punkt von der Liste streichen. So, und ich rufe jetzt die Kollegen im Ultental an. So lange kann das doch nicht dauern, bis die das überprüft haben!«

Vincenzo griff zum Hörer und erwischte sofort den zuständigen Kollegen der kleinen Wache. Er lauschte dessen Ausführungen und legte schon nach einer Minute wieder auf.

»Wie erwartet. Sie haben den Mann, den der Zeuge als Zingerle identifiziert haben will, noch auf der Straße aufgefischt. Er hatte nicht die geringste Ähnlichkeit mit dem Serientäter von damals, sieht man einmal davon ab, dass er schlank und braunhaarig war. Er hat sich bei den Beamten beschwert, weil ihm irgendein komischer Kauz nachgelaufen sei. Es ist wirklich unfassbar. So, ihr wisst, was ihr zu tun habt.«

»Und was machst du?«, fragte Marzoli.

»Ich habe noch eine Verabredung.«

27

Durnholzer Tal, derselbe Tag

Marco beobachtete den Kaserhof aus seinem sicheren Versteck heraus. Es war ruhig, den ganzen Tag schon. Nichts tat sich. Vermutlich trauten sie sich nicht mehr aus dem Haus. Das war gut so, denn auf diese Weise konnte Nathan niemanden mehr umbringen. Marco hatte sich geschworen, dass er sich dem Kretin gnadenlos an die Fersen heften würde, sollte er wieder versuchen, den Hof zu verlassen. Marco hatte extra seine Bergschuhe angezogen und einen Rucksack mit Proviant gepackt. Mal sehen, ob es Nathan tatsächlich gelingen würde, ihn abzuschütteln. Das Dumme war nur, dass er inzwischen fast seinen kompletten Resturlaub für das Jahr genommen hatte. Nur noch fünf Tage. Und die brauchte er für die Woche mit der Familie in den Weihnachtsferien. Das hatte er ihnen fest versprochen. Unmöglich konnte er sie enttäuschen. Dann mussten eben die anderen mehr Wachen übernehmen, denen er das allerdings nicht zutraute. Sie waren zu einfältig für eine solch anspruchsvolle Aufgabe. Es erforderte viel Cleverness, von Kaser nicht gesehen zu werden und einen Menschen unbemerkt zu verfolgen. Und während einer Verfolgungsjagd noch ganz lässig Filme und Fotos zu machen und sie nebst allen wichtigen Infos über die sozialen Netzwerke und WhatsApp zu verbreiten verlangte auch eine gewisse Abgebrühtheit. Er hatte inzwischen unter dem Namen »Zingerle is back« Blogs eingerichtet bei Facebook, Twitter und Google Plus, in denen er alles postete, was es an Neuigkeiten zu den Morden, zu Zingerle und zum Kaserhof gab. Die Resonanz war überwältigend. Zu jeder Information gab es unzählige Threads und Kommentare, zunehmend auch aus Österreich und Deutschland. Das zeigte deutlich, wie groß die Verunsicherung der Menschen war. Sie alle hatten Angst vor dem, was in Südtirol geschah. Angst, dass das Grauen sich über Grenzen hinwegsetzte. So wie damals. Zingerle war ein Gespenst in den Köpfen der Menschen, das überall und nirgends sein konnte.

Nathan war entweder ein Bastard Zingerles oder Zingerle selbst. Andere Erklärungen gab es nicht.

Ein Piepsen meldete den Eingang einer Nachricht. Die WhatsApp-Gruppe. Die Nachricht kam von jemandem aus dem Ahrntal. Marco las die lange Meldung mit wachsendem Interesse und zunehmender Abscheu. Jemand aus dem Tal hatte erzählt, dass Zingerle nach der Tat mit der Eisenstange noch mindestens einen weiteren Mord begangen hatte, und zwar in einem Wald im hinteren Ahrntal. Der Fall war nie aufgeklärt worden. Doch der Informant konnte berichten, seinerzeit im Kindesalter selbst Augenzeuge des schrecklichen Ereignisses gewesen zu sein, weil er im Wald Beeren pflücken wollte. Aber die Polizei hatte ihn damals nicht ernst genommen. Sie hatten seinen Bericht für die abgedrehte Phantasie eines Teenagers gehalten. Typisch. Noch ein Grund, das ohne Polizei zu regeln. Zingerle hatte das Opfer regelrecht massakriert. Erst hatte er zigmal auf die Frau eingestochen, die wie am Spieß geschrien hatte. Dann hatte er sie gewürgt. Und als sie dann immer noch lebte, hatte er einen großen Stein genommen und ihr damit den Kopf zertrümmert. Danach war sie mausetot.

Entsetzt hielt sich Marco eine Hand vor den Mund. Wie war es nur möglich, dass ein menschliches Wesen zu solch einer Tat fähig war? Ein menschliches Wesen? Das war kein menschliches Wesen, das war ein Teufel. Er blickte mit zusammengekniffenen Augen über den Hof auf das Wohnhaus. Das hieß doch, dass der Teufel Nathan sein nächstes Opfer auf genau diese Weise töten würde. So weit durfte es auf keinen Fall kommen. Das musste mit aller Konsequenz verhindert werden.

Am kommenden Samstag sollte es so weit sein. Dann würden so viele Leute aus ganz Südtirol ins Durnholzer Tal strömen, dass sie den Hof umstellen, Nathan fangen und ihn einem verschärften Verhör unterziehen konnten. Mit einem Geständnis vor Dutzenden von Zeugen konnte auch die Polizei nicht mehr lachen. Was aber, wenn Nathan kein Bastard war, sondern tatsächlich Zingerle selbst? Der Mann, der diese unfassbare Tat im Ahrntal begangen hatte? Dann musste der doch über übermenschliche Fähigkeiten verfügen, um als über Hundertjähriger so jung auszusehen, wie eine Gämse durchs Gebirge zu jagen, Frauen zu vergewaltigen und auf bestialische Weise zu töten. Nachdenklich rieb sich Marco das Kinn. Er hielt sich eigentlich eher für einen sachlichen, pragmatischen Menschen, glaubte mitnichten an Übernatürliches oder Wunder. Dennoch, diese Sache mit den Morden, Nathans Ähnlichkeit mit Zingerle, die Tatsache, dass es keinerlei Hinweise gab, dass Zingerle einen Sohn hatte, das ließ auch den nüchternsten Zeitgenossen auf die merkwürdigsten Gedanken kommen.

Noch drei Tage bis Samstag. Die mussten überbrückt werden. Und das ging nur mit einer lückenlosen Überwachung. Marco beschloss, sich für den Rest der Woche krankzumelden. Das war die einzige Möglichkeit, seiner wichtigen Aufgabe und seiner Familie gerecht zu werden. In der Bank gab es genug Kollegen, die ihn für ein paar Tage vertreten konnten. Denn ohne ihn und seine besonderen Kenntnisse und Fähigkeiten würde Nathan auch seinen dritten Mord begehen können. Ihm kam sogleich noch eine geniale Idee: Ab sofort würde er Doppelwachen einrichten. Er und einer der anderen. Er würde sich einen Schlafsack mitnehmen und in seinem Versteck schlafen. Wenn etwas geschah, musste der zweite Wachmann ihn eben wecken.

Marco nutzte das altmodische Medium der SMS, um die anderen im Dorf darüber in Kenntnis zu setzen. Das Senden und Empfangen von SMS hatten selbst sie begriffen. Dann loggte er sich über sein Smartphone der Reihe nach bei Facebook, Twitter und Google Plus ein und postete dort die neue Nachricht aus der WhatsApp-Gruppe »Zingerle is back« über Zingerles dritte Gräueltat.

***

Schloss Adelsburg

Graf Heinrich Alexander Philipp von Adelsburg saß mit Florian auf der Schlossterrasse, von der aus man einen phantastischen Blick auf die umliegenden Berge hatte. Sofern Dunst und Wolken das in diesem schwülwarmen Sommer zuließen, was selten genug der Fall war. Doch heute war so ein Abend. Eine schwache, wenig wetteraktive Kaltfront war schon am Vormittag durchgezogen, danach hatte es etwas abgekühlt, und die Luft war vor allem deutlich trockener geworden. Es ging ein angenehmer westlicher Wind, der auch die letzten Wolkenreste aus dem Tal vertrieb und den Blick auf den majestätischen Langkofel öffnete.

Graf von Adelsburg prostete seinem Schwiegersohn mit dem kalten Bier zu. Wenn sie unter sich waren, tranken sie auf der Terrasse gern ein paar Bier aus der Flasche. »Herrlicher Blick heute, was?«

»Hm.«

»Du wirkst geistesabwesend, mein Junge. Was ist los?«

Florian erhob seinerseits eine Flasche und trank einen großen Schluck. »Köstlich. Im Sommer trinke ich nichts lieber als kaltes Bier. Keine Sorge, alles ist okay. Was mich belastet, sind die beiden Morde, die möglicherweise in irgendeinem Zusammenhang mit der Klinik stehen könnten. Und natürlich die Sticheleien dieses griesgrämigen alten Mannes.«

Der Graf öffnete die große Kühlbox und förderte zwei neue Bier zutage. »Meine Meinung zu Brunner kennst du ja, Florian. Wenn du die paar Jährchen durchhältst, dann lass es einfach laufen. Lass dich nicht provozieren. Sag dir immer, dass der alte Mann neidisch auf dich ist, weil du dir dein Leben nach deinen Zielen gestaltet hast, während er ein verhärmter, menschenfeindlicher Bock geworden ist. Sollte er dir aber zu sehr auf die Nerven gehen, sorge ich dafür, dass er in den Vorruhestand versetzt wird. Das sind nur ein paar Anrufe. Die Morde allerdings sind ein ernst zu nehmendes Problem. Wir haben in den letzten Tagen kaum darüber gesprochen. Wie ist denn der Stand der Dinge? Ist die Polizei dem Täter auf der Spur? In der Zeitung steht nichts dergleichen.«

»Schwer zu sagen. Ich persönlich habe den Eindruck, dass sie noch vollkommen im Dunkeln tappen. Sie haben Brunner und mich zusammen verhört, das hatte ich ja schon angedeutet. Dabei haben sie uns auf die Häufung von Todesfällen in der Klinik angesprochen und sämtliche Patientenakten der letzten sechs Monate angefordert. Fragt sich nur, was das mit den Morden zu tun haben soll.«

Heinrich sah seinen Schwiegersohn mit ernstem Blick von der Seite an. »Florian, ich frage dich das nur dieses eine Mal: Ist an dieser Sache was dran? Gibt es Unregelmäßigkeiten bei den Todesfällen?«

»Tja, das habe ich mich natürlich auch gefragt. Auffällig ist das schon. Aber es könnte ebenso gut Zufall sein.«

»Florian, bitte versteh mich nicht falsch, aber ich muss dich auch das fragen. Du bist im Aufsichtsrat von Adelsburg Technologies, worüber wir gleich noch sprechen müssen. Aber davor schwöre mir, dass du damit nichts zu tun hast!«

Florians Kopf wirbelte herum. »Fängst du schon wieder damit an? Glaubst du allen Ernstes, ich würde Patienten umbringen? Warum sollte ich das tun?«

»Das ist doch naheliegend. Um an ihre Herzen zu kommen.«

Florian lachte. »Da merkt man, dass du zwar etwas von Herztechnologie verstehst, aber nichts von der Anatomie des menschlichen Körpers. Viele dieser verstorbenen Patienten sind an einem Herzinfarkt oder Herzversagen gestorben. Deren Herzen sind für uns nutzlos. Von deren Tod profitiert nur einer: Brunner!«

Nachdem Florian das ausgesprochen hatte, entstand ein betretenes Schweigen zwischen den Männern. Schließlich leerte Heinrich sein Bier in einem Zug und knallte die Flasche auf den großen Tisch aus Teakholz. »Ist dir klar, was du da gerade angedeutet hast, Florian?«

»Erst seit dem Moment, in dem ich es ausgesprochen habe. Aber kannst du dir vorstellen, dass Brunner so etwas täte? So kurz vor seinem Ruhestand? Davon abgesehen, sind einige Patienten an einem Schlaganfall oder an Hirnversagen gestorben. Deren Herzen konnte ich noch ganz wunderbar verwenden.«

»Unglaublich, mit welcher Gelassenheit und Selbstverständlichkeit ihr Ärzte so etwas sagen könnt! Aber Brunners Motive lägen doch auf der Hand. Er will dir mit allen Mitteln Steine in den Weg legen. Und was seinen Ruhestand angeht: Dieser verhärmte, einsame alte Wolf wird wahnsinnig werden, wenn er in seinem schönen Villnösstal versauert. Florian, ich denke, du solltest das der Polizei sagen.«

Florian hob abwehrend die Hände. »Vergiss es. Erstens schwärze ich keinen Kollegen ohne Beweise an. Und zweitens ist die Polizei schließlich von selbst auf die Idee gekommen. Deshalb haben sie die Akten angefordert. Wenn da irgendwas nicht stimmt, werden deren Ärzte schon darauf kommen. Aber du sagtest, dass du auch noch etwas wegen der Firma besprechen willst?«

Heinrich kannte seinen Schwiegersohn inzwischen ziemlich gut. Es war klar, dass er nicht mehr über dieses Thema sprechen wollte. Er erklärte ihm stattdessen, dass am Wochenende die Vertreter einer japanischen Krankenhausholding in Bozen seien. Sie hatten einen Bericht über Adelsburg Technologies und seine hypermodernen Herzunterstützungssysteme im Fernsehen gesehen, der sie so fasziniert hatte, dass sie den Hersteller persönlich in Augenschein nehmen wollten.

»Ja, mein lieber Florian«, merkte Heinrich stolz an, »wir sind inzwischen nicht nur in Europa ein Begriff. Das ist auch dein Verdienst.«

Die Herren aus Japan würden sich am Freitag den Betrieb anschauen und sich die technische Seite der Produkte von den Experten der Firma erklären lassen. Doch um sechzehn Uhr solle auch Florian in die Firma kommen, um den potenziellen Kunden – in Aussicht stand ein Großauftrag in einer Größenordnung von bis zu zweihundert Millionen Euro – genau zu erklären, wie die Geräte klinisch eingesetzt würden, wie schwierig die Operation sei und wie gut die Überlebensprognose der Patienten. Kurzum, ein umfangreicher Bericht aus der Praxis. Danach war ein gemeinsames Abendessen in der Trenkerstube im Dorf Tirol geplant, die mit zwei Michelin-Sternen ausgezeichnet worden war. Für den Samstag stand eine Sightseeingtour zu den Schönheiten Südtirols auf dem Programm. Als Führer hatte Heinrich keinen Geringeren als Hans Valentin gewinnen können, der schon unzählige Touren durch die Berge Japans unternommen hatte und die Mentalität der Asiaten kannte. Auch an dieser Tour sollte Florian teilnehmen.

»Freitag ist kein guter Tag«, bemerkte Florian. »Da habe ich den ganzen Tag Operationen. Abends muss ich das alles dokumentieren und abheften. Das verlangt unser Qualitätsbeauftragter, diese Landplage. Hättest du mir das nicht ein bisschen früher sagen können?«

»Florian, das ist sehr, sehr wichtig! Überlass Brunner die Operationen. Und nein, ich hätte dir das nicht früher sagen können. Die Delegation aus Japan schaut sich mehrere Hersteller in Italien und Deutschland an und musste ihre Termine entsprechend koordinieren. Wir haben uns erst heute auf das Wochenende verständigt. Wir sind zwar nach Aussage von Susumu Takahashi, dem Vorstandsvorsitzenden der Holding, erste Wahl, aber trotzdem dürfen wir die Konkurrenz nicht unterschätzen und müssen uns ins Zeug legen, um diesen höchst lukrativen Auftrag an Land zu ziehen. Du bist jetzt wirklich mal in deiner Funktion als Geschäftsführer gefragt!«

»Klar, ich bin natürlich dabei. Es wurmt mich zwar, Brunner auch nur eine OP zu überlassen, aber selbstverständlich bin ich mir der Bedeutung des Auftrages bewusst. Ich werde gut vorbereitet sein und dich nicht blamieren. Versprochen!«

Heinrich lächelte. Er hob seine Bierflasche. »Cincin, Florian! Ich weiß, dass du mich nicht blamieren wirst.«

***

»Komm rein. Ich habe extra für dich zwei Flaschen Rotwein besorgt. Lagrein. Ist der okay?«

Nachdem Vincenzo di Cesare eröffnet hatte, dass auch die Patientenakte seines Vaters ins Visier der Ermittlungen geraten war, hatte der knallharte Commissario überraschend sentimental reagiert. Er war sichtlich geschockt gewesen und hatte Vincenzo mit unverhohlener Trauer erzählt, dass er seinen Vater sehr geliebt habe und sein Verlust ohnehin schon ziemlich schmerzhaft für ihn gewesen sei. Doch die Möglichkeit, dass auch noch jemand nachgeholfen haben könnte, hatte ihn in einen Schockzustand versetzt. Deshalb hatte Vincenzo ihn nach Hause geschickt, damit er sich in Ruhe überlegen konnte, ob er bereit war, einer Exhumierung seines Vaters zuzustimmen.

Sie hatten sich für den Abend verabredet, privat zu Hause bei Benvenuto. Er wohnte in Meran unweit des Fitnesscenters, damit er jederzeit zu Fuß dorthin gehen konnte.

»Lagrein ist ausgezeichnet. Für einen bekennenden Nichtalkoholiker sogar eine erstaunlich treffsichere Wahl.«

Di Cesare lachte. »Ich habe die erste Flasche auch schon entkorkt und zum Spaß mal daran gerochen. Das riecht erstaunlich gut. Schmeiß deine Jacke einfach auf die Bank.«

Mit »Bank« meinte Benvenuto seine Hantelbank. Seine Wohnung im Loftstil war riesig. Es gab keine Diele. Man stand direkt in einem großen hohen Raum. Neugierig blickte Vincenzo sich um. Eine Wohnung sagte viel über einen Menschen aus. Bei di Cesare hatte er eine kleine praktische Wohnung ohne jeglichen Schnickschnack erwartet. Diese Loftwohnung überraschte ihn. In dem großen Raum, den Vincenzo auf gut und gern fünfzig Quadratmeter schätzte, war linker Hand ein durchaus beeindruckender Sportbereich eingerichtet. Weil Vincenzo in seiner depressiven Phase, in der er viel zu fett geworden war, auch vorübergehend in ein Fitnessstudio gegangen war, kannte er die meisten Geräte. Vorn stand die Hantelbank, darauf die Hantelstange, auf der jetzt Vincenzos Jacke munter hin und her baumelte. Dahinter befanden sich ein klassischer Zugturm für die Rückenmuskulatur, eine Beinpresse, diverse Kurzhanteln, ein Rudergerät und ein Laufband.

»Sag mal, Benvenuto, warum hast du dir denn auch noch deine Wohnung mit Hanteln zugestellt? Du gehst doch schon so oft ins Fitnessstudio.«

Di Cesare, der sich an eine Wand gelehnt hatte, die als Raumteiler diente, griff neben sich und drückte Vincenzo ein gut gefülltes Weinglas in die Hand. »Du weißt ja selbst, wie das in unserem Job ist. Überstunden, Nachtschichten, plötzliche Anrufe. Ich komme viel zu selten ins Studio, meistens nur am Wochenende. Deshalb nutze ich jede freie Minute zu Hause, um zu trainieren. Klar ist das kein Fitnessstudio, aber immerhin ... Komm, ich zeige dir die Wohnung.«

Vincenzo blickte sich um. Für eine Loftwohnung war Benvenutos Reich erstaunlich wohnlich und gemütlich. Di Cesare schien einen guten Geschmack zu haben. Eine Leichtbauwand trennte die Sportecke vom Rest der unteren Etage. Der Bodenbelag bestand durchgängig aus einem hellen Parkett, die Wände aus einem grauen Naturstein. Rechter Hand gab es eine große offene Küche mit Kochinsel und riesigem Esstisch, die vom Rest des Raumes durch eine Theke und einige Barhocker getrennt waren.

»Kochst du etwa gern, Benvenuto? Das hätte ich dir gar nicht zugetraut.«

Das Muskelpaket winkte ab. »Nicht wirklich. Aber mindestens zweimal im Jahr lade ich meine Jungs zu mir ein. Im Team ist der Zusammenhalt nämlich das Wichtigste überhaupt! Und Strumpflohner ist tatsächlich ein begnadeter Koch.«

Auf der rechten Seite gab es drei Türen, hinter denen sich, wie di Cesare erklärte, sein Schlafzimmer, ein Bad und ein Arbeitszimmer befanden. Linker Hand zog sich über die gesamte Länge des Raumes eine Galerie, auf die eine Schmalwangentreppe mit dunklen Holzstufen führte. Darunter war eine große dunkle Sitzgruppe kunstvoll in die lange Nische drapiert. Dort nahmen sie Platz.

»Wenn ich ehrlich bin«, sagte Vincenzo, der erstaunt war, dass der Lagrein nicht nur gut, sondern ausgezeichnet war, »hatte ich mir dich eher in einer kleinen funktionalen Wohnung vorgestellt. Wie bist du auf dieses riesige Loft gekommen?«

Di Cesare erklärte, dass er die Wohnung zufällig bekommen hatte. Sie gehörte einem Arbeitskollegen von Abfalterers Vater, der sie nach dem Tod seines Vaters von der ehemaligen Werkshalle in dieses Loft umgebaut hatte.

Vincenzo prostete seinem Kollegen zu. »Willst du den nicht wenigstens mal probieren?«

Di Cesare nippte an seinem Wasser. »Du weißt doch, dass ich grundsätzlich keinen Alkohol trinke.«

»Da entgeht dir aber was. Der hier«, Vincenzo hielt das Glas in die Höhe und schwenkte den Rotwein genießerisch darin, »ist verdammt gut!«

»Kann schon sein«, brummte di Cesare. »Aber ich bleibe meinen Prinzipien treu.«

»Wie du meinst. Hast du denn schon darüber nachgedacht, ob du einer Exhumierung deines Vaters zustimmen willst?«

»Natürlich. Wir haben diesen Fall zu klären. Wir müssen tun, was zu tun ist. Die Exhumierung möglicher Opfer gehört leider dazu.«

Da sie sich das erste Mal in einem rein privaten Rahmen trafen, sprachen sie noch eine Weile über belanglose Dinge. Erst zu später Stunde – Vincenzo hatte bereits die zweite Flasche vor sich stehen und keine Ahnung, wie er nach Hause kommen sollte – lenkte di Cesare das Gespräch auf ihren Fall.

»Ich habe mir viele Gedanken dazu gemacht und bin zu folgenden Ergebnissen gekommen: Ich glaube nicht, dass Klaus Mantinger hinter den Morden steckt. Es ist das Detail mit der Flasche. Nach allem, was ich von ihm gehört habe, würde er so etwas nicht machen. Nicht, weil er nicht dazu fähig wäre. Der ist zu allem fähig. Sondern weil das nicht sein Stil ist. Er empfände das als vulgär, weit unter seinem Niveau. Das Argument, dass er damit bewusst von sich ablenken will, greift auch nicht, weil er überzeugt ist, das nicht nötig zu haben. Er glaubt ja ohnehin, dass wir ihn niemals erwischen werden.«

Vincenzo stimmte di Cesare insgeheim zu. So gern er den Menschen, der sein Leben zur Hölle gemacht hatte, auch als Täter gesehen hätte, diese Verbrechen waren in der Tat nicht sein Stil.

Di Cesare erklärte weiter, dass er den Unbekannten aus Glaning auch nicht für den Täter hielt. Nach dem, was einige Wirte über ihn erzählt hatten, konnte das eigentlich nur ein harmloser Spinner sein. Und somit, davon war di Cesare überzeugt, führten die Spuren in die Klinik. Immerhin war zunächst eine Frau ermordet worden, deren Vater unter mysteriösen Umständen in der Klinik verstorben war. Das zweite Opfer war eine Krankenschwester, die in der Inneren und der Kardiologie gearbeitet hatte, also auf jenen Stationen, wo es diese unerklärliche Häufung von Todesfällen gab.

Vincenzo, der merkte, dass er schon ein wenig lallte, und sich deshalb widerwillig entschloss, dem Rest dieses exzellenten Tropfens zu widerstehen, wandte ein, dass es keinerlei Beweise gegen die Ärzte oder sonst jemanden in der Klinik gab. »Deshalb«, schloss Vincenzo mit einem wehmütigen Blick auf sein leeres Glas, »mag es sein, dass wir nach den Exhumierungen zwar einen weiteren Fall haben, aber keine Aufklärung dieser beiden Morde. Warum überhaupt diese Kopie der Zingerle-Morde? Was soll das bezwecken?«

Di Cesare zuckte mit den Schultern. »Das weiß ich auch nicht. Warum macht jemand so etwas? Meistens sind das doch schwer gestörte Menschen, die auf diese Weise vor allem eines erzielen wollen: Aufmerksamkeit.«

»Oder sie werden durch irgendein einschneidendes Erlebnis in der Vergangenheit motiviert, das, aus welchem Grund auch immer, ausgerechnet jetzt aus der Verbannung ins Unterbewusstsein vordringt.«

»Es muss eine Verbindung zwischen den Opfern geben.«

»Das ist zumindest naheliegend.«

»Damit sind wir wieder in der Klinik.«

»Die Haare sind der Schlüssel.«

Eine ganze Weile schwiegen die Männer. Schließlich stellte di Cesare fest: »Genau richtig, Zingerle auszugraben. Hoffentlich ist das schnell erledigt.«

28

Bozen, Mittwoch, 18. Juli

Jener 18. Juli sollte ein Meilenstein in den laufenden Ermittlungen werden. Ein Meilenstein, aber auch das Verrückteste, was in Südtirol jemals geschehen war und mehr Fragen aufwarf als beantwortete. Es war ein Ereignis, das den Gesetzen der Logik und dem menschlichen Verstand widersprach. Und es stellte die Polizei vor ein Problem ungeahnten Ausmaßes. Denn was sich an diesem Tag ereignete, war so gravierend, dass es unmöglich war, es den Medien und der Öffentlichkeit zu verschweigen.

Vincenzo war am Vorabend bei di Cesare versackt. Er hatte die zweite Flasche Rotwein doch noch geleert, nachdem sein Kollege ihm angeboten hatte, in seinem Gästezimmer mit eigenem Bad auf der Galerie zu übernachten. Rambo hatte sogar entgegen seinen Prinzipien etwas von dem Lagrein probiert und erstaunt festgestellt, dass »das Zeug tatsächlich gut trinkbar ist«. Allerdings beließ er es bei diesem Geschmackstest und widmete sich danach wieder ausschließlich seinem Wasser.

Der Hauptgrund, warum der Abend schließlich zur Nacht wurde, war ihr bedingungsloser Wille, diese Morde aufzuklären. Sie hatten beschlossen, die Jagd auf Mantinger zu forcieren. Sollte es ihnen bei allen Unwägbarkeiten gelingen, ihn zu fassen, wäre damit ein großes Fragezeichen eliminiert. Denn sollte sich dann noch etwas ereignen, konnte Mantinger nicht der Verursacher sein. Di Cesare hatte angeboten, alle Leute seiner Einheit aus den »im Vergleich dazu unbedeutenden Einsätzen« abzuziehen und zu den Kameraden des siebten Regiments zu schicken. Vincenzo wollte den Vice Questore beknien, sich trotz des Renommees des Zentralkrankenhauses um eine sofortige Exhumierung verstorbener Patienten zu kümmern, zumindest bei den zehn Fällen, bei denen Paci sich fast sicher gewesen war, dass irgendetwas faul sein musste. Darüber hinaus wollten sie trotz der dürftigen Beschreibung versuchen, mit Hilfe der Zeugen ein Phantombild des Unbekannten aus Glaning anzufertigen und zu veröffentlichen. Fänden sie diesen allem Anschein nach verwirrten Mann, könnten sie mit hoher Wahrscheinlichkeit einen weiteren potenziellen Tatverdächtigen von ihrer Liste streichen. Vincenzo nahm sich zudem vor, Adelsburg Technologies einen unangemeldeten Besuch abzustatten, um den Grafen nach dem genauen Zusammenspiel zwischen seiner Firma und den Herztransplantationen seines Schwiegersohnes zu befragen. Außerdem wollte er versuchen, auf diesem Weg indirekt etwas über das Leben von Florian von Adelsburg herauszufinden. Was für ein Mensch steckte eigentlich hinter dem so zugewandten, freundlichen, aber auch rastlosen Arzt?

Seinen Anfang nahm das Unfassbare in Turi. Der hiesige Rechtsmediziner war vor zwei Tagen vom zuständigen Staatsanwalt beauftragt worden, Guido Zingerles sterbliche Überreste zu exhumieren, umgehend eine DNA-Analyse zu erstellen und die Ergebnisse pronto nach Südtirol zu schicken. Zu treuen Händen der Kollegin vor Ort, Dottoressa Claudia Paci. Weil der Rechtsmediziner in Turi dem Staatsanwalt noch eine Gefälligkeit schuldete, der Staatsanwalt aber seinerseits dem Capo della Polizia in Bozen und weil der Rechtsmediziner aus Turi zudem mittags zum Golfspielen mit dem Staatsanwalt verabredet war, fand die schnellste Exhumierung mit anschließender DNA-Analyse in der Geschichte Italiens statt. Der Rechtsmediziner wusste, warum die Kollegen in Südtirol diese Analyse dringend benötigten. Er kannte zwar den Fall Zingerle nicht, konnte sich aber auch so vorstellen, dass ein Nachahmungstäter eine Massenpanik auslösen konnte. Da war es wichtig, den phantastischen Gerüchten in der Bevölkerung entschieden und mit stichhaltigen Beweisen entgegenzutreten. Das ging am besten, indem man nachwies, dass die an den Tatorten sichergestellten Spuren, und das waren schließlich nur ein paar Haare, nicht vom Vater jener Gerüchte stammten, ebendiesem Guido Zingerle. Auch das Verständnis für die Kollegen im Norden trug dazu bei, dass der Rechtsmediziner in Turi, anstatt zu frühstücken, mit einigen Leuten auf einen Friedhof ging, um sie anzuweisen, ein Grab auszuheben.

Wenig später lagen ein paar Knochen und ein Schädel auf seinem

Untersuchungstisch. Es ging weder um eine Todeszeit- noch um eine Liegezeitbestimmung, sondern um eine DNA-Extraktion aus den Knochen und deren Analyse. Der Rechtsmediziner machte sich sofort an die Arbeit. Keine achtundvierzig Stunden später lag das Ergebnis seiner Analyse bei seiner Kollegin in Bozen auf dem Tisch.

Paci hatte sich den Bericht, den ihr der Kollege aus Turi als PDF-Dokument geschickt hatte, ausgedruckt, las ihn und holte ihre eigene Analyse der Haare hinzu, die an beiden Tatorten gefunden worden waren. Sie blätterte darin, ohne etwas zu lesen. Ihre Gedanken waren bei Luca, bei Daniel, bei den Scherben ihres Lebens. Sosehr sie sich auch bemühte, ihre Gedanken in eine andere Richtung zu lenken, sie schaffte es nicht, sich selbst etwas vorzumachen. Nach außen war sie die toughe, zielstrebige Rechtsmedizinerin, die mühelos durch alle Klippen des Lebens schiffte. In Wahrheit registrierte sie erst jetzt, was wirklich geschehen war, wie fragil ihr Leben war, von dem sie stets überzeugt gewesen war, dass es für immer ihr sicherer Hafen sein würde. Am Vorabend, bei kühlem Weißwein und Bergkäse aus den Dolomiten, hatte sie die Erkenntnis wie ein Faustschlag getroffen, dass ihr Leben, ihre Familie, das, was für sie die größte Bedeutung hatte, von einem Augenblick auf den nächsten wie ein Kartenhaus in sich zusammengestürzt war. Wegen eines Aufbäumens erlahmender Hormone, angestachelt durch die aufgesetzte Bewunderung eines jungen Flittchens.

Paci blätterte weiter gedankenverloren durch ihren Bericht, verglich ihre Zahlenreihen mit denen aus dem Bericht aus Turi, blätterte weiter, dachte an ihre Situation, blätterte weiter. Plötzlich stutzte sie. Hastig blätterte sie in beiden Berichten einige Seiten zurück bis zu den Zahlenreihen. Im nächsten Moment verblasste ihr privates Dilemma. Sie begriff, was da vor ihr auf dem Schreibtisch lag. Die Gedanken rasten durch ihren Kopf. Unmöglich, ein Irrtum, es gab eine logische Erklärung, es musste sich um einen Programmfehler handeln. Sie las noch einmal aufmerksam Zeile für Zeile durch und verglich Zahlenreihe für Zahlenreihe. Es bestand kein Zweifel. Es war kein Irrtum, das Ergebnis war eindeutig. Und es war unbegreiflich.

Paci griff zum Telefon. »Commissario, bitte kommen Sie so schnell wie möglich in die Rechtsmedizin. Ich muss Ihnen etwas Ungeheuerliches mitteilen.«

***

Von einer Vorahnung getrieben lief Vincenzo eilig in die Rechtsmedizin und holte auf dem Weg dorthin Marzoli ab, der ihm mitteilte, dass Baroncini vor ein paar Minuten den Kopf durch seine Tür gesteckt hatte, um ihm mit erhobenem Daumen mitzuteilen, dass der Richter einer Exhumierung der Patienten zugestimmt hatte.

»Ich wollte gerade zum Hörer greifen«, erklärte der Ispettore, »um dir das zu sagen. Baroncini war in Eile und meinte nur, dass ich ganz schnell den klugen Commissario informieren solle. Ich habe darauf verzichtet, ihn zu fragen, ob er dich damit meint.«

»Witzbold«, erwiderte Vincenzo mit gespielter Empörung und knuffte Marzoli im Gehen in die Seite. »Du musst nicht glauben, dass du dir alles erlauben kannst, nur weil du mich jetzt duzen darfst.«

»Verzeihung, Herr Commissario, Verzeihung! Ich habe aber noch mehr gute Neuigkeiten. Koch-Waldner hat angerufen. Der arbeitet gerade mit dem Rest von Benvenutos Team an einer Brandserie im Pustertal. Rambo hat die gesamte Crew zu uns abkommandiert. Sie stoßen noch heute im Tagesverlauf zu uns. Benvenuto hat sie tatsächlich deinem Kommando unterstellt. Du sollst sie unterweisen und dann zum siebten Regiment in die Berge schicken. Der scheint ja große Stücke auf dich zu halten.« Marzoli richtete seinen Blick fragend auf Vincenzo.

Der grinste. »Ja, das tut er. Aber das beruht auf Gegenseitigkeit. In dem Mann steckt mehr als Muskeln und Testosteron.«

»Wie meinst du das?«

»Sagen wir mal so: Ich durfte seine sanfte Seite kennenlernen. Und die ist wahrlich nicht die Unangenehmste.«

Verdutzt blieb Marzoli stehen und rief laut hinter dem davoneilenden Vincenzo her: »Di Cesares *sanfte Seite*? Habe ich das jetzt richtig verstanden?«

Vincenzo machte kehrt und zog seinen Kollegen am Kragen hinter sich her. »Hast du. Trotzdem müssen wir dringend zu Paci. Uns erwartet eine Sensation. Hast du dich eigentlich auch schon um das Phantombild des Unbekannten aus Glaning gekümmert?«

Marzoli schüttelte den Kopf. »Nicht ich. Das macht Sabine. Die ist vor ein paar Stunden nach Oberglaning zum Plattnerhof aufgebrochen. Der Hüttenwirt konnte sich schließlich am besten an den Mann erinnern.«

Vincenzo nickte. »Gut. Wir müssen so schnell wie möglich all die Dinge erledigen, die zwar ermittlungstechnisch unvermeidbar sind, uns vermutlich aber kaum neue Erkenntnisse liefern. Dann können wir uns auf das Wesentliche konzentrieren. Dazu gehört, dass wir im Anschluss zu Adelsburg Technologies fahren und dem Herrn Grafen einen spontanen Besuch abstatten.«

Vor ihnen tauchte die große Stahltür auf. Der Zugang zur Rechtsmedizin. Mit pochendem Herzen stieß Vincenzo die Tür auf. Paci saß an ihrem Schreibtisch und starrte auf den Monitor. Sie bemerkte die Polizisten erst, als Vincenzo sich vernehmlich räusperte.

Erschrocken blickte sie von ihrem Bildschirm auf. »Sie haben mich erschreckt, Commissario. Gehört es zu Ihrem Anforderungsprofil als Ermittler, sich immer so anzuschleichen?«

Vincenzo lachte. »Bestimmt nicht. Ich habe eher den Eindruck, dass Sie das, was da auf Ihrem Computer aufleuchtet, so sehr mitnimmt, dass Sie von dem, was um Sie herum geschieht, nichts mehr mitbekommen. Und ich habe so eine Ahnung, dass uns das gleich genauso geht.«

Die Rechtsmedizinerin wies auf die Stühle vor ihrem Schreibtisch. »Sie haben recht, Commissario. Es ist besser, wenn Sie sich setzen.« Sie ordnete den wirren Papierhaufen neben ihrem PC zu zwei übersichtlichen Stapeln und blätterte darin. »Ich habe hier zwei Berichte. Meine DNA-Analyse der Haare, die Sie an beiden Tatorten gefunden haben.« Sie hielt einen der Stapel in die Höhe, legte ihn ab und nahm den zweiten auf. »Und den Bericht meines Kollegen aus Turi. Er hat in einem für Italien vermutlich einzigartigen Akt des Bürokratieverzichts die Überreste von Guido Zingerle ausgegraben und analysiert. Ich will da gar nicht lange um den heißen Brei herumreden. Die Analysen, sprich die DNA, sind identisch!«

Es fiel Vincenzo schwer, zu glauben, was Paci ihnen soeben eröffnet hatte. Sie hatten doch sofort, nachdem der Name Zingerle und die Haare unbekannter Herkunft aufgetaucht waren, alle Hebel in Bewegung gesetzt, um so viel wie möglich über diesen Verbrecher in Erfahrung zu bringen. Vor allem die Kollegen in Innsbruck sowie das zuständige Gericht des damaligen Falles hatten sich als sehr kooperativ erwiesen. Es gab eine lückenlose Akte über Zingerle, aus der sein gesamter Lebensweg hervorging. Verheiratet, eine Tochter. Keinerlei Hinweise auf andere Abkömmlinge. Kein Sohn, auch kein unehelicher. Es gab auch andere Möglichkeiten, doch auch die waren sorgfältig überprüft worden. Aus keiner seiner Vergewaltigungen war ein Kind hervorgegangen. Zumindest nicht aus denen, die zur Anzeige gekommen waren. Grund genug, den Namen Zingerle aus den Ermittlungen zu streichen. Doch jetzt war das Unbegreifliche geschehen.

»Dottoressa Paci, es ist nach allem menschlichen Ermessen völlig unmöglich, dass die Haare an den Tatorten von Guido Zingerle stammen. Oder könnte es sein, dass jemand schon vor Jahrzehnten Haare von Zingerle konserviert hat, die aus unerfindlichen Gründen heute wieder auftauchen?«

»Nein, das ist unmöglich. Man kann Haare nicht über Jahrzehnte konservieren. Zumal die, die Sie mir zur Untersuchung gegeben haben, definitiv von einer noch lebenden Person stammen.«

Schweigen machte sich breit. Vincenzo konnte sich lebhaft vorstellen, was geschehen würde, wenn diese Information an die Öffentlichkeit gelangte. Und weil die Exhumierung Zingerles bereits in den Zeitungen angekündigt worden war, konnten sie nicht verhindern, dass es genau dazu kommen würde.

»Dottoressa, gibt es andere Erklärungen als die, dass Zingerle einen unbekannten Sohn hat? Vielleicht ein Softwarefehler. Könnte die Analyse aus Turi getürkt sein?«

»Nichts von alledem, Commissario. Ich kann es drehen und wenden, wie ich will. Aus medizinischer Sicht, ungeachtet der Frage der Logik, gibt es genau zwei Erklärungen: Die Haare stammen von einem Abkömmling Zingerles. Oder von ihm selbst. Aber dann müsste er noch leben!«

»Nicht *noch* leben«, bemerkte Marzoli trocken, »sondern *wieder*!«

***

Vincenzo hatte das gesamte – inzwischen über dreißig Mann starke – Team der Mordkommission in den großen Besprechungsraum bestellt. Angesichts der verstörenden DNA-Analyse musste Adelsburg Technologies noch ein paar Stunden warten. Er eröffnete seinen Kollegen die wesentlichen Details aus Pacis Bericht. Mit demselben Ergebnis wie in der Rechtsmedizin: betretenes Schweigen, das jedoch bald einem lauter werdenden Gemurmel wich.

»Ruhe, Leute!«, beschwichtigte Vincenzo, der vor dem riesigen Flipchart etwas verloren wirkte, seine Kollegen. »Ich frage euch: Wer von euch glaubt ernsthaft, dass ein weit über hundert Jahre alter Tattergreis in Südtirol sein Unwesen treibt?«

Einer der jüngeren Kollegen, ein Vice Ispettore, hob die Hand. Vincenzo erteilte ihm das Wort.

»Ja, also«, begann der junge Mann, der zum ersten Mal Mitglied einer Mordkommission war, »wenn es so ist, wie Sie sagen, Commissario Bellini, gibt es doch im Grunde keine andere Möglichkeit. Selbst wenn Guido Zingerle einen weiteren Abkömmling hat, wie hätte der sich denn jahrzehntelang verstecken können? Wäre es nicht denkbar, dass man damals irgendwelche Experimente mit Zingerle gemacht hat?«

»Experimente?« Vincenzo betrachtete ungläubig den Vice Ispettore, der mit seiner Äußerung die Aufmerksamkeit der versammelten Mannschaft auf sich gezogen hatte.

»Ja«, fuhr er fort, »Experimente. Die Nazis sollen doch die verrücktesten Sachen gemacht haben. Vielleicht ist es damals gelungen, Zingerle irgendwie einzufrieren oder zu konservieren. Und jetzt ist er wieder erwacht. Dann wäre er doch sozusagen in der Blüte seines Lebens. Klingt total bescheuert, würde aber die Ergebnisse der Analysen erklären.«

Vincenzo selbst waren solche abwegigen Gedanken gekommen. Er hatte Paci dazu befragt. Doch sie hatte erklärt, dass es derlei

Experimente weder bei den Nazis gegeben habe noch sonst irgendwo in Europa. Und es sei unmöglich, einen Menschen lebend zu konservieren und Jahrzehnte später wieder aufzuwecken.

Vincenzo erklärte dem Vice Ispettore und den anderen Mitgliedern der MoKo, warum diese Gedanken abstrus waren und worauf sie sich stattdessen konzentrieren mussten. »Wir fahren zweigleisig. Eigentlich sogar dreigleisig, wenn wir die Jagd auf Mantinger und seine mögliche Täterschaft mit berücksichtigen. Marzoli, Mauracher, di Cesare und ich ermitteln im Umfeld der Klinik. Das ist die einzige offensichtliche Verbindung zwischen den Opfern. Alle anderen machen jetzt vor allem eines: telefonieren. Ich möchte, dass ihr in allen Regionen, in denen Zingerle jemals aufgetaucht ist, mit den Behörden sprecht. Justizbehörden, Einwohnermeldeämter, Standesämter. Darüber hinaus mit Archiven, Tageszeitungen, die es damals schon gab, Zeitzeugen, soweit bekannt und noch lebend, und jedem, der euch im Laufe der Recherchen über den Weg läuft. Die zentralen Fragen lauten: Gibt es irgendeinen Hinweis darauf, dass Guido Zingerle nicht nur diese eine Tochter gezeugt hat? Und wenn ja, gibt es Hinweise, wo sich sein unbekannter Sohn aufhält? Denn wenn die Haare nicht von Zingerle stammen, können sie nur zu einem leiblichen Sohn Zingerles gehören. Ich möchte, dass ihr euch sofort an die Arbeit macht. Uns bleibt außerdem nichts anderes übrig, als eine Pressekonferenz zu geben. Das übernimmt der Vice Questore. Danach müssen wir verdammt schnell Ergebnisse vorweisen. Sonst droht uns hier wirklich eine Massenpanik.«

***

Vincenzo hatte den Einsatzwagen der dem Innenministerium unterstellten Polizia di Stato auf dem großen Besucherparkplatz von Adelsburg Technologies abgestellt. Mauracher und Marzoli begleiteten ihn. Di Cesare hatte vorgeschlagen, auf seine Männer zu warten und sie zum siebten Regiment in die Texelgruppe zu bringen. Dort war die Leiche von Giulia Agostini gefunden worden, und dort vermutete die Polizei Mantinger. Auf der Fahrt nach Oberau-Haslach, dem Sitz der Firma unweit des Flughafens, hatte Vincenzo seinen Kollegen eingebläut, dass sie Pacis Analyse erst mal vergessen sollten. »Wir konzentrieren uns allein auf die Klinik, die Ärzte, den Konflikt zwischen ihnen und die Todesfälle. Wir tun so, als gäbe es diese Haare überhaupt nicht. Wenn unsere Kollegen Hinweise auf einen leiblichen Sohn Zingerles finden, müssen wir ihn suchen, dann ist es auch möglich, dass er der Täter ist. Aber bis es so weit ist, ermitteln wir im Hier und Jetzt.«

Adelsburg Technologies bestand aus mehreren Gebäuden, einem imposanten Ensemble moderner und doch zeitloser Architektur. Obwohl die Gebäude in einem ähnlichen Stil errichtet waren, konnte man erahnen, welcher Unternehmensteil sich wo befand. In dem Gebäude ganz links, das zwar besonders nüchtern, aber zugleich wie eine uneinnehmbare Festung wirkte, befanden sich wahrscheinlich die Bereiche Forschung und Entwicklung. Das hallenartige Gebäude mit der breiten Zufahrt beherbergte nach Vincenzos Einschätzung die Produktion und das im Vergleich zu den anderen Gebäuden etwas verspielt wirkende Bauwerk mit der parkartigen Anlage davor und den zahlreichen Parkplätzen an der Seite die Verwaltung.

Graf Heinrich Alexander Philipp von Adelsburg offenbarte sich als charismatische Erscheinung mit besten Umgangsformen. Vincenzo schätzte den Mann auf Anfang bis Mitte sechzig. Er hatte ein schmales intelligentes Gesicht, warme braune Augen, die andauernd zu lächeln schienen, ergraute und nach hinten gekämmte Haare und graue Schläfen. Bei der Begrüßung fiel sofort seine angenehm tiefe, zugleich aber sanfte Stimme auf. Obwohl die Polizei unangemeldet aufgetaucht war, reagierte der Graf weder genervt noch ungehalten. Er führte die Beamten in sein Büro und bot ihnen Getränke an. Erst dann erlaubte er sich den Hinweis auf einen Termin in einer halben Stunde und bat seine Besucher, ihm mitzuteilen, was sie zu ihm führte.

Vincenzo erklärte, dass die Polizia di Stato in den beiden Mordfällen ermittelte, und fragte den Grafen nach den Produkten der Firma und ihrer Bedeutung für das Bozener Zentralkrankenhaus. »Außerdem würde uns interessieren, welche Rolle genau Ihr Schwiegersohn dabei spielt.«

Eine der Sekretärinnen – allein im Empfangsbereich vor dem Büro des Grafen hatte Vincenzo fünf Frauen gezählt – kam mit einem großen Tablett herein, auf dem sich Gläser, eine Wasserflasche, kleine Flaschen mit verschiedenen Fruchtsäften, ein Teller mit Gebäck und drei dampfende Tassen Kaffee befanden. Während die Sekretärin die Getränke verteilte, sah sich Vincenzo in dem großen Büro um. Es war hochwertig und edel, aber dennoch dezent eingerichtet. Der Schreibtisch war offensichtlich antik, aus edlem Holz, Vincenzo vermutete Mahagoni, die in das Holz eingelassene Schreibauflage bestand aus dunkelgrünem gepunztem Leder. Die Wand dahinter zierte ein riesiger Aktenschrank aus demselben Holz. Der Bodenbelag bestand aus einem hellen Massivparkett, das einen harmonischen Kontrast zu dem dunklen Holz der Möbel bildete. Auf dem Schreibtisch standen mehrere gerahmte Bilder in einer Reihe. An der gegenüberliegenden Wand, die wie der gesamte Raum in cremefarbenen Tönen gehalten war, befanden sich, ebenfalls in einer Reihe, zwölf Gemälde in Öl auf Leinwand. Unschwer erkannte Vincenzo das Bildnis des Grafen. Die beiden Frauen neben ihm mussten seine Frau und seine Tochter sein. Zwischen den Porträts, genau in der Mitte, aber in derselben Größe, hing ein in Öl gemaltes Gemälde von Schloss Adelsburg. Der Besprechungstisch, an dem sie saßen, war nicht aus Holz. Er war aus massivem Glas, die Stühle waren Freischwinger wie in Vincenzos Büro. Aber schwerer, edler, teurer. Und sie nahmen die Farbe der Möbel auf. Hier atmete alles gleichermaßen Noblesse wie Understatement. Der Blick aus den großen Panoramafenstern, vor denen sich eine weitläufige Dachterrasse öffnete, war genau auf den Rosengarten ausgerichtet.

»Sie haben eine sehr schöne Einrichtung, Graf von Adelsburg«, bemerkte Vincenzo, um die Gesprächspause während des Verteilens der Getränke zu überbrücken. »Woher stammen denn der Schreibtisch und der Schrank?«

Der Graf lächelte auf höchst angenehme Weise. »Vielen Dank, Commissario. Die Möbelstücke stammen aus England, aus der Zeit um 1860. Einer meiner Ahnen hat in England gelebt. Sie stammen von ihm. Aber ich beantworte jetzt lieber Ihre Fragen. Ich kann meinen Termin nämlich leider nicht verschieben.«

Er wartete, bis seine Sekretärin die Tür hinter sich geschlossen hatte, dann begann er ohne weitere Aufforderung zu erzählen.

Die Polizisten erfuhren, dass die Herzunterstützungssysteme von Adelsburg Technologies die modernsten waren, die es derzeit auf dem Markt gab. Das Unternehmen war seinen Wettbewerbern meistens einen Schritt voraus, weil es über eine besonders große und hochkarätig besetzte F-&-E-Abteilung verfügte. Mit diesen Systemen konnten herzkranke Menschen, die auf ein Spenderherz angewiesen waren, wesentlich länger überleben als ohne sie. Florian von Adelsburg nahm dabei eine herausragende Rolle ein, denn er bildete die Schnittstelle zwischen der Technik und ihrer Anwendung. Mit jeder Operation vergrößerte sich das Wissen aus der Praxis, das als Input in die F & E einging. Florian von Adelsburg war damit ein Erfolgsgarant sowohl für die Firma als auch für die Klinik.

»Ich weiß, dass das auch für Sie eine heikle Angelegenheit ist, aber ich muss Sie das fragen, Graf von Adelsburg«, nutzte Vincenzo eine Redepause seines Gegenübers. »Sie haben sicherlich von der Häufung von Todesfällen in der Klinik gehört. Letztlich ist aber jeder verstorbene Organspender für Ihren Schwiegersohn und für Ihre Firma ein Gewinn. So makaber sich das auch anhören mag. Können Sie sich vorstellen, dass bei diesen Todesfällen, sagen wir mal, nicht alles mit rechten Dingen zugegangen ist?«

Die Miene des Adeligen verfinsterte sich, was jedoch nichts an seiner sanften Ausstrahlung änderte. »Ich verstehe Ihre Frage, Commissario. Aber ich kann Ihnen versichern, dass mein Schwiegersohn nichts damit zu tun hat. Er würde sich und uns alle in Teufels Küche bringen. Das weiß er. Und er weiß, dass Adelsburg Technologies nicht auf die Quantität der Transplantationen angewiesen ist. Für uns ist es von besonderem Interesse, wie es den Patienten geht, während sie unsere Systeme tragen, wie die Operationen verlaufen und wie es ihnen danach geht. Es ist im Gegenteil sogar von Vorteil, wenn einige Patienten unsere Systeme möglichst lange tragen. Deshalb machen wir auch permanente Langzeitstudien aus der Praxis heraus. Sie sehen also, meinen Schwiegersohn zu verdächtigen erweist sich als haltlos.«

Vincenzo betrachtete den Grafen. Er hielt ihn nicht für einen Mann, der gut lügen konnte. Er schien vom alten Schlag zu sein, war überzeugt von dem, was er sagte. Er fragte ihn nach den beiden Opfern, ihrem Verhältnis zu Florian von Adelsburg, ob er in letzter Zeit verändert gewirkt hatte oder ob der Graf wisse, ob sein Schwiegersohn zuletzt größere Finanztransaktionen getätigt habe.

»Die kannte ich beide nicht. Florian hat vor ihrem Tod auch nie von ihnen gesprochen. Die Morde haben ihn mitgenommen. Weniger weil er die Frauen gut kannte, sondern aufgrund seiner Empathie. Sie taten ihm leid. Verändert wirkt er allerdings seit einiger Zeit, das stimmt. Doch das liegt an Dr. Brunner, der keine Gelegenheit auslässt, meinen Schwiegersohn zu mobben. Von irgendwelchen Finanztransaktionen weiß ich nichts. Das fragen Sie ihn am besten selbst.«

Vincenzo nickte. »Ich verstehe. Ganz direkt gefragt, Graf von Adelsburg, Sie haben Dr. Paul Brunner angesprochen. Würden Sie ihm zutrauen, beim Tod von Patienten nachzuhelfen, um selbst an ihre Organe zu kommen? Oder um den Verdacht auf Ihren Schwiegersohn zu lenken?«

Von Adelsburg stützte sein Kinn in seinen Händen ab. »Das ist schwer zu sagen. Er war lange Zeit eine anerkannte Koryphäe auf seinem Gebiet. Florian hat ihn zweifelsohne längst überholt. Weil Brunner ohnehin eine frustrierte Persönlichkeit ist, zieht ihn das natürlich noch weiter runter. Aber ob er so etwas täte? Noch dazu so kurz vor seiner Pensionierung? Ich glaube nicht. Aber was haben die Todesfälle in der Klinik mit den Morden zu tun?«

Vincenzo war sich sicher. Was immer auch in der Klinik hinter den Kulissen ablaufen mochte, Graf von Adelsburg hatte davon keine Ahnung. Ohne auf die Frage des Grafen einzugehen, kam er zu seiner letzten Frage: Florian von Adelsburgs Persönlichkeit und Herkunft. Der Graf beschrieb seinen Schwiegersohn als ehrgeizig, zuverlässig, geradlinig, menschlich. Das war nicht verwunderlich, immerhin sprach der Mann von seinem Schwiegersohn. Doch bei den Ausführungen zu seiner Herkunft stutzte Vincenzo. Er wusste aber nicht, warum. Florian war bereits kurz nach seiner Geburt zu Adoptiveltern gekommen. Seine leibliche Mutter stammte aus Innsbruck. Sie hatte das Kind aufgrund ihrer finanziellen Situation zur Adoption freigegeben. Florian hatte seine leibliche Mutter nie kennengelernt. Sein Verhältnis zu seinen Adoptiveltern war nicht gut, er hatte schon lange keinen Kontakt mehr zu ihnen.

»Haben Sie seine Eltern denn jemals kennengelernt, Graf von Adelsburg?«

»Nein, niemals. Florian möchte das auch nicht.«

»Was hat er Ihnen sonst noch zu seiner Herkunft erzählt? Was weiß er über seine Mutter? Wie kam er von Innsbruck nach Südtirol?«

»Florian spricht nie darüber. Das scheint für ihn ein dunkles Kapitel seiner Vergangenheit zu sein. Ich kann mich nur an ein einziges Mal erinnern, als wir nach einem feucht fröhlichen Dinner mit Freunden noch gemeinsam am Kamin gesessen und Whiskey getrunken haben. Da war Florian das einzige Mal, seit ich ihn kenne, etwas redseliger. Er sagte, dass seine Adoptiveltern ihn nicht gut behandelt hätten. Sie haben ihn nicht geschlagen oder angeschrien, aber sie haben ihn, wie hat er das noch gleich formuliert … Ja, genau, sie haben ihn *geschäftsmäßig* behandelt. Keinerlei Wärme oder Zuwendung, kein Interesse an seinem Leben und Werdegang, lieblose Geschenke. Er hat immer versucht, ihre Aufmerksamkeit zu erregen. War ein Musterschüler, der nur Bestnoten nach Hause brachte. Hat sich in mehreren Sportarten hervorgetan und in der Schule frühzeitig an medizinischen Forschungsprojekten teilgenommen. Doch all das hat nichts genützt. Sie haben ihn auch weiterhin nicht beachtet. Umso glücklicher bin ich, dass wir ihn in eine intakte, liebevolle Familie aufnehmen konnten.«

Vincenzo ahnte, dass in der Vorgeschichte des jungen Arztes eine Verbindung zu den Morden bestehen konnte, er wusste aber nicht, warum und inwiefern. Er fragte ins Blaue hinein: »Hat Ihr Schwiegersohn an diesem Abend irgendetwas erzählt, was das Verhalten seiner Adoptiveltern erklären könnte? Wenn sie keine Kinder gemocht hätten, hätten sie doch sicherlich keines adoptiert. Gibt es in seiner Geschichte etwas, was sie … was sie … verärgert hat? Irgendein dunkles Geheimnis? Hat er als Kind etwas Schlimmes getan?«

»Sagen Sie mal, warum wollen Sie das alles wissen? Was hat das mit den Morden und mit verstorbenen Patienten zu tun?«

»Das kann ich Ihnen nicht sagen, Graf von Adelsburg. Aber wir brauchen jede erdenkliche Information. Also, hat er noch etwas gesagt, woran Sie sich bislang nicht erinnert haben?«

Der Graf blickte aus dem Fenster geradewegs durch die bizarren Felsen des Rosengartens hindurch. Er schien angestrengt nachzudenken. Schließlich nickte er langsam und bedächtig. »In der Tat. Eine Sache hat mich damals irritiert. Florian erzählte, schon leicht lallend und mit einem schicksalhaften Unterton in der Stimme, dass seine leibliche Mutter noch einmal nach seiner Freigabe zur Adoption bei seinen Adoptiveltern erschienen war, während Florian im Kindergarten war. Es ging wohl nur um Formalitäten. Die Frau schien etwas vulgär zu sein. Einfach gestrickt, wenn Sie verstehen, was ich meine. Aber sie hat erzählt, dass es genau das in ihrer Vita gebe: ein *dunkles Geheimnis*. Etwas, was sie wusste und ihr ganzes Leben mit sich herumgetragen hatte. Vielleicht fand sie es wichtig, dass die Adoptiveltern ihres Babys das wussten. Sie haben es Florian schließlich erzählt, als er gerade erst in die Schule gekommen war. Diese alte Sache schien zumindest indirekt auch mit ihm zusammenzuhängen. Florians Erzählungen waren an diesem Abend etwas verworren. Das war wahrscheinlich dem Alkohol geschuldet, denn kurz darauf stand er wortlos auf und torkelte in sein Schlafzimmer.«

»Haben Sie nie versucht, diese Adoptiveltern zu kontaktieren? Und sei es nur, um sie persönlich kennenzulernen?«

»Nein, warum auch? Ich habe Florians Wunsch zu respektieren.«

»Ja, das verstehe ich. Wissen Sie denn, wer die Leute sind? Haben Sie einen Namen und eine Adresse? Und keine Sorge, wenn wir wollen, finden wir das auch ohne Sie heraus.«

Der Graf lachte. Er stand auf, ging an seinen Schreibtisch und notierte auf einem Blatt Papier einen Namen und eine Adresse in Bruneck.

29

Durnholzer Tal, derselbe Tag

Sein Chef war zwar nicht gerade begeistert gewesen, als Marco sich für den Rest der Woche krankgemeldet hatte, aber das belastete sein Gewissen nicht im Geringsten. In seiner ganzen Zeit bei der Bank hatte er nur einmal krankheitsbedingt gefehlt, damals nach seinem Skiunfall auf dem Kronplatz. Außerdem hatte er im Moment weiß Gott Wichtigeres zu tun, als die Kreditwürdigkeit von Privatkunden zu prüfen.

Er hatte nochmals konzentriert nachgedacht, alle Details, alle Steine des Puzzles zusammengefügt. Niemand im Tal konnte so klar und strukturiert denken wie er. Er war ja auch der Einzige, der weder Viecher hütete noch Wiesen mähte, sondern einem angesehenen Beruf nachging, bei dem es regelmäßig um viel Geld ging. Für ihn war die Sache bewiesen. Der Slip, den Lechner bei dem onanierenden Nathan gesehen hatte, stammte von dessen erstem Opfer. Er hatte ihn ihr vom Leib gerissen, bevor er sie massakrierte, und ihn als Andenken mitgenommen. Der zweite Mord geschah, als Nathan es das eine Mal gelungen war, sich seiner Überwachung zu entziehen. Dass das kein Zufall war, mochte eine überforderte Polizia di Stato mangels ihrer ach so wichtigen Beweise noch in Frage stellen. Aber er, Marco, hatte die Sachlage klar gecheckt. Er brauchte keine weiteren Beweise. Interessanterweise hatte sich dieser Bellini dazu entschieden, Zingerles morsche Knochen auszugraben, um eine DNA-Analyse zu machen. Das konnte nur eines bedeuten: Sie selbst hatten eindeutige Beweise in Richtung Zingerle gefunden.

Außerdem hatte er gestern ein bisschen im Internet recherchiert. Es gab in der Zeit nach dem Krieg eine ganze Reihe unaufgeklärter Mordfälle in den Alpen. Viele Opfer waren weiblich und vorher vergewaltigt worden. War es da nicht naheliegend, dass Guido Zingerle die auch auf dem Gewissen hatte? Wie wahrscheinlich war es, dass es zu dieser Zeit noch mehr Serientäter gegeben hatte?

Plötzlich hörte Marco Schritte hinter sich. In Gedanken versunken, hatte er nicht mitbekommen, wie sich ihm Samuel Lechner näherte. »Samuel, was führt dich hierher? Du bist doch erst heute Abend wieder an der Reihe.«

Lechner duckte sich neben seinen Freund. »Ich habe nachgedacht.«

»Ach was. Und?«

»Dass die den Zingerle ausgerechnet jetzt ausbuddeln, kann kein Zufall sein.«

Marco schmunzelte amüsiert. Es war immer wieder verblüffend, wie einfältig seine Freunde doch waren. »Was du nicht sagst. Und?«

»Was, und? Willst du mich auf den Arm nehmen? Die haben Beweise gegen Zingerle in der Hand. Das heißt das.« Er wies mit dem Finger auf den Hof. »Gegen den da drinnen! Und weißt du, was das bedeutet?«

»Nein, aber du wirst es mir sicherlich gleich sagen.«

»Witzbold. Das heißt, dass wir die endgültige Gewissheit haben, dass Kasers in ihrer Stube ein gemeingefährliches Tier verstecken. Und der Alte ist bereit, das Vieh mit allen Mitteln zu verteidigen. Notfalls sogar mit Waffengewalt.«

Marco klopfte Lechner freundschaftlich auf die Schulter. »Mein Lieber, das wissen wir alles schon. Wir warten ab bis Samstag, verfolgen bis dahin aufmerksam die Meldungen in der Presse, und dann holen wir ihn uns.«

Lechner zog seine Kapuze zurecht. Nach der leichten Abkühlung war die Schwüle mit dichten, tief hängenden Wolken und einem Wechsel aus Nieselregen und kurzen Gewittern schon wieder zurückgekehrt. Der Anorak schützte ihn zwar vor dem Regen von außen, aber unter dem wasserdichten Material und in der stickigen Luft lief ihm der Schweiß am ganzen Körper hinab. Mit einem genervten Stöhnen griff er in seine Jackentasche und förderte einen in ein Tuch eingewickelten Gegenstand zutage.

Neugierig betrachtete Marco das Ding in Lechners Hand. »Was ist das?«

Lechner kam mit seinem Kopf näher an Marco heran. Mit einem verschwörerischen Unterton sagte er: »Das ist unsere Lebensversicherung. Wir müssen mit zweierlei möglichen Angriffen rechnen.

Nathan könnte mit einer Spitzhacke oder einem anderen Werkzeug auf uns losgehen. Und Johann könnte das Feuer eröffnen, wenn wir uns dem Haus nähern.«

Misstrauisch beäugte Marco das Tuch. »Samuel, du sagst auf der Stelle, was da drin ist!«

Lechner blickte in alle Richtungen, um sich zu vergewissern, dass sie niemand beobachtete. Dann wickelte er das Tuch auf, so behutsam, als befände sich darin ein rohes Ei. Triumphierend hielt er die Waffe in die Höhe. »Die ist noch von meinem Großvater, Gott hab ihn selig, aus seiner Zeit als Polizist. Ich habe sie vor einiger Zeit gefunden und versteckt. Man kann schließlich nie wissen.«

»Ist die etwa echt?«

Lechner nickte heftig. »Klar, was denkst du denn? Das ist eine Beretta M1934. Sie ist geladen, acht Patronen. Falls wir also angegriffen werden, können wir uns verteidigen.«

Ganz wohl fühlte Marco sich nicht bei dem Gedanken an eine scharfe Waffe. »Das ist doch illegal. Wenn damit was passiert, wandern wir in den Knast.«

Empört rief Lechner: »Willst du lieber erschossen oder erschlagen werden?«

»Pst, nicht so laut, willst du, dass die uns da drin hören? Funktioniert das Ding überhaupt noch? Nach so langer Zeit?«

Lechner betrachtete den Rückstoßlader von allen Seiten, so als gäbe das Auskunft über die Funktionsfähigkeit der Waffe. »Da ist doch nix dran. Warum sollte die nicht gehen? Klar, die geht.«

Marco wendete den Blick von der Pistole weg zum Kaserhof. Lechner hatte recht. Am Samstag konnte viel passieren. Die waren schließlich irre und damit unzurechnungsfähig, was wiederum die Gefahr unkalkulierbarer, brutaler Reaktionen bedeutete. Sie mussten auf alles gefasst sein. Vielleicht war so ein Ding gar keine schlechte Sache.

***

»Was machst du da?«

Nachdem Johann wortlos im Keller verschwunden war, ging nun auch Aloisia die steile Treppe hinab, um nachzusehen, was ihr Mann dort so lange trieb. Leise vor sich hin murmelnd, kniete er vor einer großen Holztruhe und wühlte darin herum. Daneben lagen einige Gegenstände. In der schummrigen Beleuchtung konnte sie nicht erkennen, worum es sich dabei handelte. Als Johann nicht auf ihre Frage reagierte, ging sie zu ihm und legte eine Hand auf seine Schulter. Mit einem Aufschrei wirbelte er herum, und Aloisia blickte direkt in den Lauf eines Revolvers, was wiederum sie laut aufschreien ließ.

Für einen Moment sahen sich beide entsetzt an, dann giftete Johann sie an: »Was fällt dir ein, dich hier so anzuschleichen? Willst du, dass mich der Schlag trifft?«

Aloisia starrte abwechselnd auf die Waffe in der Hand ihres Mannes und in sein zornerfülltes Gesicht. »Johann, was um Himmels willen tust du da?«

Johann legte den Revolver beiseite. Erst jetzt realisierte sie, was da neben der alten Truhe lag. Sie erkannte eine Pistole, ein großes Messer und zwei Handgranaten.

Johann wühlte indes schon wieder in der Truhe und brabbelte vor sich hin. »Da muss noch eine sein, eine ist da noch irgendwo.«

Blankes Entsetzen erfasste Aloisia. Sie wich einen Schritt zurück und setzte mit erhobener Stimme an: »Johann, du sagst mir auf der Stelle, was das soll!«

Der Alte hielt in seinen Bewegungen inne. Ohne sich umzudrehen, antwortete er mit leiser, aber gereizter Stimme: »Was ich hier mache? Was glaubst du wohl, was ich hier mache?«

»Ich habe beim besten Willen keine Ahnung. Sag es mir!«

Johann ließ geräuschvoll den Deckel der Truhe zufallen und stand auf. »Bist du wirklich so naiv, meine liebe Frau?«

»Ich verstehe nicht.«

»Wir werden seit Tagen observiert. Ich habe mich in der Dunkelheit hinausgestohlen und mich an sie herangeschlichen. Diese Idioten! Glauben die wirklich, wir würden das nicht merken? Einer ist immer da: Marco, dieser Weichling, der sich für was Besseres hält. Und zusätzlich ist die meiste Zeit noch einer von den anderen Spinnern bei ihm, am häufigsten Lechner. Ich sage dir, die planen was Größeres. Genau wie wir es schon vermutet haben. Aber nicht mit mir, das sage ich dir, nicht mit mir!«

Johanns Gesicht war puterrot angelaufen. Nur selten hatte sie ihren Mann derart in Rage erlebt. Und von diesen Waffen hatte sie nichts gewusst. »Johann, leg das Zeug zurück! Wir müssen die Polizei rufen, bevor ein Unglück geschieht.«

Er lachte spöttisch. »Die Polizei rufen? Und was meinst du, was die dann machen?«

»Sie werden Nathan mitnehmen. Aber das ist immer noch besser als das da.« Sie wies mit verächtlichem Gesichtsausdruck auf das erkleckliche Waffenarsenal auf dem Kellerboden.

»Hör zu, Weib. Die Polizei gräbt Zingerle aus. Wenn sie seine DNA ermittelt haben und wir ihnen Nathan zum Fraß vorwerfen, müssen sie nur noch eins und eins zusammenzählen. Ist dir klar, dass dein Sohn dann in der geschlossenen Anstalt landet?«

»Soll das heißen, dass du inzwischen auch glaubst, dass unser Sohn ein Mörder ist?«

»Das weiß ich nicht. Ich weiß nur, dass die seinen Vater nicht umsonst ausbuddeln. Sie müssen eindeutige Hinweise gefunden haben. Und weil Guido Zingerle tot ist, bleibt nur einer übrig. Wo ist Nathan überhaupt?«

Aloisia verzog angewidert das Gesicht. »Hat sich wieder eingeschlossen. Aus seinem Zimmer kommt so ein ekelhaftes Gestöhne. Es wird von Tag zu Tag schlimmer.«

»Du meinst, dass er wieder … dass er … also, dass er mit dem Slip –«

Aloisia nickte mit gesenktem Kopf.

»Siehst du, das bedeutet, dass Nathan bei dieser armen Frau war, als sie starb. Und wenn du weißt, dass die Polizei irgendwelche Hinweise auf Zingerle gefunden hat, was folgerst du dann daraus?«

»Du meinst wirklich, dass Nathan diese Frau … Unser Nathan?«

Resigniert ließ sich Johann an der Wand auf den Boden sinken. »Eine andere Erklärung gibt es nicht. Ich befürchte, wir müssen uns der Wahrheit stellen. Wir haben zwei Möglichkeiten: Nathan ausliefern und ihn damit ins Unheil stürzen. Oder ihn hierbehalten und vor der Meute schützen. Sieh ihn dir doch an! Er hat das in einem Wahn getan. Er wollte das gar nicht, war nicht Herr seiner Sinne. Er hat das gemacht, weil er nie zuvor eine leibhaftige junge Frau aus der Nähe gesehen hat. Aber doch nicht, weil er böse ist.«

»Warum dann diese schrecklichen Verstümmelungen?«

»Herrgott noch mal, woher soll ich das wissen? Bin ich Psychiater?«

»Und was ist, wenn er diese Veranlagung von seinem Vater geerbt hat?«

»Aloisia, sag so etwas nicht. Also, was willst du? Deinen Sohn ausliefern oder ihn beschützen?«

Sie seufzte. »Am liebsten keines von beidem. Aber du hast recht, wir können ihn auf keinen Fall seinem Schicksal überlassen. Aber bitte tu diese schrecklichen Waffen dahin zurück, wo du sie hergeholt hast.«

Boshaft grinsend nahm Johann eine der Handgranaten auf und wog sie in seiner Hand. »Einen Teufel werd ich tun! Seit wir hier leben, behandeln die uns wie Aussätzige. Und wie die Nathan immer angesehen haben! So, als wäre er nicht normal. Gut, das ist er vielleicht auch nicht, aber er ist trotzdem ein Mensch. Jetzt rottet sich die Meute aus dem Dorf zusammen, um ihn zu holen. Da bin ich mir sicher. Aber wie viele können das schon sein? Sechs, sieben, vielleicht auch zehn. Mit denen werde ich schon fertig. Und wenn sie nicht freiwillig abziehen, mache ich denen Feuer unter dem Arsch. Darauf kannst du dich verlassen!«

30

Texelgruppe, derselbe Tag

Benvenuto di Cesare hatte sein acht Mann starkes Sonderkommando bei seiner Ankunft nur kurz in die Geschehnisse eingeweiht. Ihre Aufgabe bestand nicht darin, sich um Ermittlungen zu kümmern, sondern Klaus Mantinger, »Das Monster von Bozen«, zu stellen. Kaum zwei Stunden nach ihrem Eintreffen in Bozen saßen sie schon in ihrem Mannschaftswagen, wo sie Ausrüstung und Waffen überprüften. Sie hatten den Kommandanten des siebten Regiments, Colonnello Vittorio Andolfo, einen gedrungenen, kräftigen Mann mittleren Alters, zusammen mit einer kleinen Schar seiner Truppe in Kastelbell getroffen. Sie teilten sich in drei Gruppen auf. Andolfo kümmerte sich um die östlichen Bereiche zwischen Meran und Timmelsjoch, ein weiterer Teil seiner Truppe sollte die mittleren Gebiete durchforsten, Schwerpunkt Pfossental. Und di Cesare übernahm den Westteil, insbesondere das Schnalstal mit seinen Nebentälern und guten Versteckmöglichkeiten.

Die Strecke bis nach Kurzras im hinteren Schnalstal zog sich in die Länge. Sie überwand rund tausendfünfhundert Höhenmeter über zahlreiche Kurven und Kehren. Di Cesare war mit Burchiellaro, Abfalterer und einem von Andolfos Männern tief hinein in das wilde Schnalstal gefahren. In Vernagt hatte er mit dem Kopf in Richtung Finailspitze genickt. »Da, ein gutes Stück unterhalb des Gipfels, haben sie den Ötzi gefunden. Wusstet ihr das?«

Abfalterer hatte einen lauten Ruf des Erstaunens ausgestoßen, aber die anderen hatten nur mit der Schulter gezuckt. Schnee von gestern.

Kurz vor dem Ende des Stausees zeigte di Cesare auf den steilen Bergrücken rechts von ihnen. »Da oben liegt das Bergrestaurant Grawand. Über dreitausendzweihundert Meter hoch. Das höchstgelegene Hotel der Alpen. Sensationelle Fernsicht. Heute natürlich nicht. Wir fahren weiter bis zum Ende der Straße, parken und gehen schnurstracks das Tal hoch bis zur Schönen Aussicht. Von da aus können wir bis zu dem Hotel marschieren. Normalerweise würde ich diese Gegend ausschließen. Zu viele Bahnen, zu viel Rummel. Aber in diesem schwülen Regensommer ist hier nichts los. Und dann gibt es eine Menge Möglichkeiten, abzutauchen. Wenn ich Mantinger wäre, würde ich hierhin kommen, weil es schön weit weg von der nächsten Polizeistation ist.«

Sie stellten den Wagen ab, setzten ihre Rucksäcke auf und gingen los. Rasch gewannen sie an Höhe. Ein mäßiger Südwestwind wehte ihnen in Böen feinen Nieselregen ins Gesicht. Wie so oft in solchen Situationen wies Burchiellaro darauf hin, dass es so ein fieses Wetter in seiner Heimat Kampanien nicht gebe. Und wie so oft erntete er dafür nicht mehr als einen abschätzigen Blick von di Cesare.

»Anstatt Blödsinn zu erzählen, solltet ihr die Augen aufhalten. Wir gehen folgendermaßen vor: Ihr zwei«, di Cesare zeigte mit dem Finger auf die beiden Männer links von ihm, »konzentriert euch ausschließlich auf die westliche Talseite, Burchiellaro und ich übernehmen die östliche. Achtet auf jede noch so kleine Bewegung. Wenn bei dem Wetter jemand freiwillig in diesen Hängen rumturnt, kann das nur ein Verrückter sein. Also Mantinger. Orientiert euch auch an den Felswänden. Das zweite Opfer lag in einer Höhle. Wir müssen davon ausgehen, dass Mantinger entweder der Mörder war oder aber die Tote gefunden hat. Vielleicht versteckt er sich in Höhlen, die nur er kennt. Also auch auf unwegsames Gelände achten.«

Schweigend stiegen die Männer bergan. Der Weg war zunächst breit und schwang sich nur allmählich in die Höhe. Doch mit dem enger werdenden Tal wurde auch der Weg anspruchsvoller. Und dann riss die Wolkendecke auf. Von einem Moment auf den nächsten. Wahrscheinlich hatte ein stärkerer Höhenwind eingesetzt, möglicherweise Vorbote der nächsten Schlechtwetterfront, doch in diesem Augenblick leitete er schlichtweg das Ende der Wolken in den Gipfeln ein und eröffnete die Chance auf einen phantastischen Blick auf eine Reihe von Dreitausendern.

Burchiellaro pfiff durch die Zähne. Er zeigte von rechts nach links auf die Gipfel und setzte zu einem begeisterten Monolog an. »Ganz rechts, das sind die Ausläufer der Wildspitze, knapp dreitausendachthundert Meter hoch. Wenn wir ein bisschen höher kommen, werden wir den Hauptgipfel auch noch sehen. Selbst der Monte Cervati, der höchste Berg meiner Heimat, ist nur knapp zweitausend Meter hoch. Der befindet sich übrigens im Cilento. Wenn ihr mal Urlaub an der Küste machen wollt, kann ich euch den Cilento nur wärmstens empfehlen. Ein echter Geheimtipp. Scheut euch nicht, mich zu fragen. Neben der Wildspitze seht ihr den flachen Aufbau der Vernagtspitze, und direkt vor uns erhebt sich die majestätische Weißkugel. Die ist fast so hoch wie die Wildspitze. Sag mal, Benvenuto, warst du da nicht auch schon drauf?«

Di Cesare hatte den Ausführungen seines Untergebenen mit grimmiger Miene und Blick in die Felswand gelauscht. Ohne ihn anzusehen, motzte er ihn an: »Was bist du bloß für ein Plappermaul! Du redest wie ein Waschweib. Hast du immer noch nicht begriffen, dass das hier kein Ausflug ist, sondern eine Verbrecherjagd? Dass du Polizist bist und kein Reiseleiter? Wenn du nicht deine Klappe hältst, kannst du nach Kampanien zurückgehen und Gämsen auf deinem komischen Monte Zervelatwurst jagen.«

Pikiert rümpfte Burchiellaro die Nase. »Monte Cervati. Nicht Zervelatwurst. Und noch lange kein Grund, mich anzumotzen.«

Jetzt wurde di Cesare wütend. »Geht's noch? Wenn wir unseren Job hier erledigt haben, können wir gern einen Betriebsausflug hierhin machen. Dann kannst du das alles noch mal erzählen. Aber jetzt achtest du auf Bewegungen im umliegenden Gelände und nicht auf ferne Gipfel, verstanden?«

Die Ansage verfehlte ihre Wirkung nicht, denn Burchiellaro wurde auf einmal kleinlaut. »Verstanden, Chef.« Mit höchster Konzentration wandte er den Blick wieder in Richtung der Felswand. »Auch wenn ich nicht glaube, dass wir Mantinger ausgerechnet hier begegnen werden.«

»So«, frohlockte di Cesare, »meinst du? Wenn du dann bitte die Güte hättest, dich von deinen Tagträumen zu lösen und deinen Blick auf drei Uhr zu richten. Ihr anderen übrigens auch. Was seht ihr dann?«

Drei Augenpaare blickten angestrengt in die angegebene Richtung. Während die teilweise gletscherbedeckten Gipfellagen durch den mutmaßlichen Höhenwind inzwischen gänzlich wolkenfrei waren und von einer allmählich untergehenden Sonne rosa angestrahlt wurden, waberten über die tiefer gelegenen Wiesen und Felsen immer noch einzelne Wolkenfetzen.

»Ich sehe nichts als Felsen und Wolken«, stellte einer der Männer fest.

»Ich rate euch, das Gleiche zu machen wie ich«, schlug di Cesare vor. »Nämlich das Fernglas an die Augen zu setzen, diesen aus der Felswand herausragenden Zacken anzupeilen und, wenn ihr das geschafft habt, das Fernglas ganz langsam senkrecht nach unten wandern zu lassen. Schon erreicht ihr das untere Ende der Wand. Dort ist ein großer Fels. Seid doch so gut und sagt mir, was ihr auf diesem Felsen seht.«

Di Cesare war für gewöhnlich kein Mann vieler Worte. Doch das Verhalten seiner Leute ärgerte ihn in diesem Moment maßlos. Sie schienen die Sache nicht ernst zu nehmen. Wahrscheinlich hielten sie es für ausgeschlossen, einen winzigen Menschen inmitten gigantischer Felsmassive zu erblicken. Kein Wunder, dass das legendäre siebte Regiment bislang noch nicht erfolgreich war.

»Da sitzt ja einer!«, bemerkte Abfalterer.

»Stimmt, jetzt sehe ich ihn auch.«

»Schön, dass ihr so konzentriert seid, Kameraden. Wenn wir ihn sehen können, kann er uns allerdings auch sehen. Denn wie unschwer zu erkennen ist, hat er ebenfalls ein Fernglas, das in unsere Richtung weist. Kluger Mann. Der hat sich einen Ort ausgesucht, an dem man ihn definitiv nicht überraschen kann, er aber die Umgebung komplett in seinem Blickfeld hat. Hinter sich die Felswand, rechts der Steilhang, vorn und nach links das fast baumfreie Tal. Das heißt allerdings im Umkehrschluss, dass er nicht nach rechts und auch nicht nach hinten fliehen kann. Wenn wir es klug anstellen, kann er nur direkt in unsere Arme fliehen.«

Di Cesare erläuterte den Männern seinen Plan. Geradeaus weitergehen und so tun, als hätten sie den Mann nicht gesehen. Hinter dem großen Felsblock verschwinden, der ungefähr hundert Meter vor ihnen lag. Dann die Deckung der vereinzelt stehenden Zirbelkiefern sowie die aufziehende Abenddämmerung nutzen und sich dem Objekt in aufgefächerter Formation nähern. Schusswaffen bereithalten. Wenn keine Fluchtmöglichkeit mehr erkennbar war, das Zielobjekt im Laufschritt einkreisen.

Die vier Männer setzten sich in Bewegung, plauderten, lachten und versuchten den Eindruck zu erwecken, als ob sie die Person auf dem Felsen nicht bemerkt hätten.

***

Das ist wirklich amüsant. Sie tun so, als hätten sie mich nicht gesehen. Eigentlich eine Beleidigung meiner Intelligenz. Andererseits muss man anerkennen, dass das der erste Trupp ist, der nicht nur auf das Offensichtliche achtet. Wenn ich daran denke, wie oft ich hier oder in ähnlicher Position gesessen und die vergeblichen Bemühungen der Polizei amüsiert beobachtet habe. Wie sie sich nur an Wegen, Pfaden, ebenen Flächen und Hütten orientiert haben, anstatt sich klarzumachen, dass ein Klaus Mantinger derlei Annehmlichkeiten nicht braucht.

Der Hüne mit den breiten Schultern scheint neu zu sein. Den habe ich noch nie gesehen. Das muss der Kommandant sein. Interessanter Bursche, sieht nach einem ernst zu nehmenden Gegner aus. Ob Vincenzo ihn geschickt hat? Wie konzentriert der eben nicht auf die Wege und Wiesen geachtet hat, sondern die Felswände rauf- und runtergescrollt hat. Der Mann hat Intuition. Und er kann sich sicherlich vorstellen, dass jemand wie ich mühelos über einen schmalen Grat sprinten kann, auch wenn es auf beiden Seiten steil nach unten geht. Vielleicht kann er das sogar selbst. Möglicherweise bietet sich mir demnächst die Möglichkeit, das zu testen. Aber nicht heute. Die Zeit ist noch nicht reif.

Genießerisch schwenke ich den Brunello in meinem stoßfesten Glas. Ein vorzüglicher Tropfen. Davon werde ich noch ein paar Flaschen besorgen. Aber zuvor muss ich mich nach neuen Quartieren umsehen. Die Gegend hier wird allmählich ungemütlich. Schade, bei so viel Gipfelprominenz. Zumal ich mich frage, ob der liebe Vincenzo mich ernsthaft mit den beiden, nun ja, unnatürlichen Todesfällen in Verbindung bringt. Schickt er mir deshalb diesen Kerl, der so aussieht, als könne er einen gestandenen Mann mit bloßen Händen zerquetschen? Das würde jedenfalls zu meinem Lieblingscommissario passen.

Ah, jetzt sind sie an dem großen Felsblock angekommen. Und was haben wir nun vor, ihr lieben Polizisten? Wollen wir versuchen, uns den

Blicken des Gesuchten zu entziehen, indem wir die paar verkrüppelten Kiefern als Deckung nutzen? Spekulieren wir auf die nahende Nacht? Was ist das spannend! Ich habe mich lange nicht mehr so gut amüsiert. Abgesehen von dem Schäferstündchen mit Giulia natürlich. Darauf nehme ich einen besonders großen Schluck.

Und da sind sie auch schon. Drei Schießbudenfiguren und ein Superheld spielen Verstecken. Ach Gott, wie niedlich! Ich bleibe einfach hier sitzen und mache das Gleiche wie sie. Ich tue so, als hätte ich sie nicht gesehen. Dann haben wir alle unseren Spaß.

Ich habe so viel Zeit. Jede Zeitung habe ich studiert, die mir in die Finger gekommen ist. Überall lassen die Leute ihren Müll rumliegen. Was für den einen Müll ist, ist des anderen Tor zur Welt. Was in Südtirol geschieht, ist wahrhaftig eine Sensation. Arme geplagte Frauen sterben, werden brutal niedergemetzelt. An jedem Tatort finden Vincenzo und seine Freunde Haare, die sie niemandem zuordnen können. Nicht einmal mir. Dabei hätte sich der gute Vincenzo doch so gefreut. Dann graben sie ein Gespenst aus. Waren die Zeitungen vor ein paar Wochen noch voll von mir, werde ich inzwischen nur noch am Rande erwähnt. Ja, das wäre der Stil des bösen Monsters von Bozen. Ob Vincenzo das auch glaubt? Kann ich mir nicht vorstellen. Aber nach Meinung der Medien, vor allem des nimmermüden Fasciani, ist es ja viel wahrscheinlicher, dass ein Serientäter von minderbemittelter Intelligenz aus der Vergangenheit zurückgekommen ist und nun all seine scheußlichen Taten wiederholt. Willkommen in der Zukunft, lieber Guido! Gefällt dir unsere Zeit? Welch eine Ausgeburt des Wahnsinns müsste ich sein, wenn ich all das für mein Publikum inszeniert hätte!

Jetzt sehe ich sie wieder. Sie kommen. Habt ihr auch ein Fernglas mit Ballistikprogramm, das euch selbst in tiefer Nacht phantastische, gestochen scharfe Bilder liefert? Nein, habt ihr nicht? Schade. Aber sie sind klug. Er ist klug. Sie haben sich aufgefächert, wollen mich einkreisen, bewegen sich wie Schatten. Respekt! Endlich mal ein würdiger Gegner. So, der letzte Schluck von diesem göttlichen Brunello, doch mit Genuss, so viel Zeit muss sein. Noch ungefähr fünfhundert Meter, allerdings steil bergauf.

Das Glas ausspülen, damit es keine Verkrustungen gibt. Vierhundert Meter.

Das Glas trotz Bruchsicherheit in das Trockentuch einwickeln und im Rucksack verstauen. Man kann nie wissen. Dreihundert Meter.

Den Rucksack aufsetzen. Ein letzter Blick auf die Weißkugel, die ich zu gern noch bestiegen hätte. Blick durch das Fernglas. Analyse des Gegners. Sie haben die Waffen gezogen. Il Comandante hat einen entschlossenen Gesichtsausdruck und beeindruckende Muskelberge. Wow! Ist der einem Comic entsprungen? Trotz der Muskelmasse ist er zu schnellen, geschmeidigen Bewegungen fähig, so als schwebe er über das Geröll. Geliebter Feind, du kannst mehr als nur Gewichte stemmen. Ein Zweikampf würde mich vor eine echte Herausforderung stellen. Aber nicht hier und jetzt. Unter zweihundert Metern. Zeit, die Bühne zu verlassen.

***

Di Cesare bedeutete seinen Männern mit einstudierten Handzeichen, auf sein Kommando loszurennen. Der Kerl schien sie tatsächlich nicht bemerkt zu haben. So einfach hatte er sich das nach Vincenzos Schilderungen der überragenden Intelligenz Mantingers nicht vorgestellt. Was immer er jetzt tat, sie hatten ihn. An ihnen vorbei kam er auf keinen Fall mehr. Er würde sich eine Kugel fangen oder, was di Cesare bei Weitem lieber wäre, ihm direkt in die Arme laufen. Dann würde sich schon zeigen, wer hier der Bessere war. In die Felswand konnte er nicht flüchten. Den steilen Geröllhang hinauf auch nicht. Di Cesare hatte sich beim Anschleichen das Gelände haargenau angesehen. Ohne Seile und Kletterausrüstung war da nichts zu machen. Und genau die hatte er bei Mantinger nicht entdecken können. In seinem Rucksack konnte sich das Material auch nicht befinden, der war dafür viel zu klein. Und selbst wenn, wie sollte sich Mantinger das jetzt noch anlegen können? Sie brauchten keine Minute mehr bis zu seinem Standort. Und noch weiter gesponnen: Selbst wenn er sich das Zeug rasend schnell anlegen konnte und es schaffte, in die Wand einzusteigen, würde er sich sofort eine Kugel einfangen. Nein, unmöglich. Der Kerl war geliefert.

Was di Cesare allerdings gleichermaßen irritierte wie beeindruckte, war die Tatsache, dass der Typ in aller Seelenruhe Wein schlürfte. Unglaublich! Offensichtlich fühlte er sich so sicher, dass er nicht einmal mehr auf seine Umgebung achtete und die Polizisten deshalb auch nicht bemerkt hatte. Denn dass jemand zusieht, wie seine Verfolger mit jeder Sekunde näher rücken, und dabei gemütlich Wein schlürft, war unmöglich.

Di Cesare scannte seinen Laufweg. Direkt auf Mantinger zu, der sie soeben bemerkt haben musste, denn jetzt stand er auf und setzte sich den Rucksack auf. Allerdings mit provokanter Gemächlichkeit. Seine Jungs kamen von der Seite. Knapp zweihundert Meter. Unter Berücksichtigung von Steigung und Gelände circa dreißig Sekunden bis zum Zielobjekt. Er wollte sich das Vergnügen nicht nehmen lassen, dem Mann selbst die Handschellen anzulegen und ihn, verschnürt wie ein Paket, Vincenzo auszuhändigen.

Di Cesare schaute nach rechts, dann nach links. Seine Männer hatten den Blick auf ihn geheftet. Er reckte die Faust in die Höhe und riss den Arm dann ruckartig nach unten. Auf dieses Kommando hin rannten die vier Polizisten wie der Blitz los. Jeder Polizist im siebten Regiment und jeder Mann in seinem eigenen Kommando verfügte über herausragende sportliche Fähigkeiten.

Rasend schnell stürmten die Männer den Hang hinauf. Der Gipfel oberhalb der Wand wurde von den letzten Sonnenstrahlen erleuchtet. Außer dem knirschenden Geräusch der Schuhsohlen auf dem Geröll gab es keine weiteren Laute.

Im Freudentaumel der Siegesgewissheit dauerte es ein paar Sekunden, bis di Cesare begriff, was sich vor seinen Augen abspielte. Mantinger war aufreizend langsam aufgestanden und hatte sich ebenso bedächtig den Rucksack aufgesetzt. Dann war er losgesprintet. Mitten in die Felswand hinein! Schon war er den Blicken der Polizisten für einen Augenblick entschwunden. Dann tauchte er wieder auf, doch wieder nur für den Bruchteil einer Sekunde. Perplex blieb di Cesare stehen. Seine Männer taten es ihm gleich. Mit offenen Mündern mussten sie mit ansehen, wie Mantinger in Windeseile und ohne jegliche Sicherung durch einen Kamin in der Wand in die Höhe raste, der selbst mit den besten Ferngläsern aus der Ferne nicht zu erkennen gewesen war. Mantinger verschwand in dem Kamin, dann tauchte er für die Zeit eines Augenaufschlags auf, um sogleich wieder zu entschwinden. Wie ein Eichhörnchen, das einen Baum hinaufrennt und immer wieder hinter dem Stamm hervorlugt, so als wolle es seinen Beobachter ärgern. Kurze Zeit später erschien der Flüchtende gar nicht mehr. Entweder der Kamin neigte sich zum Hang hin, oder eine von unten nicht sichtbare Höhle ging von ihm ab. Wie auch immer, dieser Mensch war ihnen entkommen.

Di Cesare wies seine Männer an, zu ihm zu kommen. »Was wir mit eigenen Augen gesehen haben, ist nicht normal. Das ist übermenschlich. Keine Ahnung, wie der das gemacht hat.«

Abfalterer spitzte die Lippen. »Also die Huberbuam, die können das auch.«

Di Cesare blickte auf den im Vergleich zu ihm schmächtigen Mann hinab. »Huberbuam, ja?«

»Ja, Huberbuam. Die können das auch. Haben die am El Capitan so gemacht, der ist viel höher als die Wand hier, im Yosemite-Tal, und –«

»Abfalterer, red keinen Stuss! Der Mann ist gerade eine senkrechte Felswand wie ein Wiesel hochgerannt. Ohne Sicherung. Und vorher hat er auch noch in aller Seelenruhe Rotwein getrunken. Also komm du mir nicht mit den Huberbuam! Wir bleiben über Nacht an Ort und Stelle. Wir funken alle Einheiten an. Sie sollen den Weg nach Osten dichtmachen. Und bei Tagesanbruch fordern wir Hubschrauber an. Wollen doch mal sehen, wer hier am längeren Hebel sitzt!«

31

Bozen, Donnerstag, 19. Juli

Wie erwartet hatten sich die Medien gierig auf das Ergebnis des DNA-Abgleichs gestürzt, nachdem der Vice Questore in der Pressekonferenz die Fakten vorgetragen und die Bevölkerung zur Mithilfe aufgerufen hatte. Versehen mit dem Hinweis, dass die Polizia di Stato sich nunmehr intensiv der Suche nach dem vermeintlichen Nachkommen Guido Zingerles widmen werde, der jedoch nicht automatisch als Täter gelte.

Doch die Presse beließ es nicht bei der Darstellung dieser an sich schon spektakulären Fakten. Vor allem Fasciani gab sich seiner Vorliebe für Sensationsdarstellungen hemmungslos hin. Er spekulierte darüber, dass es kein Zufall sein könne, dass an beiden Opfern Haare gefunden worden waren, deren DNA mit der des exhumierten Zingerle übereinstimmte. Nach seiner Darstellung lag es auf der Hand, dass Zingerle einen Sohn gezeugt hatte. Die Möglichkeit, dass der alte Zingerle noch – oder wieder – unter den Lebenden weilte, bezeichnete er zwar als höchst unwahrscheinlich, aber eben auch nicht undenkbar. Und in beiden Fällen stand für ihn fest, dass die Haare zum Täter führten.

Sein Bericht, aber auch die einiger anderer Blätter lösten vielfältige Reaktionen aus. Seit den frühen Vormittagsstunden lief die Hotline der Polizei heiß. Nahezu in Minutenabständen gingen Hinweise ein, dass Zingerle gesehen worden war. Ein Anrufer behauptete gar, dass er selbst beobachtet habe, wie eine Frau vor seinen Augen in der Nähe von Brixen von einem Mann in den Wald gezerrt worden sei. Er war sich sicher, dass es sich bei dem Mann um Zingerle handelte. Die Polizei war gezwungen, jemanden dorthin zu schicken. Wie erwartet handelte es sich um eine Falschmeldung. Es wurde keine Frau gefunden, weder tot noch lebendig, und vermisst wurde ebenfalls niemand. Was ebenso wenig ausblieb, waren die Anrufer, die einen Nachbarn, Verwandten oder irgendwen sonst bezichtigten, Zingerle zu sein. Oder zumindest dessen Nachfahre. So zahlreich waren die Meldungen, dass die völlig überforderten Kollegen in der Hotline, trotz der Einweisung durch Rosa Peer, rasch den Überblick darüber verloren, welche Nachricht denn nun den Tatsachen entsprechen könnte, sodass ihr nachzugehen war.

Vincenzo war dermaßen genervt, dass er eine knappe Liste mit sieben Spalten erstellte: Name und Anschrift des Anrufers, Ort der Beobachtung und dann vier Spalten, in denen die Damen von der Hotline nur die jeweils zutreffenden Kreuzchen setzen mussten (eines oder mehrere Kreuze waren möglich): »Zingerle gesehen«, »Sohn gesehen«, »anderen beschuldigt«, »Verbrechen beobachtet«. In der letzten Spalte war nur ein Kreuz nötig: »ernst zu nehmen«. Diese Liste gab er den Kollegen und wies sie an, jedes Gespräch strikt nach dieser Liste zu führen und schnellstens zu beenden. Auf diese Weise ließ sich die Masse der Anrufe, so hoffte Vincenzo zumindest, vielleicht halbwegs händeln.

Doch Vincenzo war nicht nur wegen der übertriebenen Darstellungen in den Medien und der Anrufe schlecht gelaunt. Alles schien schiefzulaufen. Florian von Adelsburgs Adoptiveltern lebten nicht mehr. Klaus Mantinger, der, ganz der Alte, seinen Häschern auf spektakuläre Weise entkommen war, blieb trotz groß angelegter Suche mit einem Großangebot an Beamten und mehreren Hubschraubern wie vom Erdboden verschluckt. Zunächst hatte Vincenzo die Idee gehabt, dass sich in der Felswand, die Mantinger durch einen Kamin hinaufgeklettert war, nicht eine Höhle befand, sondern ein System aus Höhlen, sodass er an anderer Stelle wieder aus dem Berg herausgeklettert sein konnte. Doch ein kurzes Studium von Wanderkarten und ein paar Telefonate mit hiesigen Bergführern hatten ausgereicht, um diese These zu widerlegen. In dieser Felswand gab es keine Höhlen. Also musste Mantinger bis auf den Gipfel gestiegen sein, und dann … Ja, und was dann? Wohin war er gelaufen? Umzingelt von mehreren Polizeieinheiten mit Luftüberwachung? Was immer geschehen sein mochte, er hatte letzten Endes wieder etwas getan, womit niemand auch nur ansatzweise gerechnet hätte. Klaus Mantinger, der Meister des Tarnens und Täuschens.

Doch an anderer Stelle, jenseits der Polizia di Stato, braute sich ein weitaus gefährlicheres Unheil zusammen. Denn auf die Berichte in den Medien folgte in den sozialen Netzwerken eine mörderische Hetzjagd. Ganz offen riefen Menschen dazu auf, sich zu bewaffnen und den Mörder zu stellen. Die Aufrufe kamen von verschiedenen Leuten aus verschiedenen Orten, die sich in Gruppen formierten, die nur das eine gemeinsame Ziel verband: dem Mörder endlich das Handwerk zu legen. Die MoKo verfolgte zwar das Geschehen in den Netzwerken, aber rasch nahmen die Meldungen und die Anzahl der Blogger bis dato unbekannte Ausmaße an, sodass nicht mehr einzuschätzen war, welche Kommentare ernst zu nehmen waren und welche nicht. Von welcher Gruppe waren tatsächlich Aktivitäten zu erwarten? Und wann und wo?

***

Johann und Aloisia Kaser waren indes von der Außenwelt abgeschnitten. Sie hatten schon lange kein Fernsehgerät mehr. Ihr altes war vor vielen Jahren kaputtgegangen. Und weil sie ohnehin selten ferngesehen hatten, verzichteten sie auf eine Neuanschaffung. Ihre Informationen über die Geschehnisse in der Welt und in Südtirol bezogen sie aus der Tageszeitung, die Johann regelmäßig aus dem Dorf mitbrachte. Doch seit Tagen trauten sie sich nicht mehr aus ihrem Haus.

Nathan schloss sich inzwischen stundenlang in seinem Zimmer ein, kam nur noch zum Essen hinaus, sprach kein Wort und wirkte wie paralysiert. Aloisia vermutete, aus purer Angst. Johann befürchtete hingegen, dass er sich an dem Slip ausließ. Und seine Überzeugung, einen Mörder großgezogen zu haben, wuchs täglich. Ihre letzte Verbindung zur Außenwelt war in diesen fürchterlichen Tagen das Telefon. Doch der Hörer lag unbenutzt in der Gabel des uralten Gerätes.

Johann hatte morgens die Vorräte geprüft und erfreut festgestellt, dass sie, bei entsprechender Rationierung, noch bis zu vier Wochen durchhalten konnten. Zum Entsetzen seiner Frau hatte Johann sein erkleckliches Waffenarsenal aus dem Keller geholt und fein säuberlich rund um den Kaminsims aufgebaut. Manchmal betrachtete er seine Auswahl und murmelte dabei vor sich hin, so als spräche er mit diesen Werkzeugen des Todes. Er war zu allem entschlossen. Jetzt ging es schließlich auch nicht mehr nur darum, den eigenen Sohn zu schützen, sondern vor allem um seinen Stolz. Niemals würde er sich von einer Meute aus verblödeten Idioten ins Bockshorn jagen lassen.

»Frau«, hatte er zu Aloisia beim Aufstehen gesagt, »sollen sie ruhig kommen. Wir sind gewappnet. Ich bin sechsundachtzig Jahre alt. Ich werde mich nicht von ein paar Milchgesichtern einschüchtern lassen. Wenn es sein muss, jage ich die allesamt in die Luft. Von mir aus sollen sie mich ruhig auch über den Haufen schießen. Auf die paar Jahre kommt es auch nicht mehr an.«

Aloisia weinte viel. Sie glaubte nicht, dass ihr Nathan ein Mörder war. Dennoch sprach sie sich dafür aus, die Polizei anzurufen, damit es endlich aufhörte. Bei Johann aber verhielt es sich genau umgekehrt. Er hielt seinen Sohn zwar für einen Mörder, weigerte sich aber, in Bozen anzurufen. Er wollte die Sache lieber selbst in die Hand nehmen.

***

Bozen

Vincenzo hielt den vorläufigen Bericht von Dottoressa Paci in Händen. Vorläufig, weil er noch nicht vollständig war. Vier der zehn Patienten waren exhumiert und von ihr und einigen Kollegen obduziert worden, darunter auch di Cesares Vater. Schon diese ersten Untersuchungen reichten aus, um zumindest zwei Tötungsdelikte nachzuweisen. Zwei der Verstorbenen waren laut Patientenakten an Herzversagen gestorben, Maurizio Fontana und di Cesares Vater jeweils an einem Schlaganfall.

Paci bestätigte zwar die Todesursachen, doch bei den Herzversagen-Kandidaten konnte sie das Herzmedikament Gilurytmal nachweisen. Beide Patienten waren zu Tode gespritzt worden. Und auch die tödlichen Schlaganfälle warfen zumindest einige Fragen auf. So gab es in der Krankengeschichte der Männer keinerlei Hinweise auf eine entsprechende Gefährdung. Paci vermutete, dass die Schlaganfälle durch eine Luftembolie ausgelöst worden waren.

Jemand hatte ihnen wahrscheinlich Luft injiziert, die zu einem sofortigen Gefäßverschluss geführt und den Schlaganfall ausgelöst hatte. Darauf wies die noch sichtbare Einstichverletzung am Hals hin.

Es lag nahe, dass diese Todesfälle mit den Morden an den beiden Frauen zusammenhingen. Aber wie passten da die Haare eines Mannes ins Bild, der ein Sohn Guido Zingerles sein musste? Und der unbekannte Fingerabdruck am ersten Opfer? Er stammte nicht von den Ärzten.

Als Vincenzo seine Tür öffnete, um Marzoli abzuholen, blickte er in das Gesicht von Andreas Gufler, einem jungen Kollegen, der zu dem Team gehörte, das sich quer durch den Alpenraum telefonieren sollte, um irgendwelche Hinweise auf einen Sohn Zingerles zu finden.

»Ich wollte gerade zu Ihnen, Commissario. Ich habe interessante Neuigkeiten aus Innsbruck.«

Vincenzo winkte Gufler herein. Er rief Marzoli an und bat ihn, Brunner und von Adelsburg sofort ins Präsidium zu bestellen, Pacis Kurzbericht abzuholen, mit Mauracher in die Klinik zu fahren und mit Maja Rossi über die getöteten Patienten zu sprechen. Vincenzo traute dieser Frau trotz ihrer perfekten Alibis nicht über den Weg. Sie mochte keine Mörderin sein, aber sie verheimlichte etwas.

»Dann erzählen Sie mal. Was gibt es für Neuigkeiten?«, wandte er sich wieder dem Kollegen zu.

Der junge Polizist berichtete, dass er und die anderen sich stundenlang mit Standesämtern, Polizeibehörden und vielen weiteren Institutionen herumgeschlagen hätten. Ohne Erfolg. Doch vor einer guten Stunde rief ein Kollege aus Innsbruck an. Sie hatten zwar schon mit Innsbruck telefoniert, dabei aber nichts von Belang in Erfahrung bringen können. Nach dem Gespräch hatten die Kollegen in Österreich allerdings lange über Zingerle und die neue Mordserie in Südtirol gesprochen. Da war einem der Älteren plötzlich etwas eingefallen. Ein Ereignis, das viele Jahrzehnte zurücklag.

Gufler redete sich in einen wahren Rausch. Er war offensichtlich stolz darauf, seinem Vorgesetzten etwas vielleicht sehr Wichtiges mitteilen zu können.

Die Beamten in Innsbruck waren in die Aktenkammer gegangen, wo auch noch uralte, nicht aufgeklärte Fälle abgelegt waren. Dort waren sie fündig geworden. Im Winter 1949 hatte der Pfarrer der Hofkirche auf seinem Altar ein schreiendes Baby gefunden, eingewickelt in einen Damenmantel. Er hatte die zuständigen Behörden informiert, aber die Ermittlungen der damals hoffnungslos überforderten Polizei waren nach und nach im Sande verlaufen. Sie konnten die Mutter des Kindes nicht finden.

»Ein Kind, das ausgesetzt wird, ist an sich ja kein Einzelfall«, meinte Gufler, »aber die Tatsache, dass dieses Baby auf dem Altar einer Kirche gefunden wurde, hat damals für ganz schönes Aufsehen gesorgt. Ich habe nach dem Gespräch mit den Kollegen direkt den Pfarrer der Hofkirche angerufen. Und der wusste darüber Bescheid. Sein Vorgänger hatte ihm die Geschichte erzählt, und der hatte sie wiederum von dem alten Pfarrer, der das Kind gefunden hatte. Die Polizei wusste damals nicht so recht, was sie mit dem Baby anfangen sollte, bis der Pfarrer entschied, dass es Adoptiveltern brauche. Das Problem aber ist, dass heute nicht mehr bekannt ist, wer diese Adoptiveltern waren. Weder beim Standesamt noch in den Akten der Kirche finden sich Hinweise. Wahrscheinlich ist das Kind inoffiziell zu Pflegeeltern gekommen. Das war ja noch mitten in den Nachkriegswirren.«

Nachdenklich sah Vincenzo Gufler an. Das war möglicherweise ein entscheidender Hinweis, der zu den Haaren und dem Fingerabdruck führen konnte. Aber dafür mussten sie wissen, wer die Adoptiveltern waren. Erst jetzt bemerkte Vincenzo den triumphierenden Blick seines Kollegen. »Haben Sie noch mehr?«

»Allerdings«, sagte er mit Stolz in der Stimme. »Nachdem ich bei keiner amtlichen Stelle Erfolg hatte, habe ich den Pfarrer der Hofkirche noch mal angerufen und immer weitergebohrt. Ich habe ihm gesagt, dass wir unbedingt wissen müssen, wer diese Adoptiveltern waren. Jeder Hinweis könne wichtig sein. Und da fiel es ihm wie Schuppen von den Augen. Er hatte sich an das Baby erinnert, weil ich ihn direkt darauf angesprochen habe. Aber er hat sich deshalb noch lange nicht an jedes Detail erinnert, das ihm sein Vorgänger im Einzelnen erzählt hatte. Und jetzt wird's spannend. Ein paar Jahre nachdem das Kind gefunden worden war, ist eine junge Frau zu dem Pfarrer in die Kirche gekommen.

Er kannte sie vom Sehen aus den Gottesdiensten, und sie hat sich ihm im Beichtstuhl anvertraut. Sie sagte, sie trage seit Jahren eine Last mit sich herum, von der sie der gütige Herr endlich befreien müsse. Sie erzählte von einer Freundin, deren Namen sie unter keinen Umständen preisgeben wollte. Diese Freundin war zu ihr gekommen und hatte ihr erzählt, dass sie schwanger sei, das Kind aber unter keinen Umständen behalten könne.«

Der Polizist legte eine bedeutungsvolle Sprechpause ein, was Vincenzo jedoch gar nicht gefiel. »Hören Sie, ich kann Ihren Stolz verstehen. Das haben Sie vorbildlich gemacht. Aber bitte erzählen Sie die Geschichte zügig zu Ende!«

»Entschuldigung«, sagte der eifrige Kollege, wobei ihm Schamesröte ins Gesicht stieg.

Vincenzo lächelte in sich hinein. Es kam ihm wie eine Ewigkeit vor, seit er selbst so ein Jungspund gewesen war.

»Also, diese Frau im Beichtstuhl hat unter Tränen ausgesagt, dass ihre Freundin das Kind nicht behalten konnte, weil es das Ergebnis einer Vergewaltigung gewesen war.«

Vincenzo pfiff durch die Zähne. Das war eine sensationelle Neuigkeit. »Und der Vergewaltiger«, schlussfolgerte er, »war Guido Zingerle, richtig?«

Der Polizist zuckte entschuldigend mit den Achseln. »Das hat die Frau im Beichtstuhl leider nicht gesagt. Sie hat überhaupt keine Namen genannt. Aber der Pfarrer dürfte in diesem Augenblick mit seinem Vorgänger sprechen, um ihn zu fragen, ob er den Namen der Frau weiß.« Er grinste verschmitzt. »Er hat zwar etwas von Beichtgeheimnis gesagt, aber daraufhin habe ich ihm erzählt, was in Südtirol passiert ist und was noch passieren könnte, wenn er oder irgendwelche Vorgänger sich nach so langer Zeit auf das Beichtgeheimnis berufen.« Er zog sein Handy aus der Gesäßtasche. »Ich habe ihn gebeten, mich sofort zurückzurufen, sobald er etwas weiß. Ich habe ihm extra meine Handynummer –«

Weiter kam Gufler nicht. Denn in diesem Augenblick meldete sich sein Handy mit der eindringlichen Melodie des ersten Satzes von Tschaikowskys Klavierkonzert Nummer eins in b-Moll. Bemerkenswert für einen so jungen Menschen. Vincenzo nickte ihm aufmunternd zu. Sein Gegenüber nahm das Gespräch an. Als sich sein Gesprächspartner meldete, hob er einen Daumen. Der Pfarrer! Er hörte aufmerksam zu, sprach selbst kaum, aber bedeutete Vincenzo, ihm etwas zum Schreiben zu geben. Er klemmte sich das Mobiltelefon zwischen Ohr und Schulter und notierte einen Namen. Dann bedankte er sich und legte auf.

»Bingo!«, rief er. »Volltreffer. Die Frau heißt Bernadetta Rettenbacher. Der Vorgänger des Pfarrers hatte noch lange Kontakt zu seinem Vorgänger und hat von ihm viel über die Kriegszeit in Innsbruck und die Zeit danach erfahren. Wo Bernadetta Rettenbacher heute lebt, ob sie überhaupt noch lebt, wusste er aber leider auch nicht. Aber er konnte berichten, dass sie noch lange Zeit in Innsbruck gewohnt hat. Der alte Pfarrer bezeichnete sie als ›leichtes Mädchen‹, das den Männern reihenweise den Kopf verdreht, sich aber niemals lange gebunden habe. Von einem dieser Männer bekam sie ein Kind. Das war 1965. Da war sie schon Mitte dreißig, für diese Zeit war sie also spät dran. Da sie in sehr unsicheren Verhältnissen lebte, das Kind zudem unehelich war, gab auch sie ihr Kind zur Adoption frei. Der Pfarrer hat sie dabei sogar unterstützt, weil er sie gar nicht für fähig hielt, ein Kind großzuziehen. Danach hat sie wohl Innsbruck den Rücken gekehrt, erwähnte aber Verwandte in Wien. Es sollte möglich sein, sie zu finden, sofern sie noch lebt.«

»Gute Arbeit, mein Freund, wirklich klasse! Damit sind wir einen großen Schritt weiter. Bitte recherchieren Sie den Namen Rettenbacher in Wien und telefonieren Sie ein bisschen herum. Leider ist das ein recht verbreiteter Name, leicht wird das nicht. Vielleicht wenden Sie sich zuerst an das Einwohnermeldeamt und prüfen, ob 1965 oder auch 1966 eine Frau dieses Namens neu gemeldet wurde. Wenn Sie Ergebnisse haben, kommen Sie bitte damit wieder zu mir.«

»Natürlich, Commissario, gern! Ich mache mich augenblicklich an die Arbeit. Bestimmt kann ich Ihnen heute Nachmittag schon Bericht erstatten.«

Der Neuling machte in seinem Freudentaumel tatsächlich Anstalten, zu salutieren, doch Vincenzo hob mit einem Zwinkern beschwichtigend die Hände. »Ciao, Kollege, viel Erfolg!«

***

Dr. Maja Rossi empfing Marzoli und Mauracher mit der Frage, wo sie denn den attraktiven Commissario gelassen hätten. In seiner Gegenwart sei ihre Zunge vermutlich bei Weitem lockerer. Diese Bemerkung garnierte sie mit einem süffisanten Augenaufschlag.

Mauracher verdrehte genervt die Augen. Marzoli wusste, dass Rossi einen Frauentyp verkörperte, den Sabine nicht ausstehen konnte. Zu gern würde sie sie richtig auseinandernehmen, um ihr zu demonstrieren, wie armselig sie war. Marzoli ging es genauso. Er konfrontierte Rossi deshalb ohne Umschweife mit den vier Patientenakten.

Die Ärztin nahm die Akten und blätterte darin. Dann sah sie den beiden Polizisten direkt in die Augen. »Was haben Ihre Ärzte dazu gesagt?«

»Eigentlich stellen wir hier die Fragen«, wies Marzoli sie in die Schranken, der sich durch die herablassende Art der Ärztin provoziert fühlte. »Allerdings hätten wir Ihnen ohnehin erzählt, dass wir nachweisen können, dass diese Patienten keines natürlichen Todes gestorben sind. Als Nächstes hätten wir Sie gefragt, was Sie uns dazu sagen können. Wollen wir bei diesem Schritt weitermachen?«

Rossi grinste über das ganze Gesicht. Sie schien keinesfalls beleidigt, sondern öffnete wortlos eine Auflage ihres Schreibtischs und holte einen USB-Stick hervor. Sie steckte ihn in einen Port an ihrem Rechner und bat die Polizisten, zu ihr zu kommen. Es dauerte ein paar Sekunden, bis der Laptop den Stick anzeigte. Dann öffnete Rossi eine mit Excel erstellte Tabelle mit sieben Spalten: »Name des Patienten, »behandelnder Arzt«, »Diagnose«, »Prognose«, »Organspender ja/nein«, »vom Arzt festgestellte Todesursache«, »persönliche Vermutung zur Todesursache«.

Irritiert betrachteten Mauracher und Marzoli die Tabelle. »Was ist das?«

»Das ist die Bestätigung Ihres Verdachts«, sagte Rossi ohne erkennbare Regung.

Mauracher hatte in Bruchteilen von Sekunden die Namen in der Tabelle gelesen und mit den vier Akten abgeglichen. Alle diese Namen fanden sich auch in Rossis Tabelle. »Heißt das«, fragte sie gereizt, »dass Sie selbst schon lange einen solchen Verdacht hegen, uns aber nicht informiert haben? Verstehe ich das richtig?«

»Das kann man so nicht sagen. Ich würde es mal so formulieren: Angesichts der Zunahme der Todesfälle wurde ich stutzig. Und deshalb habe ich mir nach und nach die Akten vorgenommen und diese hypothetische Tabelle erstellt. Ohne Obduktion ist das alles reine Spekulation.«

»Und warum sind Sie damit nicht schon viel früher zu uns gekommen? Ist Ihnen klar, dass wir Sie wegen Beihilfe zum Mord drankriegen können?«

»Nun machen Sie aber mal halblang. Beihilfe zum Mord? Ich glaube wohl, ich spinne! Wenn Sie nur einen entfernten Hauch des Verdachts gegen Bellini hätten, dass er sich vielleicht, vielleicht auch nicht von Verdächtigen schmieren lässt, würden Sie damit sofort zu Ihren obersten Bossen rennen? Oder würden Sie nicht doch lieber warten, bis Sie mehr gegen ihn in der Hand hätten?«

Marzoli betrachtete Rossi aus schmalen Augenschlitzen. »Erstens: Wir sprechen hier von mehrfachem Mord, nicht von Bestechung. Und zweitens: Ja, ich würde das selbstverständlich sofort anzeigen. Ich bin Polizist!«

Rossi lächelte herablassend. »Wie niedlich! Sie sind bestimmt ein guter Mensch.«

Marzoli ließ sich nicht aus der Reserve locken. »Auf Ihrer Liste stehen dreiunddreißig Namen. Sind das Ihrer Meinung nach alles unnatürliche Todesfälle?«

Ruhig und unaufgeregt erzählte die Ärztin, die offensichtlich keinerlei Befürchtungen hatte, selbst in dieser Sache belangt zu werden, dass ihr der Verdacht erst vor Kurzem ernsthaft gekommen sei. Deshalb hatte sie angefangen, die verdächtigen Patientenakten nach und nach zu durchforsten, so wie es Zeit und Gelegenheit eben zuließen. Diese Tabelle sei auch noch gar nicht fertig. Mindestens zwanzig weitere Akten wollte sie noch sichten. »Und dann wäre ich zu Ihnen gekommen«, beteuerte sie mit Nachdruck in der Stimme. Sie erklärte weiter, dass diese Liste zwar den Verdacht nahelege, dass beim Tod der Patienten nachgeholfen wurde, aber es nicht möglich war, die Todesfälle einem Arzt zuzuordnen. Weil jeder der verstorbenen Patienten Organspender war und sowohl Brunner als auch von Adelsburg Organe verpflanzten, betreuten stets beide in enger Abstimmung untereinander die Patienten. »Eine Sache finde ich aber auffällig. Diagnose und Prognose. Alle Patienten, die an Herzversagen gestorben sind, waren tatsächlich schwer krank. Es ist fraglich, ob sie noch lange gelebt hätten. Die anderen Patienten, die überwiegend an einem plötzlichen Hirntod oder einem Schlaganfall verstorben sind, waren hingegen in einer ansonsten guten Verfassung. ›Gut‹ heißt für jemanden auf einer dieser Stationen so viel wie ›den Umständen entsprechend‹.«

»Haben Sie einen persönlichen Verdacht?«

»Nein, aber ich würde das weder Brunner noch von Adelsburg zutrauen. Brunner würde seine Pension aufs Spiel setzen. Warum sollte er das tun? Noch zwei oder drei Jahre, dann hat er's hinter sich. Und von Adelsburg würde bei seiner Familie einen Eklat riskieren, der seinesgleichen sucht. Sehen Sie, den Patienten, die Sie bereits obduziert haben, wurde Luft gespritzt oder, bei den Herztoten, Gilurytmal. Bei den anderen wird das nicht anders sein, wie Sie auch aus der letzten Spalte meiner Tabelle, meiner persönlichen Einschätzung, ersehen können. Das erfordert aber nur geringe medizinische Kenntnisse. Jeder, der in diesem riesigen Klinikum arbeitet, kommt als Täter in Frage.«

»Und damit auch Sie, Dr. Rossi!« Mauracher verlieh ihrer Stimme etwas möglichst Drohendes, um die Ärztin zu verunsichern. Vergeblich.

»Da haben Sie vollkommen recht«, bemerkte Rossi cool. »Wobei ich allerdings nicht das Geringste damit zu tun habe. Was sich schon daraus schlussfolgern lässt, dass ich diese Tabelle erstellt und Ihnen freiwillig gezeigt habe. Wobei es reiner Zufall ist, dass das überhaupt hier und jetzt möglich war. Denn normalerweise lösche ich die Daten abends auf dem Stick, sobald ich sie zu Hause auf meinen privaten Rechner übertragen habe. Reine Vorsichtsmaßnahme. Denn wenn die Morde mit den Todesfällen in der Klinik zusammenhängen, würde ich mit der Tabelle auch ins Visier des Täters rücken, wenn er davon erfährt. Aber gestern habe ich, sehr zu meinem Leidwesen, den Stick hier vergessen.«

»Wenn Sie sich schon so viele Gedanken gemacht haben, Doktor, wie passen Ihrer Meinung nach die Morde an Fontana und Agostini dazu? Wenn Sie Hinweise haben, dass die Frauen zum Beispiel einen der Ärzte erpresst haben, und Sie auch das für sich behalten, wandern Sie garantiert in den Knast.«

Doch auch diese Drohung konnte das Selbstbewusstsein der jungen Ärztin nicht erschüttern. »Wenn einer der Ärzte Ihr Patientenmörder ist, dann ist es möglich, dass die beiden ihn damit erpresst haben. Denn auch eine Krankenschwester kann die richtigen Schlüsse ziehen, wenn sie sich eine Patientenakte durchliest. Aber das herauszufinden, Ispettore Marzoli, ist, bei allem Respekt, Ihre Aufgabe und nicht meine!«

Maja Rossi schickte noch in Gegenwart der Polizisten die Tabelle an Marzolis E-Mail-Adresse in der Questura. Damit konnte sich Paci vorläufig weitere Obduktionen sparen.

Auf dem Weg zurück zum Wagen rief Marzoli Vincenzo an. Rossis Aussage war für die Vernehmung der Ärzte ein wichtiger Baustein.

***

Wie beim ersten Mal wurden die Ärzte einzeln vernommen. Da sie diesmal jedoch Tatverdächtige waren, wurden sie auf ihr Recht hingewiesen, sich einen Anwalt zu nehmen. Während Brunner davon Gebrauch machte und klarstellte, dass er vorher kein Wort sagen werde, verzichtete von Adelsburg auf anwaltlichen Beistand. »Mir wäre es lieber«, erklärte er, »wenn wir das hier schnell erledigen könnten. In der Klinik wartet eine Menge Arbeit auf mich. Und ab morgen Nachmittag muss ich meine Funktion als technischer Geschäftsführer in der Firma meines Schwiegervaters wahrnehmen. Ich ersticke bald in Arbeit. Also, kommen Sie bitte zur Sache, meine Herren.«

Baroncini hatte angesichts der Brisanz des Falles darauf bestanden, persönlich an der Vernehmung des adeligen Arztes teilzunehmen. Vincenzo schaltete das Aufnahmegerät ein, das in der Mitte des schmucklosen Tisches aus schwarzem Kunststoff lag. Um den Tisch herum standen sechs Stühle aus dem gleichen Kunststoff, Sitz und Lehne mit einem beigen Stoff überzogen. In dem Raum befand sich ansonsten nur noch ein Fernsehgerät für Videoaufzeichnungen. In der Wand hinter Baroncini und Vincenzo war der große Einwegspiegel.

Vincenzo verlas die Namen der Anwesenden, das Datum, die Uhrzeit und den Verzicht des Beschuldigten auf einen Anwalt und begann mit der Vernehmung. Er konfrontierte von Adelsburg direkt mit dem Vorwurf der Tötung von mindestens vier Patienten.

Der Arzt reagierte ruhig. Er sagte aus, dass er Leben rette, aber nicht zerstöre. Er habe mit diesen Todesfällen nichts zu tun. Es entwickelte sich ein langwieriges, aber ergebnisloses Interview. Daran änderte auch Maja Rossis Liste nichts, die Vincenzo vor dem Verhör ausgedruckt hatte. Von Adelsburg fragte nur erstaunt, woher diese Tabelle stamme.

»Das spielt keine Rolle, Dr. von Adelsburg. Diese Tabelle bedeutet aber, dass jemand die Geschehnisse in der Klinik beobachtet hat. Und dass es bei Weitem mehr als diese vier unnatürlichen Todesfälle gibt.«

»Darf ich?«, fragte von Adelsburg und zeigte auf das Blatt Papier.

Vincenzo schob ihm die Liste über den Tisch zu. »Tun Sie sich keinen Zwang an. Fällt Ihnen dazu etwas ein?«

Von Adelsburg vertiefte sich sogleich in die Liste. Hin und wieder murmelte er etwas vor sich hin. Nach einer Weile schob er das Blatt zurück. »Das ist in der Tat ein Skandal. Anders kann man das nicht nennen.«

»Dr. von Adelsburg, wollen Sie uns weismachen, dass Sie erst durch diese Liste von den vielen fragwürdigen Todesfällen erfahren? Sie sind schließlich Arzt. Vielleicht wollen Sie doch lieber Ihren Anwalt anrufen?«

»Wofür sollte ich einen Anwalt brauchen? Aber um Ihre Frage zu beantworten: Nein, natürlich ist auch mir die Häufung der Todesfälle aufgefallen. Andererseits kommt so etwas in jeder Klinik mal vor. Und weil ich niemandem auf unserer Station einen Mord zutraue und auch überhaupt kein Motiv für diese Taten erkennen kann, habe ich das bislang nicht weiterverfolgt. Aber wie gesagt, was Sie mir da erzählen - die Obduktion der vier Patienten, Gilurytmal, Spritzen mit Luft -, das ist ein Eklat für das ganze Zentralkrankenhaus. Ein Skandal mit weitreichenden Folgen. Ich hoffe nur, dass niemand von der Kardiologie dahintersteckt. Das wäre eine zusätzliche Katastrophe für Adelsburg Technologies. Ich bitte Sie inständig«, der Arzt wandte sich nun direkt an den Vice Questore,

»dem Fall oberste Priorität beizumessen und bei Ihren Ermittlungen äußerst diskret vorzugehen. Denken Sie an das Renommee und die Bedeutung des Zentralkrankenhauses für Bozen!«

Vincenzo konnte den Mann weiterhin schwer einschätzen. Wenn er log, tat er es auf eine ungewöhnlich abgebrühte Weise. Es wurde Zeit, über das mögliche Motiv zu sprechen. »Dr. von Adelsburg, würden Sie mir zustimmen, wenn ich sage, dass Sie von diesen Todesfällen profitiert haben?«

Der Arzt zog die Augenbrauen in die Höhe. »Inwiefern sollte ich denn Profit daraus gezogen haben?«

»Das liegt doch auf der Hand. Sie transplantieren Organe. Alle Patienten auf dieser Liste waren Organspender. Mit ihrem Tod sind Sie an deren Organe gekommen.«

Von Adelsburg lächelte mitleidig. »Lieber Commissario, wenn Sie das ernsthaft meinen, muss ich leider sagen, dass Sie Ihre Hausaufgaben nicht ganz korrekt gemacht haben.«

»Was wollen Sie damit sagen?«

Der Arzt erklärte, dass er ausschließlich Herzen verpflanze. Weil er sich darauf spezialisiert habe und seine Position bei Adelsburg Technologies das erfordere. »Insofern, meine Herren, profitiere ich nicht nur nicht von den Todesfällen, sondern habe dadurch sogar einen Nachteil. Denn die Herzen der Patienten, die an Herzversagen gestorben sind, haben mir nichts mehr genützt. Ich meine, das liegt doch auf der Hand, nicht wahr? Patient ist Organspender. Patient stirbt an Herzversagen. Der Arzt kann das Herz leider nicht mehr verwenden, weil es ja nicht mehr intakt ist. Klingt einleuchtend, oder?«

Vincenzo ärgerte sich. Darauf hätte er von selbst kommen müssen. Er fühlte sich ertappt und vorgeführt. Er warf einen verstohlenen Blick auf Baroncini. Aber der zeigte keinerlei Reaktion. Wenn er wenigstens Paci darauf angesprochen hätte. Die hätte ihm das auch erklären können. Vincenzo überflog eilig Rossis Liste.

Er räusperte sich. »Nun, Dr. von Adelsburg, das mag sein. Aber laut dieser Liste sind achtzehn Patienten an Herzversagen gestorben und der Rest aus anderen Gründen. Deren Herzen konnten Sie sehr wohl verwerten.«

Von Adelsburg legte den Kopf auf die Seite. »Commissario Bellini, was wollen Sie denn damit sagen? Dass ich Patienten ermorde, um an ihre gesunden Herzen zu kommen, aber gleichzeitig noch mehr Patienten mit Gilurytmal töte, um auf diese Weise den Verdacht von mir abzulenken? Also wirklich, das ist vielleicht eine schöne Schauergeschichte. Aber sie ist an den Haaren herbeigezogen und würde wohl auch keinen Richter überzeugen.«

Baroncini schaltete das Aufnahmegerät ab. »Wir beenden das an dieser Stelle. Sie können gehen, Dr. von Adelsburg. Vielen Dank. Aber halten Sie sich bitte zu unserer Verfügung.«

Nachdem der Arzt gegangen war, sprach Baroncini mit leiser Stimme und ohne Vincenzo dabei anzusehen. »Commissario Bellini, das war kein Heldenstück. Das mit den Herzen ist logisch, da kann man auch von selbst drauf kommen. Ich hoffe, Sie wissen, wen Sie soeben mit falschen Anschuldigungen konfrontiert haben.«

»Ja, wir hätten von selbst darauf kommen können. Aber trotzdem ist mir dieser Mann viel zu glatt, zu unerschrocken. Jeder, der in diesem Raum mit eingeschaltetem Aufnahmegerät verhört wird, ist allein deshalb schon nervös. Aber der war eben vollkommen cool. Finden Sie das nicht merkwürdig?«

»Nicht im Geringsten. Überlegen Sie mal, in welchen Kreisen der verkehrt. Der hält Vorträge vor Hunderten von Leuten. Ich kann mir nicht vorstellen, dass den ein lächerliches Verhör aus der Ruhe bringen kann. Erst recht nicht, wenn er unschuldig ist. Ich habe den Eindruck, dass Sie sich mental auf Mantinger eingeschossen haben. Der schafft es sogar noch, Ihnen zu schaden, wenn er gar nichts macht. Sie müssen sich allein auf die Ermittlungen konzentrieren. Gibt es irgendetwas, was wir bei Brunner berücksichtigen müssen? In Gegenwart eines Anwaltes wäre ein solcher Fauxpas schließlich noch peinlicher.«

***

Sarnthein

Dr. Brunners Vernehmung musste auf den nächsten Tag verschoben werden. Sein Anwalt war auf einer Tagung und konnte erst am nächsten Vormittag in die Questura kommen. Da keine akute Fluchtgefahr bestand, hatte Vincenzo den Arzt solange nach Hause geschickt. Aus Wien gab es zwar Neuigkeiten, aber noch keine weiterführenden Hinweise. Gufler hatte herausgefunden, dass es in Wien und Umgebung rund zwanzig Adressen unter dem Namen Rettenbacher gab. Er hatte bereits fünfzehn davon abtelefoniert, aber niemand kannte eine Bernadetta Rettenbacher, auch nicht unter einem anderen Familiennamen. Niemand wusste überhaupt von einer Bernadetta im Verwandtenkreis. Und beim Einwohnermeldeamt gab es in den Jahren 1965 und 1966 keine entsprechenden Anmeldungen. Morgen würde Gufler als Erstes die restlichen Adressen anrufen. Bernadetta Rettenbacher konnte ein wichtiger Baustein zur Lösung des Falles sein. Vincenzo hoffte auf das berühmte Quäntchen Glück.

Nach Feierabend war er durchs Tal gelaufen, nur eine halbe Stunde, in lockerem Trab. Zu mehr war er nach diesem frustrierenden Erlebnis nicht fähig gewesen. Die Nebelbrühe und der Sprühregen taten ihr Übriges. Er ärgerte sich maßlos über sich selbst. Was für ein Anfängerfehler! So etwas durfte einem erfahrenen Commissario nicht passieren. Und Baroncini hatte völlig recht. Es lag daran, dass er sich auf Mantinger eingeschossen hatte. Der Mann war für ihn zu einer Plage geworden. Er hatte zu viel Leid durch ihn erfahren.

Wieder zu Hause öffnete Vincenzo eine Flasche Wasser und einen Grauburgunder. Dazu dünstete er den Fisch, den er vor ein paar Tagen eingefroren hatte. Beim Essen blickte er aus seinem Panoramafenster in Richtung Auener Joch, das bei diesem Wetter bestenfalls zu erahnen war. Er fühlte sich ausgelaugt. Der Fall machte ihm zu schaffen. Wegen seiner Brutalität, aber noch mehr weil dieser Zingerle-Wahn gefährliche Nebenwirkungen hatte. Dazu kam die Trennung von Gianna. Es war unerheblich, dass sie eine logische Konsequenz aus den Entwicklungen der letzten Monate gewesen war. Gefühle kannten keine Logik. Bei dem Gespräch mit der Psychologin Rosa Peer hatte Vincenzo ein leichtes Kribbeln gespürt und sich vorgenommen, sie nach der Aufklärung des Falles zum Essen einzuladen. Sie war ein völlig anderer Typ als Gianna. Es war weniger ihr Äußeres, das ihn anzog, auch wenn sie nach objektiven Maßstäben attraktiv war, sondern ihre Ausstrahlung.

Sie hatte Charisma. Und hinter ihrer nüchternen Art vermutete Vincenzo ein ausgeprägtes Temperament. Sie hatte so ein Funkeln in den Augen. Aber sobald er sich vorstellte, wie er mit ihr essen ging, zum Beispiel im Braunwirt, musste er unweigerlich an Gianna denken. Es gab kaum ein angesagtes Lokal, in dem er mit Gianna nicht irgendwann einmal gegessen oder Cocktails getrunken hatte. Er mochte offen sein für den Reiz einer Frau, zu einer Beziehung war er indes noch lange nicht fähig. Dafür war seine Liebe zu Gianna zu groß. Er würde Rosa Peer zwar einladen, aber nur, um sie privat kennenzulernen. Bloß nichts überstürzen.

Er nippte gedankenverloren an seinem Weißwein. Vor seinem geistigen Auge sah er die beiden Opfer. Wie sie dagelegen hatten, nackt, entstellt, entwürdigt.

Entwürdigt!

Das war es, was ihn bei diesen Taten von Anfang an stutzig gemacht hatte. Ein Triebtäter wie Zingerle mochte eine Frau vergewaltigen und aus Angst vor Entdeckung töten. Er schlug blind mit einer Eisenstange zu und war vielleicht selbst entsetzt, als er sah, was er angerichtet hatte. Er hatte sein erstes Opfer unter schweren Steinen verrecken lassen. Warum? Aus Grausamkeit? Oder weil er da noch nicht in der Lage gewesen war, einen Mord aktiv zu begehen? Was aber hier und heute passierte, war etwas ganz anderes. Vincenzo erkannte in den Taten Hass. Und die Absicht des Täters, sein Opfer zu entwürdigen. Deshalb die Sache mit der Flasche und den entstellten Gesichtern. Es ging ihm gar nicht so sehr darum, diese Frauen zu quälen. Denn die schweren Verletzungen fügte er ihnen posthum zu. Der Täter wollte, dass seine Opfer wussten, warum es geschah. Und er wollte, dass jeder sehen konnte, dass sie gestorben waren, weil sie es verdient hatten. Auch wenn es ihm schwerfiel, es zuzugeben, aber das war eindeutig nicht Mantingers Handschrift.

Vincenzos Handy meldete den Eingang einer WhatsApp-Nachricht. Er nahm sein Smartphone vom Tisch und öffnete die Message. Sie war von Gianna.

Hallo, Vincenzo, wollte nur mal hören, wie's dir so geht. Was machst du? Lust, am Wochenende mal zu telefonieren?

Giannas Worte versetzten ihm einen Stich mitten ins Herz. Plötzlich kam es ihm so vor, als hätte er heute Morgen noch eng umschlungen mit ihr unter der Bettdecke gelegen. Erinnerungen konnten so grausam sein. Doch sie machten ihm auch deutlich, wie weit er davon entfernt war, sich auf eine neue Beziehung einzulassen. Gianna erging es offensichtlich nicht anders. Was sollte er machen? Nicht antworten? Aber warum sollte er sie vor den Kopf stoßen? Sie konnte schließlich sehen, dass er ihre Nachricht gelesen hatte. Er tippte eine Antwort:

Schön, von dir zu hören. ☺ Mir geht's so lala. Und dir? Können gern telefonieren. Samstag gegen zwanzig Uhr?

Sekunden später kam schon ihre Antwort.

Passt super. Ich freue mich auf deine Stimme! ☺

Vincenzo legte sein Smartphone beiseite und füllte sein Weinglas. Giannas Nachricht weichte ihn innerlich auf. Er wusste, dass es besser wäre, konsequent auf Abstand zu gehen. Denn für sie bestand keine Hoffnung auf eine gemeinsame Zukunft. Loslassen hieß das Zauberwort. Aber er schaffte es noch nicht. Wollte es vielleicht auch gar nicht. Wenn sie wenigstens im Streit auseinandergegangen wären. Die Wurzel des Übels hieß Klaus Mantinger. Erst forderte er Vincenzo in seinem ersten Mordfall so sehr, dass er Gianna vernachlässigte. Dann kidnappte er sie und unterzog sie einer Gehirnwäsche. Schließlich brach er aus der Psychiatrie aus und versetzte sie beide damit in eine Schockstarre. Mit dem Ergebnis, dass Gianna und er sich immer weiter voneinander entfernt hatten. Mantinger, diese Ausgeburt der Hölle! Dieses miese Schwein! All seinen Frust hatte er nur ihm zu verdanken. Das würde er bitter bereuen.

32

Bozen, Freitag, 20. Juli

Elena Castlunger hatte auf der Station angerufen und mitgeteilt, dass sie Durchfall habe und deshalb heute nicht in die Klinik kommen könne. Das war glatt gelogen und normalerweise nicht ihre Art, aber schlecht war ihr tatsächlich. Sie hatte die ganze Nacht kein Auge zugetan. Wieder und wieder hatte sie sich gefragt, ob sie das Richtige tat. Ob es nicht doch klüger wäre, endlich zur Polizei zu gehen. Seit sie ihn mit Giulia zum ersten Mal selbst dabei beobachtet hatte, stellte sie sich diese Frage. Zumal sie immer weniger daran glaubte, dass die Morde nichts damit zu tun hatten. Was wäre das für ein Zufall! Zwar hatte sie beim letzten Mal den Verdacht clever auf Maja Rossi gelenkt, indem sie sich ihr Handy *ausgeliehen* hatte. Die Ärmste, die hatte wahrscheinlich immer noch keine Ahnung, wem sie da was für eine Nachricht geschickt hatte! Beim Gedanken an die ahnungslose eingebildete Ziege musste sie sogar grinsen. Geschah ihr ganz recht. Doch leider würde ihr das heute nichts nützen. Er war zu intelligent, um auf solche Spielchen hereinzufallen.

Sie ließ die Ereignisse der letzten Monate vor ihrem geistigen Auge Revue passieren. Es hatte damit angefangen, dass Giulia mit eigenen Augen gesehen hatte, wie er dem bedauernswerten Maurizio Fontana Luft in die Adern gespritzt hatte. Er hatte sich unbeobachtet gefühlt, dachte, dass die Schwestern, bis auf die Nachtschicht, schon gegangen waren. Das waren sie auch. Aber als sie an ihrem Auto stand, fiel Giulia auf, dass sie ihre Handtasche auf der Station hatte liegen lassen. Mitsamt dem Autoschlüssel. Also war sie wieder zurückgegangen. Auf dem Flur sah sie ihn dann plötzlich vor sich herlaufen. Giulia meinte, er habe gehetzt gewirkt, nervös und habe sich immer wieder umgesehen. So als habe er etwas zu verbergen. Mit einigem Abstand folgte sie ihm, darauf bedacht, sich sofort verstecken zu können. Denn Giulia war klar, was immer er vorhatte, er würde davon Abstand nehmen, sobald ihm jemand begegnete. Schließlich sah sie ihn in Maurizio Fontanas Zimmer verschwinden. Rasch rannte sie zur Tür, öffnete sie nur einen Spaltbreit. Gerade so, dass sie mit ansehen konnte, wie er Fontana mit der einen Hand den Mund zuhielt und ihm mit der anderen eine große Spritze an den Hals setzte.

Als er die Spritze in der Tasche seines Arztkittels verschwinden ließ, flüchtete sie in die gegenüberliegende Toilette. Nachdem er sich aus dem Gang entfernt hatte, betrat sie das Zimmer. Zu diesem Zeitpunkt lebte Fontana noch, doch die Luft hatte die Ader schon zugesetzt. Vor ihren Augen erlitt er mit weit aufgerissenen Augen seinen tödlichen Schlaganfall. Sie konnte nichts dagegen tun.

Danach hatte sich Giulia zunächst ihr, Elena, anvertraut. Sie wollten zur Polizei gehen, doch dann wurde ihnen klar, dass dann Aussage gegen Aussagen stünde. Ihre, die zweier unbedeutender Krankenschwestern, gegen seine, die eines angesehenen Arztes von untadeligem Ruf. Giulia und sie waren schon seit Jahren befreundet. Gemeinsam hatten sie beschlossen, Maurizios Tochter davon zu berichten. Sie als Angehörige sollte entscheiden, wie sie vorgehen wollte.

Cecilia Fontana erwies sich als erstaunlich skrupellos. Zwar trauerte sie sehr um ihren Vater, den sie wahrhaftig geliebt hatte, doch sogleich reifte in ihr die Idee, das Beste daraus zu machen und ihn mit seiner Tat zu erpressen. »Wie sieht's aus, seid ihr dabei?«, hatte sie die beiden Krankenschwestern gefragt. »Es gibt eine Menge Geld zu verdienen.«

Von Cecilias Selbstbewusstsein angesteckt, hatten sie zugestimmt. Als Erstes durchforsteten sie alte Patientenakten. Selbst sie als Pflegerinnen wussten einige der Todesfälle der letzten Zeit richtig zu deuten. Todesursache Schlaganfall, Todesursache Herzattacke. Sie wussten, wie sich ein solcher Tod herbeiführen ließ, ohne dass jemand sofort Verdacht schöpfte. Die Patienten, die an Herzversagen gestorben waren, waren allerdings zuvor schon sterbenskrank gewesen. Ihr Tod erschien auf den ersten Blick natürlich. Doch sie ahnten, welcher Wirkstoff sich in den Zellen der Verstorbenen nachweisen lassen würde. Um ganz sicherzugehen, verständigten sie sich darauf, ihn zunächst gezielt zu beobachten. Dabei machten sie einige höchst interessante Entdeckungen. Erst später war ihnen bewusst geworden, dass sie letzten Endes den Tod einiger Patienten mit zu verantworten hatten. Wären sie sofort zur Polizei gegangen, hätte man die Todesfälle untersuchen und weitere Opfer verhindern können. Das Wissen, sich selbst kriminell verhalten zu haben, war auch der Grund, warum sie sich immer tiefer in den Sumpf der Erpressung hatten hineinziehen lassen, anstatt zur Polizei zu gehen. Und genau deshalb würde sie das auch heute nicht tun.

Nein, sie würde es durchziehen. Denn das war sie auch Giulia und Cecilia schuldig!

***

»Signor Fasciani, warum haben Sie das Phantombild nicht veröffentlicht?«

Vincenzo war stinksauer. Mauracher hatte dem Reporter am Vorabend das Phantombild des Unbekannten aus Glaning, mutmaßlich Zingerles Sohn, an dessen E-Mail-Adresse in der Redaktion geschickt. Der Faktor Zeit spielte eine wichtige Rolle.

»Commissario Bellini, Ihnen sollte klar sein, dass Inhalt und Layout der morgigen Ausgabe um diese Uhrzeit längst feststehen. Das lässt sich nur schwer ändern. Und wenn, dann zulasten der Platzierung. Sie haben mehr davon, wenn wir das morgen bringen. Und zwar als Aufmacher auf Seite eins. Am Samstag haben wir mehr Leser.«

»Ja, schon gut. Trotzdem danke.«

Wütend legte Vincenzo auf, der eine schlaflose Nacht hinter sich hatte. Stundenlang hatte er über den Fall nachgegrübelt. Und immer wieder schossen ihm schmerzhafte Gedanken an Gianna durch den Kopf. Er fühlte sich nicht gut, war nicht in seiner Mitte. Dabei hatte er gehofft, diese Phase hinter sich gelassen zu haben. Es half alles nichts. Da musste er durch.

Sein Telefon klingelte. Montani. Sie teilte mit, dass soeben Brunners Anwalt, Dr. Stefano Stefani, samt seinem Klienten eingetroffen sei, einige Stunden früher als erwartet. Vincenzo verdrehte die Augen. Ausgerechnet Stefani. Der war ein knallharter Brocken. Und arrogant dazu. Er war bekannt dafür, systematisch nach Formfehlern oder Dokumentationsversäumnissen der Behörden zu suchen. Damit machte er der Questura das Leben zur Hölle. Vincenzo konnte ihn nicht ausstehen. Aalglatt mit seinen maßgeschneiderten Anzügen, dem sauber frisierten Scheitel und dem herablassenden Gesichtsausdruck. Vincenzo vermutete, dass seine Brille Fenstergläser hatte, nur um sich selbst einen intellektuelleren Touch zu geben.

Stefani hatte bei seiner Ankunft darauf bestanden, sich zunächst allein mit seinem Klienten auf das Verhör vorzubereiten. Doch auch Vincenzo hatte sich diesmal gut vorbereitet. Er hatte sorgfältig geprüft, welche Art von Organtransplantationen Brunner vornahm. Das Ergebnis: im Grunde alle. Bis auf Herztransplantationen, das war inzwischen die Domäne von Florian von Adelsburg. Damit hatte Brunner also vom Tod eines jeden Organspenders profitiert. Das Verhör konnte beginnen.

Er holte den Anwalt am Empfang ab. Anstatt Vincenzo die Hand zu geben, begrüßte er ihn mit einer Frage. »Haben Sie gegen meinen Klienten überhaupt ein Ermittlungsverfahren eingeleitet? Wenn nicht, werden ich und Dr. Brunner die Questura nämlich auf der Stelle wieder verlassen.«

Stefani war ein Typ, dem Vincenzo ohne Skrupel eine schallende Ohrfeige hätte verpassen können. Er konnte es sich nicht verkneifen, ihn wenigstens verbal auf die Palme zu bringen.

»Für wie blöd halten Sie uns eigentlich? Es besteht der Anfangsverdacht der Tötung von mindestens vier Patienten. Von Dr. Brunners Patienten, wohlgemerkt, nicht etwa von irgendeinem Tierarzt aus Tramin. Möchten Sie vielleicht erst ein wenig mit dem Staatsanwalt darüber plaudern? Oder können wir jetzt darüber sprechen, warum es auf der Inneren Medizin zu einer signifikanten Zunahme von Todesfällen gekommen ist, deren Nichtnatürlichkeit unsere Ärzte nach der Exhumierung der betreffenden Patienten nachgewiesen haben?«

»Mäßigen Sie Ihren Ton, Commissario Bellini. Dr. Brunner ist ein angesehenes Mitglied der Bozener Gesellschaft und bis zum heutigen Tag niemals strafrechtlich in Erscheinung getreten. Das wissen Sie besser als ich. Insofern rate ich Ihnen dringend, uns nicht mit leeren Worthülsen, Spekulationen oder sinnentleerten Anschuldigungen zu kommen. Sonst sind Sie schneller wieder Ispettore, als Ihnen lieb ist. Haben Sie das verstanden?«

»Bringen wir es hinter uns, Dr. Stefani. Je eher wir wieder getrennte Wege gehen, desto besser.«

Vincenzo verständigte Baroncini, der auch an dieser Befragung teilnehmen wollte, Marzoli und Mauracher. Marzoli sollte sich auf die andere Seite des Einwegspiegels stellen und das Verhör beobachten. Zwanzig Minuten später lief das Aufnahmegerät. Nachdem Vincenzo die üblichen Eröffnungsdaten auf das Band gesprochen hatte, konfrontierte er Brunner, wie am Tag zuvor von Adelsburg, mit den Akten der vier verstorbenen Patienten und Pacis Analyse, die zumindest bei den Herztoten eindeutig war. Brunner las die Namen auf den Akten. Dann wurde er kreidebleich.

»Ist Ihnen nicht gut, Dr. Brunner? Möchten Sie vielleicht ein Glas Wasser?«

Brunner starrte Vincenzo an. »Damit habe ich nichts zu tun.«

»Womit?«

Brunner wies auf die Patienten, die durch einen Schlaganfall ums Leben gekommen waren.

»Aha, aber mit den beiden anderen Fällen haben Sie etwas zu tun?«

Sofort schaltete sich Stefani ein. »Commissario, denken Sie an meine Worte. Keine wilden Spekulationen.« Er wandte sich Baroncini zu. »Ist das wirklich alles, was Sie haben, meine Herren? Vier verstorbene Patienten, die auf eine Weise getötet wurden, zu der jeder Bedienstete der Klinik in der Lage wäre? Sofern überhaupt Tötungsdelikte vorliegen, was ich stark bezweifle.«

Vincenzo hatte Stefani zugehört, aber dabei Brunner beobachtet. Der Mann wirkte extrem angespannt. Vincenzo konfrontierte ihn mit seiner nächsten Frage, ohne auf den Anwalt einzugehen. »Dr. Brunner, deute ich diese Akten dahin gehend richtig, dass alle diese Patienten Organspender waren?«

Brunner nickte mit gesenktem Kopf.

»Bitte antworten Sie auf meine Frage, Dr. Brunner. Das Aufnahmegerät kann keine Gesten aufzeichnen. Also noch mal, waren diese Patienten Organspender?«

Vincenzo handelte sich einen missbilligenden Blick des Advokaten ein.

»Ja, diese vier Patienten waren Organspender.«

»Gut. Und ist es richtig, dass Sie, abgesehen von den Herzen, alle in den Organspendeausweisen aufgeführten Organe entnommen und transplantiert haben?«

»Ja, das ist richtig.«

Jetzt zog Vincenzo seinen nächsten Trumpf aus dem Ärmel. Er legte dem Arzt Maja Rossis Tabelle vor. »Gilt das auch für die Patienten auf dieser Liste? Sie alle sind eines unnatürlichen Todes gestorben, wie die Obduktionen beweisen werden.«

Müde schaute Brunner auf das Blatt Papier. »Woher haben Sie das?«

»Das spielt keine Rolle. Waren diese Menschen Organspender? Haben Sie deren Organe verpflanzt?«

Brunner studierte die Liste aufmerksam. Manchmal nickte er. Schließlich sagte er: »Einige Fälle liegen schon zu lange zurück. Da bin ich mir nicht mehr sicher. Aber auf viele treffen Ihre Aussagen zu, Commissario.«

»Mit anderen Worten: Sie haben vom Tod dieser Patienten profitiert. Kann man das so sagen?«

Brunner wollte zu einer Antwort ansetzen, doch der Anwalt war schneller. »Commissario, habe ich mich nicht klar genug ausgedrückt? Keine spekulativen Fragen. Und erst recht keine suggestiven!«

Der Mann machte einen guten Job. Das war nicht zu leugnen. Und weil es gegen Brunner keinerlei Beweise oder Zeugenaussagen gab, Pacis Obduktionsergebnisse mithin das einzige Faktum waren, war Vincenzo damit mit seinem Latein am Ende. Aus dem Augenwinkel heraus konnte er sehen, dass Stefani widerwärtig grinste. Baroncini mahlte mit den Kiefern. Er war angespannt. Einen Augenblick herrschte absolute Stille im Verhörraum. Doch gerade als Vincenzo das Verhörgerät ausschalten wollte, hielt ihn Brunner zurück.

»Nein, lassen Sie das weiterlaufen. Ich möchte eine Aussage machen.«

Sofort griff der Anwalt ein. »Dr. Brunner, Sie sagen nichts, ohne das vorher mit mir abzusprechen. Sie können als Beschuldigter von Ihrem Aussageverweigerungsrecht und Ihrem Zeugnisverweigerungsrecht Gebrauch machen. Niemand kann Sie zwingen, sich selbst zu belasten. Commissario, das Verhör ist hiermit beendet.«

Stefani machte Anstalten, sich zu erheben, doch Brunner hielt ihn zurück. »Ich sagte, ich möchte eine Aussage machen. Setzen Sie sich, Doktor.«

Wieder traf Vincenzo ein böser Blick des Advokaten, während der sich wieder setzte. Doch das ließ Vincenzo kalt, er war gespannt, was Brunner gleich zu Protokoll geben würde.

Mit gesenktem Kopf erzählte der Arzt seine Geschichte. Die Geschichte, wie er als junger hoffnungsvoller Arzt in der Klinik begonnen und einen kometenhaften Aufstieg hingelegt hatte. Er bekannte, dass er sich mit seinem Karrierewahn um die Liebe seines Lebens gebracht hatte und aus ihm ein verhärmter alter Mann geworden sei. Alles, was ihn am Leben hielt, war sein Erfolg in der Klinik. Die Anerkennung, ja Bewunderung. Die Gründung und Erweiterung eines europaweit geachteten Transplantationszentrums gingen auf seine Initiativen zurück. Er selbst galt schon bald als einer der besten Transplantationsspezialisten im ganzen Land. Bis »dieser adelige Lackaffe« gekommen sei. In allen Einzelheiten schilderte Brunner, wie von Adelsburg, damals noch Hofer-Grünfelder, seinen Dienst in der Klinik angetreten hatte, ausgestattet mit einem sensationellen Einserexamen. Systematisch habe er sich an die Spitze hochgearbeitet und Brunner dabei mehr und mehr ins Abseits gestellt. Noch schlimmer wurde es, nachdem er eine Adelige geheiratet hatte. Mit Adelsburg Technologies sowie dem Ansehen und Einfluss des Grafen sank Brunners Bedeutung auf einen symbolischen Restwert. Und so war er nur noch von dem Gedanken getrieben, den Abstand auf von Adelsburg zu verkürzen und ihm möglichst zu schaden. Koste es, was es wolle. Vor einigen Monaten hatte sich ihm dann endlich eine Chance geboten. Einer seiner Patienten war schwer erkrankt. ALS, Amyotrophe Lateralsklerose, im Endstadium. Er musste bereits künstlich ernährt werden, und es bestand keinerlei Hoffnung mehr. Dafür die Gefahr, dass die Organe des Spenders irgendwann nicht mehr zu gebrauchen waren. Da traf er die folgenschwere Entscheidung und spritzte dem Mann eine Überdosis Gilurytmal. Er starb an Herzversagen.

»Ja, ich habe diesen und weitere Patienten auf jene Weise getötet.

Es ging mir darum, deren Organe zu verpflanzen, um besser zu sein als von Adelsburg. Und ich gebe zu, dass ich sie bewusst mit einem Herzmedikament getötet habe, um damit zusätzlich meinem Kollegen zu schaden, der die Herzen dieser Patienten nicht mehr gebrauchen konnte. Aber ich erkläre klar und deutlich, dass keiner dieser Patienten noch eine realistische Überlebenschance gehabt hat. Haben Sie eine Vorstellung, welch unvorstellbare Qualen ein Mensch erleiden muss, der ALS im Endstadium hat? Eines habe ich hingegen niemals getan: Ich habe keinen Patienten getötet, dessen Prognose auch nur ein Fünkchen Hoffnung zuließ. Und niemals habe ich jemandem Luft injiziert. Ich habe stets ein Herzmedikament genutzt. Das ist so wahr, wie ich hier sitze. Mit den Schlaganfällen und Hirnschlägen habe ich nichts zu tun. Das müssen Sie mir glauben!«

Baroncini ordnete eine Unterbrechung des Verhörs an. Auch Stefani wollte einen Augenblick allein mit seinem Klienten sprechen. Die Polizisten verließen den Verhörraum für zehn Minuten.

»Das war ein überraschendes Geständnis. Was halten Sie davon, Commissario?«, fragte der Vice Questore.

Zu viert standen sie vor dem großen Einwegspiegel und sahen zu, wie Stefani wild gestikulierend auf Brunner einredete.

»Tja«, meinte Vincenzo, »das klang so, als wollte sich Brunner von einer schweren Gewissenslast befreien. Gleich werden wir ihn fragen, ob er erpresst wurde und ob er die Frauen deshalb ermordet hat.«

Marzoli stand nachdenklich mit hinter dem Rücken verschränkten Armen vor dem Spiegel. Er beobachtete Brunners Mienenspiel. »Wenn ich ehrlich bin, glaube ich fast, dass der alles ausgepackt hat, was ihn belastet. Mehr kommt da nicht.«

»Wie kommst du darauf?«

»Na ja, ihr müsst ihn euch doch nur mal ansehen. Das ist ein gebrochener Mann. All seine Aggression und sein Selbstbewusstsein sind doch nur aufgesetzt. Warum sollte er zwei Spritzen zugeben, aber die beiden anderen Taten leugnen? Ob zwei oder vier, das ist doch egal. Aus seiner Sicht, meine ich. Davon abgesehen, ist deutlich geworden, dass es noch mehr Fälle gibt. Viel mehr vielleicht.«

Vincenzo stellte sich neben Marzoli und musterte ebenfalls

Brunners Mimik und Gestik. »Du hast recht, Giuseppe. Der Mann hat sein Gewissen erleichtert. Er wird sicherlich noch mehr Herzspritzen gestehen, aber keinen der anderen Morde. Aber was heißt das für uns?«

Baroncinis Bass ertönte laut. »Wir führen das Verhör fort. Dann wird er dem Haftrichter vorgeführt. Es gibt tausend Gründe, warum er das eine gesteht, das andere aber abstreitet. Denken Sie an diese Zingerle-Manie. Der Fall muss so schnell wie möglich abgeschlossen werden.«

Bevor Vincenzo einwenden konnte, dass das nicht der erste Fall wäre, bei dem es mehr als einen Täter gibt, stürmte Gufler herein. Der junge Polizist registrierte nicht einmal, dass der Vice Questore mitten im Raum stand, sondern fokussierte seinen Blick allein auf Vincenzo. »Commissario«, rief er aufgeregt, »das ist eine Sensation! Das müssen Sie sich unbedingt anhören.«

Weiter kam er nicht. Baroncini, eigentlich bekannt für seine ruhige, ausgleichende Art, empfand das Auftreten des jungen Mannes als Respektlosigkeit. »Was fällt Ihnen ein, ohne anzuklopfen wie ein wild gewordener Stier mitten in ein Verhör zu platzen!«

Der Polizist bemerkte endlich, dass Vincenzo nicht allein war. Er begriff seinen Fauxpas und lief knallrot an. Er stammelte: »Vice Questore, ich habe gar nicht … also, nicht bemerkt, dass Sie … also dass Sie auch … Oh mein Gott, das ist mir so schrecklich peinlich. Bitte verzeihen Sie meinen Auftritt.«

Vincenzo suchte Baroncinis Blick und schüttelte fast unmerklich den Kopf. Der Vice Questore verstand und hielt seine Standpauke zurück. Dann zog Vincenzo den Vice Ispettore sanft zur Tür. Er flüsterte nur. »Klopfen Sie demnächst besser an. Und stören Sie niemals wieder ein Verhör. Nie wieder! Das sollten Sie sich für alle Zukunft merken.«

»Aber das ist wirklich ein Hammer, Commissario«, verteidigte sich Gufler. »Der absolute Hammer, sage ich Ihnen!«

Vincenzo schob ihn durch die Tür hinaus. »Gehen Sie in mein Büro und warten Sie da auf uns. Wir kommen, sobald wir hier fertig sind.« Mit diesen Worten schloss er die Tür und öffnete die zum Verhörraum. Mauracher und Baroncini, der sich wieder beruhigt hatte, folgten ihm.

Stefani empfing sie mit versteinerter Miene. Doch Vincenzo ließ sich davon nicht beirren und konfrontierte Brunner mit der Vermutung, dass er von den Opfern erpresst worden war und sie deshalb aus dem Weg geräumt habe. Brunner hing auf seinem Stuhl wie ein nasser Sack, bar jeglicher Körperspannung, die zuvor noch so ausgeprägt gewesen war. Er räumte die Erpressung sofort ein, behauptete aber, er sei darauf nicht eingegangen. Er erklärte, dass er eine SMS von Dr. Rossi bekommen habe, in der stand, sie wisse, was er getan habe, und verlange für ihr Schweigen zwanzigtausend Euro in bar. Zu diesem Zeitpunkt sei Cecilia Fontana schon tot und Agostini verschwunden gewesen. Er gab zu, zum Schein auf Rossis Forderung eingegangen zu sein. Als er am verabredeten Treffpunkt in seinem Versteck auf sie wartete, sei jedoch Schwester Elena erschienen und habe die Tüte mit dem Geld abgeholt. Nur kurz huschte der Hauch eines Lächelns über Brunners Gesicht, als er erzählte, dass die Schwester ziemlich dumm aus der Wäsche geguckt habe, als sie bemerkte, dass statt Geld nur Papierschnipsel in der Tüte waren. Weiter berichtete er, er sei daraufhin wütend geworden, habe Schwester Elena bedroht und schließlich erreicht, dass sie zugab, mit Dr. Rossi unter einer Decke zu stecken.

»Ob Sie mir das jetzt glauben oder nicht, Commissario, ich habe mir an diesem Tag geschworen, dass ich zur Polizei gehe, wenn ich weiter erpresst werde. Ich wollte ohnehin Tabula rasa machen.«

»Mit Tabula rasa meinen Sie, die Erpresserinnen zu beseitigen? So wie Fontana und Agostini?«

Stefani wollte zum Protest ansetzen, doch wieder hielt ihn sein eigener Klient zurück. »Nein, mit Tabula rasa meinte ich, Ihnen das zu erzählen, was ich Ihnen eben erklärt habe. Mit den beiden Morden habe ich nichts zu tun.«

***

Durnholzer Tal

Mit vom Weinen geschwollenen Augen war Aloisia an diesem Morgen in aller Herrgottsfrühe aufgestanden, während Johann noch friedlich vor sich hin schnarchte. Zuerst wollte sie nach Nathan sehen, doch dessen Zimmer war wieder einmal abgeschlossen. Da sie keine Laute aus der Kammer hörte, ging sie davon aus, dass er noch schlief. Sie begab sich in die Stube, um Kaffee aufzusetzen, dabei fiel ihr Blick auf das Waffenarsenal auf dem Kaminsims. Für einen Moment spielte sie mit dem Gedanken, in den Keller zu gehen, den großen Hammer zu holen und diese widerlichen Mordwerkzeuge damit zu zertrümmern. Aber sie wusste, dass Johann ihr das nicht verzeihen würde. Davon abgesehen, hatte sie keine Ahnung, was passierte, wenn man mit einem Hammer auf eine Handgranate einschlug. Sie hatte ja nicht einmal gewusst, dass so etwas in ihrem eigenen Keller lagerte. Ob Johann noch mehr Geheimnisse hatte, von denen sie nichts ahnte?

Ihr Blick fiel auf das Telefon. Minutenlang starrte sie das alte Gerät an, dann fasste sie einen Entschluss. Sie musste die Polizei verständigen. Nur so konnte sie eine Katastrophe verhindern. Nie zuvor hatte sie ihren Mann so erlebt. So hart, unbarmherzig, aggressiv, unnahbar. Es kam ihr vor, als hätte der Teufel von ihm Besitz ergriffen. Wahrscheinlich entlud sich mit dem Drama um Nathan und die Morde all der aufgestaute Frust aus den jahrelangen Demütigungen durch die Dorfbewohner. Nie waren sie akzeptiert worden, immer wurden sie wie Aussätzige behandelt. Johann hatte sich das immer mehr zu Herzen genommen als sie. Mit letzter Entschlusskraft stand sie auf und nahm den Hörer von der Gabel, um die Nummer des Polizeipräsidiums zu wählen. Für einen kurzen Moment ertönte das Freizeichen. Dann war die Leitung tot. Verdutzt starrte sie auf den Hörer. Da ertönte hinter ihr die Stimme ihres Mannes. Sie hatte ihn nicht in die Stube kommen hören.

»Was soll das, Weib? Hatten wir das nicht geklärt? Fängst du jetzt auch noch an, mich zu hintergehen?« Johann hielt das Telefonkabel in die Höhe. In seinen Augen spiegelten sich Wut und wilde Entschlossenheit.

»Johann, du machst mir Angst!«

»Du musst dir keine Sorgen machen. Ich kümmere mich um dein Wohlergehen. Und um das von Nathan. Wirf mal einen Blick nach draußen und sieh genau hin. Jetzt belagern sie uns schon zu viert!« Während er mit ruhiger Stimme sprach, zerschnitt er das Telefonkabel mit dem Küchenmesser. »Wolltest du die Polizei rufen? Damit sie kommen und Nathan mitnehmen? Meinst du, die Meute hätte danach aufgehört, uns zu belagern? Aloisia, ich sage dir, das müssen wir selbst regeln.«

»Aber was machen wir nur mit Nathan? Er kommt überhaupt nicht mehr aus seinem Zimmer heraus.«

Das Letzte, was Johann äußerte, bevor er, mitunter ein Lied pfeifend, begann, seine Waffen für die Schlacht vorzubereiten, war die Bitte an sie, Nathan Kaffee und ein paar geschmierte Brote nach oben zu bringen. »Dem geht's prächtig«, sagte Johann mit einem merkwürdigen Grinsen. »Der stöhnt schon wieder wie ein Stier. Ein ganz normaler Junge. Wie jeder andere auch.«

***

Bozen

Nachdem Brunner in seine Zelle gebracht worden war, begleitet von seinem Anwalt, der erfolglos auf ihn einredete, seine Aussage zu widerrufen, war Vincenzo mit Marzoli und Mauracher in sein Büro geeilt. Endlich nahm der Fall Konturen an, stand vielleicht sogar kurz vor der Aufklärung. Sie waren gespannt, was Gufler herausgefunden hatte.

Voller Tatendrang war dieser morgens schon vor acht in der Questura gewesen und hatte sofort damit begonnen, die verbleibenden Adressen anzurufen. Nur zwei konnte er auf Anhieb erreichen, aber beide hatten keine Bernadetta in der Familie. Bei der drittletzten Adresse hatte er mehr Erfolg. Xaver und Clara Rettenbacher lebten in einem Vorort von Wien und betrieben eine Gemeinschaftspraxis als Zahnärzte. Gufler hatte den Leuten nicht viel erklären müssen, denn auch in Wien waren die Zeitungen voll von Geschichten über die brutalen Morde in Südtirol und die Parallelen zu Guido Zingerle, von dem die Familie allerdings vorher noch nie gehört hatte. Damit zerschlug sich zunächst eine kleine Hoffnung.

Doch die Augen des Vice Ispettore leuchteten, als er schilderte, wie das Gespräch weiterhin verlaufen war. Der Zahnarzt Xaver Rettenbacher wusste nämlich zu berichten, dass die Mutter seines Cousins Bernadetta Rettenbacher hieß. Allerdings hatten er und seine Frau zu diesem Teil der Familie kaum Kontakt. Sie waren Bernadetta nur ein paarmal begegnet, das letzte Mal lag schon viele Jahre zurück. Doch der Zahnarzt konnte sich erinnern, dass sein Cousin ihm bei einem Telefonat zu Weihnachten vor ein paar Jahren erzählt hatte, dass seine Mutter jetzt seines Wissens in einem Altenheim in Wien lebte. Wo genau, konnte er nicht sagen. Er gab Gufler schließlich die Telefonnummer seines Cousins.

Der Cousin war weniger hilfsbereit, sogar unfreundlich und verweigerte zunächst die Aussage. Erst als der Vice Ispettore damit drohte, die Kollegen in Wien einzuschalten und den Cousin vorladen zu lassen, wurde er gesprächiger. Er hatte ein miserables Verhältnis zu seiner Mutter, die er für »eine gottverdammte Hure« hielt. Aber er wusste, in welchem Altenheim sie lebte. Er verabschiedete sich von Gufler mit der Bitte, sie nicht von ihm zu grüßen, ihn am besten gar nicht erst zu erwähnen.

Und so kam der junge Vice Ispettore schließlich zu Bernadetta Rettenbacher. Die alte Frau, inzwischen weit über achtzig, wohnte in einem Heim in der Nähe des Jüdischen Friedhofs Rossau im 9. Wiener Gemeindebezirk, des ältesten erhaltenen Friedhofs Wiens. Sie war zunächst wie ihr Sohn: schroff und abweisend. Doch sie hatte in der Zurückgezogenheit ihres Heims nichts von den Morden in Südtirol mitbekommen. Als der Polizist den Namen Zingerle erwähnte, war er sich sicher gewesen, dass die Stimme der Frau gezittert habe, als sie anfing, zu erzählen. Gufler hatte das Gespräch mit Rettenbachers Einverständnis aufgezeichnet. Denn ihre Geschichte war lang. Er startete das Aufnahmegerät, aus dem die eindringliche Stimme der alten Frau erklang. Gebannt blickten alle Anwesenden auf das Gerät.

»Junger Mann, was Sie da berichten, ist eine traurige Geschichte. Doch traurig ist auch die Geschichte meiner Freundin Constanze, traurig ist die Geschichte meines Sohnes. Nicht der, der hier in Wien lebt. Das ist ein Taugenichts. Wie sein Vater. Der war auch ein Hallodri. Aber der hatte wenigstens Humor. Zwei Jahre habe ich es immerhin mit dem ausgehalten. Sein Sohn hat gar nichts. Aber der andere, mein Erstgeborener, hat das Zeug zu was ganz Großem. Das habe ich schon gespürt, als er in meinem Bauch heranwuchs.

Wenn Sie wollen, erzähle ich Ihnen die Geschichte, junger Mann. Es ist das erste Mal, dass ich die ganze Geschichte erzähle. Ich habe Constanze damals geschworen, niemals jemandem etwas davon zu sagen. Doch die arme Constanze gibt es schon lange nicht mehr.«

Vincenzo musste innerlich schmunzeln, als der Vice Ispettore die Pausentaste betätigte, um mit leuchtenden Augen zu erzählen, wie die alte Frau, die sich nach ihrer anfänglichen Ablehnung wohl als exzellente Erzählerin erwiesen hatte, ihn mit ihrer Erzählweise in den Bann gezogen hatte. Wahrscheinlich tat es ihr gut, das lange gehütete Geheimnis endlich mit jemandem teilen zu können. Mit einem Kopfnicken bedeutete Vincenzo dem Kollegen, das Abspielgerät wieder zu starten.

Rettenbacher erzählte zunächst das, was die Mordkommission bereits wusste. Die Geschichte des Babys, das auf dem Altar der Hofkirche abgelegt wurde, und von seiner Mutter, die keinen anderen Ausweg sah, ihr Kind danach nie wieder zu Gesicht bekam und nie wieder von ihm hörte. Darunter litt sie, bis sie eines Tages als verhärmte Frau an Schwindsucht verstarb.

»Aber, junger Mann, auch diese Geschichte nahm ihren Anfang schon neun Monate zuvor. Im Mai 1948. Constanze war jünger als ich. Und völlig anders. Wir hatten uns während des Krieges kennengelernt. Unsere Väter waren leider beide Mitglieder der NSDAP. Unsere Mütter und wir Kinder haben uns sehr dafür geschämt. Aber Constanze und mich hat das irgendwie auch zusammengeschweißt, obwohl wir so unterschiedlich waren. Ich war heißblütig, wild, abenteuerlustig, wollte die Welt erobern. Constanze war das genaue Gegenteil. Sie wollte ein Zuhause, einen Mann und mindestens vier Kinder. Das war ihr großer Traum. Sie war immer Feuer und Flamme, wenn sie mir erzählte, wie toll es sein würde, wenn sie erst den Mann ihrer Träume gefunden und mit ihm und den Kindern in ihrem Garten mit kleinem Teich und Blick in die Berge sitzen würde. Weißt du, Bernadetta, hat sie oft gesagt, mir ist ganz gleich, wie klug mein Mann sein wird. Er muss auch nicht reich sein. Aber er soll ein guter Mann sein. Ehrlich, anständig, ein guter Vater. Ich war immer sehr gerührt, wenn sie mir von ihren einfachen Träumen

erzählte. Wie oft habe ich mir gewünscht, wenigstens ein bisschen so zu sein wie sie! Nicht so rastlos, so wankelmütig und sprunghaft. Nichts hat mir das in meinem Leben gebracht, außer zwei Söhne, von denen ich einen nicht kenne und den anderen verabscheue, und die Einsamkeit meines stickigen Zimmers in diesem Altenheim.«

Nach dieser Generalabrechnung mit ihrem eigenen Leben wandte sich Rettenbacher ihrer Freundin Constanze zu. Denn auch für sie war alles ganz anders gekommen. Und mit ihrer Geschichte, die die Polizisten aus dem Abspielgerät hörten, begann sich der Kreis in die Gegenwart zu schließen. Denn im Mai 1948 war Constanze, wie so oft, allein im Wald gewesen, um Feuerholz zu sammeln. Dort begegnete sie ihrem Cousin, der sich gern in den Wäldern herumtrieb. Sie kannte ihn nur flüchtig aus Innsbruck. Sie waren ins Gespräch gekommen. Er hatte sie komisch angesehen. Lüstern, das war Bernadetta sofort klar gewesen, doch die unschuldige Constanze begriff das nicht. Nach einer Weile hatte er ihr ohne Vorwarnung an die Brüste gefasst. Sie stieß den Cousin fort und versuchte zu fliehen. Doch er holte sie rasch ein. Er musste sehr stark gewesen sein. Constanze hatte keine Chance, sich zu wehren, und hatte es über sich ergehen lassen. Als es vorbei war, war er einfach davongelaufen und hatte Constanze im Gebüsch liegen lassen.

»Als sie nach Hause kam, hat ihre Mutter sie gefragt, warum sie so dreckig ist. Constanze hat behauptet, an einem Hang ausgerutscht zu sein.«

Bei dem Wort »ausgerutscht« ertönte ein heiseres Lachen vom Band. Sie schien diese Erklärung für wenig glaubwürdig zu halten.

»Dieses naive Ding! Außer ein paar Kratzern durch das dornige Gebüsch, in das ihr widerlicher Cousin sie gezogen hatte, hatte sie keine Verletzungen. Jedenfalls keine körperlichen. Dafür waren ihre seelischen Wunden umso schlimmer.«

Wie Bernadetta Rettenbacher weiter ausführte, hatte Constanze danach nämlich ein Schamgefühl befallen, das sie nie mehr loslassen sollte. Nie wieder hatte sie sich einem Mann hingeben können. Nicht ein Mal in all den Jahren. Nur ihrer Freundin hatte sie sich anvertraut. Niemand sonst ahnte etwas von diesem schrecklichen Erlebnis. Bernadetta erkannte die Anzeichen von Constanzes Schwangerschaft, noch bevor diese selbst es begriffen hatte. Und schon da schmiedeten sie gemeinsam den Plan, das Kind, das Constanze nicht behalten konnte, auf den Altar der Hofkirche zu legen. Wissend, dass es dort schnell gefunden würde.

»Es gab zwei Gründe, warum Constanze das Kind nicht behalten konnte. Der eine ist die Vergewaltigung an sich. Sie hätte allein mit diesem Wissen das Kind nicht behalten können, das sie tagtäglich an diese Schmach erinnert hätte. Was hätte sie außerdem ihrer Mutter, ja der ganzen Außenwelt erzählen sollen? Aber der zweite Grund wiegt noch schwerer, junger Mann. Die Tatsache, dass sie von ihrem eigenen Cousin vergewaltigt wurde. Ich nehme an, Sie wissen, wer das war.«

Jetzt hörten sie Guflers Stimme aus dem Abspielgerät.

»Sie sprechen von Guido Zingerle. Stimmt's?«

Als Bernadetta antwortete, schwangen viele Emotionen in ihrer Stimme mit. Hass, Mitleid, Resignation.

»Sie sagen es, junger Mann. Die tragische Geschichte eines unschuldigen jungen Mädchens voller Hoffnungen, die ein widerwärtiges Schwein für alle Zeit zunichtegemacht hat. Wenn Sie Constanze gekannt hätten, wüssten Sie, wovon ich spreche. Ich kann Ihnen gar nicht sagen, wie oft mir diese Geschichte durch den Kopf geht und wie oft sie mich in meinen Alpträumen heimsucht.«

»Wer weiß«, sinnierte Vincenzo, indem er erneut auf den Pausenknopf drückte, »vielleicht hat Zingerle seine kriminelle Karriere an diesem Tag im Mai 1948 begonnen. Mit seiner eigenen Cousine. Vielleicht hatte er bei ihr weniger Hemmungen, weil er sie kannte. Fasciani hat mir ja erzählt, dass man nie herausgefunden hat, warum

Zingerle erst im fortgeschrittenen Alter angefangen hat, sich an Frauen zu vergehen. Vielleicht ist Constanze die Antwort darauf. Was ist dann mit dem Baby geschehen? Wohin ist es gekommen?«

Vincenzo ließ das Band weiterlaufen. Und was Bernadetta nun erzählte, beantwortete auch diese Fragen. Denn sie wollte selbst wissen, was mit dem Kind geschehen war, und schaffte es tatsächlich, dem Pfarrer während ihrer Beichte das Geheimnis um den Verbleib von Constanzes Sohn zu entlocken. Wieder war ihr heiseres Lachen zu hören. Wahrscheinlich erinnerte sie sich bei ihrer Erzählung daran, wie sie dem Geistlichen schöne Augen gemacht hatte, damit er redete. Jedenfalls erfuhr sie, dass der Pfarrer zunächst versucht hatte, die leibliche Mutter ausfindig zu machen, was ihm jedoch nicht gelang. Er hatte auch die Polizei eingeschaltet, aber die hatte sich nicht ernsthaft um den Fall gekümmert. Und so hatte der Pfarrer das Baby schließlich einem Gemeindemitglied anvertraut, das er seit seiner Kindheit kannte. Der Mann hieß Johann und seine Frau, die er gerade erst geehelicht hatte, Aloisia. Aber weil er sich Namen so schlecht merken konnte, wusste er nicht mehr genau, wie der Mann mit Nachnamen hieß, nur, dass er in einem Futtermittelbetrieb arbeitete. Um welchen Betrieb es sich handelte, daran konnte er sich ebenfalls nicht mehr erinnern.

Der Vice Ispettore schaltete das Gerät aus. »Das war's. Hier habe ich die Aufnahme gestoppt, weil ich dachte, es käme nichts mehr von Belang. Ich habe die Futtermittelbetriebe schon überprüft. Es gibt in Innsbruck und Umgebung ungefähr zehn Betriebe. Ich habe alle abtelefoniert. Vier existierten damals noch gar nicht, bei den anderen gab es keine Unterlagen, die uns weiterhelfen könnten. Aber es wäre ja auch denkbar, dass der betreffende Betrieb längst nicht mehr existiert.«

Vincenzo klopfte Gufler freundschaftlich auf die Schulter. »Das war wirklich verdammt gute Arbeit. Gratuliere.«

Der junge Polizist lächelte verlegen. »Da ist noch was, Commissario.«

Vincenzo nickte Gufler aufmunternd zu. Der erzählte, dass Bernadetta auch von der traurigen Geschichte ihres ersten Sohnes gesprochen hatte. Er hatte der alten Frau zu diesem Zeitpunkt nur mehr aus Höflichkeit zugehört, weniger aus polizeilichem Interesse, weshalb er auch nicht daran gedacht hatte, das Gespräch wieder aufzuzeichnen. Doch was die Dame berichtete, hatte ihn hellhörig werden lassen. Bernadetta hatte nach dem Krieg viele Besatzungssoldaten als Freunde. Sie hatte auch mit einigen der Soldaten, die später in Österreich blieben oder dorthin zurückkehrten, kurzlebige Affären. Aus einer dieser Affären resultierte ihre erste Schwangerschaft. Sie hatte jedoch nie Kinder gewollt und wusste nicht, was sie damit anstellen sollte. Sie dachte an Constanze. So kam es, dass auch sie ihr erstes Kind zur Adoption freigab. Zu dieser Zeit, Mitte der Sechziger, ging alles seinen geregelten Gang. Offiziell wurden Adoptiveltern für den Jungen gesucht und schließlich auch gefunden.

»Und diese Eltern«, führte der Vice Ispettore aus, »sind gebürtige Südtiroler. Sie haben in Bruneck gelebt und hießen Hofer-Grünfelder.«

Vincenzo pfiff durch die Zähne. »Das ist allerdings ein Hammer. Ich nehme an, das ist keine zufällige Namensverwandtschaft, oder?«

»Nein, Commissario. Florian von Adelsburg ist in Wahrheit ein geborener Rettenbacher, aufgewachsen als Florian Hofer-Grünfelder in Bruneck.«

Einen Moment lang herrschte Schweigen in Vincenzos Büro. Diese Informationen ließen den Fall in einem anderen Licht erscheinen. Aber in welchem?, fragte sich Vincenzo und notierte die Namen Rettenbacher, Constanze und Hofer-Grünfelder auf seiner Pinnwand.

»Ich glaube«, resümierte Marzoli, »das kann uns Dr. von Adelsburg am besten selbst erklären.«

***

Adelsburg Technologies

Florian war pünktlich gekommen, sodass er die Japaner zusammen mit seinem Schwiegervater in Empfang nehmen konnte. In der Klinik stand zwar keine OP mehr an, doch dafür stapelten sich die unausgefüllten Formblätter aus dem Qualitätsmanagement-System und ungelesene Protokolle auf seinem Schreibtisch. Stünde er nicht so sehr unter Druck, hätte sich Florian auf diese Veranstaltung gefreut, die ihn immerhin das ganze Wochenende in Beschlag nehmen würde. Er bewunderte die japanische Unternehmenskultur. Vor allem das Konsensprinzip entsprach seinem eigenen Werteschema. Keine hierarchiegetriebenen Entscheidungen einer Minderheit, sondern ein Beschluss auf Ebene des ganzen Unternehmens. »Das ist nicht meine Baustelle«, mochte eine typische Redensart sein, die auf europäische Unternehmen zutraf. Auf japanische nicht. Denn Japaner betrachteten ihr Unternehmen stets als ihre eigene Baustelle, weil jeder Einzelne für den Unternehmenserfolg verantwortlich war. Wie viel leichter wäre seine Arbeit, wenn er sich nicht permanent Machtkämpfe mit einem Paul Brunner liefern müsste!

Mit einem leisen Räuspern betrat die Sekretärin den hochwertig ausgestatteten Gästesalon. Graf Heinrich Alexander Philipp von Adelsburg kniff die Augen zusammen. »Aurora, wie können Sie es wagen, uns zu stören? Sie wissen doch, worum es hier geht!«

»Das tut mir wirklich schrecklich leid«, sagte sie in flüsterndem Ton. »Aber draußen steht die Polizei. Sie wollen mit Ihrem Schwiegersohn sprechen.«

»Die Polizei? Jetzt? Das geht nicht. Sagen Sie denen, sie können Florian ab Montag wieder in der Klinik erreichen.«

Mit diesen Worten wandte sich der Graf wieder von Aurora ab, doch seine Sekretärin zupfte ihn dezent am Jackett und handelte sich dafür einen bitterbösen Blick ein.

Rasch erklärte sie ihre Aufdringlichkeit. »Der Commissario hat gesagt, wenn Ihr Schwiegersohn jetzt keine fünf Minuten für die Polizei entbehren könne, dann werde man ihn eben mit in die Questura nehmen. Er hat gesagt, dass –«

»Was hat der Commissario gesagt?« Heinrich hatte so laut gesprochen, dass einige der japanischen Gäste sich zu ihm umdrehten.

»Er hat gesagt, dass Ihr Schwiegersohn unter dringendem Tatverdacht steht.«

Er sah seine Sekretärin fassungslos an. »Florian unter Tatverdacht? Das kann doch gar nicht sein. Da muss ein Missverständnis vorliegen.«

Als der Graf Bellini im Türrahmen erblickte, wurde ihm bewusst, dass es sich nicht um einen Irrtum handelte. Er zog Florian zur Seite und erklärte ihm, um Fassung ringend, dass dieser mit der Polizei sprechen müsse.

Irritiert entschuldigte sich Florian bei der japanischen Delegation und ging zu Bellini und Marzoli hinaus auf den Flur.

»Meine Herren, ich hoffe, Sie haben eine gute Erklärung für Ihren Auftritt«, herrschte der junge Arzt die Polizisten an. »Ansonsten hat das ein Nachspiel. Das können Sie mir glauben.«

»Wir werden Ihre Zeit gewiss nicht länger in Anspruch nehmen als nötig, Doktor. Wenn es Ihnen lieber ist, in die Questura –«

»Nun kommen Sie schon zur Sache!«

Vincenzo konfrontierte den Adeligen mit Brunners Aussagen und den zumindest indirekten Parallelen zwischen von Adelsburgs Herkunft und der von Zingerles Sohn.

Doch davon ließ sich der Arzt nicht aus der Ruhe bringen. »Was genau werfen Sie mir eigentlich vor? Guido Zingerles Sohn wurde allem Anschein nach adoptiert. Ich auch. Unsere leiblichen Mütter scheinen sich gekannt zu haben. Na und?«

Vehement stritt er jegliche Beteiligung an den Vorgängen in der Klinik ab. Er versuchte auch nicht, Brunner die Schuld in die Schuhe zu schieben, sondern konnte sich im Gegenteil nicht vorstellen, dass ein angesehener Arzt, und sei er noch so frustriert, Patienten willentlich umbringe. Was Zingerles Sohn anging, räumte er ein, diese Geschichte von seinen Adoptiveltern gehört zu haben, zu denen er schon lange keinen Kontakt mehr habe. Allerdings sei er in der Tat auf einigen seiner Wanderungen einem Mann begegnet, der Zingerle ähnlich sah. Sie seien ins Gespräch gekommen, soweit man davon sprechen könne, denn der Mann sei hochgradig debil. Aber ein netter Kerl. Manchmal hätten sie einfach zusammen ein Bier getrunken. Natürlich hatte er versucht, herauszufinden, wo der Mann lebte und wie seine Eltern hießen. Doch dieser habe immer nur von Johann und Aloisia gesprochen, schien den Nachnamen seiner Adoptiveltern gar nicht zu kennen. Er selbst heiße Nathan, habe er gesagt.

Vincenzo hakte nach und wollte wissen, warum er das nicht

längst der Polizei gemeldet hatte, schließlich berichtete die Presse seit Tagen über nichts anderes als die kuriose DNA-Analyse.

Da einen Zusammenhang zu wittern sei doch Humbug, teilte von Adelsburg den Polizisten seine persönliche Einschätzung mit. Hinter den Taten könne doch wohl nur dieser Mantinger stecken. Davon abgesehen, habe er vorgehabt, am Montag von sich aus zur Questura zu gehen, um sein dürftiges Wissen über Zingerles Sohn mit den Behörden zu teilen. »Doch an diesem Wochenende findet bei Adelsburg Technologies ein Treffen von historischen Ausmaßen statt, meine Herren. Es geht um ein Auftragsvolumen von zweihundert Millionen Euro! Ist Ihnen klar, was das für Südtirol bedeutet? Wir schaffen hier Arbeitsplätze, meine Herren, und zahlen eine Menge Steuern. Und damit dieses Geschäft zustande kommt, muss ich mich angemessen um die Japaner kümmern. Denn von mir wollen sie en détail wissen, wie unsere Geräte in der Praxis funktionieren. Und wenn Sie die Mentalität der Japaner kennen, wissen Sie, dass es, sagen wir mal, nicht unbedingt von Vorteil ist, wenn plötzlich die Polizei auftaucht. Und jetzt lassen Sie mich bitte zurück zu unseren Gästen.«

Ohne eine Antwort abzuwarten, machte von Adelsburg auf dem Absatz kehrt und eilte zurück in den Salon, der nach Vincenzos Einschätzung ungefähr doppelt so groß sein musste wie seine Wohnung. Der adelige Doktor konnte also auch anders als freundlich und geduldig.

»Und, glaubst du ihm die Sache mit dem zufälligen Treffen in den Bergen, Giuseppe?«, erkundigte sich Vincenzo nach Marzolis Meinung, nachdem sie das Bürogebäude verlassen hatten. Die Klinik war ihre nächste Station.

»Nein, das klingt reichlich konstruiert. Aber wie sollen wir ihm was anderes nachweisen? Zumal das ja nicht unmöglich ist. Die Wirte rund um Glaning haben diesen Nathan immerhin auch gesehen. Wenn er es denn war. Außerdem kann er sich die Debilität des Mannes kaum aus den Fingern gesogen haben. Aber wenn Nathan das Ergebnis des Geschlechtsverkehrs von Zingerle und dessen Cousine ist, würde das doch passen.«

»Kommt drauf an. Wenn Cousin und Cousine ein Kind zeugen,

ist die Gefahr von Erbschäden meines Wissens nur mäßig erhöht. Aber dennoch könnte bei diesem Nathan ein Zusammenhang bestehen. Was ist mit den getöteten Patienten? Glauben Sie ihm, dass er damit nichts zu tun hat?«

»Schwer einzuschätzen, der Mann. Ziemlich selbstsicher. Aber nicht unsympathisch. Vor allem nicht so arrogant, wie sein Stand es vermuten lassen würde. Nehmen wir ihn uns am Montag zur Brust?«

»Sein Schwiegervater ist doch auch nicht eingebildet. Zumindest zeigt er das nicht nach außen. Aber natürlich bestellen wir ihn am Montag in die Questura. Ich spreche mit Baroncini, ob wir ein Ermittlungsverfahren gegen ihn einleiten können. Ein Anfangsverdacht besteht ja auf jeden Fall.«

***

Zu dieser späten Stunde war es leer auf dem weitläufigen Parkplatz des Klinikums. Vornehmlich die Fahrzeuge der Wochenendschicht standen dicht beieinander in der Parkzone für Beschäftigte. Der größere Bereich war den zahlreichen Besuchern vorbehalten, die vor allem an den Wochenenden scharenweise zu ihren Angehörigen und Freunden strömten, die mit einer Erkrankung in einem der fast achthundert Betten lagen. Nach den Erweiterungsmaßnahmen im Zuge der Sanierung reichten diese Parkplätze bei Weitem nicht mehr aus, weshalb auch der Bau einer Tiefgarage zu dem umfassenden Erweiterungskonzept gehörte.

Inzwischen senkte sich die Dunkelheit über den menschenleeren Parkplatz. Der hintere Bereich, dort, wo auch die großen Müllcontainer standen, war nur dürftig ausgeleuchtet. Auch das sollte sich im Zuge des Bauprojektes ändern.

Sie näherte sich dem Parkplatz über den breiten Grünstreifen, immer im Schutz der Bäume, die alleenartig angepflanzt waren. Es war kurz vor zehn. Sie hoffte, dass er diesmal Wort hielt und allein kam. Was sie überhaupt nicht gebrauchen konnte, waren Zeugen. Er noch weniger, insofern wäre er wohl kaum so dumm, sie in diesem Punkt zu hintergehen. Vor ihr tauchten die Müllcontainer auf. Sie konnte dort niemanden sehen. Wahrscheinlich war er noch nicht da. Sie vergewisserte sich, dass niemand in der Nähe war, und ging direkt auf die Container zu. Sie spürte, dass sie wackelige Knie bekam. Die Dunkelheit, das Einheitsgrau, die Schwüle, vor allem aber ihre Angst setzten ihr zu. Wahrscheinlich war es ein Fehler, zu dieser Verabredung zu gehen. Wenn er für Cecilias und Giulias Tod verantwortlich war, begab auch sie sich in Lebensgefahr. Aber diesmal hatte sie vorgesorgt. In ihrer Handtasche befand sich ein Pfefferspray. Sollte er ihr zu nahe kommen, würde sie es einsetzen und laut um Hilfe rufen. Die Container lagen zwar etwas abseits, dennoch war die Straße nicht weit, und ein lautes Schreien mussten die Passanten dort hören. Das hoffte sie zumindest.

Sie hatte die riesigen Müllcontainer erreicht, die vor allem dazu dienten, den Bauschutt abzutransportieren, der im Rahmen der Sanierungsmaßnahmen entstand. Insgesamt fünf solcher Container waren hier neben den kleineren Containern für den Klinikbetrieb aufgestellt worden. Vorsichtig umrundete sie die Container in einem Sicherheitsabstand, der ihr die nötige Zeit ließ, das Spray aus der Tasche zu ziehen, falls er plötzlich hinter einem der Behälter hervorsprang und auf sie losging. Sie war auf alles vorbereitet. Nachdem sie sämtliche Container geprüft hatte, auch die für den Klinikmüll, stellte sie fest, dass er nicht gekommen war. Sie sah auf ihre Uhr. Zehn nach zehn. Sie würde noch fünf Minuten warten und ihn dann anrufen. Seine letzte Chance.

Sie schaute in alle Richtungen, konzentrierte sich auf die Lichtfelder der Laternen. Egal, woher er kam, sie würde ihn in dem offenen Gelände lange vorher sehen. Die Minuten verstrichen. Nichts. Gut, dann eben anders. Dem mittleren der großen Container den Rücken zugewandt, griff sie in ihre Handtasche und kramte ihr Smartphone hervor. Gerade als sie seine Nummer wählen wollte, ertönte von der Straße das laute Hupen eines Lkws, das gespenstisch über den Parkplatz hallte. Vor Schreck ließ sie das Gerät fallen. Sie schaffte es noch soeben, ihr Smartphone mit dem Fuß abzufangen, bevor es auf den Asphalt knallte. Stattdessen landete es auf ihrem Schuh und rutschte von dort aus sanft auf den Boden. Fluchend bückte sie sich, um es aufzuheben. Ein kurzer Blick. Alles okay, es war nicht kaputtgegangen. Glück gehabt! Sie richtete sich wieder auf und drückte mit dem Zeigefinger die erste Taste auf dem Touchscreen. In diesem Moment wurde ihr von hinten mit Wucht ein Arm um den Hals gelegt und ihr Kopf gewaltsam nach hinten gedrückt. Schmerzen durchfuhren ihren Nacken. Auf dem Kehlkopf spürte sie Druck. Gleichzeitig wurde ihr ein Tuch oder etwas Ähnliches auf Nase und Mund gedrückt. Sie nahm einen süßlichen Geruch wahr. Augenblicke später versank sie in der Bewusstlosigkeit.

Als sie wieder aufwachte, hatte sie die Augen verbunden, war geknebelt und an Händen und Füßen gefesselt. Sie hatte pochende Kopfschmerzen. Und Todesangst. Wie war es möglich, dass sie ihn nicht gesehen hatte? Hatte er in einem der wenigen Wagen gesessen und auf eine Unachtsamkeit von ihr gewartet? Selbst dann hätte er nicht so schnell bei ihr sein können. Und sie hätte seine Schritte gehört. Automatisch scannte ihr Gedächtnis die Umgebung der Müllcontainer. Dabei sah es die beiden eng nebeneinanderstehenden Behälter, zwischen denen sich ein schmaler Spalt abgezeichnet hatte. Er musste sich dort hineingezwängt und den richtigen Moment abgewartet haben. Oh, wie konnte sie nur so dumm sein! An alles hatte sie gedacht, war bestens vorbereitet, hatte sogar mit einem Angriff gerechnet. Aber dieser verdammte Spalt!

Was hatte er jetzt mit ihr vor? Würde sie das gleiche Schicksal ereilen wie Cecilia und Giulia? Sie versuchte, sich trotz der Fesseln zu bewegen. Sie konnte sich jedoch kaum rühren. Sofort stieß sie in der vollkommenen Dunkelheit an einen Widerstand. Wo war sie? Plötzlich machte sie einen kleinen Satz nach oben, der ihr einen stechenden Schmerz durch den Rücken jagte. Da wurde ihr klar, dass sie in einem Kofferraum lag. Dieses heftige Ruckeln musste daher gekommen sein, dass der Wagen über ein Schlagloch gefahren war. Sie begriff, dass sie sterben würde. Sie hatte sich von Cecilia zu diesem Wahnsinn anstiften lassen. Jetzt wurde sie bitter dafür bestraft.

Wie ein Berserker raste er die schmale Passstraße hinauf. Es war ihm völlig gleichgültig, was mit der Schlampe im Kofferraum geschah. Brach sie sich wegen seiner Raserei das Genick, war es zumindest erledigt. Sterben würde sie sowieso. Es war nur die Frage, wann und wie. Allerdings wünschte er ihr etwas mehr als ein gebrochenes Genick. Wie die anderen sollte sie die Panik spüren. Ahnen, hören, fühlen, was mit ihr geschehen würde. Und im letzten Moment begreifen, warum. Er hätte nie für möglich gehalten, dass es so weit kommen würde. Und erst recht nicht, dass er dazu fähig sein würde. Aber er hatte in den letzten Monaten, eigentlich sogar Jahren viel über sich selbst gelernt. Und was ihm dabei begegnet war, hatte ihm nicht gefallen. Es hatte ihm Angst gemacht. Hass und Gewalt waren viel mehr Bestandteil seiner Persönlichkeit, als er jemals geahnt hatte. Er wusste, dass er sich allein deshalb von Anfang an anders hätte entscheiden müssen. Sich gar nicht erst auf dieses irrsinnige Spiel einlassen, sondern zur Polizei gehen, das wäre vernünftig gewesen. Sein Leben, wie er es geplant hatte, wäre dann zwar auch vorbei gewesen, aber im Unterschied zu jetzt hätte es zumindest noch Perspektiven gegeben. Aber nachdem seine Wut und seine Rachegelüste erst einmal die Oberhand gewonnen hatten, war er nicht mehr zu stoppen gewesen. Am schlimmsten waren für ihn nicht die Taten, die ihn im Gegenteil zutiefst befriedigten. Nein, am schlimmsten war das Doppelspiel, das er gegenüber seiner Umgebung spielen musste. Der einzige Vorteil seiner Fehlentscheidung bestand darin, dass es völlig egal war, was er mit diesem Weibsstück im Kofferraum anstellte. Ihm drohte lebenslange Haft. Da kam es auf eine mehr oder weniger auch nicht mehr an. Ein befreiendes Gefühl.

Mit quietschenden Reifen raste er durch eine Steilkurve. Mit einem zufriedenen Grinsen vernahm er das Poltern aus dem Kofferraum. Dieses Miststück wurde so richtig schön durchgeschüttelt. Das geschah ihr ganz recht. Er blickte auf die Digitaluhr in der Multifunktionsanzeige. Zweiundzwanzig Uhr fünfunddreißig. Viel Zeit blieb ihm nicht. Noch gut fünf Kilometer bis zum Parkplatz, dann musste er sie in die Höhle schleppen. Töten konnte er sie heute nicht mehr. Auf dieses Vergnügen musste er warten, bis sich wieder eine Gelegenheit bot.

Anfangs hatte er eigentlich nur den Plan gehabt, diese Verbrecherinnen einfach auszulöschen, ohne Spuren zu hinterlassen. Doch dann erinnerte er sich an den Ausbruch von Klaus Mantinger, dessen wahnwitzige Geschichte er vom ersten Augenblick an verfolgt hatte. Obwohl ein kaltblütiger Killer, hatte er ihn auf eine gewisse Weise sogar bewundert. Konnte ein Mensch freier sein als Mantinger? In seiner Situation bot ihm der Entflohene jedenfalls die Möglichkeit, durchaus Spuren zu hinterlassen. Wer würde schon daran zweifeln, dass »Das Monster von Bozen« zu solchen Taten fähig war! Der Gedanke, dass sich Polizei und Medien auf ihn einschießen würden, hatte bei ihm ein gewisses Sicherheitsgefühl erzeugt. Zumal niemand Mantinger glauben würde, wenn er seine Unschuld beteuerte. Er war allein in den Bergen, niemals bekam ihn jemand zu Gesicht. Zeugen zu seiner Entlastung konnte es nicht geben.

Doch dann war ihm der Gedanke gekommen, dass Mantinger sich auch abgesetzt haben könnte. Was, wenn er nach ein paar Wochen irgendwo in der Welt gefasst wurde und nachweisen konnte, dass er zum Zeitpunkt der Morde schon längst außer Landes war? Dann würde die Polizei erneut herumschnüffeln. Und dann war ihm diese geniale Idee gekommen. Er erinnerte sich an eine Begebenheit, die schon sehr lange zurücklag, und wusste, dass er damit eine schier grenzenlose Verwirrung stiften konnte. Das war ihm gelungen. Und wie! Kaum jemand wagte sich noch in die Berge, selbst in der Stadt war es ungewöhnlich ruhig, was keinesfalls nur dem unbeständigen Wetter geschuldet war. Und auch die Tatsache, dass ihm auf dieser einsamen Holperstrecke niemand begegnete, verdankte er sich selbst. Unglaublich, wie sehr sich die Medien auf dieses Thema eingeschossen hatten. Wo er auch hinschaute, sah er nur eines: Gier! Die einen gierten nach Anerkennung, die anderen nach schnödem Mammon, die nächsten nach Schlagzeilen. Mein Gott, wie erbärmlich!

Das Einzige, was ihn beunruhigte, war der Gedanke an die gutmütigen alten Leute. Herzensgute Menschen. Er hatte sich, getrieben von einem unguten Gefühl, einer Vorahnung, bei Facebook umgesehen und festgestellt, dass sich das gemeine Volk von ein paar Aufrührern gegen die alten Leute und ihren Zögling aufbringen ließ. Überall kursierten Gerüchte, was Guido Zingerle noch alles an grauenvollen Verbrechen begangen hatte. Aus allen Ecken des Landes gab es Beiträge dazu. Und sie schaukelten sich gegenseitig auf. Anfangs wussten angebliche Zeugen von damals – oder ihre

Kinder oder Enkelkinder – zu berichten, dass Zingerle weitere Frauen vergewaltigt hatte. Doch schon der nächste konnte sich an einen dritten Mord erinnern. Und schon bald hatte Zingerle Massaker, ja wahre Blutorgien veranstaltet. Und was noch viel schlimmer war: Immer mehr Leute waren felsenfest davon überzeugt, dass sich auf dem Hof in den Bergen Guido Zingerle höchstpersönlich verkrochen hatte. Im Wesentlichen kursierten drei Varianten. Die einen waren davon überzeugt, dass er von dermaßen außergewöhnlicher Gesundheit und Vitalität war, dass er auch im Alter von hundertzehn Jahren noch munter vergewaltigen und morden konnte. Die nächste Fraktion glaubte an Genexperimente oder die Möglichkeit, dass er über lange Zeit eingefroren war. Und die dritte Variante war die dämlichste von allen. Diese Leute konnten anhand der schrägsten Theorien beweisen, warum Zingerle von den Toten auferstanden sein musste. Ganz zuletzt gab es noch eine vergleichsweise kleine Gruppe, die auf den naheliegenderen Gedanken gekommen war, dass der Serientäter von damals möglicherweise noch einen Sohn gezeugt hatte.

Doch welche Meinung auch immer gerade am angesagtesten war, es handelte sich um eine explosive Mischung. Hoffentlich geschah kein Unglück in dem abgelegenen Tal, denn das war so ziemlich das Letzte, was er beabsichtigt hatte. Wehe, wenn sich die Meute zusammenrottete! Dann würde es vielleicht ein friedliches altes Ehepaar treffen oder den debilen Sohn Zingerles, mit dem er ein gemeinsames Schicksal, eine gemeinsame Vergangenheit teilte. In gewisser Weise fühlte er sich für diese schlichten Gemüter verantwortlich. Spuren zu hinterlassen, die zu Nathan führten, empfand er dabei nicht als verantwortungslos. Denn wenn sie auf Nathan kamen, würde er zwar den Hof verlassen müssen, aber ihm drohte kein Gefängnis, sondern schlimmstenfalls die Psychiatrie. Und wenn man das Alter von Aloisia und Johann bedachte, war das für ihn sogar das Beste. Wenn die beiden tot waren, war er hoffnungs- und rettungslos verloren.

Ein lauter Knall, das nächste Schlagloch. Vielleicht hätte er Elena nicht knebeln sollen. Dann könnte er jetzt ihre Schmerzensschreie genießen.

Er erinnerte sich an eine Vorlesung in Psychologie während

seines Studiums. Die »Psychologie der Massen«, das wegweisende Werk des Gustave Le Bon. Mit welchem Einfühlungsvermögen und welcher Eindringlichkeit er erklärt hatte, wie und warum sich Menschen in der Masse freiwillig einem oder mehreren Führern unterstellten und sich von ihnen zu Werkzeugen der Gewalt formen ließen, weil sie im rauschhaften Wahn jegliches Gespür für moralisches Verhalten verloren. Le Bon hatte höchst anschaulich beschrieben, wie Menschen, obwohl sie ein intuitives Gefühl für richtiges und falsches Handeln besaßen, von einem Führer zu bestialischen Verhaltensweisen motiviert werden konnten. Und dies galt für die heutige Zeit genauso wie für die Vergangenheit. Mit Hilfe der sozialen Netzwerke war es tatsächlich möglich, dass einige wenige Fanatiker viele verängstigte Südtiroler dazu verleiten konnten, gemeinsam den Hof zu überfallen, um Selbstjustiz zu üben. Er hoffte inständig, dass sein ansonsten fehlerfreier Plan nicht eine solche unangenehme Nebenwirkung hatte.

Endlich tauchte der Parkplatz vor ihm auf. Er drosselte die Geschwindigkeit und fuhr im Schritttempo auf die weite gekieste Fläche zu. Wie erwartet war er hier oben ganz allein mit seinem Opfer. Er blickte sich ein paarmal um, schaute Richtung Tal, überzeugte sich, dass weder im Wald noch von der Straße her Licht zu sehen war. Die Nacht war rabenschwarz. Er stieg aus und zog sich in Windeseile um. Die Billigkleidung und die Schuhe hatte er extra für diesen Moment gekauft. Nachdem er die Schlampe in ihr Nachtquartier gebracht hatte, würde er sich wieder umziehen und die Sachen auf halber Strecke zurück ins Tal rasch verbrennen.

Er ging zum Kofferraum, ließ ihn mit Schwung hochklappen und betrachtete die Frau, die sich vor Schmerzen wand. Offensichtlich hatte seine sportliche Fahrweise ihr wirklich nicht gutgetan. Mit kräftigem Griff packte er zu, zog sie aus dem Auto und achtete dabei darauf, dass sie mit dem Kopf gegen den Kofferraumdeckel knallte. Dann ließ er sie auf den Boden fallen. Nur so, damit ihr der Schmerz noch mal so richtig schön durch den ganzen Körper jagte. Elena krümmte sich vor ihm auf dem Boden. Am liebsten hätte er noch ein paarmal zugetreten, aber dazu reichte die Zeit leider nicht. Er nahm den wehrlosen Körper auf und schulterte ihn. Sie wog gottlob nicht viel.

Zügig und trotz der Dunkelheit trittsicher kam er durch den Wald voran. Nach wenigen Minuten öffnete sich das kleine Waldstück und ging in eine Almwiese über. Doch rechter Hand befand sich, geschützt durch allerlei Buschwerk, eine kleine Höhle, die nicht allzu tief in den Berg hineinführte. Er hatte sie zufällig bei einer Wanderung entdeckt.

Er verließ den Weg, ging die paar Schritte bis zum Ende der Wiese hinein in das Geröll, und schon stand er, nachdem er das Geäst mit dem Fuß beiseitegetreten hatte, vor der Höhle. Wieder ließ er den Körper fallen. Es knackte, als er auf dem Geröll aufschlug. Vielleicht hatte sie sich eine Rippe gebrochen. Oder sogar zwei. Er ging in die Hocke und zog sein Opfer rückwärts in den dunklen Schlund. Er drehte sie auf den Rücken. Dann verließ er eilig die Höhle, tarnte ihren Zugang mit den Zweigen und rannte zurück zu seinem Wagen.

33

Durnholzer Tal, Samstag, 21. Juli

Marco und die anderen von der Überwachungstruppe aus dem Dorf hatten sich schon im Morgengrauen zu einer Lagebesprechung getroffen. Lechner war nicht dabei. Er hatte die letzte Nachtwache übernommen. Tagsüber versuchten sie, den Hof nach Möglichkeit mit mindestens drei Leuten zu observieren für den Fall, dass Nathan durchbrechen sollte. Lechners alte Pistole sorgte für eine gewisse Beruhigung, sollte es, was ganz bestimmt niemand hoffte, tatsächlich zu einer gewaltsamen Auseinandersetzung kommen.

Marco, der in seinem Leben so ziemlich alle Kriegsfilme gesehen hatte, die jemals gedreht wurden, hatte die Aufgaben strategisch verteilt. Lechner war der Waffenwart. Er kannte sich am besten damit aus und war am ehesten in der Lage, auf die Beine eines potenziellen Angreifers zu zielen. Elias, dem Dorfältesten, wies Marco die Funktion des Schlichters zu. Wenn die Situation eskalierte, war ein alter erfahrener Mann, der schon allein wegen seines Alters mehr Respekt genoss als die Jüngeren, am besten geeignet, um der entstehenden Krisensituation durch vermittelndes Eingreifen entgegenzuwirken.

»Deeskalation, meine Freunde«, hatte Marco ihnen feierlich eröffnet, »ist das Schlüsselwort für eine friedliche Einigung. Wir sind den paar Leuten da drinnen schon jetzt zahlenmäßig überlegen, aber wenn bis zum Mittag erst mal die Verstärkung angerückt ist, haben wir es mit einem eindeutigen Kräfteverhältnis zu tun. Dann geht es für den Überlegenen nicht darum, den eigenen Sieg mit allen Mitteln zu forcieren, sondern darum, maßvoll zu agieren, beruhigend auf den Gegner einzuwirken, aber konsequent zuzuschlagen, wenn der Unterlegene nicht kapituliert. Deine Aufgabe ist deshalb von größter Wichtigkeit, Elias.« Marco kramte eine Liste aus seiner Hosentasche hervor. »Das ist die aktuelle Übersicht darüber, wer sich für heute alles angekündigt hat. Ich rechne das mal zusammen. Laut Sebastian kommen aus San Genesio acht

Mann. Aus Bozen selbst rücken nur ungefähr fünf Leute an. Klar, die Städter sind bei solchen Aktionen zurückhaltender. Die haben andere Dinge im Kopf. Dafür könnten es aus dem Pustertal bis zu fünfzehn werden. Aus den Dolomiten immerhin an die zehn. Und aus den anderen Gebieten, ich rechne das mal rasch hoch, ja, in Summe noch mal so an die fünfzehn. Insgesamt können wir also von einer Truppenstärke von annähernd sechzig Mann ausgehen, uns eingerechnet, plus/minus fünf oder sechs. Ziel ist, Nathan zu einem Geständnis zu bewegen. Dann holen wir die Polizei. Wenn die anderen kommen, sammeln wir uns bei Alberto. Dort erkläre ich ihnen das Gleiche wie euch. Ich schlage auch vor, dass ich aufgrund meiner Erfahrung die Führung der Truppe übernehme. Irgendwelche Einwände?«

Gemurmel und Kopfschütteln. Niemand hatte Einwände. Aber eigentlich hatte auch niemand wirklich zugehört, was Marco da an unverständlichem Kauderwelsch von sich gegeben hatte. Sie wollten einfach nur, dass es endlich losging.

***

Bozen

Seit Fasciani das Phantombild des Unbekannten aus Glaning veröffentlicht hatte, liefen die Drähte heiß. Und das, obwohl die Qualität des Bildes angesichts der dürftigen Informationen über den Mann sehr schlecht war. Zumindest hatte der Reporter Wort gehalten. Das Bild fand sich sowohl als Aufmacher auf der Titelseite als auch im Regionalteil, verbunden mit mehreren Beiträgen zum Stand der Ermittlungen und der möglichen Identität des Mannes. Tatsächlich waren Fascianis Berichte ausnahmsweise sachlich und damit sachdienlich. Eigentlich. Denn auf den im Hauptbeitrag angegebenen Nummern der Questura - Vincenzo hatte gleich mehrere Durchwahlen für diesen Zweck blockieren lassen - klingelte es ununterbrochen. Es schien fast so, als kenne jeder in Südtirol diesen Mann, mit Ausnahme der Polizei.

Während die Menschen offensichtlich viel Zeit damit verbrachten zu telefonieren, herrschte auf den Straßen eine fast unheimliche

Stille. Nur wenige Menschen schlenderten durch die Straßen oder saßen in Cafés. Die meisten von ihnen waren wohl Touristen, denn die Einheimischen blieben lieber zu Hause. Einerseits aus Angst, weil da draußen ein unheimlicher Killer herumlief, andererseits um keine aktuelle Nachricht zu verpassen. Es gab allerdings auch solche, die selbst aktiv an der Aufklärung der Mordfälle mitwirken wollten. Weil sie der Polizei nicht vertrauten, aber noch mehr, weil sie die Lust auf ein seltenes Spektakel der Extraklasse antrieb. Sie kamen mit Motorrädern, Pkws und Bussen. Und es waren mehr, als Marco ahnte. Viel mehr.

Vincenzos größtes Problem bestand darin, zu erkennen, welcher der unzähligen Anrufe ernst zu nehmen war. Auf das Phantombild, das, daran hatte niemand mehr ernsthafte Zweifel, den Sohn Guido Zingerles zeigte, hatte die Polizei große Hoffnungen gesetzt. Selbst wenn der Mann irgendwo im letzten Winkel der Berge lebte, irgendwer hatte ihn bestimmt gesehen und wusste, woher er kam. Doch mit dieser Fülle an Meldungen hatte selbst Vincenzo nicht gerechnet.

Während er sich noch Haare raufend überlegte, wie seine Leute der Flut an Anrufen Herr werden konnten, ging ein Notruf in der Questura ein. Er kam aus der Klinik. Seit den Morgenstunden wurde Elena Castlunger vermisst. Sie hatte sich am Tag zuvor krankgemeldet, aber sicher zugesagt, am Wochenende zum Dienst zu erscheinen. Die Anruferin war keine Geringere als Dr. Maja Rossi. Vor dem Hintergrund der jüngsten Ereignisse machte sie sich große Sorgen. Deshalb sah sie sich dazu gezwungen, die Polizia di Stato unverzüglich über Schwester Elenas Nichterscheinen in Kenntnis zu setzen.

Dutzende von Anrufen, zwei verdächtige Ärzte, einer davon in Teilen geständig, eine vermisste Krankenschwester. Das war zu viel für einen Samstag. Das war zu viel für einen leitenden Commissario.

Vincenzo fuhr mit Mauracher in die Klinik, um mit Maja Rossi zu sprechen. Marzoli hingegen nahm mit Baroncini erneut Brunner in die Mangel. Auch am Wochenende bestand der Vice Questore darauf, die Polizeiarbeit persönlich zu unterstützen, der Fall war einfach zu brisant. Er war es auch, der Vincenzos Vorschlag ablehnte, noch am Wochenende ein Verfahren gegen Florian von Adelsburg einzuleiten und ihn direkt von Adelsburg Technologies in die Questura zu holen. Weder sah er einen dringenden Tatverdacht gegen den Arzt, noch wollte er die Verantwortung dafür übernehmen, dass Südtirol dadurch möglicherweise ein zweihundert Millionen Euro schwerer Auftrag durch die Lappen ging.

Beide Gespräche brachten keine neuen Erkenntnisse. Paul Brunner wiederholte unter Verzicht auf seinen Anwalt exakt das, was er am Vortag ausgesagt hatte. Die Frage, ob er Florian von Adelsburg die Taten in der Klinik zutraue, die Brunner angeblich nicht begangen hatte, und ob er sich vorstellen könne, dass sein Kollege auch die beiden Frauen auf dem Gewissen habe, beantwortete er ausweichend. Das Einzige, was er dazu beisteuern könne, sei der Hinweis, dass irgendjemand die tödlichen Luftspritzen gesetzt haben müsse. Er gab allerdings zu bedenken, dass von Adelsburg, wenn er tatsächlich der zweite Täter war, damit ja auch seinem größten Widersacher einen Dienst erwiesen hätte. Denn selbstverständlich habe auch Brunner dadurch viele Organe verpflanzen können, auf die er ansonsten heute noch warten würde.

Maja Rossi konnte ebenfalls nichts Neues beisteuern. Sie unterließ es, mit Vincenzo zu flirten, beantwortete alle Fragen ruhig und sachlich und verwies bei der Frage nach ihrer Beteiligung an einer Erpressung gegen die Chefärzte auf ihr eigenes Gehalt. So etwas habe sie nun wirklich nicht nötig. Entsprechend verlor sie auch nicht die Fassung, als sie ihr Handy vorzeigen sollte und sich darauf die Nachricht von Schwester Elena an Dr. Brunner fand, die der Ärztin noch gar nicht aufgefallen war. Eine Täterschaft bei den Patientenmorden stritt sie vehement ab. Erstens würde sie niemals einem Menschen etwas antun können, und zweitens, und das sei doch wohl selbst für misstrauische Polizisten nachvollziehbar, profitiere sie vom Tod dieser Menschen in keinster Weise. Außer der SMS an Brunner gab es keinerlei Hinweise, die zu ihr führten.

Wie zuvor beim Verschwinden von Giulia Agostini führten Vincenzo und Mauracher auch noch eine Reihe Befragungen auf der Inneren Medizin, der Kardiologie und im Transplantationszentrum durch. Den drei Stationen, die als Netzwerk eine große

Einheit bildeten, um Kommunikationswege kurz zu halten und Schnittstellen abzubauen. Doch wie die Befragungen nach dem 12. Juli, dem Tag, an dem die Leiche von Giulia Agostini aufgefunden worden war, ergaben sich daraus keinerlei weiterführende Hinweise. Niemand auf diesen Stationen wusste etwas von einer Erpressung. Und ebenso wenig von getöteten Patienten. Die als Routine getarnten Fragen der Polizisten sorgten lediglich für eine gewisse Verunsicherung.

***

Durnholzer Tal

Marco hatte sich umgezogen. Im Keller lagen noch die angestaubten Sachen aus seiner Militärzeit. Die Springerstiefel, die Feldhose und die Tarnjacke. Wenn fünfzig bis sechzig Leute anrückten, war es schließlich wichtig, dass jeder sofort erkannte, wer hier das Sagen hatte. Denn einer musste ja die Führung übernehmen, sonst drohte ein heilloses Durcheinander.

Er betrachtete sich im Spiegel und fragte seine Frau, was sie davon hielt. Ob ihm die Uniform immer noch so gut stehe und ob man klar erkennen könne, dass er das Kommando habe. »Was meinst du, Schatz, sollte ich besser auch noch das Barett aufsetzen? Dann ist es wohl noch eindeutiger, wer das Sagen hat. Komm schon, sag ehrlich deine Meinung!«

Sie setzte einen verächtlichen Gesichtsausdruck auf. »Meine ehrliche Meinung willst du hören? Die kannst du haben. Du bist gestört, Marco, vollkommen gestört. Ich erkenne dich nicht wieder. Ich rate euch dringend, diesen Schwachsinn abzublasen, solange noch Zeit dazu ist, und die Polizei zu verständigen. Als deine Frau sage ich dir, dass du für diese Kinderei im Knast landen wirst.«

Marco wollte zu einem Protest ansetzen, doch da ertönte von draußen ein lautes Motorengeräusch. Er rannte zur Haustür und sah, wie sechs Motorradfahrer langsam in den Ort einfuhren. Er drehte sich zu seiner Frau um. Aufgeregt rief er: »Sieh dir ihre Kluft an! Das sind die Jungs vom Motorradclub Sterzing. Wahnsinn, dass die den weiten Weg auf sich genommen haben! Ich habe nicht geglaubt, dass die tatsächlich kommen. Da kann man mal sehen, wie ernst die Leute unseren Aufruf nehmen. Du, ich muss schnell raus, um die Jungs zu Alberto zu lotsen.«

Mit wedelnden Armen rannte Marco auf die Straße und stellte sich den Motorradfahrern in den Weg. Er zeigte nach links zu Albertos Wirtshaus. Langsam fuhren die Maschinen an Marco vorbei. Der Vordere hielt jedoch kurz an und fragte, ob hier der Hof sei, wo Zingerle sich verkrochen habe.

Marco bestaunte die Maschine, deren gleichmäßiges Geräusch etwas Majestätisches hatte. »Ist das etwa eine original Softail Heritage Classic?«, fragte er voller Bewunderung.

Der Fahrer nickte. Er kam Marco sogar bekannt vor. Das war einer seiner Kunden in der Bank! Der Mann war Steuerberater. Das erklärte, warum er sich eine Heritage Classic leisten konnte.

»Und ist hier nun der Hof, auf dem sich Zingerle verkrochen hat?«

Marco bejahte mit dem Hinweis, dass es sich wahrscheinlich nicht um Zingerle selbst handle, der sei schließlich seit fünfzig Jahren tot, sondern um seinen Sohn.

»Egal«, kommentierte der Motorradfahrer. »Auf jeden Fall ein Mörder, den wir uns vorknöpfen werden.«

Langsam fuhren sie weiter, hielten vor Albertos Wirtshaus und gingen hinein.

Marco fühlte sich auf einmal nicht mehr wohl in seiner Haut. Von Sichvorknöpfen war nie die Rede gewesen. Nathan aus dem Haus holen und einem ordentlichen Verhör unterziehen, unter Anwesenheit möglichst vieler Zeugen, das war die Marschroute, die er ausgegeben hatte. Aber würden sich diese Typen von seinem Auftreten und seiner Uniform beeindrucken lassen? Würden sie auf ihn hören oder doch einfach das tun, was ihnen vorschwebte und weswegen sie hierhergekommen waren? Erste Zweifel beschlichen ihn, ob er tatsächlich geeignet war, eine solche höchst heterogene Truppe zu führen.

Mit einem mulmigen Gefühl betrat er das Wirtshaus. Die Jungs vom Motorradclub stemmten ihre Biergläser und lachten. An einem anderen Tisch saßen die Jungs aus dem Dorf. Alle, bis auf Lechner, der hielt immer noch Wache am Hof. Niemand beachtete Marco, als er eintrat. Er nahm all seinen Mut zusammen, ging an den Tisch der Männer vom Motorradclub und erhob seine Stimme: »Darf ich einen Augenblick um eure Aufmerksamkeit bitten?«

Der Anführer sah Marco argwöhnisch an und zog eine Augenbraue in die Höhe.

***

Bozen

Nach den Befragungen in der Klinik leitete Baroncini sofort eine Personenfahndung nach Elena Castlunger ein. Da sie sich am Vortag schon morgens krankgemeldet und danach zu niemandem mehr Kontakt gehabt hatte, konnte sie seit diesem Anruf jederzeit verschwunden sein. Niemand wusste, ob sie im Laufe des Tages oder am Folgetag vor Dienstbeginn etwas vorhatte, ob sie zum Beispiel mit jemandem verabredet war.

Falls ein weiteres Verbrechen geschehen war, schied zumindest Brunner als Täter aus. Denn der hatte die ganze Zeit in Untersuchungshaft gesessen. Es juckte Vincenzo in den Fingern, von Adelsburg vorzuladen, aber Baroncini hatte das mit scharfen Worten untersagt. Der Mann sei in der fraglichen Zeit nachweislich mit einer Delegation von Japanern, seinem Schwiegervater, einem der angesehensten Männer Südtirols, sowie mit Mitarbeitern der Firma zusammen gewesen. Der Vice Questore sah keinen Grund, den Mann vorzuladen. Das Einzige, was er zuließ, war, ihn am Montag in der Klinik zu verhören. Wenn aber das Verschwinden Castlungers tatsächlich ein Verbrechen war, beide Chefärzte jedoch aufgrund sicherer Alibis als Täter ausschieden, deuteten die Zeichen wieder mehr auf Mantinger oder Zingerles Sohn. Ob allerdings Letzterer als debiler, geistig zurückgebliebener Mensch in der Lage war, zwei Frauen auf so kaltblütige Art zu ermorden, war zweifelhaft. Damit blieb nur noch Mantinger übrig. Doch hinter seinen Namen hatten sie auf der Liste der Verdächtigen ein dickes Fragezeichen gesetzt.

Immer wieder ließ Vincenzo die Gesichter potenzieller Verdächtiger vor seinem geistigen Auge ablaufen. Da war Maja Rossi, die für beide Morde ein perfektes Alibi hatte. Zu perfekt. Aber sie hatte kein Motiv. Sein Gefühl sagte ihm, dass die Frau nichts mit den Taten zu tun hatte.

Giulia Agostinis Exfreund in München. War er eifersüchtig? Hatte er die Trennung selbst nach so langer Zeit immer noch nicht verkraftet? Abwegig. Erstens war er nicht vorbestraft, zweitens zur vermeintlichen Tatzeit in München, und drittens warf das automatisch die Frage auf, warum er auch Cecilia Fontana ermordet haben sollte.

Die Wiederauferstehung Guido Zingerles von den Toten. Sein Bund mit dem Satan. Der Satan und ein knapp Hundertzwanzigjähriger als eingeschworenes Killerduo. Das war dermaßen dämlich, dass es sich nicht einmal als Motiv für einen Horrorfilm eignete.

Irgendein bis dato unbekannter Täter. Einer, der eine unheimliche Mordserie gestartet hatte und sich dabei an den Taten Zingerles orientierte. Dann war er auch für das Verschwinden Castlungers verantwortlich und sie wahrscheinlich längst tot, verstümmelt mit einer Eisenstange und einer abgebrochenen Flasche. Das war kein dämlicher Gedanke, sondern durchaus möglich. Nur eines sprach dagegen: die Tatsache, dass die Spuren sowohl bei Fontana als auch bei Agostini in die Klinik wiesen. Und erst recht die Tatsache, dass sich beide gekannt und wahrscheinlich gemeinsame Sache gemacht hatten. Vielleicht irgendein Mitarbeiter der Klinik? Alles höchst unwahrscheinlich.

Während Vincenzo in Gedanken die männlichen Angestellten durchging, die sie auf den drei Stationen der Klinik befragt hatten, klingelte sein Telefon. Erschrocken fuhr er aus seinen Gedanken hoch. Francesca Montani.

»Was gibt's denn?«, rief Vincenzo unwirsch in den Hörer.

»Ich habe hier eine Anruferin, Commissario. Es geht um das Phantombild in der Zeitung.« Und bevor Vincenzo genervt darauf hinweisen konnte, dass sie dafür nicht umsonst eine Hotline eingerichtet hätten, die ihn und alle anderen von derlei Anrufen verschonen sollte, fuhr Montani mit erhobener Stimme fort: »Es handelt sich um eine absolut glaubwürdige Zeugin. Deshalb hat der Mitarbeiter an der Hotline sie auch mit mir verbunden. Bevor ich Sie angerufen habe, habe ich sie natürlich auch gefragt, was sie zu sagen hat. Und wäre es nicht so wichtig, hätte ich Sie bestimmt nicht gestört. Sie sollten sich das wirklich anhören.«

»Meinetwegen«, grummelte Vincenzo, »dann stellen Sie halt durch.«

Die Anruferin kam aus dem Durnholzer Tal. Was sie erzählte, ließ bei Vincenzo alle Alarmglocken schrillen. Sie behauptete nicht nur, dass sie den Mann auf dem Phantombild eindeutig als Nathan Kaser identifizieren könne, sondern berichtete auch über eine über die sozialen Netzwerke organisierte Aktion, die den Kaserhof betraf, Nathans Aufenthaltsort. Aufmerksam hörte Vincenzo der Frau zu. Das war allerdings ein ernst zu nehmender Anruf. Hoffentlich kam er nicht schon zu spät! Wenn eine aufgebrachte Meute erst mal von der Leine war, war sie kaum noch zu stoppen. Zu ärgerlich, dass ihnen dieser Aufruf angesichts der Masse an Blogs und Kommentaren in den sozialen Netzwerken und ihres komplizierten Falles nicht aufgefallen war.

Vincenzo bat Montani, die Telefonnummer der Familie Kaser herauszusuchen und sie anzurufen, um sie zu warnen. Sie sollten sich in ihrem Haus verschanzen, am besten in einem Raum einschließen, der eine möglichst sichere Tür hatte. Dort sollten sie ausharren, bis die Polizei eintraf. Danach rief Vincenzo die Bereitschaft und den Vice Questore an. Über ihn wollte er so viele Hubschrauber wie möglich anfordern. Wenn die Frau recht behielt, war es wahrscheinlich, dass sich dort oben, gar nicht weit entfernt von Vincenzos Wohnort, bis zu hundert Leute versammelten, um Selbstjustiz zu üben.

Es dauerte eine Stunde, die Vincenzo vorkam wie eine Ewigkeit, bis vier Hubschrauber angefordert waren und sich dreißig Polizisten mit drei Mannschaftswagen auf den Weg ins Durnholzer Tal machten. Die Hubschrauber brauchten voraussichtlich rund eine halbe Stunde bis zum Zielort. Die Hotline wurde geschlossen, die Kollegen für den Einsatz abgezogen. Jetzt war klar, wo sich Zingerles Sohn befand. Und er schwebte in höchster Gefahr.

***

Lechner war sofort die Verunsicherung in Marcos Stimme aufgefallen. Er hatte seinen Freund angerufen, um sich zu erkundigen, wie es lief. Wie viele Leute waren schon gekommen? Wann würde es losgehen? Was Marco darauf antwortete, verunsicherte auch Lechner zutiefst. Inzwischen waren an die hundertfünfzig Personen aus dem ganzen Land dem Aufruf gefolgt. Marco hatte keine Ahnung, wo die plötzlich alle herkamen. So viele hatten sich doch gar nicht angemeldet. Sie versammelten sich bei Alberto, der mit solchen Gästezahlen hoffnungslos überfordert war. Dicht an dicht drängten sie sich in und vor seinem Wirtshaus und tranken Alkohol. Und es kamen immer mehr. Wenigstens lief die Zeit gleich ab. Der Teilnahmeschluss war von Marco auf dreizehn Uhr terminiert worden. Jetzt war es zwölf Uhr fünfundfünfzig.

Marco und die anderen aus dem Dorf spielten eine untergeordnete Rolle in dem bunt gemischten Haufen selbst ernannter Richter. Niemand beachtete sie. Da waren ein paar Bodybuilder aus dem Pustertal, und eine kleine Gruppe aus dem Ultental stellte sich als Mitglieder eines Sportschützenvereins vor. Eine weitere aus den Dolomiten hatte sich von den anderen Gruppen abgesondert und trank wortlos und mit grimmigen Mienen Mineralwasser. Marco kannte nur wenige von ihnen. Der einzige Freund war Sebastian, der kurz nach den Motorradfahrern mit vier seiner Freunde gekommen war. Sebastian war es auch, der Marco nach draußen begleitete, als Lechner anrief.

»Was sollen wir denn jetzt machen?«, fragte Lechner mit Verunsicherung in der Stimme. »Das ist doch ein unkontrollierbarer Haufen. Wie sollen wir reagieren, wenn die gewalttätig werden?«

»Vielleicht sollten wir doch noch die Polizei rufen«, schlug Marco vor. Sebastians Nicken konnte er entnehmen, dass er der gleichen Meinung war.

»Vergiss es«, sagte Lechner resigniert. »Bis die hier eintreffen, ist es längst vorbei. Das hätten wir uns vorher überlegen müssen. Wichtig ist, dass wir und deine Freunde aus San Genesio zusammenhalten. Vielleicht schaffen wir es gemeinsam, die Aktion zu steuern und zu kontrollieren.«

Marco dachte einen Augenblick nach. Dann hatte er einen Geistesblitz. »Du, Samuel, was hältst du davon, wenn du bei Kasers klingelst, ihnen klarmachst, dass sie sich in ernsthafter Gefahr befinden könnten, und ihr alle zusammen mit Nathan in den Bergen verschwindet? Oder noch besser: Nur sie hauen ab. Du bleibst. Und wenn wir eintreffen, kannst du sagen, dass die drei plötzlich auf dich zugestürmt sind, dir eins übergebraten haben und dann im Wald verschwunden sind. Du zeigst nach Süden, sagst, dass sie dorthin geflohen sind, aber in Wahrheit hast du sie nach Norden geschickt.«

»Das ist eine prima Idee«, fand auch Sebastian.

Was Lechner dazu zu sagen hatte, bekamen sie nicht mehr mit. Denn in diesem Augenblick standen rund hundertfünfzig Menschen hinter ihnen. Der Erste in der Reihe, der Anführer der Motorradtruppe, deutete auf seine Armbanduhr und sagte: »Auf geht's, Jungs. It's showtime. Führt uns zu dem Hof.«

Marco schluckte. Lechner würde nicht mehr genug Zeit bleiben, um seinen genialen Plan in die Tat umzusetzen. Daher hauchte er nur ein »Wir sind in drei Minuten bei dir, Samuel« in den Hörer und legte auf.

Eine Horde von über hundertfünfzig überwiegend angetrunkenen Menschen, darunter kaum mehr als zehn Frauen, setzte sich in Richtung Kaserhof in Bewegung, angeführt von Marco in seiner Militäruniform. So viel war in dem kleinen Ort selbst bei den großen Prozessionen nicht los. Abgesehen von Marco und seinen Freunden war auch kein Einheimischer auf der Straße. Sie waren lieber in ihren Häusern geblieben und sahen sich das Ganze vom Fenster aus an.

Die Leute redeten wild durcheinander. Als sie um die letzte Biegung gingen, tauchte der Kaserhof vor ihnen auf. Marco sah Lechner einsam vor dem schmiedeeisernen Tor stehen. Wie auf Kommando machte der Mob halt. Die Gespräche verstummten. Als Marco sich zu seinem Gefolge umdrehte, sah er voller Entsetzen, wie einige der Leute Waffen herausholten. Vorwiegend Messer und Schlagstöcke, aber auch einige Schusswaffen. Einer der Motorradfahrer ging die paar Schritte zu Marco. Er war riesig, sicherlich fast zwei Meter groß. Er sah aus, als könne er Marco mit bloßen Fäusten in den Boden stampfen. Unsicher schaute Marco zu ihm hinauf.

»Wie sieht's aus, Kleiner?«, spottete der Mann mit einer solchen Lautstärke in der Stimme, dass ihn jeder der Teilnehmer hören musste. »Wollen wir? Ich schlage vor, wir treten das Tor ein, klingeln und fordern Nathans Übergabe. Wenn sie nicht aufmachen, treten wir auch die Haustür ein. Ein paar von uns haben Waffen zur Selbstverteidigung mitgebracht. Du hast ja gepostet, dass euch dieser Johann mit einer Schrotflinte bedroht hat. Dem ist also alles zuzutrauen. Und Nathans Verhör überlässt du am besten uns.« Er drehte sich zu den anderen um und schrie: »Seid ihr bereit, Leute?«

»Jaaa«, grölten sie wie aus einem Mund.

Der Hüne drehte sich um, wies zum Hof und marschierte los, geradewegs an Marco und Sebastian vorbei. Die anderen folgten ihm.

Marco rannte los, um vor ihnen am Hof zu sein. Als er auf Lechner zulief, sah er, dass der kreidebleich wurde. Offensichtlich versetzte ihn der Anblick der heranstürmenden Meute in eine Schockstarre.

***

Bozen

Drei Mannschaftswagen mit eingeschaltetem Blaulicht rasten durch die Steilkurven und engen Tunnel der Talferschlucht. Ihr Ziel: das Durnholzer Tal. Vincenzo saß zusammen mit Marzoli und Mauracher im ersten Wagen. Das Einsatzkommando umfasste mehr als dreißig Beamte. Vincenzo betrachtete die Fotos in seiner Hand.

»Was ist das?«, erkundigte sich Marzoli.

Vincenzo reichte seinen Kollegen die Fotos. Einige zeigten Florian von Adelsburg. Die anderen Cecilia Fontana.

»Was hast du denn damit vor?«, fragte Mauracher.

Vincenzo lächelte vielsagend. »Sagen wir mal so: Ich habe da so eine Ahnung.«

Sie sahen ihn fragend an. Bevor Vincenzo seinen Gedanken

erklären konnte, rief der Fahrer nach hinten: »Ich habe die Zentrale am Apparat, Commissario. Die Frau aus Durnholz hat noch mal angerufen. Sie sagte, dass es inzwischen mehr als hundertfünfzig Leute sind. Und sie hat gesehen, dass einige von ihnen Schusswaffen dabeihaben. Was sollen wir jetzt machen?«

»So ein Mist!«, fluchte Vincenzo. »Eine aufgebrachte Meute mit Schusswaffen. Hoffentlich endet das nicht in einem Fiasko. Wir ziehen sicherheitshalber die schusssicheren Westen an. Geben Sie das auch an die beiden anderen Wagen durch. Und fragen Sie in der Zentrale, ob sie Familie Kaser endlich erreicht haben.«

Sie hörten, wie der Fahrer in das Mikrofon sprach. Wieder drehte er sich um. »Negativ. Da geht niemand ran. Es gibt auch keinen Anrufbeantworter. Die Leitung scheint tot zu sein. Nichts zu machen.«

»Können Sie nicht noch schneller fahren?«

»Unmöglich, Commissario. Nicht in diesen engen Tunnel.«

***

Durnholzer Tal

Die Meute hatte den Kaserhof erreicht. Unschlüssig standen Marco und Lechner vor dem großen Tor. Um der Lage wieder Herr zu werden, stellte sich Marco vor die Menge und rief so laut er konnte: »Sollen wir nicht lieber erst mal klingeln und nur mit ein paar Leuten reingehen? Ich meine, wenn wir gleich mit der ganzen Kavallerie aufmarschieren, riskieren wir doch, dass der Alte durchdreht.«

Einer der Männer, die weiter hinten standen, grölte: »Was hat der Typ gesagt?«

Der Anführer der Motorradgang, der direkt hinter Marco stand, antwortete in der gleichen Lautstärke: »Er meint, wir sollen zuerst nur mit ein paar Leuten reingehen.«

»Blödsinn!«, rief ein anderer aufgebracht. »Dann knallt der uns ab wie Kaninchen. Kommt nicht in Frage. Außerdem sind wir nicht zum Verhandeln hier.«

»Richtig«, tönte ein anderer und zog demonstrativ seinen Revolver aus dem Hosenbund. »Wir treten das Tor ein, klingeln an der Haustür, und wenn sie nicht aufmachen, treten wir die auch ein. So einfach geht das. Mit Mördern verhandelt man nicht. Man stellt sie.«

Der hünenhafte Rocker schob Marco unsanft zur Seite. »Lass mich mal ran, Kleiner. Ich zeige dir, wie man so was macht.«

Unter den entsetzten Blicken der Freunde aus Durnholz und San Genesio nahm der Mann Anlauf und rannte mit angelegtem Arm gegen das Tor, das zwar mit Ächzen und Quietschen an einigen Stellen aufbrach, aber der wütenden Attacke noch standhielt. Der Rocker trat mit seinen Springerstiefeln immer wieder gegen das schwankende Tor. Schließlich beugte es sich der brachialen Gewalt mit einem lauten Stöhnen, kippte vollständig nach hinten weg und landete mit einem infernalischen Knall auf dem gepflasterten Hof. Triumphierend wandte sich der Rocker den Leuten zu. »Auf geht's, Männer, die Pflicht ruft!«

Ohne sich um Marco und seine Freunde zu kümmern, marschierte die Horde los. Bis zum Haus waren es gut fünfzig Meter über den großen Hof.

Voller Furcht schaute Aloisia aus dem Küchenfenster zu dem großen Tor. Dort schien sich eine ganze Armee versammelt zu haben. »Johann, da draußen stehen Hunderte von Leuten vor unserem Tor. Was sollen wir bloß machen? Vielleicht sollte ich allein rausgehen und versuchen, mit ihnen zu reden. Die vergreifen sich bestimmt nicht an einer alten Frau.«

Johann trat mit grimmigem Blick neben sie. Er hatte die Schrotflinte in der Hand. »Du gehst nirgendwohin, Frau. Wir regeln das auf meine Weise. Außerdem schrecken solche Typen vor nichts zurück. Auch nicht vor einer alten Frau. Diese feige Bande! Denen werde ich schon zeigen, was ich von ihnen halte!« Er ging zum Kaminsims, holte die Handgranaten und legte sie vor sich auf die Arbeitsplatte. »Wenn die sich dem Haus auf weniger als zehn Meter nähern, mache ich das Fenster auf und begrüße sie damit.« Er nahm eine der Handgranaten, führte sie zu seinem Mund und deutete einen Kuss auf den Sicherungsbügel an.

Aloisia nahm ihm unsanft die Granate aus der Hand. »Du machst gar nichts, verstanden? Du hast doch nicht mehr alle Tassen im Schrank! Mit Handgranaten werfen. Willst du ein Blutbad anrichten? Ich kenne dich nicht mehr wieder. Wenn du Idiot das Telefon nicht kaputtgemacht hättest, könnten wir die Polizei rufen. Ich bete zum Himmel, dass wenigstens die Leute aus unserem Ort vernünftig sind. Ich gehe jetzt da raus!« Johann hielt Aloisia mit festem Griff am Arm zurück. Sie stieß einen Schmerzensschrei aus. »Spinnst du? Du tust mir weh!«

»Ich habe gesagt, du gehst nirgendwohin. Hast du das nicht kapiert? Du gehst jetzt nach oben, holst Nathan und versteckst dich mit ihm im Keller. Los, mach schon!«

Sie löste sich aus seinem Griff. »Nathan hat sich eingeschlossen. Von seinem Zimmer aus kann der die Leute noch besser sehen als wir. Der kommt da garantiert nicht raus.«

»Dann gehst eben nur du in den Keller. Geh in den Heizungsraum. Da bist du am sichersten.«

»Nein, ich bleibe hier.«

»Aloisia!«

Aloisia verstummte. Sie hatte durch das Fenster gesehen, wie ein sehr großer und kräftiger Mann das eiserne Tor mit bloßen Füßen auftrat.

Johann folgte ihrem Blick. »Das gibt es doch gar nicht!« Er sah seine Frau flehentlich an. »Aloisia, bitte geh in den Keller.«

»Nein, ich bleibe hier.«

»Bitte!«

»Nein!«

Wie im Gleichschritt marschierte die Horde auf das Haus zu. Johann und Aloisia konnten beobachten, wie Marco und ein anderer an ihnen vorbeirannten und auf sie einredeten. Offensichtlich wollten sie sie aufhalten. Die Meute blieb kurz stehen, sie schien zuzuhören. Doch dann setzten sie sich wieder in Bewegung.

Aloisia machte Anstalten, die Haustür aufzuschließen. Mit einem Satz war Johann bei ihr und zog sie zurück. »Nicht, Aloisia. Das hat keinen Zweck. Du bist naiv, wenn du glaubst, dass die mit dir reden. Die wollen Nathan. Und sie werden ihn sich holen. Das Einzige, was du tun könntest, ist, Nathan zu holen und ihn auszuliefern.«

Bestürzt sah sie ihn an. »Bist du verrückt? Ich soll Nathan ausliefern?«

»Eben nicht! Ich wollte dir nur die Ausweglosigkeit der Situation vor Augen halten. Wir verschanzen uns. Sollten sie tatsächlich die Tür eintreten, gibt es zur Begrüßung eine Ladung Schrot.«

Sie hatten das Haus erreicht. Der Rocker forderte Marco auf, zu klingeln. »Ich gebe dir fünf Minuten, um zu versuchen, die alten Leute davon zu überzeugen, dass es keinen Sinn macht, sich uns in den Weg zu stellen. Sie sollen uns das miese Schwein ausliefern und sich dann schnellstens verziehen. Gehen sie nicht darauf ein, holen wir ihn uns mit Gewalt. Mach denen das klar.«

Marco spürte sein Herz bis zum Hals schlagen. Ihm wurde abwechselnd heiß und kalt. Mit Gewalt holen! So weit durfte es unter keinen Umständen kommen. Er nahm all seinen Mut zusammen und erklärte ihm, dass von Anfang an klar gewesen sei, dass Nathan ausschließlich verhört werden solle. »Wir wissen schließlich nicht, ob Nathan überhaupt der Mörder ist. Wir vermuten es nur. Macht also bloß keinen Unsinn.«

»Genug geredet, Kleiner. Mach, was ich dir gesagt habe. Die Zeit läuft rückwärts.«

Marco blickte abwechselnd hilfesuchend zu seinen Freunden aus dem Dorf und zu Sebastian. Doch sie waren genauso hilflos wie er.

»Drei Minuten«, raunte der Hüne.

Marco trat an die Tür und klingelte. Nichts geschah. Er klingelte erneut. Nichts. Dann rief er durch die Tür: »Johann! Macht die Tür auf. Wir wollen nur mit Nathan reden. Wenn er gestanden hat, rufen wir die Polizei.« Er drehte sich zu der Meute um und suchte den Blick des ungeduldigen Rockers. Der deutete ein Nicken an. Gleichzeitig tippte er mit dem Zeigefinger auf seine Armbanduhr. Marco klingelte erneut. Keine Reaktion.

Plötzlich flog etwas haarscharf an seinem Kopf vorbei. Genau in das Küchenfenster, das mit einem lauten Klirren zerbarst. Jemand aus der Menge hatte einen Stein genommen und die Scheibe eingeworfen. Der Steinwerfer schrie: »Die sollen endlich aufmachen. Langsam werde ich sauer!«

»Bist du total bescheuert, du blödes Arschloch?« Nun war es Marco, der laut schrie. »Hau ab, Mann, so was wie dich wollen wir hier nicht.«

Der Aufmüpfige sprintete auf Marco zu. »Du hast Arschloch zu mir gesagt? Ich zeige dir, wer hier das Arschloch ist. Jetzt gibt es richtig eins auf die Fresse.«

Der Rockerhüne hatte den Streit ausdruckslos verfolgt. Als der Steinwerfer an ihm vorbeilaufen wollte, packte er ihn mit beiden Händen am Kragen und drückte ihn hoch, sodass seine Füße über dem Boden baumelten. So mühelos, als hebe er eine Feder auf. »Hast du noch alle Tassen im Schrank, du Spinner? Du gehst ganz nach hinten, hältst brav still und sagst kein Wort mehr. Noch eine unbedachte Aktion, und ich ziehe dir das Fell über die Ohren. Hast du das begriffen?«

Er ließ den Mann fallen, der sich dabei den Knöchel verdrehte. Mit schmerzverzerrtem Gesicht humpelte er in Richtung Tor.

Gerade als Marco erneut klingeln wollte, öffnete sich die Tür. Alle Blicke richteten sich auf den alten Mann, der im Türrahmen erschien. Johann stand da mit finsterer Miene, die Schrotflinte im Anschlag. In seinem Hosenbund steckte ein Revolver. Nie zuvor hatte Marco den alten Mann so feindselig gesehen. Er stierte die Meute an, die einen Augenblick regungslos dastand und zurückstierte.

»Ich gebe euch genau eine Minute, um von meinem Hof zu verschwinden. Wer dann noch auf meinem Grund und Boden steht, fängt sich eine Ladung Schrot.«

Der Rocker ging einen Schritt auf Johann zu. »Alter Mann, von dir wollen wir nichts. Von deiner Frau auch nicht. Wir wollen Nathan. Hol ihn, und ihr seid uns wieder los. Wenn nicht, seid ihr fällig. Geht das in deinen alten Dickschädel rein?«

»Noch dreißig Sekunden!«

Die Leute redeten wild durcheinander. Niemand wusste offensichtlich, wie er reagieren sollte. »Nehmt ihm das Ding ab. Dann holen wir uns das Schwein«, rief jemand aus der Menge.

»Ihr habt noch fünfzehn Sekunden!« Johann hob sein Gewehr an, zielte genau auf Kopfhöhe des Rockers.

»Jetzt habe ich genug«, schrie der Mann mit dem Revolver, zog ihn aus dem Hosenbund, trat vor und zielte auf Johann. »Lass die Flinte fallen, oder ich puste dir den Schädel weg, Tattergreis!«

Der Mann und Johann standen sich gegenüber. Sie trennten gut fünf Meter. Neben dem Mann standen die Freunde aus dem Dorf und Sebastian. Es hatte ihnen die Sprache verschlagen.

Plötzlich ertönte in der Ferne ein schwaches Geräusch. Es kam aus Westen. Alle blickten zum Himmel. Am Horizont tauchte die Silhouette eines Hubschraubers auf.

»Das sind bestimmt die Bullen«, mutmaßte jemand aus dem Sportschützenverein.

»Jetzt reicht's. Hundertfünfzig gegen einen. Los, vorwärts!«

Der Mann zog ein Messer und ging auf Johann zu. »Waffe weg, alter Mann!« Die anderen folgten ihm. Am Horizont tauchte ein weiterer Helikopter auf. Schließlich ein dritter.

Plötzlich ertönte ein lauter Knall. Drei Männer und eine der Frauen, die eng beieinandergestanden hatten, gingen zu Boden. Sie bluteten aus mehreren Wunden. Sebastian war stehen geblieben, aber das Blut schoss mit jedem Herzschlag aus seinem Hals. Er spürte keine Schmerzen. Es dauerte einen Augenblick, bis er realisierte, dass er blutete. Eine Schrotkugel hatte die Halsschlagader getroffen. Automatisch drückte er eine Hand auf die Wunde.

Marco hielt sich die Hände vor den Mund. Er konnte nur noch stammeln. »Oh mein Gott … Wie du blutest … Scheiße!« Er machte einen Satz zu Sebastian, der ihn aus großen Augen ansah. Sebastians Hemd war bereits blutgetränkt. Marco riss sich seine Jacke vom Leib. »Schnell, wir müssen das verbinden. Du verblutest sonst.« Mit ungelenken Bewegungen versuchte er, seinem Freund die Jacke um den Hals zu binden. Doch das Blut schoss weiter aus Sebastians Hals. Sebastian ging zu Boden. Seine Augen flackerten.

Die Meute war plötzlich ganz still geworden. Der Rocker fand als Erster die Sprache wieder. Er sprang auf Johann zu, der wie angewurzelt dastand und fassungslos auf den blutenden Sebastian blickte. »Du mieses Schwein! Du hast ihn erschossen.« Er riss Johann die Flinte aus der Hand und schlug zu. Das Knacken kam von Johanns Nase, die sofort brach. Weitere Männer sprangen vor und schlugen auf Johann ein. Als der alte Mann am Boden lag, traten sie auf ihn ein. Der alte Mann versuchte zunächst, wenigstens seinen

Kopf mit den Händen zu schützen, doch mit jedem Tritt wurde er schwächer. Schließlich rührte er sich überhaupt nicht mehr.

Mit einem lauten Schrei des Entsetzens erschien Aloisia auf der Bildfläche. Voller Angst hatte sie sich hinter die Küchentheke gehockt.

Der erste Hubschrauber hatte den Hof erreicht. Der Pilot senkte den Hubschrauber so weit, dass die Rotorblätter einen höllischen Sturm erzeugten. Die Männer ließen von Johann ab und suchten Deckung, indem sie in das Haus rannten. Jetzt raste der erste Wagen, in dem auch Vincenzo saß, auf den Hof. Die Männer sprangen mit gezückten Waffen heraus und stürmten ins Haus. Der Pilot zog den Helikopter wieder in die Höhe. Die Polizisten aus den beiden anderen Wagen und die Notärzte kümmerten sich um die Leute, die noch auf dem Hof standen, und um die Verwundeten. Erste Handschellen klickten.

Im Haus begegneten Vincenzo und seine Leute rund zwanzig Männern. Einige hielten Messer oder Schlagstöcke in der Hand, einer einen Revolver. »Waffen runter! Sofort!«, schrie Vincenzo und richtete seine Pistole auf den Mann mit dem Revolver. Der ließ die Waffe auf den Boden fallen. Die anderen taten es ihm gleich. Die Polizisten legten allen Beteiligten Handschellen an.

Vincenzo trat vor das Haus und blickte zu den Verwundeten. Er fragte die Ärzte, wie schwer die Verletzungen der drei Männer und der Frau seien, die von Johanns Schrotkugeln getroffen worden waren.

»Das sind nur stark blutende Fleischwunden. Ist nicht so schlimm, wie es aussieht«, erklärte der Arzt, der sich um die Verletzten kümmerte. Ein weiterer Arzt kniete neben Johann. Der dritte bei Sebastian. Mit betretener Miene begegnete dieser Arzt Vincenzos Blick. Er schüttelte den Kopf. Der Commissario verstand. Für den jungen Mann kam jede Hilfe zu spät.

Der Arzt, der bei Johann kniete, bedeutete dem Piloten des weiter über dem Hof kreisenden Hubschraubers, vor dem Hof zu landen. Er wandte sich an Vincenzo. »Der Mann lebt noch. Aber er ist schwer verletzt. Er hat massive Kopfverletzungen und vermutlich mehrere gebrochene Rippen. Vielleicht hat er auch innere Verletzungen. Er muss sofort in die Klinik. Bitte tragen Sie ihn mit ein paar Leuten ganz vorsichtig in den Hubschrauber. Ich weiß nicht, ob seine Wirbelsäule verletzt ist. Aber ich muss das Risiko eingehen. Hier kann ich keine angemessene Notversorgung leisten.«

Nachdem die Polizisten die Leute befragt, insbesondere geklärt hatten, wer auf Johann Kaser eingeschlagen und eingetreten hatte, und nachdem ihre Personalien festgestellt worden waren, durften die Leute vorläufig nach Hause fahren.

Als sie die Hubschrauber gehört hatten, waren auch einige Anwohner zum Hof gelaufen, um teils aus Sensationslust, teils aus Sorge zu erfahren, was sich dort abgespielt hatte. Beim Anblick des großen Aufgebots an Polizei und Notärzten ging ein Raunen durch die Menge. Als Johann, offensichtlich schwer verletzt, in den Hubschrauber getragen wurde, redeten die Leute wild durcheinander.

Vincenzo blieb mit der Besatzung eines Wagens auf dem Hof zurück. Weil er es einfach nicht begreifen konnte, ging er zu den Anwohnern und fragte sie, warum sie nicht viel früher die Polizei gerufen hatten. Niemand konnte ihm diese Frage zu seiner Zufriedenheit beantworten. Hier waren gruppenspezifische Prozesse abgelaufen. So, wie Rosa Peer es ihm erklärt hatte.

Er winkte Marzoli und Mauracher zu sich und ging mit ihnen ins Haus, vorbei an der Blutlache auf dem Boden. Im Haus trafen sie auf Aloisia Kaser, die zusammengesunken an ihrem Küchentisch saß und ihren Tränen freien Lauf ließ.

Vincenzo setzte sich zu ihr. »Frau Kaser, sehen Sie sich in der Lage, uns trotzdem schon ein paar Fragen zu beantworten?«

Die alte Dame nickte schwach.

»Gut. Bitte schildern Sie uns in groben Zügen, wie es zu dieser Eskalation kommen konnte.«

Immer wieder von Weinkrämpfen geschüttelt, schilderte sie den genauen Tathergang. Warum Johann letztlich abgedrückt oder ob sich der Schuss möglicherweise sogar versehentlich gelöst hatte, konnte sie nicht sagen. Diese Frage konnte der alte Mann nur selbst beantworten, falls er jemals wieder aus dem Koma erwachen sollte.

»Frau Kaser, ist Nathan hier?«

Sie nickte.

»Ist Nathan der Sohn von Guido Zingerle?«

»Ja«, hauchte sie.

»Wissen Sie auch, wer seine leibliche Mutter ist?«

»Ja, eine Verwandte von Zingerle. Das muss damals eine ganz schreckliche Geschichte gewesen sein. Der Pfarrer der Hofkirche in Innsbruck, der Nathan auf seinem Altar gefunden hatte, hat sich an Johann gewandt und ihn gefragt, ob er das Kind als seines annehmen würde. Ich habe sofort zugestimmt. Jemand musste sich doch um das arme Würmchen kümmern.«

»Woher wissen Sie das denn alles? Der Pfarrer, der Ihnen das Baby damals gegeben hat, wusste all das zum damaligen Zeitpunkt doch auch nicht.«

»Das hat uns dieses andere Adoptivkind erzählt.«

Vincenzo stieß die Luft durch seine Nase aus. Sein Gefühl hatte ihn nicht getäuscht. Er holte die Bilder von Florian von Adelsburg hervor und legte sie vor Aloisia Kaser auf den Tisch. »Ist dieser Mann das andere Adoptivkind?«

Sie schaute sich die Bilder aufmerksam an. »Er war schon lange nicht mehr hier. Das letzte Mal liegt bestimmt schon zwei oder drei Jahre zurück.« Sie hob eines der Bilder auf, das vor etwa drei Jahren aufgenommen worden war. »Aber ja, das ist er. Ich bin mir ganz sicher. Ist das nicht dieser Arzt aus Bozen?«

»Ja, aber wussten Sie das denn nicht? Hat er Ihnen das nie erzählt?«

»Nein, er hat nur gesagt, dass er Nathans Schicksal teile. Er war selten hier, hat immer nur mit Nathan gesprochen. Manchmal haben die beiden zusammen ein Bier getrunken und gekichert. Ich habe nie begriffen, was ein so eleganter, intelligenter Mann von jemandem wie Nathan will. Erst als wir ihn das gefragt haben, hat er uns die Geschichte von Nathans Mutter erzählt. Seine eigene Mutter war eine Freundin von Zingerles Verwandter. Ich persönlich glaube ja, dass er vor allem gekommen ist, weil er Mitleid mit Nathan hatte. Hören Sie, Commissario, was wird denn jetzt aus meinem Mann? Kommt er durch? Muss er ins Gefängnis? Und Nathan? Muss der arme Junge ins Gefängnis?«

Vincenzo erklärte, dass er diese Fragen zu diesem Zeitpunkt nicht beantworten könne, Nathan jedoch nicht für einen Mörder hielt. Zwei Fragen waren noch ungeklärt. Die Haare und der Slip. Wenn von Adelsburg so lange nicht hier gewesen war, wie war er dann an Nathans Haare gekommen?

Frau Kaser bestätigte auch Vincenzos Vermutung, dass Nathan den Slip besaß. Sie hatte allerdings keine Ahnung, woher er ihn hatte, hatte aber befürchtet, dass er von der toten Frau stammen könnte. Sie erzählte weiter, dass Nathan den Arzt wahrscheinlich auch gelegentlich auf einer seiner Wanderungen getroffen hatte. Sie war sich nicht sicher, aber Nathan war manchmal besonders gut gelaunt, wenn er wieder nach Hause kam. Er hatte dann immer von dem netten Mann gesprochen. Der habe Bier in seinem Rucksack gehabt. Daraus hatten die Eheleute gefolgert, dass Nathan von Adelsburg getroffen hatte.

»Bitte holen Sie jetzt Nathan, Frau Kaser. Wir müssen mit ihm sprechen.«

»Ich weiß nicht, ob ich ihn aus seinem Zimmer kriege, Commissario. Seit er diesen Schlüpfer gefunden hat, ist er wie verwandelt. Ich befürchte, das Ding hat seine sexuellen Instinkte erweckt. Er hatte doch noch nie im Leben eine Frau.«

»Bitte holen Sie ihn. Es ist wichtig. Machen Sie ihm klar, dass ihm nichts geschieht. Wir müssen ihn auch nicht mit nach Bozen nehmen. Wir brauchen ihn nur am Montag für eine Gegenüberstellung. Außerdem müssen wir seine Fingerabdrücke nehmen.«

Die alte Frau stand auf und quälte sich mit hängenden Schultern ins Obergeschoss. Die Polizisten hörten, wie sie durch die Tür mit Nathan sprach, auf ihn einredete. Es dauerte eine Weile, doch dann erschien sie mit Nathan auf der Treppe. Vincenzo erkannte sofort den Mann auf dem Phantombild wieder. Es war verrückt. Man konnte sehen, dass Nathan ein älterer Mann war, denn er hatte Falten und einige graue Strähnen. Aber sein Blick, sein ganzer Habitus war wie der eines Jungen im Alter von sieben oder acht Jahren. Vincenzo konnte die Angst in seinen Augen sehen. Er empfand tiefes Mitleid mit ihm. Er begriff, dass für Nathan ohne seine Adoptiveltern eine Welt zusammenbrechen würde. Seine Welt. Seine kleine heile Welt, die nun nicht mehr heil war. Sie war schon vorher nicht mehr heil gewesen. Sie war zusammengebrochen, als er dieses schreckliche Geschehen mit ansehen musste.

Vincenzo stand auf und ging vorsichtig auf Nathan zu. Er streckte ihm die Hand entgegen. »Hallo, Nathan. Ich bin Vincenzo. Und ich bin Polizist aus Bozen. Würdest du dir ein paar Bilder ansehen?«

Aloisia redete beruhigend auf ihren Adoptivsohn ein. Sie führte ihn an den Küchentisch.

Vincenzo nahm die Bilder und legte sie vor Nathan auf den Tisch. Als dieser Cecilia Fontana und von Adelsburg darauf sah, schrie er wie am Spieß. Panik trat in seine Augen. Nur Wortfetzen drangen aus seinem Mund. So undeutlich sie auch waren, Vincenzo begriff, dass er Augenzeuge des Mordes an Cecilia Fontana geworden war. Er hatte seinen Freund als Täter erkannt. So, wie es sich Vincenzo gedacht hatte. Was für ein traumatisches Erlebnis! Schon für einen normalen, durchschnittlich intelligenten Erwachsenen war ein solches Erlebnis ein schwerer Schock. Doch wie fürchterlich musste es für einen Menschen wie Nathan sein! Für ein halbes Kind!

So unvollständig und stotternd die Sätze aus Nathans Mund auch drangen, Vincenzo schaffte es dennoch, sie gedanklich zu einem Puzzle zusammenzufügen, das ihm den Tathergang illustrierte. In all seiner kindlichen Unschuld hatte Nathan zunächst seinen Freund gesehen, der umgekehrt aber Nathan nicht bemerkt hatte. Nathan wollte zu ihm, doch dann sah er, wie sein Freund auf die Frau einschlug. Er hatte sich hinter einem Baum versteckt. Alles hatte er gesehen. Das Blut, den Freund, der mit brachialer Gewalt auf den Kopf des Opfers einschlug, die Flasche, mit der es verstümmelt wurde. Und als es vorbei war, verharrte er fassungslos in seinem Versteck. Lange nachdem sein Freund verschwunden war, war er daraus hervorgekommen und zu der Frau gegangen. Vincenzo konnte sich vorstellen, wie der zurückgebliebene Nathan, trotz des grauenvollen Ereignisses, auch eine sexuelle Erregung gespürt haben musste. Seine körperliche Entwicklung war völlig normal. Der Anblick der verstümmelten Frau, das viele Blut und die Verletzungen hatten ihn sicherlich entsetzt. Doch er hatte das erste Mal in seinem Leben eine nackte Frau gesehen, richtige Brüste. Und dann lag da ihr Slip. Weil auch Nathan Instinkte hatte, hatte er in diesem Moment wohl gespürt, dass das nicht richtig war. Er durfte das nicht tun, doch seine Erregung war zu groß. Sie steuerte sein Handeln. Er hatte den Slip an sich genommen und war damit nach Hause gerannt. Es war offensichtlich, dass er seitdem nicht mehr derselbe war. Er war zutiefst verstört. Sicherlich nicht nur wegen des Erlebten, sondern auch wegen seiner Schuldgefühle. Er hatte seinen Adoptiveltern bis zu diesem Augenblick nichts davon erzählt. Er hatte das Ereignis verdrängt.

Wie traumatisiert er war, zeigte seine Reaktion beim Anblick der Bilder. Dennoch ließ sich eine Gegenüberstellung nicht vermeiden. Es war wichtig, dass der Staatsanwalt und ein Richter dabei waren. Denn Nathan würde keine Aussage machen. Seine Aussage war seine Reaktion.

34

In einer Höhle bei Bozen, Montag, 23. Juli

Sie wusste nicht, wie viel Zeit vergangen war, seit von Adelsburg sie gekidnappt hatte. Sie hatte jegliches Zeitgefühl verloren. Gefesselt und geknebelt lag sie in dieser feuchten Höhle. Überall tropfte es von den Wänden. Wenigstens hatte sie es soeben geschafft, sich die Augenbinde am Boden abzustreifen. Jeder einzelne Knochen in ihrem Körper schmerzte wie wahnsinnig. Nach der Horrorfahrt im Kofferraum hatte von Adelsburg sie schließlich unsanft auf den steinernen Boden der Höhle befördert. Wenn er es denn war, der sie überfallen hatte. Gesehen hatte sie schließlich nichts. Aber wer außer ihm sollte es sonst gewesen sein? Wie ein kleines Dummerchen war sie ihm in die Falle gegangen. Hatte sie ernsthaft geglaubt, dass ihr das Pfefferspray helfen würde?

Sie musste schon eine ganze Weile allein hier liegen. Anfangs war sie wegen der unmenschlichen Schmerzen zu keinem klaren Gedanken fähig gewesen.

Immer wieder war sie nur für kurze Zeit eingeschlafen, dann wieder unter höllischen Schmerzen hochgeschreckt. Erst jetzt war sie in der Lage, bewusst über das nachzudenken, was geschehen war.

Wenn sie sich nicht irrte, war es dreimal hell und zweimal dunkel geworden. Sofern sich das bei dem geringen Lichteinfall in diese Höhle und der Augenbinde überhaupt sagen ließ. Dann wäre heute Montag. Zwischen achtundvierzig und zweiundsiebzig Stunden würde sie dann schon hier liegen. Dazu passten ihre Symptome. Ihr Mund war trocken, ihre Lippen waren aufgesprungen. Sie hatte einen fast schon schmerzhaften Durst. Als Krankenschwester wusste sie diese Zeichen zu deuten. Ebenso wie ihre trockene, juckende, erschlafft wirkende Haut, das Gefühl von Benommenheit, leichte, aber allmählich zunehmende Kopfschmerzen, erste Anzeichen von Krämpfen. Sie litt an isotonischer Dehydration. Bald kämen Herzrasen, schwere Krämpfe,

Bewusstseinstrübungen und zum Schluss ein Kreislaufkollaps dazu. Sie würde jämmerlich verdursten.

Sie hätte nur zur Polizei gehen müssen. Dann säßen von Adelsburg und Brunner jetzt in einer Zelle und sie bei sich zu Hause im Warmen. Oder sie befände sich zumindest in der Vertrautheit der Station. Aber sie blöde Gans hatte es ja auf die Spitze treiben müssen. Vielleicht war sie aber auch von Brunner hierher verschleppt worden. Immerhin hatte sie zuletzt versucht, beide zu erpressen. Im Grunde musste es sogar Brunner sein. Zusammen mit Cecilia und Giulia hatte sie zunächst nur von Adelsburg erpresst. Beweise hatten sie reichlich gesammelt. Ihre persönlichen Beobachtungen, Fotos und mehrere Videosequenzen seiner Taten, die Analyse der Patientenakten, eine Einschätzung der möglichen Todesursachen, die sich bei einer Obduktion auch im Nachhinein feststellen ließen. Es hätte für von Adelsburg kein Entrinnen gegeben. Von Brunner war da noch gar nicht die Rede. Nur weil es aus von Adelsburgs Sicht keinen Sinn machte, Patienten mit einem Herzmittel umzubringen, waren sie überhaupt darauf gekommen, auch Brunner zu beschatten. Wahnsinn. Zwei hochdekorierte Chefärzte in einer der modernsten Kliniken des Landes mit einem Transplantationszentrum, das europaweit für Schlagzeilen sorgte. Der eine war zusätzlich Aufsichtsrat bei Adelsburg Technologies, einem der weltweit führenden Hersteller von Herzunterstützungssystemen. Und doch schreckten beide nicht vor Mord an ihren Patienten zurück, weil sie an deren Organe kommen wollten. Mehr noch: Viele der getöteten Patienten wurden von diesen Ärzten überhaupt erst dazu überredet, Organspender zu werden. In die Falle gelockt, zu Tode gespritzt, ausgeweidet. Einer dieser nimmersatten Chefärzte hatte außerdem Cecilia und Giulia auf dem Gewissen. Denn dass sie von Mantinger oder diesem Sohn von Zingerle gekidnappt worden war, hielt sie für ausgeschlossen. Sie war am Freitag mit von Adelsburg bei den Müllcontainern verabredet gewesen. Also kam doch eigentlich auch nur er in Frage. Andererseits hatte er sich monatelang erpressen lassen. Hatte immer brav gezahlt, stets in sauberen, kleinen Beträgen, damit er nicht gezwungen war, große Geldbeträge abzuheben. Das wäre zu auffällig gewesen, falls die Polizei wegen Erpressung ermittelt hätte. Warum sollte von Adelsburg in seiner Position plötzlich anfangen, seine Erpresser zu töten? Das ergab keinen Sinn.

Was aber Sinn ergab, war ihre Befürchtung, dass auch sie sterben musste. Zunächst hatte sie Hoffnung geschöpft, weil sie zwar verschleppt worden war, der Entführer ihr aber nichts getan hatte. Doch schon bald hatte sie begriffen, dass er unter enormem Druck gestanden haben musste. Deshalb war er wie ein Irrer gerast. Er hatte keine Zeit. Nachdem nunmehr zwei Tage und drei Nächte vergangen waren, ohne dass er zurückgekommen war, hatte sie die düstere Ahnung, dass er sie einfach in dieser Höhle würde verrecken lassen. Wenn sie nur den Hauch einer Chance haben wollte, musste sie sich irgendwie befreien. Aber wie?

Sie sah sich um, soweit Fesseln und Schmerzen dies zuließen. Nur wenig Licht fiel in die Höhle, aber genug, um zu erkennen, dass aus den Wänden aus Stein einige etwas spitzere Steine herausragten. Wenn sie es schaffen könnte, trotz der höllischen Schmerzen bis an die Wand zu robben und sich an ihr hochzudrücken, hatte sie eine minimale Chance, die eng gebundenen Fesseln zu zertrennen. Sie atmete ein paarmal tief durch, um den Schmerz zu kontrollieren. Dadurch wurde ihr Mund nur noch trockener. Dann stieß sie sich das erste Mal mit den Fußspitzen ab. Wie ein tiefer Stich mit einem Messer jagte der Schmerz durch ihren Rumpf. Wahrscheinlich hatte sie sich bei der Fahrt im Kofferraum oder beim Aufschlagen auf den Boden eine Rippe gebrochen. Oder sogar mehrere. Ihr wurde schwindelig vor Schmerzen. Die Tränen kamen wie aus dem Nichts. So als hätte jemand einen Hahn aufgedreht.

Elena nahm all ihre Konzentration zusammen. Sie spürte, dass sie mit den Kräften am Ende war. Sie musste es wenigstens versuchen. Erneut stieß sie sich mit den Fußspitzen ab. Wahnsinnige Schmerzen. Sie ignorierte sie. Vielleicht zehn Zentimeter. Wieder Abstoßen mit den Zehen. Wieder höllische Qualen. Wieder ein paar Zentimeter. Sie wiederholte diesen Vorgang so lange, bis sie die Höhlenwand erreicht hatte. Der Schweiß tropfte ihr von der Stirn, was der Dehydrierung weiteren Vorschub leistete. Vorsichtig stemmte sie sich an der Wand in die Höhe. Zentimeter für

Zentimeter. Dann rutschte sie wieder ein Stück nach unten. Die Schmerzen waren unerträglich. Irgendwo in ihrem Körper hörte sie es knacken.

Und dann, endlich, nach unzähligen vergeblichen Versuchen, spürte sie den Zacken im Fels. Ohne zu zögern begann sie, die Fesseln daran zu reiben. Nichts. Sie rieb heftiger. Ein Knacken. Ein Stück des Steins war abgebrochen und blieb zwischen ihrem Rücken und der Felswand hängen. Wieder kamen die Tränen. Egal, nicht darauf achten. Weitermachen. Sie rieb und rieb. Immer wieder lösten sich kleinere Gesteinsbrocken. Sie hatte keine Ahnung, ob das Seil um ihre Hände davon wirklich dünner wurde. Aber als sie anfing, eine vage Hoffnung zu schöpfen, hörte sie draußen plötzlich Schritte. Dann das Geräusch, wenn Gestrüpp beiseitegeschoben wird. Jetzt war es vorbei. Aus und vorbei. Er kam zurück, hatte endlich die Zeit gefunden, sein Werk zu vollenden. Niemals würde irgendwer erfahren, was mit ihr und den anderen, was mit den Patienten in der Klinik geschehen war.

***

Vincenzo hatte schon auf der Rückfahrt nach Bozen einen Haftantrag für Florian von Adelsburg beantragt. Baroncini hatte das bereits erledigt, als der letzte Einsatzwagen wenig später in Bozen ankam. Als er sich das Dokument beim Vice Questore abholte, klärte er mit ihm ab, dass Vincenzo persönlich Nathan am Montag holen und nach der Gegenüberstellung wieder nach Hause fahren würde. Es gab keinerlei Anschuldigungen gegen ihn. Ein Mensch auf dem Stand eines Achtjährigen wäre nicht in der Lage gewesen, keine Spuren zu hinterlassen.

Der Arzt verweigerte die Aussage. Auch zu Elena Castlungers Verschwinden äußerte er sich nicht. Und das, obwohl die Spurensicherung im Kofferraum seines Wagens eindeutige Spuren gefunden hatte, unter anderem Blut. Auf die Frage, ob Castlunger tot sei, antwortete er nicht.

Vincenzos Team hatte mit Mitarbeitern der Klinik und nahezu allen Teilnehmern der Veranstaltung bei Adelsburg Technologies gesprochen. Florian von Adelsburg war am Freitag schon vor

Castlungers Anruf in der Klinik gewesen und hatte sie bis zu der Veranstaltung in der Firma nachweislich nicht verlassen. Die Gäste aus Japan und die Vertreter der Firma waren bis zum Ende des Abendessens um etwa zweiundzwanzig Uhr zusammen gewesen. Auch Florian von Adelsburg. Danach waren alle in ihren Hotelzimmern verschwunden, um sich frisch zu machen. Die meisten hatten sich gut eine Stunde später wieder an der Hotelbar getroffen. Von Adelsburg hatte also diese Zeitspanne zur Verfügung gehabt, um Castlunger zu verschleppen. Zu wenig, um sie in den entlegensten Winkel Südtirols zu bringen. Aber zu viel für ein Alibi.

Während der Commissario zusammen mit Marzoli Nathan und dessen Adoptivmutter abholte, beriet sich der junge Arzt mit seinem Anwalt. Auch Graf von Adelsburg war aufgeregt im Präsidium erschienen in der Hoffnung, das Ganze als Missverständnis aufklären zu können. Aber auch, um der Polizia di Stato vorzuwerfen, mit ihrem Auftritt ein Millionengeschäft mit den Japanern zu gefährden.

Johann Kaser lag mit inneren Verletzungen ausgerechnet in Dr. Brunners Abteilung, der Inneren Medizin. Maja Rossi hatte sich des Falles angenommen und dabei sogar Betroffenheit gezeigt. Sie hatte Johann in ein künstliches Koma versetzt. Es war völlig offen, ob er durchkommen würde. Falls ja, dann drohte ihm eine Anklage wegen schwerer Körperverletzung mit Todesfolge. Mit einem Mordvorwurf war nicht zu rechnen, da die Befragung der Teilnehmer der Aktion ergeben hatte, dass keine vorsätzliche Handlung vorlag. Alle Beteiligten hatten unter einem ungeheuren Stress gestanden, die Nerven hatten blank gelegen. Den Schlägern drohten ebenfalls entsprechende Verfahren. Ein Teil der Mordkommission durchforstete sämtliche Netzwerke, in denen sich die Meute von Durnholz abgesprochen und verabredet hatte. Es ging um die Frage, ob der Tatbestand der Volksverhetzung erfüllt sein könnte.

Auf der Fahrt vom Kaserhof in die Questura durfte Nathan vorn sitzen. Wie ein Kind bestaunte er die verschiedenen Knöpfe und Schalter des Polizeiwagens und wollte wissen, wofür sie gedacht seien. Er artikulierte dies nicht in Form ausformulierter Sätze, sondern indem er mit dem Finger darauf zeigte und fragte: »Was ist das?« Geduldig erklärte Vincenzo, wie der Funk funktionierte, das Blaulicht, die Videokamera, der Anhaltesignalgeber. Einiges davon, darunter das Blaulicht, schaltete er sogar kurz ein. Vincenzo wollte damit beruhigend auf Nathan einwirken, da ihm mit der Gegenüberstellung gleich ein weiterer Schock bevorstand.

Sie betraten die Questura um elf Uhr fünfzehn. Florian von Adelsburg wartete mit seinem Anwalt in demselben Verhörraum, in dem er schon einmal vernommen worden und äußerst souverän aufgetreten war. Sein Schwiegervater hatte darauf bestanden, bei dem Verhör anwesend zu sein. Eigentlich ein Unding, aber der für die Gegenüberstellung dazugeholte Richter hatte diesem Ansinnen angesichts der Bedeutung des Mannes für Südtirol ausnahmsweise stattgegeben.

Nachdem er Nathans Fingerabdrücke genommen hatte, führte Vincenzo ihn und Aloisia in den Beobachtungsraum auf der anderen Seite des Einwegspiegels. Er bedeutete Marzoli, in den Verhörraum zu gehen und von Adelsburg vor dem Spiegel zu positionieren. Richter, Staatsanwalt und der Vice Questore standen bereit. Eine Videokamera lief, um Nathans Reaktion aufzuzeichnen.

Vincenzo erklärte Nathan in einfachen Worten, was von ihm erwartet wurde und warum. Nathan nickte. Um sein Vertrauen zu gewinnen, hatte Vincenzo ihm kurz vor Bozen versprochen, seinen Chef zu fragen, ob er und seine Mutter mit dem Hubschrauber zurückgebracht werden könnten. Nathan war nämlich noch nie in einem Hubschrauber geflogen. Baroncini hatte das zunächst mit dem Hinweis auf Kosten, Steuerzahler und Zweckentfremdung abgelehnt, doch als er Nathan erblickte, flüsterte er Vincenzo ins Ohr: »Ich kümmere mich darum.«

Nathan wurde an den Spiegel geführt. Florian von Adelsburg, der keine Ahnung hatte, warum er sich an den Spiegel stellen musste, stand jetzt direkt vor ihm. Einen Moment war es totenstill in dem Beobachtungsraum. Nathan starrte den Arzt mit offenem Mund an. Dann stieß er einen kurzen, aber so ohrenbetäubenden Schrei aus, dass selbst von Adelsburg auf der anderen Seite des

Spiegels zusammenzuckte. Nathan hatte vor Entsetzen geweitete Augen. Er zeigte auf von Adelsburg und stammelte: »Frau ... tot ... Blut.«

Vincenzo blickte zu Richter und Staatsanwalt. Beide nickten. Sie hatten genug gesehen. Vincenzo legte sanft den Arm um Nathans Schulter und zog ihn vom Spiegel weg. »Das hast du ganz toll gemacht, Nathan. Mein netter Chef hat das mit dem Hubschrauber für dich organisiert. Gleich fliegst du damit nach Hause. Komm, ich bringe dich raus. Einer von meinen Freunden hier hat dir ein Bier besorgt.« Er nickte Baroncini zu, als er mit Nathan den Raum verließ.

Der Vice Questore wandte sich Aloisia zu. »Frau Kaser, bitte sehen Sie sich Florian von Adelsburg auch ganz genau an. Ist das der Mann, der manchmal zu Ihnen gekommen ist und mit Nathan gesprochen hat?«

Sie trat an den Spiegel und musterte ihn konzentriert. Dann antwortete sie mit fester Stimme: »Ja, das ist der Mann. Eindeutig.«

»Vielen Dank, Frau Kaser. Sie können gehen. Bis der Hubschrauber bereit ist, wird es aber sicherlich noch eine Stunde dauern. Möchten Sie vielleicht solange in unsere Kantine gehen und etwas essen?«

Die alte Frau schüttelte den Kopf. »Nein, vielen Dank. Ich hole jetzt Nathan. Wir gehen in die Klinik. Ich möchte meinen Mann sehen. Wer weiß, ob ich ihn danach je wiedersehe.«

***

Sie sah einen Schatten, eine Bewegung, dann richtete sich jemand im Halbdunkel auf. Er war groß, breitschultrig, keine Frau. Sie konnte nicht erkennen, wer dort stand. Nur seine Jeans konnte sie sehen, weil das Licht, das durch den flachen Höhleneingang schien, sie traf. Den Rest des Menschen konnte sie nur als Schattenriss wahrnehmen. Dann ertönte seine Stimme. Klar, laut, verständlich. »Die Fesseln an einer porösen Felswand aufribbeln zu wollen ist ein hoffnungsloses Unterfangen. Das bringt gar nichts. Es wäre ja auch höchst unklug, um nicht zu sagen dumm, Sie in eine abgelegene Höhle zu schleppen, wo Sie sich in aller Seelenruhe selbst befreien können. Und wer in der Lage ist, perfekte Morde zu begehen, macht sicherlich keine solchen Anfängerfehler.«

Elena brachte kein Wort hervor. Sie erwartete jeden Moment den ersten Schlag. Von Adelsburgs Schlag. Er musste es sein. Auch wenn seine Stimme irgendwie noch tiefer klang als sonst. Vielleicht ertönte aber auch zuerst das Geräusch, das entsteht, wenn Glas splittert. Bestimmt würde er sie genauso töten wie die anderen. Warum sollte er von seinem Schema abweichen?

In diesem Augenblick ergab sie sich in ihr Schicksal. Es war ein fast schon beruhigendes Gefühl, dass es in wenigen Augenblicken vorbei war. Sie wusste, wie Cecilia und Giulia ums Leben gekommen waren. Sie waren fürchterlich zugerichtet gewesen, aber gestorben waren sie schnell. Von Adelsburg wollte ein Exempel statuieren, doch er wollte seine Opfer nicht quälen. Nur ein paar Sekunden kurze heftige Schmerzen, Momente der Panik, dann war es vorbei. Vielleicht würde sie ja gar keine Schmerzen spüren. Der Organismus konnte sich doch kurzfristig gut gegen derlei Empfindungen schützen. Was danach mit ihr geschah, spielte keine Rolle. Sie würde schließlich nichts mehr davon mitbekommen. Weder mit ansehen, wie ihr der Chefarzt die abgebrochene Flasche zwischen die Beine rammte, um sie zu verstümmeln, noch die Schläge spüren, mit denen er ihr Gesicht zertrümmern würde. Sie musste nur mit all ihrer Konzentration verhindern, dass sie weiter darüber nachdachte, denn diese Gedanken waren es, die Panik erzeugten. Nicht das Wissen um den sicheren Tod. Denk an das befreiende Gefühl, das Irdische hinter dir zu lassen, sagte sie sich. Dein Leben war sowieso keinen Pfifferling mehr wert.

Regungslos stand er da. Beobachtete er sein Opfer? Wie eine Wildkatze vor dem Sprung? Weidete er sich an ihrer Todesangst? Worauf wartete er? Komm schon, bring es hinter dich! Nichts, keine Regung. Er stand einfach bewegungslos da. Nur seine Jeans bewegten sich leicht. Von außen schienen Windböen in die Höhle zu wehen. In diesem Moment konnte sie selbst den Windhauch spüren. Nur ganz leicht, er kroch in ihre Hosenbeine. Obwohl es ein lauer Wind war, begann sie zu frösteln. Wenn dieser verdammte

Knebel nicht wäre, würde sie ihn anflehen, sie zu töten. Ja, sie würde sich in ihrem letzten Moment sogar noch erniedrigen. Sie würde um ihren Tod betteln.

Plötzlich trat er aus dem Schatten hervor, ging mit zwei großen Schritten auf sie zu und beugte sich zu ihr herunter. In seiner rechten Hand blitzte die Klinge eines großen Messers auf. Er kam ganz dicht an ihr Gesicht heran.

Die Erkenntnis, das Wissen um ihren Irrtum, versetzte sie in den Zustand der Starre. Sie hatte ihn sofort erkannt. Zigmal hatte sie sein Konterfei in den Zeitungen gesehen. Er sah gut aus, sehr gut sogar. Männlich. Markant. Souverän. Seine Stimme gar beruhigend, als er ihr, das Messer in seiner Faust erhebend, erklärte, dass es jetzt vorbei sei.

Keinesfalls entsprach er ihrer Vorstellung eines psychopathischen Serienmörders. Auf der einen Seite die zu Tode gespritzten Patienten und die Erpressung, auf der anderen die Morde an Cecilia und Giulia. Beides hatte nichts miteinander zu tun. Welch eine Ironie des Schicksals! Zwei völlig isolierte Taten und Täter. Cecilia und Giulia. Nichts als Zufallsopfer. Und jetzt war sie an der Reihe. Niemals hätte sie es für möglich gehalten, dass ausgerechnet er ihr in diesem Augenblick, ihrem letzten, direkt in die Augen blickte: Klaus Mantinger.

***

»Florian von Adelsburg, Ihr Schweigen macht keinen Sinn mehr und erschwert Ihre Situation nur zusätzlich. Sie sollten jetzt ein Geständnis ablegen und uns sagen, wo Sie Elena Castlunger gefangen halten.«

Er musterte den Commissario. Was genau hatte er gegen ihn in der Hand? Solange Castlunger nicht auftauchte, im Grunde genommen nichts. Und die würde schon bald in ihrem klammen Verlies verrecken. Wenn das nicht schon längst geschehen war. Dann waren alle Zeugen beseitigt. Auf der anderen Seite des Spiegels hatte mit Sicherheit Nathan gestanden. Nachdem sie, wie auch immer, der alten Geschichte auf die Spur gekommen waren, war eine solche Gegenüberstellung naheliegend. Es war für ihn ein

Leichtes gewesen, Nathan bei ihrem letzten Treffen bei Glaning ein paar Haare von der Jacke zu kratzen. Fragte sich nur, warum Nathan losgeschrien hatte, als er ihn erblickte. Hatte ihn sein Gefühl getäuscht, und er war doch nicht allein gewesen, als er Fontana aus dem Weg geräumt hatte? Hatte Nathan etwa zugesehen, irgendwo versteckt hinter einem Baum? Ausgerechnet Nathan! Das würde er sein Lebtag nicht vergessen. Der arme Kerl. Und irgendwann würden seine Adoptiveltern sterben, die den Kretin tatsächlich von Herzen liebten. Anders als seine Adoptiveltern. Die hatten ihn wie Luft behandelt, nachdem sie von der gemeinsamen Vergangenheit seiner und Nathans Mutter erfahren hatten. Sie hatten ihm davon erzählt und ihn danach so behandelt, als wäre er selbst das Kind eines Mörders.

Was sollte aus Nathan werden, wenn Aloisia und Johann nicht mehr waren? Da war eine Unterbringung in der Psychiatrie, weil man ihn für einen Mörder hielt, doch noch die beste Lösung. Denn dass man ihm Schuldfähigkeit attestieren würde, war ausgeschlossen.

Die Tatsache, dass ein Schwachsinniger bei seinem Anblick geschrien hatte, dürfte indes kaum als belastbarer Beweis vor Gericht taugen. Gar nichts konnten sie ihm nachweisen. Jetzt zeigte sich, wie perfekt sein Plan von Anfang an gewesen war. Ein paar Verhöre, vielleicht Untersuchungshaft, aber schon bald würde er wieder Herzen verpflanzen und seinen steilen Weg nach oben fortsetzen.

»Dr. von Adelsburg, das Aufnahmegerät läuft!«, unterbrach Commissario Bellini seine Gedanken.

»Florian, du musst jetzt die Wahrheit sagen«, mischte sich nun auch sein Schwiegervater ein. »Hast du diese Morde begangen? Hast du mich, meine Familie, meine Tochter, die dich liebt, deinen Sohn und unsere Firma in den Abgrund gestoßen? Warum, Florian? Warum?«

Er wandte sich an Heinrich. »Ich habe natürlich nichts mit diesen Taten zu tun. Aber selbst wenn es so wäre, kannst du mir doch nicht ernsthaft die Frage stellen, warum! Hast du eine Vorstellung, was es für ein Gefühl ist, als Niemand, als Nichts in eine Familie wie eure zu kommen? Diesem dauernden Erfolgsdruck standzuhalten? Andauernd aufzupassen, was man wo wem gegenüber äußert, was man trinkt und wie man isst. Alles nur wegen der Etikette! Und dann dieser Druck, die größte Koryphäe auf dem Gebiet der Herztransplantationen werden zu müssen. Nur damit deine Firma noch erfolgreicher wird! Hast du daran mal gedacht, werter Herr Schwiegerpapa?«

Für einen Augenblick hatte er jegliche Contenance verloren. Er musste sich endlich Luft verschaffen. Prompt rief ihn sein Anwalt zur Ordnung.

Vincenzo Bellini spielte auf seinem Smartphone herum. Offenbar hatte er eine wichtige Nachricht erhalten. Er flüsterte Marzoli etwas ins Ohr. Der nickte und verließ den Verhörraum.

»Ich frage Sie noch mal, Dr. von Adelsburg«, wandte er sich wieder an Florian. »Gestehen Sie die Morde an Ihren Patienten, zumindest den beiden, deren unnatürlichen Tod wir eindeutig feststellen konnten? Und die Morde an Fontana und Agostini?«

»Weder noch, Commissario.« Nichts hatte die Polizei gegen ihn in der Hand. Die Morde an den Patienten waren kein Problem, die konnte er Brunner in die Schuhe schieben. Oder irgendeinem Pfleger. Ohne Zeugen stand Aussage gegen Aussage. Und da konnten sich sein neuer Name und sein Adelstitel vielleicht wirklich als vorteilhaft erweisen. Die Morde an den Frauen? Mantinger. Wer sonst! Jetzt zeigte sich, wie vorausschauend es gewesen war, die Morde so auszuführen, dass sie gleich in zwei Richtungen weisen würden. Und dass sich die Pressemeute auf Zingerle stürzte und auch noch ganz Südtirol in Aufruhr versetzte, hatte seinen genialen Plan zusätzlich beflügelt und auf wunderbare Weise von ihm abgelenkt.

Marzoli kam zurück. Er wirkte aufgeregt. »Es ist wahr, Commissario«, rief er laut. »Es ist tatsächlich Elena Castlunger, die die Wanderer gefunden haben. Sie ist wohlauf und wird jetzt abgeholt.«

Bellini klatschte in die Hände. »Was für eine tolle Nachricht! Gott sei Dank nicht noch eine Tote.« Er wandte sich an Florian. »Gleich werden wir wissen, ob Sie die Wahrheit sagen.«

Florian sah Vincenzo gelangweilt an. Was für ein billiger Trick! »Wo haben Sie sie denn gefunden?«

»Das wissen Sie besser als ich.«
»Nein, weiß ich nicht. Woher denn?«
»Weil Sie sie dorthin gebracht haben.«
»Aha. Na, wenn das so ist, dann warten wir halt mal ab.«

35

Bozen, derselbe Tag

Vincenzo hatte sein gesamtes Team im großen Konferenzraum versammelt. Nichts war dringlicher, als Elena Castlunger zu finden. Lebend. Sie war die einzige, die letzte mögliche Zeugin. Leider war sein Versuch, von Adelsburg mit der Finte, Wanderer hätten sie gefunden, in die Falle zu locken, schiefgegangen. Der Mann war viel zu intelligent, um darauf hereinzufallen. Aber einen Versuch war es dennoch wert gewesen.

Vincenzo stellte sich vor eine riesige Panoramakarte von Südtirol. Er hatte mit dem Zirkel einen Kreis um Dorf Tirol gezogen. »Dort hat die Veranstaltung von Adelsburg Technologies stattgefunden«, erklärte er. »Von Adelsburg hatte eine Stunde Zeit, Castlunger zu entführen. Oder sie schlimmstenfalls zu töten. Zwischen zweiundzwanzig Uhr und dreiundzwanzig Uhr fünfzehn. Da ist er laut Aussage einiger Japaner an die Hotelbar gekommen. Vorher kann er sie nicht verschleppt haben. Er war nachweislich seit den frühen Morgenstunden in der Klinik. Bleibt also nur dieses Zeitfenster oder mitten in der Nacht. Wir gehen zunächst von diesem Zeitfenster aus. Der Kreis zeigt, wie weit er ungefähr hätte kommen können. Hin- und Rückfahrt, Castlunger kidnappen, irgendwo verstecken. Ich habe das siebte Regiment und di Cesare zurückbeordert. Sie werden im Laufe des Tages eintreffen. Dann grasen wir in Gruppen das gesamte Gebiet ab. Luftunterstützung und Hundestaffeln sind ebenfalls angefordert. Das ist unsere einzige Chance.«

Vincenzo wollte zu erklären ansetzen, wer welche Gruppe zu führen habe, als sein Handy klingelte. Montani. »Da will jemand mit Ihnen sprechen, Commissario. Er behauptet, dass er etwas zu Elena Castlungers Verschwinden sagen kann.«

In den letzten Tagen hatten genug Spinner angerufen und alles Mögliche behauptet. Außerdem hatten sie keine Zeit zu verlieren. Castlunger wurde seit drei Tagen vermisst. Die Medien waren voll davon. Wenn sie irgendwo lag, gefesselt, ohne Wasser …

»Das könnte wieder jemand sein, der sich wichtigmachen will. Und was wir jetzt überhaupt nicht gebrauchen können, sind Falschmeldungen. Bitte sprechen Sie mit ihm, Signora. Und wenn Sie den Eindruck haben, dass der Anruf ernst zu nehmen ist, dann stellen Sie ihn durch.«

»Der Anrufer hat darauf bestanden, ausschließlich mit Ihnen zu sprechen. Er habe etwas sehr Wichtiges mitzuteilen und wolle nur mit dem Leiter der Mordkommission reden.«

»Ist das vielleicht derselbe, der Agostini gefunden hat? Haben Sie seine Stimme erkannt?«

»Ach, an die kann ich mich angesichts der Flut an Anrufen beim besten Willen nicht mehr erinnern. Was soll ich jetzt machen?«

Vincenzo verließ den Besprechungsraum. Er gab den Leuten Handzeichen, auf ihn zu warten. »Schon okay, ich gehe kurz in mein Büro«, sagte er in sein Handy, »dann können Sie durchstellen.« Er betrat sein Büro, und Montani rief ihn über seinen Festnetzanschluss an. Er hörte das leise Knacken, das ihm sagte, dass er jetzt mit dem Anrufer verbunden war. »Commissario Vincenzo Bellini am Apparat. Was kann ich für Sie tun?«

Der Teilnehmer am anderen Ende der Leitung schwieg. Nur seinen Atem konnte Vincenzo hören. Tief und gleichmäßig. Und das Prasseln des Regens, der durch die starken Windböen an sein Fenster getrieben wurde. Seltene Donnerschläge in der Ferne waren Begleiterscheinungen des heftigen Kälteeinbruchs, der laut Wetterbericht aber nicht lange andauern würde. Es war finster, in vielen Fenstern brannte Licht. Vincenzo hatte das Licht nicht eingeschaltet und stand jetzt fast im Dunkeln. Der Atem und das prasselnde Geräusch des Regens erzeugten eine unheimliche Stimmung.

»Hören Sie, wenn Sie etwas zu Elena Castlunger sagen können, wie Sie zumindest behauptet haben, dann reden Sie jetzt. Ich bin kein Freund solcher Scherze, wenn es um Menschenleben geht. Also?«

Der Anrufer räusperte sich. Danach wieder einige tiefe Atemzüge, im Duett mit den peitschenden Regentropfen.

»So, das reicht jetzt. Ich lege auf.« Kurz bevor der Hörer in der Basisstation landete, vernahm Vincenzo ein lautes »Halt«. Seufzend hielt er sich den Hörer wieder ans Ohr. »Sind Sie schüchtern, oder was?«

Ein langes Seufzen. Ein Seufzen, das Zufriedenheit ausdrückte. Freude. Und dann erklang seine tiefe, sonore Stimme. Sie schien aus einer anderen Welt zu kommen. Oder aus der Vergangenheit.

»Vincenzo, du kannst dir gar nicht vorstellen, was das für ein beglückendes Gefühl ist, nach so langer Zeit endlich wieder deine Stimme zu hören. Du hast mir richtig gefehlt, weißt du das eigentlich?«

Jetzt war es Vincenzo, der schwieg. Aber nicht freiwillig. Vielmehr hatte ihm diese Stimme die Sprache verschlagen. Völlig wehrlos musste er die erste Panikattacke über sich ergehen lassen. Schweiß brach ihm aus und lief in breiten Strömen über sein Gesicht. Sein Kopf fühlte sich glühend heiß an. Und das, obwohl er mit genau diesem Anruf gerechnet hatte. Sein Instinkt hatte ihn nicht getäuscht. Und er kannte den Psychopathen besser als jeder andere.

»Vincenzo?« Sein Name drang wie aus weiter Ferne an sein Ohr. Wie aus einer anderen Dimension. »Vinceeeeeenzo!«

Er war wie gelähmt. Zu keiner Regung fähig. Zu keinem Wort. Nur der Schweiß lief unaufhörlich.

»Vinceeeeenzo … Vinceeeeenzo«, erklang es säuselnd aus dem Hörer. Sein Tonfall hätte auch zu einer Liebeserklärung gepasst, doch wer ihn so gut kannte wie Vincenzo, der bemerkte das Bedrohliche in seiner Stimme, das bei jedem Gegenüber eine Gänsehaut erzeugen musste. »Vincenzo, was ist denn los mit dir? Freust du dich gar nicht? Magst du nicht mit mir sprechen? Und dabei habe ich mich so auf diesen Moment gefreut.«

»Was willst du?« Gepresst kamen die Worte über Vincenzos Lippen. Ganz allmählich verwandelte sich das Gefühl von Panik in Hass. Hass, wie er ihn nur diesem Menschen gegenüber empfinden konnte. Hass, der nach und nach alle anderen Gefühle in die hintersten Winkel seiner Seele drängte.

»Vincenzo, warum so … so … welcher Begriff beschreibt es am besten? So … nüchtern? Wo sind denn deine überschäumenden Emotionen geblieben, die ich immer so sehr an dir gemocht habe? Nein, sag nichts, ich glaube, ich weiß es: Dir sind diese Morde an die Nieren gegangen, stimmt's? Du bist tief erschüttert, deshalb bist du mir gegenüber so verkrampft. Habe ich recht?«

Vincenzo kam sich vor wie in einem bizarren Theaterstück. Wie war es möglich, dass er mit einem Serienmörder telefonierte, der sein Leben ruiniert und den er lange Zeit auch für den Mörder von Fontana und Agostini gehalten hatte?

»Komm schon, Vincenzo, sag was. Auch ich habe nicht ewig Zeit. Und die nette junge Dame neben mir auch nicht.«

Nette junge Dame … Bei diesen Worten erwachte Vincenzo schlagartig aus seiner Lethargie. Was hatte das Schwein mit ihr vor? Obwohl an Florian von Adelsburgs Täterschaft kein Zweifel bestand, schrie er, getrieben von seiner Verachtung und seinem Hass auf Mantinger, in den Hörer: »Was soll das? Was hast du mit ihr vor? Willst du sie genauso bestialisch abschlachten wie die anderen?«

»Also, jetzt bin ich aber wirklich beleidigt, Vincenzo! Wie kannst du mir nur so etwas Grausames unterstellen? Ich war mir sicher, dass du genau weißt, wie einzigartig ich ticke. Ich würde doch niemals einer wehrlosen Frau etwas antun. Ich meine, einfach so, ohne Grund. Das entspricht nicht meiner Mentalität. Wenn ich nur versuche, mir das auszumalen. Einem wehrlosen Opfer mit einer abgebrochenen Flasche … na, du weißt schon. Ein schlimmer Anblick. Nein, so etwas mache ich nicht. Hin und wieder schlafe ich aber ganz gern mit einer schönen Frau. Zuletzt mit Giulia. Aber das hat dir deine Rechtsmedizinerin bestimmt schon erzählt, oder? Das hat Spaß gemacht. Eine sehr leidenschaftliche Frau. Wir haben es etwas unterhalb der Matatzspitze getrieben. Ich weiß nicht, ob du dich da auskennst. Du gehst ungefähr hundert Meter nach Osten, dann kommt eine schöne flache Stelle mit weichem Untergrund. Es war für Giulia viel angenehmer, auf dem Moos zu knien als auf den harten Steinen weiter oben. Kennst du die Stelle? Ach, vergiss es. Ist nicht so wichtig. Bei dem Mistwetter war außer uns jedenfalls niemand unterwegs. Außer ihrem Mörder natürlich. Wenigstens hatte die Ärmste vor ihrem Tod noch ein richtig schönes und befriedigendes Erlebnis. Ich hätte ihren Tod nur zu gern verhindert. Niemals hätte ich ihr etwas Böses angetan. Genauso wenig wie Elena. Nein, nein, das ist nicht mein Stil. Im Gegenteil, ich habe dich angerufen, um dir zu helfen. Also nicht nur, aber darüber reden wir im Anschluss. Jetzt geht es erst mal um eine junge Frau, die deine Hilfe braucht. Hach, Mann, ich bin sehr enttäuscht, Vincenzo. Das war nicht nett von dir.«

Einen Moment lang spielte Vincenzo mit dem Gedanken, Montani eine SMS zu schicken: *Handyortung, sofort!* Eine Handyortung ging heutzutage recht schnell. Aber er verwarf den Gedanken. Mantinger war viel zu intelligent, um sich orten zu lassen. Und wenn sie seinen Standort doch herausfinden konnten, ließ er das absichtlich zu. Weil er genau wusste, dass er im wörtlichen Sinne über alle Berge war, bis die Polizei eintraf. Vielleicht schaffte er es ja, dass sich Mantinger selbst verriet. Unwahrscheinlich, aber er musste es zumindest versuchen.

»Du würdest doch alles tun, um dich an mir zu rächen, oder? Wohin hast du die arme Frau verschleppt? Sie soll doch richtig Angst haben. Das macht dich an, stimmt's?«

»Vincenzo, Vincenzo. Was soll ich nur mit dir machen? Du hast selbst herausgefunden, dass der adelige Doktor der Bösewicht ist. Wirklich dreist von ihm, meine schönen Höhlen für seine abscheulichen Verbrechen zu missbrauchen. In solch einem morbiden Umfeld kann ich mich nicht länger aufhalten. Was aber sollen diese infamen Unterstellungen? Das ist sehr unhöflich von dir. Und dann dieser billige Versuch, mich in die Falle zu locken. Also wirklich, ein bisschen mehr Phantasie hätte ich dir schon zugetraut. Aber erzähl doch mal, wie geht's dir denn so? Was macht deine hübsche Freundin? Gianna hieß sie, habe ich recht?«

Das war Klaus Mantinger, wie er leibte und lebte. Er kannte die Schwachstellen seines Gegners. Keineswegs würde Vincenzo ihm auf die Nase binden, dass diese Schwachstelle nicht mehr existierte. »Könntest du bitte zur Sache kommen?«

»Ach Mann, du bist echt langweilig! Willst du gar nicht wissen, wie es mir geht? Hast du mich überhaupt nicht vermisst?«

»Was willst du?«

»Ich sehe schon, du hast heute nicht deinen allerbesten Tag erwischt. Dabei hätte ich gern eine Weile mit dir geplaudert. Über dich und mich, über alte Zeiten, über die Zukunft. Du hättest es mit einer hinreichend langen Unterhaltung vielleicht sogar geschafft, dieses Handy zu orten. Ehe du fragst, es gehört der netten jungen Dame. Ich nehme an, du möchtest gern wissen, wo sie ist.«

»Das ist eine rhetorische Frage.«

»Kluge Antwort. Also gut, ich sage es dir gleich. Aber vorher musst du mir wenigstens erzählen, wie ihr auf diesen Zingerle gekommen seid. Ich meine, mich mit diesen schrecklichen Taten in Verbindung zu bringen ist zwar hinterhältig und gemein, aber zumindest theoretisch denkbar. Aber Zingerle? Ich konnte gar nicht glauben, was ich da lese. Wobei das wirklich ein ganz schön fieser Bursche gewesen sein muss, wenn man Fasciani glauben kann. Ich kann mir gut vorstellen, dass der eine Panik ausgelöst hat. Damals, aber doch nicht heute! Da hattest du sicherlich alle Hände voll zu tun, den ganzen Hinweisen und Selbstanzeigen nachzugehen, stimmt's?«

Damit beantwortete sich auch eine Frage, die Vincenzo die ganze Zeit umgetrieben hatte. »Dann hast du also wie damals Fasciani angerufen? Du hast ihm all die Details zu Giulia Agostinis Tod verraten und die Parallelen zu Zingerles Taten, die damals wie heute zu dieser Panik geführt haben.«

»Du weißt, dass ich ein sehr ehrlicher Mensch bin, Vincenzo. Ich fand es überhaupt nicht gut, wie ihr die Öffentlichkeit in die Irre geführt habt. Du hast den Medien bewusst Fakten vorenthalten oder sie verfälscht dargestellt. Das geht nicht, Vincenzo. Du bist ein Mann des Rechts. Dass ausgerechnet ich dich daran erinnern muss.«

»Okay, verstanden. Dann beantworte mir freundlicherweise noch eine Frage –«

Laut, aber freundlich hallte die Stimme des Monsters von Bozen durch den Hörer, als sie Vincenzo das Wort abschnitt. »Aber gern, Vincenzo, frag nur! Frag mich alles, was du willst. Ich freue mich, wenn du dich für mich interessierst. Das nenne ich Freundschaft.«

Vincenzo räusperte sich. »Wieso haben wir in der ganzen Höhle Fingerabdrücke von dir gefunden? War das dein Versteck?«

Mantinger schnalzte mit der Zunge. »Respekt, Vincenzo, sauber kombiniert! Ja, das war eine meiner heimeligen Wohnstätten. Genauso wie diese hier, vor der ich stehe und in die dein Bösewicht die hübsche Lady verschleppt hat. Glück für die Dame, dass ich gekommen bin, um noch ein paar Sachen abzuholen. Euer Zingerle hat sich seinerzeit so einiges an gemütlichen Höhlen eingerichtet. Ich habe mir kürzlich nämlich auch das Buch über ihn gekauft, musst du wissen. Es hat mich interessiert, wer die ganze mediale Aufmerksamkeit auf sich gezogen und mir damit eine vergleichsweise ruhige Zeit ermöglicht hat. Leider muss ich jetzt umziehen, denn obwohl ich in dieser spannenden Geschichte der Held, der Retter bin, wirst du nicht aufhören, mich zu jagen.«

Mantingers Wahnsinn hatte eine neue Stufe erreicht. Hatte er damals aus kühlem Kalkül heraus gemordet, schien er sich jetzt in der Rolle eines göttlichen Regisseurs zu fühlen. Um ihn zu erwischen und damit einen gnadenlosen Rachefeldzug zu verhindern, war es nötig, alles an verfügbaren Einheiten aus Italien in die Berge zu holen.

»Gut, dann wissen wir auch das. Und jetzt sag mir bitte, wo ihr seid. Wie geht es Elena Castlunger? Ist sie verletzt?«

»Der geht's gut, würde ich sagen. Ein bisschen schwach vielleicht, aber sie hat ja auch ein paar Tage hilflos und gefesselt rumgelegen, ohne zu essen und zu trinken. Schrecklich, oder? Aber keine Sorge, fürsorglich, wie ich nun mal bin, habe ich ihr selbstverständlich Wasser gegeben. Was meinst du, soll ich ihr auch einen Schluck Lagrein anbieten? Oder wäre das zu aufdringlich?«

Wieder war Vincenzo ein Spielball von Mantingers Sadismus. Es wurde Zeit, dem ein für alle Mal ein Ende zu bereiten. »Du kannst ihr geben, was du willst. Also, wo ist sie?«

»Gut, mein Freund, jetzt habe ich dich lange genug auf die Folter gespannt.« Ein kurzes, gehässiges Lachen. »Ein originelles Wortspiel in diesem Zusammenhang, findest du nicht? Bevor ich dir endlich sage, wohin du mit deinen Leuten kommen kannst, muss ich dir noch erklären, was danach geschieht. Ich habe mir ein sehr schönes Spiel für dich und mich ausgedacht, das wir spielen können, wenn du deinen Fall zu den Akten gelegt hast. Oder irgendwann später. Ich bin mir nämlich hinsichtlich meiner Zukunftspläne noch nicht ganz sicher. Du kennst mich ja, immer auf dem Sprung. Ich möchte jedenfalls, dass du all deine Fähigkeiten einbringen kannst. Das ist doch sicherlich in deinem Sinne, oder?«

All deine Fähigkeiten … Wie bekannt ihm das vorkam. Er hatte die ganze Zeit richtiggelegen mit seinem Gefühl. Dafür würde das Schwein büßen müssen, auch wenn er fürchterliche Angst vor dem hatte, was auf ihn zukam. Und auf Südtirol.

»Ich kann mich vor lauter Vorfreude kaum beherrschen. Aber zuerst muss ich den Fall abschließen. Das hast du selbst gesagt. Also?«

»Dann genieße deine Vorfreude. Hast du was zum Schreiben griffbereit?«

Wie ferngesteuert notierte Vincenzo Klaus Mantingers Angaben. Ein psychopathischer Schwerverbrecher rettet eine Frau, die ohne ihn zum Sterben verurteilt wäre. Er rettet sie und benutzt sie zugleich, um sein abartiges Spiel mit Vincenzo zu treiben. Wer weiß, wie anders sein Leben verlaufen wäre, wenn Marzolis Kugel diesen Wahnsinnigen damals besser getroffen hätte.

»So, hast du alles mitgeschrieben, Vincenzo?«

»Ja. Und wirst du auf mich warten, damit wir unser Wiedersehen gebührend feiern können?«

Schallendes Gelächter. »So langsam bist du wieder ganz der Alte. Schön, das freut mich. So macht das Spielen Spaß. Aber im Ernst: Ich täte nichts lieber als das. Doch ich befürchte, dass du mich allen Ernstes verhaften würdest. Deshalb verschwinde ich gleich von hier. Und gib dir keine Mühe. Ich bin euch sogar noch entwischt, als ihr schon bis auf hundertfünfzig Meter an mich rangekommen seid. Ich lasse der jungen Dame den Lagrein übrigens tatsächlich hier. Und mein ganzes Wasser, sie braucht es viel dringender als ich. Ach was, ich lasse ihr gleich alles hier, auch Käse, Speck und Schüttelbrot. Wenn du kommst, fühlt sie sich bestimmt schon wieder wie neugeboren. Was ist, Elena, möchtest du dem netten Commissario auch mal schnell guten Tag sagen? Und ihm das erzählen, was du mir eben über Giulias Mörder berichtet hast? Ja? Okay, Moment –«

Vincenzo hörte ein Rascheln im Hintergrund. Plötzlich meldete sich eine Frauenstimme.

»Hier ist Elena Castlunger. Commissario Bellini?«

Mantinger hatte Elena also tatsächlich gefunden und sie befreit. »Geht es Ihnen gut, Signora? Hat er Ihnen etwas getan? Sagen Sie einfach nur Ja oder Nein.«

»Er hat mich befreit, Commissario. Er hat mir das Leben gerettet. Was immer er getan hat, ich werde ihm ewig dankbar sein. Holen Sie mich jetzt?«

»Wir werden spätestens in einer Stunde bei Ihnen sein. Bleiben Sie, wo Sie sind. Und beantworten Sie mir ganz kurz ein paar Fragen. Ich muss das wissen. Ist Florian von Adelsburg der Mörder von Cecilia Fontana und Giulia Agostini? Hat er Patienten getötet, und haben Sie ihn damit erpresst? Und haben Sie Beweise?«

»Ja, eindeutige Beweise. Die Patientenakten. Und Giulia und ich haben ihn mehrmals dabei beobachtet und Fotos und Videos gemacht. Das habe ich alles auf meinem Handy. Das Gleiche gilt allerdings auch für Brunner. Beide haben Patienten totgespritzt.«

»Das entspricht exakt unserem Ermittlungsstand. Bitte geben Sie mir noch mal Mantinger.«

Sekunden später tönte wieder die sonore Stimme durch den Hörer. »Ja, Vincenzo, was kann ich noch für dich tun? Außer deine Arbeit zu erledigen?«

»Würdest du ihr bitte das Handy dalassen?«

»Selbstverständlich. Das brauche ich nicht. Ich kaufe mir später eines, wenn ich die Zutaten für unser Spiel besorge. So, und jetzt sage ich auf Wiedersehen, mein lieber Vincenzo, mein teurer Freund! Auf Wiedersehen, selten waren diese Worte so wahr wie in diesem Augenblick. Schlaf gut, Vincenzo, ruh dich aus und sei bereit für das große Finale!«

Danksagung

Ich bedanke mich bei allen Freunden und Bekannten, die Teile oder ausgewählte Szenen meines Manuskripts vorab gelesen und mir mit vielen guten, interessanten Anregungen geholfen haben. Diese Unterstützung ist sehr wichtig, weil sie ein direktes Feedback seitens der Leserschaft darstellt. Eine bessere Kritik gibt es nicht.

Mein besonderer Dank gilt denjenigen, die mit ihrem Fachwissen einen wichtigen Beitrag zur Realitätsnähe meines Romans geleistet haben:

Heinrich Schwazer, Chefredakteur von »Die Neue Südtiroler Tageszeitung« und Autor des Buches »Der Zingerle: Geschichte eines Frauenmörders«. Dieses Buch ist die Grundlage meiner Geschichte. Guido Zingerle hat real existiert und seinerzeit für eine Massenpanik in den Alpen gesorgt. Heinrich Schwazer hat mich darüber hinaus auch in einem Telefonat und bei Skype mit weiteren Details und Hintergründen zum Leben und zur Person des Serientäters Guido Zingerle sowie seinen Taten auf beiden Seiten der Alpen versorgt.

Einem besonderen Freund bei der Polizei in Südtirol, der mich während des gesamten Schreibprozesses mit umfangreichen Informationen versorgt hat, unter anderem über das Polizeisystem in Italien, DNA-Analysen und die Voraussetzungen für die Anordnung eines Massengentests sowie das in Leifers stationierte 7. Regiment. Außerdem war er es, der mich auf den spektakulären Fall des Guido Zingerle hingewiesen hat.

Professor Dr. Bernd Simon, Institut für Psychologie, Christian-Albrechts-Universität zu Kiel. Professor Simon hat mich umfassend über die Erkenntnisse der Massenpsychologie informiert, mir anschaulich erklärt, wie und warum es zu einer Massenpanik kommen kann und welche Mechanismen dabei ablaufen.

Meinem Freund Thomas Schliebener. Thomas ist Herzspezialist. Er hat mir unter anderem wichtige Details zu Herzerkrankungen erzählt und die Frage beantwortet, wie ein Mörder den Tod eines

Patienten herbeiführen könnte, ohne dass sofort der Verdacht einer Straftat entsteht.

Julia Seuser, meiner Lektorin. Mit ihrer Erfahrung und Sprachkompetenz hat auch sie einen sehr wichtigen Beitrag zu meinem Buch geleistet. Darüber hinaus hat sie mich akribisch auch auf die kleinsten Ungereimtheiten und Widersprüche hingewiesen.

Meiner großen Liebe Carola. Geduldig hat sie zugehört, wenn ich ihr Szenen vorgelesen habe, stundenlang mit mir darüber diskutiert und mich mit vielen guten Ideen unterstützt. Außerdem hat sie das gesamte Manuskript gelesen und mit vielen Kommentaren und Vorschlägen versehen, bevor ich es an den Verlag geschickt habe.

Burkhard Rüth
GOLDRAUSCH IN BOZEN
Broschur, 342 Seiten
ISBN 978-3-95451-187-7

»Hervorragend recherchiert und fesselnd erzählt Burkhard Rüths dritter Südtirol-Krimi. ›Goldrausch in Bozen‹ greift einen realen, spektakulären Goldfund im Aostatal durch den Südtiroler Forscher Michael Wachtler auf. Vom Entdecker selbst und weiteren Experten unterstützt hat Rüth das damalige Ereignis sorgfältig aufgearbeitet und mit einem spannenden Mordfall verknüpft. Commissario Bellini, sympathische Hauptfigur, ermittelt wieder in einem tempo- und actionreichen Fall.«
Südtirol News